Silvia Moreno-Garcia

SILBERNE GEISTER

Silvia Moreno-Garcia

SILBERNE GEISTER

ROMAN

Deutsch von Frauke Meier

LIMES

Die Originalausgabe erschien 2023
unter dem Titel »Silver Nitrate« bei Del Rey, New York.

Der Verlag behält sich die Verwertung des urheberrechtlich geschützten Inhalts dieses Werkes für Zwecke des Text- und Data-Minings nach § 44 b UrhG ausdrücklich vor. Jegliche unbefugte Nutzung ist hiermit ausgeschlossen.

Penguin Random House Verlagsgruppe FSC® N001967

1. Auflage 2024
Copyright der Originalausgabe © 2024
by Silvia Moreno-Garcia
This edition published by arrangement with Del Rey,
an imprint of Random House,
a division of Penguin Random House LLC
Copyright der deutschsprachigen Ausgabe © 2024
by Limes in der Penguin Random House Verlagsgruppe GmbH,
Neumarkter Straße 28, 81673 München
Redaktion: Angela Kuepper
Umschlaggestaltung und -motiv: www.buerosued.de
Vignette: Adobe Stock/Illustrator liubov
BL · Herstellung: DiMo
Satz: satz-bau Leingärtner, Nabburg
Druck und Bindung: GGP Media GmbH, Pößneck
Printed in Germany
ISBN 978-3-8090-2775-1
www.limes-verlag.de

*Für Orrin Grey,
den Monstermacher*

Das Dokument wurde eingehend untersucht. Wie Harrington gesagt hatte, glichen die Zeichen eher Runen als irgendetwas anderem, doch keiner der Männer konnte sie entziffern, und beiden widerstrebte, sie abzuschreiben, denn sie fürchteten, wie sie zugaben, böse Absichten zu begünstigen, die sich hinter ihnen verbergen mochten.

M. R. James,
»Casting the Runes«

ERÖFFNUNGS-

SEQUENZ

MCMXCIII

1

Ein angeschwollener gelber Mond überzog den Himmel mit einem fahlen Bernsteinton und schien auf eine einsame Gestalt herab. Es war eine Frau, die zwischen zwei Maulbeerfeigenbäumen stand.

Es hatte geregnet, der Boden war schlüpfrig, und das Atmen fiel ihr schwer, als sie auf die Hütte zuging. Der Wald fühlte sich lebendig und gefährlich an, erfüllt von den Geräuschen der Grillen und dem Donnergrollen in der Ferne. Ein leises Trällern war auch zu hören. War das ein Vogel? Die Laute klangen zu hoch.

Die Frau presste eine Hand an die Lippen und starrte die Hütte mit der einladenden Beleuchtung an. Doch diese Oase der Wärme war weit entfernt. Ein Zweig knackte und die Frau sah sich panisch um. Sie fing an zu rennen.

Nun mischte sich das Trippeln ihrer Füße in die Geräusche der Nacht. Sie stürzte voran, zerrte mit beiden Händen verzweifelt an der Tür – dann ein Knall, so laut, es klang wie ein Kanonenschuss –, bis sie es endlich schaffte, sie zu öffnen und in die Hütte zu stürmen. Sofort schloss sie die Tür hinter sich, legte den Riegel vor und trat zurück, wartete mit geweiteten Augen.

Sie fuhr zusammen, als sie das Krachen einer Axt auf Holz hörte. Splitter flogen durch die Luft. Die Frau schrie, wich immer weiter in den Raum zurück, während sich ein

Mann den Weg durch die Tür freihackte. Der Schrei war eher ein nerviges Quieken, das die Pegel abrupt in den roten Bereich trieb. Der Mann stand auf der Schwelle und hielt die Axt fest umklammert. Dann rückte er vor. Sein Atem glich einem Keuchen, durchsetzt von lästigem Knacken.

»Schon wieder dämonische Besessenheit?«, fragte Montserrat. Ihre Augen fixierten das VU-Meter, während sie auf den Knien einen Notizblock balancierte.

»Geister«, sagte Paco.

Sie kritzelte auf ihrem Block. »Ich dachte, du hättest es mit Ninjas.«

»Die Ninjas machen wir immer noch, nur nicht gerade jetzt.«

»Ein Ninja-Moratorium.«

Die Frau schrie wieder. Montserrat drückte auf einen Knopf und fror die Bildschirmanzeige ein. Dann drehte sie ihren Stuhl um.

In dem schallgedämmten Raum roch es vage nach dem Lufterfrischer mit Kiefernduft, den die anderen Soundeditoren gern versprühten, um die Tatsache zu übertünchen, dass sie hier drin rauchten. Der ganze Raum war ein ziemlicher Saustall. Die Editoren ließen regelmäßig Pizzakartons und leere Pepsiflaschen im Kontrollraum zurück, zusammen mit dem Geruch von Zigaretten. »Speisen und Rauchen im Kontrollraum verboten«, verkündete ein Schild, das halb unter den diversen Aufklebern verschwand, die die Editoren über die Jahre auf ihm hinterlassen hatten. Theoretisch war diese Ermahnung durchaus sinnvoll, besonders, wenn es um Filme ging. Man will die Arbeitskopie ja nicht mit Fett versauen. In der Praxis wurde von den Editoren im Grunde erwartet, dass sie vor ihren Monitoren aßen. Während der Postproduktion riss man sich ununterbrochen den Arsch auf und versuchte, überzogene Fristen wiedergutzumachen. Die Schneideräume sahen alle wie Kriegsgebiete aus, es sei denn, man musste damit rechnen, dass ein Kunde den Kopf zur Tür hereinstreckte.

Trotzdem hätte sie vielleicht aufgeräumt, hätte Paco sie nicht so überfallen. Zu seinem Pech war dieser spezielle Kontrollraum sehr klein und hatte anders als die größeren Räume keinen Kundenbereich mit Sofa zu bieten. Paco hockte unbehaglich auf einem Stuhl an der Tür, gleich neben einem Stapel Bänder und Vinylplatten. Seiner Haltung nach zu schließen, kämpfte er vermutlich gerade mit einem Krampf.

»Also, was meinst du?«, fragte Paco.

»Ich meine, das ist genau die Art von Mist, mit dem man sich nicht in der Postproduktion herumschlagen sollte. Habt ihr die Szenen in einer Waschmaschine aufgenommen? Der Sound ist grässlich. Die Pegel sind viel zu hoch.«

»Ich weiß, ich weiß. Aber was kann man bei diesem Budget schon erwarten?«

»Das wird mich ein paar Wochen kosten.«

»Ich brauche es in fünf Tagen.«

Montserrat warf ihm einen zweifelnden Blick zu. »Unwahrscheinlich. Mario wird dir das Gleiche sagen.«

»Jetzt komm schon, ich frage nicht Mario, ich frage dich.«

»Und ich will hier drin nicht vom Morgengrauen bis Mitternacht eingesperrt sein, weil du vergessen hast, jemanden anzuheuern, der imstande ist, einen Mikrofongalgen richtig zu halten.«

»Tu mir das nicht an. Videocentro erwartet hundert Einheiten von mir, und wir können keine Duplikate herstellen, wenn das Masterband nichts taugt. Bekommst du hierfür keine Überstunden angerechnet? Das muss doch ein dicker Scheck werden.«

»Schön wär's«, sagte sie.

Es gab natürlich den jährlichen Bonus, dessen Höhe im Ermessen ihres Auftraggebers lag. Die Vollzeitbeschäftigten bekamen ihr *aguinaldo*, wie es das Gesetz verlangte, aber Freiberufler wie Montserrat konnten auf Weihnachtsgeld nicht zählen. Sie mussten sich auf die Großzügigkeit ihrer Auftraggeber verlassen. Bei Antares bedachte Mario seine Editoren mit einem Truthahn, einer Flasche billigen Whiskeys und einem Bonus. Großzügig fiel der nie aus – er war mal größer und mal kleiner, je nachdem, wie er gerade gelaunt war –, und das, obwohl sie bei Weitem die beste Soundeditorin bei Antares war. Sie war auch die einzige Frau im Team, abgesehen von der Empfangsdame, was vermutlich der Grund war, warum sie keine Vollzeitstelle bekam, nie ein Anrecht auf *aguinaldo* hatte und stattdessen von Marios sprunghaftem Temperament abhängig war: Die Filmbearbeitung war eine Männerdomäne. In den Studios gab es ein paar Frauen, die die Texte für die Untertitel und die Synchronisation schrieben. Und es gab ein paar Übersetzerinnen, obwohl das zumeist auch Freiberuflerinnen waren, die nur für ein einziges Projekt geheuert wurden. Aber Editorinnen mit Vollzeitstelle? Die waren so selten wie Einhörner.

»Hör mal, ich habe eine Verabredung zum Mittagessen«, sagte Montserrat, zog ihre Lederjacke vom Haken an der Tür und schlüpfte hinein. »Warum redest du nicht mit Mario, und wir warten ab, was er dazu sagt? Ich würde ja wirklich gern helfen, aber er war ziemlich sauer wegen eines unbezahlten Synchronisationsauftrags ...«

»Also, Leute, ich bezahle immer, auch wenn ich mal ein paar Tage zu spät dran bin. Sobald ich diese Videos abliefere, bin ich flüssig, ich schwöre es.«

Montserrat wusste nicht, inwieweit das wahr sein mochte. Paco hatte vor einigen Jahren mit einem Plagiat von *Der Exorzist* einen kleinen Hit gelandet. Mexikanische Horrorfilme waren dieser Tage selten. Vor einigen Jahren hatte Paco vom aufkeimenden Videomarkt profitiert, aber heute lief es für ihn nicht mehr so gut. Vier Jahre zuvor hatte sich René Cardona III am gleichen Konzept versucht und mit *Vacaciones de Terror* eine Low-Budget-Kopie eines angesagten amerikanischen Horrorfilms produziert. Zwar war *Vacaciones* nichts weiter als der unverfrorene Versuch, *Chucky – Die Mörderpuppe* mit *Amityville Horror* zu vermischen, aber er konnte immerhin mit einem einigermaßen bekannten Star in Form von Pedro Fernández punkten, dessen Gesangskarriere zumindest ein paar Kinosessel hatte füllen können. *Vacaciones de Terror* und das obligatorische Sequel hatten sich anständig geschlagen, aber der Markt für hiesige Horrorproduktionen war nicht groß genug, um für gleich zwei Filmemacher und ihre angestrebten Gruselfilmproduktionen zu reichen, und Paco hatte keinen Sänger, dessen Namen er auf Plakate setzen konnte.

Nicht dass es derzeit überhaupt einen Markt für eine Produktion mit halbwegs ordentlichem Budget gegeben hätte. Das Beste, was die meisten Leute sich erhoffen konnten, waren Exploitationsfilme wie *Lola La Trailera*. Paco war vielleicht ein bisschen besser dran als die meisten mexikanischen Filmemacher, weil es ihm gelungen war, ein paar spanische Finanziers für seine Pläne zu gewinnen, weshalb auch der Großteil seiner Produktionen für den europäischen Markt gedacht war. Ein paar Kopien bekam Videocentro, den Rest verkaufte er nach Italien, Deutschland oder sonst wohin, wo ein bisschen Kohle übrig war. Pacos Arbeit war etwas nahrhaftere Kost, als die meisten anderen dieser Exploitationsgeier zu bieten hatten, lieferte aber dennoch wenig Grund zur Freude.

»Montserrat, Schätzchen, komm schon, du weißt, dass du dich auf mich verlassen kannst. Wie wäre es damit: *Ich bezahle dir Überstunden.* Ich lege noch … wie viel willst du?«, fragte er, griff in seine Tasche und holte ein Portemonnaie hervor.

»Gott, Paco, du musst mich nicht bestechen.«

»Dann machst du es?«

Montserrat arbeitete bereits seit sieben Jahren für Antares. Sie hatte es nie in eines der beiden großen Filmstudios geschafft, aber man musste schon der Sohn von jemandem sein, um an so einem Ort Editor zu werden. Die Jobs wurden wie ein Ritterschlag durch die STPC und die STIC vergeben. Jetzt, da Estudios América vom Markt war, ging es in der Filmindustrie noch chaotischer zu als vorher und der Kampf um Jobs war mörderisch. Alles in allem war Antares gar nicht so schlecht.

Jedenfalls war es für sie bis zum vorigen Jahr nicht so schlecht gewesen, bis die Firma einen neuen Soundeditor angeheuert hatte. Alle liebten junge Leute und verschmähten die alten. Stellenangebote enthielten immer den Passus »35 oder jünger«, manchmal sogar »30 oder jünger«. Samuel, das neueste Teammitglied, war definitiv unter dreißig. Mario hatte ihm einige Aufträge zukommen lassen, zum Teil, weil seine Jugend auch bedeutete, dass er am schlechtesten bezahlt wurde. Durch Samuel sparte Antares Geld. Und die Folge war, dass Montserrat von mehreren Projekten abgezogen worden war. Statt fünf, manchmal sogar sechs Tage pro Woche arbeitete sie nur noch drei, und sie war überzeugt, bis zum Dezember würde Mario sie auf zwei runterdrücken. Vielleicht würden sie am Ende *diesen* Auftrag Samuel zukommen lassen.

Verdammt, sie musste einfach mehr Geld verdienen. Ihre Schwester hatte sie nicht um Unterstützung gebeten, aber

Montserrat wusste, dass sie Probleme hatte. Seit einem halben Jahr arbeitete Araceli nur noch in Teilzeit; die Krebsbehandlung war zu anstrengend, um die übliche Arbeitslast in dem Steuerberatungsbüro weiterhin zu stemmen, in dem sie beschäftigt war. Montserrat bemühte sich, etwas beizusteuern, wann immer sie konnte.

»Komm mit«, grummelte sie und sah zur Uhr. Sie würde sich verspäten, wenn sie sich nicht bald auf den Weg machte.

Paco und Montserrat gingen durch einen langen, mit raumhohen Spiegeln ausgestatteten Korridor zurück zum Empfang. Die Spiegel sollten angeblich als »Wandschmuck« dienen und der Bude ein wenig Klasse verleihen, aber das Ergebnis wirkte weniger elegant als billig. Der Empfangsbereich selbst war der einzige Teil des ganzen Studios, der halbwegs anständig aussah. Statt schäbiger, ausgebesserter Möbel hatte dieser Raum zwei schwarze Ledersofas vorzuweisen, und hinter einem riesigen Empfangstisch hing ein auffälliges Schild, auf dem mit silbernen Buchstaben »ANTARES« stand, komplett großgeschrieben.

Candy saß hinter dem Tisch. Diese Woche hatte sie neongelbe Fingernägel – sie wechselte häufig die Farbe – und lächelte Montserrat fröhlich an. Candida, die sich gern Candy nannte, kümmerte sich um den Empfang und alle möglichen anderen Dinge. Sie war die Person, die stets im Auge hatte, wer zu welcher Zeit den Schneidetisch nutzte. Eigentlich sollte sie keine Termine vergeben, solange Mario sie nicht damit beauftragte, aber Montserrat übersprang bisweilen die Warteschlange.

»Candy, ist Mario schon von dem Geschäftsessen zurück?«, fragte sie in der Hoffnung, dass die Antwort Ja lauten würde, doch die Rezeptionistin schüttelte den Kopf.

»Nope.«

»Mist«, sagte Montserrat. »Okay, wir machen Folgendes:

Candy, kannst du mich morgen für ein bisschen Nachtarbeit einschieben? Plan mich für die ganze Woche ein, beginnend um sieben Uhr in meinem üblichen Raum. Ich muss an Pacos neuestem Film arbeiten.«

»Oh, wie heißt er denn?«, fragte Candy und sah Paco interessiert an.

»*Mörderisches Wochenende*«, sagte Paco stolz.

»Klingt cool. Aber, Montserrat, ich brauche die Kalkulation dazu, das grüne Formular ...«

»Trag mich einfach ein, ehe jemand anderes die Zeiten beansprucht«, sagte sie. »Ich zeige es Mario später und fülle dann das grüne Formular aus.«

Ehe Candy noch eine Frage stellen konnte, winkte Montserrat ihr kurz zum Abschied und ging hinaus.

Sie schüttelte den Kopf über die langen Nächte, die ihr bevorstanden. Zu viele Leute dachten, sie könnten bei der Audiobearbeitung der Filmaufnahmen schludern. Am Ende bekamen sie dann Umgebungsgeräusche, abgeschnittene Tonspuren oder eine schlechte Tonqualität. Außerdem erwarteten sie von ihren Soundeditoren allzu häufig wahre Wunder und Montserrat hatte diese Wunder für erbärmlich wenig Geld zu bewerkstelligen. Und dabei gehörte sie nicht einmal zur Belegschaft, um Gottes willen. Mario hielt nichts davon, Leute in Vollzeit einzustellen, weil es billiger und einfacher für ihn war, sie stundenweise zu engagieren. Auf diese Weise konnte er, wenn er sie gerade nicht brauchte, ihre Arbeitsstunden einfach nach Gutdünken reduzieren, so, wie er es kürzlich bei Montserrat getan hatte.

Das Problem war, dass Montserrat *gern* für Antares arbeitete. Ein Vollzeitjob bei irgendeiner TV-Serie würde ihr ein sicheres Einkommen bescheren, aber sie würde auch mit viel mehr Leuten zusammenarbeiten müssen. Zwei Audioeditoren im selben Raum und dazu möglicherweise ein vorgesetzter Redakteur und ein Regisseur, der sich ständig in die Arbeit einmischte. Sie kannte jemanden, der ins Tontechnikerfach gewechselt hatte, aber sie verschmähte Filmsets mit all den Technikern und Schauspielern. Kleine Produktionen, Low-Budget-Filme, die sagten ihr zu, weil sie dann häufig allein arbeiten konnte. Sie hatte keinen Bedarf an einem riesigen Team von ADR-Experten, Geräuschemachern und Music Supervisors, die ihr die Luft zum Atmen raubten. Sie wollte sich nicht mit Menschen herumschlagen, auch wenn sie manchmal befürchtete, sie würde irgendwann unter Vitaminmangel leiden, weil sie sämtliche Tageslichtstunden in geschlossenen Räumen verbrachte. Außerdem hatte sie angefangen, mit den Charakteren auf der Leinwand zu reden, so wie ein Kollege, den sie kannte.

Montserrat fragte sich, ob sie nicht einfach mal am Set von *Enigma* vorbeischauen sollte. Cornelia könnte sie ihren Kontaktpersonen vorstellen und vielleicht ergab sich auch etwas durch Cornelias TV-Sendung. Der Gedanke an einen Schreibtischjob war ihr verhasst, aber vielleicht fand sie ja eine Arbeit auf freiberuflicher Basis, die sie nebenher machen könnte, um ihren Lohn aufzustocken. Recherche. Verwaltungsarbeit. Irgendetwas anderes als Audio-Editing, weil das einfach zu unsicher war: stornierte Aufträge, Klienten, die es sich anders überlegten, oder Komponisten, die ihre Filmmusik zu spät ablieferten, was so viel hieß wie *hetzen, hetzen, hetzen.*

Außerdem interessierte sich so oder so niemand für den Ton. Der fiel den Leuten nur auf, wenn man Mist gebaut hatte, aber nicht, wenn alles gut lief. Es war ein undankbarer Job, der sie bisweilen zwang, auf einem der Sofas bei Antares drei Stunden zu schlafen, damit sie die Nacht durcharbeiten konnte.

Montserrat schaffte es rechtzeitig zum Restaurant, setzte sich in eine Nische und bestellte Kaffee und ein Stück Torte.

Tristán tauchte zwanzig Minuten später auf. Sein Mantel war pflaumenblau, hatte große Knöpfe und einen breiten Gürtel. Sein Haar sah ein wenig zerzaust aus, und er trug eine Sonnenbrille, die er mit geübtem theatralischem Schwung abnahm, als er sich an den Tisch setzte.

»Tja! An meinem üblichen Zeitungsstand hatten sie keine Benson and Hedges, also musste ich ein bisschen herumlaufen.«

»Ich dachte, du wärst so ein Snob, der nur Importzigaretten kauft.«

»Ich versuche, diesen Monat ein bisschen Geld zu sparen. Dunhill stehen für die nächsten paar Wochen nicht zur Debatte«, erklärte er und holte Feuerzeug und eine Zigarette hervor. »Wartest du schon lange?«

»Ja«, sagte sie. »Du solltest nicht rauchen.«

»Das hält mich schlank, und ich brauche wenigstens ein Laster.«

»Mag sein, aber du sitzt in einem Nichtraucherbereich«, sagte sie und zeigte auf das Schild hinter ihm.

Tristán sah sich um und seufzte. »Und warum hast du gerade diesen Platz für uns ausgewählt?«

»Weil es im Raucherbereich voll ist und mir gesagt wurde, dass wir da auf keinen Fall noch mit reinkönnen.«

»Vielleicht kann ich sie bitten, uns umzusetzen«, sagte er und hob die Hand, um sich die Aufmerksamkeit einer Kellnerin zu sichern.

»Bitte nicht«, erwiderte sie und stocherte in dem Stück Torte herum, mit dem sie beinahe fertig war. Sie hatte damit gerechnet, dass er sich verspäten würde, und war klug genug gewesen, rasch zu bestellen.

»Hallo?«, säuselte er.

Eine Kellnerin drehte sich um, und er bedachte sie mit seinem sorglosen Sechzig-Watt-Lächeln, das nur aus Zähnen bestand. Dieses Lächeln brachte es auf eine Erfolgsquote von siebzig Prozent. Die Kellnerin kam mit einem Notizblock in der Hand näher.

»Möchten Sie bestellen?«

»Ich hätte gern eine Diätcola. Und könnten Sie uns in den Raucherbereich umsetzen?«

»Der ist voll.«

»Wenn ein Tisch frei wird, könnten wir dann umziehen? Wie ist Ihr Name – Mari? Das ist ein schöner Name. Mari, wäre es vielleicht möglich, dass Sie für uns nach einem Tisch Ausschau halten?«, bat er. »Für mich. Als besondere Gefälligkeit. Bitte.«

Er sprach in dieser tiefen, samtenen Tonlage, die er stets nutzte, wenn er etwas wollte. Die Stimme hatte eine Erfolgsquote von neunzig Prozent. Die Kellnerin lächelte ihn an. Montserrat konnte ihr am Gesicht ablesen, dass sie überlegte, ob sie Tristán von irgendwoher kannte. Sie hatte diese neugierige Miene, die die Leute in seiner Gegenwart so oft aufsetzten. Vielleicht würde sie sich später erinnern.

»Also gut«, sagte die Kellnerin errötend.

»Danke, Mari«, entgegnete er.

Tristán Abascal, geborener Tristán Said Abaid, war in Montserrats Alter. Achtunddreißig. Sie waren in demselben Gebäude groß geworden und sie beide hatten Filme geliebt. Aber damit endeten die Gemeinsamkeiten auch schon. Tristán war groß und attraktiv. Nicht einmal jahrelanger Drogenmissbrauch und dieser Verkehrsunfall hatten sein Aussehen ruinieren können. Er war nicht mehr dieser wahnsinnig toll aussehende Junge von früher, aber er machte immer noch eine ziemlich gute Figur. Und obwohl es zehn Jahre her war, seit er in einer Seifenoper aufgetreten war, gab es nach wie vor Leute, die ihn wiedererkannten.

Montserrat hingegen war klein und unscheinbar. Als sie Kinder gewesen waren, hatten die anderen sich über ihr Hinken lustig gemacht. Nach drei Operationen ging es ihrem Fuß deutlich besser, aber er schmerzte, wenn es kalt wurde. Und nun, da sich erste silbrige Strähnen durch ihr Haar zogen, wirkte ihr unscheinbares Gesicht noch unscheinbarer.

»Also, die gute Nachricht ist, dass ich eine passende Bleibe gefunden habe. Sie ist in Polanco und hat genau die richtige Größe«, sagte er mit einem selbstgefälligen Grinsen und wirbelte mit einer Hand seine Sonnenbrille herum.

Die Ärzte hatten an seinem linken Auge gute Arbeit geleistet; unter dem Auge war eine blasse Narbe zu sehen, und es war immer noch ein wenig kleiner als das rechte, wirkte ein bisschen schief, außerdem war die Pupille stets etwas stärker geweitet als die andere. Das gab seinem Gesicht einen vage unausgeglichenen Ausdruck, während es zuvor nahezu perfekt symmetrisch gewesen war. Es war nicht schlimm, aber er war sich dessen auch nach vielen Jahren noch sehr bewusst. Er trug das ganze Jahr über eine Sonnenbrille, wohin er auch ging. In den ersten paar Monaten nach dem Unfall hatte er sie sogar in Innenräumen aufgesetzt.

»Wie viel kostet sie?«

Er nannte ihr eine Zahl, und als sie eine Braue hochzog, verwandelte sich das Grinsen in ein breites Lächeln.

»Kostspielig, ich weiß. Darum habe ich die Dunhills aufgegeben. Ich brauche jeden Synchronauftrag, den ich kriegen kann. Die Auftragslage ist in letzter Zeit ein bisschen dünner geworden.«

»Ach, bei dir auch? Wir sollten uns ein Lotterielos kaufen.«

»Liquiditätsprobleme?«

»Keine schlimmen. Noch nicht. Aber ich würde Araceli gern helfen, ihre Kosten zu tragen.«

»Wie geht es ihr?«

»Gut. Ich meine, so gut, wie es die Umstände erlauben. Wir hoffen, der Krebs geht in Remission, aber trotz all der Behandlungen und *limpias* ändert sich nichts.«

»Ich sollte irgendwann mal vorbeischauen und Hallo sagen.«

»Das würde sie sehr freuen.«

Die Kellnerin kam mit seiner Diätcola und einem Glas voller Eis zurück. Tristán bedachte sie mit einem Lächeln, während sie die Cola einschenkte. Er bestellte ein Monte-Cristo-Sandwich und Pommes frites. Sie wusste, dass er in seinem Essen herumstochern und wenig zu sich nehmen würde.

»Ich muss bis zum Dreißigsten raus, und ich habe ein Umzugsunternehmen beauftragt und alles, aber die Schlüssel werde ich schon vorher bekommen. Ich dachte, wir könnten es uns vor dem Umzug ansehen. Wie wäre es mit Freitag?«

»Ich werde vermutlich die ganze Woche wegen eines Eilauftrags nicht von der Arbeit loskommen.«

»Wenn das so ist, kann ich mir dann deinen Wagen leihen? Ich wollte ein paar Kleinigkeiten selbst rüberbringen.«

Montserrat hatte drei Leidenschaften: erstens Horrorfilme, zweitens ihr Wagen. Und an dritter Stelle Tristán.

Sie hatte ihn immer geliebt, schon, als er einfach nur »*El Norteñito*« gewesen war, das Nordlicht, ein vage verwirrter Knabe aus Matamoros, der einen komischen Akzent hatte. Sie war in Tristáns Küche aufgewachsen und hatte dort gelernt, Fleischbällchen zuzubereiten, wie seine libanesische Mutter es tat. Montserrats Eltern waren geschieden, ihre Mutter selten zu Hause, und ihre Schwester Araceli war eine schreckliche Köchin, also zog sie es vor, bei ihm zu essen.

Sie teilten die überschwängliche Zuneigung von Kindern, die mit offen stehenden Mündern dicht vor dem Fernseher saßen und zusahen, wie Monster Jungfrauen verschleppten. Nachdem seine Zahnspange entfernt worden war, verwandelte sich Tristán in einen süßen Teenager, in den sämtliche Mädchen verschossen waren; auch sie war verknallt in ihn. Etwa zu jener Zeit fing Tristán an, Schauspiel- und Gesangsunterricht zu nehmen. Im Singen war er nicht gut, aber er bekam einen Job als Model für *fotonovelas*, und er war Statist in mehreren Filmen, die man getrost vergessen konnte, ehe er Rollen bei Televisa ergatterte.

Um 1977 herum, als der Zweiundzwanzigjährige sein Debüt in einer Seifenoper gab, hatte er das kantige gute Aussehen eines Stars, und Montserrats Liebe wurde zu einer stürmischen Leidenschaft, die irgendwann durch seine totale Gleichgültigkeit gedämpft wurde. Sie liebte ihn immer noch, aber diese Liebe war nicht mehr mit der romantischen Sehnsucht jüngerer Jahre verbunden. Inzwischen hatte sie sich sogar eingestanden, dass Tristán bisweilen ein Stück Scheiße sein konnte und mehr als nur ein bisschen kaputt war. Er konnte ein furchtbarer, eigennütziger Scheißkerl sein und seine diversen persönlichen Probleme strapazierten ihre Freundschaft.

Und trotzdem liebte sie ihn.

Wie dem auch sei, trotz ihrer tiefen Zuneigung würde sie ihm nicht ihren Wagen überlassen. Sie straffte sich augenblicklich und stellte ihre Tasse ab.

»Das ist alles, was du wolltest? Dir meinen Wagen leihen?«

»Komm schon, es ist eine Weile her, seit ich dich das letzte Mal gesehen habe. Ich wollte Hallo sagen.«

»Deshalb habe ich Veneers.«
»Tristán.«
»Wir haben uns umgesetzt, damit ich rauchen kann.«
»Wir haben uns umgesetzt, weil du ein sturer Arsch bist«, konterte sie und fauchte ihn dabei fast an.
»Mmm«, machte er, als er die Zigarette anzündete und einen Zug tat. »Yolanda und ich haben uns getrennt, also wird sie mich nirgendwohin fahren.«
Das erschreckte sie. Normalerweise rief Tristán Montserrat an, wenn eine seiner Beziehungen zu Ende ging, und benutzte sie als persönlichen Beichtstuhl.
»Was? Wann?«
»Vor zwei Wochen.«
»Du hast am Telefon kein Wort darüber gesagt.«
»Ich hatte noch überlegt, ob ich es wieder in Ordnung bringen kann. Ich meine, wirklich ernsthaft in Ordnung bringen, nicht nur Blumen und eine Schachtel Pralinen. Therapie vielleicht. Paarberatung.«
»Das ist irgendwie ...«
»Ziemlich erwachsen?«, fragte er.
»Ungewöhnlich«, entgegnete sie. »Ich dachte, ihr zwei würdet zusammen an diesem Film arbeiten.«
»Wir haben keinen Kontakt mehr. Und es war so oder so unmöglich, Mittel aufzutreiben. Da muss man um Darlehen betteln und vor dem Conaculta auf die Knie fallen«, sagte er.
»Was hast du getan?«
»Warum denkst du immer, *ich* hätte was getan?«
»Du hast sie nicht betrogen, oder? Sie war nett.«
»Du hast Yolanda nicht einmal gemocht«, murrte er gereizt.
»Na ja, sie war nett für *dich*«, räumte Montserrat ein. »Sie war ein bisschen versnobt, aber du magst das.«

»Turtelst du immer noch mit dem Tierarzt mit der grottigen Frisur?«, fragte Tristán. Er klang ein bisschen gehässig, aber sie ließ sich nicht ködern.

»Das ist eineinhalb Jahre her. Und ›turteln‹ ist ein großes Wort. Wenn man gerade zweimal mit jemandem ausgegangen ist, kann man kaum behaupten, man ›turtele‹ mit ihm«, sagte sie ruhig. »Außerdem haben wir gerade über dich und Yolanda gesprochen, nicht über mich.«

»Ich habe sie nicht betrogen«, sagte Tristán und klopfte seine Zigarette auf dem kleinen bernsteinfarbenen Aschenbecher ab. »Wenn du es unbedingt wissen willst, sie wollte heiraten und ein Kind bekommen.«

»Todeskuss«, murmelte Montserrat.

»Vielleicht sollte ich endlich ernst machen und die ganze Geschichte mit Hochzeit und Baby durchziehen.«

»Willst du denn ein Baby?«

»Nein! Aber ich wäre gern glücklich, und manchmal denke ich, ich bin zu kaputt, um mit irgendjemandem zurechtzukommen. Ich werde allein sterben, verrunzelt und hässlich, und meine Katze wird die Überreste fressen.«

»Sei nicht albern. Du hast nicht einmal eine Katze. Außerdem bist du allerliebst.«

»Mein Gott, ich mag es, wenn du mich auf diese Art belügst«, sagte er und grinste durch und durch vergnügt. Er war wirklich ein bisschen zu eitel.

»Ich schätze, jetzt wird mir klar, warum du gesagt hast, dass du eine neue Wohnung brauchst. Und ich dachte, es läge daran, dass deine alte Bleibe ein Kakerlakenproblem hatte.«

»Kakerlaken und Silberfischchen. Ich hoffe, das Gute an dieser neuen Wohnung wird sein, dass ich wenigstens der Insektenplage entkommen kann.«

»Silberfischchen futtern gern Stärke und Zellulose, weißt

du?«, sagte Montserrat. »Die werden deine Bücher und deine Fotos fressen. Das sind gefräßige kleine Monster.«

»Darum warst du nie bei mir zu Gast. Das war keine schöne Wohnung. Aber billig war sie«, sagte Tristán seufzend.

Sie wusste, dass er sie vor allem deswegen nicht eingeladen hatte, weil er voll und ganz mit Yolanda beschäftigt gewesen war, und er brauchte Montserrat bestimmt nicht, wenn er gerade von der frischen Blüte einer neuen Beziehung gefesselt war. Wenn er jedoch allein war, hing er an ihr wie festgeklebt. Der Gedanke an Tristáns leichtfertige und unbedachte Art, an seine Verhaltensmuster, ärgerte sie. In sechs Monaten würde er wieder jemandem begegnen und Montserrats Telefonnummer vergessen, bis ihn irgendein Übel befiel oder er anfing, sich zu langweilen.

»Ich muss los«, sagte Montserrat mit einem Blick auf ihre Armbanduhr. Sie faltete ihre Serviette zusammen und legte sie neben die leere Kaffeetasse.

»Wo willst du hin?«

»Ich habe dir ja gesagt, ich habe nicht mal eine Stunde Zeit zum Mittagessen, und du bist zu spät gekommen.«

»Du kannst mich doch nicht allein essen lassen.«

»Ich kann«, sagte sie, schnappte sich ihre Jacke und schlüpfte hinein.

»Was ist mit Heiraten? Soll ich bei Yolanda zu Kreuze kriechen?«

Sie zog ein paar Geldscheine hervor und legte sie auf den Tisch. »Weil du Angst davor hast, alt zu werden und allein zu sein?«, fragte sie. Ihre Stimme war rau, obwohl sie nicht verärgert hatte klingen wollen.

»Ja. Was? Starr mich nicht so an, das ist doch ein guter Grund, oder etwa nicht?«

»Nein«, sagte Montserrat und zog den Reißverschluss ihrer Jacke zu. Er ging ihr auf die Nerven mit diesem verlorenen Kleinjungenblick, dieser verletzten Miene mit den weit aufgerissenen Augen.«Vielleicht triffst du ja in dem neuen Haus jemand Interessanten.«

»Setz dich doch und iss mit mir. Ich wollte noch ein bisschen mehr mit dir reden.«

»Vielleicht lernst du ja, pünktlich zu sein«, entgegnete sie und fing sich einen finsteren Blick und ein verstimmtes Schnauben ein.

Sie schob die Hände in die Taschen und verließ das Restaurant. Als sie zu Antares zurückkam, war der Empfangsbereich nicht besetzt, und auf einem Schild stand: »Bitte klingeln!«, was bedeutete, dass Candy losgegangen war, um sich ein Mittagessen zu holen. Montserrat hatte vor, Marios Büro aufzusuchen, um nachzusehen, ob er wieder da war, aber er lauerte ihr in dem kleinen, schrankartigen Kämmerchen auf, das ihnen als Belegschaftsraum diente. In einer Ecke stand ein kümmerlicher, halb vertrockneter Farn, es gab einen Toaster mit gebrochenem Hebel, den man stets festhalten musste, und eine funktionierende Kaffeemaschine, was auch der Grund war, warum Montserrat den Raum aufgesucht hatte. Sie legte ihre Jacke auf eine Stuhllehne und schenkte sich eine Tasse ein.

Ehe sie Gelegenheit bekam, einen Schluck zu trinken, spazierte Mario herein. Er hatte seine Krawatte beim Mittagessen mit Suppe befleckt. »Was glaubst du eigentlich, wer du bist, dass du einfach ohne meine Zustimmung Zeit für Paco reservierst?«, fragte er.

»Ich habe Candy gesagt, wir füllen das grüne Formular aus, wenn du zurück bist.«

»Das ist nicht deine Aufgabe. Wenn ich nicht da bin, sollst du mit Samuel reden und ihm die Planung überlassen.«

»Ich habe Samuel nicht gesehen.«

»Er war hier, im Büro. Hättest du dich mit ihm abgesprochen, dann hättest du vielleicht gesehen, dass Paco eine überfällige offene Rechnung hat ...«

»Schön. Ich fülle das grüne Formular aus.«

»Du musst langsam mal aufpassen. Ich kann kein Geschäft führen, wenn du nur Mist baust. Du bist eine anständige Soundeditorin, aber deine Einstellung ist schrecklich«, sagte Mario und schob sich an ihr vorbei zur Kaffeekanne. Sie hätte beinahe ihren Kaffee verschüttet, als er sie dabei mit dem Ellbogen anstieß.

»Was? Wieso ist meine Einstellung schrecklich?«

»Sie ist schrecklich. Alle beschweren sich über dich.«

»Wer?«

»Samuel, beispielsweise. Er hat letzten Monat ein Seminar zur Teamentwicklung organisiert, und du warst die Einzige, die nicht aufgetaucht ist.«

»Du willst mich doch verarschen, oder? Dieses ›Teamentwicklungsseminar‹ bestand darin, Bier aus sehr großen Gläsern zu trinken und Kellnerinnen in den Hintern zu kneifen. Ich muss nicht mit den Jungs ›Sexistischer Höhlenmensch‹ spielen, um meine Arbeit zu machen.«

»Sexistisch«, sagte Mario und verschränkte die Arme vor der Brust. »Als Nächstes wirst du behaupten, dass du schikaniert wirst, weil wir alle Sexisten sind.«

»Ich *werde* schikaniert. Du gibst Samuel die besten Jobs und drängst mich an den Rand«, sagte Montserrat, wohl wissend, dass sie sich nicht so aufregen und nicht so offen über die Situation sprechen sollte, aber sie konnte es nicht ausstehen, wenn jemand versuchte, sie niederzumachen. »Komm schon, Mario, wir wissen doch beide, dass du mich verarschst.«

»Siehst du? Genau das meine ich. Man kann einfach nicht mit dir reden, weil du gleich in die Luft gehst«, sagte

Mario und verdrehte die Augen. »Es ist, als hättest du an zwanzig von dreißig Tagen im Monat deine Periode.«

»Ich bin nicht das Arschloch, das einen Mordsaufstand wegen eines grünen Formulars macht.«

»So, das war's. Raus mit dir. Du bist für diese Woche nicht eingeplant«, sagte Mario und zeigte mit einem Finger majestätisch auf die Tür.

»Was? Nein! Ich mache doch diesen Job für Paco.«

»Tust du nicht. Du kannst nächste Woche anrufen und fragen, ob es Schichten für dich gibt. Bis dahin bist du für sieben Tage freigestellt, es sei denn, du entschuldigst dich für dein respektloses Verhalten.«

»Ich habe gar nichts getan!«

Wenn Mario schlechter Laune war, wurde er zu einem erbärmlichen Tyrannen. Sie wusste aus Erfahrung, dass die einzig zielführende Antwort war, den Kopf zu senken und halbherzig um Entschuldigung zu bitten. Das war das, was Samuel und die anderen Jungs taten, wenn Mario grollend durch das Gebäude trampelte. Aber wenn es etwas gab, was sie hasste, dann war es, Schikanen einfach zu schlucken. Jede Faser ihres Körpers wehrte sich gegen den Impuls, zu buckeln, obwohl sie an dem Ausdruck in Marios Augen erkennen konnte, dass er genau das von ihr erwartete. Vielleicht hatte die Bemerkung über Sexismus ihn so wütend gemacht. Aber was es auch war, Montserrat wollte verdammt sein, ehe sie sich von diesem Kerl zur Schnecke machen ließ.

»Also? Wirst du dich jetzt entschuldigen?«

Montserrat knallte ihre Tasse auf den klapprigen Kunststofftisch, an dem sie ihre Mahlzeiten einnehmen sollten. »Ich nehme die sieben freien Tage. Vielleicht bist du ja nicht mehr so ein Arsch, wenn ich zurückkomme«, sagte sie, klemmte sich ihre Jacke unter den Arm und stürmte zur Tür hinaus.

Kaum öffnete sie die Eingangstür, wusste sie, sie hatte Mist gebaut. Sie hätte nicht so auf ihn losgehen sollen. Mario hatte sie in die Falle gelockt. Vermutlich juckte es ihn schon länger, einen Grund zu finden, um sie rauszuwerfen, und sie hatte ihm einen auf dem Silbertablett serviert. Aber daran konnte sie an diesem Tag nichts mehr ändern. Wahrscheinlich überlegte Mario es sich in ein paar Stunden wieder anders. Das tat er gewöhnlich. Sollte er sie nicht am nächsten Morgen anrufen ... na ja, scheiße gelaufen.

Mit raschen, wütenden Bewegungen zog sie ihre Jacke an und hastete zu ihrem Wagen. Sie musste sich dringend alternative Einkommensquellen suchen, denn dieser Job brachte es nicht mehr.

2

Tristán hatte inzwischen seit zehn Tagen kein Telefon. Einerseits war das nicht überraschend, denn Telmex war nicht gerade schnell, aber in Anbetracht der Miete, die er für die neue Wohnung hinblätterte, hatte er angenommen, die Dinge würden etwas glatter laufen. Der Hausmeister hatte ihm jedenfalls versichert, er bekäme ein neues Zuhause mit allen Schikanen.

Die Wohnung war nicht gerade der Inbegriff von Luxus. Sicher, sie lag gleich neben Polanco, gehörte aber tatsächlich zu Granada. Tristán sagte sich, das sei genauso gut wie Polanco, nur dass es das nicht war, nicht mit all den Lagerhäusern und den heruntergekommenen Gebäuden ganz in der Nähe. Man musste nicht weit laufen, um ins Reich der neuen Sportwagen und der schicken Restaurants zu gelangen, aber es war dennoch ein paar Blocks entfernt von ihm.

Tristáns Gebäude war grün gestrichen und hatte fünf Stockwerke. Es war renoviert worden, um eine hochklassigere Klientel anzulocken als in den letzten paar Jahren; er hatte nicht den geringsten Zweifel, dass in ein, zwei Jahrzehnten Bauunternehmer kämen und die ganze *colonia* planieren und neu aufbauen würden, sodass sie so elegant und prachtvoll wäre wie Polanco. Aber bisher hatte sich der Erfolg, den sich der Eigentümer des Gebäudes ausgerechnet hatte, nicht eingestellt.

Doch mehr hätte Tristán sich nicht leisten können. Schon jetzt schröpfte die Wohnung sein Portemonnaie. Er brauchte dringend mehr Jobs.

Und darum benötigte er sein Telefon. Er versuchte, eine Werbekampagne an Land zu ziehen. Immer wieder starrte er verzweifelt auf seinen Pager und lief zu der einen Block entfernten Telefonzelle, um Anrufe zu tätigen.

Das einzig Gute an dieser Situation war, dass die Journalisten es etwas schwerer hatten, an ihn heranzukommen. Der Jahrestag von Karinas Tod stand direkt bevor. Zehn Jahre waren vergangen, seit sie gestorben war. Ein Kerl von einem üblen Revolverblatt hatte ihn vor einigen Wochen angerufen und um ein Interview gebeten. Wie die Dinge lagen, würde Tristán nun wenigstens nicht in Versuchung kommen, mit ihm zu reden.

Trotzdem waren zehn Tage absurd. Tristán erreichte das Münztelefon und wählte die Nummer der Hausverwaltung. Weil dies ein besseres Gebäude sein sollte, gab es nicht die sonst übliche *portera* in Karoschürze mit Lockenwicklern im Haar, bei der sich die Leute über ihre Probleme beschweren konnten. Hier musste man anrufen.

Das Mädchen im Büro der Verwaltung sagte ihm, es wisse von seinen Telefonproblemen, und nein, es gebe noch nichts Neues darüber, wann sie in Ordnung gebracht würden, und außerdem sei daran so oder so Telmex schuld, also solle er vielleicht besser denen auf die Nerven gehen. Als er darauf hinwies, dass man ihm die Wohnung mit einem für drei Monate kostenlosen Telefonanschluss angeboten habe, erwiderte das Mädchen, dass es seinen Vertrag nicht vor sich habe und dass trotzdem Telmex dafür verantwortlich sei, die Leitung freizuschalten. Vor sich hin murrend, legte er auf und machte sich auf den Weg zurück zu seiner Wohnung. Tristán versuchte, weniger zu rauchen, aber der Frust trieb ihn dazu, vor dem Zeitungsstand innezuhalten und sich eine Packung Zigaretten, ein paar Chiclets und eine Ausgabe der *Eres* zu kaufen. Er wusste, er sollte sich die Zeitschrift nicht holen. Es würde ihn nur aufregen, wenn er die gut aussehenden Gesichter jüngerer Schauspieler sah, die Rollen ergattert hatten, um die er sich bemüht hatte. Und dann bestand noch die Gefahr, dass sie eine Story über Karina brachten. Aber er war an diesem Nachmittag masochistisch aufgelegt.

Karina. Ein Dreivierteljahr lang schaffte er es, sie aus seinem Gedächtnis zu verdrängen, doch irgendwann gab er auf, holte ihre Fotos hervor – eines hatte er in seiner Brieftasche, aber er besaß noch etliche, die er in einem Schuhkarton aufbewahrte – und verbrachte viel zu viele Stunden damit, sie zu betrachten. Als er jünger gewesen war, hatte er geglaubt, er wäre imstande, diesen Unfall hinter sich zu lassen. Nun konnte er sich immerhin eingestehen, dass das womöglich nie geschehen würde, dass der Schmerz tatsächlich sogar zunahm. Dass er mit jedem Jahr peinigender wurde. Die meisten Leute konnten das nicht verstehen. Ob sie es nun offen sagten oder nicht, sie hielten ihn für schwach, albern, für einen Versager.

Vor den Briefkästen blieb Tristán stehen. Er holte mehrere Briefe heraus und stopfte sie in die Gesäßtasche, ehe er seine Zigarette anzündete und in den dritten Stock hinaufstieg. Erst als er seine Wohnung betreten und seine Jacke auf der Couch deponiert hatte, warf er einen Blick auf die Umschläge und erkannte, dass einer der Briefe ein Willkommensgruß der Verwaltungsgesellschaft war und die anderen beiden nicht an ihn, sondern an Abel Urueta, Apartment 4A, adressiert waren.

Das war ein Name, den man dieser Tage nicht mehr zu hören bekam. Montserrat und Tristán hatten mehr als nur einen Nachmittag geschwänzt, um im Palacio Chino oder im Cine Noble *mueganos* zu essen und sich Horrorfilme anzusehen, darunter auch die alten Streifen von Urueta. Heutzutage zeigte das Cine Noble Pornos, und der Palacio Chino fiel auseinander, sein goldenes Dekor befleckt von Schmutz und Vernachlässigung. In Mexiko gingen nur noch wenige Menschen ins Kino, fast alles wurde direkt für den Heimvideomarkt produziert, es gab lediglich ein *cine de ficheras* und billige Komödien, in denen Männer Frauentitten betatschten. *La Risa en Vacaciones* mit den versteckten Kameras und den seichten Witzen repräsentierte, was derzeit als Unterhaltung galt. Und Abel Urueta, der in den 1950ern bei drei großartigen Filmen Regie geführt hatte, war inzwischen nur noch eine Fußnote in der Geschichte der Unterhaltung.

Beim Anblick des Briefes empfand Tristán etwas, was kindlicher Freude ziemlich ähnlich war. Rasch stieg er die Stufen zum vierten Stock empor und klopfte an die Tür von 4A.

Ein distinguiert wirkender Herr mit einem Mittelscheitel im grauen Haar und einem um den Hals geknoteten Taschentuch öffnete die Tür und musterte Tristán neugierig. Er hatte nie ein Foto von Abel Urueta gesehen, war aber überzeugt, den richtigen Mann vor sich zu haben. Er hatte Augenbrauen wie Stanley Kubrick – ein wenig gewölbt über leuchtenden Augen – und dazu ein schiefes Lächeln, das gut zu Luis Buñuel gepasst hätte.

»Herr Urueta? Es tut mir leid, wie es scheint, ist Ihre Post versehentlich bei mir gelandet«, sagte er und hielt ihm die Briefe hin.

»Dieser verdammte Briefträger«, meinte der alte Mann und schüttelte den Kopf. »Ein Mal gebe ich ihm am Briefträger-Tag kein Geld, und schon tut er, als hätte ich ihm ins

Gesicht gespuckt. Tut mir leid, aber ich hatte an dem Morgen kein Kleingeld da. Heutzutage wird man von den Leuten mehr oder weniger ausgeraubt. Es war ein Versehen! Und dieser Kerl steckt meine Korrespondenz immer wieder in jeden beliebigen Briefschlitz, der ihm gefällt.«

»Das tut mir leid. Ich kann Ihnen auch künftig alle Briefe vorbeibringen, die in meinem Briefkasten landen.«

»Das ist nett von Ihnen. Sie müssen der neue Mieter in 3C sein. Die Frau, die früher dort gewohnt hat, hatte so einen Kläffer, der ständig in die Lobby gepisst hat. Und gehustet hat sie auch die ganze Zeit.«

»Dann hoffe ich, ich stelle eine Verbesserung dar.«

»Definitiv. Also, ich bin, wie Sie in Anbetracht der Umschläge vermutlich erraten haben, Abel Urueta«, sagte der alte Mann und streckte die Hand aus.

»Tristán Abascal.«

Sie schüttelten einander die Hände und Abel lächelte. Etwas wie Erkenntnis flackerte in seinen Augen auf.

»Ich kenne diesen Namen. Und dieses Gesicht. Sie sind Schauspieler.«

»Heutzutage vor allem Synchronsprecher.«

»Was für eine Verschwendung, mein Junge! Sie haben das Gesicht eines jungen Arturo de Córdova.«

Tristán, der in der Eile auf seine gewohnte Sonnenbrille verzichtet hatte, empfand zugleich Stolz und eine sonderbare Scheu. Er war es gewohnt, bewundert zu werden – zumindest früher; heute gab es weniger Bewunderung und mehr kritische Analysen –, aber dieses Kompliment aus dem Munde eines Mannes, der tatsächlich mit dem echten Arturo Córdova gearbeitet hatte, berührte ihn zutiefst. Selbst auf dem Höhepunkt seines Schaffens hatte Tristán keine Hauptrollen gehabt. Er war ein Seifenoperndarsteller, ein Statist in diversen bedeutungslosen Filmen, und er hatte sogar eine Zahnpastawerbung gedreht. Filme waren eine andere Welt und für ihn waren die Stars des Goldenen Zeitalters in Zelluloid konservierte Götter.

»Danke. Das bedeutet mir viel. Ich muss sagen, Ihre Filme waren toll, Sir. *Geflüster im Glashaus* war perfekt«, sagte er und hoffte, sich nicht wie ein Volltrottel anzuhören.

»Sie haben ihn gesehen?«

»Meine Freundin Montserrat und ich, oh ... wir lieben Ihre Gruselreihe ...«

Ein lautes Pfeifen ertönte, und Abel ächzte genervt, aber er winkte Tristán herein. »Das ist das Wasser für meinen Kaffee. Kommen Sie rein.«

Ohne Tristán eine Gelegenheit zu einer Antwort zu geben, ließ Abel die Tür weit offen stehen und eilte in die Küche. Tristán trat ein, die Hände in den Taschen, und sah sich um. Den Grundriss kannte er bereits durch den Makler, der ihm die Baupläne gezeigt hatte. Dieser Wohnungstyp wurde als »Deluxe« bezeichnet. Hier gelangte man durch die Eingangstür direkt ins Wohnzimmer, rechts lagen Speisezimmer und Küche, während links ein Korridor zum Schlafzimmer, einem als Büro bezeichneten Bereich, einem Flurschrank und einem Badezimmer führen sollte. Tristán lebte in der Variante »Standard«, der preiswerteren Version mit einem Schlafzimmer. Er war in Versuchung gewesen, sich eine größere Wohnung zu suchen – die bisherige, die er sich mit Yolanda geteilt hatte, war wunderbar geräumig gewesen –, aber am Ende hatte die Vernunft die Oberhand behalten. Eine kleine Wohnung mit einer moderateren Miete sollte vollkommen reichen.

Yolanda hatte etliche Möbelstücke behalten, was bedeutete, dass Tristáns neues Zuhause spärlich möbliert war. Abel hingegen hatte offenbar sein ganzes Leben in diese

Wände gepackt. Tristán bewunderte das robuste Bücherregal, das überquoll vor lauter Lesestoff, und die Topfpflanzen am großen Fenster. Auf einem Tisch stand eine Remington-Schreibmaschine neben einer Lampe im Tiffanystil. Es gab einen Barwagen mit einem Dekanter und Gläsern, einen Plattenspieler und eine Vase in einem prachtvollen Grünton mit einer Blumendekoration im Art-nouveau-Stil. Abel sammelte allem Anschein nach Antiquitäten, und er besaß haufenweise davon. Außerdem hatte er ein ganzes Regalfach voller Quarzkristalle und Steine. Aufgebrochene Geoden präsentierten ihr funkelndes Innenleben. Ein Mineralienliebhaber. Nein, ein Sammelwütiger.

Er stellte sich vor, wie der Regisseur mit einem Barett auf dem Kopf durch die Stadt ging. Stilvoll, das war er. Tristán war nicht zum reichen Kosmopoliten geboren; stattdessen hatte er sich seine Manieren durch Filme und Seifenopern angeeignet. Hier konnte er das Echte sehen, das Mondäne, und er begaffte begeistert seine Umgebung.

»Möchten Sie eine Tasse Kaffee, Herr Abascal?«

»Tristán, bitte«, sagte er und ging in Richtung Esszimmer. Abel war immer noch in der Küche. Er hörte Tassen und Besteck klappern. »Sicher, ich nehme gern eine Tasse.«

»Das ist Kaffee aus Veracruz. Ich füge eine Prise Salz hinzu, damit er nicht so bitter ist, genau wie unsere Mutter es getan hat. Mögen Sie bitteren Kaffee?«

»Ich mag ihn stark. Meine Mutter ist Libanesin. Wir haben ihn mit Kardamom gewürzt. Ich finde, in den meisten Restaurants schmeckt der Kaffee wie verwässerter Dreck, wenn ich ehrlich bin.«

Abel lachte. Er kam mit einem Tablett ins Esszimmer, auf dem zwei Tassen Kaffee standen, und platzierte eine vor Tristán. Neben dem Kaffee befand sich auf dem Tablett auch ein Teller mit Keksen.

»Ist der Name Tristán Abascal echt oder war das die Erfindung eines Mitarbeiters von Televisa? Arturo de Córdova kam als Arturo García zur Welt, aber sie fanden den Namen zu gewöhnlich. Tristán ist ein ziemlich seltener Name.«

»Der Tristán ist echt, meine Mutter hat mich nach einer Oper benannt. Aber der letzte Name ist erfunden. Ich kam als Tristán Said Abaid zur Welt«, sagte er und nippte an seinem Kaffee.

»So was passiert. Im Showbusiness dreht sich alles darum, Menschen umzugestalten. Aber Sie sagten, Sie hätten *Geflüster im Glashaus* gesehen?«

»*Das Opalherz in einer Flasche* und *Der Fluch des Gehängten* auch. Von dem hat Montserrat sogar ein Poster gekauft. Sie wollte schon seit Jahren eines von *Jenseits der gelben Tür*, aber es scheint keine zu geben, obwohl uns mal jemand erzählt hat, er hätte eines.«

»*Jenseits der gelben Tür*«, sagte Abel und sah ihn erstaunt an. »Sie müssen sehr an alten Filmen interessiert sein, wenn Ihnen daran etwas liegt. Er ist nicht einmal fertiggestellt worden.«

»Ich weiß. Montserrat ist ein großer Horrorfilmfan. Sie hat mir davon erzählt.«

»Wer ist Montserrat?«

»Entschuldigung. Montserrat Curiel. Sie ist Soundeditorin. Und meine Freundin.«

»Soundeditorin. Für Filme?«

»Für alles, nehme ich an. Der Kaffee ist recht ordentlich«, sagte er und tippte mit dem Zeigefinger an den Rand der Tasse. Er war es nicht, aber Tristán war bemüht, einen guten Eindruck zu hinterlassen. Wenn es um Zigaretten und Getränke ging, war er eigen. Wichtigtuerisch nannte Montserrat das immer. Wählerisch, pflegte er zu antworten.

Abel hielt ihm den Keksteller hin. Er nahm einen und trank einen weiteren Schluck Kaffee. Da saß er nun und sprach mit Abel über Filmstars der Vergangenheit. Der Regisseur kannte sie alle. Tristán hatte diese Art von Gesprächen stets genossen. Die Anekdoten und Geschichten aus vergangenen Jahrzehnten begeisterten ihn. Er liebte es, mit Germán Robles zu schwatzen, der früher Hauptrollen in achtbaren Filmen gespielt hatte und dann Synchronsprecher wurde; heute nahm er jeden Auftrag an, von dem sprechenden Wagen in *Knight Rider* bis zur Synchronisierung von Filmen. Genauso freute er sich über jede Begegnung mit Joaquín Cordero, der während des Goldenen Zeitalters ebenfalls Hauptrollen in etlichen Filmen und in jüngster Zeit Väter und Onkel in Seifenopern gespielt hatte.

Die älteren Schauspieler waren freundlicher. Sie hatten nichts dagegen, sich hin und wieder mit Tristán zu unterhalten. Tristáns Altersgenossen hingegen betrachteten ihn wie einen Aussätzigen. Besonders schlimm war das in den ersten Jahren nach dem Unfall gewesen. Er nahm an, einstige Größen und Senioren sähen in ihm keine Bedrohung. Er war ein bisschen wie sie. Die Jungen jedoch sorgten sich um ihre Reputation. Wer wollte schon mit einem Mörder fotografiert werden?

Natürlich hatte Tristán nicht wirklich jemanden ermordet. Er war in einen Autounfall verwickelt gewesen. Danach hatte er sein Auge rekonstruieren lassen müssen und war süchtig nach Schmerzmitteln geworden. Aber die Zeitungen hatten es nicht so mit Feinheiten. Wäre er zuvor nett zur Presse gewesen, dann wären sie ihm vielleicht nicht gleich an die Kehle gegangen. Aber er war nicht immer nett gewesen, und sein Image jugendlicher Ausschweifung, das ihm einst kostenlose Publicity eingebracht hatte, trug ihm nach dem Unfall schlimme Schlagzeilen ein: »Gelage des

Partymonsters endet mit Tragödie«, hatte eine der besten gelautet. Hinzu kam, dass Karinas Vater Evaristo Junco ein rachsüchtiges Arschloch war und Tristán die Schuld an dem Unfall gab. Und bedauerlicherweise war Evaristo mit vielen wichtigen Leuten befreundet.

Wer von Evaristo aus dem Fernsehen verbannt wurde, bekam keinen Obstkorb mehr zu Weihnachten.

Tristán aß seinen vierten Keks, als sein Pager losging. Er griff nach ihm und warf einen Blick drauf. Für einen Moment dachte er daran, Abel zu fragen, ob er sein Telefon benutzen dürfe, aber das war vielleicht etwas zu viel des Guten, denn die Nachricht war von Yolanda. Sie hatte beharrlich behauptet, er habe eine CD von ihr, und obwohl Tristán sie nicht hatte, ließ sie nicht locker.

Yolanda fügte Tristáns Rechnung immer neue imaginäre Posten hinzu. Plötzlich war er ihr für dies und das etwas schuldig. Und, okay, gut, Tristán verstand, was dahintersteckte, denn sie hatten einen gemeinsamen Urlaub geplant, und mit ihrer Trennung hatten sie den Urlaub das Klo runtergespült.

Alles, was er sich wünschte, war ein bisschen Ruhe und Frieden, und er nahm an, Yolanda wäre mieser Stimmung. Ihre Trennung war eher stürmisch als gütlich verlaufen. Doch so wenig er mit Yolanda sprechen wollte, war er trotzdem in Versuchung. Das würde ihn wenigstens von Karina ablenken. Heute Abend würde er ihr Bild hervorholen und betrachten. Er musste einfach.

Gott! Vielleicht sollte er besser gar kein Telefon haben. Definitiv sollte er während der nächsten drei Jahrzehnte keine romantische Beziehung mehr haben. Die verbockte er mit einem bemerkenswerten Können.

»Ich muss los, tut mir leid«, sagte Tristán und steckte den Pager wieder an seinen Platz.

»Kein Problem. Vielleicht haben Sie ja Lust, zum Abendessen zu kommen und Ihre Editorenfreundin mitzubringen«, schlug Abel vor.

»Ist das Ihr Ernst?«

»Natürlich. Ich bekomme selten Gelegenheit, mit interessanten jungen Leuten zu schwatzen. Wie wäre es mit Samstag? Gegen vier.«

»Sicher«, sagte Tristán wie aus der Pistole geschossen. Er kam sich vor wie ein Kind, das sich den Bauch mit Süßigkeiten vollgeschlagen hatte, geradezu schwindelig vor Freude.

Sie schüttelten einander die Hände. Dann lief Tristán die Treppe wieder hinunter.

Zwei Tage später beschloss er, Montserrat bei der Arbeit aufzusuchen, statt sie anzurufen, weil sein Telefon immer noch nicht angeschlossen war und weil Montserrat, wenn sie gerade eine ihrer Arbeite-mit-doppeltem-Einsatz-Phasen hatte, einfach das Kabel aus der Dose riss und so tat, als existierte die Welt gar nicht.

Er lungerte im Empfangsbereich von Antares herum und blätterte in einer Zeitschrift, als Montserrat sich bequemte herauszukommen. Sie bedachte ihn mit einem Blick aus schmalen Augen und zupfte an den Ärmelaufschlägen ihrer Jacke, wie sie es stets tat, wenn sie mit Ärger rechnete.

»Ich bin nicht hier, um mir Geld zu leihen«, sagte Tristán und reckte theatralisch die Hände in die Luft. »Ich habe gute Neuigkeiten. Lass uns einen Kaffee trinken.«

»Nein. Du wirst nur wieder zwei verdammte Stunden brauchen, um einen Salat zu essen.«

»Wirklich? Wann hast du das letzte Mal etwas gegessen?«

Montserrat antwortete nicht, aber er wusste, dass sie von einem Cracker und zwei Erdnüssen lebte. Sie hatte sich immer schon alles abverlangt. Als sie Kinder gewesen waren,

»Und dir dabei praktischerweise auch gleich meinen Wagen leihen.«

»Es wäre nur eine kurze Fahrt.«

»Nein. Du wirst deine Matratze nicht auf dem Dach meines Autos herumkutschieren, nur um beim Umzug ein bisschen Geld zu sparen.«

Er lachte. »Ich werde meine Matratze nicht auf das Dach deines Wagens schnüren. Komm schon, Momo.«

»Nein. Das war's, nein. Nimm ein Taxi. Oder lass dich von Yolanda fahren.«

Tristán hatte die Lippen fest zusammengepresst und starrte sie an. Aber sie würde ihm den Wagen nicht geben. Sie hatte ein Auto haben wollen, wie es Simon Templar im Fernsehen gehabt hatte, als sie noch Kinder gewesen waren, einen Volvo P1800. Da sie damals keinen hatte auftreiben können, begnügte sie sich mit einem Volkswagen, der traumhaft lief. Er war weiß, makellos und wurde stets sicher und geschützt auf einem Garagenstellplatz geparkt, den sie gemietet hatte, gerade einen Block von ihrer Wohnung entfernt. Das war zwar nicht der Wagen eines Fernsehhelden, aber es waren ihre kostbaren vier Räder, und sie wollte nicht, dass Tristán das Auto mit seinen Zigaretten verpestete, ob sie nun importiert waren oder nicht.

Die Kellnerin kam und sagte ihnen, sie könne sie jetzt im Raucherbereich unterbringen. Montserrat nahm ihre Tasse Kaffee und er schnappte sich seine Cola. Als sie sich wieder setzten, spielte Tristán erneut mit seiner Zigarettenschachtel. Montserrat streckte eine Hand aus und legte sie auf seine.

»Ich würde mich freuen, wenn du aufhören würdest zu rauchen.«

»Ich habe dir doch gesagt, das hält mich schlank.«

»Es ist nicht gut für deine Gesundheit, und denk mal an deine Zähne.«

hatte sie trotz eines schlimmen Fußes schneller laufen können als alle anderen Kinder in der Nachbarschaft. Er nahm an, sie versuchte immer noch, allen davonzulaufen. Tristán war bewusst, dass Soundediting eine Männerdomäne war. Montserrat war tough. Das musste sie sein. Dennoch machte er sich Sorgen, wenn er sah, dass sie sich derart unter Druck setzte und sich bis zur Erschöpfung antrieb.

»Ich habe deinen Wagen vor der Tür parken gesehen. Lass uns zum Tortas Locas fahren.«

»Du wirst dich nicht mit dieser Scheißzigarette in meinen Wagen setzen.«

Tristán seufzte. Er hatte sie gerade anzünden wollen. Vorsichtig steckte er sie in die Packung zurück. »Momo, ich kann doch das Fenster öffnen, wenn dich das stört. Oder willst du lieber in dieses *fonda* um die Ecke? Vergiss es: Lass uns in ein ordentliches Restaurant gehen. Crêpes im Wings. Das ist besser. Crêpes Suzette. Für Tortillas ist es zu spät.«

»Tristán …«

»Ich wette fünfzigtausend Pesos, dass du nicht mal Milch zu Hause hast.«

»Was?«

Er hatte sich an Montserrats Phasen gewöhnt, fast als hätte er sich einen Mondphasenkalender eingeprägt und wüsste, ob gerade abnehmender oder zunehmender Mond war, ohne zum Himmel aufzublicken. Ihm entging nicht, dass dies für sie eine lange Woche gewesen war. Mit ihren Kopfhörern konnte sie jedes Knacken und Knistern wahrnehmen, wusste aber nicht, ob gerade Dienstag oder Freitag war. Weil das nicht wichtig war, wichtig war nur der Sound.

»Lass uns zum Supermarkt fahren.«

»Um Gottes willen«, murrte Montserrat, aber Tristán wusste, dass er in Hinblick auf den Inhalt ihres Kühlschranks vollkommen richtiglag. Montserrat mochte ihm vorwerfen, er verhalte sich kindisch, aber er lief nicht drei Tage am Stück im selben Shirt herum. Sicher, dieses Mal sah ihr Shirt recht sauber aus, aber die Jeans, die sie trug, waren nicht deshalb zerrissen, weil das so modern war. Es sah eher aus, als wäre Montserrat morgens in die ersten Klamotten gesprungen, die ihr in die Hände geraten waren, und dazu gehörten eben auch Jeans mit Löchern.

Zumindest ihr Wagen war picobello. Montserrat mochte vergessen, Alltagsdinge einzukaufen, aber sie dachte immer daran, den *viene-viene* zu bezahlen, der auf ihren Wagen aufpasste und ihn wusch, während sie arbeitete. Dieser Wagen wurde so gut bewacht wie das Gold von Fort Knox.

Sie fuhren zum nächsten Supermarkt. Tristán dachte sich, er könnte ebenso gut auch gleich seine eigenen Einkäufe erledigen, und Montserrat seufzte unentwegt vor sich hin, während er die Etiketten sämtlicher Gegenstände überprüfte, die in ihrem Einkaufswagen landeten. Er musste wissen, was er sich einverleibte, allzu bewusst waren ihm die Gefahren zusätzlicher Kalorien und schädlicher Zucker. Und außerdem war da die paranoide Stimme in seinem Hinterkopf, die ihm sagte, Schauspieler sollten sich nicht mit vier Tüten Sabritas zum Abendessen an der Kasse erwischen lassen.

»Also, wie lautet die gute Neuigkeit?«, fragte sie, während er eine Packung Cracker begutachtete.

»Ich habe beim Vorsprechen einen glänzenden Eindruck gemacht, aber es ist noch zu früh, um irgendetwas Definitives über zu erwartende Einkünfte zu sagen. Es wäre auch möglich, dass die Leute einfach nur höflich waren und meine Darbietung doch nicht mochten. Aber vergiss es; das, worüber ich wirklich mit dir reden wollte, ist Abel Urueta.«

»Was ist mit ihm?«

»Er wohnt in meinem Haus.«

Montserrat, die den Einkaufswagen schob, blieb abrupt stehen und drehte sich überrascht zu ihm um. »Urueta? Der Regisseur Urueta?«

»Na klar«, sagte Tristán, griff in den Einkaufswagen und studierte das Etikett einer Packung Instantnudeln, die Montserrat hineingeworfen hatte. »Wie kannst du so etwas essen?«

»Mit einer Gabel«, erwiderte sie trocken.

»Nein, ich meine, wie zum Geier kannst du das essen? Scheiße, Montserrat, geh in ein Feinkostgeschäft, hol dir eine Scheibe Schinken und ein bisschen Käse und mach dir was Richtiges zum Mittagessen. Kein Wunder, dass du Zahnfleischbluten hast. Du hast vermutlich ernährungsbedingte Mangelerscheinungen wie ein Seemann im 17. Jahrhundert. Urueta hat dich und mich zum Abendessen eingeladen. Wir sollten eine Flasche Wein kaufen, die wir ihm mitbringen können.«

Sie schüttelte den Kopf und starrte zu ihm empor. Sogar mit ihren Springerstiefeln reichte Montserrat Tristán kaum bis zur Schulter. Eigentlich sah sie aus wie eine kleine wilde Elfe. Im Augenblick wie eine äußerst schockierte wilde Elfe, der vor Ehrfurcht und Verwirrung der Mund offen stehen geblieben war.

»Ist das dein Ernst?«

»Natürlich. Du isst nicht vernünftig. Das habe ich dir schon eine Million Mal gesagt, und dann beklagst du dich, dass der Zahnarzt ...«

»Ich meine das mit Urueta. Du hast ihn getroffen und er hat Abendessen vorgeschlagen?«

»Samstag.«

»Wann hast du ihn getroffen? Wie?«

»Vor ein paar Tagen.«

Sie klappte den Mund auf und wieder zu. Und wieder auf.

»Am Samstag kann ich nicht.«

»Warum nicht? Erzähl mir nicht, du musst arbeiten. Es ist der reine Wahnsinn, was du in letzter Zeit zu tun hattest. Du hast den ganzen Juli und den halben August an deinen Monitoren geklebt.«

»Das war einmal. Außerdem, woher willst du das überhaupt wissen? Du warst den ganzen Sommer zu beschäftigt, um dir *Hellraiser 3* mit mir anzusehen, und es gab nur diese eine Sondervorführung im Palacio Chino.«

Sein Liebesleben war im Juli und August implodiert, aber es wäre nicht hilfreich, das jetzt zu erwähnen. Montserrat würde vermutlich denken, dass er kindisch sei. Ihre Lösung für Beziehungsprobleme bestand darin, Anrufe nicht zu erwidern.

»Komm schon, du willst doch am Samstag abhängen. Ich weiß, dass du das willst.«

»Ich brauche die Arbeit«, sagte sie mit dem sturen Gesichtsausdruck, den er so gut kannte. »Mario hat mich wie Scheiße behandelt, und ich kann derzeit nichts ablehnen, oder er wird das gegen mich verwenden und behaupten, ich wäre unzuverlässig. Ich habe mich mit ihm angelegt und das lässt er mich nicht vergessen. Jetzt versuche ich, die Dinge wieder ins Lot zu bringen und bis Dezember nett zu sein, oder ich bekomme keinen Bonus.«

»Du legst dich ständig mit ihm an. Ich wette, er weiß nicht mal mehr, warum er sauer auf dich war.«

»Er weiß es.«

»Du kannst dir doch einen Nachmittag freinehmen.«

»Ich habe Araceli versprochen, dass ich sie zum Krankenhaus fahre. Und danach will sie wahrscheinlich auf dem Mercado de Sonora Kerzen kaufen.«

»Das Zeug taugt nichts.«

»Was taugt schon was?«, grummelte Montserrat und versetzte dem Einkaufswagen einen harten Stoß.

Tristán schob schweigend die Hände in die Jeanstaschen und ging neben ihr her. »Sorry«, sagte er dann.

»Du kannst ja nichts dafür.«

»Ich weiß, dass du viel zu tun hast, aber es wäre gut, auch mal eine Pause einzulegen. Wenn du so weitermachst, verheizt du dich.«

»Ich verheize mich nicht.«

Sie bog nach links ab und wäre beinahe mit dem Einkaufswagen einer anderen Frau kollidiert. Die Frau schimpfte lauthals. Montserrat ging schneller. Vor einer großen Pyramide *Zucaritas* wurde sie langsamer. Tristán griff nach einer der Schachteln und drehte sie in den Händen hin und her. Gott, das war kaum mehr als eine Packung Zucker.

»Vielleicht kann ich die Kerzen ausfallen lassen und Araceli nur zum Krankenhaus fahren«, sagte sie und blickte ihn unsicher an.

»Gut. Und weißt du was, wir müssen nicht bis zum Abendessen bei dem Kerl bleiben, falls es langweilig ist. Wir können auch die Flasche Wein abliefern, in meine Wohnung gehen und bei Benedetti's bestellen.«

»Du wirfst mir vor, ich würde nur Mist essen, und dann willst du Pizza bestellen?«

»Du isst nur Mist, aber es ist in Ordnung, Mist zu essen, wenn wir es zusammen tun.«

Sie luden noch mehr Lebensmittel in ihren Wagen. Tristán verkniff sich weitere Kommentare zu Montserrats Einkäufen. An der Kasse starrte er die Zeitschriften auf ihrem Ständer an und fragte sich erneut, ob eine davon eine Story über Karina bringen würde. Er wollte es zwar nicht, aber er zählte die Tage bis zum Jahrestag ihres Todes.

Sie packten ihre Einkäufe in den Kofferraum des Wagens. Als sie wieder drin saßen, nahm er seine Sonnenbrille ab und betrachtete sich im Rückspiegel. Sein Blick fixierte die

Narbe unter seinem Auge. Seine linke Pupille war wegen des Unfalls noch immer ein bisschen größer als die rechte. Er wusste, dass das kaum auffiel, aber es würde nie aufhören, ihm zu schaffen zu machen.

Ja, ihm war klar, dass er Glück hatte, noch am Leben zu sein. Aber nein, er konnte nicht vergessen, was passiert war.

Das Abendessen würde ihnen beiden zumindest eine willkommene Abwechslung bieten. Montserrat sah unverkennbar so aus, als brauchte sie dringend einen fröhlichen Abend, und er musste nach dem Blick in den Spiegel zugeben, dass auch er gestresst war. Gespräche über Schauspieler, die Gummianzüge trugen und Monster darstellten, würden sie bestimmt aufmuntern. Außerdem hatte er es ernst gemeint, als er gesagt hatte, sie könnten einfach gehen, wenn es langweilig sein sollte. Aus diesem Grund hatte er eine zweite Flasche Wein gekauft. Nur für alle Fälle.

3

Montserrat hasste Krankenhäuser. Der Anblick eines Arztes oder einer Krankenschwester katapultierte sie zurück in ihre Kindheit. Drei. Das war die Zahl der Operationen an ihrem Fuß. Die lange, hässliche Narbe, die sich über ihre Fessel zog, und die endlos dürren, atrophierten Muskeln des linken Beins waren das Vermächtnis, mit dem sie zurechtkommen musste. Aber der Fuß drehte sich nicht länger in so einem sonderbaren Winkel weg, und sie humpelte nicht mehr erkennbar – jedenfalls an den meisten Tagen –, auch wenn der Fuß bei Kälte immer noch schmerzte. Sie musste beim Gehen aufpassen. Doch nach so vielen Jahren wusste sie, wie sie ihr Gewicht zu verlagern hatte, sodass es eher selten zu einem peinlichen Schlurfen kam. Es sei denn, sie war müde, dann bewegte sie sich bisweilen wieder auf diese alte, unnormale Art – Untoten-Mambo nannte sie das –, jedoch nur in gedämpfter Form, beinahe wie Hintergrundgeräusche in einer Aufnahme, die am Tonmischpult erfolgreich abgeschwächt worden waren.

Nein, sie konnte Krankenhäuser nicht ausstehen, auch wenn die Zeit ihrer Behandlungen und ihrer Schmerzen lange vorbei war. Aber ihre Schwester brauchte sie, also setzte Montserrat ein Lächeln auf und wartete, bis Araceli herauskam und in den Wagen stieg. Araceli schaltete das Radio ein und wählte einen Sender, der Balladen spielte.

Montserrat musterte das zarte Handgelenk ihrer Schwester und schloss die Finger fester um das Lenkrad. Es kam ihr vor, als wäre Araceli jedes Mal, wenn sie einander begegneten, wieder ein bisschen dünner geworden.

»Ich überlege, ob ich wegen dieser Kerzen, von denen ich dir erzählt habe, zum Mercado de Sonora gehen soll«, sagte Araceli.

Und vermutlich auch wegen einer *limpia*. Nicht, dass ein solches Reinigungsritual wirken würde, wie Tristán angemerkt hatte. Aber Araceli glaubte an Heilkristalle und Auren. Montserrats Vertrauen in derlei Heilmittel war allenfalls mäßig. Sie hatte eine Statue von San Antonio auf den Kopf gestellt, um einen Schwarm für sich zu gewinnen, und sie hatte Bänder um eine Aloe-Vera-Pflanze gebunden, aber mehr aus Gewohnheit, weniger, weil sie daran geglaubt hätte. Und doch wünschte sie sich, sie könnte glauben. Montserrat und ihre Schwester brauchten dringend ein Wunder.

»Ich erinnere mich. Ich dachte, wir könnten später hingehen, aber wir können uns auch gleich dorthin auf den Weg machen«, sagte Montserrat.

»Wir können da nicht hinfahren, das weißt du doch. Ich erwähne es nur für den Fall, dass du auch etwas brauchst. Ich könnte es dir dann später vorbeibringen.«

»Vielleicht sollten wir das lieber umgekehrt machen.«

»Ich kann den Bus nehmen.«

»Im Bus ist es voll. Außerdem lassen die einen gern stehen, und du solltest gerade jetzt keine Energie damit verschwenden, herumzustehen und auf einen Bus zu warten, der dann doch vorbeifährt.«

Araceli bedachte sie mit einem spitzen Blick. »Busfahren kann ich noch.«

»Ich habe nicht gesagt, du könntest es nicht«, entgegnete

Montserrat, aber natürlich hatte sie genau das angedeutet. Sie wusste nicht, wie sie mit Aracelis Krankheit umgehen sollte. Sie nahm an, Araceli war es schlicht nicht gewohnt, dass sie die Rollen vertauscht hatten. Als sie jung gewesen waren, war Montserrat diejenige gewesen, die Hilfe gebraucht hatte.

Araceli seufzte. Kurz trat Stille ein. »Du hast Pläne«, sagte sie dann. »Hast du nicht gesagt, du bist mit Tristán zum Abendessen verabredet?«

»Ich kann jeden Tag mit Tristán zu Abend essen.«

»Hast du seine neue Wohnung schon gesehen?«

Montserrat schüttelte den Kopf. »Ich hatte viel zu tun«, sagte sie.

Nicht so viel, wie sie sich wünschte, aber sie wagte nicht, ihrer Schwester das zu erzählen. Alles, was sie je gewollt hatte, war, ihr Leben mit Kassettenrekordern, Plattenspielern und Mischpulten zu verbringen. Soundeffektbibliotheken, Loops und Mehrspurrekorder, damit kannte sie sich aus. Und jetzt, da die Auftragslage schlechter wurde – Mario hatte ihr nicht vergeben, er brauchte sie nur gerade jetzt –, wusste sie nicht, was sie tun könnte. Sie wollte sich *cue sheets* ansehen und sich über den Dialogschnitt klar werden, nicht mit ihrem Boss über ein paar lausige Schichten streiten.

»Vergeude deinen Samstag nicht mit mir. Geh und hab Spaß. Triff dich zum Essen mit einem attraktiven Mann.«

»Es ist bloß Tristán.«

»Und? Du kannst dir doch etwas Nettes ansehen, während du dein Steak in mundgerechte Stücke schneidest. Besser, als eines deiner grauenhaften Poster anzustarren.«

»Er ist kein Wandschmuck.«

»Du weißt, wie ich es meine. Setz mich zu Hause ab und lass es dir gut gehen.«

»Ich sollte bei dir bleiben, Araceli. Wir könnten uns einen Film ausleihen.«

»Nein, das solltest du nicht. Und wir können uns so oder so nie auf einen Film einigen.«

Das ließ sich nicht abstreiten. Wenige Leute teilten ihren Geschmack. Einmal hatte sie ein Date vermasselt, indem sie *Evil Dead* ausgeliehen hatte, ein anderes Mal war es *Videodrome* gewesen.

Montserrat fuhr Araceli zurück zu ihrer Wohnung und machte sich dann selbst auf den Weg nach Hause. Sie stellte den Wagen in der Garage ab und ging einen Block weit bis zu ihrem Haus, einem schäbigen sechsstöckigen Gebäude aus den 1940ern. Auch wenn es kein sonderlich bemerkenswerter Anblick war, hatte es doch das Erdbeben von '85 problemlos überstanden, und durch das Alter des Hauses war ihre Wohnung zwar nicht groß, aber großzügig geschnitten und hatte hohe Decken. Obendrein wohnte sie schon so lange hier, dass ihre Miete wirklich annehmbar war.

Montserrat schätzte die hohen Wände, die es ihr ermöglichten, ihre Poster zu präsentieren. Ihre Schwester mochte diese Kunstwerke makaber finden, aber Montserrat hatte Freude an ihrer Sammlung. In ihrem Wohnzimmer hing ein wunderschönes Poster von *Suspiria* und eines von *Hasta el Viento Tiene Miedo*. Sie besaß auch gerahmte Aushangbilder von anderen Filmen. In ihrem Schlafzimmer starrte sie über ihrem Bett Boris Karloff mit seinen traurigen Augen an. Der dritte Raum, den sie aufs Geratewohl als Büro nutzte, war vollgestopft mit Platten, CDs und Filmen. Außerdem hatte sie dort ihren Computer, einen behaglichen Sessel, noch mehr Poster, einen Schreibtisch und eine Pinnwand, die vorwiegend dazu diente, Fotos, Postkarten und Eintrittskarten von Konzerten, die sie besucht hatte, ungeordnet anzuheften. Ein Poster von *Der Fluch des Gehängten*, Uruetas letztem Horrorfilm, hing gerahmt über dem Schrank, in dem sie ihre Akten aufbewahrte. Der Gehängte war in diesem Fall eine winzige Figur, die im Hintergrund an einem Ast baumelte, während im Vordergrund eine Frau in einem weißen Nachtgewand neben etwas kniete, was anscheinend eine Tür darstellte, die verdächtig sargförmig aussah.

Das war Uruetas bester Film. *Das Opalherz in einer Flasche* konnte mit einer wundervollen Sequenz von einem Boot aufwarten, das durch einen Sumpf glitt, aber die Rahmenhandlung, in der es um eine Frau ging, die sich an ihre Vergangenheit erinnerte, nachdem sie in eine hypnotische Trance gedrängt worden war, wirkte bestenfalls aufgesetzt. *Geflüster im Glashaus* machte einiges wett mit einer großartigen Jagd durch ein Labyrinth aus Katakomben. *Der Fluch des Gehängten* hatte ein strafferes Drehbuch, und man konnte spüren, dass Urueta mit diesem Film regelrecht aufblühte. Sie hätte gern gewusst, was er wohl gemacht hätte, wenn er weiter Horrorfilme gedreht hätte, aber Uruetas Filmografie konnte man weitgehend vergessen, seit die Sechziger so richtig in Gang gekommen waren.

Montserrat wühlte in ihrem Kleiderschrank nach etwas zum Anziehen. Sie hatte zu viel zu tun gehabt, um ihre Klamotten in den Waschsalon zu schleppen, folglich war die Auswahl beschränkt. Sie besaß ein paar Blazer und Röcke, die sie nie trug, und drei Kleider in guter Qualität, die seit Ewigkeiten nicht mehr chemisch gereinigt worden waren.

Sie entschied sich für schwarze Jeans und ein Black-Sabbath-T-Shirt, das am Hals nur ein bisschen ausgefranst war. Um einen Farbtupfer hinzuzufügen, malte sie sich die Lippen dunkelrot an. Ihr krauses Haar machte ihr immer Probleme und an den meisten Tagen band sie es einfach zu einem Pferdeschwanz zurück. Irgendwo unter dem Waschbecken waren ein Föhn und ein Glätteisen, das sie selten hervorholte. Sie überlegte, ob sie sich die Haare waschen und glätten sollte, aber schon der bloße Gedanke entmutigte sie. Dann schob sie die Füße in ein altes Paar Turnschuhe und gratulierte sich dazu, zwei saubere, zusammenpassende Socken gefunden zu haben.

Sie machte sich rechtzeitig auf den Weg zu Tristáns Wohnung, obwohl sie wusste, dass er noch nicht fertig sein würde. Tristán beklagte sich ständig, sie sei viel zu pünktlich und das sei unmexikanisch. Montserrat zuckte dazu nur mit den Schultern. Wer in der Filmvertonung arbeitete, hatte eben Zeitpläne einzuhalten. Studios hatten keine Drehtüren, die den ganzen Tag über offen standen. Man musste sich an- und abmelden; man war da, wenn der Kunde einen brauchte. Aber es hatte keinen Sinn, das Tristán zu erklären. Bei der Arbeit war er pünktlich, doch im Privatleben versagte seine innere Uhr.

Montserrat parkte ihren Wagen ein paar Blocks von Tristáns Wohnung entfernt auf einem Parkplatz, den sie als vertrauenswürdig einstufte, und ging den Rest des Weges zu Fuß. Mit seiner grün gestrichenen Fassade und den funkelnden Zahlen auf der Vorderseite war das Gebäude leicht zu erkennen. Auf der anderen Straßenseite gab es eine Werkstatt und einen Eisenwarenladen. Es schien, als wäre die Straße viviseziert worden. Auf der einen Seite ein schönes, neues Gebäude, auf dem Bürgersteig der anderen Seite sonnten sich Katzen neben den Fahrzeugen, die von der Werkstatt dort abgestellt worden waren.

Montserrat drückte auf die Klingel und Tristán ließ sie herein. Als sie seine Etage betrat, streckte er schon den Kopf zur Tür heraus, während er sich mit einem Handtuch um die Hüften die Zähne putzte. Er winkte ihr mit einer Hand zu, murmelte etwas und verschwand im Bad. Derart zwanglose, unbekümmerte Begrüßungen waren zwischen ihnen ganz normal. Ein halb nackter Tristán landete nicht einmal auf der Liste ungewöhnlicher Anblicke, mit denen sie in seiner Wohnung konfrontiert worden war.

Montserrat setzte sich stirnrunzelnd auf das Sofa. Es war unbequem. Prachtvoll, aber das Leder quietschte, wenn man sich auch nur einen Millimeter weit bewegte. Die Wohnung war spärlich möbliert und in einer Ecke stapelten sich noch Umzugskartons.

»Kannst du mir die Manschettenknöpfe anlegen?«, fragte Tristán, als er, nun mit einem Hemd und immer noch nassem Haar, aus dem Bad kam, und hielt ihr seine Handgelenke hin.

»Du willst den alten Mann beeindrucken. Jetzt komme ich mir underdressed vor.«

»Ich bin immer overdressed, und das weißt du. Du hattest keine sauberen Sachen mehr, was?«

Tristán bedachte sie mit einem schalkhaften Lächeln. Er wusste genau, dass sie nicht im Waschsalon gewesen war. Sie antwortete nicht, sondern legte ihm einfach die Manschettenknöpfe an und fegte seine Hand zur Seite.

»Wenn dir meine Klamotten nicht passen, dann hättest du mich eben nicht zu diesem blöden Abendessen einladen sollen.«

»Das ist kein blödes Abendessen. Du wirst Urueta mögen. Und es wird dir nicht schaden, mal ein bisschen unter Leute zu kommen, weißt du?«

»Ich komme genug unter Leute.«

»Aha. Guck nicht so böse, sonst kriegst du die nicht.«

»Die was?«

Tristán griff in seine rechte Tasche und reichte ihr einen Schlüsselring. »Meine Wohnungsschlüssel.«

Vehement schüttelte Montserrat den Kopf. »Nein. Dann

muss ich nur deine Pflanzen wässern und den Fisch füttern, wenn du im Urlaub bist.«

»Die Pflanzen hat sie behalten. Und was den Fisch betrifft, der ist vor einer Weile gestorben.«

»Und was, wenn du dir einen Hund zulegst oder so einen Scheiß?«

»Ich werde mir keinen Hund zulegen. Komm schon, du hattest immer Schlüssel von mir.«

Was er meinte, war, dass sie immer Schlüssel von ihm gehabt hatte, wenn er gerade zwischen zwei Beziehungen steckte, wenn er von ihr erwartete, dass sie alles stehen und liegen ließ und zu ihm eilte, sobald er sich des Abends einsam fühlte und melancholisch wurde. Wenn er sie als Wohnungshüterin brauchte. Wenn sein Leben ein Chaos war und sie diejenige, die seinen Kühlschrank auffüllte. So funktionierte das zwischen ihnen. Montserrat wusste nicht recht, ob ihr womöglich nur das Alter zu schaffen machte, aber ihr war nicht danach, die Schlüssel zu nehmen und sich dem Rummel zu unterwerfen, den Tristán mit sich brachte.

Doch Gewohnheit war eine mächtige Kraft. Sie öffnete die Hand und er legte den Schlüsselring in ihre Handfläche. Sie konnte ihn ja jederzeit zurückgeben.

»Ich sollte meine Schuhe anziehen«, stellte Tristán vergnügt fest.

»Soll ich dir die Schnürsenkel zubinden?«, fragte sie in beißendem Ton, aber er lachte nur und verschwand in seinem Schlafzimmer.

»Ich habe vielleicht eine tolle Rolle in Aussicht. Das Vorsprechen? Ich hatte offenbar recht, die mögen mich sehr«, brüllte er ihr aus dem Schlafzimmer zu.

Montserrat stand an einem Ende des Korridors und blickte in seine Richtung. »Was für eine Rolle?«

»Bei der Werbekampagne, von der ich dir erzählt habe.«

Montserrat war ehrlich verblüfft. Tristán lehnte sich an den Türrahmen und zupfte mit einem charmanten Lächeln einen Fussel von seinem Hemd. »Ich würde einen Detektiv spielen.«

»Einen Detektiv? Holmes oder Marlowe?«

»Marlowe, schätze ich. Dann darf ich im Anzug dastehen, Licht sickert durch die Jalousien, und ich habe ein Glas in der Hand. Es geht um eine Whiskeymarke. Printwerbung und TV-Spots. Mein Gesicht wird Plakatwände zieren. Das ist keine Seifenoper, aber die Bezahlung ist gut.«

»Vergiss die Seifenopern. Tristán, das ist großartig!«

Tristán lächelte wieder, und dies war nicht sein forsches, gewohnheitsmäßiges Lächeln, sondern ein echtes. Er sah jungenhaft aus und ein bisschen verlegen, wenn er so lächelte. Es war, als fielen die Jahre einfach von ihm ab.

Als sie noch jung gewesen waren, hatten sie an den Bahngleisen in Pantaco gespielt, Holzbretter als Schwerter geschwungen und Dialoge rezitiert, die sie auf Servietten notiert hatten.

In der Nähe der Gleise gab es große Getreidelager, einen richtigen Ozean aus Mais, Weizen und Reis, nur wenige Schritte entfernt von einem klapprigen Zaun voller Löcher, der die neugierigen Kinder nicht abschrecken konnte.

Die Kinder aus der Nachbarschaft forderten sich gegenseitig heraus, in die riesigen Getreidehaufen zu springen. Sie erzählten sich gruselige Geschichten über Nagetiere, die sich im Mais versteckten und nur darauf warteten, den Kindern die Zehen abzunagen. Sie flüsterten einander Berichte über Menschen ins Ohr, die im Getreide erstickt waren. Allerlei Erzählungen, mit denen sie einander ängstigen wollten, und doch gab es bei diesem Abenteuer auch eine ganz reale Gefahr. Man musste hinaufklettern zu den Dachsparren und wie ein Trapezkünstler über einen Holzbalken balancieren, und der Sprung in das Getreide führte gute sieben oder sogar zehn Meter in die Tiefe.

Tristán hatte nicht allein springen wollen. Montserrat erinnerte sich daran, wie sie in das Getreide gestürzt waren und Tristáns Hand die ihre fest umklammert hatte. Sie erinnerte sich an das flaue Gefühl, das für einen Moment ihren Magen befallen hatte, an die verschwitzten Handflächen, das Keuchen, das ihren Lippen entwichen war. Für einen Sekundenbruchteil hatte es sich angefühlt, als wären sie schwerelos.

Dann kam das riesige Körnerkissen unter ihren Körpern und Tristáns breites, schiefes Lächeln, als er sich, bis zum Bauch in Getreide vergraben, zu ihr umdrehte. Das Lächeln, das ihn kennzeichnete, bevor der Zahnarzt seine Zähne gemacht hatte, bevor Fernsehstudios ihn gelehrt hatten, wie er für die aufgeregten Fans zu grinsen hatte, bevor die Welt ihn zermürbt hatte.

Montserrat steckte die Hände in die Taschen und erwiderte sein Lächeln.

Tristán wandte sich ab und machte sich fertig. Dann gingen sie mit einer Flasche guten Weins als Mitbringsel zu Uruetas Wohnung hinauf. Als Abel die Tür öffnete, fiel Montserrat ein Foto des Regisseurs ein, das sie in einem Buch über die Kinogeschichte Mexikos gesehen hatte. Er trug immer noch einen kleinen Schnurrbart und sein Haar war auf dieselbe Art zurückgekämmt wie damals in den 1950ern. Er hatte eine feste, angenehme Stimme, die gut zu seinem Tweedjackett und der grauen Weste mit den großen Knöpfen passte, und er musterte Montserrat und Tristán mit dem Auge eines Genießers, dem Auge eines Besetzungschefs.

»Ich freue mich sehr, dass Sie uns Gesellschaft leisten. Tristán sagte, Sie seien ein Fan alter Horrorfilme.«

»Das sind wir beide«, sagte Montserrat, als sie sich im Speisezimmer setzten. Hinter Abel befand sich ein alter Schrank mit staubigem Geschirr und allerlei Schnickschnack. Kameras aus verschiedenen Äras, Fotos in silbernen Rahmen, ein Stapel Grußkarten. Der Tisch war mit dem alten Porzellan gedeckt, die Gläser abgestaubt und mit Wein gefüllt.

»Wer ist Ihr Lieblingsregisseur?«

»Ich mag Tod Browning«, sagte Montserrat. »Ich mag auch all die RKO-Horrorfilme. Jacques Tourneurs *Katzenmenschen* ist ein Klassiker. Val Lewton hat mit einem mickrigen Budget ein wunderbares Werk produziert.«

»Mein Vater kannte Browning. Damals haben sie Filme mit verschiedenen Crews in denselben Kulissen gleich mehrsprachig aufgenommen. Mein Vater hat zum Filmteam der spanischen Version von *Dracula* gehört. Browning hat bei Tag gedreht, die spanische Truppe bei Nacht. Haben Sie davon gehört?«

»Ja. Mit der Dunning-Methode konnten sie einen zuvor aufgenommenen Hintergrund hinter den Schauspielern verwenden und so Geld sparen. Sie mussten die Szene nicht zweimal aufnehmen. Sie ersetzten einfach das Silber in einem Schwarz-Weiß-Foto durch gelbe Farbe, dann brauchten sie bloß noch das Licht richtig einzusetzen, gelb-orangefarbene Lichter vor einem blauen Hintergrund, und konnten eine rudimentäre Form der Rückprojektion nutzen.«

Zwar hatte sie zu Tristán gesagt, das sei nur ein blödes Abendessen, doch tatsächlich hatte der Gedanke an die Begegnung sie nervös gemacht. Sie wollte weder zu eifrig noch zu zurückhaltend wirken, und sie fürchtete sich davor, einen falschen Eindruck zu erwecken. Tristán war charmant; sich selbst nahm sie als jemanden wahr, der kaum zu ertragen war. Nicht, dass sie einen missmutigen Standpunkt einnehmen wollte, aber ihre Lieblingsthemen – vergessene Filme, Horror, Sound – gehörten selten zu den Dingen, über die andere sich unterhalten wollten. Die Leute bekamen glasige Augen, wenn sie etwas sagte, immer vorausgesetzt, sie raffte sich überhaupt dazu auf. Manchmal, bei Partys oder Wiedersehensfeiern, zog sie es vor, sich einfach in eine Ecke zu stellen und so zu tun, als hätte sie die Fähigkeit verloren, Wörter aneinanderzureihen.

Sie war unhöflich, sagten die Leute, aber sie wollte Abel Urueta gegenüber nicht unhöflich sein. Sie wollte, dass er sie mochte.

»Was für eine Freude. Ihre Liebste kennt die alten Filme gut«, sagte Abel und wirkte entzückt und gar nicht desinteressiert. Sie war Desinteresse gewohnt und seine Worte brachten sie zum Lächeln.

»Oh, Montserrat ist nicht meine Liebste«, sagte Tristán mit einem unbekümmerten Glucksen. Wie nervig seine Lässigkeit war und wie nervig auch der kleine Stich, der mit ihr einherging.

Das sollte sie überhaupt nicht stören, schließlich hatte er nur eine Tatsache ausgesprochen, und doch hatte sie für eine Sekunde ein unangenehmes Reißen in ihrem Herzen verspürt, ehe sie den Kopf schüttelte und das Gefühl verscheuchte.

»Wir sind schon seit Ewigkeiten befreundet. Sie hat mich oft davor bewahrt, den Hintern vollzukriegen, als wir Kinder waren.«

»Sie ist ein ziemlich kleines Ding, Tristán.«

»Damals war ich auch klein. Ich bin erst mit fünfzehn in die Höhe geschossen. Als meine Familie nach Mexico City gezogen ist, haben sich die anderen Kinder in unserem Haus über meine Sprechweise lustig gemacht. Ich kam aus dem Norden und hatte einen starken Akzent, und die Gegend war voller Raufbolde, die mich einfach zum Spaß verprügeln wollten. Aber Montserrat hat sie mit ihrem Krückstock umgehauen.«

Das mit dem Akzent stimmte. Man konnte heute nicht mehr hören, woher Tristán stammte, aber damals hatte er einen extrem starken Dialekt gesprochen. Genauso war es bei Pedro Infante gewesen. Den hatten sie in seinem ersten Film synchronisiert, weil sein Akzent so kräftig gewesen war und die Produzenten bezweifelt hatten, dass er je groß herauskommen würde. Er sei ungeschliffen. Das war es, was man zu Beginn über Infante gesagt hatte. Aber Infante hatte ihnen bewiesen, dass sie sich in ihm geirrt hatten. Und Tristán war ähnlich ungeschliffen gewesen, bis er sich aufpoliert hatte.

»Krückstock?«, fragte Abel.

»Ich hatte eine Gehbehinderung«, sagte Montserrat, schnitt ein Stück Hühnerbrust auf ihrem Teller und zuckte mit den Schultern. »Mein Fuß musste mehrfach operiert werden. Die Kinder haben mich wegen der Narbe Frankenstein genannt. Oder sie nannten mich Holzbein. Ich habe meinen Krückstock geschwungen und die kleinen Scheißer verprügelt. Und wenn sie Tristán ausgelacht haben, dann habe ich sie auch verprügelt.«

»Und als Sie erwachsen wurden, sind Sie beide zur Unterhaltungsindustrie gestoßen. Sind Sie zusammen zur Universität gegangen?«

»Gott, nein«, sagte Tristán. »Ich habe die Highschool abgebrochen, um Schauspieler zu werden.«

»Was hat Ihre Familie dazu gesagt?«

»Die hatten ihre Vorbehalte.«

Das war ein derartiger Euphemismus, dass Montserrat sich ein Schnauben nicht ganz verkneifen konnte. Tristáns Vater hatte gewollt, dass sein Jüngster Anwalt oder Zahnarzt wurde, und die zwei hatten eine legendäre Auseinandersetzung gehabt, als Tristán die Schule abgebrochen hatte. Der einzige Grund, warum sein alter Herr nachgegeben hatte, war, dass Tristán seinerzeit eine Menge Geld mit nach Hause gebracht hatte, und sie hatten sein Einkommen gut gebrauchen können – Tristáns Vater war damals durch eine schwierige Phase gegangen.

Montserrats Mutter hatte Tristáns Entscheidung auch laut und deutlich kritisiert und sie gewarnt: Sollte ihre Tochter es je wagen, eine derartige Nummer abzuziehen, würde sie sie verprügeln, bis sie blutete. Montserrat schloss damals die Highschool ab, studierte Rechnungswesen, ganz wie ihre Mutter es wünschte – ihre Schwester arbeitete bereits in diesem Bereich, und ihre Mutter dachte, der Beruf wäre auch für ihre jüngere Tochter eine vernünftige Wahl –, und jobbte halbtags in einem Geschäft, das Audiogeräte für Musiker und Partys vermietete. Sie beendete das Studium mit mittelmäßigen Noten und verbrachte den Großteil ihrer Zeit damit, alles zu lernen, was es über das Audio-Fach zu lernen gab. Schließlich kündigte sie ihren Teilzeitjob, um einen anderen Teilzeitjob mit scheußlichen Arbeitszeiten und mieser Bezahlung in einer Postproduktionsfirma anzutreten.

Ihre Mutter war immer noch der Ansicht, das sei die schlimmste Entscheidung ihres ganzen Lebens gewesen. Womöglich lag sie damit ja gar nicht so falsch.

»Für wen arbeiten Sie, Montserrat?«

Das Letzte, was sie wollte, war, über ihren Job zu sprechen. Bei ihrer Mutter war das Thema ein wunder Punkt, und ihre Schwester schirmte sie vor ihren Problemen am Arbeitsplatz ab; aber die Art, wie Abel diese Frage stellte, vermittelte aufrichtiges Interesse, ohne in irgendeiner Form wertend zu wirken. Sie ertappte sich dabei, ihm mit einem Lächeln zu antworten.

»Antares. Ich arbeite an einem ganzen Haufen verschiedener Projekte. Im Sommer habe ich ein bisschen Anime gemacht.«

»Was ist das?«

»Japanische Zeichentrickfilme. Tristán ist Sprecher bei einer Serie von dort. Er spielt den Lancelot in *Die Legende der Tafelrunde*.«

Wenn es um Synchronisierung ging, war Japanisch die schwerste Sprache von allen. Englisch war auch problematisch. Die Leute gebrauchten weniger Wörter, wenn sie Englisch redeten, die Sprache war voller Verkürzungen. Wenn man dieselben Textzeilen in Spanisch wiedergeben wollte, bestand die Gefahr, den Dialog aufzublähen. Tristán sprach die Zeichentrickrollen jedoch mit Leichtigkeit ein. Das lag weniger daran, dass er die Wörter anhand der Lippenbewegungen der jeweiligen Figur synchronisierte, sondern vielmehr daran, dass er selbst zu den Zeichnungen auf der Leinwand *wurde*.

Lancelot war beispielsweise der Hübscheste und Tapferste unter den Rittern, und wenn Tristán sprach wie Lancelot, dann hörte er sich an wie ein erwartungsvoller Held in den Zwanzigern, übersprudelnd vor Wagemut und höfischen Tugenden. Andere Sprecher beherrschten vielleicht die Kunst der Lippensynchronisation, klangen dabei aber hölzern. Tristán wirkte beinahe leichtfertig, wenn er lächelnd und mit einem Skript in der Hand ins Studio platzte, aber er war dennoch ein echter Profi.

»Machen Sie auch Klangbearbeitungen?«

»Ja, ein bisschen Postproduktion, manchmal Synchronisationen für Filme, die im TV ausgestrahlt werden sollen. Sogar ›Foley Art‹ war schon dabei.«

»Wie muss ich mir diese Kunst vorstellen?«

»Soundeffekte – einen Salatkopf zerhacken, sodass es sich

anhört wie eine Enthauptung«, sagte sie und gestikulierte, als würde sie eine Axt schwingen. »Das variiert.«

»Gott, meine eigene Arbeit liegt so lange zurück, ich wäre vermutlich nicht mal mehr imstande, einen Schnittplatz zu erkennen«, sagte Abel kopfschüttelnd. »So haben wir das früher nicht genannt.«

»Ja, es hieß *efectos de sala*. Oder einen ›Gavira‹ machen«, sagte sie.

»Gavira! Der war ein Genie. Sind Sie ihm mal begegnet?«

»Oh, ja«, antwortete sie. Gonzalo Gavira war eine Legende unter den Tontechnikern des Goldenen Zeitalters. Er hatte für Buñuel gearbeitet und die unverwechselbaren Soundeffekte für den *Exorzisten* entwickelt. Sie glaubte nicht, dass er je mit Abel zusammengearbeitet hatte, aber der Mann hatte vielleicht trotzdem die eine oder andere pikante Geschichte über ihn zu erzählen. Sie hegte den Verdacht, dass Abel Urueta etliche pikante Geschichten kannte.

»Einen Gavira! Den hätten Sie gleich erwähnen sollen.« Abel bediente sich eines gespielt rügenden Tonfalls, wie ein Großvater, der einem Kind eine Lektion erteilen wollte.

Wann hatte Urueta seinen letzten Film gedreht? Vielleicht 1966? Danach dürfte er nicht mehr viel mit Filmemachern zu tun gehabt haben. Der Gedanke, dass so ein bedeutender Regisseur einfach in Vergessenheit geraten konnte, abgesondert von der Welt, in der er zuvor gelebt hatte, war ein wenig traurig.

»Tut mir leid, die Sprache hat sich inzwischen ziemlich verändert, wir gebrauchen jede Menge Ausdrücke aus dem Amerikanischen«, erklärte sie. »Als *Tarzan* in Mexiko gedreht wurde, haben sie ohne Ton gefilmt. Sie mussten das Material für die Soundeffekte nach Los Angeles schicken. Heute machen wir das.«

»Den haben sie damals bei Estudios Churubusco aufgenommen, das war ... oh, war es 1969?«, überlegte Abel laut und rieb sich das Kinn.

»Von 1966 bis '69«, sagte sie leichthin. Montserrat hatte ein gutes Gedächtnis, das brauchte man als Editor. »Es war nicht der erste Tarzanfilm, der in Mexiko produziert wurde: Weissmuller hat *Tarzan in Gefahr* '48 in Acapulco gedreht.«

»Weissmuller hat damals gern in einem kleinen Lokal in der Nähe von Caleta gegessen. Das ist so lange her! Ich muss zwanzig gewesen sein, als RKO mit den Kameras in Acapulco aufgetaucht ist.« Abel lächelte sehnsüchtig und füllte ihr Weinglas nach. »John Wayne und der Gang hat das Hotel Los Flamingos nahe Caleta gehört, wussten Sie das?«

»Und Errol Flynn ist ganz in der Nähe vor Anker gegangen und hat die Zeit auf seiner Jacht voll und ganz genossen. Aber ich kann mich nicht erinnern, ob das vor oder nach seinem Prozess wegen Unzucht mit Minderjährigen war. Er war ein echter Widerling.«

»Wohl kaum der Schlimmste oder der Interessanteste in dem Haufen«, sagte Abel. »Nach dem Essen erzähle ich Ihnen eine lustige Geschichte, da Sie die alten Filme und ihre Stars so mögen.«

Der Abend verlief angenehmer, als sie erwartet hatte. Sie hatte angenommen, sie würde entweder den Mund nicht aufbekommen oder zu viel reden, aber Abel war ein liebenswürdiger Gastgeber. Er wusste, welche Fragen er stellen musste, und er hörte sich die Antworten ehrlich interessiert an.

Nachdem die Teller abgeräumt waren, gingen sie ins Wohnzimmer. Wie der Speiseraum war es vollgestopft mit Gegenständen und Mobiliar früherer Zeiten. Regale, so hoch wie nur möglich, quollen über vor verstaubten Schätzen. Zwei dick gepolsterte Velourssofas standen in der Mitte des Raumes und dort nahmen sie Platz. Tristán holte rasch eine Zigarette hervor und Abel reichte ihm einen bernsteinfarbenen Aschenbecher.

»Möchten Sie einen Brandy?«, erkundigte sich Abel, der neben einem Barwagen stand und dabei war, ein Glas einzuschenken.

»Ich nehme einen«, sagte Tristán.

»Danke, nein«, sagte Montserrat.

»Nichts ist besser als ein Brandy und eine Zigarette am Abend. Das hilft der Verdauung auf die Sprünge«, sagte Abel und schenkte ein Glas für Tristán ein. Dann setzte der alte Mann sich ihnen gegenüber auf die zweite Couch.

Das Tuch um seinen Hals und die Hornbrille lieferten einen Hinweis darauf, wie Abel Urueta als junger Mann gewesen sein musste. Ein cooler, stets flott gekleideter Typ. Ein reicher Knabe. Er sprach auf diese elegante Art, die die Kluft zwischen seiner und ihrer Erziehung deutlich machte. Montserrat war in einer schwierigen Gegend aufgewachsen und hatte eine harte Kindheit überstanden. Urueta nicht. Und seine Geschichte schlug sich auf seine Stimme nieder. Es war überaus schwer, solche Dinge auszulöschen. Sie blieben hängen wie der Duft verblühter Blumen. Natürlich gab es Menschen, die imstande waren, ihre alte Haut abzustreifen und mit ihr ihre ursprünglichen Sprachmuster. Tristán besaß beispielsweise die Gabe des Mimikry, er schien gänzlich in eine andere Haut schlüpfen zu können, aber nur wenige Geschöpfe geboten über solch ein Talent, und Tristán hatte in all der Zeit, seit sie einander zum ersten Mal begegnet waren, so oder so nie er selbst sein wollen. Als sie gemeinsam Horrorfilme geschaut hatten, war es der Anblick des Monsters, des Andersartigen gewesen, was Tristán erschreckt hatte; die Vorstellung, ein Held zu sein, hatte ihn jedoch gereizt.

Montserrat hingegen sah sich selbst im Gesicht der Monster, ohne zusammenzuzucken.

»Tristán erzählte mir, Sie wären auf der Suche nach einem Poster von *Jenseits der gelben Tür*. Das war ein sehr sonderbarer Film und der letzte Horrorstreifen, den ich gedreht habe. Lassen Sie mich Ihnen eine Frage stellen: Was ist Ihrer Ansicht nach der berüchtigteste Horrorfilm, der je gedreht wurde?«

»Inwiefern berüchtigt? *Freaks* hat einen Skandal ausgelöst«, sagte Montserrat und dachte zurück an Brownings Pre-Code-Meisterstück. Das war ein seltsam liebevoller Horrorfilm gewesen und *Dracula* ihrer Ansicht nach weit überlegen. »Und vor ein paar Jahren schnitt Carlos Enrique Taboada gerade *Jirón de Niebla*, als Salinas den Film beschlagnahmte. Das habe ich von einer vertrauenswürdigen Quelle erfahren.«

Das war gewissermaßen nur die halbe Wahrheit; sie hatte es von Paco Orol gehört, und der war ganz und gar keine verlässliche Quelle. Montserrat war nicht sicher, ob nicht noch etwas anderes dafür gesorgt hatte, dass der Schnitt von Taboadas fünftem Horrorstreifen unterbrochen worden war. Es hieß, dass einer der Produzenten des Films Salinas' politischen Rivalen unterstützt habe. Als Salinas sich die Präsidentschaft gesichert hatte, da hatte er sich gerächt, entweder, indem er Soldaten losgeschickt hatte, um die Filmrollen zu stehlen, oder indem er den Mann der Piraterie beschuldigte, um *dann* die Filmrollen zu stehlen. Natürlich erzählten die Leute auch, dass Salinas ein Dienstmädchen getötet habe, als er als Kind Cowboy und Indianer spielte, und die Sache vertuscht worden sei. Auf Partys wurden alle möglichen Geschichten zum Besten gegeben und tendenziell aufgeblasen, wenn nur genug Alkohol im Spiel war. Nichtsdestoweniger gehörte *Jirón de Niebla* bestimmt dazu, wenn es um berüchtigte Filme ging.

»Das sind gute Beispiele. Was ist mit fluchbeladenen Filmen?«

»Hieß es nicht, über dem *Exorzisten* habe ein Fluch gehangen?«, fragte sie. »Die Kulissen sind abgebrannt. Sie haben einen Priester engagiert, der eine Segnung durchführen sollte.«

»Mmm«, machte Tristán und nahm einen raschen Schluck von seinem Brandy, ehe er sich zu ihr umwandte. »Wir haben *Drei Männer und ein Baby* ausgeliehen, um zu sehen, ob ein Geist im Film festgehalten wurde, weißt du noch?«

Das tat sie. Sie hatten den Film angehalten und waren dicht an den Fernseher herangegangen, aber alles, was Montserrat hatte erkennen können, war ein Schatten gewesen. Das war so eine der Dummheiten, denen man sich an einem Freitagabend hingeben konnte, wenn die Pizza von Benedetti's auf sich warten ließ.

»Ein Geist ist ein Geist. Aber ein Fluch ist etwas ganz anderes.«

»Ist *Jenseits der gelben Tür* verflucht oder berüchtigt?«, fragte sie.

Er war, soweit sie wusste, weder noch, aber für sie war klar, dass ihr Gastgeber diese Frage hören wollte. Über die Jahre hatten viele Geschichten über diesen Film kursiert; da gab es sogar diesen einen Kerl, der geschworen hatte, er hätte ein Poster zu dem Film gesehen. Aber der Film war zu unbedeutend und Abel Urueta als Regisseur zu wenig bekannt, als dass er irgendwelchen Publikationen über das mexikanische Kino mehr als einen Satz wert gewesen wäre, wenn überhaupt. Soweit sie es verstanden hatte, hätte *Jenseits der gelben Tür* ein weiterer Horrorfilm sein sollen, der sich von Uruetas historischen Werken dadurch abhob, dass er einen zeitgenössischen Plot hatte. Besetzt mit No-Name-Schauspielern oder solchen, die wenig vorzuweisen hatten, was durchaus üblich war. Die Handlung? Eine Sekte, böser Unfug. Eine Theorie besagte, dass Urueta nie vorgehabt hatte, den Streifen zu veröffentlichen, dass er von einem Konsortium amerikanischer Geldwäscher in Auftrag gegeben worden war und die Negative vernichtet wurden. Einem anderen Gerücht zufolge war der Grund für das Scheitern des Films, dass einer der Investoren Gelder veruntreut hatte und mit einem Großteil des Budgets nach Brasilien geflohen war. Wieder eine andere Erklärung lautete, der Film sei nie über das Vorbereitungsstadium hinausgekommen, und falls doch, hätte Urueta nur ein Drittel davon abgedreht. Aber es ging nicht um Jodorowskys *Dune* oder Welles' *The Other Side of the Wind*. Die Leute sprachen nicht mit verhaltener Stimme voller Aufregung über den Film und hofften auf eine verspätete Veröffentlichung. Der einzige Grund, warum Montserrat überhaupt von dem Streifen gehört hatte, war, dass sie ein Faible für Abel Urueta hegte, was schon für sich genommen ein seltener Zug war.

Abel lehnte sich zurück, faltete die Hände und lächelte seine Gäste an. »Ja und nein. Er ist zu unbedeutend, als dass sich irgendjemand erinnern würde. Dabei sollte er in Erinnerung bleiben, und sei es nur wegen Wilhelm Friedrich Ewers. Man begegnet schließlich nicht jeden Tag einem deutschen Okkultisten, der in Mexico City Drehbücher schreibt.«

Der Name war ihr fremd, und sie nahm an, an ihn würde sie sich erinnern.

»Das klingt, als wären Sie im Begriff, ein Märchen zu erzählen«, sagte Montserrat und zog skeptisch eine Braue hoch. »Ein deutscher Okkultist?«

»Okkultismus in Deutschland hat eine lange Geschichte. Tatsächlich gab es da einen Mann namens Arnoldo Krumm-Heller, der sich erst in Pariser Kreisen bewegte, ehe er nach Mexico City kam, wo er als Arzt für keinen Geringeren als Präsident Madero arbeitete. Im Jahr 1927 gründete er die Fraternitas Rosicruciana Antiqua in Mexico City.«

»Vielleicht stimmt das, aber ich weiß zufällig, dass der Drehbuchautor von *Jenseits der gelben Tür* Romeo Donderis war, falls Sie darauf hinauswollen«, sagte Montserrat, nahm Tristán sein Glas aus der Hand und nippte daran. Ihr war nicht nach Trinken zumute gewesen, aber die Stimmung änderte sich. Was immer sie an defensiven Maßnahmen aufgebaut hatte, wurde rasch beiseitegeschoben, und sie war fröhlich, fühlte sich beinahe schwindelig, seit sie erkannt hatte, dass sie Abel beim Flunkern erwischt hatte.

»Er war auch der Drehbuchautor eines Western, den ich sehr schätze.«

»Ich habe nicht gesagt, dass Ewers der einzige Drehbuchautor war. Ewers hat sozusagen am Treatment gearbeitet. Außerdem hat er Teile des Dialogs geändert und bestimmten Szenen einen Feinschliff verpasst.«

Montserrat dachte darüber nach.

Tristán nahm sein Glas wieder an sich. Er streckte die Beine aus, neigte den Kopf zur Seite und wirkte sehr entspannt. »Ein Okkultist *und* Autor. Ich kann mir nicht einmal meine Termine für Montag merken«, sagte er mit einem vorwitzigen Grinsen. »Aber ich muss zugeben, dass sich die Leute im Showbusiness manchmal bizarre Hobbys zulegen. Ist der Film deswegen berüchtigt? Weil dieser deutsche Knabe Abrakadabra und Simsalabim gesagt hat?«

»Oh, nein, es ist mehr als das. Es ist das große Ganze. Die Naziverbindung, die geheimnisvollen kleinen Geschichten.«

»Nazis! Wir sind doch nicht in Argentinien«, erwiderte Tristán und lachte herzhaft.

»Ich nehme an, Sie haben nie von Hilde Krüger gehört – oder Hilda, wie sie sich in Mexiko nannte. Sie war Nazi, Schauspielerin und Spionin, die sich in den Vierzigern bei etlichen mexikanischen Regierungsfunktionären einschmeichelte. Gabriel Soria hat sie für ein, zwei Rollen vorsprechen lassen, so habe ich von ihr erfahren. In jener Zeit haben sich einige Nazis in Mexiko herumgetrieben.«

Tristáns Lächeln verblasste. Montserrat beugte sich vor und sah Abel aufmerksam an. »Ist das Ihr Ernst? Sie haben mit einem Nazi-Autor zusammengearbeitet?«, fragte sie. Inzwischen hörte sich das nicht mehr nach einer Flunkerei oder einem ausgefeilten Scherz an. Sie kratzten an der Oberfläche von etwas Ungewöhnlichem.

»Es war folgendermaßen. Ewers hat die gleiche Geschichte in verschiedenen Versionen erzählt. In einer davon ist er ein junger Mann, der in einen Kreis von Nazi-Okkultisten gerät, in einer anderen gibt es gar keine Nazis, stattdessen studiert er bei Erik Jan Hanussen, der ihn Hypnotismus lehrt, bis er aus Deutschland fliehen muss, nachdem Hanussen ermordet worden ist. Sogar Ewers' Alter stand zur Debatte. 1961, als *Jenseits der gelben Tür* gedreht wurde, sah er aus, als wäre er in den Dreißigern und zum Zeitpunkt von Hanussens Tod im Jahr 1933 keine vierzehn gewesen, was einigen seiner Geschichten zuwiderläuft. Aber es war nicht wichtig, welche Version man zu hören bekam, welchen Wirrwarr aus Ereignissen er für jemanden zusammenspann; wer ihm begegnete, glaubte schon bald, dass er über ein geheimes Wissen verfügte. Es lag daran, wie er sprach, wie er sich gab. Das hat die Leute am Set nervös gemacht, besonders, weil wir einen Horrorfilm drehten. Und dann, plötzlich, starb Ewers. Er wurde eines Nachts überfallen.

Wir verloren unsere Finanzierung, wir konnten den Film nicht vollenden, und die ganze Crew schien vom Unglück verfolgt zu sein.«
»Was für eine Art Unglück?«, hakte Montserrat nach.
»Alles Mögliche. Wenn Sie Theaterschauspieler fragen, werden die Ihnen sagen, dass *Macbeth* verflucht war, aber wahrscheinlich können sie die Quelle des Übels nicht genau benennen, und genauso war es auch bei *Jenseits der gelben Tür*. Die Leute, die in den Film involviert waren, hatten Unfälle oder konnten keine neuen Rollen bekommen. Vage Geschichten, halb gare Gerüchte über Dinge, die am Set vorgefallen sein sollen. Ich hatte einen Freund, der scherzte, der Film sei verflucht. ›Wisst ihr noch, Abels verfluchter Film?‹ Einige hatten von Ewers und seinen Magiegeschichten gehört, und sie wussten auch, dass es um einen Horrorfilm ging. Alles in allem ergab das eine unheimliche Geschichte. Ich muss zugeben, es hat Spaß gemacht, das Thema auf Partys zur Sprache zu bringen. Wenn man eine gescheiterte Produktion zu verbuchen hat, dann kann man genauso gut eine haben, die verflucht ist.«
Abel schenkte sich ein neues Glas Brandy ein. »Natürlich hält das nicht ewig vor. Irgendwann vergaßen die Leute den Fluch. Puff, weg war er. Wenn Sie heute *Jenseits der gelben Tür* erwähnen, kann sich niemand mehr erinnern, dass ich daran arbeitete.«
»Was ist aus den Filmrollen geworden, die Sie aufgenommen haben, ehe Ihre Investoren ausgestiegen sind?«, fragte Montserrat.
»Die Rollen wurden zerstört, als die Investoren fort waren. Und meine Arbeit? Die ist bedeutungslos. Alles, was ich tun kann, ist, Ihnen Geschichten über tote Menschen zu erzählen und über Ewers, den Zauberer, der geschworen hat, eines Tages würde ich einer der ganz Großen sein.«

Sie dachte, Abel würde noch etwas hinzufügen, würde genauer erklären, was er meinte, aber er schien plötzlich verbittert und distanziert.

Quälende Stille setzte ein, bis Abel plötzlich kicherte.

»Tja, ich dachte, ich erzähle Ihnen eine lustige und interessante Horrorgeschichte, aber jetzt kommt es mir so vor, als hätte ich eine traurige erzählt. Es tut mir leid.«

Abels Augen wirkten glasig, als er die Hände faltete. Er erinnerte Montserrat an Boris Karloff in *Die schwarze Katze*. Das Gesicht zugleich apart und ausgezehrt, und seine Hände wirkten zerbrechlich. Zuvor hatte sie sich einen jüngeren Abel Urueta mit einem bunten Tuch um den Hals vorstellen können, nun jedoch verblasste dieses Bild, und das Einzige, was blieb, war eine Anmutung von Alter und Melancholie.

Die Großvateruhr in einer Ecke des Raumes schlug die Stunde. Montserrat drehte sich um und las die Zeit ab. Sie stöhnte.

»Ich sollte mich auf den Weg machen. Ich habe eine Schicht vor mir«, sagte sie und sprang von ihrem Platz auf.

»Oje, Momo, heute Nacht?«, fragte Tristán.

»Ja. Man muss sich die Arbeit schnappen, wenn sich die Gelegenheit bietet.«

Die beiden Männer standen ebenfalls auf. Abel brachte seine Gäste zur Tür und bedachte sie mit einem Lächeln, einem bekümmerten, müden Lächeln. »Es war schön, mit Ihnen beiden zu reden. Sie kommen doch wieder zu Besuch?«, fragte er.

»Bestimmt«, sagte Montserrat und schüttelte dem Regisseur die Hand. Sie meinte es auch so, was selten der Fall war. Tristán hatte nicht Unrecht in Hinblick auf ihr Sozialleben. Sie zog die Einsamkeit von Tonkabine und Kopfhörern dem Zuprosten mit anderen Menschen vor.

Aber Uruetas Traurigkeit machte ihn für sie nur umso anziehender.

Tristán begleitete sie die Treppe hinunter. Als sie durch die Lobby gingen, klimperte er mit den Schlüsseln in seiner Jackentasche.

»Interessanter Bursche, nicht wahr? Er hat mir eine Geschichte über Irma Dorantes erzählt, die ich vorher noch nie gehört hatte. Eine anzügliche Geschichte.«

»Waren irgendwelche Okkultisten involviert?«

»Nein.«

»*Jenseits der gelben Tür* ist die Art von Story, über die *Enigma* berichten könnte.«

»Das ist eine furchtbare Reihe. Ich verstehe nicht, wieso so etwas überhaupt gesendet wird.«

»Weil die Leute dieses Zeug sehen wollen. Nino Canún hat jeden verdammten Monat Gäste in seiner Show, die sich über UFOs auslassen. Er und Jaime Maussan, die reden über nichts anderes.«

»Was geht in deinem verschlagenen Köpfchen vor?«

»Nichts«, sagte sie, schlüpfte in ihre Jacke und zupfte den Kragen zurecht.

»Lügnerin.«

Er hatte recht. Etwas ging ihr durch den Kopf, und das war die schlichte Tatsache, dass *Enigma* Geld hatte und Themen brauchte. Amerikanisches Geld, um genau zu sein. Die Investoren dieser Show waren Leute aus Miami, die versuchten, im lateinamerikanischen Markt Fuß zu fassen. Telemundo plante inzwischen, eigene Seifenopern zu produzieren, und die Leute, die *Enigma* finanzierten, suchten im Grunde das Gleiche wie sie: originelle Inhalte.

Sie wusste nicht, wie man Fernsehleuten Geschichten verkaufen konnte, aber Cornelia kannte sich aus. Mit einem deutschen Okkultisten konnte man bestimmt eine zweistündige

Sondersendung füllen, wenn Nino Canún es schaffte, elf Stunden und zehn Minuten zu senden und weiter nichts zu zeigen als körnige alte Videoaufnahmen von Lichtern, die angeblich außerirdische Raumschiffe darstellten. Amphibische Babys, kleine graue Männchen, die mitten in der Nacht Frauen entführten, Pyramiden, konstruiert von den Leuten aus Atlantis. Das war es, was die Zuschauer wollten, und mit diesem idiotischen Metier ließ sich Geld machen. Sie wusste es, denn sie hatte Cornelias Eigentumswohnung und ihre schicken Möbel gesehen. Indes führte das Soundediting für Antares sie nirgendwohin, und ihre Schwester saß finanziell in der Klemme.

Sie warf einen Blick auf ihre Armbanduhr. »Ich muss mich beeilen.«

»Wünsch mir Glück«, sagte Tristán, als er ihr die Haustür aufhielt.

»Glück? Wofür?«

»Die Werbekampagne.«

»So etwas wie Glück gibt es nicht, aber ich sage Araceli, sie soll dir eine Hasenpfote kaufen, wenn sie das nächste Mal auf den Mercado de Sonora geht.«

»Sehr witzig. Lass uns nächste Woche zusammen zu Mittag essen. Du kannst mir helfen, ein paar Zeilen zu lernen.«

»Ich muss das Projekt fertig machen, an dem ich arbeite.«

»Ruf mich an!«

Sie lächelte, entfernte sich drei Schritte von der Tür, die Hände in den Taschen vergraben. »Schnapp dir diesen Job, Hübscher!«, rief sie, ehe sie zu ihrem Wagen trottete.

4

Tristáns Bewältigungsstrategie bestand aus Verdrängung. Er mied Zeitungsstände, er hatte den Kalender aus seiner Wohnung verschwinden lassen und die Kiste mit Karinas Fotos weit hinten im Kleiderschrank versteckt, wo er sie nicht so einfach hervorkramen konnte. Das kleine Bild, das er in seiner Brieftasche bei sich trug, blieb an seinem Platz, weil er es sowieso niemals hervorholte. Davon abgesehen war er fest entschlossen, so zu tun, als wäre dies ein ganz gewöhnlicher Monat.

Außerdem gab es genug andere Dinge, über die er sich den Kopf zerbrechen konnte. Die Whiskeywerbung würde ein anderer machen, und Yolanda hatte angerufen – das Telefon war endlich angeschlossen. Sie redete immer noch über die vermisste CD, wollte aber eigentlich, dass sie sich zum Essen trafen. Na ja, zum Ficken. Tristán hatte das Gefühl, dass alles noch ein bisschen zu frisch war, so kurz nach der Trennung, um auch nur an Sex zu denken, aber er nahm an, dass Yolanda wieder mit ihm zusammenkommen wollte, denn so war es schon einmal gelaufen. Sich darauf einzulassen, wäre ihr gegenüber unfair, denn er stand ihrer Beziehung genauso gleichgültig gegenüber wie während der letzten paar Monate. Nach ihrer ersten kurzen Trennung hatten sie sich schnell versöhnt, was Tristán innerhalb von Tagen bereut hatte. Er hegte den Verdacht, dass es wieder genauso kommen würde, sollte er sich erneut mit ihr treffen: Trennung, wieder zusammenkommen, Trennung. Das war ein Muster, das er nicht sonderlich attraktiv fand. Aber er brauchte auch dringend eine Ablenkung.

Die Tage kamen ihm endlos vor, und er konnte nicht darauf zählen, dass Montserrat sich ständig um ihn kümmerte, wenngleich er sich danach sehnte, einfach in einer Ecke des Schneideraums zu hocken, während sie ihre Magie an den Pulten wirkte. Und Montserrat hatte zu tun. Sie hatte gerade Schicht, und er war auf einer dieser Talfahrten, die sich einstellten, wenn seine Möglichkeiten spärlich waren und die Langeweile zunahm. Seine neue Wohnung hatte Kabel-TV und er zappte entweder durch die Kanäle oder saß lustlos auf der Couch. So würden sich keine neuen Jobs manifestieren, und doch fühlte er sich weniger und weniger geneigt, sich auch nur um einen zu bemühen. In seinen frühen Audiozeiten war er um neun Uhr morgens zu den großen Synchronstudios gegangen, hatte dort herumgelungert und nach Jobs geangelt, gewartet in der Hoffnung, einer der Sprecher, die an dem jeweiligen Morgen eingeteilt waren, würde den Aufruf verpassen und er könnte seinen Platz einnehmen. Es war eine elende, unproduktive und harte Arbeit, und es widerstrebte ihm, diesen Weg erneut einzuschlagen. Besser, er rührte sich nicht vom Fleck und wartete einfach darauf, dass das Telefon klingelte, als sich wieder zu einer dieser scheußlichen Bettelaktionen herabzuwürdigen.

An einem ziemlich grauen und trostlosen Donnerstag schaffte er es endlich, genug Energie aufzubringen, um sein Wohnzimmer zu putzen und das Bett zu machen. Er ging sogar spazieren, und während er den Tauben zusah, die auf einer Grünfläche, die sich als Park ausgab, Brotkrumen pickten, beschloss er, Yolanda anzurufen und ihr zu sagen, dass er es nicht für klug hielt, sich mit ihr zum Abendessen zu treffen, statt ihr nur höfliche Antworten zu liefern, die als »vielleicht« verstanden werden könnten.

Als er zu seiner Wohnung zurückkehrte, war er schon besser gelaunt. Trotz all seiner Schwächen war Tristán ein Optimist. Er sagte sich, jeder Tag könne ihm einen neuen Anfang ermöglichen. Das hatte er von seiner Mutter gelernt, die während des Kochens stets eine Melodie gesummt und trotz des mageren Lohns seines Vaters und der bescheidenen Wohnung immer ein Lächeln auf den Lippen gehabt hatte. Seine Mom liebte die Oper, sie liebte die großen Dramen und die wundervollen Arien, und sie konnte verlässlich gute Laune hervorzaubern, trotz ihrer Begeisterung für den Kummer all der Heldinnen, die Verdi geschaffen hatte.

Am Samstag würde er seine Mom und seinen Dad anrufen müssen. Und er würde Montserrat und Araceli auf ein Eis oder eine andere Leckerei einladen. Ja, sagte er sich, das würde ein guter Tag und ein noch besseres Wochenende werden. Optimismus! Das war der ganze Trick.

Das Telefon klingelte, als er eintrat. Er war überrascht, als die Frau am anderen Ende der Leitung ihm erklärte, sie schreibe für *De Telenovela*. Normalerweise war niemand mehr daran interessiert, ihn zu interviewen, es sei denn, um ihm geschmacklose, ausbeuterische Fragen zu stellen, aber die Frau erzählte ihm, sie arbeite an einer Story über Schauspieler, die als Synchronsprecher für TV-Sendungen tätig waren, und sein Name sei dabei als der einer Persönlichkeit genannt worden, mit der sie sprechen sollte.

»Haben Sie vielleicht ein paar Minuten?«

»Klar«, sagte Tristán, erfreut, dass jemand sich für seine Synchronisationsarbeit interessierte. »Was möchten Sie wissen?«

Die Autorin fragte ihn nach seiner Rolle als Lancelot in der japanischen Produktion, an der er gearbeitet hatte, und dann unterhielten sie sich über seinen Wechsel zur Audioarbeit – wenn er ehrlich war, verdankte er Montserrat eine Menge, immerhin war sie es gewesen, die ihm diese Möglichkeit aufgezeigt hatte – und die Grundlagen seiner Arbeit.

»Würde es Ihnen etwas ausmachen, wenn wir über Ihre Rollen in Seifenopern sprechen? Das könnte helfen, Ihren Wechsel zur Spracharbeit in einen Kontext zu setzen.«

Tristán, der aus jüngeren Jahren von der Presse eher Lobeshymnen als ernsthafte Interviews gewohnt war, stimmte umgehend zu. Er fragte sich, wie viele Seiten dieses Interview füllen würde. Am Ende reichte es womöglich nur zu einem Absatz, aber er betete im Stillen um etwas Gehaltvolleres.

»Ihre letzte Serie, das war *Juventud*. Da waren Sie die Hauptfigur in einer Romanze und haben mit Karina Junco zusammengearbeitet.«

Seine Stimme klang gelassen, als er antwortete, vorwiegend, weil er *gelernt* hatte, gelassen zu klingen, wenn es um seine Freundin ging. »Das ist lange her«, sagte er in der Hoffnung, Fragen umgehen zu können, der Hoffnung, sie würden zu einem anderen Co-Star oder einer anderen Seifenoper übergehen.

»Wie war sie?«

Wild, dachte er. Er hatte sich von dem Moment, in dem sie den Set betreten hatte, zu ihr hingezogen gefühlt. Sie hatte zum TV-Adel gehört. Ihr Vater war Produzent, ihre Mutter ein ehemaliger Filmstar. Sie war gerade zwei Schritte vom Scheinwerferlicht entfernt aufgewachsen und ziemlich verwöhnt, aber auch so charmant, dass man leicht über ihre Schwächen hinwegsehen konnte. Tristán war kein Unschuldslamm mehr gewesen, als er an dieser Serie gearbeitet hatte; er hatte sich hochgearbeitet und wusste, wie es lief, und er erkannte eine selbstzerstörerische Persönlichkeit, wenn er sie vor sich hatte. Aber solche Menschen übten auch einen gewissen Reiz auf ihn aus und so war er von Beginn an fasziniert von ihr gewesen.

Er drehte das Kabel in den Händen, versuchte, ihren Namen auszusprechen, konnte es aber nicht. »Sie ... sie war süß. Voller Energie«, sagte er und gab damit Höflichkeit und Euphemismen den Vorzug vor der schonungslosen Wahrheit.

»Sie hatten eine längere Beziehung.«

»Wir waren über ein Jahr zusammen«, sagte er. Fünfzehn Monate und zweiundzwanzig Tage. Die exakte Dauer hatte er nie vergessen. Dreimal in diesen fünfzehn Monaten hatten sie sich getrennt und keine dieser Trennungen hatte mehr als ein paar Tage gedauert. Muster. Tristán liebte seine Verhaltensmuster wirklich.

»Damals gab es Gerüchte, Karina würde Drogen nehmen und Sie auch. Sie hätten sogar in der Nacht des Unfalls unter Drogeneinfluss gestanden. Es gab zu jener Zeit eine Menge Gerede über Sie. Über Ihre speziellen Partys.«

Ja, die Geschichte kannte er. Tristán, der Tablettendealer, der Karina Junco mit chemischen Substanzen vollgestopft hatte. Das war eine extreme Übertreibung. Zum einen hatte Tristán in jener Zeit keine harten Drogen genommen. Er war erst nach dem Unfall süchtig nach Schmerzmitteln geworden. Karina war diejenige gewesen, die sich gern eingeworfen hatte, was immer sie an illegalen Substanzen hatte auftreiben können. In den frühen Achtzigern hatte er noch Angst gehabt, am Set aufzutauchen und auszusehen wie ausgespuckt. Auch hatte Tristán sich nie an diesen Rauschorgien beteiligt, und er hatte Karina auch nicht mit Herpes angesteckt, wie eine dieser hirnrissigen Storys behauptet hatte. Er hatte sich durch die Betten gevögelt, wie man es von einem gut aussehenden jungen Mann erwarten mochte, der die Titelblätter diverser Zeitschriften geziert hatte, aber er war vorsichtig gewesen und hatte immer darauf geachtet, sich keine Geschlechtskrankheiten einzufangen.

Er war auch bisexuell, und die hohen Tiere bei Televisa hatten ihn eindringlich gewarnt, er solle diskret sein. Ein paar Regisseure, Castingagenten und Schauspielerkollegen waren wenig begeistert darüber, mit einem Kerl zu arbeiten, der an beiden Ufern fischte, aber Tristán war so umwerfend gewesen, beinahe unfassbar attraktiv, sexy genug, um den Zuschauern ein Kribbeln über den Rücken zu jagen, und er verkaufte sich damals extrem gut. Folglich ignorierten sie diesen Teil seines Lebens, genauso wie sie es wissentlich übersehen hatten, wenn Stars früherer Jahrzehnte entschieden unkatholischen Dingen nachgingen.

Dann, nach dem Unfall, machten die frivolen Gerüchte über ihn die Runde und bald war er als Perverser gebrandmarkt. Nicht offen, nein. Niemand wollte je zugeben, dass Stars wie Enrique Álvarez Félix schwul waren, und niemand würde das je tun. Niemand druckte die Namen von Tristáns Ex-Freunden in Zeitschriften. Es gab nur Anspielungen und verklausulierte Phrasen, aber die richteten genauso viel Schaden an.

Angeführt hatte die Schmutzkampagne Karinas Vater, der sich zwar als Produzent zur Ruhe gesetzt hatte, aber immer noch über genug Verbindungen gebot. Karinas Vater war derjenige gewesen, der die Waffe geladen und auf den jungen Schauspieler gerichtet hatte. Tristán konnte es nicht beweisen, aber er wusste es, so sicher, wie er wusste, dass seine Karriere vorbei war. Gott bewahre, dass ein Hauptdarsteller den Fehler beging, auch nur ein kleines bisschen queer auszusehen.

Die Gerüchte brodelten nach Karinas Tod, und Tristáns Vater brüllte ihn an, behauptete, er habe der ganzen

Familie Schande gemacht. Irgendwann verloren die Leute das Interesse an ihm. Die blauen Flecke, die er bei dem Unfall davongetragen hatte, verblassten, aber mit ihnen verblasste auch Tristáns Name in den Klatschspalten. Dennoch musste Tristán weiter Vorsicht walten lassen, wenn es um seine Familie ging. Sein Vater stänkerte immer noch, er sei von abartigen Produzenten und Regisseuren verdorben worden, aber diese »Abartigen« hatten ihn nicht gestört, als der Rubel gerollt war und Tristán seinen Reichtum mit seiner Familie geteilt hatte. Je weniger er seinen Brüdern über sein Liebesleben erzählte, desto besser. Seine Mutter jedoch machte sich nur Sorgen darüber, dass die Leute gemein zu ihm sein könnten, wenn sie herausfanden, dass er sich sowohl mit Frauen als auch mit Männern einließ.

Es gab zu jener Zeit eine Menge Gerede über Sie. Über Ihre speziellen Partys. Eine abfällige kleine Bemerkung von so großer Tragweite.

»Ich habe am Abend des Unfalls keine Party organisiert«, sagte Tristán angespannt.

»Ich dachte ...«

»Ich habe das nicht getan. Sehen Sie sich die Storys über den Tag an, dann werden Sie feststellen, dass das nicht meine Party war.«

»Die Leute sagten, Sie hätten Karina betrogen«, wechselte die Reporterin daraufhin rasch das Thema, vermutlich, weil sie nicht bereit war, einen Fehler einzugestehen.

»Mit wem haben Sie geredet?«, fragte er sie. Seine Ruhe war dahin, der gelassene Ton, den er kultiviert hatte, bekam einen heiseren Klang. Das alles war Schwachsinn, aber über ihn war so viel getuschelt worden. »Vergessen Sie es. Ich lege auf.«

»Sind Sie in der Nacht des Unfalls gefahren?«, fragte die

Reporterin. »Haben Sie tatsächlich Karina Juncto umgebracht?«

Tristán legte den Hörer auf die Gabel und ging ins Schlafzimmer. Er zog seine Brieftasche hervor, holte den Schnappschuss heraus, den er während der letzten paar Wochen hartnäckig ignoriert hatte, und starrte Karinas Gesicht an. Er stellte sich das Foto vor, das *De Telenovela* von Karina drucken würde. Womöglich kam sie sogar auf das Titelblatt, süß, mit Bändern im Haar, so, wie sie in den Promo-Clips für *Juventud* ausgesehen hatte.

Das tragische Ende eines Möchtegernstars.

Tristán wäre die vulgäre Fußnote in dem zweiseitigen Artikel über sie.

Um ein Uhr morgens war er sturzbesoffen und musste sich ein Taxi rufen.

Er erwischte den falschen Knopf, als er draußen vor Montserrats Haus gegen die Sprechanlage stolperte, und versuchte es noch einmal. Es gelang ihm schließlich, die Treppe mit der Leichtigkeit eines Olympioniken zu erklimmen. Er musste nicht erst hinsehen, um zu wissen, dass sie wütend war, als sie die Tür öffnete und er ihre Wohnung betrat. Hinter ihm knallte die Tür zu. Er warf sich auf ihre Couch.

»Es ist spät«, konstatierte sie.

»Ich habe den Job nicht bekommen.«

»Das hättest du mir auch morgen sagen können.«

Er sah sie aus halb geschlossenen Augen an. Sie trug ein überdimensioniertes T-Shirt, das ihr bis zu den Oberschenkeln reichte, und dicke Socken, die sie beinahe bis zu den Knien hochgezogen hatte. Ihr großer Zeh lugte aus einem der Strümpfe hervor.

»Schläfst du in den Sachen?«

»Bist du hergekommen, um mir Ratschläge zu meiner Garderobe zu erteilen?«

»Ich bin hergekommen, um dir zu erzählen, dass ich die Kampagne verloren habe. Sie nehmen einen Jüngeren. Sie wollen die Zielgruppe der über Zwanzigjährigen ansprechen. So was in der Art. Sie wollen einen blonden Typen, einen Klon von Luismi, der vor zwei Sekunden eine Platte aufgenommen hat. Vielleicht hat er auch gemodelt, statt zu singen, wer zum Teufel weiß das schon? Ich sage dir, ich ...«

Montserrat schlug ihm ein Kissen ins Gesicht. Und sanft war sie dabei nicht. Sie schlug mit aller Kraft zu. »Du bist ein gedankenloser, besoffener Scheißkerl! Ich bin müde.«

»So spät ist es noch gar nicht«, schrie er und warf das Kissen nach ihr. Sie fegte es zur Seite.

»Nein? Vielleicht bist du ein bisschen durcheinander. Das hier ist kein Nachtclub. Hast du Party gemacht und deine Adresse vergessen?«

Tristán starrte Montserrat an, rieb sich mit einer Hand das Gesicht und hatte die Augen nun weit aufgerissen.

»Hat Yolanda dich noch mal fallen lassen?«, fuhr sie fort. »Oder hast du es nicht geschafft, in der Bar jemanden abzuschleppen? Oder aus welchem verschissenen Grund bist du sonst um diese Zeit hier?«

»Karinas zehnter Jahrestag ist nächste Woche«, sagte er mit leiser, rauer Stimme.

Montserrats wütendes Zähnefletschen wich einem erschrocken offen stehenden Mund. Sie griff nach dem Saum ihres T-Shirts und knetete ihn mit einer Hand.

»Tut mir leid, das hatte ich vergessen«, sagte sie mit ungewöhnlich sanfter Stimme. Das erinnerte ihn an ihre gemeinsame Kindheit. Damals war sie milder gewesen. Nicht allen gegenüber, aber bei ihm schon. Sie hatte ihm immer die Augen zugehalten, wenn das Monster auf der Leinwand gar zu beängstigend gewesen war, und ihm gesagt, wann er wieder hinsehen durfte. Als er sich den Arm gebrochen hatte,

hatte sie ihm etwas in ihrer Geheimschrift auf den Gips gekritzelt. Sie hatte sogar eine Trauerrede für das Begräbnis seiner Schildkröte verfasst.

»Ich auch. Für eine Sekunde. Ich habe einem Interview zugestimmt und nicht damit gerechnet, dass es darum gehen könnte.«

Sie stand neben dem Sofa und sah ihn an, er hingegen starrte zur Decke empor, rang die Hände und legte sie schließlich auf seine Brust. Sie hatten Piraten gespielt, aber Montserrat hatte Vampire bevorzugt. Manchmal hatte sie von ihm verlangt, dass er tat, als wäre er ein Vampir in einem Sarg aus Pappe, die Hände genauso wie jetzt ans Herz gepresst.

Aber Vampire wurden nicht alt, und als er vor ein paar Stunden in den Spiegel geschaut hatte, da war sein Haar definitiv von grauen Strähnen durchzogen.

»Zehn Jahre«, sagte sie.

Tristáns gefaltete Hände spannten sich. Karina wäre jetzt sechsunddreißig. Er konnte es kaum glauben. Die Zeit war ihm einfach durch die Finger geronnen.

»Ich habe es vergessen, ja: Ein ganzes Jahrzehnt ist es nächste Woche. Die Reporterin hat angefangen, Fragen zu stellen, und ich dachte, sie wollte eine Story über mich schreiben. Aber es ging um sie.«

»Ich habe es auch vergessen.«

Tristán schüttelte den Kopf. »Schon, aber von dir würde ich auch nicht erwarten, dass du daran denkst. Sie ist schließlich nicht in deinem Wagen gestorben.«

»Was hat die Reporterin gesagt?«

»Du weißt, was sie gesagt hat. Und was sie nicht ausgesprochen hat, das hat sie angedeutet. Das tun sie alle. Arschlöcher.«

Er war nicht gefahren, aber das schien niemanden zu

kümmern, keiner wollte sich daran erinnern. Aber alle erinnerten sich, dass Tristán Abascal ein Partylöwe gewesen war, der von der unschuldigen Karina Juncto, der jungen Frau mit dem reinen Herzen, verlangt hatte, dass sie ihn nach Hause brachte, nachdem er sie während einer Orgie in Cuernavaca mit einem Riesenhaufen Drogen vollgestopft hatte. Tristán hatte sie ins Verderben geschickt.

Das war die Art, wie Karinas Vater das Image seines Kindes säubern wollte. Es war viel besser, zu sagen, ihr perverser Freund hätte Karina mehr oder weniger ermordet, als zuzugeben, dass sie ein alkoholsüchtiger Junkie gewesen war.

Die Schande ... die verdammte Scham, die er empfunden hatte, im Krankenhaus, voller Schmerzen, und dann die Scham, als seine Mutter am Telefon geweint hatte, als sein ältester Bruder ihm eine Schlagzeile vorgelesen hatte ... Scham, Schmerz, Schuld. Das ging ewig so weiter.

»Die erzählen immer nur Mist.«

»Ich hätte jemand anrufen sollen«, murmelte Tristán.

Sie setzte sich auf die Armlehne des Sofas. »Fang nicht so an, Tristán. Es war nicht deine Schuld.«

»Ich hätte Hilfe holen müssen.«

»Dein Gesicht war völlig zerschlagen und voller Glas. Du hättest nicht zu einem Münztelefon laufen können.«

»Sie hat in dieser Nacht Hilfe gebraucht ...«, murmelte er, brach ab und schnappte nach Luft.

Er erinnerte sich, dass er ein burgunderrotes Jackett getragen hatte und sie beide es mit dem Trinken übertrieben hatten. Er erinnerte sich an die Tränen in ihren Augen, während sie das Lenkrad umklammert und ihn wieder und wieder angebettelt hatte, er solle sie ansehen, bis er so getan hatte, als wäre er eingeschlafen.

Tristán löste die Hände voneinander und bohrte die Finger

ins Sofa, als könnte er das Polster einfach zerreißen und sich die Haut von Holzsplittern und Metallfedern durchbohren lassen.

»Ich hätte ihr schon früher Hilfe besorgen sollen. Ich wusste, dass sie es mit den Drogen und der Sauferei übertrieb, aber ich habe nie etwas gesagt.«

Karina und Tristán waren ein schönes Paar und im Begriff gewesen, einen weiteren Kassenschlager zu drehen. Hätte die Presse von ihrer Sucht erfahren, dann wäre das Projekt womöglich abgeblasen worden. Er hatte diese Rolle gewollt. Es war eine große Rolle gewesen.

Wie selbstsüchtig von ihm! Selbst wenn er heute an Karina dachte, überlegte er nie, was für einen schrecklichen Tod sie erlitten haben musste, zerquetscht in diesem Wagen. Er dachte an sein Gesicht. Er dachte an die Operationen und daran, dass sein Auge nie mehr so aussehen würde wie zuvor. Oder an die Narben auf seiner Brust. Und gerade jetzt war er wütend, weil er vermutete, dass Karina nächste Woche wahrscheinlich eine Titelgeschichte bekäme, *er* jedoch niemals wieder auf einem Zeitschriftencover erscheinen würde.

So ein selbstsüchtiger Arsch, und Montserrat wusste nichts davon, sie verstand es nicht. Er wollte ihr alles erzählen, aber er konnte nicht.

Tristán setzte sich auf und lachte gepeinigt. Montserrat musterte ihn vom anderen Ende des klapprigen Sofas aus.

»Ich bin erschöpft, Momo. Manchmal denke ich, es wäre einfacher, wenn ich den Unfall nachstelle und über den Rand einer Klippe fahre. Dem Publikum das Ende liefere, das es haben will.«

Sie streckte eine Hand aus. Er schüttelte den Kopf und schob sie weg. Montserrat stand auf und ging in ihr Schlafzimmer. Als sie zurückkam, hatte sie eine Decke und ein

Kissen dabei. Wortlos reichte sie ihm beides. Tristán stopfte sich das Kissen unter den Kopf und wickelte sich in die Decke.

Er hörte das Klicken des Lichtschalters und ihre in Socken steckenden Füße auf dem Holzboden. Die Zahlen auf ihrem Videorekorder leuchteten in einem hellen Rot, und er starrte sie an, brannte sich die Minuten in die Retina, bis er endlich einschlief.

Als er am Morgen erwachte, stieg ihm der Duft von frischem Kaffee in die Nase. Montserrat war in der Küche und briet Eier. Er streckte die Arme aus und drehte den Kopf, als sie mit zwei Tellern in den Händen hereinkam und sie auf dem runden Esstisch abstellte.

Tristán setzte sich ihr gegenüber und nippte an seinem Kaffee. Die Eier waren verbrannt. Montserrat war eine furchtbar schlechte Köchin, aber er aß sie trotzdem. Sein Magen gluckerte. Am Vortag hatte er sich auf eine flüssige Diät auf Alkoholbasis beschränkt.

»Ich habe jetzt Schicht. Ich kann dich nach Hause fahren, ehe ich ins Studio gehe«, sagte Montserrat.

»Nicht nötig. Ich will nicht, dass du zu spät kommst.«

»Ich werde nicht zu spät kommen.«

»Dann, schätze ich, wäre das nett.«

Montserrat nickte. Tristán konzentrierte sich auf seinen Teller. Sie räumte den Tisch ab. Er folgte ihr in die Küche, als sie Tassen und Teller in die Spüle stellte.

»Tut mir leid, dass ich dich letzte Nacht geweckt habe.«

»Ist nicht das erste Mal.«

»Trotzdem tut es mir leid.«

Sie kratzte mit einer Gabel über einen Teller, fegte Krümel in den Abfluss. Sie hatte sich das Haar mit einem Gummi zurückgebunden, und er stellte überrascht fest, dass Montserrat genau wie er selbst älter aussah, als er sie in Erinnerung hatte. Es war, als hätten sich über Nacht ein paar neue Falten in ihre Stirn gegraben.

Aber nein, das war bloß der Lauf der Zeit, den er gewöhnlich einfach nicht wahrnahm.

»Damals, als der Unfall passiert ist, und auch danach, als es bei dir so schlecht lief ... die Nacht mit den Schmerzmitteln, als du ... Na ja, als ich den Krankenwagen gerufen habe ... So viel Angst hatte ich sonst nie in meinem Leben«, sagte sie. »Ich weiß nicht, was ich ohne dich tun würde. Wahrscheinlich würde ich überschnappen.«

Montserrats Miene wirkte ruhig, während sie sprach. Sie stellte das Geschirr ab, das sie in der Hand gehalten hatte, und drehte sich mit kühlem Blick zu ihm um, doch ihre Worte brannten so intensiv wie ein Streichholz unter den Fingerspitzen.

»Momo, das würde ich nicht tun. Nicht noch einmal. Nicht wirklich«, versprach er.

»Aber ich weiß, dass du es tun könntest. Eines Tages. Vielleicht.«

»Sei nicht albern, nein. Letzte Nacht war ich betrunken, das ist alles«, entgegnete er und klang dabei ein wenig atemlos. »Mir geht es gut.«

Sie wussten beide, dass er log. Er hatte erst vor fünf Jahren versucht, sich das Leben zu nehmen, und seither ein Dutzend Mal darüber nachgedacht, es noch einmal zu versuchen. Und selbst, wenn er nun nicht mehr an Selbstmord dachte, könnte er erneut in eine Phase des Drogenmissbrauchs und der Selbstzerstörung geraten und endgültig in der Gosse landen.

Er zwang sich ein Lächeln auf die Lippen und stupste sie spielerisch gegen die Schulter. »Ich ziehe mir einen Kamm durchs Haar und versuche, halbwegs anständig auszusehen, ehe wir in den Wagen steigen, okay? Wir wollen ja nicht,

dass die Nachbarn denken, du würdest neuerdings mit Pennern ins Bett gehen. Obwohl du damals diesen deutschen Rucksacktouristen gepoppt hast, und der hat ausgesehen, als hätte er auf einer Parkbank geschlafen.«
»Das ist zwölf Jahre her«, sagte sie und verdrehte die Augen. »Ein Mal schleppe ich in einer Bar jemanden ab und du lässt es mich nie vergessen.«
»Du hast einen schrecklichen Geschmack, wenn es um Männer geht.«
Montserrat zeigte ihm grinsend den Stinkefinger. Tristán machte kehrt und verschwand in ihrem Badezimmer, wo der Spiegel seine Vorahnung bestätigte. Er sah wirklich aus wie Scheiße und musste sich dringend das Gesicht waschen und versuchen, seinen Atem etwas zu erfrischen.

Kopfschüttelnd beschloss er, sich einen Anrufbeantworter zuzulegen. Auf diese Weise konnte er Anrufe selektieren und das Band verbrennen, sollte diese Reporterin noch einmal anrufen. Das könnte ihm zumindest eine bessere Bewältigungsstrategie ermöglichen. Jetzt aber begnügte er sich mit dem Versuch, an angenehmere Dinge zu denken.

»Urueta will am Wochenende auf Antiquitätenjagd gehen«, rief er aus dem Badezimmer, als er nach der Flasche Mundwasser neben dem Waschbecken griff. »Du bist eingeladen.«

»Wo?«

Er öffnete die Flasche und nahm einen Schluck Mundspülung, gurgelte und spuckte sie wieder aus. Montserrat stand an der Badezimmertür und betrachtete ihn im Spiegel, während er sich das Gesicht wusch und abtupfte.

»Ich weiß nicht. La Lagunilla, glaube ich. Damit verdient er sich heute seinen Lebensunterhalt. Er kauft Antiquitäten und verkauft sie dann mit Gewinn weiter. Es ist Jahrzehnte her, dass er einen Film gedreht hat. Aber falls du zu tun hast, ist das auch okay.«

»Diese Schicht, das ist für einige Wochen meine letzte.«

»Du hast danach nichts mehr in Aussicht?«

»Nichts Festes«, sagte Montserrat. »Sie geben die Jobs lieber anderen als mir.«

»Aber du bist die Beste!«

»Du weißt doch, wie das ist. Ich trinke nicht mit den Jungs, und die Jungs mögen mich nicht besonders.«

»Ich dachte, Gabino wäre das egal.«

»Gabino ist im Ruhestand, weißt du nicht mehr? Jetzt vergibt Mario die Aufträge, und ich habe mich mit ihm gestritten, darum teilt er mir die Arbeit mit der Pipette zu oder schiebt meine Schichten hin und her.«

»Arschloch!«

Montserrat zuckte mit den Schultern. »Das verschafft mir immerhin die Gelegenheit, dich im Auge zu behalten.«

»Vergiss letzte Nacht. Mir geht es gut. Ich brauche nur noch eine Minute, dann kannst du dich für die Arbeit fertig machen.«

Er schnappte sich einen Kamm und scheitelte sein Haar. Sie nickte ihm verhalten zu, entfernte sich und ging in ihr Schlafzimmer. Tristán versuchte, vor dem Spiegel zu lächeln, ließ sein auffallend weißes Lächeln aufblitzen. Dann ermahnte er sich im Stillen, Zeitungsständen aus dem Weg zu gehen, nur falls irgendjemand auf den Gedanken kam, ein Foto von Karina auf dem Deckblatt zu präsentieren.

5

Sie hielt kurz am Woolworth, um Schnittmuster für ihre Schwester zu kaufen. Sie dekorierten gerade einen Teil des Ladens zu Halloween mit Plastikkürbissen. NAFTA war dazu gedacht, Wohlstand nach Mexiko zu bringen. Sie war nicht sicher, wie viel Wohlstand Einzug in ihre Straße gehalten hatte, aber sie bekamen immer mehr amerikanische Produkte, amerikanische Filme eingeschlossen. Nach der Verabschiedung der Ley Cinematográfica mussten die Kinos nicht mehr so viele einheimische Filme vorführen. COTSA war bereits ausgeschlachtet und es waren kaum noch Leinwände für hiesige Filme übrig. Nicht, dass COTSA sich an die Regel gehalten hatte, zu fünfzig Prozent mexikanische Filme zu zeigen, ehe sie abgewickelt worden waren; sie hatten das Gesetz umgangen und es vorgezogen, das zu bringen, was sich gut verkaufte, und was sich gut verkaufte, war *Rambo*. Hinzu kam, dass die alten Kinos durch Multiplexe im amerikanischen Stil ersetzt wurden.

Das Filmgeschäft war ein watschelnder Zombie von einer Industrie; sie hatte an seiner Peripherie gearbeitet und es gerade geschafft, sich ein halbes Leben aufzubauen. *Enigma* könnte ihr Ticket zu finanzieller Sicherheit sein. Gott wusste, ihr derzeitiger Job war nicht gerade ein Quell des Reichtums.

Sie betrachtete einen der Kürbisse und stellte fest, dass sie Zuckerschädel nach wie vor bevorzugte. An einem Zeitungsstand kaufte sie eine Tüte Erdnüsse, ehe sie ins Restaurant ging. Cornelia traf in einem voluminösen, flauschigen Mantel ein und ließ seufzend ihre Lederhandtasche auf den Tisch fallen. Ihre Brillengläser waren rund und hinter ihnen sahen ihre Augen ständig verwundert aus.

»Ich konnte keinen Parkplatz finden. Ich musste ewig um den Block fahren. Und die Gebühren, die sie jetzt erheben! Das ist bewaffneter Raub!«

Ein Kellner beging den Fehler, auf ihren Tisch zuzukommen. Cornelia drehte sich umgehend zu dem armen Jungen um und fing an, in rasantem Tempo auf ihn einzureden: »Ich möchte Thunfisch auf Salat. Nein, keine Mayo, kein Senf, keine Tomaten, nur Thunfisch auf Salat. Okay, vielleicht Tomate. Ja, eine kleine Tomate. Und ich will eine Diätcola mit einem Schuss Zitrone und eine Tasse Kaffee. Vergessen Sie den Kaffee, ich trinke zu viel Kaffee. Mineralwasser und einen Schuss Zitrone. Könnten Sie das alles gleichzeitig bringen? Wissen Sie was, machen wir doch lieber Hühnchenbrust mit Salatbeilage daraus.«

Montserrat hatte bereits bestellt, also erhob sie nur aus purer Solidarität ihr Glas Wasser vor dem Kellner. Der drehte sich schweigend und mit der ganzen Professionalität eines Mannes um, der es schon öfter mit exzentrischen Gästen zu tun gehabt hatte und sich dadurch nicht mehr beeindrucken ließ. Cornelia war, wie Tristán es auszudrücken pflegte, gewöhnungsbedürftig.

»Ich versuche es mit diesen Nikotinpflastern, aber alles, was die tun, ist, mich auf die Palme zu bringen«, sagte Cornelia, beugte sich vor und stützte die Ellbogen auf den Tisch. »Was ist mit dir? Ich wollte dich letzten Monat anrufen, aber dann habe ich an einem Auftrag festgesessen. Wie ist es dir ergangen?«

Montserrat informierte Cornelia, dass es ihr gut gehe, und diese reagierte darauf mit dem Anfang einer langen Geschichte über einen Leberfleck auf ihrem Rücken, den sie untersuchen lassen wollte. Gespräche mit Cornelia verliefen niemals geradlinig. Sie zweigten mal in diese, mal in jene Richtung ab, während ihre Gedanken kehrtmachten und dann wieder voranpeitschten, aber sie war eine nette Freundin und eine gute Produktionsassistentin.

Endlich gelang es Montserrat, Cornelia zu dem Thema *Enigma* und den aktuellen Episoden zu dirigieren.

»Meine Stunden bei Antares werden ständig zurückgefahren.«

»Ich habe dir ja gesagt, wenn du diesen Knaben ausbildest, geben sie ihm im Nullkommanichts deinen Job. Du darfst nie irgendjemandem irgendetwas beibringen! Wie lange bist du jetzt da? Jahre um Jahre! Das passiert nur, weil du nicht in der Gewerkschaft bist. Blutsauger, das ist es, was diese Leute sind.«

»Wenn der Eigentümer auch nur das Wort ›Gewerkschaft‹ hört, feuert er uns auf der Stelle. Was mich auf *Enigma* bringt. Ich habe eine Idee für eine Episode.«

»Endlich! Ich habe dir ja gesagt, lass die Tonarbeit hinter dir, da bekommst du nur Kleckerbeträge. Was für eine Idee ist das?«

»Ich habe diesen Regisseur kennengelernt, Abel Urueta. Er hat früher Horrorfilme gedreht, und wie sich herausgestellt hat, hat er auch an einem Film gearbeitet, der von einem Okkultisten geschrieben wurde: Wilhelm Ewers.«

»Da klingelt nichts«, sagte Cornelia und kratzte sich an der Stelle am Arm, an der sie das Nikotinpflaster aufgeklebt hatte.

Montserrat erzählte von Uruetas Filmografie und erklärte, sie könne ein Interview mit ihm bekommen. Als ihr Essen serviert wurde und Cornelia anfing, an ihrem Hühnchen herumzupicken, hegte Montserrat bereits den Verdacht, dass sie auf verlorenem Posten kämpfte.

»Ich dachte, du hättest gesagt, du hast vielleicht was für mich, wenn ich mir einen Beitrag für die Serie ausdenke«, sagte Montserrat. »Du könntest mich in die Produktion reinbringen, hast du gesagt.«

»Schon, aber ich dachte eher an etwas wie ein mexikanisches Amityville. Spukhäuser. *Lloronas, chaneques* und andere geisterartige Wesen. Jaime Mussan hat Leute, die über Energielinien reden, und bei *Conozca Más* geht es um das Schicksal von Atlantis. Du hast nur einen unbekannten Regisseur und einen toten deutschen Autor.«

»Und *Año Cero* sagt, wir könnten die Geheimnisse einer uralten Zivilisation aufdecken, indem wir mit einer Kristallpyramide sprechen. Meine Story klingt auch nicht verrückter als das.«

»Das ist ja das Problem. Sie klingt nicht so gehaltvoll, jedenfalls nicht so, wie du sie verkaufst. Bei dir klingt das alles sehr ordentlich und geradezu gehoben.«

»Es ist eine Retrospektive über einen verlorenen Film.«

»Ja, und der interessante Teil ist der Nazi-Okkultist. Also, was weißt du noch über ihn?«

»Nicht viel«, gestand Montserrat, obwohl sie sich etliche Stunden in Tagträumen über *Jenseits der gelben Tür* verloren hatte.

»Da hast du dein Problem«, sagte Cornelia und wedelte vor Montserrat mit ihrer Gabel. »Du brauchst mehr Infos über den Kerl.«

»Könntest du mir einen Vorschuss dafür geben? Ich meine, wenn ich mit den Recherchen angefangen habe«, sagte sie und spürte dieses Kribbeln der Aufregung, das sie schon sehr lange bei keinem Projekt mehr empfunden hatte. Bei Antares hielt man sie an der kurzen Leine.

»Wenn du für die Serie arbeiten willst, musst du mir mehr liefern als das. Kannst du ein Vorgespräch mit Urueta führen? Das echte Interview kann ich im Studio aufzeichnen, aber ein Vorgespräch würde mir helfen, mir ein Bild davon zu machen, was wir hier haben. Stell Nachforschungen an. Sonst ist das Material zu schwer einzuschätzen.«

»Du willst ihn vor der Kamera haben?«

»Ja. Nichts Ausgefallenes. Wenn etwas gehaltvoll aussieht, zahlen wir unseren freien Mitarbeitern ein gutes Honorar, aber ohne Proof of Concept kann ich nichts tun. So läuft das nun mal.«

»Ich weiß. Blutsauger«, sagte Montserrat und drückte ihre Serviette fest zusammen.

»Ach, nun komm schon. Zieh nicht so ein Gesicht! Ich mache die Regeln nicht. Wenn ich könnte, würde ich dir den zehnfachen Vorschuss zahlen. Denk einfach darüber nach, in Ordnung? Wenn nicht, können wir auch warten und schauen, ob sich in der Tonabteilung was ergibt.«

Tolle Aussichten. Montserrat war klar, dass sie darauf Jahre warten konnte.

Am Freitag nahm sich Montserrat Rieras *Historia Documental del Cine Mexicano* vor und suchte nach Informationen über Uruetas Filme. In dem acht Bände umfassenden Kompendium war nichts über *Jenseits der gelben Tür* zu finden, nicht dass sie etwas anderes erwartet hätte, aber es schadete nicht, sich zu vergewissern. Sie rief bei der *Cineteca* an und fragte, ob sie kurz im Archiv vorbeischauen und sich die Datenblätter und Pressemeldungen zu Uruetas anderen Filmen ansehen könne. Dann tippte sie eine Seite mit Notizen über das voll, was sie selbst über Urueta im

Gedächtnis und was sie über *Jenseits der gelben Tür* gehört hatte. Sie hatte keine Ahnung, wer, abgesehen von Urueta und dem Drehbuchautor Romeo Donderis, an dem Film gearbeitet hatte. Donderis' Filmografie sah sie sich ebenfalls in der *Cineteca* an.

Am Sonntag traf sie sich an einem vereinbarten Treffpunkt, einer Straßenkreuzung, mit Urueta und Tristán, und sie gingen gemeinsam zum Markt. Montserrat feilschte nicht und sie hatte Angst vor Taschendieben, folglich übte der Markt keinen besonderen Reiz auf sie aus. Tristán hingegen schien es kaum erwarten zu können, die Stände auszukundschaften. Er trug seine übliche Sonnenbrille und eine lockere karierte Jacke. Er sah unkonventionell aus, aber das war völlig in Ordnung. Auf dem Markt gab es alle Arten von Leuten, von Obdachlosen bis hin zu einer stinkvornehmen Klientel auf der Suche nach Schnäppchen. Einige der angebotenen Güter waren illegal, und wenn der Polizei gerade danach war, führte sie auf dem Markt eine Razzia durch. Aber nicht an diesem Tag.

Zu dritt betrachteten sie Stühle aus dem 19. Jahrhundert und Plastikbarbies mit wirrem Haar. Da gab es Schmuggelware und gutes Porzellan. Gemälde idealisierter *adelitas* fanden sich neben Postern von José José. Urueta konzentrierte sich auf Uhren. Hatte ein Objekt sein Interesse geweckt, zog er die Brille aus der Brusttasche seines Hemdes und untersuchte den Gegenstand, ehe er die Brille zurück an ihren Platz steckte. Diesen Vorgang wiederholte er ein halbes Dutzend Mal. Manchmal nickte er dabei und murmelte kaum hörbar etwas vor sich hin.

»Ich verkaufe sie in der Zona Rosa«, erklärte er. »Für Uhren gibt es immer Abnehmer, und ich kenne einen Burschen, der gut darin ist, sie zu reparieren.«

Sie passierten einen Stand voller Nazi-Devotionalien. Dort gab es Jacken, ausstaffiert mit roten Armbinden, und Hakenkreuze, Nazi-Orden, alte Pistolen, Helme, sogar Flaggen und eine Adolf-Hitler-Puppe. Montserrat blieb stehen und starrte die Auslagen an. Sie nahm an, dass es Hitlers Anhängern nicht sonderlich schwergefallen sein dürfte, nach Amerika zu gelangen, nicht, solange es genug gierige Menschen gab, die bereit waren, ihnen Unterschlupf zu gewähren. Einige dieser Massenmörder dürften reichlich jüdisches Eigentum erbeutet und sich an den Habseligkeiten der armen Romani bereichert haben, die sie auszulöschen versucht hatten, und so mancher dürfte sich die Taschen mit Geld vollgestopft haben, das er vorher den Leichen behinderter Menschen gestohlen hatte. Und so waren sie nach Amerika gekommen und von Leuten wie Perón und seinesgleichen mit offenen Armen empfangen worden.

»Sie haben uns erzählt, Ewers könnte ein Nazi gewesen sein«, sagte Montserrat, als Urueta neben ihr verweilte. An seinem Arm baumelte eine blaue Einkaufstüte, in der er einige frisch gekaufte Uhren transportierte. »War er ein Agent in Mexiko, wie die Schauspielerin, die Sie erwähnt haben?«

»Ich finde es immer noch schwer, zu glauben, dass es in Mexiko Nazi-Spione gegeben haben soll«, sagte Tristán und strich sich eine Haarlocke aus dem Gesicht. Montserrat sah die Spiegelung von Urueta und sich selbst in den dunklen Brillengläsern.

»Sie hatten ihre Sympathisanten. Je von den *camisas doradas* gehört? Die Goldhemden waren in den Dreißigern und auch noch später aktiv. Rubén Moreno Padrés hat 1940 zwei antisemitische Konferenzen gleich hier in La Lagunilla organisiert. Sie haben in dem Jahr eine Menge Flugblätter verteilt, in denen sie dem Präsidenten vorgeworfen haben, er ruiniere das Land, indem er jüdische Immigranten hereinlasse. Aber ich kann Ihnen sagen, dass Ewers sich nicht an halbseidenen Demonstrationen dieser Art beteiligt hat, und er gehörte auch keiner speziellen Gruppe an. Es war mehr ... nun ja, das reicht noch weiter zurück. Ewers hatte es mit Runen und Magie und Filmen. Das alles in Kombination.«

»Runen?«

Sie schlenderten weiter zu einem Teppichhändler und einem anderen, der schwere Wählscheibentelefone aus den Fünfzigern feilbot.

»In Europa gab es Anfang des 20. Jahrhunderts diverse Magiesysteme. Krumm-Heller, der Arzt, von dem ich Ihnen erzählt habe, hat die Runen studiert und eine Therapie basierend auf Gerüchen entwickelt.«

»Der Glaube an angenehm riechende Kerzen hört sich für mich ziemlich harmlos an«, bemerkte Tristán, nahm die Brille ab und nagte an einem der Bügel.

»Krumm-Heller hat auch geglaubt, bestimmte Rassen wären anderen untergeordnet.«

»Das ist definitiv nicht harmlos«, räumte Tristán kopfschüttelnd ein und setzte die Sonnenbrille wieder auf. »Waren alle Okkultisten Rassisten?«

»Helena Petrovna Blavatsky, die Gründerin der Theosophischen Gesellschaft, hat auch von über- und unterlegenen Rassen und der Evolution der Menschen gesprochen. Guido von List hing der Idee von einem magischen Runenalphabet an und dachte, die Menschheit wäre in einen Zyklus der Dekadenz geraten, und er sprach sich nachdrücklich für Eugenik aus. Und dann haben wir noch Jörg Lanz von Liebenfels, der auch Okkultist war und glaubte, das arische Volk werde von minderwertigen Rassen bedroht.«

»Aber war er nun ein Nazi?«, fragte Montserrat. »Diese Frage haben Sie nicht beantwortet.«

»Vielleicht war er ein Soldat«, warf Tristán ein. »Bei der Wehrmacht.«

»Nein, er war kein Soldat. Er war Okkultist. Aber viele Okkultisten hingen bizarren Rassentheorien an, und Ewers hatte keine Bedenken, sich anzuhören, was die Pro-Nazi-Gruppierungen zu sagen hatten. Er erwähnte die Vril-Gesellschaft und den Germanenorden und behauptete, er habe ihnen Wissen gestohlen.« Urueta zog ein Taschentuch hervor und wischte sich die Stirn ab. »Er war opportunistisch und hätte sich mit jedem angefreundet, der ihn hätte fördern können. Sehen wir uns noch diesen Gang an, dann können wir zurück in meine Wohnung gehen. Dort werde ich Ihnen mehr erzählen.«

Sie verbrachten eine weitere halbe Stunde auf La Lagunilla, obwohl Urueta nichts mehr kaufte.

Als sie die Wohnung erreicht hatten, bot der alte Mann an, jedem einen Brandy einzuschenken, und sie setzten sich ins Wohnzimmer.

Tristán befreite sich von seiner Sonnenbrille und nahm den Brandy entgegen. Urueta lehnte sich in seinem Sessel zurück, streifte ächzend die Schuhe ab und schlüpfte in ein Paar Hausschuhe. Die Plastiktüte mit den beiden Uhren war in einer der vielen Schubladen eines Schranks verschwunden. Auf dem Kaffeetisch entdeckte Montserrat einen dicken Stapel alter Ausgaben von *Cahiers du Cinema*.

»La Lagunilla saugt mich aus. Es kostet eine Menge Energie, sich die Handelswaren anzusehen und herauszufinden, was was ist.«

»Sie hatten von Ewers erzählt«, sagte Montserrat prompt, getrieben von dem Wunsch, wieder zu diesem Thema zurückzukehren.

»Mmmh? Ja. Es ist seltsam, ich habe seit langer Zeit nicht mehr über ihn gesprochen. Ich habe einen Freund,

José López, der würde Ihnen sagen, dass Sie nie von den Toten sprechen sollten. Andererseits sind Sie an ihm interessiert, und ich habe selten interessierte Gäste.«

»Sie sagten, Ewers habe Wissen gestohlen. Wie?«

Urueta rieb die Hände aneinander und trank einen kleinen Schluck von seinem Brandy. »Ewers war nicht viel anders als etliche der Männer, die vor ihm kamen. Seine okkultistischen Ideen waren ein Mischmasch anderer Ideen. Inspiriert von Leuten wie Krumm-Heller, glaubte Ewers, die Arier wären eine höherwertige Rasse und daher mit der Fähigkeit der Hexerei ausgestattet, aber er glaubte auch, dass die Azteken und die Inkas zu solchen Kunststücken fähig wären. Und da die zu den Vorfahren der Mexikaner gehörten, konnten Letztere die Magie angeblich bis zu einem gewissen Grad nutzen.«

»Aber Mexikaner sind so wenig Azteken, wie alle Italiener Nachfahren römischer Generäle sind«, wandte Montserrat ein.

»Ich bin definitiv kein Azteke«, bemerkte Tristán achselzuckend. »Meine Großeltern stammen aus Beirut.«

»Ewers' Konzepte waren, sagen wir, ein wenig fantastisch. Er sah Parallelen zwischen europäischen Runen und den Ideogrammen und Glyphen der Azteken und der Maya. Seine wahre Innovation, die ihn in den späten Fünfzigern in Mexiko populär gemacht hat, war ein Mischmasch aus Ideen über Film und Magie. Sagen Sie, hat einer von Ihnen schon mal von Anton LaVey gehört? Er war der Gründer der Church of Satan.«

»Ich glaube, LaVey war nicht sein richtiger Name«, sagte Montserrat. Seit sie mit Cornelia befreundet war, bekam sie dann und wann ein bisschen über die Themen zu hören, die bei ihrer Sendung aufgegriffen wurden, und dabei war auch einmal LaVey erwähnt worden.

»Natürlich nicht. Jeder erfindet sich neu. Rudolf ›von‹ Sebottendorf war auch kein ›von‹. LaVey war ein Blender, genau wie Ewers. Aber hätten Sie ihn gefragt, dann hätte er Ihnen gesagt, seine Neigung, Filmstars und Regisseure zu umkreisen, habe nichts damit zu tun, dass er selbst ins Showbusiness hineinschnuppern wollte: Ewers glaubte, Filme wären magisch.«

»Wie ist er auf die Idee gekommen?«, fragte Tristán. »Ich weiß, wir sprechen allgemein über die Magie von Filmen, aber das ist etwas völlig anderes.«

»Aleister Crowley, vermutlich der berühmteste Okkultist, der je gelebt hat, hat *Rite of Saturn* geschrieben, ein Stück, das 1910 uraufgeführt wurde. Anschließend hat Crowley sich noch mehreren anderen Theateraufführungen gewidmet. Ewers glaubte, Crowley sei auf der richtigen Spur gewesen und magische Riten müssten vor einem großen Publikum vollzogen werden, dessen Energien die Magie verstärken würden. Aber er hat nicht geglaubt, dass das Theater das richtige Medium dafür wäre.«

»Film«, warf Montserrat ein. »Einen Film sehen viel mehr Leute als ein durchschnittliches Theaterstück. Und ich schätze, die Erfahrung ist auch eindringlicher.«

Urueta schnippte mit den Fingern und nickte begeistert. »Genau! Crowley wollte bei seinem Publikum einen ekstatischen Zustand hervorrufen; Ewers fand, man sollte es besser als eine Art Batterie nutzen. Er dachte auch, der Film hätte gewisse Eigenschaften, die Magie intensivieren.«

»Als da wäre?«

»Der Film wurde mit Silbernitrat-Material gedreht, weil Silber ein machtvolles Medium der Magie ist.«

»Im Jahr 1961?«, fragte Montserrat zweifelnd. »Da hat man das doch schon lange nicht mehr benutzt.«

»In Europa gab es immer noch Filme auf Basis von

Nitrozellulose. Francos Leute haben das Nitratmaterial gekauft, das Kodak möglichst kostengünstig loswerden wollte, und Madrid Film hat es für seine Filme benutzt. Wir haben unseres aus der damaligen UdSSR bezogen. Es war ungewöhnlich, andererseits war die ganze Produktion ungewöhnlich. Und Sie müssten sich mal Nitratfilmmaterial ansehen, wenn es belichtet wurde! Das Weiß sieht aus wie gebleichtes Leinen, das Schwarz ist so gesättigt, man hat das Gefühl, man könnte die Hände in dieser samtenen Finsternis vergraben«, sagte Urueta, dessen Augen vor kindlicher Freude geweitet waren. »Gott, der Film war wunderschön.«

Wunderschön und anfällig dafür, in Flammen aufzugehen. Genau das war vor zehn Jahren in der *Cineteca* passiert. Hunderte mexikanische Filme waren einem Feuer zum Opfer gefallen, das vermutlich ausgebrochen war, als ein lockerer Draht die archivierten Nitratfilme in den Lagerräumen zur Explosion gebracht hatte. Sie hatte von Moviolas gehört, die in Flammen aufgegangen waren, wenn Sonnenstrahlen zu konzentriert auf die Linse trafen. Vermutlich nur Unsinn, aber erschreckend genug, um vorsichtig mit Nitratmaterial umzugehen.

»Es muss kostspielig gewesen sein, mit veraltetem Filmmaterial zu drehen«, bemerkte Tristán.

»Nicht so sehr, wie Sie denken, und außerdem hatte Ewers einen reichen Gönner«, sagte Urueta. Zum ersten Mal, seit er angefangen hatte, über den Okkultisten zu reden, wirkte der alte Mann unbehaglich. Er verlagerte sein Gewicht. »Aber, ja, das waren kostspielige Entscheidungen, und der Produktionsplan war nicht ideal. Die komplexe Tonmischung bedeutete, dass wir mehr Zeit in die Nachbearbeitung investieren mussten.«

»Inwiefern?«, fragte Montserrat. »Wäre die Vertonung denn so aufwendig gewesen?«

»Die Musik war nicht das Problem, es waren die Dialoge. Ewers wollte, dass der Film nachträglich eingesprochen wurde.«

»Wie in Italien? Fellini hat Dialoge manchmal erst geschrieben, wenn die Szene schon im Kasten war«, sagte Montserrat. »War das so etwas wie eine künstlerische Aussage? Oder hat er gehofft, er könnte den Film ins Ausland verkaufen und ihn in einer anderen Sprache synchronisieren?«

»Nein, das lag alles an Ewers' Vorstellung von magischen Systemen, vermengt mit ein paar Häppchen Crowley und ein paar Häppchen von Gott weiß woher. Er dachte, wenn Bild und Ton getrennt aufgenommen und dann vereint würden, so würde sich damit ein Kreis schließen.«

»Wenn Sie also sagen, er hat Wissen gestohlen ... dann heißt das, er hat Crowleys Ideen gestohlen und mit seinen eigenen verbunden?«

»Ja, Crowley. Ich glaube, Antonin Artauds Theater der Grausamkeit hat Ewers auch inspiriert«, sagte Urueta nachdenklich. »Artaud glaubte, das Theater wäre das einzige Medium, das eine Art Gemeinschaft mit dem Publikum herstellen könne, die einem ›magischen Exorzismus‹ gleiche. Artaud ging übrigens nach Mexiko, lebte mit den Tarahumara, konsumierte Peyote und nahm an einem schamanischen Ritual teil. Ewers war offenbar begeistert von Artauds Ideen, aber er liebte den Film, nicht das Theater.«

»Und diese beiden Dinge, die Sie erwähnten ... die Vril...«

»Die Vril-Gesellschaft«, sagte Abel. »Eine okkultistische Gruppe, die auf den Ideen des britischen Autors Edward Bulwer-Lytton fußte. Sie dachten, es gäbe eine Lebenskraft mit Namen *Vril*, die, wenn man sie kontrollieren könnte, enorme Macht verleihen würde. Natürlich glaubten sie auch, die Arier alter Zeiten hätten diese Mächte genutzt. Ewers sagte, er habe sich mit ihnen verbrüdert. Anscheinend gab es in München eine sehr aktive Okkultistenszene, als er dort lebte.«

Das klang wie etwas aus *Die Braut des Teufels* oder einem anderen Hammer-Film, aber statt die Lust am Thema zu verlieren, war Montserrat fasziniert. Die Nachvertonung, das Silbernitratmaterial, beides trug dazu bei, die ganze Geschichte eher charmant als makaber wirken zu lassen, obwohl sie diese verstörende Ader der Finsternis durchaus schätzte. Zudem schien Abel es zu genießen, die Story zu erzählen: Er war wie ein Kind, das spät in der Nacht Gespenstergeschichten zum Besten gab. Tristán war weniger beeindruckt. Ghuls und Monster waren nicht gerade seine Favoriten. Er sah sich die Filme Montserrat zuliebe an, stand Schlange für Freddy Krueger und Pinhead, weil sie die Spätaufführung besuchen wollte.

»Hört sich an, als wäre er ein Spinner gewesen. Ein Vielleicht-war-ich-ein-Nazi-Spinner noch dazu«, sagte Tristán träge mit seinem Glas in der Hand und warf den Kopf zurück. »Schwer vorzustellen, dass irgendjemand ihn ernst genommen hat.«

»Es gab da mal eine reizende Dame mit Namen Marjorie Cameron. Sie wurde in einer gewissen Schickeria und der Avantgarde im Kalifornien der Fünfziger ziemlich bekannt. Sie hat sogar ein paar Nebenrollen bekommen. Weniger bekannt ist, dass Marjorie die Frau von Jack Parsons war, einem Okkultisten und Raketentechniker.«

»Was für ein Résumé«, bemerkte Tristán.

»Ja, durchaus, und Marjories Lebenslauf war genauso interessant. Sie war Gründerin einer Gruppe namens ›Die Kinder‹, die magische Sexrituale praktizierte, in der Hoffnung, so eine dritte Rasse der Mondkinder zu erschaffen.«

»Das klingt allmählich nach Eugenik«, sagte Tristán schaudernd.

»Von der freundlicheren Sorte, nehme ich an. Marjorie glaubte, die Vermischung verschiedener Rassen würde diese besonderen Kinder hervorbringen.«

»Es klingt trotzdem furchtbar. Also, was Sie sagen, ist im Grunde, dass es vor ein paar Jahrzehnten einen ganzen Haufen Irrer gegeben hat«, schloss Tristán und zündete sich eine Zigarette an.

Montserrat warf ihm einen verärgerten Blick zu. Sie wollte nicht, dass Abel aufhörte, über dieses Thema zu reden, und Tristán hatte diesen vage feindseligen Ton angeschlagen, zu dem er häufig griff, wenn er sich langweilte.

»Ich weiß, das hört sich albern an, aber Leute wie Marjorie oder Ewers hatten es in bestimmten sozialen Gefügen leicht, sich einen Platz zu sichern.«

»Charles Manson auch«, kommentierte Tristán trocken.

Urueta klappte den Mund zu einem Protest auf, aber Montserrat kam ihm zuvor. »Wer war Ewers' Gönner?«, fragte sie.

Wieder wirkte Urueta, als wäre ihm unbehaglich zumute. Er stellte das Glas, mit dem er bis dahin herumgespielt hatte, ab und sah sie an, als versuchte er herauszufinden, was in ihrem Kopf vorging.

»Das war Alma Montero. Sie werden sie nicht kennen, aber sie war ...«

»Ein Stummfilmstar«, sagte Montserrat wie aus der Pistole geschossen.

»Ich hätte mir denken können, dass Sie sie doch kennen«, bemerkte Urueta.

Montero hatte zusammen mit Gilbert Roland und Ramón Novarro den Sprung nach Hollywood geschafft, aber im Tonfilm hatte sie es einfach nicht gebracht. So wenig wie Norma Talmadge oder John Gilbert. Für jede Joan Crawford gab es auch eine Vilma Banky, deren Karriere mit dem Aufkommen der Mikrofone erloschen war. Akzente, quäkende Stimmen, steife Darbietungen waren Dutzenden von Schauspielern zum Verhängnis geworden.

»Alma Montero hat einen deutschen Okkultisten finanziert«, sagte Montserrat und konnte ein Schnauben nicht unterdrücken. Das war, als hätte man ihr gesagt, dass María Félix regelmäßig an Ouijabrett-Seancen mit Zabludovsky teilgenommen hätte. Oh, das war besser als die Handlung jedes Hammer-Films, den sie kannte.

»Ich habe für einen Tag genug Geschichten erzählt und ich habe noch ein paar Dinge zu tun«, sagte Urueta und stand abrupt auf. Etwas im Zusammenhang mit Montero schien den alten Mann zu beunruhigen, denn bisher war er höllisch geschwätzig gewesen.

»Sie werfen uns so schnell raus?«, fragte Tristán. »Was sollen wir jetzt mit unserem Abend anfangen?«

»Würde es Ihnen etwas ausmachen, wenn ich mit einem Bandgerät wiederkäme und Ihnen noch ein paar weitere Fragen zu Ewers stelle? Ich denke daran, einen Beitrag über *Jenseits der gelben Tür* zu machen.«

»Einen Beitrag?«, fragte Urueta. »Was für eine Art Beitrag?«

»Montserrat hat Kontakte zu *Enigma*. Die haben eine wöchentliche Sendung mit ziemlich vielen Zuschauern. Das könnte gut für Sie sein«, sagte Tristán und ließ seine Zigarette in den Aschenbecher fallen. »Es wäre sehr stilvoll.«

Das war nicht die Art, wie Montserrat das Thema hatte vorbringen wollen. Am liebsten hätte sie Tristán einen Schlag auf den Hinterkopf versetzt.

Urueta schüttelte entschlossen den Kopf. »Ich weiß, von welcher Sendung Sie sprechen, und die ist keineswegs stilvoll.«

»Wenn wir ein bisschen darüber reden könnten«, drängelte Montserrat. »Wenn wir uns einen Ansatz überlegen würden ...«

»Nicht jetzt«, sagte Urueta.

Rasch und geradezu angespannt verabschiedete er sie und Montserrat und Tristán fanden sich im Treppenhaus wieder und sahen einander an.

»Warum musstest du *Enigma* erwähnen?«, fragte sie und stapfte zu den Stufen.

Tristán zuckte mit den Schultern und reckte hilflos die Hände in die Luft. »Wie hätte ich denn wissen sollen, dass er darauf so negativ reagiert? Bis dahin hat er uns Ewers' Lebensgeschichte ja unbedingt erzählen wollen.«

»Bis er Montero erwähnt hat.«

»Soll heißen?«

»Das soll heißen, dass da mehr dran ist. Was, werden wir schon noch herausfinden. Ich werde der *Cineteca* einen Besuch abstatten müssen.«

»Bedeutet das, Cornelia hat dir einen Job bei *Enigma* beschafft?«

»Nichts Festes. Freiberufliche Mitarbeit, wenn überhaupt. Aber Ewers ist das, was sie interessiert, also ist es auch das, woran ich arbeiten sollte. Ich muss mehr Nachforschungen anstellen.«

Tristán klopfte seine Kleidung nach seinen Schlüsseln ab. »Musst du wirklich mehr Nachforschungen anstellen? Ich dachte, das wären Leute von der Sorte, die Geschichten bringen wie: Pedro Infante lebt noch und versteckt sich in Mazahtlán, weil er entstellt ist wie das Phantom der Oper, seit sein Flugzeug abgestürzt ist.«

»Du musst den Bildschirm mit etwas füllen, das zwischen den Werbepausen für fünfundvierzig Minuten reicht. Da kann es genauso gut eine halbwegs schlüssige Story sein.«

Tristán fand seine Schlüssel und öffnete die Tür. »Du weißt doch, wer in dieser Sendung Werbung schaltet? Das sind die Leute mit den Astrologie-Hotlines. Die müssen einen Haufen Geld pro Minute einnehmen.«

»Single-Hotlines auch«, sagte sie, als ihr die Nummern einfielen, die sie bei gewissen Sendungen in der Nacht über den Bildschirm hatte flimmern sehen.

»Willst du eine Kleinigkeit essen, ehe du nach Hause gehst?«, fragte Tristán, ging in die Küche und öffnete den Kühlschrank. Die Küche war groß, und der Kühlschrank sah, ebenso wie der Herd, aus, als wäre er erst kürzlich in die Wohnung gebracht worden. Ein leuchtend gelbes Telefon hing an der Wand.

»Du kochst?«

Anders als Montserrat, deren Mutter kein Interesse daran gezeigt hatte, ihrem Kind das Kochen beizubringen, hatte Tristáns Mutter ihn in die Geheimnisse der Küche eingeführt. Er war ihr Baby gewesen, der Kleine, der an ihren Rockzipfeln hing. Montserrats Mutter war aus einem härteren Material geschnitzt. Sie bellte Befehle, wenn sie im Haus war, kam aber gewöhnlich sowieso erst spät heim, manchmal wegen der Arbeit, manchmal, weil sie jemanden mitbrachte. Montserrat hatte gelernt, die Männer, die ihre Mutter ihre »Kollegen« nannte, entweder zu ignorieren oder an den Abenden, an denen ihre Mutter Gesellschaft hatte, einfach rauszugehen und sich in Tristáns Wohnung zu verkriechen. Die Abaids hatten sie gemocht und Tristáns Mutter hatte ihren Teller mit einem Berg an Essen gefüllt.

»Ich würde kochen, wenn ich etwas Anständiges im Schrank hätte. Aber du weißt ja, wie das ist. Man gewöhnt sich daran, für zwei zu kochen, und dann ist es zu deprimierend, es wieder nur für einen zu tun. Gestern habe ich das ganze Rindfleisch verputzt. Vielleicht habe ich noch irgendwo Huhn.«

Tristán knöpfte die karierte Jacke auf und warf sie auf einen Küchentisch. Sogar solch eine Kleinigkeit konnte bei Tristán den Eindruck von Schönheit und Grazie heraufbeschwören. Jetzt, da Montserrat darüber nachdachte, stellte sie fest, dass er heute ein bisschen nach dem alten Hollywood ausgesehen und sein Outfit vage zu dem antiken Rahmen gepasst hatte. Sein Gesicht war für ein anderes Jahrzehnt gemacht. Für Stummfilme, vielleicht.

Sie dachte über Montero nach. Sie konnte sich nicht erinnern, wann die Frau geboren war. Ob sie noch am Leben war? Falls ja, dann wäre es vielleicht eine gute Idee, sie zu interviewen.

»Kein Huhn. Sushi Ito hat ein paar Blocks von hier aufgemacht«, sagte Tristán, während er im Kühlschrank wühlte und Behälter zur Seite schob.

»Sushi Ito taugt nichts. In der Stadt gibt es auch richtige Sushi-Restaurants, weißt du?«

»Mag sein, aber ich habe keine Lust, den ganzen Weg bis zu einem richtigen Restaurant zu gehen. Ich habe keine Proteine. Scheiße. Diese Milch ist abgelaufen.«

Tristán nahm eine Packung Leche Lala heraus und schüttete den Inhalt ins Spülbecken. Montserrat blickte in den Kühlschrank. Wenn man ihr vorwerfen konnte, nicht genug Lebensmittel zu Hause zu haben, dann konnte man Tristán auch vorwerfen, viel zu viel davon zu haben, dabei ging er so oder so dauernd essen. In seinem Kühlschrank wurde alles schlecht. Er unterhielt eine sorgfältig zusammengestellte Sammlung schimmeliger Tomaten und überreifer Früchte. Montserrat wusste nicht, warum er sich überhaupt die Mühe machte, in den Supermarkt zu gehen, wenn er dann doch nur Enchiladas bei Sanborns hinunterschlang.

Nichtsdestoweniger konnte Tristán, wenn ihm der Sinn danach stand, was zugegebenermaßen in letzter Zeit immer seltener vorkam, ein veritables Festmahl zaubern. Montserrat war in der Lage, fünf Gerichte zu kochen, deren Zubereitung sie in vier Fällen von Tristáns Mom gelernt hatte. Das üppige Rot von Granatäpfeln, das satte Grün von Pistazien. Der Duft von Rosenwasser und warmem Brot. Das war Tristáns Küche, und er pflegte ein altes Lied zu summen, während er Gemüse schnippelte. Gewöhnlich war es eine der Melodien, die seine Mutter ihnen vorgesungen hatte.

Montserrat prüfte das Haltbarkeitsdatum auf einem Joghurtbehälter.

»Hast du diese Hotlines je angerufen?«, fragte er.

Sie reichte ihm das ebenfalls abgelaufene Joghurt, und er fing an, den Inhalt in die Spüle zu löffeln. »Ob ich einen Astrologen gebeten habe, mir über das Telefon ein Geburtshoroskop zu erstellen?«

»Nein, die Single-Hotlines.«

»Das ist Beschiss. Ich bin lieber allein, als so zu tun, als würde irgendwelchen Leuten an mir liegen, obwohl ich denen doch scheißegal bin.«

Tristán schien darüber nachzudenken, während er am Spülbecken stand. Das Licht aus dem Kühlschrank zeichnete die Linien und Schatten auf seinem Gesicht nach und betonte die blasse Narbe unter dem Auge, die ihm so zu schaffen machte, dass er glaubte, sie hätte sein Aussehen ruiniert. Ein paar Haare an seiner Schläfe schimmerten silbern. Er hätte nicht besser aussehen können, selbst wenn Sternberg Reflektoren und Lampen in der Wohnung aufgestellt hätte, um ihn zu fotografieren.

Ihr ging durch den Kopf, was Urueta gesagt hatte – dass Ewers geglaubt hatte, Magie könne durch Filmmaterial gewirkt werden, und eine Sekunde lang dachte sie, er sei vielleicht gar nicht so sehr neben der Spur gewesen. Vielleicht konnten manche Leute allein mit einem Blick und einer Dialogzeile zaubern.

Tristán öffnete den Wasserhahn und ließ das Wasser fließen, drehte dann wieder ab und schloss die Kühlschranktür, zerstörte den zarten Zauber aus Licht und Schatten, den er hervorgerufen hatte.

Am Kühlschrank hatte er mit einem Magneten die Nummer einer Pizzeria befestigt. »Also, jetzt gibt es nur eine wirklich bedeutsame Frage. Drei Käse oder vier Käse?«

Sie lächelte und griff zum Telefonhörer. »Vier.«

HAUPTFILM

6

Montserrat vermisste die alte *Cineteca* immer noch. Sie erinnerte sich liebevoll an die vielen alten Filme, die sie im Salón Rojo gesehen hatte, ehe sie in dem Inferno, das vierzehn Stunden lang gewütet hatte, ausgebrannt war. Es hieß, die Person, die für die Bescherung verantwortlich war, sei Durán Chávez gewesen, er habe die Leute gefeuert, die die klimatisierten Lagerräume überwacht und dafür gesorgt hatten, dass die Temperatur dort nie über zehn Grad Celsius stieg. Er hatte ein paar Pesos einsparen wollen, und in der Folge war das ganze Gebäude hochgegangen, als das Silbernitrat instabil geworden war. Aber es gab auch Gerüchte über fehlerhafte Verkabelung und sogar über Brandstiftung. Fünf Jahre vor dem Brand in der *Cineteca* hatte es ein Feuer im UNAM-Filmarchiv gegeben, und Manuel González Casanova, der die Lagerräume dort geplant hatte, hatte insgeheim geraunt, jemand habe die Filmrollen im Archiv gestohlen und es in Brand gesteckt, um das Verbrechen zu vertuschen. Sollte das stimmen, dann war das Feuer in der *Cineteca* vielleicht auch absichtlich gelegt worden.

Was immer der Grund war, die neue Einrichtung wirkte seelenlos. Die ursprüngliche *Cineteca* war auf zwei Tonbühnen der Estudios Churubusco erbaut worden. Man könnte sagen, sie wurde bis ins Mark von alten Filmen getragen.

Das eigentliche Problem mit der neuen *Cineteca* war jedoch nicht ästhetischer Natur, sondern praktischer. Tausende von Büchern, Zeitschriften, Drehbüchern und Filmen waren zu Asche verbrannt. Montserrat hatte nur noch den reduzierten Bestand vor sich. Vielleicht hatte es irgendwann mehr Informationen gegeben, nun jedoch war sie damit konfrontiert, dass lediglich ein paar dürftige Filmabschnitte und Rollen zu finden waren. Der Bodensatz des Kinos anstelle der Kronjuwelen.

In dem Bemühen, gründlich vorzugehen, hatte Montserrat jegliches Material gesichtet, das sie über Urueta und Montero hatte ausbuddeln können, auch wenn die Ausbeute noch so gering war: ein paar Zeitungsausschnitte, Reklamefotos von Montero aus ihrer Blütezeit als Filmstar, eine Filmografie, die nicht einmal alle Filme von Urueta umfasste.

Über Ewers fand sie gar nichts.

Jenseits der gelben Tür. Uruetas Film … Sie dachte daran, dass Filme brüchig werden konnten, mit den Jahren vergilbten, voller Kratzer und Defekte waren. Aber manchmal konnte man das Ausgangsmaterial retten, wenn man den Film in heißes Wasser tauchte, ihn neu gestalten, wieder zum Leben erwecken. Eine Umhüllung aus frischer Emulsion … aber der Film, den Urueta aufgenommen hatte, war schon lange verschwunden. Sie wünschte, sie hätte ihn sehen können. Es gab keine Spur mehr von dem Film. Er war verschwunden. Genau wie Ewers, falls der je existiert hatte. Vielleicht hatte Abel ihnen ja auch nur ein Märchen erzählt und es gab überhaupt keinen deutschen Okkultisten mit einer geheimnisvollen Vergangenheit. Den Namen hatte sie jedenfalls noch keinen der Filmjunkies flüstern hören, mit denen sie sich herumtrieb.

Dienstag ging sie auf einen Sprung zu Antares, um sich ihren Scheck zu holen und sich hoffentlich weitere

Arbeit für die kommenden Wochen zu sichern, aber Mario äußerte sich immer noch ausweichend, wenn es um künftige Projekte ging. An diesem Abend musste sie daran denken, wie ein Trupp Bauarbeiter zufällig über mehr als hundert Nitrofilmnegative gestolpert war, die in Dawson City unter einer Eissportanlage gelegen hatten. Gelegentlich kam es zu sonderbaren Entdeckungen, Geschichten, die, würde sie jemand erzählen, niemand glauben würde. Abel mochte durchaus die Wahrheit gesagt haben; Ewers könnte real gewesen sein. Sie kam immer wieder auf ihn zurück.

Am Mittwoch besuchte sie ihre Schwester und sie schauten gemeinsam fern, doch Montserrat achtete kaum auf das, was auf dem Bildschirm geschah, und dachte stattdessen wieder einmal über *Jenseits der gelben Tür* nach. Wie viel Material hatte Abel aufgenommen, ehe die Produktion abgeblasen worden war? Was beinhalteten diese »vagen Geschichten«, die sich, wie Abel angedeutet hatte, am Set zugetragen hatten? Alles, was sie je gehört hatte, war, dass Urueta sich nach *Jenseits der gelben Tür* von Horrorfilmen abgewandt und anderen Genres gewidmet hatte, was auch seine Filmografie bestätigte. Aber er war nicht sonderlich erfolgreich gewesen und seine Karriere war rasch verpufft.

Später suchte Montserrat einen Laden auf, der mit alten Zeitschriften handelte, und sah sich Ausgaben der *Mexico Cinema* und der *Cinelandia* mit vergilbten Seiten und Fotos von Schauspielern früherer Zeiten an. Wie sehr sich die Dinge doch seit jenen goldenen Jahren verändert hatten, nicht nur an der Kinokasse, sondern auch in Hinblick auf die Postproduktion. Der Tonarbeit haftete etwas Kinästhetisches an, das schon bald verloren sein würde, wenn Computer die Sache übernahmen. Ihre Gedanken kreisten um Negative und lavendelfarbenes Material, um Handspulenwickler, Moviolas,

Tische und Tischler und Reinigungsgeräte. Sie hatte einmal einen Cutter kennengelernt, der ihr gesagt hatte, man dürfe niemals Nitrat in einem beengten Behälter aufbewahren. Es müsse immer genug Platz zum Atmen haben. Atmen, wie ein guter Wein! Es hatte auch einen ganz eigenen Geruch, wenn es erst anfing, sich zu zersetzen, aber sie konnte sich nicht mehr erinnern, wonach es roch.

Sie schnappte sich eine der Zeitschriften und ging zur Kasse. Dahinter saß eine alte Frau mit einem Kreuzworträtsel. Sie lächelte Montserrat an.

»Hey, Trini, du kennst doch jeden Schauspieler und jeden Regisseur, der in den Fünfzigern aktiv war, oder? Je von einem Kerl namens Wilhelm Ewers gehört?«, fragte sie und legte eine Ausgabe der *Cinelandia* auf den Tresen. Sonia Furió war auf dem Titelblatt abgebildet, und das Magazin enthielt ein Interview mit Urueta aus der Zeit, in der er *Das Opalherz in einer Flasche* gedreht hatte. »Ende der Fünfziger, Anfang der Sechziger muss er so eine Art Trittbrettfahrer des Filmbusiness gewesen sein. Ist wohl mit Alma Montero ausgegangen und hat einen Film mit Abel Urueta gemacht, der aber nie veröffentlicht worden ist. *Jenseits der gelben Tür*. Ich weiß nicht, ob er sonst noch irgendwo aufgetaucht ist, aber ich versuche, es herauszufinden.«

»Da klingelt nichts.«

»Je von *Jenseits der gelben Tür* gehört?«

»Nein, aber er hatte in den Sechzigern eine ganze Reihe gescheiterter Filme zu verzeichnen. Nicht dass er damit allein gewesen wäre; das Kinogewerbe war in der Zeit auf Talfahrt«, sagte die Frau kopfschüttelnd. »Urueta hat sich mit seinem schwierigen Verhalten auch keinen Gefallen getan. Ich habe gehört, damals hätte er mehr Zeit auf der Rennbahn verbracht als damit, ein Drehbuch zu lesen. Und ich habe auch gehört, er hätte sich mit Gangstern eingelassen und man hätte ihm beinahe die Beine gebrochen. Ist er nicht letztes Jahr gestorben?«, fragte sie.

»Er ist noch da«, sagte Montserrat und reichte ihr eine Banknote.

»Worum geht es dir?«

»Das weiß ich selbst nicht so genau«, sagte sie und das war die reine Wahrheit.

Da gab es diesen Kerl, den sie kannte, Fernando Melgar. Er verkaufte Filmdevotionalien und hatte ihr einmal erzählt, er habe ein Drehbuch von *Der Fluch des Gehängten*, Abel Uruetas letztem Horrorfilm, mit Anmerkungen von Romeo Donderis. Nandos Preise waren happig, weshalb sie dafür nicht geboten hatte, aber er hatte erwähnt, er könne Donderis persönlich dazu bewegen, die Authentizität des Skripts zu bestätigen. Damals war sie überzeugt gewesen, das sei nur ein Trick, um Eindruck bei ihr zu schinden – Nando war ein notgeiles Ekel –, aber vielleicht sollte sie ihn anrufen und fragen, ob er etwas über *Jenseits der gelben Tür* wusste. Sie war sogar in Versuchung, unangekündigt vor seiner Wohnungstür aufzutauchen, vielleicht würde er ja mit ihr reden. Doch dann besann sie sich eines Besseren. Nando würde darin nur eine willkommene Anmache sehen, und dann hätte sie ihn am Hals und müsste zusehen, wie sie ihn wieder loswurde. Außerdem, konnte irgendein hergelaufener Typ, der Autogrammfotos von Lilia Prado in hautengen Kleidern mit Leopardenmuster verschacherte, wirklich irgendetwas über Wilhelm Ewers wissen? Nando mochte die eine oder andere Story über *Jenseits der gelben Tür* gehört haben, aber wahrscheinlich handelte es sich dabei nur um Gerüchte über eine fehlgeschlagene Finanzierung, die sie selbst auch gehört hatte. Oder um Geschichten über Abels Probleme mit dem Glücksspiel.

Als Montserrat nach Hause kam, rief sie Tristán an und

beklagte sich über ihre vergeblichen Versuche, eine Story zusammenzubasteln. Wilhelm Ewers blieb gesichtslos, nichts weiter als ein Schmierfleck in ihren Gedanken, ganz so wie die verblasste Unterseite einer Filmdose.

»All das Zeug in der *Cineteca* ist nutzlos. Wenn ich einen Beitrag über Abels Laufbahn machen wollte, würde es vielleicht hinhauen, aber ich suche nach diesem einen Film und diesem einen verdammten Deutschen, der ihn geschrieben hat, und es kommt einfach nichts dabei raus.«

»Nur keine Panik. Früher oder später wird Urueta dir das Interview, das du brauchst, schon geben.«

»Er mag uns nicht.«

»Er war ein bisschen angespannt, aber Urueta liebt es, zu erzählen. Würde er von Liz Taylor und Richard Burton reden und davon, wie er dann und wann mit ihnen Cocktails trank, als Burton *Die Nacht des Leguan* drehte, dann würde er gar nicht wieder aufhören. Er ist ein alter Soldat, der seine Kriegsgeschichten weitergeben will. Er will gehört werden.«

»Von mir nicht mehr. Jedenfalls nicht, wenn *Enigma* etwas damit zu tun hat. Das ist Bockmist!«

Die Schneidetechnik änderte sich. Geräte wie die Moviola und die Steenbeck räumten ihren Platz für Videomonitore, Videobänder und Computer. *Jenseits der gelben Tür* stammte aus einem anderen Zeitalter, das sie mit seinem antiquierten Filmmaterial und dem nachvertonten Sound bezauberte; es war, als träfe man in der heutigen Zeit plötzlich einen Mann mit Tweedanzug und Monokel. Sie wollte diese Story über die notleidende Produktion. Sie wollte die damit verbundenen Geheimnisse aufdecken und doch gab es nichts in Erfahrung zu bringen. Das Bild, das sie in ihrem Kopf von dem Film aufgebaut hatte, begann, sich aufzulösen wie zerfallendes Zelluloid.

»Hör mal, lass den Kopf nicht hängen. Ich besänftige den alten Mann. Halt du dich einfach bereit, am Samstag herzukommen.«

»Jaja«, murmelte sie wenig begeistert.

Am Freitag suchte sie statt der *Cineteca* die Archive in Lecumberri auf. Dort fand sie noch mehr vom gleichen Zeug: Filmschnipsel, Filmdosen, ein paar Rezensionen. Eine alte Ausgabe von *Cinema Reporter* lieferte ihr das einzig aussagekräftige Material, das sie auftreiben konnte: ein Schwarz-Weiß-Foto von Ewers.

Tatsächlich waren auf dem Foto vier Personen abgebildet. Zwei erkannte sie auf Anhieb: Abel Urueta trug den für ihn so typischen Schal, und Alma Montero war, wenn sie auf dem Bild auch schon etwas älter war, anhand der Reklamefotos aus ihrer Stummfilmzeit leicht wiederzuerkennen. Eine hübsche junge Frau in einem trägerlosen Kleid war Montserrat hingegen unbekannt, aber sie hatte die Ausstrahlung und das Lächeln einer Angehörigen der Schickeria, wenn nicht gar einer Schauspielerin. Die vierte Person war ein Mann in einem dunklen Anzug. Sie saßen gemeinsam am Tisch, Alma, der die Linse am meisten schmeichelte, ganz vorn, dann Abel, dann das Mädchen und ganz hinten am Ende, fast wie ein bedeutungsloses Anhängsel, der Mann. Es musste sich um eine Geburtstagsparty oder ein anderes feierliches Ereignis handeln, denn sie konnte Konfetti in Almas Haar sehen.

Die Bildunterschrift lautete: »Filmstar Alma Montero, Regisseur Abel Urueta und seine Verlobte, Fräulein Clarimonde Bauer, und Herr Wilhelm Ewers genießen gemeinsam den Abend im El Retiro.« Die zugehörige Story war nur ein Platzhalter, nutzloses Füllmaterial wie alles, was sie bis dahin gefunden hatte, aber zumindest machte das Foto das Gespenst ein bisschen greifbarer. Denn bis zu diesem

Augenblick war sie geneigt gewesen zu glauben, dass es Ewers gar nicht gegeben hatte. Er hatte sich ihr wieder und wieder entzogen, aber nun konnte sie den Mann endlich als real einordnen.

Doch als hätte er geahnt, dass jemand nach ihm suchen würde, war der Mann kaum im Bild und hielt den Kopf gesenkt, sodass sein Gesicht weitgehend im Verborgenen blieb, ganz egal, wie sehr Montserrat die Augen zusammenkniff und versuchte, Einzelheiten zu erkennen. Sie konnte die Ballons sehen, die den Hintergrund schmückten, aber nicht Ewers' Züge.

»Gerissener Mistkerl«, flüsterte sie, aber immerhin wusste sie nun, dass es einen Mann gegeben hatte, der es wenigstens bei einer Gelegenheit in eine der hiesigen Filmzeitschriften geschafft hatte. Wenn sie weitersuchte, dann würde sie vielleicht irgendwo noch andere Erwähnungen finden.

Am selben Nachmittag rief Tristán an und sagte ihr, Urueta wolle sie am nächsten Tag sehen. Montserrat, pünktlich wie üblich, traf mit Notizbuch und Stift zur vereinbarten Zeit ein. Tristán sagte ihr, sie solle das Notizbuch in ihre Handtasche stecken, um Urueta nicht zu verschrecken.

»Überlass mir das Reden«, fügte Tristán hinzu.

»Als ich dir das letzte Mal das Reden überlassen habe, hast du es versaut.«

»Und jetzt bringe ich es in Ordnung.«

»Was ist falsch daran, wenn ich rede?«

»Dass du den Feinsinn einer Dampfwalze hast.«

»Habe ich nicht.«

»Doch, hast du! Lass ihn was trinken und sich entspannen, dann kannst du Fragen stellen.«

Widerstrebend stimmte sie zu, den Mund zu halten, und sie gingen hinauf zur Wohnung des alten Mannes. Abel Urueta nahm sie mit einem Whiskey in der Hand und einem gelben Tuch um den Hals in Empfang. Gleich darauf erkundigte er sich, was sie trinken wollten, nur um im nächsten Moment mit einer Geschichte über Ava Gardner loszulegen, die Urueta zufolge Gin bevorzugt habe. Bald darauf nippte Montserrat an einem Glas Sprudel, während Tristán, dem Beispiel ihres Gastgebers folgend, einen Whiskey nahm. Urueta machte einen gelassenen Eindruck. Montserrat biss sich auf die Lippe und gab keinen Ton von sich.

»Montserrat hat gedacht, Sie wollten sie exkommunizieren«, sagte Tristán, schwenkte die Eiswürfel in seinem Glas und lehnte sich auf dem Sofa zurück, auf dem sie beide saßen. »Sie war drauf und dran, zur Buße zwölf Rosenkränze zu beten.«

Ihnen gegenüber lachte Urueta. »Ich habe überreagiert. Sie müssen verstehen, ich möchte nicht, dass Einzelheiten über mein Privatleben und das meiner Freunde in einer Sendung wie *Enigma* auftauchen.«

»So schlimm wird es nicht. Außerdem würde es Montserrat viel bedeuten. Sie versucht, ein paar Aufträge bei denen zu ergattern. Alles, was sie will, ist, ein bisschen mehr über einen alten Film zu hören. Das kann doch nicht schaden, schließlich läuft dabei ja keine Kamera.«

Urueta bedachte sie mit einem zweifelnden Blick. Er wollte reden, das konnte sie ihm ansehen. Tristán hatte recht. Über seine großartige filmische Vergangenheit zu berichten, war für Urueta ein innerer Drang, ähnlich wie der Konsum von Gin Tonic, Whiskey und anderen Getränken, die er sich regelmäßig einverleibte. Er war nie längere Zeit ohne ein Glas in der Hand im Raum und er hielt es auch nie längere Zeit ohne eine Geschichte aus. Auf eine seltsame Weise erinnerte er sie an Tristán. Aber vielleicht sah er auch nur so aus wie Tristán in ein paar Jahren, sollte der weiterhin denselben Weg beschreiten.

»Ich habe diese Woche ein Foto von Ihnen und Ewers gesehen«, sagte Montserrat.

Tristán bedachte sie mit einem verärgerten Blick. So viel dazu, dass sie ihn reden lassen wollte. Aber Urueta sah nicht verärgert aus. Stattdessen wirkte er neugierig.

»Wo?«

»In einem alten Zeitschriftenartikel. Alma Montero war auch drauf und eine junge Frau. Clarimonde Bauer hieß sie.«

»Clarimonde war meine Verlobte«, sagte Urueta, stellte sein Glas ab, stand auf, nahm ein Buch aus dem Regal und blätterte darin. »Sie wollte Schauspielerin werden. Hier, das ist sie im Jahr 1962. Sie war zweiundzwanzig und ich achtundzwanzig. Ein paar junge Narren waren wir, sehen Sie?«

Sie hatte sich geirrt, Urueta hatte kein Buch aus dem Regal geholt, sondern ein Fotoalbum. Sie nahm es und betrachtete die aufgeschlagene Seite. Da waren mehrere Schnappschüsse von zwei Händchen haltenden jungen Leuten. Das Mädchen mit dem kastanienbraunen Haar war wirklich schön und der junge Mann lächelte vergnügt.

Montserrat rechnete im Kopf nach und stellte fest, dass Urueta jetzt einundsechzig sein musste, was sie in Erstaunen versetzte. Er sah älter aus, ausgezehrter. Der Alkohol hatte sein Gesicht mit roher Hand modelliert.

Tristán betrachtete die Fotos. »Für einen Regisseur zur damaligen Zeit waren Sie erstaunlich jung«, sagte er. Montserrat fiel die einstudierte Bewunderung auf, die sich im Ton ihres Freundes bemerkbar machte, aber Urueta nahm es als Kompliment.

»Sie haben mich ›The Kid‹ genannt. Zu dem Zeitpunkt hatte ich schon drei Filme auf dem Konto. Das liegt in der Familie. Meine Mutter war Skriptgirl, mein Vater Kameramann. Ich bin mehr oder weniger im Requisitenlager

aufgewachsen. Ich kannte jeden, den man im Filmbusiness kennen musste.«
»Auch Alma Montero?«
»Sie war eine Freundin der Familie.«
»War Ewers auch ein Freund der Familie?«
Montserrat blätterte weiter und fand mehr Fotos von Urueta. Manche zeigten ihn allein, andere zusammen mit Leuten, die sie nicht einordnen konnte. Ihre Finger streiften über die Ränder der Fotos.
»Nein. Ewers habe ich durch Alma kennengelernt. Im Jahr 1960 hatte ich drei Filme gemacht, ja, Low-Budget-Horrorfilme, aber ich wusste, ich würde schon bald größere Projekte bekommen. Bedauerlicherweise hatte ich ein kleines Kreditproblem. Ich hatte Schulden und das hat mich nachts nicht schlafen lassen. Alma hörte davon und sagte mir, sie habe vor, einen Film zu finanzieren, und wolle, dass er im folgenden Jahr gedreht werde. Sie würde mir ein anständiges Honorar zahlen, und wenn der Film fertig wäre, würde sie mich mit ihren alten Hollywoodfreunden bekannt machen, damit ich bei ihnen mein Glück versuchen könne. Blättern Sie drei Seiten weiter, dann sehen Sie ihn«, sagte Urueta und deutete auf das Album.

Montserrat tat wie geheißen, blätterte drei Seiten weiter, und da war er. Das Foto überraschte sie, nicht, weil an seinem Aussehen irgendetwas ungewöhnlich gewesen wäre, sondern weil sein Gesicht auf dem anderen Foto halb verborgen gewesen war, beinahe, als fürchtete er die Kamera. Auf diesem Foto aber war von Kamerascheu keine Spur zu sehen. Tatsächlich troff das Bild nur so vor Selbstsicherheit.

Ewers saß vorgebeugt da, die Hände auf den Oberschenkeln, die Beine weit gespreizt. Sein Gesicht hätte nichtssagend gewirkt, wären da nicht sein markanter Mund und die stechenden blauen Augen gewesen, die dem Betrachter entgegenstarrten. Etwas an der gespannten Kiefermuskulatur und der scharfen Neigung der Brauen verlangte nach Aufmerksamkeit und seinen Zügen haftete eine Spur Groll an. Dies war ein hungriger Mann.

»Er sieht aus wie ein Typ, der dich in einer Gasse niederstechen könnte, ehe er deine Taschen nach Kleingeld durchsucht«, kommentierte Tristán, als er das Bild betrachtete. »Er wirkt, als wäre er auf irgendwas sauer.«

»Ich glaube nicht, dass ich exakt das Gleiche gedacht habe, aber er hat bei jedem, der ihm begegnet ist, einen lebhaften Eindruck hinterlassen, obwohl ich anfangs dachte, er wäre nur ein ganz normaler Gigolo.«

»Wie kommt's?«

»Ewers hat seine Biografie und sein Alter je nach Zuhörer verändert, aber das Geburtsjahr, das kleben zu bleiben schien, war 1923. Alma war 1906 geboren. Bei so einem Altersunterschied hatte ich angenommen, Ewers hätte Alma betört, und sie versuchte nun, ihm zu Gefallen zu sein, indem sie seinen blöden Film produzierte.«

Montserrat hielt sich das Album näher vors Gesicht. Ewers trug einen zweireihigen Trenchcoat in einem hellen Sandton. An seinem Hals hing ein silberner Anhänger mit einer spinnwebhaften Gravur.

»Was ist das für ein Anhänger, den er da trägt?«, fragte sie.

»Ein Vegvísir. ›Das den Weg Zeigende‹. Das soll ein nordischer Talisman sein, der Reisende sicher nach Hause geleitet.«

»Lass mich mal sehen«, murmelte Tristán, nahm ihr das Album ab und betrachtete stirnrunzelnd das Foto. »Den kannst du vermutlich für einen Peso auf dem El Chopo bei einem der *darketos* kaufen.«

»Das bezweifle ich. Die Runen auf dem Anhänger hatte Ewers selbst gezeichnet. Aber ich dachte genau das Gleiche wie Sie jetzt: dass Ewers ein Scharlatan war.«

»Warum haben Sie Ihre Meinung geändert?«, fragte Montserrat.

Urueta griff zu seinem Glas, trank einen Schluck und blickte lächelnd zu Boden. »Das Drehbuch, an dem Ewers arbeitete, war nicht so außergewöhnlich. Eine junge Frau deckt die Geheimnisse einer magischen Verbindung auf und wird von einem der Mitglieder dieser Geheimgesellschaft bestraft. Sechs Minuten vor Ende des Films kommt ihr Freund, rettet sie und tötet den Bösen. Ein ganz gewöhnlicher Film.« Er stellte sein Glas ab.

»Ich hatte gehört, dass Alma mit einem exzentrischen Deutschen ausging. Er sprach über Runen und behauptete, er könne die Zukunft voraussagen, wenn er in eine Schale mit Wasser blickte. Andererseits, was soll's? Ich war schon etlichen astrologischen Beratern begegnet, die für die Reichen und Berühmten arbeiteten. Sydney Omarr hatte in Mexico City studiert, ehe er nach Hollywood ging. *Parade* berichtete über Hellseher wie Jeane Dixon. Ich aß mit Alma und Ewers zu Mittag und er war höflich und charmant. Er kam mir gar nicht komisch vor. Bei diesem ersten Treffen haben wir auch nicht über Magie gesprochen. Und dann habe ich an einer von Ewers' Séancen teilgenommen.«

Kurz trat eine Pause ein, in der Urueta wieder nach seinem Glas griff, über dem Inhalt meditierte und es schließlich rasch leerte. »Es gab Essen, Getränke, Musik. Es war wie eine ganz gewöhnliche Party, nur dass er sagte, wir würden einen Geist beschwören. Gegen ein Uhr morgens ließ Ewers uns einige Phrasen rezitieren, in einem Singsang, um genau zu sein. In einer Hand hielt er eine kleine Glocke, die er in bestimmten Abständen läutete. Ich war betrunken und an all dem nicht sonderlich interessiert, aber als der Singsang lauter wurde und die Glocke läutete, fing Ewers an, mit einer Hand zu gestikulieren, als wollte er jemanden bitten, näher zu kommen. So ging es immer weiter, Gesten mit einer Hand, Glocke läuten, und irgendwann spürte ich, dass jemand direkt hinter mir stand, und dann streifte mich dieser Jemand und trat vor. Es fühlte sich beinahe an wie ein Windhauch, aber die Fenster waren geschlossen, und da war niemand hinter mir gewesen. Wir hatten einen Kreis um Ewers gebildet. Da habe ich zum ersten Mal geglaubt, dass Ewers tatsächlich ein Hexenmeister war, wie er behauptet hat.«

Tristán wollte etwas sagen, aber Urueta hielt eine Hand hoch und schüttelte den Kopf.

»Nein, Sie müssen mir nichts über die Macht der Suggestion erzählen. Er hatte eine Gabe. Wenn er es wollte, legte er einen Schalter um und brillierte, und dann flogen Sie zu ihm wie eine Motte zum Licht. Er fertigte magische Amulette für mich und meine Freundin an und lud uns zu einer weiteren Séance ein, und wir fingen an, uns über Magie zu unterhalten. Ewers glaubte an die Willenskraft. Für ihn war sie die treibende Kraft der Magie. Das war nun nicht besonders neu. Viele seiner Ideen entstammten dem Hermetischen Orden der Goldenen Dämmerung, und ich bin überzeugt, auch andere haben solche Dinge verbreitet. Aber Willenskraft allein reicht nicht für die Magie, man braucht auch Rituale. Ewers war fasziniert vom Film. Er glaubte, die Verschmelzung von Bild und Ton könnte eine mächtige Magie hervorbringen. Das war das perfekte Ritual.«

»Und Nachsynchronisation war eine Art Beschwörung? Aber wie genau?«, fragte Montserrat und dachte an ihr letztes Gespräch zurück.

»Wir wollten einen gewöhnlichen Horrorfilm drehen. Aber wir würden auch drei bestimmte Szenen mit wenig Dialog über den Film verteilen. Diese Szenen waren die magischen Schlüsselkomponenten. Der Dialog war die Beschwörung und die drei Personen auf der Leinwand waren die Magier. Da gab es auch Runen, die er entworfen hatte, und die sollten während des Vor- und Nachspanns gezeigt werden. Die Nachsynchronisation selbst war das, was all diese Komponenten zueinanderführte.«

»Wenn er nur drei Szenen brauchte, warum hat er dann überhaupt einen gewöhnlichen Film gedreht? Warum hat er sich nicht eine Kamera geliehen und die drei Szenen an einem Wochenende selbst aufgenommen?«, hakte sie nach.

»Sie in den Film einzubauen, sollte dazu beitragen, die Magie zu formen. Ihr einen gewissen Zusammenhalt zu verleihen. Anderenfalls wäre sie zu ... hm, ich glaube, er sagte, sie wäre zu plump«, erzählte Abel und legte die Stirn in Falten. »Ich weiß nicht mehr, welches Wort er gebraucht hat.«

»Vielleicht war das so etwas wie beim Schneiden von Bändern«, sinnierte Montserrat laut. »Wenn man das Band im Neunzig-Grad-Winkel schneidet, funktioniert es auch, aber man hört ein Klicken. Es ist besser, einen schiefen Winkel zu schneiden. Eleganter, schätze ich.«

Abel schnippte mit den Fingern und nickte aufgeregt. »Ja! Das war das Wort! Es war eleganter. Außerdem dachte Ewers, die Magie würde sich etwa so aufbauen wie der Druck in einem Dampfkochtopf. Am ersten Tag der Dreharbeiten ist die Magie noch schwach, aber nach vier Wochen wird es wärmer im Topf.«

»Ich schätze, man muss ein Polaroid eine Weile dem Licht aussetzen, damit sich der Film entwickelt«, sagte Montserrat. »Wissen Sie, welche Art Zauber Ewers wirken wollte?«

»Einen Glückszauber. Alma hatte zu dem Zeitpunkt schon länger keine Rollen mehr bekommen. Sie hat von einem Comeback geträumt. Der Zauber sollte sie verjüngen, ihr etwas von ihrer früheren Schönheit zurückbringen und so dafür sorgen, dass sie neue Rollen bekäme.«

Magisches Facelifting, dachte Montserrat, war aber klug genug, es nicht auszusprechen. Tristán wirkte belustigt, und sie fragte sich, ob ihm etwas Ähnliches durch den Kopf ging.

»Wer waren die Magier, die sich bereit erklärt haben, vor der Kamera aufzutreten?«, fragte Montserrat. »Ich nehme an, Ewers war einer von ihnen, aber was ist mit den beiden anderen?«

Abel stand auf und griff nach seiner Whiskeyflasche, um sein Glas aufzufüllen. Dann schenkte er Tristán nach und blieb, das Glas an seine Brust gedrückt, vor ihnen stehen, bis er schließlich seufzte. »Ich war einer von ihnen. Ewers dachte, man würde drei Zauberer brauchen. Den Vater, die allmächtige männliche Kraft, hat er selbst gespielt. Dann war da noch der Sohn, der Unschuldige. Der war ich. ›The Kid‹ Urueta.«

»Und wer war der Dritte?«, wollte Montserrat wissen.

»Ursprünglich Alma. Sie sollte die Mutter repräsentieren, das weibliche Prinzip der Magie. Aber dann hat Ewers mich ins Vertrauen gezogen und mir gesagt, er würde doch keinen Zauber für Alma schaffen. Er war krank, müssen Sie wissen. Er brauchte einen Zauber, um sein Leben zu retten. Wir würden also einen anderen Zauber wirken, aber das konnte er Alma nicht sagen, denn die würde niemals zustimmen. Darum hat er die Rolle umbesetzt.«

»Sie haben Alma hintergangen und die notwendigen Zeilen von einer anderen Frau vortragen lassen?«, fragte Montserrat.

»Ich wollte nicht, dass Ewers stirbt, und ich habe Clarimonde geliebt.«

»Ihre Freundin war der dritte Magier?«

Urueta umklammerte sein Glas und wirbelte herum, kehrte ihnen den Rücken zu. »Ewers dachte, sie sei mächtiger als Alma und das würde das Problem des modifizierten Zaubers lösen. Alma sollte nichts davon erfahren. Aber dann ist José hingegangen und hat es ausgeplaudert, und er hat ihr auch erzählt, Ewers würde mit Clarimonde schlafen.«

Tristán klappte den Mund auf und gab ein überraschtes Kichern von sich. »Moment. Ihre Freundin hat den irren Deutschen gevögelt? Wussten Sie davon?«

Urueta drehte sich um und fixierte den jüngeren Mann wütend. So viel zu Tristáns Taktgefühl und dazu, ihm das Reden zu überlassen. Andererseits hatten die Männer Whiskey hinuntergeschüttet, als wäre er Wasser. Montserrat war überzeugt, dass beide betrunken waren, sonst hätte Urueta nicht so frei von der Leber weg erzählt.

»Nachdem wir Ewers kennengelernt hatten, fing Clarimonde an, sich für Magie zu interessieren, für Okkultismus, genau wie ich. Nennen Sie mich einen Narren, aber, nein, ich glaubte nicht, dass sie darüber hinaus an ihm interessiert wäre, und Alma auch nicht. José war ein weiteres Mitglied unseres Kreises und er hat irgendwie davon erfahren und es Alma und dann mir erzählt. Wir waren bei der Postproduktion und ich musste die Arbeiten für einige Tage unterbrechen, weil Alma außer sich war. Dann ist Ewers gestorben und alles ist zur Hölle gefahren. Alma wollte mich den verdammten Film nicht beenden lassen. Sie hat den Geldhahn zugedreht und den Film konfiszieren lassen. Sie sagte, er wäre für sie mit schlimmen Erinnerungen verbunden.«

»Er wurde überfallen«, sagte Montserrat, die dieses Detail nicht vergessen hatte. »Also hat ihn am Ende nicht die Krankheit getötet.«

»Nein. Das war einfach Pech. Und das Pech hat an uns allen geklebt, nachdem Alma die Produktion eingestellt hatte. Meine Beziehung zu Clarimonde hat es nicht überstanden. Ich hörte irgendwann davon, sie hätte einen Kerl geheiratet, der sein Geld mit Immobilien machte, und Kinder mit ihm bekommen, aber sie alle sind bei Unfällen gestorben. Einer der Drehbuchautoren ist eine Treppe runtergefallen und hat sich das Genick gebrochen. Der Stuntman? Der wurde von einem Pferd abgeworfen und konnte nie wieder gehen. Der Musiker, der die Filmmusik komponieren sollte? Mit gerade mal fünfunddreißig an einem Blutgerinnsel gestorben. Meine Karriere war nach der *Gelben Tür* zu Ende. Ich habe nur noch unbedeutende Filme gedreht. Keine zehn Jahre später war ich erledigt. Ich konnte nicht mal mehr einen Werbespot für Shampoo drehen.«

Plötzlich machte Urueta einen Satz vorwärts und ließ sein Glas los. Es zersplitterte. Montserrat schoss vor Schreck von ihrem Sitz hoch. Urueta entriss ihr das Fotoalbum, das sie immer noch in der Hand hatte, und fing an, fieberhaft darin zu blättern. »Sehen Sie sich das an! Eine Rezension von 1959, in der mein exzellentes Gefühl für den richtigen Zeitpunkt gelobt wird! Sehen Sie mich da mal an, am Set von *Das Opalherz in einer Flasche*. Eine Karriere löst sich nicht von einem Tag auf den anderen in Luft auf! Wir waren alle verflucht!«

Urueta holte tief Luft, kehrte dann langsam zu dem Sofa ihnen gegenüber zurück und setzte sich. Er klappte das Album zu und legte es auf seinen Schoß. Als er lächelte, hoben sich seine Mundwinkel nur geringfügig.

»Ich nehme an, nun verstehen Sie, warum es keine gute

Idee ist, mich zu interviewen. Ich bin ein verrückter alter Mann.«

»Sie sind nicht verrückt«, widersprach Tristán. Montserrat bestaunte die Gewissheit und die Aufrichtigkeit, die in seinem Ton mitschwangen. Bisher hatte Tristán eher auf eine schräge Art amüsiert gewirkt. Aber nun hörte er sich an, als meinte er es ehrlich. Er mochte den alten Mann.

»Vielleicht hatten Sie damals in den Sechzigern einen schlechten Geschmack bei der Auswahl Ihrer Freunde, aber Sie sind nicht verrückt«, fügte Tristán mit einem Achselzucken hinzu und offenbarte damit wenigstens ein kleines bisschen von seiner üblichen Bissigkeit.

»Danke.«

Stille kehrte ein. Uruetas Wohnzimmer, das Montserrat beim letzten Mal so behaglich vorgekommen war, wirkte nun stickig auf sie, und den Antiquitäten und dem Schnickschnack des alten Mannes haftete ein schaler Hauch der Betrübnis an. Die Scherben des zerbrochenen Glases verteilten sich zwischen ihnen.

»Normalerweise rede ich nicht darüber. Diese Geschichte über Ewers … Als ich sagte, ich hätte auf Partys von ›dem Fluch‹ erzählt, das habe ich tatsächlich, aber ich war betrunken, wenn ich das Thema angeschnitten habe. Nach einer Weile habe ich gelernt, nicht davon zu erzählen. Die Leute starren einen an und denken, man wäre übergeschnappt. Aber ich mag Sie beide. Sie sind gute Menschen, und ich erzähle Ihnen die ganze Geschichte, die ganze Wahrheit«, sagte Urueta und sah erst Tristán und dann Montserrat an. »Ich möchte nicht zu diesem Film interviewt werden, aber ich bin dabei, wenn Sie mir helfen. Ich brauche wirklich Hilfe.«

»Ich kann bei der Show anfragen, ob sie das Interview bezahlen«, schlug Montserrat vor.

Urueta schüttelte den Kopf. »Ich will kein Geld. Ich will Ihre Hilfe, um den Film fertigzustellen.«

»Das kapiere ich nicht.«

Urueta legte die Hände auf das Album und umklammerte es mit festem Griff. Er sah aus wie ein Starlet, das im Begriff war, einen wichtigen Vertrag zu unterzeichnen, endlos nervös und plötzlich schüchtern.

»Ich habe lange und eingehend darüber nachgedacht, was mit *Jenseits der gelben Tür* passiert ist. All dieses Pech. Ich habe danach die Finger von der Magie gelassen, aber mein Freund José ist dabeigeblieben, und er hatte die Theorie, dass all das Negative geschah, weil wir den Zauber nicht vervollständigt haben. Ewers ist gestorben, Alma hat die Filmrollen konfisziert, und wir waren nie in der Lage, die Synchronisierung abzuschließen. Er sagte, wir hätten eine Art Kurzschluss verursacht und den Trennschalter nicht betätigt. Ich will diesen Film beenden.«

»Aber das können Sie nicht«, wandte Montserrat ein. »Sie haben den Film nicht mehr, und Ewers ist tot. Er kann Ihnen keine Stimmarbeit mehr liefern, und Sie haben gesagt, Sie brauchen drei Leute.«

»Zwei Männer, eine Frau. Das sind wir auch«, entgegnete Urueta aufgeregt.

»Ich habe viele Rollen gespielt, Abel, aber ich bin kein Zauberer, und Montserrat ist auch nichts dergleichen«, gab Tristán zu bedenken.

»Das weiß ich, aber vielleicht funktioniert es ja trotzdem. Wir haben zwei der drei Szenen eingesprochen. Nur zur dritten sind wir nicht mehr gekommen. Und ich habe immer noch die Textseiten, die Ewers uns gegeben hat. Die habe ich nie weggeworfen.«

»Selbst wenn wir zustimmen würden und als Sprecher bereitstünden, haben wir den Film nicht.«

Urueta setzte sich schnurgerade auf. Seine Nervosität schwand einfach dahin. »Ich habe die Szene. Das ist die einzige Filmdose, die ich verstecken konnte, ehe Alma über uns hergefallen ist.«

»Sie haben eine Dose Nitrofilm in dieser Wohnung? Das Zeug muss nur ein bisschen zu warm werden und Sie sind Toast«, platzte Montserrat entsetzt heraus. »Das brennt sogar unter Wasser weiter!«

Das Kineopticon in London, Laurier Palace in Montreal, Esmeralda Theater in Chile, das Kopierwerk in Madrid, die Cinémathèque an der Rue de Courcelles. Nitratfeuer zogen sich durch die Jahrzehnte. Die Bestandteile der Filme – Salpetersäure, Methylalkohol, Baumwoll-Linters – waren die gleichen wie die, die man für Sprengstoff benötigte, für Schießbaumwolle. Verbrannte Opfergaben für einen unsichtbaren Gott, dafür war Nitrat gut.

»Sie ist ja nicht im Ofen. Sie ist im Gefrierschrank!«, protestierte Abel.

Montserrat hatte eine Vision von gefrorenen Fertiggerichten und Fleischstücken, die aufgestapelt an einer Metalldose lehnten. Sie hoffte, er meinte nicht *diesen* Gefrierschrank.

»Das ist absolut sicher, okay? Ich habe einen ganzen Film mit dem Material gedreht. Ich werde bestimmt kein Streichholz in der Nähe von dem Zeug anzünden.«

»Aber Sie haben die Szene?«, hakte Tristán nach.

»Natürlich habe ich sie«, sagte Urueta mit Nachdruck. »Wie sollten wir sie sonst vertonen?«

Montserrat sagte nichts dazu. Stattdessen nahm sie Tristán den Whiskey aus der Hand und trank einen großen Schluck.

7

Eigentlich war Ende Oktober ihre Zeit gekommen, dann, wenn zum Tag der Toten Zuckerschädel die Schaufenster der Bäckereien schmückten und die Videotheken versuchten, den Kunden ihren gesamten Horrorkatalog aufs Auge zu drücken. Auf Canal 5 gab es wahrscheinlich einen nächtlichen Filmmarathon. Die *Cineteca* und die Art Clubs lieferten anspruchsvollere Kost wie Cronenbergs *Die Unzertrennlichen* oder Bergmans *Das siebente Siegel*. Dies war die Zeit, um laut die ätzend sarkastischen Reime über den Tod zu lesen, die in den Morgenausgaben abgedruckt wurden, und über Cartoons im Stile von José Guadelupe Posada zu lächeln, aber auch die perfekte Woche, um eine Kassette mit *Nightmare* in den Rekorder zu schieben, gefolgt vom Remake von *Blob – Schrecken ohne Namen*.

Doch Montserrat verhielt sich still in diesem Jahr. Sie hatte nicht viel Spaß an der letzten Woche des Monats. Die aktuelle Ausgabe von *Fangoria* in spanischer Sprache lag unbeachtet zwischen ihnen auf dem Tisch, dabei hatte Tristán sie extra für sie gekauft: Er konnte gut ohne Bilder von Latexmonstern leben. Montserrat sah aus wie immer, sie trug sogar ein T-Shirt mit dem Schriftzug »The Howling« in den charakteristischen roten Lettern, aber sie *fühlte* sich nicht wie immer.

Tristán führte eine Tasse mit miesem Kaffee an die Lippen

und betrachtete sie. Wie Montserrat sogar etwas so Einfaches wie Kaffee versauen konnte, wusste er nicht, aber sie schaffte es spielend. Er musste jedoch zugeben, dass sie Fleischbällchen genauso zubereiten konnte wie seine Mutter. Es war allerdings das einzige Gericht, das sie in seinen Augen wirklich beherrschte.

»Werden wir Abel jetzt helfen oder nicht?«, fragte er, denn sie kreisten nun schon seit zwanzig Minuten um das Thema, und er war ihr Stirnrunzeln und die Art, wie sie dasaß, frustriert und besorgt zugleich, die Arme vor der Brust verschränkt, langsam leid. Abel hatte ihn ersucht, Montserrat darum zu bitten, und Tristán hatte sich nach Kräften bemüht, das Thema ganz nebenbei anzusprechen, doch das war ihm nicht gelungen. Nun war es Zeit für einen Frontalangriff.

»Ich weiß es nicht.«

»Wenn du es nicht tun willst, dann sag ihm das. Du musst dir keinen alten Film ansehen, den er in seinem Gefrierschrank versteckt hat.«

Montserrat starrte ihn an und sprach mit fester Stimme: »Ich liebe den Gedanken, mir wenigstens ein paar Minuten von *Jenseits der gelben Tür* ansehen zu können. In letzter Zeit kann ich an gar nichts anderes mehr denken.«

»Was zum Teufel ist dann das Problem?«

Sie stand auf und ging in die Küche. Er hörte, wie sie die Kühlschranktür öffnete. Dann wurde eine Eiswürfelform auf das Spülbecken geschlagen.

»Ich will Abel keine falschen Hoffnungen machen«, sagte sie.

»Was?«

Montserrat kam mit einem Glas Fanta in einer Hand und einem Becher in der anderen zurück ins Wohnzimmer. Sie stellte beides auf dem runden Tisch ab und setzte sich ihm gegenüber.

»Er denkt, das ist ein Zauber, Tristán. Und nicht irgendein Zauber, sondern einer, der den wie auch immer gearteten Fluch brechen wird, der ihn befallen hat. Er geht davon aus, dass etwas passiert, wenn wir fertig sind. Was wird er wohl tun, wenn nächsten Monat niemand anruft, um ihm einen Ariel zu verleihen?«

»Jetzt komm schon, du weißt, dass er nicht mit so etwas rechnet.«

»Nicht? Bist du sicher? Er schien überzeugt zu sein, dass sein alter deutscher Kumpel ein Zauberer war.«

»Schön, und wenn er irgendwas erwartet? Deine Schwester kauft ständig auf dem Mercado de Sonora ein. Wie viele Bänder hat sie momentan um eine Aloe-Vera-Pflanze geknotet?«

»Vergleich meine Schwester nicht mit Abel Urueta. Reinigungsrituale zu vollziehen, ist nicht das Gleiche, wie sich einem Kult anzuschließen, angeführt von einem deliriösen Möchtegern-Zauberer, und dann Jahrzehnte später noch zu glauben, man könnte einen Zauber durchführen, den er damals gelehrt hat.«

»Ich sage ja nicht, dass das ein und dasselbe ist. Aber die Leute wollen daran glauben, dass eine Hasenpfote Glück bringt und dass man durch Quarzkristalle ein gutes Klima erzeugen kann. Genau darum geht es doch bei *Enigma*. Die Leute wollen an irgendeine alberne Alienverschwörung glauben, und sei es nur für fünf Sekunden, aber das bedeutet nicht, dass irgendjemand von ihnen wirklich davon ausgeht, ein Ufo könnte morgen auf dem Dach ihres Wohnhauses landen und Marsianer würden Cha-Cha-Cha für sie tanzen.«

»Ich weiß nicht«, murmelte Montserrat und schob den Becher zu ihm rüber. »Rauch, wenn du willst.«

»Ich dachte, ich darf in deiner Wohnung und deinem Wagen nicht rauchen.«

»Ich kann dein dummes Gesicht nicht mehr ertragen. Du siehst aus, als könntest du jeden Moment wegen Nikotinmangel in Ohnmacht fallen.«

Tristán bedachte Montserrat mit einem bösen Blick. Er wollte ihr beweisen, dass er den Nachmittag ohne Zigarette auskommen konnte, spürte aber schon jetzt den Genuss auf der Zunge. Er steckte sich eine Zigarette in den Mund und zündete sie mit flinken Fingern an.

»Kannst du das machen?«, fragte er.

»Ich müsste mir den Film ansehen«, sagte Montserrat. »Das Problem mit Silbernitratfilmen ist, dass sie Schaden nehmen, wenn sie nicht korrekt behandelt werden. Das geht bis zur Selbstzerstörung unter Freisetzung von säurehaltigen Abfallprodukten. Sie können sogar andere Filme und Abzüge beschädigen.«

Montserrats Miene wurde mit jedem Wort lebendiger. Sie liebte es, allerlei nerdige Einzelheiten auszuspucken; das war für sie ebenso genussvoll und suchterzeugend wie die Zigaretten für Tristán. Oder Geschichten zu erzählen für Urueta.

»Es gibt sechs Stadien der Zersetzung. Nach dem dritten ist es aus. Man kann diesen Film nicht duplizieren. Von Uruetas Film ist womöglich nichts weiter übrig als ein paar weiße Pulverrückstände.«

»Wie von Dracula, wenn er vom Sonnenschein getroffen wird. Asche in einem Sarg. Oder in diesem Fall einer Blechdose. Aber das kannst du jetzt noch nicht wissen.«

»Nein, kann ich nicht. Was das Ganze noch ärgerlicher macht.«

»Der Punkt ist, der Film könnte noch völlig in Ordnung sein«, sagte Tristán und klopfte seine Zigarette am Rand des Bechers ab. »Du könntest ein garantiertes Interview mit Abel Urueta bekommen und einen Blick auf einen seltenen

Horrorfilm werfen, und alles, was du dafür brauchst, ist ein bisschen Studiozeit.«

»Den seltensten aller Horrorfilme«, grummelte sie. »Aber das Problem bleibt: Was, wenn er wirklich glaubt, dass das funktioniert?«

»Warum sollte er das *nicht* hoffen?«, entgegnete Tristán mit belegter Stimme. »Wenn ich zurückgehen und Karina davon abhalten könnte, in diesen Wagen zu steigen, würde ich es tun. Und würdest du mir an einem meiner schlimmen Tage erzählen, um durch die Zeit zu reisen, müsste ich mir nur Hühnerblut ins Gesicht schmieren und durch das Wohnzimmer tanzen, dann würde ich vielleicht auch das tun. Es ist idiotisch, aber es ist auch ein Stück Hoffnung, und Hoffnung ist schwer zu finden.«

Teufel auch, würde jemand Tristán erzählen, er müsste, um sein Leben zu verbessern, das Huhn töten, indem er ihm den Hals durchbiss, dann würde er auch das tun.

In dieser Woche hatte er am Zeitungsstand die neueste Ausgabe von *De Telenovela* gesehen, auf dem Cover ein Foto von ihm und Karina. Er hatte eine Zeitschrift gekauft und sie dann, ohne sie zu lesen, neben seinem Bett auf den Boden geworfen. Warum? Er wusste, was drinstehen würde. Er wollte die Vergangenheit nicht wieder aufwärmen, und doch hatte er sich nicht zurückhalten können und die Zeitschrift gekauft.

»Das ist pure Fantasie«, sagte Montserrat.

»Als wir Kinder waren, haben wir von Fantasien gelebt. All diese Matineen ... das waren unsere Fahrscheine ins Traumland«, sagte er ein wenig schroff, denn wann immer er an Karina dachte, schmerzte etwas in seinem Inneren. Dann regten sich die angesammelten Narben des Unfalls, seiner Süchte und Fehler, seiner verlorenen Karriere und Hoffnungen.

»Er ist über sechzig und wir sind achtunddreißig.«

»Ich habe heute Morgen in den Spiegel geschaut, aber wir alle erfreuen uns an Spielen, auch in diesem Alter.«

»Und du meinst, wir sollten den alten Mann erfreuen.«

»Es kann nicht schaden. Außerdem hast du gesagt, du magst den Kerl.«

»Gerade deswegen möchte ich seine Gefühle nicht verletzen.«

Tristán trank ein wenig Fanta und Montserrat ging erneut in die Küche und holte einen Teller mit Erdnüssen. Sie knackten die Erdnussschalen und warfen sich die Nüsse in den Mund.

»Vielleicht ist Ewers gar nicht auf dem Film drauf. Vielleicht ist das Negativ unbelichtet.«

»Oder Puder, wie du schon gesagt hast«, fügte er hinzu.

»Oder Ewers war kein Zauberer. Er war nur irgendein Typ, den Abel kannte und der sich einfach eine Geschichte darüber ausgedacht hatte, wie sie gemeinsam Magie schaffen könnten.«

»Das auch. Magische Filme! Das ist Schwachsinn. Aber wenn wir diese kleine Sache erledigen, dann bekommst du vielleicht eine echte Story. Ich wette mit dir, Abel gestattet dir, dass du dir dieses Foto von ihm ausleihst. Bämm! Schon haben wir deine Story für *Enigma*. Du profitierst davon, wir machen einen alten Knaben glücklich, und wir werden ein paar Minuten von einem seltenen Film zu sehen bekommen.«

Die Sonne ging unter. Durch den Smog sah sie aus wie ein riesiger roter Feuerball, als wäre sie Teil eines apokalyptischen Films. Die Schatten auf dem Boden wurden länger, verzerrt vom roten Zwielicht. Die Pflanzen auf Montserrats Fensterbank woben kunstvolle organische Muster aus Finsternis. An den Wänden in ihrem Wohnzimmer starrten die Monster von den Postern auf sie beide herab, und die Uhr hinter Tristán, die die Form von Felix the Cat hatte, bewegte die Augen und zeigte die Stunde an.

»Ich bin nicht überzeugt, dass Abel bereit ist, sich von mir aufnehmen zu lassen und über den Film zu reden, selbst wenn wir ihn vertonen. Und ich bin noch weniger überzeugt, dass *Enigma* wirklich eine Story über all das haben will«, sagte Montserrat und kratzte mit dem Fingernagel träge an einer Erdnuss. »Was, wenn wir lediglich einen wahnhaften alten Mann übervorteilen? Vielleicht braucht er viel eher, ich weiß nicht, einen Therapeuten anstelle von unserer Gesellschaft.«

»Er will aber keinen Therapeuten, er will seine Glanzzeit für ein paar Minuten wiederaufleben lassen.«

»Wir sollten das nicht an einem Wochenende tun«, sagte sie, und da wusste er, dass ihr die Ausflüchte ausgegangen waren.

Tristán atmete aus. Rauch stieg mit einer eleganten, geübten Sorglosigkeit von seinen Lippen auf. »Hast du etwas Aufregenderes vor?«, fragte er. »Dir die Zehennägel schneiden, beispielsweise? Eine streunende Katze aufnehmen?«

Montserrat starrte ihn an und trommelte mit den Fingern auf ihrem Sprudelglas. »Fick dich«, sagte sie, aber den Worten fehlte der Stachel. Sie war auf seiner Seite. Ganz so wie damals, als sie sich hinter den wackligen Zaun und in das Lager geschlichen hatten, um dort über den langen Holzbalken zu balancieren und sich schließlich ins Korn zu stürzen. *Du traust dich ja doch nicht*, hatte sie gesagt, und er hatte die Worte wiederholt, sie an sie zurückgegeben, und dann waren sie gemeinsam gesprungen.

Montserrat öffnete die Studiotür für Abel und Tristán genau um Mitternacht. Sie konnten die Arbeit nicht bei Tag erledigen, weil ihr Boss dann einen Anfall bekommen hätte, aber bei Nacht schlichen sich die Mitarbeiter manchmal hinein, um an den Schnittplätzen eigene Projekte zu bearbeiten. Das war in Ordnung, solange niemand von außerhalb des Studios dafür Zeit in Rechnung stellte, und auch wenn Montserrats Schichten im November eher begrenzt waren, genoss sie dank ihres Dienstalters bei Antares eine gewisse Bewegungsfreiheit. Mit anderen Worten, sie konnten an der Vertonung arbeiten, wenn die anderen das Studio verlassen hatten. Notfalls konnte Montserrat bis zum Morgen durcharbeiten. In der Früh war wenig los. Oder sie quetschte die Arbeit in ihre Mittagszeit. Vorerst aber war der wichtigste Teil, ihre Stimmen aufzunehmen.

Tristán und Abel folgten Montserrat den langen Gang mit den Spiegeln hinunter. Auf ihrem T-Shirt des Tages stand »*The Hunger*«, und sie hatte das Haar zu einem unordentlichen Knoten hochgesteckt. Sie sah so schlicht aus wie immer, aber gerade diese Schlichtheit gefiel Tristán, auch wenn er sie ständig damit aufzog. Er hätte nicht gewusst, was er tun sollte, hätte Montserrat sich plötzlich die Haare gefärbt oder sich in ein enges Kleid gequetscht. Ein Teil ihrer unausgesprochenen Vereinbarung war, so dachte er, dass Montserrat sich niemals verändern durfte. Sie musste eine Konstante in seinem Leben sein, sein wahrer Nordpol.

Dieser Haltung haftete eine monströse Selbstsucht an. Das war ihm ebenso klar wie die Tatsache, dass er, wenn es um seine Ansprüche und Neigungen ging, bisweilen irritierend kindisch sein konnte. Aber er kannte keine andere Möglichkeit, jemanden zu lieben.

»Ich habe es geschafft, ein Duplikat des Films anzufertigen. Damit können wir bis zur endgültigen Fassung arbeiten, aber ich wollte, dass ihr zwei den Original-Nitratfilm wenigstens ein Mal zu sehen bekommt«, sagte Montserrat, als sie sich einer Tür näherten. »Ich hatte Angst, der Film könnte geschrumpft sein oder ich hätte nicht den passenden Projektor und die Ausstattung, um daran zu arbeiten, aber ich kann den Film problemlos abspielen. Ich weiß nicht, ob ich einen ganzen Film ohne Hilfe laufen lassen sollte – normalerweise braucht man zwei Leute, um die Rollen zu wechseln, und eine Sicherheitskabine –, aber es sind ja nur ein paar Minuten.«

»Dann ist der Film also in einem guten Zustand?«, hakte Abel nervös nach.

»Das werden Sie gleich sehen«, sagte sie und hielt den beiden die Tür auf.

Tristán und Abel betraten einen kleinen Vorführraum mit nur drei Sitzreihen. Tristán war schon früher hier gewesen. Antares hatte einmal zu den Besten gehört. Ein 35-Millimeter-Vorführraum, ein Schneideraum mit einer soliden Moviola, einer KEM und zwei Computern, auf denen Avid lief, diverse Schnittplätze mit MIDI-Synchronizer, alles nicht zu verachten. Aber nach dem, was Tristán gehört hatte, lief es bei Antares nicht mehr so gut. Die Ausrüstung war in die Jahre gekommen, es gab neue Akteure auf dem Markt. Audiomaster 300, das bereits mehrere andere Unternehmen geschluckt hatte, beherrschte das Synchronisationsgeschäft, was zu einem nicht geringen Anteil an den Verbindungen zu Televisa lag. Und nun, da Audiomaster das einzige Tonstudio unterhielt, das Stereoaufnahmen liefern konnte anstelle der einst in Mexiko vorherrschenden Monoaufnahmen, spitzte sich die Lage noch weiter zu.

Magie, würde es sie denn geben, wäre jetzt wirklich hilfreich, dachte Tristán. Antares könnte sie brauchen und Montserrat auch, so, wie es beruflich bei ihr lief. Andererseits galt das auch für ihn selbst.

Tristán und Abel suchten sich einen Platz, während

Montserrat am Projektor herumfummelte. Abel umklammerte die maschinengeschriebenen Seiten des alten Drehbuchs, das er behalten hatte. Er hustete und murmelte vor sich hin. Tristán steckte sich ein Pfefferminzbonbon in den Mund. Montserrat hatte ihn gewarnt: Im Studio herrschte absolutes Rauchverbot, und er brauchte etwas, um sein Verlangen zu lindern.

Ohne großes Trara lief der Film an, zerriss die Dunkelheit im Raum, und er starrte auf die Leinwand.

Tristán hatte viele Filme gesehen und nie sonderlich auf das Material geachtet, auf dem sie aufgenommen worden waren. Sollten doch Leute wie Montserrat oder Abel über derartige Bagatellen diskutieren. Für ihn war das egal, und für viele andere musste es auch egal gewesen sein, denn Montserrat hatte erwähnt, dass der Großteil der Silbernitratfilme recycelt worden war, um Silber und Zelluloid zurückzugewinnen.

Aber als er nun auf die Leinwand sah, begriff er endlich, was diese Silberpartikel in den Händen eines guten Regisseurs bei einem Film bewirken konnten. Den Bildern war eine Klarheit zu eigen, die ihr Alter vergessen machte, die Schatten waren so tief, dass sie beinahe greifbar wirkten, und der Film hatte eine Leuchtkraft, die das Auge in den Bann zog.

Die erste Einstellung zeigte einen mit schwarzen Tüchern drapierten leeren Altar. Dann traten zwei Leute ins Bild, sie trugen dunkle Kleidung. Auf der linken Seite war eine wunderschöne Frau zu sehen, die das Haar mit einem Band über der Stirn gebändigt hatte. Mit der Frisur erinnerte sie an eine griechische Priesterin, aber ihre Augen waren ausdruckslos, oder sie blickten in die falsche Richtung, weg von ihrem Co-Star, so, als suchten sie nach einer Stichwortkarte. Clarimonde Bauer war vielleicht ein Möchtegern-

Starlet gewesen, aber sie wusste nicht, was sie vor der Kamera zu tun hatte.

Der Mann auf der rechten Seite war Abel Urueta, so jung wie auf den Bildern in seinem Album. Ein heller Schal war um seinen Hals geknotet. Glatt rasiert und mit dem Licht, das direkt auf sein Gesicht gerichtet war, sah er sogar noch jünger aus. Das jungenhafte Grinsen auf seinen Lippen trug zu dem Eindruck bei, dass er noch grün hinter den Ohren war. Abel hatte sich ein wissendes Lächeln vorgestellt, doch stattdessen sah er geradezu panisch aus. Er war dafür gemacht, hinter der Kamera zu stehen, nicht davor.

Tristán hatte die Zeilen, die er in dieser Nacht ins Mikrofon sprechen sollte, auswendig gelernt. Auch wenn Abel die Seiten umklammerte und es zu dunkel war, um in diesem Moment einen Blick darauf zu erhaschen, wusste er, welche Worte tonlos auf der Leinwand gesprochen wurden, und seine Lippen folgten jeder Silbe.

»Ich grüße dich zu dieser heiligsten aller Stunden«, sagte Abel.

»Ich grüße dich, während der Mond sein Gesicht zum Himmel erhebt«, antwortete die Frau.

Zwei weitere Zeilen, gesprochen in der Stille des Vorführraums, und dann wurde im Hintergrund ein Vorhang hochgezogen und eine Gestalt mit Kapuze trat vor. Der Mann, das Gesicht vor der Kamera verborgen, bewegte sich ohne Hast. Angesichts der Schwarz-Weiß-Bilder konnte Tristán nicht sicher sein, aber er hatte das Gefühl, der Umhang des Mannes war gelb, genauso wie die Handschuhe an seinen Händen. Aber das war nur eine Vermutung.

Abrupt blieb die Gestalt stehen. Sie legte den Umhang ab, ließ ihn zu Boden fallen, und ihr Gesicht wurde endlich sichtbar. Zwar hatte Tristán beim Anblick des Fotos von Ewers nicht nachvollziehen können, was an ihm so anziehend gewesen sein sollte, dennoch erkannte er nun das Talent des Mannes zur Selbstinszenierung.

Ewers' Spiel war flüssig, kamerareif. Passend dazu erinnerte er Tristán an Stummfilmdarsteller, und er fragte sich, ob Alma Montero ihren Liebhaber in die Kunst theatralischer Gesten und Bewegungen eingeführt und ihm gezeigt hatte, wie man zu ihrer Zeit Filme gedreht hatte.

Ewers' silberner Anhänger glitzerte an seiner Brust. Er faltete die Hände, hob sie hoch, verbarg beinahe das Gesicht hinter ihnen und ließ sie wieder sinken, als sich seine Lippen öffneten.

»Ich grüße euch als das Licht, das die Finsternis klärt«, sagten diese Lippen.

Der schwarz-weiße Hintergrund wurde hochgezogen und gab den Blick auf eine Vielzahl kunstvoller Silberkandelaber hinter den drei Menschen frei; der Vorhang aus Dunkelheit wich einem Vorhang aus Licht und die Kerzen funkelten wie kleine Diamanten.

»Gebt mir eure Hände, liebster Bruder, liebste Schwester, denn nun werden wir die Herren der Lüfte anrufen, die Prinzen in Gelb, auf dass sie unsere Riten bezeugen.«

Es gab noch mehr Textzeilen dieser Art, Sätze, die Tristán nicht verstehen konnte – der Hokuspokus, den sich Drehbuchautoren erträumten. Im Hintergrund tauchten zwei Bedienstete mit Utensilien auf, beladen mit einigen Gegenständen, die sie auf dem Altar ablegten: ein Messer, ein Gehstock, zwei Porzellanschalen.

In der nächsten Szene würde die Heldin an den Altar gefesselt und dann rasch von ihrem Freund gerettet werden, aber jetzt gehörte die Leinwand allein den drei Darstellern, und obgleich Ewers' Worte pompös waren und Clarimonde Bauer mit leerem Blick in die Kamera starrte und Abel viel zu nervös war, war die Summe dieser Einzelteile eine lebendige, verführerische Sequenz, kein amateurhaftes Desaster.

»Werdet Zeugen meiner Macht, denn ich bin der Zauberer der Zauberer, und ich salbe mich zum Herrn und Meister. Der König bin ich«, sagte Ewers. Zumindest hätte er es gesagt, wäre der Film mit Ton aufgenommen worden. Wieder faltete er die Hände, als hielte er eine unsichtbare Krone, während seine beiden Gefolgsleute auf die Knie fielen. Langsam platzierte der Mann die unsichtbare Krone auf seinem Kopf und starrte in die Kamera. Das Licht fiel auf seine Augen und brachte sie zum Leuchten, als er die Hände sinken ließ. Dann folgte nichts als Schwärze, die Filmrolle endete und die Lichter flammten auf.

Tristán saß auf seinem Platz und musste plötzlich an die Zeit seiner drogengeschwängerten Unbekümmertheit denken. Damals war er einem Gefühl nachgejagt, das dem, was dieser Film eingefangen hatte, sehr ähnlich war. Etwas Süßes und Dunkles und Wunderschönes.

»Nicht der ganze Film war so«, sagte Abel, als könnte er seine Gedanken lesen. »Aber diese und die beiden anderen Sequenzen, die waren doch ein Traum, nicht wahr?«

Oder ein Albtraum, dachte Tristán, auch wenn dieser Unterschied für Leute wie Montserrat und Abel vielleicht bedeutungslos war, für Kinder, die die Hand der Monster halten und fantastische Zelluloidbestien reiten wollten.

»Als ich das aufnahm, erinnerte es mich ein bisschen an Cocteau. Aber das hatte ich ganz vergessen. Ich hatte vergessen, wie wunderschön es auf der Leinwand aussehen musste«, fuhr Abel lächelnd fort. »Das hat eine gewisse Magie, nicht wahr? Echte Magie.«

In diesem Moment verstand Tristán endlich Montserrats Zurückhaltung, denn als er erkannte, wie der alte Mann in diesem Augenblick aussah, während alle Hoffnung der Welt in seine Augen stieg, schmerzte sein Herz ein wenig.

Der Film war prachtvoll. Aber das galt auch für diesen alten Vampirfilm, *Nosferatu,* in den Montserrat ihn geschleppt hatte. Die Vorführung hatte in einem Art Club in Condesa stattgefunden, der zugleich als Bar fungierte. Ewers' helles Haar leuchtete so sehr, es war beinahe wie ein blendend grelles Feuer, aber das galt auch für Harlows Mähne, und er hatte Dutzende solcher in herrliche Schatten gehüllten Sequenzen wie die in diesem Film betrachtet, auf Dutzenden von Leinwänden. Als sie *Das Haus des Grauens* gesehen hatten, als sie *Die Mumie* gesehen hatten, als Lugosi sie über die Zeit hinweg angegrinst hatte.

Dies war nicht anders; es war die Alchemie der Filmproduktion, nicht die von Zauberern.

Tristáns Schweigsamkeit musste ihn verraten haben. Abel drehte sich hektisch zu ihm um und musterte ihn mit besorgtem Blick.

»Die fehlende Komponente ist natürlich der Ton. Wenn wir das erst einmal mit Ton anschauen, dann werden Sie die ganze Wirkung erleben.«

Abel Uruetas Gesicht sah ausgezehrt und spröde aus. Es tat beinahe weh, ihn anzusehen, nachdem er gerade erst als verheißungsvoller junger Mann über die Leinwand geschritten war, dessen Lächeln seine Nervosität preisgab, ganz so wie jetzt, Jahrzehnte später, als sich seine Lippen zu einem fahrigen Grinsen verzogen.

Und für ein paar Sekunden wünschte Tristán sich aus tiefstem Herzen, dass es wirklich Zauberei gab und Flüche, die aufgehoben werden konnten.

»Ja, das ist Magie«, sagte er sanft. Er mochte von Natur aus egoistisch sein, aber er hatte auch Momente enormer Großmut und Zartheit, und er schätzte den alten Mann sehr. Er war ein Sonderling, aber das waren er und Montserrat auch.

Die Tür hinter ihnen wurde geöffnet und Montserrat kam herein, die Hände in den Taschen vergraben. Sie lächelte ihnen schüchtern zu, als schliche sie gerade auf Zehenspitzen in eine Kirche, und Tristán erkannte an dem Glanz ihrer Augen, dass das Stückchen Film sie ebenso sehr in Begeisterung versetzt hatte wie Abel.

»Sind die Herren bereit, ein paar Zeilen aufzunehmen?«, fragte sie.

Tristán drehte sich zu Abel um, der immer noch mit eisernem Griff die Seiten umklammerte. Der Regisseur nickte.

8

Montserrat brach mit der Wut eines überraschenden Herbstregens über ihn herein, stapfte mit gereinigten Kleidungsstücken in der Hand in seine Wohnung. Zuerst begriff er nicht, warum sie so wütend aussah, aber die Ursache des Problems wurde rasch erkennbar: Es war Abel Urueta, wieder einmal, wie ein filmmusikalisches Motiv, das sich wiederholt, wann immer das Monster bereit ist, sich auf den Schauspieler zu stürzen.

»Ich habe dir doch gesagt, wir könnten falsche Hoffnungen wecken«, sagte sie. »Letzte Nacht hat er angerufen und mir ganze dreißig Minuten lang von Ewers erzählt.«

»Hmm«, machte Tristán geistesabwesend. Er versuchte, sich für eine Krawatte zu entscheiden, und betrachtete skeptisch die Auswahl an Kleidungsstücken, die er auf dem Bett ausgebreitet hatte. »Was ist mit dem kleinen Zauberknaben?«

»Ewers musste Deutschland 1941 verlassen, nachdem Hitler ein Gesetz verabschiedet hatte, um die Anhänger von ›Geheimlehren‹ zu verbannen.«

»Was genau ist eine ›Geheimlehre‹?«, fragte er, als für einen Moment sein Interesse aufflackerte.

»Alles, was mit Magnetheilern, Astrologen, Wunderheilern und dem ganzen Zeug zu tun hat. Aber Okkultismus für militärische Zwecke war in Ordnung, also konnten einige

Leute einer Strafe entgehen, indem sie für die Nazis arbeiteten. Und auch, wenn Ewers manchmal behauptet hat, Deutschland vor Kriegsende verlassen zu haben, hat er doch ebenso behauptet, mit dem Praktizieren von Radiästhesie seinen Hals gerettet zu haben.«

»Ich komme nicht mehr mit«, gestand Tristán.

»Pendel schwingen, um Schiffe der Alliierten zu lokalisieren und zu versenken.«

»Das könnte eine nützliche Vorgeschichte für deine Story sein.«

»Vielleicht wäre es das, wenn ich es glauben und untermauern könnte. Urueta hat verschiedene Vorgeschichten zu Ewers: Er hat das Land '41 verlassen; nein, er ist geblieben; nein, er hat nicht für die Marine gearbeitet, und vielleicht wurde er eingezogen.« Montserrat schüttelte den Kopf. »Außerdem geht es nicht darum. Abel redet von Magie und zählt die Tage, bis der Zauber zu wirken beginnt«, sagte sie und zeigte auf die Zimmerdecke und mutmaßlich zu Abels Wohnung.

»Du unterhältst dich doch gern mit ihm!«

»Sieben Tage, seit wir den Film vertont haben, und sieben Tage mit Anrufen. Er ruft mich sogar am Arbeitsplatz an. Er ruft mehr als nur ein Mal am Tag an. Gestern hat er dreimal angerufen. Das ist eine ernste Sache.«

Tristán seufzte und versuchte, sie aus seinem Schlafzimmer zu manövrieren, aber Montserrat wich nicht von der Stelle. Sie fauchte ihn mehr oder weniger an. *Das* war also die Stimmung, in der sie heute war.

»Was willst du deswegen tun?«

»Wir haben ihm keine Ergebnisse versprochen.«

»Nein, aber das ist, was er will. Er hat zweimal gefragt, ob ich die Vertonung korrekt vorgenommen habe. Er will sogar, dass ich den Nitratfilm noch einmal vorführe, und er ruft immer wieder bei mir an. Du hast mir gesagt, du würdest mit ihm reden.«

»Ich war beschäftigt.«

»Er trinkt zu viel. Die Stunde des doppelten Whiskeys wird allmählich zum Abend der doppelten Whiskeys.«

»Ach, Abel kippt schon den einen oder anderen Drink, aber das ist keine große Sache.«

»Ich schätze, du bist wenig geeignet, um das zu beurteilen.«

Von der Andeutung genervt, runzelte Tristán die Stirn. »Was soll das jetzt heißen?«

Montserrat sah ihm in die Augen. »Sprich mit Abel.«

»Ich werde mich mit ihm unterhalten.«

»Wann?«

»Ich weiß nicht, heute oder morgen. Oder irgendwann nächste Woche«, sagte er zunehmend verärgert. Er hasste es, wenn andere Menschen ihn unter Druck setzten, ganz besonders, wenn dieser Mensch Montserrat war, denn sie wusste genau, dass er es hasste. Er hasste auch Ermahnungen, er hasste verschleierte Drohungen, und er hasste die Art, wie sie die Lippen vor ihm schürzte.

»Er hat gestern Nacht um elf angerufen.«

»Ich muss mich fertig machen. Kann ich meinen Anzug haben?«

»Die Rechnung war noch offen und ich musste sie bezahlen. Lass mich kurz die Quittung suchen«, murmelte sie und versuchte, mit einer Hand in ihrer Tasche fündig zu werden, während sie mit der anderen die Kleiderbügel hielt.

»Ach, nun gib schon her!«, sagte er gereizt und zerrte an den Bügeln. »Nächstes Mal sollte ich besser der Putzfrau sagen, sie soll das Zeug holen, dann muss ich keine neurotischen Streitereien über meine Klamotten ausfechten.«

Montserrat klappte verdattert den Mund auf. Zwei Sekunden später klatschte sie ihm die Kleidersäcke ins Gesicht.

»Ja, du *solltest* die Putzfrau dafür bezahlen, deine Klamotten abzuholen«, sagte sie. »Du solltest auch den Taxifahrer dafür bezahlen, dich herumzukutschieren. Wenn ich es recht bedenke, warum fängst du nicht gleich damit an?«

»Verfickte Scheiße, Momo, ich habe eine Verabredung mit Dora! Ich dachte, du würdest mich hinfahren.«

»Ich bin nicht dein Chauffeur.«

Sie ging und knallte die Tür so kraftvoll zu, dass er glaubte, sie würde aus den Angeln fallen. Tristán zog sich eilig um. Als er vor dem Spiegel stand und sein Hemd zuknöpfte, fiel ihm auf, dass der Wasserhahn wieder tropfte. Unfassbar, dass es in dieser nagelneuen Wohnung Probleme mit der Sanitärinstallation gab, aber es war schon das zweite Mal in dieser Woche, dass er den Hahn zugedreht hatte, nur um dann, wenn er später am Tag wieder ins Badezimmer kam, festzustellen, dass ein kleines Rinnsal Wasser aus dem Hahn lief. Er war jedoch nicht geneigt, einen Klempner zu rufen.

»Dorotea, wie schön, dich zu sehen«, sagte er zum Spiegel und lächelte mit dem gleichen Elan, der ihm seine erste Chance bei *fotonovelas* eröffnet hatte. »Dora, du siehst großartig aus!«

Tristán war mit dem Alleinsein nie gut klargekommen. Das war eine Eigenschaft, die er an Montserrat bewunderte. Sie verspürte offenbar keinerlei Drang, sich um Kontakt zu anderen zu bemühen. Tristán hingegen hatte sich in mehr als eine von vornherein zum Scheitern verurteilte Beziehung gestürzt, nur um die Stimme eines anderen Menschen im Nebenraum hören zu können.

Doch sosehr er andere Menschen brauchte, war er dennoch furchtbar schlecht darin, irgendwelche Beziehungen zu pflegen. Er lud selten jemanden zum Mittagessen ein und befleißigte sich kaum der üblichen sozialen Nettigkeiten; stattdessen erwartete er, dass sich die Menschen einfach vor seiner Tür materialisierten. In seiner Jugend war das kein Problem gewesen. Mit dreiundzwanzig hatte es Tristán nicht an Einladungen und Aufmerksamkeit gemangelt. Ein ganzer Haufen Schmeichler hatte ihm förmlich an den Fersen geklebt. Doch mit den Jahren, als seine perfekte Schönheit ein wenig verblasste und das Glück ihn im Stich ließ, war auch sein Hofstaat aus Freunden und Fans kleiner geworden.

Darum war er so überrascht gewesen, als Dorotea sich bei ihm gemeldet hatte. Sie war jetzt ein dicker Fisch, arbeitete als Creative Director und produzierte Seifenopern für Teenager am Fließband. *Alcanzar una Estrella* war vor drei Jahren ein echter Renner gewesen und sie versuchten nun, weitere Produkte zu entwickeln, die dieselbe demografische Gruppe ansprachen.

Er war nervös wegen des Treffens und brauchte Zuspruch, nicht Montserrats überspannte Anschuldigungen.

»Fick dich, Momo«, murmelte er, als er den Hahn zudrehte. Zu seinem dunkelgrünen Hemd hatte er eine braune Wildlederjacke und seine übliche Sonnenbrille für das Treffen zum Mittagessen ausgewählt. Er lächelte erneut, breiter dieses Mal, und rief beim Taxiunternehmen an.

Das Angus in der Zona Rosa gehörte nicht zu seinen bevorzugten Lokalen. Männer gingen ins Angus wegen der Hostessen, die angeblich aus den nördlichen Staaten kamen und daher von Natur aus größer, blasser und folglich hübscher sein sollten – es gab eine erschreckend hohe Zahl an hellhäutigen und blonden Mexikanerinnen in Anzeigen und Werbespots. Tristán fühlte sich in Gegenwart all dieser Frauen mit ihrem Plastiklächeln stets unbehaglich. Sie erinnerten ihn in gewisser Weise daran, dass auch er eine solche Kunstfigur war und sich so mühelos hatte verkaufen lassen wie das Steak, das die Frauen am Tisch servierten. Er nahm an, Dorotea habe auch nichts für das Angus übrig und sich lediglich angewöhnt, dort zu essen, nachdem sie erkannt hatte, dass sich lüsterne Männer, mit denen sie Geschäfte machen wollte, mit einer Scheibe Fleisch und ein paar schönen Kellnerinnen leicht in den Griff kriegen ließen. Dorotea war die Karriereleiter nicht hinaufgestiegen, weil sie eine Pflanzenfresserin war, sondern weil sie andere Leute mit Haut und Haaren vesperte.

Tristán hätte ihr sagen können, dass sie sich nicht hätte bemühen müssen, für jemanden, der auf so einer niedrigen Stufe wie er stand, hübsche Mädchen herbeizuzaubern, aber zugleich bedeutete diese niedrige Stufe auch, dass er schlecht einen anderen Treffpunkt vorschlagen konnte. Und er war zu neugierig darauf, was Dorotea von ihm wollte, um sich mit irgendeinem erdachten Vorwand zu entschuldigen.

»Dora, wie schön, dich zu sehen«, sagte er lächelnd, als er sich ihrem Tisch näherte.

»Hallo, Darling«, sagte sie, stand auf und deponierte einen raschen Kuss auf seiner rechten Wange und einen weiteren auf der linken, ganz im spanischen Stil. Dorotea war um die zwölf Jahre älter als er und stammte ursprünglich aus Sevilla. Seit sie Mitte der Siebziger ihren zweiten Gatten geehelicht hatte, der sowohl eine neue Frau als auch mehrere Kisten guten Weins hierher importiert hatte, lebte sie in Mexico City.

»Setz dich und nimm diese Sonnenbrille ab. Ich möchte einen genauen Blick auf dich werfen. Wie geht es diesen kleinen Krähenfüßen?«

Tristáns Lächeln geriet ein wenig ins Schwanken und drohte zur Grimasse zu werden, aber er nahm die Brille ab.

»Gut, denke ich. Ich sehe jedenfalls nicht wie ein Shar-Pei aus.«
»Wirfst du derzeit etwas ein?«
»Schon eine ganze Weile nicht.«
Tristán behielt das Lächeln bei, nicht, weil er Doroteas Unverblümtheit gewohnt war, sondern weil eine Kellnerin auf sie zukam und er in der Öffentlichkeit eine gelassene Maske aufzusetzen pflegte. Er bestellte Limonade anstelle eines alkoholischen Getränks, auch wenn er sich lieber ein paar Whiskeys hinter die Binde gekippt hätte. Montserrat hatte ihn verunsichert. Sie hatte gesagt, Abel habe deprimiert geklungen und sie sei besorgt um ihn, und dann hatte sie Tristán genervt, als hätte er etwas unternehmen müssen. Aber was konnte er wegen des alten Mannes tun? Ihm sagen, dass er sich verrückt anhörte? Dass er sich mit all diesen Telefonaten verhielt wie ein Stalker? Oder sollte er ihm einen Therapeuten empfehlen? Sollte er den Schnaps des Mannes in den Abfluss schütten?
»Keine Rückfälle? Davon hattest du ja genug.«
»Derzeit beschränkte ich mich auf Zigaretten und Schnaps, und ich bin dabei, beides zu reduzieren«, sagte Tristán, kaum dass die Kellnerin sich wieder entfernt hatte.
Eigentlich unternahm er einen allenfalls halbherzigen Versuch, seinen Alkohol- und Zigarettenkonsum zu verringern – und jetzt versetzten ihm die eigenen Worte einen Stich, und er fragte sich, ob er nicht ganz ähnlich war wie der arme alte Abel Urueta mit seinen doppelten Whiskeys –, statt sich ernsthaft Mühe zu geben, davon wegzukommen. Aber davon musste Dorotea nichts wissen.
Er konnte sich schon vorstellen, was sie ihm vorschlagen würde: eine kleine Nebenrolle in einer Anthologie-Serie. Vielleicht *Mujer, Casos de la Vida Real*. Er könnte eine halbe Stunde lang einen Frauenschläger oder einen Entführer

spielen – Pinals Serie war eine Schnulze, in der weibliches Leid wie eine Zitrone ausgequetscht wurde – für ein Viertel dessen, was eigentlich bezahlt werden sollte. Dorotea hatte ihm in den letzten Jahren dann und wann derartige Rollen in Aussicht gestellt, aber nicht einmal aus so einem Schund war etwas geworden.

Er wusste nicht, warum sie sich überhaupt noch mit derlei Dingen abgab. Vielleicht war es ein fehlgeleitetes Schuldgefühl. Immerhin hatte sie ihn in der letzten Seifenoper besetzt, die er je gedreht hatte, der, bei der er Karina kennengelernt hatte. *Juventud*. Samt ihrem kitschigen Titelsong die wohl abgedroschenste Variation von Romeo und Julia, die je ausgestrahlt worden war.

»Wir haben eine Rolle zu besetzen, und der Regisseur meint, du wärest perfekt dafür. Aber aufgrund der Art der Rolle musste ich fragen.«

»Was, bekomme ich irgendwo einen fünfminütigen Gastauftritt? Fünf Minuten schaffe ich auch besoffen und auf Drogen, gar kein Problem. Aber du musst dir keine Sorgen machen. Im Moment gibt es keinen Spaß in meinem Leben.«

»Es ist eine Hauptrolle.«

Tristáns Lächeln zerbarst endgültig und wich einem Ausdruck unverhohlener Überraschung.

»Ja, eine Hauptrolle in einer Seifenoper. Ich werde Fernando Mondego darstellen, den Graf von Morcerf, den Bösewicht in einer neuen Version von *Der Graf von Monte Christo*«, sagte er und hielt sein Glas mit beiden Händen. Anderenfalls hätte er Abels Bourbon auf dem Teppich verschüttet.

»Ich wusste es! Ich wusste, es würde funktionieren!«, rief Abel und erhob sein eigenes Glas. »Ich habe heute Morgen einen Anruf erhalten, die *Cineteca* möchte eine Retrospektive zu meiner Arbeit machen.«

»Das ist fantastisch! Wir hätten darauf trinken sollen statt auf mich!«

»Oh, von jetzt an wird es eine Menge Gründe geben, einander zuzuprosten. Es ist, wie ich gesagt habe: Der Zauber wirkt, das Glück ist uns hold. Wir brauchen Musik!«

Rasch ging Abel zu seiner Audioanlage und fing an, den Stapel Platten gleich daneben durchzusehen. Tristán setzte sich neben Montserrat; sie spielte mit einer Olive, die sie mit einem Zahnstocher aufgespießt hatte.

»Ich werde Diät machen müssen«, bemerkte Tristán immer noch staunend und sah Montserrat an. »Gott, ich muss mindestens fünf Kilo abspecken.«

»Du bist verrückt«, kommentierte sie.

»Definitiv nicht. Ich habe mich in letzter Zeit gehen lassen.«

»Unsinn, mein Junge. Ihr Gesicht haut das raus«, erklärte Abel, als er die Nadel absenkte. Gleich darauf erklang Chet Bakers »So Che Ti Perderò«. »James Dean hätte auch keine Diät gehalten.«

»Hmmm, aber James ist tot«, wandte Tristán ein, beugte sich vor und steckte sich Montserrats Olive in den Mund. Dann lachte er und sie bedachte ihn mit einem Stirnrunzeln. Ja, sie war immer noch sauer, auch wenn sie zugestimmt hatte, an dem Beisammensein bei Urueta teilzunehmen. Er hatte angenommen, sie würden ein ernstes Gespräch führen, bei dem sie Abel beide sagen würden, dass er die Telefonanrufe einstellen und die Besessenheit von irgendwelchen Zaubern ablegen müsse. Stattdessen verwandelte sich das Treffen nun in eine Feier.

»Keine Sorge, meine Liebe, für Sie wird sich das Blatt auch bald wenden. Haben Sie nur noch ein wenig Geduld«, sagte Abel, als er zu ihnen zurückkam.

»Ich bin froh, dass Sie nun etwas entspannter sind«, entgegnete Montserrat. Eine diplomatische Antwort, bedachte man, dass sie vor gerade vierundzwanzig Stunden noch bereit gewesen war, dem alten Mann an die Gurgel zu gehen. »Übrigens habe ich Ihr Duplikat hier.«
Sie griff in ihre Tasche und hielt eine kleine Filmdose hoch. »Das Original habe ich in das Lager von Antares gebracht. Sie werden einen sicheren Platz dafür finden müssen, vielleicht in der *Cineteca*.«

»Also nicht in meinem Gefrierschrank«, sagte Abel lächelnd.

»Ich werde nicht zulassen, dass Sie es in die Finger bekommen, ehe Sie mir versprochen haben, dass es nicht wieder neben Ihrem Eiswürfelbehälter landet.«

»Ich verspreche es. Und ich habe auch etwas für Sie, meine Liebe, als Dank für das Soundediting.« Abel reichte Montserrat ein Buch. »Es hat Ewers gehört. Es ist eines der Andenken, die ich aufbewahrt habe.«

»›*Das Haus der endlosen Weisheit* von Wilhelm Ewers‹«, las Montserrat die Wörter vor, die in schlichter Schriftart auf der ersten Seite prangten, denn es hatte einen Festeinband, aber keinen Schutzumschlag. »Es sieht aus wie ein Leitfaden.«

»Das ist ein Teil der Literatur, die er unter seinen Anhängern verbreitet hat. Ich dachte, Sie könnten es für Ihren TV-Beitrag nutzen.«

Überrascht blickte sie Abel an. »Dann machen Sie das Interview?«

»Warum nicht? Vielleicht erst, wenn meine Retrospektive in trockenen Tüchern ist, aber es ist, wie Sie gesagt haben: kostenlose Publicity. Also, brauchen wir noch mehr Oliven hier auf dem Tisch?«, fragte Abel und griff zu der Schale, die Tristán und Montserrat geplündert hatten.

Es war spät, als sie endlich in seine Wohnung hinunterstolperten. Nun ja, Tristán stolperte. Montserrat trank nur wenig und neigte dazu, sogar dann recht klar im Kopf zu sein, wenn sie berauscht war. Er hingegen kämpfte nicht mit der Trunkenheit. Er gab sich ihr einfach hin.

Uruetas Musik hallte immer noch in seinen Ohren nach, und er summte die Melodie von Billie Holiday, die gerade gelaufen war, als sie sich verabschiedet hatten. »For Heaven's Sake«. Er konnte sich nicht mehr an die dritte Zeile erinnern, also wiederholte er immer wieder die ersten beiden, während Montserrat ihn zum Schlafzimmer dirigierte.

»Ist es schon so spät?«, fragte er, als ihn im Halbdunkel des Raumes die Zahlen auf seiner Digitaluhr ansprangen, und stieß sich das Bein am Bett an.

»Ja.«

»Wow. Wir sind ganz schön lang bei der Stange geblieben, was?«

»Allerdings.«

Er schälte sich aus seinem Pullover, setzte sich auf die Bettkante und gähnte. »Bedeutet das, dass du nicht mehr wütend auf mich bist?«

»Das Problem scheint sich von selbst gelöst zu haben. Glück für dich.«

»Glück«, wiederholte er grinsend, während er erst den einen und dann den anderen Schuh abstreifte. Er rieb sich die Wade mit dem Fuß und gähnte. »Ich bin geil.«

»Du bist betrunken.«

»Tja, ich werde geil, wenn ich betrunken bin«, konterte er, ließ sich rückwärts auf das Bett fallen und starrte die Zimmerdecke an. »Du könntest zu mir unter die Decke kriechen, und was immer passiert, passiert.«

»Das ist eine lausige Idee.«

»Darum geht es doch, wenn man sich betrinkt«, sagte er und schloss die Augen. »Du machst jeden Mist, der dir in den Sinn kommt, und zerbrichst dir am nächsten Morgen den Kopf darüber. Übrigens ... es tut mir leid, dass ich dich angebrüllt habe. Ich weiß, dass du nicht mein Dienstmädchen oder mein Chauffeur bist. Ich war wütend. Und dumm. Sehr dumm. Sorry.«

»Gute Nacht, Tristán«, sagte sie, und er spürte für eine Sekunde ihre Fingerspitzen an seiner Stirn, als sie ihm eine Haarsträhne aus dem Gesicht strich.

»Yolanda sagte, wir wären co-abhängig in unserer Beziehung. Ich glaube, das hat sie aus einem dieser Ratgeberbücher, die sie so gern liest. Aber ich denke lieber, wir hätten eine echte Partnerschaft. Manchmal fühle ich mich so allein, das kannst du dir nicht vorstellen. Und die Einsamkeit scheint ganz tief in meine Knochen zu sickern, und dann bekomme ich Angst, weil ich mich so taub fühle. Nicht deprimiert oder wütend – ich bin wie ein leeres Band. Als hätte jemand einen Magneten über das Band in meinem Kopf gezogen und alle Informationen gelöscht. Da ist nichts mehr übrig zum Fühlen. Ich habe alles gefühlt, und ich werde nie wieder etwas Neues fühlen und immer allein bleiben. Aber wenn wir zusammen sind, dann ist das so wie das, was du über die Tonspuren gesagt hast. Jedes Videoband hat seine eigene Spur, auf der es korrekt kalibriert und in der richtigen Geschwindigkeit abgespielt werden kann. Man muss nur manchmal die Einstellung korrigieren. So ist das zwischen dir und mir. Du bist das Stellrad; wenn es richtig eingestellt ist, wird das Bild klarer, besser. Alles ist plötzlich im Einklang und ich bin nicht mehr leer. Verstehst du, was ich meine?«

Stille trat ein. Sie war gegangen. Nicht dass er damit gerechnet hätte, dass sie bliebe oder dass seine Rede irgendetwas anderes als ein Monolog war, den er für sich selbst gehalten hatte.

»Momo«, murmelte er.

Als er wieder erwachte, war es immer noch dunkel. Er rieb sich die Augen und bahnte sich einen Weg ins Badezimmer. Unterwegs stieß er sich den Zeh an dem Tisch im Flur, ehe er voran und ins Bad stolperte, wo er die Hand an die Wand klatschte, bis sie endlich den Lichtschalter traf.

Das Licht im Badezimmer ging an und er blinzelte unbehaglich. Der Hahn tropfte wieder. Er würde den Klempner doch rufen müssen.

Er pinkelte, hielt dann verschlafen die Hände unter den Hahn und drehte ihn anschließend seufzend wieder zu. Er ließ das Licht an und die Badezimmertür offen, um leichter den Weg zurück zum Bett zu finden und nicht wieder mit irgendwelchen Möbelstücken zu kollidieren.

Auf dem Rückweg zum Schlafzimmer sah er eine Gestalt im Gang stehen. Die Wohnung lag im Halbdunkel und er war immer noch nicht richtig wach, aber selbst in diesem Zwielicht erkannte er, dass es eine Frau war. Doch er konnte sie, so wie sie da stand, nicht klar erkennen. Sie hatte ihm den Rücken zugekehrt und trug dunkle Kleidung. Sie sah aus wie ein schwarzer Fleck auf grauem Papier.

»Momo? Du bist hiergeblieben?«

Er ging ein paar Schritte näher heran. Die Frau ließ die Schultern hängen und hatte die Hände vors Gesicht geschlagen, als würde sie weinen oder sich vor ihm verstecken. Sie zitterte.

Etwas an ihrer Haltung passte nicht zu Montserrat.

Etwas an ihr war falsch, sehr falsch.

Der Hahn im Badezimmer tropfte wieder. Tristán schluckte ernüchtert.

»Momo«, flüsterte er, obwohl er längst wusste, dass das nicht Montserrat war. Der Name kam ihm unwillkürlich über die Lippen. Es war eher ein Hilferuf als ein Versuch der Identifizierung.

Die Frau drehte sich um und hob langsam den Kopf. Das Licht aus dem Badezimmer reichte nicht, um sie vollständig wahrzunehmen, aber er sah ihre Augen, und er erkannte sie: Karina.

Als sie voranschlurfte, konnte er sich ein genaueres Bild machen. Karina Junco. Mit demselben Make-up, derselben Frisur, dem Medaillon mit dem goldenen »K«, das sie so gern um den Hals getragen hatte.

Nur, dass Karina tot war. Sie war seit zehn Jahren tot, und als er sie das letzte Mal gesehen hatte, da hatte sie zusammengesunken am Steuer des Wagens gesessen und die Glasscherben hatten ihr die Haut aufgeschlitzt.

Und nun stand sie in seiner Wohnung. Ihre Bewegungen waren langsam und irgendwie schwächlich, irgendwie monströs.

Tristán presste sich an die Wand, um nicht umzukippen, und starrte sie mit offenem Mund an, und dann öffnete auch Karina den Mund. Ihre Zunge schoss hervor, als wollte sie sich die Lippen befeuchten, schaffte es jedoch nicht. Aber vielleicht wollte sie auch sprechen.

Wenn ich blinzele, ist sie weg, dachte er, konnte aber nicht aufhören, sie anzustarren. Seine Augen waren weit aufgerissen, sein Atem flach, und ihm war übel.

Sie sprach nicht; stattdessen gab sie ein gurgelndes Geräusch von sich, und als sie den Mund erneut öffnete, strömte Blut heraus. Es floss so frei wie Wasser; troff an ihrer Kleidung herab und auf den Boden. Ihre Fingerspitzen waren nun blutbefleckt und sie hinterließ eine Spur aus dunklen Fußabdrücken.

Sie zitterte erneut und kleine Glasbruchstücke lösten sich aus ihrer Haut und fielen auf den Boden, funkelten in der Dunkelheit, knirschten unter ihren Füßen.

Mit dem Rücken an der Wand sackte er zusammen und hob zittrig eine Hand in dem Versuch, seine Augen zu bedecken.

9

Montserrat störte sich nicht an den frühen Morgenstunden, wenn sie zu Araceli fahren musste, um sie zu einem Termin zu chauffieren, aber es setzte ihr zu, ihre Schwester nach der Chemo zurückzubringen. Araceli sah dann so erschöpft aus, es war, als säße sie neben einem Geist. Aber wenigstens wurde sie an diesem Morgen untersucht, und Montserrat schaffte es, ihre Gedanken von dem Krebs fernzuhalten, der am Körper ihrer Schwester nagte, während sie auf dem Parkplatz wartete, Radio hörte und mit den Händen auf dem Lenkrad trommelte.

Ihre Gedanken sprangen immer wieder zurück zu Tristán, den sie spät in der letzten Nacht ins Bett gesteckt hatte, und an das sexuelle Angebot, und sie fragte sich, ob er schon wach war. Idiot. Sie kannte ihn zu gut, um in der plumpen Anmache mehr als nur dummes Gerede zu sehen, dazu gedacht, sie auf die Palme zu bringen. Wäre sie jünger, dann hätten seine Worte ihr Herz vielleicht ein wenig zum Stottern gebracht. Aber heute wusste sie, dass seine Worte nichts mit ihr zu tun hatten, dass sie lediglich seine Bedürftigkeit und seine Einsamkeit widerspiegelten, die ihn immer wieder in die Arme anderer trieben.

Er war ständig auf der Suche, während Montserrat sich mehr und mehr in sich selbst verkroch.

Sie musterte ihre Handtasche und das Buch darin. Sie

holte es hervor. *Das Haus der endlosen Weisheit* war auf der zweiten Seite mit einer Illustration versehen worden: eine primitive Schwarz-Weiß-Zeichnung, die dem Anhänger ähnelte, den Ewers auf dem Foto trug, das sie von ihm gesehen hatte. Acht miteinander verbundene Linien in einem Kreis.

Der Vegvísir. Unter dem Symbol prangten die Worte »Folge mir in die Nacht« zusammen mit dem Namen des Autors.

Die Tür ging auf und Araceli sprang auf den Beifahrersitz. Ihre Augen waren tränennass. Montserrat ließ das Buch in ihren Schoß fallen und starrte ihre Schwester an.

»Was ist passiert?«, fragte sie.

Araceli antwortete nicht. Montserrat streckte die Hand aus und legte sie sanft auf Aracelis Unterarm.

»Es ist alles gut«, sagte Araceli endlich und lächelte. »Der Tumor ist fast weg. Der Arzt konnte es kaum fassen. Montserrat, ich werde gesund werden!«

Für einen Moment starrte Montserrat ihre Schwester nur an, dann brachen beide in Gelächter aus.

Montserrat kehrte erst spät an diesem Abend in ihre Wohnung zurück, beladen mit einer Tupperdose mit zwei *tortitas de papa*, die ihre Schwester für sie zubereitet hatte, und einem weiteren Kunststoffbehälter mit Joghurtkulturen. Montserrat wollte keine Verantwortung für irgendwelche lebenden Organismen übernehmen, selbst dann nicht, wenn es nur Bakterien waren, auch wenn ihre Schwester ihr erklärt hatte, die kleinen Organismen würden sich vermehren und ganz von selbst Joghurt produzieren. Araceli hatte es mit Naturkost, und Montserrat war froh, dass ihre Schwester nicht versucht hatte, sie zu überzeugen, ihre Tortillas zugunsten von Kaktusfeigenschnitzen aufzugeben. Nach dem gemeinsamen Essen hatte Araceli ihre Mutter angerufen und sie hatten abwechselnd mit ihr gesprochen. Montserrat und ihre Mutter hatten wenig gemeinsam, aber die Freude darüber, dass es Araceli viel besser ging, hatte ihr die Zunge gelöst und die Stimme ihrer Mutter war erfüllt gewesen von Wärme.

Der Tag war lang gewesen und Montserrat wollte nur noch den Fernseher einschalten und einen der Filme schauen, die sie ausgeliehen hatte. Sie hatte die Leihfrist bereits überzogen. Aber als sie die Plastikbox betrachtete, auf der zwei blutende Augen und die Worte *Terror in der Oper* zu lesen waren, war sie plötzlich gar nicht mehr so erpicht darauf, sich den Argento-Film anzusehen. Es gab andere Dinge, die sie mit Beschlag belegten.

Montserrat mampfte einen kalten Kartoffelfladen, wusch sich die Hände, setzte sich ins Wohnzimmer und schlug Ewers' Buch auf.

Es gibt vier Himmelsrichtungen, aber die Gemeinde wird von dreien geleitet, denn die vierte dient den Herren der Luft, die als Kanal für unseren Willen fungiert, als Zufluchtsort. Es seien also drei. Der Sohn, der über den Westen herrschen wird. Die Mutter, die Hure und Göttin zugleich ist, ist die Herrin des Südens. Und der König im Osten ist der mächtige Vater. Und so werden drei zu vier, und vier sind eins, vereint durch die Macht des Menschen.

Montserrat blätterte um und sah die Zeichnung eines Kreises vor sich, unterteilt in Viertel, die für die »vier Richtungen« zu stehen schienen, die Ewers erwähnt hatte. In der Mitte befand sich ein kleinerer schwarzer Kreis mit einem weißen Punkt in seinem Inneren.

Sie blätterte noch einige Seiten weiter und landete bei einem Eintrag mit der Überschrift »Die Permutation des Wassers«, gefolgt von »Das Flüstern der Erde«. Auf einer Seite mit dem Titel »Die Ziffer des Feuers« hielt sie inne.

Feuer, wie die Alchemisten alter Zeiten wussten, ist das herausforderndste aller Elemente. Wir fürchten das Feuer, doch ohne der Sonne Feuer würden wir alle in einem endlosen Winter unser Verderben finden. Feuer reinigt so sehr, wie es zerstört, vernichtet jeden Wahn und alle Unreinheiten. Wasser nährt die Erde, aber Feuer perfektioniert sie, und es ist das Feuer, das den Tag in die Nacht geleitet. Wie Valentinus sagte, am Ende aller Tage soll die Welt durch Feuer gerichtet werden. Nach der Feuersbrunst sollen sich ein neuer Himmel und eine neue Erde bilden, und der neue Mensch wird edler sein in seinem verbesserten Sein.

Für Montserrat klang das alles nach der Art von Literatur, die ganz bestimmt in *Enigma* auftauchen würde, ergänzt durch die Erwähnung dieses oder jenes Alchemisten oder eines Okkultisten, von dem sie noch nie gehört hatte. Sie versuchte, das Buch zu verstehen, aber es fiel ihr schwer. Vielleicht ging sie das Ganze von der falschen Seite aus an. Vielleicht sollte sie mit einem Historiker sprechen. Aber die einzige Historikerin, die sie kannte, war Regina, und Montserrat bemühte sich, sich von ihrer Ex fernzuhalten, auch wenn die Trennung einigermaßen sauber verlaufen war.

In diesem Fall hatte Montserrats Verbrechen darin bestanden, dass sie nicht gern mit Reginas Freunden herumgegangen hatte, von denen viele Professoren oder Studenten im Aufbaustudium an der Universität waren. Montserrat hatte sich dabei erwischt, mit den Zähnen zu knirschen, als im Zuge einer Party jemand etwas über Foucault gebrüllt hatte. Sie hatte nicht anders gekonnt, sie hatte sich all diese Fremden im Wohnzimmer ihrer Freundin anschauen müssen, und währenddessen hatte sie sich gefragt, ob diese Leute wirklich derselben Spezies wie sie angehörten. Das war kein sonderlich neues Gefühl, denn genauso hatte sie empfunden, als frühere Freunde oder Freundinnen versucht hatten, sie in ihre Kreise einzuführen. Der Ablauf war immer der gleiche gewesen, von Verwirrung über Gereiztheit zu Langeweile. Nicht dass sie so viele Beziehungen gehabt hätte. Der Wunsch danach war nichts weiter als ein Impuls, der alle drei oder vier Jahre mal aufflackerte, aber sie konnte ein Muster ausmachen. Ein paar Wochen inniger Zuneigung, gefolgt von Monaten zunehmend frostiger Animosität, bis Montserrat einfach aufhörte, Anrufe zu beantworten.

Wenigstens hatte sie im Gegensatz zu Tristán nie den Fehler begangen, mit jemandem zusammenzuziehen. Und zumindest drei ihrer bedeutsameren Beziehungen hatten nicht in einem spektakulären Drama geendet – kein Geschrei, keine gegenseitigen Schuldzuweisungen, ein gedämpfter Abschluss.

Regina hatte die Trennung nicht schlecht aufgenommen, was, wie Montserrat argwöhnte, zumindest teilweise daran lag, dass sie nie so sehr an ihr interessiert gewesen war, und das wiederum führte dazu, dass Montserrat sich besser fühlte. Außerdem waren Regina und Montserrat ungewöhnlich lang zusammen gewesen, bestimmt länger, als sie mit Ismael zusammen gewesen war, den sie nach einem neunwöchigen Marathon hatte fallen lassen. Ihr betulicheres halbes Jahr mit Regina hatte das Ende vielleicht etwas abgemildert.

Jemand aus Reginas Historikerkreis würde wissen, ob

an dem Zeug, das Abel Urueta ihr über Radiästhesie und Nazis erzählt hatte, etwas Wahres dran war oder ob er sich das ausgedacht hatte, aber Montserrat war noch nicht ganz bereit, zum Telefon zu greifen.

Sie ging in die Küche und setzte Wasser auf. Der verbeulte Kessel dehnte ihr Gesicht in der Reflexion auf seiner Oberfläche, deformierte ihr Spiegelbild, als sie die Arme vor der Brust verschränkte und darauf wartete, dass Dampf aufstieg. Der Instantkaffee schmeckte fade, aber sie war nicht wählerisch und nahm die Tasse mit ins Wohnzimmer, um ihre Lektüre fortzusetzen.

Der Öffner des Weges, so hieß es in dem Buch. Da war eine Illustration, die einen Mann von hinten zeigte, der die Arme gen Himmel reckte, während von dort ein riesiges Auge auf ihn herabstarrte. Urueta hatte den Vegvísir »Das den Weg Zeigende« genannt. Und hier gab es einen »Öffner des Weges«. Dem Buch war eine Symmetrie zu eigen, nicht nur hinsichtlich des Textes, sondern auch in Bezug auf die Illustrationen. Der Kreis mit den vier Abschnitten passte perfekt zu der Zeichnung von dem Vegvísir, und wenn man genau hinsah, dann erkannte man, dass der schwarze Kreis tatsächlich ein Auge mit einer Pupille im Zentrum darstellte.

Sie hielt inne, ihre Finger verharrten auf der Seite. Die Erkenntnis, dass Ewers' Manuskript logischen Gesichtspunkten folgte und sie womöglich im Begriff war, doch einen Draht dazu zu finden, fühlte sich sonderbar an. Tatsächlich war es ein recht elegantes, kunstvolles Büchlein. Etwas langatmig. Ewers hatte eine Vorliebe für lange Absätze und endlose Sätze, dennoch haftete der Art, wie er seine Gedanken strukturierte, ein nicht zu leugnender Reiz an. Hatte sich dieser Aspekt bei einem mündlichen Vortrag noch verstärkt? Waren die Worte in gesprochener Form womöglich auf eine noch heimtückischere Art einnehmend?

»›Furcht verleiht dem Zauberer Macht über eine Person‹«, las sie laut. »›Lass dich nie von Furcht beherrschen: Zorn wird dein Schild sein. Schmiede eine Rüstung aus Wut und Erbitterung.‹«

Sie blätterte zu den letzten paar Seiten des Buches und zu dem Schwarz-Weiß-Porträt von Ewers, unter dem eine Kurzbiografie abgedruckt war – nichts Nützliches, gerade zwei Sätze, die Ewers zu einem Okkultisten und Experten für alles Magische erklärten. Ein Wasserfleck verunstaltete die Rückseite des Buches, als hätte jemand es bei Regen in der Nähe eines offenen Fensters liegen lassen oder Tee darüber verschüttet, und das Porträt war entsprechend verzerrt. Die verheerende Wirkung von Zeit und Elementen hatte einen Teil seines Gesichts verwischt. Und dennoch war, wieder einmal, etwas Lebendiges, etwas Hinreißendes an Ewers' Blick, der ihr über die Jahrzehnte hinweg begegnete.

Am nächsten Tag schaute sie bei Araceli vorbei. Beiden war immer noch beinahe schwindelig vor Freude über die Diagnose, und außerdem wollte ihre Schwester einige Klamotten zum Waschsalon bringen und ein paar Dinge erledigen. Als sie damit fertig waren, schlug Araceli vor, dass sie gemeinsam zu Abend essen sollten, und folglich war es schon nach acht, als Montserrat ihre Wohnung betrat und die Vier auf ihrem Anrufbeantworter blinken sah.

Sie ächzte, ausgehend von der Vorstellung, dass der Typ in der Videothek ihr Vorhaltungen machen wollte.

Sie drückte die Rückspultaste.

»Montserrat, ruf mich zurück«, erklang Tristáns Stimme. »Etwas stimmt nicht.«

Dann noch eine Nachricht. »Montserrat, bist du noch nicht daheim? Warum hast du keinen Pager? Ruf mich an.«

Waren alle Nachrichten von Tristán? Hatte er sich in Schwierigkeiten gebracht? Ehe sie sich die nächste Nachricht anhören konnte, klingelte das Telefon und sie nahm ab.

»Endlich!«, rief Tristán. »Wo zum Teufel warst du? Ich bin es leid, mit deinem Anrufbeantworter zu reden.«

»Unterwegs. Wer bist du? Meine Mom?«

»Ich habe echten Scheiß gesehen, und heute ist es noch schlimmer.«

»Was?«

»Komm besser her.«

»Klar, Boss. Soll ich Cheetos mitbringen oder möchtest du irgendwas anderes? Pizza vielleicht?«

»Das ist kein Scherz! Es ist wichtig.«

Schnaubend legte Montserrat auf, griff zu ihren Schlüsseln, die sie neben dem Telefon hatte fallen lassen, und ging zu ihrem Wagen. Als sie vor Tristáns Haus ankam, wartete er draußen auf sie, die Arme vor der Brust verschränkt. Sie wollte ihn schon anschreien, doch dann fiel ihr auf, dass er angespannt und ehrlich besorgt aussah.

»Was ist passiert?«, fragte sie, als sie hineingingen.

»Nach der Party in Abels Wohnung habe ich Karina gesehen«, sagte Tristán und marschierte forschen Schrittes zum Fahrstuhl.

»Haben sie eine Wiederholung gebracht?«

»Nein, sie war in meiner Wohnung.«

»Du hast dir Fotos von ihr angesehen?«

»Sie hat in meiner Wohnung *gestanden*.«

Montserrat starrte Tristán an, während der auf den Fahrstuhlknopf einhämmerte. Ehe sie noch eine Frage stellen konnte, ergriff er erneut das Wort: »Ich bin ausgerastet. Ich habe mich angezogen und bin in ein Hotel gezogen, und ich bin den ganzen Tag dortgeblieben.«

»Du bist in ein Hotel gezogen, weil du einen Albtraum hattest?«

»Ich habe sie gesehen. Und guck mich nicht so an. Ich nehme keine Drogen und Alkohol rührt das Gehirn nicht derart um.«

Du hast einen Nervenzusammenbruch, dachte sie. Einen hatten sie schon hinter sich gebracht. Und was immer er sagte, wenn es um Drogen ging, könnte er sie auch anlügen.

»Na ja, die Anspannung wegen der neuen Seifenoper, die Aufregung ...«

»Ich sehe meine tote Freundin nicht vor mir, nur weil ich aufgeregt bin, davon kannst du ausgehen!«, brüllte Tristán sie an und prügelte noch einmal auf den Fahrstuhlknopf ein.

Die Tür glitt auf und er trat schnaubend in die Kabine. Montserrat folgte ihm und sah zu, wie er den Knopf für sein Stockwerk drückte. Sie bemühte sich, ihre Zunge im Zaum zu halten und ihm sanft nahezubringen, mit einem Arzt zu sprechen, aber dann grummelte Tristán ein leises »Scheiße«, und sie kam zu dem Schluss, dass sie ihn ganz vorsichtig in dieses Gespräch leiten musste.

»Hör mal, ich habe mir auch gesagt, das war nur ein Albtraum. Genau wie du. Und ich war bereit, das zu glauben, denn ehrlich gesagt, auch wenn ich an dem Abend keine Drogen genommen habe, könnte ja all das Zeug, was ich geschnupft und mir in die Adern gejagt habe, ein paar Dinge in meinem Kopf durcheinandergebracht haben. Und bis vor zwei Stunden war ich sogar bereit dazu, mich bei einem Psychiater auf die Couch zu werfen und ihm zu erzählen, wie die anderen Kinder mich gemobbt haben, als ich klein war, und dass ich erst mit drei Jahren aufs Töpfchen gehen konnte.«

»Aber?«

»Oh, das ›Aber‹ werde ich dir zeigen«, grollte er, schob die Hand in die Tasche und holte den Wohnungsschlüssel hervor.

Mit einer wütenden Verwünschung schloss er auf und stapfte zum Tisch im Esszimmer, wo er den Arm ausstreckte und auf einen gelben Briefumschlag deutete.

»Sieh dir das an«, sagte er.

Der Umschlag war aufgerissen worden, aber sie behandelte ihn mit Vorsicht und ließ den Inhalt auf den Tisch gleiten: Er war voller Federn, als hätte jemand ein Hühnchen gerupft. Außerdem waren da sieben lange Nägel, alt und verrostet, und ein siebenmal geknotetes, langes Stück Schnur. Sie betrachtete die sonderbare Mischung an Gegenständen mit hochgezogenen Brauen, ehe sie sich erneut den Umschlag ansah und nach einem Absender suchte. Aber es war keiner angegeben und die mit schwarzem Filzstift hingeschmierte Empfängeradresse gehörte nicht zu Tristán. Abrupt blickte sie auf.

»Du hast Abels Post gestohlen?«

»Ich habe Abels Post nicht gestohlen. Der Briefträger steckt sie dauernd in meinen Briefkasten, und heute war ich so abgelenkt, dass ich den Umschlag geöffnet habe, ohne auf den Namen zu achten. Und sieh dir an, was ich gefunden habe! Ich habe meine tote Freundin gesehen und nun bekommt er eine verfickte Hexerei-Ausrüstung per Post.«

»Wir wissen doch gar nicht, was das ist.«

»Trägst du eine Augenbinde, wenn du zum Mercado de Sonora gehst, oder was? Das sieht nach Hexerei aus!«

Montserrat hatte tatsächlich nie sonderlich darauf geachtet, welche Waren auf dem Markt verkauft wurden, aber sie hatte Kerzen, Pülverchen, Sprays, Seifen und Weihrauch gesehen, alles verpackt und mit albernen Etiketten versehen, die Geld, Liebe oder Glück versprachen. Eine Mischung aus Federn und Nägeln wie diese hier hatte sie dort jedoch nie erspäht; das Zeug sah nicht so aus wie die *amarres*, die Araceli kaufen würde.

»Warum reden wir dann nicht einfach mit Abel?«, fragte Montserrat und packte das ganze Zeug zurück in den Umschlag.

»Und fragen ihn, ob er sich für den Hexenzirkel des Monats angemeldet hat?«

»Sei nicht so ein Arsch. Wir müssen ihm seine Post doch sowieso geben.«

»Toll. Können wir danach einen Exorzisten anheuern?«

»Ja, ich bin sicher, wir finden ein paar in den Gelben Seiten.«

»Du denkst, ich war besoffen und habe mir das alles nur eingebildet, nicht wahr?«

Tristán starrte sie an, und Montserrat starrte zurück, bis sie schließlich seufzend den Kopf schüttelte. »Ich weiß nicht, was du gesehen hast, und vielleicht ist dieser komische Umschlag nur ein Zufall. Aber für den unwahrscheinlichen Fall, dass dem nicht so ist, schätze ich, du kannst es dir nicht leisten, dauerhaft im Hotel zu wohnen, also müssen wir herausfinden, was hier vorgeht.«

»Versprich mir, dass du nicht denkst, ich hätte mir das nur eingebildet.«

»Ich denke nicht, dass du dir das eingebildet hast.«

»Dann schwöre, dass du mir glaubst, dass ich clean bin.«

Montserrat wünschte, sie könnte mit einem überzeugten Ja antworten, aber alles, was sie zustande bekam, war, mit fest zusammengepressten Lippen zu nicken. Tristán hatte seiner Sucht sehr vehement nachgegeben, um es vorsichtig auszudrücken, und an den schlimmsten Tagen seiner Suchtkarriere hatte er ein äußerst sprunghaftes Verhalten gezeigt; es hatte Augenblicke gegeben, da hatte er behauptet, er könne Käfer unter seiner Haut spüren, und ein Mal hatte er blinkende Lichter gesehen. Er hatte die Sucht überwunden, aber vor ein paar Jahren hatte er einen Rückfall erlitten.

»Okay, pass auf, komm einfach mit«, sagte Tristán, packte Montserrat am Arm und zerrte sie mit sich.

Sie standen neben der Tür zum Bad und blickten hinein. Handtücher lagen zusammengefaltet auf einem Stapel im Regal, es gab einen Schmutzwäschekorb und vor der Schiebetür der Dusche lag ein flauschiger Badvorleger.

»Was?«, fragte Montserrat, die nichts Ungewöhnliches erkennen konnte. Wenn überhaupt, dann konnte man Tristán vielleicht vorwerfen, er wäre ein bisschen zu ordentlich.

»Als ich das Haus verlassen habe, waren diese Wasserhähne zugedreht. Sieh sie dir jetzt an.«

Montserrat starrte das dünne Rinnsal Wasser an, das im Waschbecken in den Ausfluss rann.

»Vermutlich hast du den Hahn nicht richtig zugedreht, als du gegangen bist.«

»Doch, das habe ich. Jemand war in dieser Wohnung.«

Montserrat betrat das Badezimmer und sah sich erneut um. Dann griff sie nach dem Wasserhahn und drehte ihn zu. Als sie einen Blick in den Spiegel warf, sah sie Tristáns besorgtes Gesicht vor sich.

»Ich lüge nicht, Momo«, sagte er.

»Ich weiß«, entgegnete sie, drehte sich um und umfasste seine Hand mit ihren beiden Händen.

10

»Nehmen Sie einen Drink«, lud er sie ein, und schon flogen seine Hände Richtung Flasche und Glas. Aber Tristán schüttelte den Kopf.

»Sie müssen uns sagen, was das zu bedeuten hat«, forderte er und wedelte mit dem Umschlag, den der Regisseur einfach auf eines der Sofas geworfen und Tristán umgehend wieder aufgehoben hatte.

»Das ist nichts Schlimmes. Ein Schutzzauber.«

»Bestellen Sie die aus einem Katalog, oder was?«

Urueta lachte. Eine der Federn aus dem Umschlag haftete an seinem Hemd und er zupfte sie vorsichtig ab. »Ich hatte nach Ewers' Tod das Interesse an magischen Praktiken verloren, aber andere haben ihre Studien fortgesetzt. Mein Freund José López war einer von ihnen. Ich habe ihm gegenüber erwähnt, dass wir einen Zauber wirken würden, und er hat mir dies als Geschenk geschickt. Es ist nicht anders, als würde man sich ein Armband gegen den Bösen Blick kaufen.«

»Wozu brauchen Sie ein Armband gegen den Bösen Blick? Sie haben uns nicht gewarnt, dass so etwas notwendig werden könnte«, sagte Tristán und streckte die Hand mit dem Umschlag aus.

Urueta nahm ihn und lugte hinein. Dann legte er ihn auf dem Barwagen ab und fuhr mit gerunzelter Stirn fort, sich seinen Drink zu mixen.

»Das ist es nicht. Was ist los?«, fragte Urueta.

»Tristán hat etwas gesehen«, sagte Montserrat.

»Könnten Sie das etwas genauer ausführen?«

Tristán war ein kleiner Feigling, immer gewesen, und er schämte sich nicht, das zuzugeben. Darum hatte er sich als Kind so sehr auf Montserrat verlassen. Trotz des Hinkens und der zierlichen Statur hatte sie keine Bedenken gehabt, sich gegen die anderen Kinder zu behaupten oder Unfug zu treiben. Sie war diejenige, die ihn aufgefordert hatte, über die Gleise zu laufen und in die Getreidespeicher einzubrechen. Folglich war es kaum überraschend, dass er Abel nur anstarrte, es aber nicht laut aussprechen wollte.

»Sag es ihm«, flüsterte Montserrat.

Tristán leckte sich die Lippen. »Ich habe meine Freundin in meiner Wohnung stehen sehen. Sie ist vor zehn Jahren gestorben. Und dann kam dieses Zeug in einem Umschlag für Sie an. Abel, was geschieht hier?«

»Ihre Freundin?«

»Ja. Sie war in meiner Wohnung.«

Statt zu lachen oder Tristán für verrückt zu erklären, stellte Abel Flasche und Glas ab. »Die Permutation des Wassers und des Wasserträgers«, murmelte der alte Mann.

»Das ist aus *Das Haus der endlosen Weisheit*«, sagte Montserrat. »Was bedeutet es?«

»Es geht um die Ebenen der Magie, über die Ewers gesprochen hat.«

»Können Sie uns das erklären?«, fragte Montserrat.

»Na ja, schon, aber es tut mir leid, das ist nichts, worüber man sich Sorgen machen müsste. Um Nekromant zu werden, bräuchte man Jahre …«

»Bitte, erklären Sie es mir«, fiel Montserrat ihm mit kalter, scharfer Stimme ins Wort.

Abel sah aus, als wollte er Protest erheben, aber nun warf

Tristán ihm einen bitterbösen Blick zu. Der Regisseur setzte sich ihnen gegenüber auf die Couch und verschränkte die Hände.

»Ich weiß nicht, wo ich anfangen soll. Ewers hat Deutschland verlassen und ist auf der Suche nach vergessener Magie erst einmal nach Südamerika gegangen. Wie einige andere, darunter Himmler, glaubte er, dass es eine uralte arische Zivilisation gegeben habe, die allen anderen vorausging. Während die Menschen vom Affen abstammten, gehörten die Arier dieser übermenschlichen Rasse an.«

Er seufzte und fuhr fort: »Ewers kannte einen Autor und Amateurarchäologen namens Edmund Kiss, der eine Reise in die Anden unternommen hatte und berichtete, er habe dort eine Skulptur mit arischen Zügen gefunden. Er behauptete auch, die Ruinen von Tiwanaku seien arischer Herkunft. Ewers griff die Idee auf. Er glaubte, die arischen Übermenschen hätten große Städte gegründet, und da sie Arbeiter brauchten, schufen sie selbst die perfekten Vasallen. Dies erklärte in seinen Augen die Reiche der Azteken, der Inka, der Maya, ja, sogar die Legende von Atlantis. All diese Menschen wurden von Ariern erschaffen, aber dann revoltierten sie und stürzten ihre Herren und Meister. Irgendwann vergaßen sie dann auch die magischen Praktiken ihrer Vorfahren, wenngleich sie ein rudimentäres Wissen bewahren konnten. Ewers ging nach Südamerika und arbeitete sich nordwärts nach Mexiko vor, während er versuchte, diese Wissensfragmente zu sammeln.«

Ähnlichen Schwachsinn hatte Tristán in Sendungen wie *Enigma* gehört. Immer hatten Aliens die Pyramiden erbaut. Niemand konnte begreifen, dass irgendwelche indigenen Gruppen imstande gewesen sein sollten, etwas Komplexeres als eine Hütte zu errichten.

»Als Ewers seinen magischen Zirkel aufbaute, sagte er,

Leute wie er, also Leute arischer Abstammung, eigneten sich von Natur aus zur Ausübung magischer Praktiken, da gewissermaßen sie es waren, die diese Technik vor Jahrtausenden entwickelt hätten. Und dann gab es da die indigenen Völker, die ihre Kultur und Blutlinie bewahrt hätten, die Maya beispielsweise. Erst danach kamen all die anderen, die letztlich aus den Affen hervorgegangen wären. Darum benötigten Hierophanten etwas von diesem rein arischen oder indigenen Erbe, um höhere Formen der Magie auszuüben. Andere Leute konnten sich reinigen und sich so der schädlichen christlichen Ideologie entledigen, die die magischen Praktiken der Arier ausgelöscht hatte, und die niederen Formen der Magie anwenden. Sie konnten Adepten sein, aber keine Hierophanten.«

»Also gut, Sie sagen, dass – was? – Montserrat und ich Affen sind?«, fragte Tristán und umklammerte eine Hand mit der anderen.

»Nein, das ist das, was Ewers gesagt hätte. Ich dachte ... na ja, schauen Sie, das ist nicht wichtig, der Punkt ist, dass er ein magisches System erschaffen und eine hohe Stufe dieser Magie für die Hierophanten vorgesehen hatte, die Anführer der Gemeinde. Diese hohe Stufe der Magie beinhaltete die Fähigkeit, Wissen über die Vergangenheit zu gewinnen, indem man mit den Toten sprach, die Geheimnisse der Gegenwart zu kennen und einen Blick in die Zukunft zu werfen. Er verknüpfte das mit bestimmten Elementen. Wasser war für Nekromanten bestimmt. Aber man konnte nicht einfach einer werden. Als Ewers uns als seine Hierophanten auswählte, sah er sich unsere Geburtsdaten, unsere Familiengeschichte, unser ...«

»Vielleicht hat er Sie ja nur verarscht«, sagte Montserrat mit einem Gesichtsausdruck, als hätte sie einen losen Faden entdeckt und sei im Begriff, daran zu ziehen.

»Ich bin nicht …«

»Er sagte, Sie wären etwas Besonderes, oder nicht?«, fuhr sie fort. »Er musste Sie nur ansehen, um zu wissen, dass er Sie nicht zu einem Mayaprinzen erklären konnte. Er hat bestimmt behauptet, dass Sie ein Nachfahre eines großen arischen Herrschers wären. Genau, mit diesen hellen Augen konnten Sie ja kein Affe sein.«

Tristán war in dem Bewusstsein aufgewachsen, dass es so etwas wie Hautfarbenskalen gab. Je weißer man war, desto besser. Sogar sein »exotisches« Aussehen war beim Fernsehen nur willkommen, weil er die passende Mischung aus Gesichtszügen, Größe und Hautfarbe vorweisen konnte. Trotzdem starrte er nun erst Montserrat verdattert an und dann Urueta.

Der Regisseur rieb sich die Wange und blickte zu Boden. Ganz offensichtlich fühlte er sich nicht wohl. »Es war etwas in der Art, nur nicht ganz so anstößig.«

»Die Leute auf seiner höchsten Ebene müssen verdammt blass gewesen sein«, sinnierte Montserrat.

»Es war kompliziert! Ich habe nicht alles verstanden, und ich habe auch nicht notwendigerweise alles geglaubt, was er erzählte. Atlantis, Hyperborea, alte Magie … Er hat sich das Passende herausgepickt, okay? Alles, was ich weiß, ist, dass Hierophanten schwer zu finden sind und dass weder Sie noch er irgendwelche toten Leute sehen sollten. Das ist eine höhere Fähigkeit. Ein Zauber würde Ihnen nie solch eine Macht geben.«

»Was würde der Zauber uns dann geben?«, fragte Tristán.

»Nichts außer Glück! Wir haben lediglich einen alten Kreis geschlossen. Und es hat funktioniert. Ich habe meine Retrospektive, Sie haben eine neue Rolle. Ich bin sicher, es wird auch in Montserrats Zukunft eine positive Entwicklung geben.«

»Meiner Schwester geht es besser. Die Behandlung hat gewirkt«, sagte Montserrat stirnrunzelnd.

»Sehen Sie? Das ist ein Heilmittel für uns alle. Für unsere Seelen«, sagte Urueta und sah dabei so begeistert aus, dass Tristán dachte, er würde jeden Moment anfangen zu klatschen.

Aber Tristán würde sich an der kleinen Feier nicht beteiligen, kein Whiskey-Soda, keine Geschichten des alten Mannes, nicht heute Abend. Er griff in seine Tasche und nahm Feuerzeug und Zigarette heraus, um sich zu beruhigen, dennoch tippte er nervös mit dem Fuß auf den Boden.

»Ich bin kein Zauberer, und vielleicht bin ich sogar ein Affe mit guten Manieren, aber nachdem ich infolge meines Unfalls so viel Zeit im Krankenhaus zugebracht habe, weiß ich, dass es so etwas wie Nebenwirkungen gibt. Und dass man gewisse Chemikalien nicht miteinander mischen sollte. Also lassen Sie mich ganz offen fragen: Wäre es möglich, dass der Zauber, den wir durchgeführt haben, Nebenwirkungen hat?«

Urueta sah Tristán an, wandte den Blick ab und starrte ihn dann erneut an. »Ich weiß es nicht«, sagte er endlich.

»Was soll das heißen, Sie wissen es nicht? Sie haben doch die ganze Zeit über Magie hier, Magie da geredet«, begehrte Tristán auf. Seine Hand zitterte ein wenig, und er war gefährlich nahe dran, loszubrüllen. Anfangs hatte er sich gefürchtet, den Mund aufzumachen, aber Uruetas Unschlüssigkeit machte ihn wütend und ermutigte ihn zugleich.

»Ich weiß es nicht! Ich war nicht der beste Zauberer. Clarimonde war mir überlegen. José weiß mehr als ich.«

»Tja, zumindest wissen *wir* jetzt, dass Ihre übermenschlichen arischen Mächte nicht alles vollbringen können«, murrte Tristán.

Urueta blickte auf und sah so überrascht aus, als hätte

man ihm eine Ohrfeige versetzt, wirkte dann aber lediglich zerknirscht.

»Sie haben recht, ich wollte etwas Besonderes sein«, sagte er. »Wer will das nicht? Wenn Leute glauben, sie hätten schon früher gelebt, dann sehen sie sich in ihrer Vorstellung nie als Bauern, deren Kleider voller Dung waren. Ja, Ewers hat mir erzählt, ich sei etwas Besonderes. Das hat er uns allen erzählt. Wir stammten von den verlorenen Atlantern ab, wir könnten Macht haben, wir könnten die Gemeinde anführen. Er hat uns hohe Magie versprochen. Ich bin sicher, Sie wollten auch etwas Besonderes sein, Tristán. Niemand wird Schauspieler, weil er gewöhnlich sein will.«

»Was wissen Sie schon«, erwiderte Tristán, zog an seiner Zigarette und schüttelte den Kopf. »Ich habe angefangen zu modeln, weil meine Eltern das Geld brauchen konnten, und ich habe Schauspielunterricht genommen, weil ich keinen Boxunterricht nehmen konnte. Das ist es nämlich, was von einem Jungen erwartet wird – dass er lernt, Schläge auszuteilen und Pool zu spielen, und ich war in beidem scheiße, und in der Schule war ich auch nicht besser.«

»Aber das war noch nicht alles, oder?«

Es war nicht alles. Da war auch noch der Reiz der Leinwand, das Wohlbehagen, das die flackernden Bilder vermittelten, die Montserrat und Tristán an den Wochenenden schauten. Außerhalb des Kinos war die Welt voller scharfer Kanten, aber drin wartete die Behaglichkeit alter Kinosessel. Und es war möglich, dass er eines Tages dort oben wäre, dass sein Gesicht in Farbe von aller Welt gesehen, von aller Welt bewundert werden würde. Diese Jungs, die ihn gemobbt und verspottet hatten, würden vor Neid sterben, wenn sie seinen Namen in einer Laufschrift lesen würden.

»Nein, es kann nicht alles gewesen sein«, sagte Urueta leise. »Lieber Junge, Sie waren nicht dabei. Wenn Ewers redete, dann klang alles, was er sagte, vollkommen vernünftig, alles ergab einen Sinn. Er hat irgendetwas in mir angesprochen. Nennen Sie es einen Mangel an Selbstvertrauen oder eine Schwäche, aber ich bin ihm gefolgt.«

Urueta hatte auf Tristán einen geschliffenen Eindruck gemacht, aber das war jetzt anders. Er dachte daran, wie er in dem Film ausgesehen hatte, als junger Mann in den Zwanzigern. Ein privilegierter Mann, vielleicht, denn man konnte in dem Alter nicht Regie führen, wenn man nicht über die richtigen Beziehungen verfügte. Aber auch ein Mann, der immer noch ein bisschen unbeholfen war, ein bisschen grün und vielleicht sogar ein bisschen ängstlich. Jemand, der sich von Ewers' Gerede würde einlullen lassen, jemand, der keine Fragen gestellt hätte. Ewers hätte gewusst, wen er für seine Zwecke auswählen sollte.

Tristán schüttelte den Kopf, unterdrückte ein Schnauben und griff nach dem bernsteinfarbenen Aschenbecher neben dem Sofa.

»Sie sagten, Ihr Freund praktiziert immer noch Magie. Kann er uns vielleicht helfen zu verstehen, was Tristán gesehen hat?«, fragte Montserrat.

»José hat sich anderen Strömungen zugewandt. Er hat Ewers' Philosophie nicht zugestimmt, darum haben seine Studien eine andere Form angenommen.«

»Er hat Ihnen den Talisman mit den Federn geschickt«, sagte Montserrat und zeigte auf den Umschlag.

»Das ist im Grunde nur ein einfacher Talisman. Außerdem würde er nicht wollen, dass wir ihn da mit reinziehen, und er redet nicht gern über Ewers. Das würde nichts bringen.«

Tristán stellte sich vor, wie er allen Ernstes in den Gelben Seiten blätterte und nach einem Exorzisten suchte. Vielleicht sollte er sich ein Ticket nach Catemaco besorgen und nachsehen, ob es in der Stadt wirklich so vor Bandenchefs wimmelte, auch wenn das albern war und kein Stück besser als die Ermahnungen seiner Mutter, er solle niemals in einem Gebäude einen Regenschirm öffnen. Oder dass bestimmte Mondphasen für manche Dinge glückverheißend waren. Er erinnerte sich, dass sie ihm das Haar nur an bestimmten Abenden schneiden wollte, damit es langsamer wüchse oder schneller. Sie hatten sich dazu einfach in die Küche gesetzt und sie hatte ein Lied gesummt. Dann war da auch noch die Statue von San Charbel gewesen, eingewickelt in Bänder, auf denen Gebete niedergeschrieben waren. All diese Reliquien seiner Kindheit schienen plötzlich mehr Gewicht zu bekommen.

Mitternächtliche Zaubereien, Flüche und Gespenster. Worauf hatten sie sich nur eingelassen?

»Trotzdem sollten wir vielleicht mit ihm reden«, beharrte Montserrat.

»Sie haben Ihre Freundin nur ein Mal gesehen, richtig?«, fragte Urueta.

»Ein Mal hat gereicht«, erwiderte Tristán, ließ die Zigarette in den Aschenbecher fallen und dachte an das Blut, das auf den Boden getropft war.

Die Vision hatte nicht lange angehalten. Als er die Augen wieder aufgeschlagen hatte, war Karina fort gewesen, und er hatte das Licht im Schlafzimmer eingeschaltet und sich mit zittrigen Fingern angezogen. Aber er hatte immer noch Angst. Am liebsten hätte er die Ghostbusters dort reingeschickt, zusammen mit José López und einem ganzen Team von Parapsychologen.

»Zünden Sie überall in der Wohnung weiße Kerzen an. Die Toten mögen das Licht. Es beruhigt sie«, sagte Urueta. »Und besorgen Sie Blumen. Geister absorbieren den Geruch. Weihrauch funktioniert auch. Ein Geist kann Ihnen nichts tun.«

»Wie lange muss ich das machen?«

»Schwer zu sagen. Sie haben sie nur ein Mal gesehen, richtig?«

»Ja, aber das Wasser in meiner Wohnung lief heute und ich habe den Hahn nicht aufgedreht.«

»Vielleicht ist sie schon weg.«

»Was immer noch nicht erklären würde, warum ich sie überhaupt gesehen habe.«

»Nekromantie gehörte nicht zu meinen Fähigkeiten, also kann ich nicht behaupten, ich würde mich damit auskennen.«

»Was waren Ihre Fähigkeiten?«

Urueta erhob sich und starrte das Regal mit seinen Kristallen an. Mit dem Rücken zu ihnen beugte er sich vor und strich über einen großen Quarzbrocken. »Hellseherei. Nicht, dass ich heute noch erfolgreich damit auf Pferde wetten könnte. Welche Fähigkeit ich auch hatte, sie ist verkümmert. Sie war von Anfang an nicht besonders ausgeprägt. Ewers sagte, eines Tages würde ich meine wahre Kraft entfalten können, aber dann ist er gestorben, und wann immer ich es allein versucht habe, hat es nicht funktioniert.«

»Und Ewers' Fähigkeit war die Radiästhesie«, warf Montserrat ein.

»Das hat er uns erzählt. Er *wusste* Dinge. Wenn Sie Ihre Schlüssel verlegt hätten, wäre er imstande, Ihnen zu sagen, wo sie sind.«

»Ihre Freundin ... Sie sagten, sie wäre begabter gewesen als Sie? War sie auch Hellseherin?«

»Nekromantin.«

»Warum reden wir dann nicht mit ihr?«, fragte Tristán und schnippte mit den Fingern.

»Ich wüsste gar nicht, wo ich Clarimonde suchen sollte. Sie hat geheiratet und wieder geheiratet, und außerdem ist sie weggezogen. Das ist Ewigkeiten her«, sagte Urueta und wedelte vage mit der Hand. Er legte den Quarz wieder weg, drehte sich um und sah seine Gäste an. »Wären José oder Clarimonde verfügbar gewesen, dann hätte ich den Zauber vor langer Zeit vollendet. Aber José wollte solch einem Vorhaben nie zustimmen und Clarimonde hat mich verlassen.«

»Hätten Sie mir vorher erzählt, dass ich womöglich tote Menschen sehen werde, dann hätte ich auch nicht zugestimmt«, kommentierte Tristán.

»Ewers hat mir nie ein Leid zugefügt, Tristán. Wenn er da war, war die Welt aufregend! Er schien immer zu bekommen, was er wollte, und er strotzte vor Macht, und etwas von dieser Macht hat er mit uns geteilt. Ich bin zur Rennbahn gegangen und habe fünf Sieger nacheinander gewählt. Er hat Leute, die mich ablehnten, in Bewunderer verwandelt, hat mich von meinen Feinden befreit ... Ich dachte, dieser Zauber wäre gut für uns.«

»Und ich dachte, wir würden Ihnen einen großen Gefallen erweisen.«

»Nein, Sie dachten, ich wäre verrückt und hätte mir die ganze Geschichte nur ausgedacht«, widersprach Abel aufgebracht. »Sie dachten, Sie würden dem Wunsch eines müden alten Knackers nachgeben, der den Verstand verloren hat.«

Nun ja, natürlich hatte Tristán die Story für ziemlich albern gehalten! Montserrat auch. Beide hatten zugestimmt, Abel zu helfen, eben weil sich die Geschichte für sie nach einem albernen Spielchen angehört hatte. Tristán konnte sich nicht zurückhalten: »Sie *sind* ein müder alter Knacker!«, schrie er. »Ein versoffener dazu. Und ich dachte, *ich* hätte Probleme!«

Montserrat drehte sich zu ihm um und umklammerte seinen Arm. »Hör auf«, flüsterte sie.

Abel starrte ihn mit verletztem Stolz und ziemlich wütend an. »Zünden Sie die Kerzen an, kaufen Sie die Blumen. Ich werde José aufsuchen und ihn fragen, ob er einen Rat für Sie hat«, sagte Urueta. Er klang ermattet und Tristán war ebenfalls erschöpft. Ja, er würde das alles tun. Und vielleicht würde er sich auch noch einen Eimer Weihwasser besorgen.

Sie verließen Abel und standen im Hausflur. Tristán schob die Hände in die Taschen und blickte zu Boden.

»Kannst du dableiben?«, fragte er Montserrat. »Vielleicht sogar auf dem Sofa schlafen? Oder du nimmst mein Bett und ich die Couch?«

»Ich werde nicht auf deiner Couch schlafen.«

»Warum nicht?«

»Ich kann nicht bei dir einziehen, um dich vor Gespenstern zu beschützen.«

»Du wärest eine fabelhafte Mitbewohnerin.«

»Ich habe zu tun. Ich will versuchen, Regina morgen zu erwischen«, sagte sie und griff nach seinem Arm, als sie die Stufen hinunterstiegen.

»Wozu?«, fragte Tristán, bemüht, nicht alarmiert zu klingen. Anders als er selbst kam Montserrat nicht erneut mit irgendwelchen Verflossenen zusammen, aber vielleicht hatte sie das Gefühl, sie sollte mal etwas Neues ausprobieren. Nicht dass er daran etwas auszusetzen hätte, es war nur … Na ja, es gefiel ihm einfach, wenn niemand anderes da war, der sich in ihre Gespräche einmischte und sie ins Kino begleitete.

»Ich muss mit jemandem reden, der etwas über all diese Okkultisten in Deutschland in der ersten Hälfte des Jahrhunderts weiß. Ewers hat ja nicht in einem Vakuum existiert. Seine Ideen hatte er irgendwoher. Wenn ich herausfinde, von wo oder wem genau, dann verstehe ich vielleicht auch sein magisches System.«

Vor seiner Wohnungstür blieben sie stehen und er seufzte erleichtert. »Dann glaubst du mir also doch!«

Montserrat zuckte mit den Schultern. »Ich weiß nicht so recht, was es war, aber irgendetwas ist dir passiert.«

»In meiner Wohnung spukt es, Momo. Das ist passiert«, sagte er, drehte den Schlüssel im Schloss und öffnete. Vorsichtig streckte er den Kopf hinein. Alles sah normal aus. Er tat einen zögernden Schritt und dann noch einen. Montserrat folgte ihm nicht; sie stand immer noch auf der Schwelle.

»Du willst nicht noch ein bisschen bleiben?«

»Ich werde nicht hier übernachten.«

Schließlich setzte sie sich auf die Armlehne der Couch und sah zu, wie er durch das Wohnzimmer streifte und nach der Kerze suchte, von der er wusste, dass sie irgendwo sein musste. Endlich fand er sie, zusammen mit einem Kerzenständer, und er platzierte beides auf dem Sofatisch. Das Streichholz brannte schnell ab und er schüttelte es aus.

»Araceli wird also wieder gesund?«

»Sieht so aus«, sagte Montserrat, aber sie zog die Schultern hoch und biss sich auf die Lippe.

»Ich dachte, du würdest dich freuen.«

»Das tue ich. Was mir zu schaffen macht, ist dieses Gerede über Zauber und Magier«, sagte sie und öffnete ihre Handtasche. Sie nahm das vergilbte Buch heraus, das Urueta ihr gegeben hatte, hielt es mit beiden Händen und starrte das Cover an.

»Aber Angst hast du nicht, das sehe ich dir an. Ich schätze, das sollte mich nicht überraschen. Du hast vor gar nichts Angst.«

Sie blickte zu ihm auf und schüttelte müde den Kopf. »Mir machen eine Menge Dinge Angst. Vielleicht bin ich nur nicht so nervös wie du, weil mir nichts Schlimmes passiert ist.«

»Denkst du, er hat die Wahrheit gesagt? Werden die Kerzen helfen?«, überlegte Tristán laut.

»Das hoffe ich.«

Gleich am nächsten Tag würde er zum Floristen gehen und zwei Dutzend Rosen holen; er würde mehr Kerzen besorgen. Er würde *veladoras* mit der Jungfrau von Guadalupe oder einem Herz-Jesu-Bild kaufen. Weihrauch auch. Aber ob das helfen würde, stand in den Sternen, und er sah Montserrat an, dass sie genauso dachte, dass sie zwar keine Angst haben mochte, aber dennoch besorgt um ihn war. Kurz zog er in Erwägung, sie ein drittes Mal zu bitten, bei ihm zu bleiben, ließ es jedoch sein.

Er ertappte sich dabei, an den Tag zu denken, an dem sie einander kennengelernt hatten. Drei Jungs hatten ihn hinter der Treppe in die Enge getrieben und ihn mit einer zunehmenden Vehemenz gehänselt, die zweifellos zu Schlägen geführt hätte. Damals hatte sie noch ihren Gehstock, und er erinnerte sich, wie sie in das Wohnhaus gekommen war, in einer Hand eine robuste Einkaufstüte mit Lebensmitteln.

Zuerst hatte er sie gar nicht gesehen. Er hatte nur das *Tap-tap* ihres Stocks gehört, das ungleichmäßige Muster ihrer Schritte und dann ihre Stimme, laut und deutlich: »Was macht ihr da?«

Die Jungs drehten sich überrascht um. Kaum sahen sie das Mädchen mit den Rattenschwänzen, da fingen sie an zu lachen und beschimpften Montserrat wüst. Hau ab, sagten sie. Aber sie war hartnäckig. Sie stand da, umfasste Gehstock und Einkaufstüte und starrte die Jungs wütend an.

»Ihr haut ab«, entgegnete sie.

Zwei von ihnen huschten in Richtung Haustür, aber der größte Junge erwiderte ihren Blick. Er starrte auf sie herab und sie zu ihm hinauf, doch ehe er den Mund aufmachen konnte, schlug sie ihn mit ihrem Krückstock. Die Art, wie sie zuschlug, verriet Tristán, dass sie das nicht zum ersten Mal tat, und der große Junge schrie auf und taumelte, erhob aber nicht die Hand gegen sie.

»Komm schon«, sagten die beiden anderen Jungs. »Du weißt doch, dass die irre ist.«

Und dann rannten sie davon. Tristán stand mit dem Rücken zur Wand da und beäugte misstrauisch das Mädchen, das seine Haltung korrigierte und den Gehstock wieder richtig umfasste.

»Ich bin Montserrat. Aber du kannst mich Momo nennen. Willst du spielen?«

Einfach so, mit einer Unerschrockenheit, die dazu führte, dass er sofort zustimmte, ja, er würde gern spielen, nachdem er ihr geholfen hätte, die Lebensmittel hinauf in ihre Wohnung zu bringen. Was nur bewies, dass er recht hatte: Sie kannte keine Angst, während er auf der anderen Seite einen umfangreichen Erfahrungsschatz in der Kunst vorzuweisen hatte, ein Feigling zu sein. Dieser Spuk hätte niemanden schlimmer treffen können als ihn.

Er würde am folgenden Tag fünf Dutzend Rosen kaufen.

Tristán rückte die Kerze auf dem Tisch gerade, kratzte einen Tropfen warmes Kerzenwachs mit einem Fingernagel ab und sah Montserrat an, die soeben eine Seite weiterblätterte. Beim Anblick ihrer Finger auf diesen vergilbten Seiten verzog er das Gesicht.

»Solltest du das wirklich lesen?«

Sie blickte auf. »Warum nicht?«

»Urueta hat dir ein rassistisches Magiehandbuch gegeben, das ungefähr aus dem Jahr 1960 stammt. Sehr altmodisch und vermutlich das Äquivalent zum *Necronomicon* auf Spanisch.«

»Da war mal so ein Junge von der UNAM, der mir erzählt hat, er hätte das echte *Necronomicon* fotokopiert. Er wollte die Kopien gegen meine Ausgabe von Fulcis *Woodoo* tauschen.«

»Die Laserdisc von Fulci?«

»Genau die. Einen Blowjob wollte er außerdem. In der Umgebung von El Chopo gibt es immer Leute, die einem Lügen andrehen wollen.«

Tristán fragte sich, wer der Bursche gewesen war, der die Frechheit besessen hatte, Montserrat nach einem Blowjob zu fragen, nicht, weil sie unattraktiv gewesen wäre – sie hatte, wie man so schön sagte, ihre Ecken und Kanten –, sondern weil sie aussah wie die Art von Mensch, die dich für diese Frage in der Toilettenkabine erdolchen würde. Sie war eine Tlaltecuhtli, keine Venus.

»Sicher, aber das, was du da in der Hand hast, ist ein echtes Zauberbuch«, wandte Tristán ein.

»Warum? Weil Ewers ein echter Zauberer gewesen sein könnte?«

»Ich bin sicher, er war einer. Sein Zauber hat funktioniert, und ich habe Karina gleich hier in dieser Wohnung gesehen«, sagte Tristán und zeigte in Richtung des Flurs, wo er die tote Frau erblickt hatte.

»Das bedeutet nicht, dass stimmt, was in dem Buch steht.«

»Was? Er soll das alles geschrieben und erlogen haben?«

»Das Buch hat etwas an sich«, sinnierte Montserrat und tippte mit einem Fingernagel auf die Seite. »Es ist, wie Urueta gesagt hat, ein Mischmasch aus unterschiedlichen Zutaten. Und ein paar Seiten fehlen.«

»Wo?«

»Hinten«, sagte sie und strich vorsichtig mit der Hand über den Buchrücken. »Auf Seite einundsiebzig folgt fünfundsiebzig. Es gibt kein Inhaltsverzeichnis, also könnte das auch einfach ein Fehldruck sein, aber das glaube ich nicht. Ich glaube, jemand hat dieses Buch neu binden lassen. Gedruckt 1961, Talleres de Ediciones BE, Doncellas 87, Mexico City.«

»Es ist unheimlich. Alles daran ist unheimlich.«

»Darum ging es doch, oder? Darum, dass eine gute Story für *Enigma* dabei herauskommen könnte?«

»Nur wünschte ich inzwischen, du hättest an einem Beitrag über Ufos gearbeitet. Übrigens, du wirst doch nicht die ganze Geschichte zu einem Videobeitrag verarbeiten, oder? Ich kann mich nicht vor die Kamera setzen und erzählen, was ich gesehen habe. Ich würde aussehen wie ein Irrer.«

»Nein, das werde ich nicht von dir verlangen.«

Sie schüttelte den Kopf und schlug das Buch zu. Tristán fürchtete, sie würde nun jede Minute aufbrechen.

»Lass mich dir eine Limo bringen«, schlug er vor. »Oder einen Kaffee.«

Er hatte viel besseren Kaffee als die abscheuliche Brühe, die Montserrat ihm in ihrer Wohnung serviert hatte. Zum einen verwendete er echte Bohnen, zum anderen hatte seine Mutter dafür gesorgt, dass er wie jeder gute libanesische Junge einen ordentlichen Kaffee kochen konnte. Immer, wenn jemand zu Besuch kam, musste man einen anständigen Kaffee anbieten. Tristán hatte noch die Rakweh, die seine Mutter ihm geschenkt hatte, ehe sein Vater den Job gewechselt hatte und die Familie zurück nach Norden gezogen war. Sie hatten sich gewünscht, dass er auch mitkäme, schon weil sie gefürchtet hatten, seine Schauspielkarriere könnte richtig in Gang kommen – sein Vater war mit einem Beruf im Showbusiness nicht so ganz einverstanden gewesen –, aber da war es bereits zu spät gewesen. Tristán war fest entschlossen gewesen, es als Schauspieler zu schaffen, und all das Gerede darüber, dass er zur Universität gehen und studieren sollte, war bei ihm auf taube Ohren gestoßen. Wenn er seine Mutter anrief, erwähnte sie noch heute dann und wann, einer seiner Onkel könnte ihm vielleicht einen Job in seinem Möbelhaus geben.

»Ich will keinen Kaffee.«

Er war schon halb in der Küche, hielt aber inne und drehte sich um, um sie anzusehen. Er wusste nicht, was Montserrat in seinen Augen erblickte, aber ihre Miene wurde prompt weicher und sie nickte.

»Eine Tasse.«

Tristán, der schon die Hände gerungen hatte, lächelte strahlend. Er bemühte sich, die Wanduhr nicht anzuschauen, denn die würde ihm nicht nur die Zeit verraten, sondern ihm auch die unausweichliche Tatsache vor Augen führen, dass sie früher oder später nach Hause gehen und es draußen dunkel sein würde, und er wäre ganz allein und hilflos mit weiter nichts als einer Kerze zu seinem Schutz.

11

»Was mich interessiert, sind okkulte Lehren und Geheimwissenschaften in den Dreißigern und Vierzigern in Deutschland«, sagte Montserrat, warf rasch einen Blick auf die Notizen, die sie sich gemacht hatte, und rückte das Telefon an ihrem Ohr zurecht. »Ich brauche das für einen möglichen Job bei einer TV-Serie.«

»Das überrascht mich jetzt. Ich dachte, du wärest mit der Tontechnik verheiratet«, bemerkte Regina.

»Das zahlt sich derzeit nicht so gut aus. Außerdem ist es nur ein möglicher Job. Noch steht nichts fest. Wie auch immer, kennst du irgendwelche Bücher, die mir helfen könnten? Ich meine aber keinen unzulänglich recherchierten Mist, sondern etwas, was Hand und Fuß hat.«

»Das ist nicht gerade ein alltägliches Thema. Kann ich dich in einer Weile zurückrufen?«

»Wie lang dauert die Weile? Eine Stunde oder ein paar Wochen? Mir wäre eine Stunde nämlich lieber.«

»Hast du es eilig?«

»Ticktack«, sagte Montserrat.

»Okay, schön. Eine Stunde. Ruf einfach dann noch mal an.«

Montserrat rief nach einer Stunde und zehn Minuten an und Regina nahm beim dritten Klingeln ab.

»Ich habe zwei Bücher, die ich dir empfehlen kann. Hast du Stift und Papier?«

»Klar.«

»Das Erste ... oh, Liebling, nein, ich telefoniere.«

Montserrat hörte einen Austausch gedämpft klingender Wörter, als würde Regina die Sprechmuschel mit der Hand abdecken. Im Hintergrund lief ein Plattenspieler. Regina war wieder mit jemand Neuem zusammen. Was Montserrat weder enttäuschte – immerhin war es zwei Jahre her – noch ihre Eifersucht weckte. Sie empfand nur diese vage Neugierde, die sie manchmal in Hinblick auf andere Menschen überkam. Sie hatte nie mit jemandem zusammengelebt. Sie konnte den Gedanken nicht ertragen, ihre Filmplakate dem Geschmack einer anderen Person ausliefern zu müssen oder sich mit den häuslichen Kompromissen herumzuschlagen, die solche Beziehungen mit sich brachten.

Träge strich sie mit der Hand über die Spiralbindung ihres Notizblocks, bis Regina sich endlich wieder meldete und ihr die Titel der beiden Bücher nannte. Ehe sie auflegten, tauschten sie noch ein paar Abschiedsworte und das Versprechen aus, sich zum Kaffee zu treffen, was Montserrat nicht einzuhalten beabsichtigte. Sie würde einen Zug durch die Antiquariate in Donceles machen und nachschauen müssen, ob irgendwer die Bücher hatte. Und sie konnte es bei Gandhi probieren, aber das könnte kostspieliger sein. Sie schnappte sich die Gelben Seiten und machte ein paar Anrufe, bis sie einen Laden fand, in dem man ihr sagte, man habe die beiden Geschichtsbücher, die sie suchte. Sie bat die Frau am Telefon, sie für sie zurückzulegen.

Die Fahrt in die Innenstadt dauerte nicht lang und bald sprintete sie die Treppe zu dem Buchhandel im ersten Obergeschoss hinauf. Der kleine, stickige Laden war bis obenhin mit Büchern vollgestopft. Bücherstapel auf dem Boden,

Bücher in Regalfächern, Bücher auf Stühlen. Die Registrierkasse sah uralt aus, aber das Mädchen hinter der Verkaufstheke war in den Zwanzigern, hatte sich einen Walkman an die Jeans geklemmt und sich das Haar glänzend schwarz gefärbt. Ihre Augen waren mit Kajal umrandet.

»Ich habe wegen ein paar Büchern angerufen, Golden Dawn und dieses Zeug«, sagte Montserrat.

»Ja, richtig. Schauen wir mal. Aleister Crowley. Wow, der Typ war total verrückt.«

»Kennen Sie sich mit diesen Magietypen aus?«

»Ein bisschen, schätze ich. Das hier habe ich gelesen«, sagte das Mädchen, während es die Rückseite eines der Bücher nach einem Aufkleber absuchte. »Das war gruselig. Mögen Sie Gruselgeschichten?«

»Kommt darauf an. Haben Sie noch mehr in der Art?«

»Mehr Crowley? Wir haben hinten eine gesonderte Abteilung für antike Bücher. Vor einer Weile hatten wir eine Ausgabe von *The Diary of a Drug Fiend*, die war ziemlich alt.«

»Mir geht es nicht um Sammlerstücke. Sie haben nicht zufällig ... ich weiß nicht, irgendwas anderes über Magie?«

»Wir haben eine Abteilung für esoterische und spirituelle Schriften. Dort gibt es ein Buch darüber, wie man mit seinem Schutzengel sprechen kann. Es ist gleich da«, sagte das Mädchen.

Montserrat trat an das Bücherregal, das mit »Esoterik und Spirituelles« gekennzeichnet war, und stellte fest, dass beinahe die Hälfte der Bücher der Astrologie gewidmet waren. Am Ende hatte sie noch einige andere Bücher aus diesem Laden ausgewählt und ging weiter nach nebenan, zum nächsten Buchladen, in dem es ebenso muffig roch und der aussah wie ein exaktes Replikat des ersten, nur dass hier ein alter Mann hinter dem Tresen stand. Diesen ganzen Prozess wiederholte sie zwei weitere Male, ehe sie sich auf den Heimweg machte.

Zurück in ihrer Wohnung, räumte sie ihren Schreibtisch ab, holte ein Notizbuch, Stifte und Haftnotizen hervor und fing an zu lesen. Sie lernte eine Menge über Aleister Crowley, Jack Parsons und Thelemea und fand sogar noch mehr über Marjorie Cameron Parsons heraus. Wie sich herausstellte, hatte sie in Mexiko gelebt und in der Hoffnung, mit ihrem toten Gatten kommunizieren zu können, Blutrituale durchgeführt, für die sie sich den eigenen Arm aufgeschlitzt hatte.

Während der nächsten paar Tage las sie wechselweise in den Büchern, die sie gekauft hatte, und in dem von Ewers. Crowleys Leitgedanke schien zu sein, dass theoretisch jeder die alten Magiesysteme bis auf ihren symbolischen Kern auseinandernehmen konnte, um sie in einem modernen Zeitalter zu nutzen. Ewers schien diese Idee aufzugreifen und dabei das Kino als die Technologie hervorzuheben, die eine optimale Grundlage für die Hexerei darstellte.

Ihr ging wieder der Gedanke durch den Kopf, Nitratfilme könnten als Brandopfer dienen, als rituelle Gabe auf einem Tabernakel aus Silber.

Bei der Arbeit verhielt sie sich still; in ihren Pausen las sie und machte sich Notizen. Sie war gerade dabei, eine Frage schriftlich festzuhalten, die sie Urueta bei ihrem nächsten Zusammentreffen stellen wollte, als Samuel den Pausenraum betrat.

»Lernst du für etwas?«, fragte er und schob ihr Buch zur Seite.

Montserrat klappte *Das Haus der endlosen Weisheit* zu und stopfte es zurück in ihre Tasche. Dann bedachte sie Samuel mit einem finsteren Blick. »Spionierst du mir nach?«

»Nein, ich habe dich nur vorgebeugt hier sitzen sehen, als würdest du für eine Prüfung pauken.«

»Das geht dich nichts an.«

»Wow, bist du gereizt. Hier, Mario hat den Dienstplan für nächste Woche fertig.«

Montserrat riss Samuel das Stück Papier aus den Händen und warf einen raschen Blick darauf. »Ich bin nirgends eingetragen. Dir hat er sechs Tage am Stück gegeben.«

»Ich weiß, aber ...«

»Ach, halt doch die Klappe, du Arschkriecher«, schimpfte sie, schob das Sandwich weg, von dem sie gerade noch gegessen hatte, stieß Samuel zur Seite und ging zur Tür.

»Hey! Du kannst mir so was nicht einfach an den Kopf werfen!«

»Geh zu Mario und beklag dich bei ihm«, konterte sie und genoss seine beklommene Miene.

Wie nicht anders zu erwarten, ging Samuel tatsächlich zu Mario und Montserrat erlebte einen zweiten Schreiwettbewerb mit ihrem Boss. Nach der Arbeit rief sie Tristán an in der Absicht, sich über ihren Job, den lausigen Schichtbetrieb und ihre Kollegen zu beklagen, aber Tristán erklärte, er sei auf dem Sprung.

»Ich habe eine Verabredung«, sagte er.

Sie knickte die Ecke einer Karteikarte ab, die sie dazu benutzt hatte, sich Notizen zu machen. »Ich dachte, du würdest dich aus Angst vor Gespenstern zu Hause einsperren.«

»Ich habe drei Vasen gekauft, die momentan voller Blumen sind. Ich lasse zu jeder Stunde des Tages Kerzen brennen. Ich habe, seit wir letzte Woche mit Abel gesprochen haben, nichts Sonderbares mehr gesehen oder gehört«, informierte er sie.

»Nichts? Gar nichts?«

»Nein. Gott sei Dank.«

»Hmm«, machte sie und tippte mit dem Fingernagel auf die Karte.

»Du klingst, als wärest du enttäuscht.«

»Nein … na ja, ich hatte gehofft, wir könnten uns ein bisschen unterhalten, aber du willst los.«

»Ich kann dich später anrufen.«

»Nicht mitten in der Nacht, bitte.«

»Ich rufe dich zu einer angemessenen Zeit an. Wie wäre es mit acht Uhr abends?«

»Das wäre nett.«

Als er auflegte, betrachtete sie die Karteikarte und die Worte, die sie aus Ewers' Buch abgeschrieben hatte. *Nimm dir die Welt, quetsche jeden Tropfen Macht aus ihr heraus, zerschlage deine Feinde.*

»An manchen Tagen würde ich wirklich gern ein bisschen um mich schlagen«, murmelte sie und dachte an ihren Job. Sie lehnte sich auf ihrem Stuhl zurück und betrachtete nachdenklich die gesammelten Notizen und Kritzeleien, die sich vor ihr stapelten.

Tristán rief nicht an. Nicht später am Abend, nicht am Morgen. Sosehr sie das auch ärgerte, es bedeutete zugleich, dass er Karina nicht wiedergesehen hatte. Sie war überzeugt, er hätte angerufen, hätte er sich geängstigt. Vielleicht war November doch kein so guter Monat für Gespenster. Vielleicht war Ewers nur ein Schwindler und hatte nie gezaubert.

Dennoch hatte sie das ungute Gefühl, dass sie etwas übersehen hatte, als sie Ewers' Buch das erste Mal durchgesehen hatte … dass es irgendwo auf diesen Seiten wirklich ein Geheimnis aufzudecken gab. Also fing sie von vorn an, schlug das erste Kapitel auf, blätterte dann zum zweiten, und da fiel ihr das Wort ganz oben auf der Seite auf.

Finde stand da mit Bleistift geschrieben in kleiner, flüssiger

Schrift. Auf diese Marginalie hatte sie beim ersten Lesen gar nicht geachtet, aber nun starrte sie das einzelne Wort an und es kam ihr vor wie die Entdeckung eines Fingerabdrucks am Schauplatz eines Verbrechens.

Sie sah sich jede Seite genau an und fand auch noch am Anfang dreier weiterer Kapitel mit Bleistift geschriebene Wörter. *Meine Worte* tauchte bei Kapitel drei auf. *Unter* zeigte sich bei Kapitel sieben, und der letzte Eintrag lautete *der Haut*.

Sie notierte sie alle.

»›Finde meine Worte unter der Haut‹«, las sie laut vor.

Der Satz war schwer fassbar. Er sagte ihr nichts, so, wie nach ihrem Gefühl auch die Kapitel über magische Praktiken wenig offenbart hatten. Es gab zwei Kapitel über Runen und Siegel und eines darüber, wie Aufführungen zur Zauberei genutzt werden konnten, aber das alles war in eine kryptische Sprache gekleidet und in eine blumige Metaphorik, die es schwer machten, herauszulesen, was Ewers wirklich meinte. Was sie inzwischen klar und deutlich verstanden hatte, nun, nachdem sie nicht nur viel über Ewers' System gelesen hatte, sondern auch Bücher über andere Okkultisten, war, dass der Mann ein hingebungsvoller Collagekünstler war, der in der einen Sekunde von isländischen Runen sprach und mit dem nächsten Atemzug von peruanischen Schamanen. Das war eine billige Romantisierung, um dem Ganzen einen Hauch Exotik zu verleihen, aber sie konnte durchaus erkennen, was Abel gesehen hatte: Ewers hatte einen Sinn für Erhabenheit und wusste, dass etwas, was geradeheraus ausgesprochen wurde, nicht so wirkungsvoll war wie die Rokokovariante.

Montserrat drehte das Buch in den Händen, als ihr plötzlich durch den Kopf ging, was sie kürzlich zu Tristán gesagt hatte: dass sie glaubte, das Buch sei neu gebunden worden.

»Du gerissener Mistkerl«, flüsterte sie.

Montserrat ging in die Küche, öffnete eine Schublade und schob Gabeln und Löffel beiseite, bis sie ein scharfes Messer fand.

Dann setzte sie sich wieder in ihr Arbeitszimmer, klappte das Buch ganz auf und schob das Messer unter das Blatt auf der Innenseite des Einbands. Die Aufgabe erwies sich als unerwartet schwer, aber sie schaffte es, den Einband abzulösen und die Seiten herauszunehmen, woraufhin zwei Fetzen Papier zum Vorschein kamen, so dünn und zart wie Zwiebelhaut, die säuberlich in dem Einband versteckt gewesen waren.

Sie faltete die Papiere auseinander und sah, dass sie mit Tinte beschriftet waren, und zwar in derselben kleinen Schrift, die sie in Blei an den Seitenrändern entdeckt hatte. Die Buchstaben waren sogar noch kleiner. Hatte er zum Schreiben eine Lupe benutzt? Sie schaltete die grüne Schreibtischlampe ein und richtete sie passend aus.

Das Folgende ist ein kurzer, aber genauer Bericht über mein Leben, niedergeschrieben am 4. April 1961 im Alter von 38 Jahren. Ich war ein kränkelndes Kind. Ein Anfall von rheumatischem Fieber ließ mich mit einem schwachen Herzen zurück, und ich verbrachte den größten Teil meiner Kindheit abgeschieden zu Hause, denn meine zarte Konstitution war mit der Außenwelt überfordert. Meine Eltern überschütteten meinen älteren Bruder mit Lob und überließen mich den einsamen Nachmittagen in meinem Zimmer in der Erwartung meines frühen Dahinscheidens. Aber ich starb nicht und erwies mich als frühreifes und brillantes Kind.

Ich verdanke der intellektuellen Persönlichkeit meines Vaters die Gabe der Kultur und der Scharfsinnigkeit.

Von meiner Mutter erbte ich eine gewisse Melancholie, Wissbegierde und einen leichten Zugang zu Sprachen. Ich fand Trost und Kameradschaft in Büchern und widmete mein besonderes Interesse den Werken von Guido von List und anderen Denkern dieser Art.

Als ich acht Jahre alt war, ertrank mein älterer Bruder im Zuge eines schrecklichen Unfalls. Meine Mutter war verzweifelt und bat meinen Vater, Medien und Magiepraktiker zu konsultieren, denn sie hoffte, die würden sie mit ihrem toten Kinde in Kontakt bringen können. Jahre vor seiner Heirat hatte sich mein Vater mit derlei Forschungen befasst und nun kehrte er dazu zurück.

So gewöhnte ich mir an, dieselben Bücher wie meine Eltern zu lesen und den Gesprächen zu lauschen, die sie mit gelehrten Praktikern der magischen Künste führten.

Mein Vater war bekannt mit Mitgliedern der Thule-Gesellschaft, des Ordo Templi Orientis und weiterer ähnlicher Organisationen. Ich wurde eingeführt in die Kreise dieser vielen Spiritualisten, Rutengänger, Astrologen, Chirologen und Hellseher, die sich in München versammelten – und das waren in jener Zeit nicht wenige – und die meinen Vater besuchten, dessen umfangreiche Bibliothek einige wertvolle Bücher enthielt. Wir hielten Treffen ab und ich genoss die Gegenwart dieser bunten Gästeschar.

Meine Mutter, die zunächst erpicht darauf gewesen war, aufwendige Zusammenkünfte und Séancen zu organisieren, versank nach ein paar Jahren in tiefer Melancholie. Der einzige Grund, warum diese Aktivitäten auf ihr Interesse gestoßen waren, war die Vorstellung, sie könnte ihren toten Sohn zurückgewinnen, und kaum erwies sich dieses Ziel als unerreichbar, da stürzte sie ab in eine Mischung aus Drogensucht und Depression und vernachlässigte mich und meinen Vater.

Am vierten Todestag meines Bruders brachte meine Mutter sich um. Nach ihrem Suizid fanden die Versammlungen häufiger statt, auch wenn mir auffiel, dass mein Vater, statt die ernsthaften Studien fortzusetzen, denen er zuvor nachgegangen war, jede Zusammenkunft nun als Ausrede für Trinkgelage und Geselligkeit zu organisieren schien. Ich fing an, direkt mit mehreren unserer Gäste zu korrespondieren und so viel Wissen anzusammeln, wie ich nur konnte. Besonders interessierte mich die Idee der Runenmagie und ich ließ mich von Kummer, Wiligut und ihresgleichen dazu inspirieren, mein eigenes Runensystem zu entwickeln.

Die Beziehungen meines Vaters waren zunächst ein Segen für mich und dann eine Belastung, denn im Juni 1941 wurden etliche Astrologen und Okkultisten verhaftet, darunter Leute wie Krafft, der weithin als einer von Goebbels' Favoriten galt. Wir hatten ihn und auch uns selbst für unantastbar gehalten. Wir hatten uns geirrt.

Mein Vater war nicht unter den Verhafteten. Er hatte gehört, dass das Oberkommando der Marine eine Gruppe Pendler zusammenstellte, die ihnen helfen sollte, britische Schiffe zu versenken, und er überzeugte einen Mann, der für diese Experimente zuständig war, uns aufzunehmen in den Kreis aus einem Dutzend Männern und Frauen, die Stunden damit zubrachten, ihre Arme über nautischen Karten auszustrecken, bemüht, auch die kleinste Bewegung ihrer Pendel wahrzunehmen. Obwohl so viele Astrologen und Okkultisten inhaftiert wurden, blieben wir folglich verschont.

Das Jahr 1941. Montserrat schlug ein Buch auf, dann ein anderes. Sie zupfte eine Notiz von ihrem Schreibtisch. Das war das Jahr, in dem Reinhard Heydrich der Gestapo befohlen hatte, gegen »Randwissenschaften« vorzugehen. Der Krafft in dem Schriftstück musste Karl Ernst Krafft sein, der von Goebbels ins Propagandaministerium berufen worden war, um dort eine neue Ausgabe der Prophezeiungen von Nostradamus zusammenzustellen – eine Ausgabe, die einen deutschen Sieg vorhersagen sollte. Irgendwann war Krafft dann in Ungnade gefallen. Dieser Teil von Ewers' Geschichte wirkte glaubhaft.

Unser Glück währte nicht lang. Ende 1942 gerieten wir in eine prekäre Lage, als wir beide unter Hausarrest gestellt wurden. Meines Vaters Reaktion bestand darin, zu trinken, was immer er in die Finger bekam, und ich erkannte an seinem schwächlichen Gemurmel und seinen Klagen, dass er letztlich ein willensschwacher und jämmerlicher Mann war, der seine Möglichkeiten ausgeschöpft hatte. Mich schützte in jenen Tagen ausgerechnet mein schlechter Gesundheitszustand, denn niemand konnte sich vorstellen, dass ein Alkoholiker und sein blasser, kraftloser Sohn Probleme verursachen könnten.

Dann, 1943, wurde Mussolini entführt, und Himmler beschloss in seiner Verzweiflung, eine größere Gruppe Okkultisten, von Astrologen bis zu Pendlern, einzusetzen, um den Mann zu lokalisieren. Mein Vater und ich gehörten zu denen, die eingeladen wurden, sich dieser bunt gemischten Gruppe in einer Villa am Wannsee anzuschließen. Zwar war der Zweck der Zusammenkunft die gemeinsame Arbeit, doch die Atmosphäre war die eines großen Bacchanals mit enormen Mengen an Speisen, Getränken und Tabak, um uns bei Kräften zu halten. Hinzu kam das Versprechen, dass derjenige, der die nötigen Koordinaten liefern konnte, einhunderttausend Reichsmark erhalten sollte. Mein Vater versank prompt in einem Stupor, und ich beobachtete die Narren um mich herum, die sich amüsierten und vollstopften, bis ich fürchtete, sie könnten explodieren. Und dabei dachte ich unentwegt über unsere Lage und ihr unvermeidliches Ende nach.

Denn ich muss gestehen, dass meine Experimente mit dem Pendel nie viele Ergebnisse erbracht hatten, und auch das Studium der Runen und der astrologischen Karten zeitigte wenig Wirkung. Ich wusste also, dass wir, genau so, wie wir in diese ausgedehnten Räume voller Wein und Speisen verbracht worden waren, in unser Verderben geführt würden, sobald wir uns als Betrüger und Narren erwiesen. Da war nicht einer unter uns, der von sich behaupten konnte, er hätte Zugriff auf höhere Mächte.

Nachdem ich mir den Grundriss unserer Behausung angesehen und die Wachen beobachtet hatte, die uns im Auge behalten sollten, kam ich zu dem Schluss, dass die Sicherheitsvorkehrungen recht lasch waren. Das lag zweifellos daran, dass nur wenige Leute solch eine luxuriöse Unterkunft würden verlassen wollen. Wie dem auch sei, es gelang mir mithilfe einer geschickten Täuschung, vom Gelände zu gelangen. Meine wenigen Habseligkeiten, darunter das Pendel, trug ich bei mir. Mein Vater versuchte, mich aufzuhalten, aber er war betrunken. Ich schaffte es, ihm einen Schlag gegen den Kopf zu versetzen, und er verlor das Bewusstsein. Ich gab Fersengeld.

Das war der erste Wendepunkt in meinem Leben.

Mir wurde klar, dass mein Vater wegen meiner Flucht bestraft werden würde, vielleicht sogar getötet, aber er war eine zu große Belastung für mich, alt und schwach, wie er war. In diesem Moment begriff ich, dass das Universum bewohnt wurde von denen, die zutraten, und jenen, die getreten wurden, und ich war fest entschlossen, diesen Krieg zu überleben. Auf mir würde niemand herumtrampeln.

Tagelang lebte ich in Angst und Schrecken und wusste nicht, wohin und auf welchem Weg, war unfähig, eine Route zu finden. Ich war hungrig und müde; eines Abends ließ mich das Glück noch mehr im Stich, als ich plötzlich von einem Mann namens L bedrängt wurde, der ein Dieb war. L richtete eine Waffe auf mich und durchwühlte meine Habe, steckte das wenige, das er finden konnte, ein, bis er schließlich mein Pendel und meine Karte entdeckte. Neugierig fragte er mich, was das sei, und ich erklärte ihm die Anstrengungen, die ich unternommen hatte, und fügte rasch hinzu, dies könne nicht nur dazu genutzt werden, die britischen Schiffe zu lokalisieren, nein, man könne alles damit aufspüren.

L war gierig, das war mir von Anfang an klar. Und mir war auch klar, dass ich mit einer Kugel im Bauch am Straßenrand enden würde, wenn ich mich für ihn nicht als nützlich erweisen konnte. Folglich ist es wohl keine Überraschung, dass ich unser Gespräch auf das Auffinden verborgener Kostbarkeiten lenkte, und es gelang mir, L von meinen besonderen Fähigkeiten zu überzeugen, sodass er schließlich zustimmte, mit mir nach Berlin zu fahren.

Bald jedoch befand ich mich erneut in Schwierigkeiten, denn L verlangte eine Demonstration meiner Macht, ehe wir die Stadt erreichten. Meine Fähigkeiten im Umgang mit dem Pendel waren nicht der Rede wert, aber ich hatte keine Wahl, und so saß ich in einem kalten Raum, streckte den Arm aus, wie ich es schon früher getan hatte, und ging davon aus, dass ich durch einen Kopfschuss sterben würde.

Doch in diesem Moment, in dem ich mich mit dem Tod hatte abfinden müssen, verspürte ich den sehnlichsten Wunsch, zu leben. In mir loderte dieselbe Flamme auf, die schon in jener Nacht in meiner Brust gebrannt hatte, in der ich meinen Vater zurückließ und floh, und als ich die Kette umfasste, an der das Pendel hing, schwor ich, ich würde nicht hier krepieren. Plötzlich empfand ich ein Jucken in den Handflächen und einen stechenden Schmerz im Kopf. Und dann stieß ich wie ein Besessener die Koordinaten eines nahen Gebäudes hervor, das verlassen war und in dem L prompt eine Kiste voller Münzen ausgrub.

Von da an ließ meine Gabe mich nicht mehr im Stich – obwohl ich zu Migräne neigte, wann immer ich sie nutzte –, und ich brauchte nicht einmal ein Pendel, um Objekte zu lokalisieren, wenngleich ich es gern um des Effekts wegen hernahm, wann immer L zugegen war. Waffen, Nahrung, Geld, Kunstobjekte. Ich spürte sie für meinen Weggefährten auf, wie ein Hund Trüffel erschnuppert.

L war habgierig und kannte keine Loyalität, zwei Eigenschaften, die ich zu bewundern lernte. Er besaß nicht die Kultiviertheit und Intelligenz meines Vaters, und ich verachtete ihn für seine Rohheit, aber ich bestaunte seine Beharrlichkeit.

Nach dem Ende des Krieges gerieten wir erneut in Schwierigkeiten. Ls Vergangenheit vor seinem Leben als Deserteur und Dieb beinhaltete Verbrechen, die ihn an den Galgen bringen würden, sollte die Obrigkeit Wind davon bekommen. Er kannte einen Fälscher, der ihm Papiere beschaffen konnte, die es ihm ermöglichen würden, seine Identität zu wechseln und sich eine Überfahrt nach Südamerika zu sichern.

L plante, mich zurückzulassen und meinen Anteil an der angesammelten Beute einzustecken, was zu dem zweiten entscheidenden Moment in meinem Leben führte. In einem Wutanfall schlitzte ich ihm die Kehle auf. Voller Panik machte ich mir die gefälschten Dokumente zunutze, die L besorgt hatte, nahm eine falsche Identität an und schiffte mich von Italien nach Argentinien ein.

Zuerst hielt ich mich für ziemlich schlau. Für eine Weile konzentrierte ich mich auf meine Runen und füllte Seiten mit ihnen, und ich empfand meine Studien als ebenso bereichernd wie während meiner Kindheit, doch bald überkam mich eine bittere Melancholie. Ich hasste Südamerika und sehnte mich nach der Heimat. Ich verfluchte meine Dummheit, denn, das muss ich zugeben, meine Abreise war unüberlegt erfolgt.

Eines Nachmittags stolperte ich, als ich durch die Straßen von Buenos Aires spazierte, über einen Bettler, der am Straßenrand hockte und mit Kieselsteinen eine unbedeutende Form der Weissagungsmagie praktizierte. Zuerst achtete ich gar nicht auf ihn, aber dann verspürte ich ein Ziehen, ähnlich dem Gefühl, das ich hatte, wenn ich mein Pendel benutzte; kein echter Schmerz in diesem Fall, aber beinahe, als fühlte ich das Brechen eines Astes.

Ungläubig hielt ich inne und betrachtete den braunhäutigen Mann, und da erkannte ich, dass ich Magie spürte. Dieser Mann wirkte einen echten Zauber.

Meine Studien zu List und die Kenntnisse, die ich durch meinen Vater und andere gelehrte Männer errungen hatte, hatten mich gelehrt, dass die Magie ein gottgegebenes Vorrecht meiner Art war. Und dennoch saß nun hier dieser kleine Mann mit der lederartigen Haut, rührte in seinen Kieselsteinen und betrieb Wahrsagerei.

Dies war der dritte entscheidende Wendepunkt meines Lebens. Ich fing an, nach Antworten zu suchen, entschlossen zu verstehen, was ich da gesehen hatte. Ich dachte zurück an Ernst Schäfer und Hans F. K. Günther, die beide die Theorie aufgestellt hatten, dass die nordischen Völker infolge einer großen Katastrophe nach Asien geflohen seien. Walther Wüst berichtete von einem Arierreich, das infolge einer Rassenvermischung untergegangen sei und die hohen Kasten im alten Indien und Persien hervorgebracht habe. Allmählich nahm mein Gedankengang Form an. Hatte Edmund Kiss nicht meinem Vater erzählt, dass die alten Arier nach dem Untergang von Atlantis in die Anden geflüchtet seien? Hatte ich nicht Gerede über Geomanten vernommen, die sich über die Kontinente ausgebreitet hatten? Ich hatte all jene um mich herum als Untermenschen abgetan, die allenfalls Mitleid zu erregen imstande waren, doch nun begann ich damit, meine Vorstellungen zu überdenken.

In mancherlei Hinsicht war ich im Dunkeln getappt und hatte die ultimative Wahrheit über meine Fähigkeiten ignoriert. Denn ich hatte ein Netz der Macht angezapft, hervorgebracht von der uralten Magie meiner arischen Vorfahren. Es konnte kein Zweifel bestehen, dass diese Vorfahren, die einst die Menschheit beherrscht hatten, ihre Spuren in der Welt und bei bestimmten Personen hinterlassen hatten. Folglich beschloss ich, so viele Priester, Schamanen und Zauberer in ganz Südamerika zu treffen, wie ich nur konnte, in der Hoffnung, mir die Überbleibsel des Wissens aneignen zu können, das sie aus alter Zeit bewahrt hatten.

Montserrat warf einen Blick auf eine weitere Notiz, die sie an ihre Pinnwand gehängt hatte. Walther Wüst war ein hochrangiger Amtsträger im »Ahnenerbe« gewesen, und Edmund Kiss glaubte, die Ruinen von Tiwanaku entstammten den Bauten, die einst von einer uralten nordischen Rasse errichtet worden waren, die aus der verlorenen Stadt Atlantis gekommen war. Ewers war offenbar mit einem großen Teil der pseudowissenschaftlichen Theorien und rassistischen Tiraden der Nazis vertraut gewesen. Und er hielt hartnäckig an ihnen fest, was bedeutete, dass er 1961 vermutlich noch weitgehend die gleichen Dinge behauptet hatte wie 1941.

Mein Fortschritt verlief zunächst schleppend, doch mein von Natur aus leichter Zugang zu Sprachen und meine Entschlossenheit halfen mir, nicht nur Spanisch zu meistern, sondern auch ein Verständnis für Quechua und Aymara aufzubauen. Daher traf ich viele talentierte Wahrsager und Zauberer, an deren Wissen ich teilhaben konnte.

Einige dieser Leute wiesen mich ab, aber davon ließ ich mich nicht abschrecken. Doch da gab es eine Begegnung, die mich sehr berührte. Ich hatte um eine Audienz bei einer alten Frau gebeten, die eine bestimmte Art der Magie praktizierte, an der ich interessiert war, aber die Frau weigerte sich, mit mir zu sprechen, und sagte, sie habe mit Blutmagie nichts im Sinne. Als ich um eine Erklärung bat, sagte sie, ich hätte zwei Todesfälle auf dem Gewissen, und wiederholte, dass Blutmagie, wenngleich sehr machtvoll, etwas war, dem sie sich nicht aussetzen wollte, und mir wollte sie sich auch nicht aussetzen.

Diese Begegnung hatte mich erschüttert. Mir wurde klar, dass diese Frau vom Ableben meines Vaters und von Ls Tod gesprochen und angedeutet hatte, dass diese Tode ein fester Bestandteil meiner Magie waren, was mich zunächst verunsicherte. Andererseits ergab es Sinn. Meine Macht über das Pendel hatte sich erst manifestiert, nachdem ich meinen Vater zurückgelassen hatte; vermutlich war er wegen meiner Taten ermordet worden, aber vielleicht hatte auch der Hieb, den ich ihm versetzt hatte, dem alten Mann den Rest gegeben. Und als ich mich Ls entledigt hatte und nach Südamerika gekommen war, schien meine Macht noch größer geworden zu sein. Natürlich hatte ich in all der Zeit auch viel gelernt, aber nun überlegte ich, dass vielleicht wirklich diese Tode in Verbindung mit meinen rudimentären magischen Kenntnissen meine latenten Fähigkeiten geweckt hatten.

Der Gedanke an Blutmagie, an Opfer und möglicherweise größere Macht trieb mich nach Mittelamerika, wo ich die alten Maya-Ruinen erkundete, die in den Steinen verbliebene Magie spürte und mit den Alten sprach, die Bruchstücke des traditionellen Wissens vor den spanischen conquistadores *bewahrt hatten. In Mexiko hoffte ich, Spuren des mächtigen Aztekenvolks zu finden, aber Mexico City erwies sich als Enttäuschung. Die Bewohner dieser Metropolis waren ein Muster der Rassenvermischung in extremem Ausmaß. Während die reinste Form der Magie arisch ist und indigene Magie verwässert und deformiert ist, besitzen die* mestizo *keine großen Wissensreserven. Diese Leute hatten mir nichts zu bieten. Ich war ein weiteres Mal umgeben von Untermenschen.*

Da ich meine Mittel weitgehend ausgeschöpft hatte, musste ich mir meinen Lebensunterhalt durch das Schreiben von Horoskopen oder die Vorführung von Taschenspielertricks verdienen. In der Zeit, die mir blieb, bemühte ich mich, meine Magie zu perfektionieren. Zufällig lernte ich ein paar Leute im Filmgeschäft kennen und wurde zu der Vorführung eines alten Stummfilms eingeladen, der ich widerstrebend nachkam in der Hoffnung, auf der Party im Anschluss an die Vorführung ein wenig für mich werben zu können.

Mir war nicht bewusst, dass diese Vorführung für den vierten und wichtigsten Moment meines Lebens stehen sollte. Als ich in dem kleinen Filmtheater in der dritten Reihe saß, gelangweilt und grübelnd, da verspürte ich ein weiteres Mal dieses elektrisierende Ziehen, mit dem sich mir die Magie ankündigte. Erstaunt betrachtete ich Alma Montero, deren schimmerndes Bild auf der dunklen Leinwand eine Macht verströmte, ganz anders als die meine und doch von ähnlicher Natur.

Von da an war ich besessen von dem Wunsch, Alma kennenzulernen, und obwohl das nicht leicht war, gelang es mir, doch die Treffen mit ihr führten nur zu einer weiteren Enttäuschung, denn in Fleisch und Blut verströmte Alma nichts außer einem vagen Hauch von Macht. Ich hatte in ihr eine Zauberin vermutet, aber nur eine Frau gefunden.

Ich war verdattert, als ich bei einer weiteren Filmvorführung wieder diese schwer zu greifende Macht verspürte, in der direkten Begegnung aber nur eine gewöhnliche Schauspielerin im Ruhestand erkennen konnte. Eines Abends, ich war in Almas Haus und lauschte träge dem Geschnatter einiger Leute, machte jemand einen Scherz über Zelluloidgöttinnen und ihre Anhänger. Diese zufällig aufgeschnappte Äußerung war der Schlüssel zur Lösung des Puzzles. Ich erkannte, dass Almas Macht aus dem Medium kam. Es war der Film selbst, der, so schien es, die wie auch immer gearteten latenten Kräfte, die sie besaß, verstärkte. Und es war nicht allein der Film, denn der Akt des Zusehens seitens des Publikums war ein Teil dessen, was ihm seine Macht verlieh.

Ein Film ist ein Spektakel, aber das Gleiche gilt für eine Opferung hoch oben auf einer Pyramide. Dies war eine Wahrheit, die auch Aleister Crowley erblickt hatte, als er The Rites of Eleusis *inszeniert hatte, ein Wissen, das ich nun perfektioniert habe.*

Durch Versuch und Irrtum habe ich die Bedeutung von Silbernitrat und Ton für die Erschaffung eines äußerst mächtigen Zaubers erkannt. Für sich genommen, sind meine Runen nur ein Kinderspielzeug, und damit komme ich zum fünften und wichtigsten Punkt in meiner Geschichte: meinem Tod.

Mein Herz, zart, wie es von jeher war, wird mich zweifellos bald im Stich lassen. Ich bin schwächer und schwächer geworden und sehe mein Ende nahen. Aber so, wie die Schlange sich häutet, werde auch ich nur eine Haut abstreifen und gegen eine andere austauschen. Ich werde wiederauferstehen.

Meine ganze Existenz war nichts als das Präludium zu diesem großen Ereignis. Ich kann nun sehen, wie jeder Wendepunkt meines Lebens dem Bild meines Schicksals eine Stickerei hinzugefügt hat. Ich habe von jedem einzelnen Zauberer und Schamanen gelernt, der je meinen Weg gekreuzt hat, und wenn sie ihre Geheimnisse nicht mit mir teilen wollten, dann habe ich sie gestohlen. Ich habe gelogen, ich habe betrogen, ich habe geblutet und andere bluten lassen. Ich habe all das Wissen angehäuft, das zu haben war, das ich mir nehmen konnte.

Mein Wille ist geschärft worden, und während mein Körper schwächer wurde, mein schwaches Herz nun schon fast zum Stillstand kommt, ist mein Geist stärker geworden und wird alle natürlichen Grenzen des Fleisches überwinden.

Sollte alles so verlaufen, wie wir es geplant haben, dann werde ich nach meiner Wiedergeburt diesen Brief verbrennen und mit ihm alle Spuren von Wilhelm Ewers und zu einem anderen werden.

Doch sollte sich ein Hindernis auftun, so lass diesen Brief nicht verloren gehen.

Denn ich schreibe meine Geschichte und mein Vermächtnis in diesen Seiten nieder, und indem ich das tue, binde ich mich an die Welt.

Meine liebe Clarimonde, ich binde mich ebenso an dein Gedächtnis. Lass nichts zwischen uns kommen. Erwarte mich.

Wilhelm Friedrich Ewers

Montserrat musterte die dünnen Papierbögen mit der winzigen Schrift, und ihr kam der Gedanke, dass sie so etwas wie ein altes Exoskelett vor sich hatte, als hätte Wilhelm Ewers tatsächlich einen Teil seiner selbst in diesen Seiten zurückgelassen, als wären der Brief und auch das Buch voll von seinen Fingerabdrücken und seiner Magie. Sie klappte das Buch zu und legte es auf ihren Schreibtisch.

Mit langsamen Bewegungen kehrte sie zurück in ihr Wohnzimmer. Der Lektüre von Ewers' Brief haftete etwas beinahe Voyeuristisches an, doch sie war extrem hilfreich gewesen.

Wilhelm Ewers war, das konnte sie nun voller Überzeugung sagen, in einer Zeit aufkeimender okkulter Bewegungen in Deutschland aufgewachsen. Als derlei esoterische Gruppen später unterdrückt wurden, überlebte er und zog nach Südamerika, wo er eine Art synkretischer Bibel vervollkommnet hatte, die sich frei bei anderen magischen Systemen bediente. Er hatte Ideen von Crowley übernommen, ja, aber auch die unzähliger namenloser Hexenmeister und Heiler. Ewers hatte von einer enormen Anzahl an Menschen gelernt oder gestohlen, ehe er sich in Mexiko häuslich niedergelassen hatte.

In ihrem Kopf bekam das Bild des toten Mannes Farbe, wurde detailreicher, bis sie sich beinahe vorstellen konnte, was Ewers zu sagen hätte, würde sie ihm eine Frage stellen. Sie nahm an, das war zu erwarten, bedachte man, dass sie interessiert daran war, eine Story über ihn für *Enigma* zusammenzustellen, aber es gab ihr auch das Gefühl, ihm sonderbar nahe zu sein. Sie wollte nicht einräumen, dass Ewers ein interessanter Mann war, aber es schien, als hätte er ein gewisses Flair besessen, das man noch lange nach seinem Tod wahrnehmen konnte. Hinzu kam die Zauberei, die Vorstellung von Magie als etwas, was man im Film festhalten konnte, die komplizierte Systematisierung …

Das Telefon klingelte. Sie war müde und starrte es an wie eine fremdartige Bestie aus Plastik, so als hätte sie in ihrem ganzen Leben noch nie ein Telefon gesehen. Sie dachte, es wäre wohl Tristán, und plötzlich fiel ihr ein, dass er versprochen hatte, sie anzurufen, und es doch am Vortag nicht getan hatte. Es musste viermal klingeln, bis sie es geschafft hatte, den Hörer abzunehmen und sich ans Ohr zu halten.

»Um zwei Uhr neunundzwanzig werde ich tot sein«, sagte Abel Urueta.

12

Ich wusste nicht, mit wem ich reden sollte. Tristán ist nicht zu Hause, und ich hatte Ihre Nummer im Gedächtnis behalten, und ich habe keine Ahnung, was ich tun soll.« Abel hörte sich fahrig und atemlos an. War er gerannt?
»Was ist passiert? Wo sind Sie?«
»Ich habe Uhren in einem Laden in der Nähe des Engels verkauft.«
»Sind Sie noch dort?«
»Ich bin ... ja ... ich bin an der Ecke Liverpool und Amberes. Montserrat, man wird mich töten!«
»Hören Sie zu, da gibt es ganz in der Nähe eine Einkaufspassage. Gehen Sie zum Food-Court. Um diese Zeit müssen sich da tonnenweise Leute herumtreiben. Man wird Sie nicht vor dem Frozen-Yogurt-Stand umbringen. Setzen Sie sich dort hin und warten Sie auf mich.«
»Montserrat, ich habe meinen Tod gesehen. Um zwei Uhr neunundzwanzig. Und es ist schon ein Uhr dreißig.«
Montserrat warf einen Blick auf ihre Armbanduhr. »Ich komme, so schnell ich kann. Warten Sie im Food-Court auf mich.«
»Jaja, das mache ich.«
Er legte auf. Montserrat schnappte sich das Buch, das sie gelesen hatte, und steckte es in ihre Handtasche. Ohne den Einband, den sie abgelöst hatte, um ihn zu untersuchen,

fühlte sich das Gewicht ganz anders an; es war transformiert worden, seiner Haut beraubt.

Es herrschte starker Verkehr, und Montserrat knirschte mit den Zähnen, fürchtete, Abel könnte die Geduld verlieren und ohne sie davonrauschen. Aber sie fand ihn im Food-Court, genau da, wo er auf ihren Vorschlag hin auf sie hatte warten sollen. Doch von dem kultivierten, gepflegten, feinen Herrn, den sie vor ein paar Wochen kennengelernt hatte, war nichts mehr übrig. Stattdessen saß da ein nervöser alter Mann, der in dem Moment, in dem er sie sah, aufsprang.

»Abel, was zum Teufel ist denn los?«, fragte sie.

»Letzte Nacht hat sie mich angerufen und heute hatte ich eine Vision.«

Montserrat setzte sich und legte die Handtasche in den Schoß. Er griff nach ihrer Hand und umklammerte sie mit festem Griff.

»Wer hat Sie angerufen?«

»Alma Montero. Ich habe seit Jahren nichts mehr von ihr gehört, aber sie hat angerufen und gesagt, sie wüsste, dass ich mit Ewers' Magie herumgestümpert hätte, und ich müsse die Dinge in Ordnung bringen oder ich würde es bereuen.«

»Was meint sie mit ›die Dinge in Ordnung bringen‹?«

»Sie will den Film und alles in meinem Besitz Befindliche, das Ewers gehört hat. Ich konnte Alma noch nie leiden«, sagte Abel und wedelte mit einem Finger in der Luft. »Sie war reich, aber kratzbürstig, damals schon. Dieses Mal hat sie mich kaum zu Wort kommen lassen und mich beschimpft. Ein dreckiges Maul hat die Frau.«

»Wie konnte sie wissen, dass Sie sich mit Zauberei befassen oder dass Sie diesen Film besitzen?«

»Das muss José gewesen sein«, murmelte er und löste

den Griff um ihre Hand.« Tristán jammerte so sehr, weil er seine Freundin in dieser Nacht gesehen hatte, dass ich José um Rat fragen musste. Ich hatte es ihm nicht erzählt ... er hat den Talisman mit den Nägeln geschickt, weil ich ihm gesagt habe, ich würde einen Zauber durchführen, aber ich habe ihm nicht verraten, welche Art Zauber, nur, dass ich vielleicht etwas zu meinem Schutz brauchen könnte. Er hat sich die Zeit genommen und das geschickt, was Sie gesehen haben. Als ich ihn dann anrief und ihm erzählte, dass wir mit dem Nitratfilm gearbeitet hatten, wurde er wütend.«

»Dann haben Sie uns also angelogen«, stellte Montserrat fest. »Sie haben uns nicht gesagt, dass es da irgendein Risiko gäbe ...«

»Mir war nicht klar, dass es ein Risiko gab«, sagte Abel voller Ernst. »Ich habe alles durchdacht und mich bemüht, mich an die Dinge zu erinnern, die Wilhelm uns gelehrt hatte. Es schien alles vollkommen Sinn zu ergeben.«

»Warum sollte José Alma davon erzählen? Ich dachte, er wäre Ihr Freund. Hat er etwas gegen Sie?«

»Ich weiß es nicht. José hatte vor einigen Jahren finanzielle Probleme, und ich nehme an, Alma hat ihm geholfen. Vielleicht dachte er, er wäre ihr etwas schuldig. Aber vielleicht hat sie es auch auf eine andere Art herausgefunden.«

»Welche andere Art?«

»Zauberei.« Nervös klopfte Abel seine Jacke ab. »Haben Sie ein Feuerzeug?«

»Ich rauche nicht. Und jetzt erzählen Sie mir ganz genau, was passiert ist.«

Abel holte sein Zigarettenetui hervor und legte es auf den Tisch. Endlich fand er ein Feuerzeug und zündete sich schnaubend eine Zigarette an. »Sie sagte, ich müsse alles zurückgeben, was Ewers gehört hat, oder ich würde es bereuen. Sie hat mich beschuldigt, ein Dieb zu sein. Ich hatte ein Anrecht auf dieses Stück Film, wissen Sie? Ich hatte die Regie bei dem ganzen verdammten Ding geführt und ich bin kein Dieb. Wahrscheinlich denkt sie, sie kann mich verfluchen.«

»Und? Haben Sie ihr den Film gestohlen?«

Abel schüttelte nachdrücklich den Kopf und ließ die Asche seiner Zigarette auf die glänzende Tischplatte fallen. »Auf keinen Fall!«

»Aber Sie haben Clarimonde Bauer das Buch abgenommen.«

»Wovon sprechen Sie?«

Montserrat holte die verstümmelte Ausgabe von *Das Haus der endlosen Weisheit* hervor und legte es auf den Tisch. »Dieses Buch war für Clarimonde bestimmt. Sie haben es entweder abgefangen oder gestohlen. Er hat einen Brief für sie im Einband versteckt. Es war nie für Sie gedacht.«

»Was für einen Brief?«, fragte Abel. »Wenn Sie etwas gefunden haben, dann sollten Sie es mir besser geben.«

»Sagen Sie mir, wie Sie an das Buch und den Filmausschnitt gekommen sind.«

»Ich habe keine Zeit für diesen Mist!«

Er stand auf, zupfte an seiner Jacke herum und maß sie mit einem wütenden Blick. Drei Teenager, die an einem Tisch in der Nähe Pommes frites mampften, kicherten vernehmlich.

»Der Brief ist in meiner Wohnung und der Silbernitratfilm liegt bei Antares im Magazin, also sollten Sie besser aufpassen, was Sie sagen, und sich wieder hinsetzen.«

Abel fluchte kaum hörbar, nahm aber wieder Platz. Er holte ein Taschentuch mit Monogramm hervor und tupfte sich die Stirn ab.

»Das Buch und der Nitratfilm waren in Wilhelms Wohnung. Ich hätte beides nicht an mich nehmen sollen, aber ich tat es dennoch. Alma hatte die Filmrollen nicht nur beschlagnahmt, sie hatte sie vernichtet. Das ist alles, was ich retten konnte. Ich habe es nicht irgendwem gestohlen, ich habe es ihm gestohlen.«

»Damit Sie den Zauber durchführen konnten.«

»Damals dachte ich nicht an den Zauber. Ich war nur wütend.«

»Weil der Film nicht vollendet werden konnte?«

»Der Film war gescheitert, Clarimonde hatte mich hintergangen, da kam alles zusammen.«

Abel bedachte sie mit einem schwachen Lächeln, beugte sich vor und stützte die Ellbogen auf den Tisch, ehe er an seiner Zigarette zog.

»Ich hätte es wissen müssen. Sie hat dabei geholfen, den Druck des Buches zu finanzieren, als Alma es nicht tun wollte. Clarimondes Familie war in der Buchbranche tätig. Alma hatte genug von Ewers. Der Film verschlang so viel Geld, und Ewers redete immer nur weiter von Zaubern und Alchemie, lieferte aber keine Ergebnisse. Ausgaben, nichts als Ausgaben. Wie auch immer, Clarimonde hat das blöde Buch finanziert und sogar in Rekordzeit gedruckt. Sie hat darauf beharrt, es wäre für uns. Ewers wäre ein mächtiger Magier und er würde eines Tages so viel für uns tun. Ich hatte keine Ahnung, dass sie sich hinter meinem Rücken mit ihm traf, nicht, bis José mir davon erzählte.«

»Was ist dann passiert?«

»An dem Wochenende, an dem Ewers erschossen wurde, war Clarimonde in Puebla, Freunde besuchen. Stunden, nachdem es passiert war, hörte ich, dass Alma Montero die Filmrollen an sich nahm und unseren Laden dichtmachte. Ich wusste, dass Ewers einen Safe in seiner Wohnung hatte. Wir wollten den Film wenige Wochen später vertonen, darum hatte er den Ausschnitt dort. Ich bin zu seiner Wohnung gegangen, habe die Rolle und das Buch gefunden und beides mitgenommen. Alma wusste nichts davon und Clarimonde auch nicht.«

»Sie sagten, Sie hätten das getan, weil Sie wütend waren.«

Abel legte eine Hand flach auf den Tisch, ballte sie dann zur Faust und lächelte ironisch. »Ich fand es nicht fair, dass ich ohne alles dastehen sollte. Ich habe den Film an mich genommen, weil ich *irgendetwas* haben wollte. Ein Andenken, verstehen Sie? Jeder möchte ein Andenken haben.«

»Alma Montero will jedenfalls Ihres. Hat sie gesagt, sie würde Sie töten, und den genauen Zeitpunkt genannt?«

»Sie sagte, ich müsse die Dinge, die Ewers gehört haben, zurückgeben. Sie hat gesagt, sie käme vorbei.«

»Dann hat sie also gedroht, Sie umzubringen?«

»Das war später«, sagte Abel. »Ich habe vor einem Spiegel gestanden, als ich es gesehen habe, und auch den Zeitpunkt, zu dem es passieren soll. Jemand wird mir um zwei Uhr neunundzwanzig die Kehle aufschlitzen. Ich weiß, Sie glauben nicht so recht an Magie, aber Hellsichtigkeit war meine Gabe.«

»Aber heute könnten Sie nicht einmal auf Pferde wetten«, erinnerte sich Montserrat an seine Worte. »Sie sagten, Ihre Gabe sei verkümmert.«

»Als er starb, ja. Aber vielleicht kommt jetzt alles zurück. Ich muss etwas tun, ich muss gehen, ich werde sterb...«

Ehe er aufstehen konnte, zeigte sie an ihm vorbei. »Es ist nach halb drei.«

»Was?«

Er drehte den Kopf und starrte erst die Uhr des Food-Court und dann seine Armbanduhr an. Er drückte die Zigarette aus und lehnte sich zurück, schlug die Hände vors Gesicht und strich sich schließlich leise schluchzend mit den Fingern durch die Haare.

Die Teenager, die sich zuvor über sie amüsiert hatten, wirkten nun besorgt.

»Ich muss mich hinlegen. Montserrat, könnten Sie mich vielleicht zurück zu meiner Wohnung fahren?«

»Klar«, sagte sie sofort.

Als sie sich in Bewegung setzten, warf er ein paar Nägel auf den Boden. »Wirf Nägel hinter dich, damit man dir nicht folgen kann«, murmelte er.

»Ein Zauber?«

»Ein Gegenzauber.«

Vor einem Laden mit gesichtslosen Schaufensterpuppen blieb er kurz stehen, um mehr Nägel aus der Tasche zu nehmen und den Boden damit zu sprenkeln und um sich eine weitere Zigarette anzuzünden. Das Schaufensterglas spiegelte Montserrats besorgtes Gesicht. Hinter ihr hatte jemand innegehalten und starrte sie an, vermutlich erschrocken wegen des alten Mannes, der Nägel auf den Boden warf, als würde er Tauben mit Brotkrumen füttern. Sie konnte das Gesicht des Fremden nicht sehen, nur seine Silhouette und die Umrisse eines Trenchcoats.

Sie packte Abel am Arm und zerrte ihn hastig zur Tür der Einkaufspassage hinaus und auf die Straße, ehe noch jemand seinetwegen den Sicherheitsdienst rufen konnte.

Montserrat gestattete Abel, in ihrem Wagen zu rauchen, denn das schien ihn zu beruhigen, und als sie schließlich sein Wohnhaus erreicht hatten, war er still und heiter. In seiner Wohnung setzte Montserrat umgehend einen Kessel Wasser auf und bereitete eine Tasse Kaffee zu, ehe sie gemeinsam am Tisch Platz nahmen.

»Sie denken, ich bin verrückt, aber das bin ich nicht«, sagte er mit leiser Stimme, als sie ihm die Tasse zuschob. Er umfasste sie mit beiden Händen, trank aber nicht.

»Ich denke nicht, dass Sie verrückt sind. Ich versuche nur

zu verstehen, was hier vor sich geht. Warum sollte es Alma kümmern, ob Sie einen Zauber durchführen?«

»Ich weiß es nicht, und ich kann weder sie noch José fragen, solange ich annehmen muss, dass José derjenige war, der sie über mein Kommen und Gehen informiert hat. Für mich war die Magie ein Spiel, ein jugendlicher Impuls. Aber andere haben sie sehr ernst genommen.«

Er nippte an seinem Kaffee und betrachtete dann versonnen die vielen Fotos und Memorabilien in den Glaskästen hinter Montserrat. »Was stand in dem Brief, den Sie gefunden haben?«

»Darin wurde Ewers' Lebensgeschichte nacherzählt. Die wahre Geschichte, nicht, was immer er Ihnen an Lügen und Fragmenten vorgesetzt hat. Abel, Sie sagten, wir hätten nur einen Kreis vollendet und Sie hätten nicht mit irgendwelchen negativen Konsequenzen gerechnet, aber nun sind diese Konsequenzen eingetreten. Vielleicht sollten wir es wieder rückgängig machen.«

»Hier geht es nicht darum, einen Knoten zu lösen, Montserrat. Wir könnten es schlimmer machen. Wir könnten noch mehr Pech haben als zuvor.«

»Sie und Tristán haben beide Halluzinationen.«

»Visionen«, gab Abel verärgert zurück. »Ich hatte eine Vision. Ich hatte schon früher welche, als Ewers noch da war. Ich konnte zukünftige Ereignisse voraussehen. Damals *habe* ich auf Pferde gewettet und bei mehreren Rennen gewonnen. Dann ist er gestorben und die Gabe hat mich verlassen. Und Clarimonde auch. Alles weg.«

Er schlug kraftvoll mit der Hand auf die Tischplatte, aber sein Zorn verrauchte schneller als die Zigaretten, die er konsumierte. Er starrte Montserrat mit zitternden Lippen an.

»Können Sie mir den Film und den Brief geben? Bitte?«

»Werden Sie die Sachen Alma zukommen lassen?«

»Sehr wahrscheinlich.«

Montserrat zögerte. Nicht, weil sie besondere Freude daran hätte, Ewers' Habe zu behalten, und auch nicht, weil sie fürchtete, jede Chance auf einen TV-Bericht über den Okkultisten zu verlieren, sondern weil ein Instinkt ihr sagte, dass sie diese Dinge nicht herausgeben sollte. Aber am Ende waren all diese Gegenstände nur geborgt. Sie gehörten ihr nicht.

»Ich gehe Montag bei Antares vorbei. Das Magazin ist abgeschlossen und ich muss jemanden von weiter oben bitten, es für mich zu öffnen. Ich selbst habe keinen Schlüssel dafür. Den Brief kann ich Ihnen dann auch geben, sofern Sie nicht wollen, dass ich ihn schon morgen herbringe.«

»Montag reicht, schätze ich. Vielleicht habe ich meine Vision falsch interpretiert. Vielleicht sollte ich ihr diese Dinge nicht geben. Was meinen Sie? Soll ich? Und was, wenn sie auch die Kopie verlangt, die wir angefertigt haben? Von der könnte ich mich nicht trennen.«

»Wo bewahren Sie sie auf?«

»Im Wohnzimmer bei meinen Kristallen. Es war so ein wundervolles Stück Arbeit, das wir da geschaffen haben. Ich wollte es im Zuge meiner Retrospektive zeigen. Sie würde es vermutlich doch nur in Stücke schneiden, zusammen mit dem Rest meines Films. Es ist eine Schande. Ich war als Zauberer nie so gut wie Clarimonde oder José. Anderenfalls könnte ich versuchen ... aber vergessen wir das.«

Danach sagte Abel nicht mehr viel und schließlich verabschiedete sie sich. Auf dem Weg nach unten klopfte sie an Tristáns Tür, doch er öffnete nicht. Sie schob ihm eine Notiz unter der Tür durch, mit der sie ihn bat, sie anzurufen. Gegen acht Uhr am Abend rief sie Abel an.

»Wie geht es Ihnen?«, fragte sie.

»Alles in Ordnung. Ich sehe mir einen Film an.«

»Ist er gut?«

»Es ist Ninón Sevilla, meine Liebe. Gut reicht nicht ansatzweise, um sie zu beschreiben. Ich bin ihr durch Libertad Lamarque begegnet, die nach einer Auseinandersetzung mit Eva Perón auf der schwarzen Liste landete. Sie hatte der lieben Dame eine Ohrfeige versetzt und ist dann nach Mexiko abgehauen.«

Sie stellte sich Abel in einem Morgenmantel vor, das Licht aus dem Fernseher fiel auf sein Gesicht und Schauspieler aus vergangenen Zeiten spiegelten sich in seinen Brillengläsern.

»Und Sie?«

»Ich sehe mir *La Telaraña* an. Taboadas Sendung. Ich habe den Videorekorder programmiert, damit ich sie nie verpasse.«

»Taboada macht Fernsehen ... wer hätte das gedacht! Und ich war damals so viel besser als er. Aber ich habe gehört, die Leute von Televisa mögen ihn nicht, und er mag sie nicht. Andererseits schätze ich, Geld ist Geld. Nicht dass das Fernsehen dem Film das Wasser reichen könnte.«

Sie konnte Trommeln im Hintergrund hören. Sevilla musste im Begriff sein, einen Tanz aus einer ihrer Musicalauftritte vorzuführen.

»Soll ich am Apparat bleiben, während Sie Ihren Film sehen?«

»Nein, alles in Ordnung. Tut mir leid, dass ich Sie heute belästigt habe, Montserrat.«

»Schon gut.«

»Ich hatte nicht damit gerechnet, dass irgendetwas Schlimmes passieren könnte, wenn wir den Film vertonen. Das müssen Sie mir glauben. Es ist so lange her, seit ich einen Zauber gewirkt habe ... ich war beinahe sicher, dass es nicht funktionieren würde. Die Zauber, die er uns gelehrt hat, waren nutzlos. Ich habe sie ein Dutzend Mal probiert, habe seine Runen gezeichnet ... nichts. Ich glaube, gerade deswegen habe ich den Nitratfilm aufbewahrt.«

»Weil Sie nicht geglaubt haben, dass er magisch ist?«

»Ja. Ich hatte Angst, irgendwas damit zu machen. Wenn ich ihn unter Verschluss hielt, dann, dachte ich, wäre es möglich, dass noch ein kleiner Rest Magie übrig war. Würde ich ihn hervorholen, dann wäre es, als würde ich einen unbelichteten Film dem Licht aussetzen, Montserrat. Ich wollte einfach nur, dass alles wieder gut wird, so wie es einmal war. Sie haben meinen Namen auf Plakate geschrieben, als ich jung war.«

»Ich weiß, Abel. Ich weiß.«

»Ich sollte Sie wieder Ihrer Sendung überlassen.«

»Rufen Sie mich morgen früh an, ja?«

»Sicher.«

Nachdem Montserrat aufgelegt hatte, ging sie zurück in ihr Arbeitszimmer und starrte ihre Pinnwand an. Sie hatte Abel versprochen, sie würde ihm den Nitratfilm und den Brief aushändigen, und natürlich war es nur vernünftig und richtig, das zu tun. Beide, Abel und Tristán, hatten etwas Sonderbares erlebt; sollte sie diese Dinge weiter behalten, wäre es möglich, dass auch sie bald seltsame Dinge sehen würde. Trotzdem wollte sie irgendwie herausfinden, ob an Ewers' Gerede über Magie etwas dran war oder ob sie es lediglich mit wunderlichen Zufällen zu tun hatten: die lebhafte Fantasie eines alten Mannes, Albträume, vielleicht auch zu viel Alkohol.

Sie betrachtete die letzte Seite des Buches mit dem schlimm verunstalteten Foto von Ewers und presste die Hand auf das Papier.

Montserrat rief ein weiteres Mal bei Tristán an und

schickte ihm, als sie ihn wieder nicht erreichte, eine Nachricht auf seinen Pager. Dann schlüpfte sie in ihren Pyjama, der aus einem T-Shirt mit dem Bild des Covers von *Killers* von Iron Maiden und einer grauen Jogginghose bestand, die ihr locker auf den Hüften hing. Anschließend zappte sie durch die TV-Kanäle und döste vor dem Fernseher ein.

Das Telefon weckte sie. In der Annahme, es wäre Tristán, nahm sie, noch benebelt vom Schlaf, den Hörer ab. Er rief immer zu unmöglichen Zeiten an und machte sich nie Gedanken über die Zeitpläne anderer. Aber es war Abel und er hörte sich enorm aufgeregt an.

»Montserrat, bitte, Sie müssen mir helfen …«

Dann ein lauter Schlag und ein Klicken.

»Abel?«, fragte sie, aber er hatte aufgelegt.

Sofort rief Montserrat zurück. Besetzt. Sie versuchte es bei Tristán, erreichte aber nur den Anrufbeantworter. Sie dachte daran, ihm noch eine Nachricht zu schicken, aber sie wollte nicht auf ihn warten. Tristán konnte überall sein.

Immer noch nicht ganz wach, schob sie die Füße in ein Paar Turnschuhe, nahm ihre Schlüssel von dem Haken an der Tür und warf sich die Lederjacke über, die sie zuvor an diesem Tag getragen hatte.

Der Weg zur Garage schien Ewigkeiten zu dauern, obwohl sie nur einen Block entfernt war. Als sie Abels Haus erreicht hatte, nahm sie den Ersatzschlüssel von Tristán, um die Eingangstür zu öffnen. Auf der Treppe überlegte sie, ob sie Abels Türschloss womöglich würde aufbrechen müssen, so wie das Schloss, das sie geknackt hatte, als sie und Tristán in das Getreidesilo eingedrungen waren. Doch als sie bei Abels Tür ankam, stellte sie fest, dass sie einige Zentimeter weit offen stand.

»Abel«, rief sie, als das Licht aufflammte. »Ich bin's, Montserrat.«

Langsam, darauf bedacht, den alten Mann nicht zu erschrecken, trat sie ein. Im Wohnzimmer schien alles seine Ordnung zu haben. Seine Bücher standen in den Regalen, die ovalen Porträts mit den Autogrammen längst verstorbener Filmstars waren direkt über den Brownie-Kameras, und auf dem Sofatisch stapelten sich alte Ausgaben der *Cahiers du Cinema*.

Montserrat blickte den Flur hinunter. »Abel? Ich bin hier.«

Alles blieb still. Ein schmaler Streifen Licht drang unter der Tür eines der Schlafzimmer hervor. Dort musste er sein.

»Abel, könnten Sie rauskommen?«

Sie war verunsichert. Statt weiterzugehen, wich sie zurück und huschte in die Küche. Dort holte sie sich ein Messer aus einer Schublade, ehe sie wieder umkehrte und sich vor der Tür aufbaute. Sie atmete einmal tief durch.

»Abel, ich komme rein, okay?«, rief sie.

Sie wartete ein paar Sekunden in der Hoffnung, er würde antworten. Aber die einzige Antwort bestand aus erdrückender Stille. Kurz dachte sie, dass Abel nicht zu Hause war, obwohl sie das sichere Gefühl hatte, dass jemand in diesem Zimmer auf sie wartete. Sie drehte den Türknauf und trat ein.

Abels Schlafzimmer war groß, aber voller antiker Möbelstücke, die ihr Blickfeld ausfüllten. Vor dem Bett stand ein Kleiderschrank mit zwei Spiegeln, einem auf jeder Tür. Das Bettgestell war aus Gusseisen und vollgehäuft mit Decken. Auf einer Kommode stapelten sich allerlei Kästen, zwei Regalbretter waren vollgestopft mit weiteren Antiquitäten und anderem Schnickschnack, und es gab sogar eine Truhe, auf der eine weitere Truhe ruhte.

»Abel«, sagte Montserrat und ging um das Bett herum.

Dort lag er, rücklings am Boden, eine Hand auf den Bauch

gepresst. Seine Augen waren weit offen. Sein Hals war von einer Seite zur anderen aufgeschlitzt worden. Blut war auf einen dünnen, beige-blauen Perserteppich gesickert und hatte ihn rot verfärbt.

Sie schlug eine Hand vor den Mund, um nicht laut aufzuschreien.

Aus dem Augenwinkel nahm Montserrat eine Bewegung wahr. Das Messer in der Hand, drehte sie sich um und starrte ihr eigenes Spiegelbild in den Schranktüren an. Noch immer war es still in der Wohnung, aber die Luft schien sonderbar aufgeladen.

Sie kannte Stille, und sie kannte *Stille*. Ehe man Tonspuren bearbeitete, nahm man ein paar Minuten Stille auf, um den Raumklang zu etablieren. Später konnte diese Stille dazu benutzt werden, um Lücken nahtlos zu überbrücken. Totenstille war jedoch etwas anderes. Totenstille war die Abwesenheit aller Geräusche. Kein Raum, von einem schallisolierten Studio abgesehen, konnte je totenstill sein. Es gab immer Geräusche, der Verkehr draußen, das Ticken einer Uhr, das Schrillen eines Alarms in der Ferne.

Und dennoch umfing sie eine undurchdringliche Stille, die sie zu ersticken drohte.

Sie sah sich selbst in den Spiegeln, erstarrt in den Glasflächen des Kleiderschranks. Sie konnte sich nicht rühren. Entsetzliche Furcht hatte sich in ihrem Herzen festgekrallt. Das war der Schrecken, der von dieser widernatürlichen Stille ausging, von den tiefen Schatten, die sich in dem hell erleuchteten Raum zu verbergen schienen, ja, sogar von der Form der Blutflecken auf dem Teppich.

Sie dachte an die Muster in dem Perser, die, vermischt mit dem vergossenen Blut, fremdartige Glyphen nachzeichneten.

Und diese Stille ... diese Stille war lauter als hundert

Dezibel, lauter als Gebrüll oder eine Sirene oder Feuerwerk in der Nacht. Und doch hätte man in diesem Raum, würde man ihn mit einem Schallmesser untersuchen, nicht mehr als das Ticken einer Uhr nachweisen können.

Ein Funkeln zeigte sich im Spiegel. Es war wie die silbrig schimmernde Sekunde, die die Netzhaut verwirrt, das zufällige Aufflackern, das auftritt, wenn die Lampe eines Projektors auf ein leeres Bild trifft.

Ein Blitzer.

Die Angst, die sie zuvor an Ort und Stelle festgenagelt hatte, verlieh ihr nun den Mut, sich in Bewegung zu setzen. Montserrat stürzte zur Zimmertür, ihre Finger streiften den Rahmen. Er war sengend heiß. Sie schrie auf, brach die schreckliche Stille. Das Messer fiel ihr aus der Hand und sie stolperte aus dem Raum hinaus, rannte zurück ins Wohnzimmer, schnappte sich das Telefon und nahm den Hörer ab. Sie schrie nach einer Vermittlung, doch niemand konnte auf ihr verzweifeltes Flehen reagieren, denn das andere Telefon war im Schlafzimmer, ausgehängt und mit Blut verschmiert.

13

Vor dem Polizeirevier hielt Montserrat inne, um sich einen Zeitungsstand anzusehen, der eine Vielzahl an Zeitschriften, Zeitungen und Comics im Angebot hatte. Der neue Gloria-Trevi-Kalender war rechtzeitig vor den Feiertagen eingetroffen und ihre Blöße würde schon bald sämtliche Werkstätten in der Stadt zieren. Ein winziger Weihnachtsbaum, dekoriert mit Lametta, stand in einer Ecke des Verkaufsstands und versprach Freude und Glück. Montserrat ging die Schlagzeilen durch, betrachtete die Presseerzeugnisse an ihren Wäscheklammern, als suchte sie die Antwort auf ein Rätsel.

Tristán dirigierte Montserrat weg von dem Zeitungsstand und zu einem Taxi.

»Wann werden sie die Autopsie-Ergebnisse bekommen?«, fragte Montserrat, nachdem sie dem Fahrer ihre Adresse genannt hatte.

Das war der erste vollständige Satz, den sie gesagt hatte, seit sie das Revier verlassen hatten. Sie sah ausgezehrt aus, als würde sie die Rolle eines Zombies proben, hatte dunkle Ringe unter den Augen und gab dann und wann ein Grunzen von sich, das als Antwort auf eine Frage diente.

Der Taxifahrer beobachtete sie über den Rückspiegel. Tristán schob die Hände in die Taschen. »Darüber können wir jetzt nicht sprechen«, murmelte er.

»Warum nicht?«

»Weil nein«, sagte er.

Der Fahrer kannte Tristán. Er hatte ihn auf die flüchtige Art wiedererkannt, die ihm gelegentlich bei anderen Menschen auffiel, gehobene Brauen, das Gefühl, dass jemand ihn schon früher irgendwo gesehen hatte. Und er hatte seine Sonnenbrille vergessen, die seinem Gesicht gewöhnlich Anonymität verlieh. Der Fahrer mochte am Ende nicht wissen, wer er war, hatte ihn vielleicht auf eine nervende Art nur halb erkannt, aber möglicherweise gelang es ihm auch, eins und eins zusammenzuzählen und herauszufinden, dass er es mit Tristán Abascal zu tun hatte. Schließlich war Karinas Todestag erst kürzlich durch die Medien gegangen. Und Tristáns Bild hatten sie auch gedruckt.

Aber vielleicht starrte der Fahrer sie nur deshalb an, weil Montserrats Haar aussah wie das von Elsa Lanchester in *Frankensteins Braut*, ein wirres Durcheinander aus Locken, die ihr in alle Richtungen vom Kopf abstanden, außerdem war leicht zu erkennen, dass sie unter ihrem dünnen T-Shirt und der offenen Jacke keinen BH trug. Sie sah so aus, als hätte man sie aus dem Bett getreten, und zugleich, als wäre sie seit vierzig Stunden wach.

»Ich will darüber reden«, beharrte Montserrat.

»Wir sind nicht allein«, zischte Tristán mehr oder weniger und beugte sich dazu nahe an Montserrats Ohr.

»Ich steige an der nächsten Ecke aus«, sagte sie.

»Was? Nein. Montserrat, du kannst nicht ...«

Aber der Fahrer war schon folgsam abgebogen und hielt an. Montserrat stieß die Tür auf und sprang aus dem Wagen. Ohne ein Wort des Abschieds marschierte sie davon. Tristán zog einen Geldschein hervor, reichte ihn dem Fahrer und beeilte sich dann, Montserrat einzuholen, die ein ordentliches Tempo vorlegte, obwohl sie ein wenig humpelte.

»Bist du verrückt oder nur dumm? Dieser Fahrer hat jedes einzelne Wort belauscht, das wir gesagt haben. Ich glaube, er hat mich erkannt.«

»Das bezweifle ich.«

»Ich nicht. Ich habe eine wichtige Rolle in Aussicht. Ich kann es mir nicht leisten, dass die Leute mich mit irgendeinem Skandal in Verbindung bringen.«

»Keine Sorge, die Person, die inhaftiert wurde, war ich, nicht du.«

»Ja, aber ich habe dich gerade abgeholt.«

»Wo warst du in der Nacht, in der Abel gestorben ist? Ich habe versucht, dich anzupiepsen, ich habe versucht, dich anzurufen, ich habe es auch mit Klopfen versucht, aber du warst nicht da«, sagte Montserrat. Ihre Stimme klang matt, also antwortete er gleichermaßen tonlos, obwohl er wusste, dass er damit nur ihren Zorn provozieren würde.

»Ich war mit jemand zusammen.«

»*Gefickt* hast du jemand«, sagte Montserrat. Es klang, als würde sie jede Silbe zerbeißen.

Tristáns großartiger Plan, sich mit Yolanda auf ein paar Drinks zu treffen, damit er ihr die CD zurückgeben konnte – damit sie Freunde bleiben, damit sie diese Trennung wie Erwachsene handhaben konnten –, hatte sich rasch in einen unbeständigen Versuch verwandelt, ihrer Beziehung eine weitere Chance zu geben. Mit ihrem Wagen waren sie zu einem Miniurlaub nach Cuernavaca gefahren und hatten sich ein Zimmer in einem süßen kleinen Hotel genommen. Die ersten vierundzwanzig Stunden waren gut gelaufen, doch dann, etwa zur Abendessenszeit am zweiten Tag, war Tristán geistesabwesend und mürrisch gewesen. Er hatte diese Reise gemacht und war dabei, seine Beziehung zu kitten, teilweise weil er nicht aufhören konnte, über die Schrecken der Einsamkeit und Karinas Tod nachzudenken. Normalität. Das war es, was er brauchte. Einen Schuss Normalität.

Yolanda hatte angenommen, seine melancholische Stimmung hätte etwas mit ihr zu tun, und als Tristán ihr versichert hatte, dass dem nicht so sei, hatte sie von ihm wissen wollen, was ihm dann so zu schaffen mache. Aus Angst davor, zuzugeben, dass er vielleicht dabei war, überzuschnappen, war er der Frage ausgewichen und immer gereizter geworden. Schließlich hatte Yolanda die Nerven verloren, sie hatten gezankt, und am Ende hatte Tristán kettenrauchend am Busbahnhof gesessen und darauf gewartet, dass er sich ein Ticket nach Hause kaufen konnte.

Es war ein Desaster gewesen, der letzte Nagel im Sarg der Beziehung zu Yolanda, und er brauchte ganz gewiss keine Predigt von Montserrat zu diesem Thema.

»Ja, ich habe jemanden gefickt, wenn du es so genau wissen musst«, sagte er in kühlem, aber bissigem Ton. »Ich darf ficken, es sei denn, man hat irgendeine neue Moralpolizei eingeführt, von der ich noch nichts gehört habe. Leck mich doch am Arsch, Montserrat! Dass du keinen Sex bekommst, heißt nicht, dass ich auch darauf verzichten muss.«

Nichts von all dem hatte er ihr an den Kopf werfen wollen. Die Worte purzelten einfach heraus nach dem Stress der letzten paar Tage, in denen er hatte feststellen müssen, dass einer seiner Freunde tot war und die andere zur Befragung festgehalten wurde. Ganz zu schweigen von der katastrophalen Auseinandersetzung mit Yolanda. Er kam sich vor, als hätte er gleich drei Schläge mitten ins Gesicht einstecken müssen.

»Mir ist egal, ob du einen Mann fickst oder eine Frau oder ob du einen Dreier mit Zwillingen machst. Was mich interessiert, ist die Tatsache, dass ich ständig versucht habe, dich zu erreichen, und du warst nicht da. Ich habe deine

Hilfe gebraucht, um ein Auge auf Abel zu haben. Du bist ein unzuverlässiger ...«

»Weißt du, wie viel Geld es mich gekostet hat, dich aus dem Knast zu holen? Und wie viele Gefallen ich einfordern musste?«

Die Luft war kühl und die stählernen Rollläden vor den Geschäften wurden heruntergelassen. Montserrat blieb vor einem Kurzwarenladen stehen und starrte ihn an.

»Also?«

Montserrat antwortete nicht, sondern setzte sich wieder in Bewegung. Er folgte ihr, und seine Stimme wurde mit jedem Schritt lauter. »Du trägst ein Iron-Maiden-T-Shirt mit der Aufschrift ›Killer‹, und du hast Abels Leiche gefunden.«

»Und?«

»Das war dumm, bescheuert, mein Goldschatz. Du hättest genauso gut ein Schild hochhalten können, auf dem steht: ›Mordverdächtige – hier entlang‹.«

Montserrat hasste es, wenn Tristán mitten in einem Streit Kosenamen verwendete. Das war in seiner Familie üblich gewesen, aber es gab auch nichts, was sie mehr in Rage brachte, als seine passiv-aggressive Art, ein nettes Wort fallen zu lassen. Und das galt besonders für »Goldschatz«.

Sie schubste ihn und er krachte gegen den Rollladen eines Schaufensters. Sein Rücken donnerte mit einem dumpfen Knall gegen das Metall.

»Entschuldige, dass ich in Panik geraten bin. Wenn ich das nächste Mal über einen toten Mann stolpere, werde ich ein Kostüm tragen!«

Montserrat presste beide Hände an seine Brust und blickte zornig zu ihm auf, ehe sie versuchte, seitlich davonzuschlüpfen, doch er packte ihr Handgelenk und hielt sie fest.

»Weißt du nicht mehr, was mit diesem Molinetjungen vor ein paar Monaten passiert ist? Sie haben das Dienstmädchen tot in seinem Haus gefunden und gesagt, er hätte es getan, weil er ein Satanist wäre. Und der Beweis für seinen Satanismus war, dass er eine Stephen-King-Sammlung, eine Ausgabe von Süskinds *Das Parfüm* und ein paar Heavy-Metal-Platten in seinem Zimmer hatte. Die Bullen versuchen immer, das Verbrechen dem anzuhängen, den sie am einfachsten schnappen können«, sagte er abschließend, als ihm das Trara nach Karinas Tod wieder einfiel. »Orgie in Cuernavaca endet mit tödlichem Unfall«, hatten die Zeitungen getitelt, und er hatte es nie geschafft, den Ruch des Verbrechens und der Ausschweifungen wieder abzuschütteln.

Ohne ihn anzusehen, nickte Montserrat ihm kaum merklich zu. »Ich hatte Angst, okay? Darum bin ich sauer. Ich habe dich in dieser Nacht gebraucht.«

»Ich weiß«, murmelte er.

Die Anspannung zwischen ihnen schwand dahin. Er hasste es, mit ihr zu streiten. Das machte ihn jedes Mal fertig, und er wusste nie, wie er sich angemessen entschuldigen konnte.

»Warum warst du in Abels Wohnung?«, fragte er.

»Abel hat gesagt, er würde sterben. Er hatte eine Vorahnung. Aber alles schien in Ordnung zu sein. Und dann hat er mich total in Panik angerufen.«

»Hast du das der Polizei erzählt?«

»Nein. Ich bin vielleicht dumm, aber nicht *so* dumm.«

Seufzend ließ er Montserrats Hand los. Der Rollladen des Kurzwarenladens schloss sich mit lautem Klappern in dem Moment, in dem die Lampen angingen.

»Erzähl mir, was passiert ist.«

Sie tat es, angefangen mit dem Treffen in der Zona Rosa bis hin zu ihrem Gespräch mit den Polizisten und den Fragen, mit denen sie sie gelöchert hatten. Tristán griff in seine Tasche und nahm eine Zigarette heraus, spielte eine Weile mit ihr, ehe er die Spitze in die Flamme des Feuerzeugs hielt und sie müde anblickte.

»Da ist noch etwas, richtig?«

»Als ich in Abels Zimmer war, war da so eine Stille.«

»Du meinst, so ein Geräusch?«

»Nein, eine Stille. Oder eher eine Art Präsenz, die den ganzen Raum einzuhüllen schien. Es war unnatürlich, so etwas habe ich noch nie erlebt. Ich glaube nicht, dass Abel gelogen hat, als er uns gesagt hat, es gebe Flüche und Zauber. Wir müssen zurück in Abels Wohnung. Ich kann das Schloss knacken, das ist kein Problem.«

»Es wäre ein Riesenproblem, sollte jemand uns dabei erwischen.« Ganz davon abgesehen, dass sie in eine Wohnung einbrechen würden, in der gerade erst jemand gestorben war. Für Tristán fühlte sich das beinahe so an, als würden sie eine Grabstätte entweihen.

»Wir gehen spät heute Abend hin.«

»Du kannst nichts für seinen Tod.«

»Nein, aber wir müssen wissen, was dahintersteckt. Spürst du es denn nicht? Es ist noch nicht vorbei.«

Insekten fingen an, die Lampenpfosten zu umschwirren, angelockt durch das Licht der Straßenlaternen. Er öffnete den Mund, ließ den Rauch sich gen Himmel kräuseln und kniff die Augen zusammen.

»Das weißt du nicht«, sagte er und setzte sich in Bewegung.

»Hat Abels Tod es heute in die Nachrichten geschafft? Ich habe mir die Schlagzeilen angesehen, aber da war nichts. Haben sie im Radio oder im Fernsehen darüber berichtet?«

»Nein.«

»Findest du das nicht seltsam? Das ist genau die Art von Story, die sämtliche Boulevardblätter bringen müssten.«

»Vielleicht steht es in der morgigen Ausgabe.«

»Ich habe achtundvierzig Stunden damit zugebracht, mich von den Bullen schikanieren zu lassen. Die hätten den Reportern längst einen Tipp geben können, dass etwas Interessantes im Gange ist. Wenn sie das nicht getan haben, dann nur, weil sie nicht wollen, dass aus seinem Tod eine große Sache wird. Reporter, die *nota roja* schreiben, halten sich nicht plötzlich ganz von selbst zurück.«

»Du betrittst das Territorium der Verschwörungstheorien. Vielleicht färben die Storys, mit denen Cornelia bei *Enigma* hausieren geht, ja auf dich ab.«

»Jemand hat Abel ermordet, und das hat etwas mit dem Film zu tun, den er vor Jahrzehnten gedreht hat. Das ist keine Verschwörungstheorie.«

Die Geschäfte an der Straße, die sie hinuntergingen, wurden spärlicher. Nun passierten sie Einfamilienhäuser und gelegentlich ein Mietshaus. Die Fenster einer Wohnung färbten sich rot, als jemand eine Weihnachtslichterkette einschaltete.

»Wenn jemand das getan hat, dann sollten wir uns fernhalten.«

»Ich glaube nicht, dass wir das können.«

»Warum nicht?«

»Wegen dieser Stille, die ich in dem Zimmer wahrgenommen habe. Weil etwas ganz furchtbar falsch gelaufen ist. Ich glaube nicht, dass Erscheinungen von toten Freundinnen und unsichtbare Präsenzen schon das Schlimmste sind, dem wir begegnen werden.«

Der Abschnitt des Gehwegs, auf dem sie standen, wurde von dem roten Licht der Weihnachtsbeleuchtung geflutet. Tristán beäugte Montserrat ermattet.

»Wir wissen das nicht. Lass uns nach Hause gehen. Du kannst eine Dusche nehmen und dich umziehen, und morgen ist alles wieder in Ordnung.«

»Ich muss vor allem die Wahrheit herausfinden, duschen kann ich dann immer noch.«

»Gottverdammt!« Tristán schlug sich mit der Hand auf den Oberschenkel und zog hastig erneut an seiner Zigarette.

»Alma Montero, Clarimonde Bauer und José López«, sagte Montserrat, hielt drei Finger hoch und zählte sie ab. »Das sind die Leute, über die Abel immer wieder gesprochen hat, und es sind auch die Leute, die uns helfen können herauszufinden, was hier los ist und warum Abel tot ist. Ich werde sie finden.«

Er schloss die Augen und bemühte sich, sich auf das köstliche Aroma der Zigarette auf seiner Zunge zu konzentrieren.

»Vielleicht will ich gar nicht wissen, wieso er gestorben ist.«

»Er war unser Freund und jemand hat ihm die Kehle aufgeschlitzt.«

Der bittere Rauch entwich aus seinem Mundwinkel, als er die Augen aufriss. Vor ihnen war in einem weiteren Haus die Weihnachtsbeleuchtung eingeschaltet worden. Diese war grün.

Die erste Dezemberwoche. Das war die Jahreszeit, in der man *empanadas* genoss, in der man *rosca de reyes* aß und spät in der Nacht dem Feuerwerk lauschte. Er hatte gehofft, er könnte sich durch die *posadas* trinken – die Kalorien konnte er im Januar wieder abtrainieren. Dies war nicht der richtige Monat, um Mörder zu jagen.

»Montserrat, das Schlimmste, was passieren kann, ist, sich in dieses Chaos verwickeln zu lassen.«

»Tja, ich werde zurück zu seiner Wohnung gehen und nachsehen, ob ich ein Rolodex entdecke und seine Kontakte ausfindig machen kann.«

»Gott, nein. Einbrechen ...«

»Du kannst Schmiere stehen oder dich raushalten, aber ich gehe in dein Haus, und ich knacke dieses Schloss.«

»Womit?«

»Ich weiß, wie man Schlösser mit einer Stiftkappe knacken kann, falls du dich nicht erinnern solltest«, sagte sie zu ihm und bedachte ihn mit dem unverfrorenen Blick, den er noch so gut aus der Zeit kannte, in der sie in Silos voller Getreide gespielt hatten. Er war vertraut mit ihrer Sturheit. Jeder Versuch, sie umzustimmen, war vollkommen zwecklos.

»Vielleicht könnte ich bei meinen Kontaktleuten bei Televisa herumfragen, um eine Telefonnummer von Alma Montero in Erfahrung zu bringen«, erbot er sich. »Dann musst du kein Verbrechen begehen, um deinen Kopf durchzusetzen.«

»Ich werde trotzdem noch einen Blick in Abels Wohnung werfen müssen. Die Vertonung, die wir gemacht haben, müsste noch dort sein, und die will ich haben.«

»Die Bullen könnten sie mitgenommen haben.«

»Warum sollten die eine Filmdose mitnehmen?«

»Ich weiß nicht, was als Beweis angesehen werden könnte.«

Montserrat näherte sich dem grünen Licht, entfernte sich von dem roten. Die Hälfte ihres Gesichts lag in einem smaragdgrünen Schein, als sie den Reißverschluss ihrer Jacke schloss und das Kinn vorreckte. »Also, bist du dabei?«, fragte sie.

»Immer«, sagte er, warf seine Zigarette weg und packte ihren Arm auf eine coole, abgehobene Art, die seine Anspannung tarnen sollte. Schließlich war er ein Schauspieler, also konnte er auch eine Weile den knallharten Helden geben.

14

Sie riefen ein Taxi und fuhren zu Montserrats Mietshaus. Kaum betrat sie ihre Wohnung, da bemerkte sie schon den blinkenden roten Knopf an ihrem Anrufbeantworter. Sie warf ihre Tasche auf das Sofa. Die erste Nachricht stammte von Samuel.

»Hey, Montserrat. Ich habe für dich keine Schichten in der zweiten Dezemberhälfte, aber vielleicht kann ich dir im Januar etwas geben. Außerdem muss ich mit dir wegen der Weihnachtsfeier sprechen. Wir wollen wichteln. Ruf mich an.«

Sie hatte nicht die Absicht, zu der Feier zu gehen und ihre Zeit damit zu vergeuden, so zu tun, als würde ihr das wie auch immer geartete blöde Geschenk gefallen, das die Jungs für sie aussuchten. Sie würde sich ihren Bonus holen und Mario und seinen Freunden sagen, dass sie bereits andere Pläne für diesen Tag hatte. Sie löschte die Nachricht. Die nächste stammte von ihrer Schwester, die um Rückruf bat.

»Du hast ihr doch nicht gesagt, dass ich festgenommen worden bin, oder?«, fragte Montserrat und drehte sich zu Tristán um. Der schüttelte nur den Kopf.

Montserrat wählte Aracelis Nummer. Ihre Schwester klang gut gelaunt, als sie abnahm. Im Hintergrund konnte sie gedämpfte Weihnachtsmusik hören. Toll. Sie spielten José Feliciano. Von jetzt an konnte alles nur noch unerträglich froh und munter werden. Trotzdem war sie erleichtert, Aracelis Stimme zu hören, nachdem sie in einem Achtundvierzig-Stunden-Marathon den Fragen der Bullen ausgewichen war.

»Hey, Mom hat dich angerufen. Sie sagt, du gehst nicht ans Telefon.«

»Sie hat mir keine Nachricht hinterlassen.«

»Du weißt doch, dass sie Anrufbeantworter hasst.«

»Und sie hat dich angerufen, damit du mir das sagst?«

»Jup. Sie will wissen, ob du Weihnachten nach Morelia kommst. Wir könnten zusammen hinfahren.«

Montserrats Beziehung zu ihrer Mutter war nach wie vor ein wenig distanziert, aber sie bemühte sich, sie zum Geburtstag und zu Weihnachten zu besuchen. Araceli stand ihrer Mutter näher; die zwei unterhielten sich oft am Telefon. Montserrat wusste, dass von ihr erwartet wurde zu kommen, aber das konnte sie nicht versprechen, so wie die Dinge derzeit lagen.

»Ich muss arbeiten«, log sie. »Darum bin ich auch nicht ans Telefon gegangen. Ich stecke mitten in einer Recherche.«

»Ich dachte, du hättest Probleme, Stunden bei Antares zu ergattern. Haben die es sich anders überlegt?«

»So was in der Art. Aber du solltest hinfahren.«

»Wenn ich nach Morelia fahre, bist du über die Feiertage allein.«

»Tristán wird ja hier sein.«

»Hat der noch keine neue heiße Flamme?«

Montserrat sah Tristán an, der sich auf das Sofa hatte fallen lassen und sie neugierig beäugte. »Status unbekannt.«

»Also gut, wenn du es dir anders überlegst, sag mir Bescheid. Ich werde am Siebzehnten fahren, um dem Feiertagsverkehr zu entgehen. Auf der Arbeit ist nicht viel los und ich kann ebenso gut etwas früher los. Wenn du willst, dass ich ein Geschenk für Mom mitnehme, kann ich es für dich einpacken.«

»Klingt gut.«

»Du musst dir rot-goldene Unterwäsche kaufen, Montserrat.«

Rot stand für Liebe, Gold für Geld. Araceli befolgte rigoros, was immer ihr Neujahrsaberglaube ihr auftrug. Was würde sie wohl sagen, wenn Montserrat ihr erzählte, dass Magie real war und Zauberer durch die Straßen ihrer Stadt laufen mochten?

»Hörst du? Das funktioniert. Aber du musst darauf achten, dass das Höschen rot ist und der BH golden.«

Araceli zählte die diversen Nachteile auf, die es haben würde, keine rote Unterwäsche zu tragen, und Montserrat lieferte ihre »Ahas« und »Klars« im Takt eines Metronoms. Endlich verabschiedete sich Araceli und Montserrat legte auf.

»Alles in Ordnung?«, fragte Tristán.

»Meine Schwester möchte, dass ich sie nach Morelia begleite. Verbringst du Weihnachten bei deinen Eltern?«

»Um mich an ihren Vorwürfen zu erfreuen?«, entgegnete Tristán. »Nein, danke.«

Montserrat und ihre Mutter mochten vorsichtig umeinander herumschleichen, aber das Verhältnis von Tristán und seinen Eltern war ein wirrer Knoten. Seine Mutter, eine verträumte Frau, die eine Affinität für Opern hegte und ihn nach Wagners *Tristan und Isolde* benannt hatte, hatte die künstlerischen Bestrebungen ihres Jüngsten gefördert. Sein Vater hielt wenig davon, und seine Brüder hatten angesichts seiner Schauspielkarriere lediglich die Brauen hochgezogen, besonders, als selbige außer Kontrolle geraten war und Tristán angefangen hatte, mit seinen Süchten zu kämpfen.

In jenen alten Tagen, als Tristáns Eskapaden ihren Weg in die Boulevardpresse gefunden hatten, hatte sein Vater stets prompt zum Telefon gegriffen, um ihn auszuschimpfen. Aber inzwischen war der Mann die Anrufe müde geworden und machte sich kaum noch die Mühe, Tristán nach seinem Leben zu fragen. Tristáns Mutter meldete sich häufiger bei ihm, und manchmal rief sie sogar Montserrat an, um sich zu erkundigen, wie es ihrem Sohn erging, und sie zu bitten, ein Auge auf ihn zu haben.

Aber Montserrat stand unter dem Eindruck, dass sie dieses Jahr recht gut miteinander auskamen.

»Ist was passiert?«

»Eigentlich nichts, nur die Berichterstattung über Karinas Tod. Zehnter Todestag und so. Ich kann mir gar nicht vorstellen, was meine Mutter gedacht haben mag, sollte sie am Zeitungsstand unsere Fotos gesehen haben. *De Telenovela* hat mehr oder weniger eine Extraausgabe über uns rausgebracht.«

»So einen Mist würde sie nicht lesen, Tristán.«

»Nicht?«, fragte er ironisch und verschränkte die Arme vor der Brust.

Sie wartete darauf, dass er noch etwas sagte, aber er saß nur mit gesenktem Kopf da, die Lippen fest zusammengepresst. Montserrat wusste, wann es Zeit war, sich auszuklinken. Außerdem brauchte sie so oder so eine Dusche.

Später schlüpfte sie in einen schwarzen Rollkragenpullover und Jeans. Sie gingen zum Abendessen in ein schickes Restaurant in Polanco, nur ein paar Blocks von Tristáns Wohnung entfernt, nachdem er versichert hatte, er werde die Rechnung übernehmen. Der Kellner runzelte die Stirn, als Montserrat ein Bier bestellte, aber es kümmerte sie wenig, was dieser Mann über ihre Getränkevorlieben dachte.

Sie ließen sich beim Essen Zeit und faulenzten danach eine Weile in Tristáns Wohnung, bis Montserrat in seinen Sachen herumschnüffelte und schließlich zwei Büroklammern entdeckte, die sie zum Schlossknacken benutzen konnte. Tristán wollte nicht einbrechen und fragte ständig, was wohl passieren würde, sollten sie gesehen werden, aber um Mitternacht war der Hausflur verlassen, und sie brauchten keine Minute, um in Abels Wohnung zu gelangen. Sie hatte es immer noch drauf.

Tristán schloss die Tür und schaltete das Licht ein. Montserrat ging zu dem Regal mit den Kristallen.

»Der Film ist nicht hier«, sagte sie, schob Geoden und Quarzkristalle zur Seite, stellte sich auf die Zehenspitzen und sah, so weit sie konnte, nach, ob er den Film in ein anderes Fach gelegt hatte.

»Vielleicht haben die Bullen ihn doch mitgenommen.«

»Warum sollten sie?«

»Ich sehe im Esszimmer nach.«

Montserrat zog vom Wohnzimmer weiter in Abels Arbeitsraum, der mit einer Reihe großer Plakate von seinen Filmen dekoriert war – *Das Opalherz in einer Flasche* und *Geflüster im Glashaus* – und mit unzähligen Fotos von Filmstars vergangener Zeiten. Es gab Regale voller antiker Uhren verschiedenster Art, Gegenstände, die er vermutlich hatte weiterverkaufen wollen. Ein Rollschreibtisch stand am Fenster. Sie öffnete eine Schublade und fand einen Organizer mit Namen und Adressen, den sie einsteckte. Das Fotoalbum, das Abel ihnen gezeigt hatte, lag auf der Lehne eines Lesesessels. Sie klappte es zu und klemmte es unter den Arm.

Kurz darauf stand Montserrat an der Tür zum Schlafzimmer und sah zu, wie Tristán diverse Schubladen öffnete.

»Was gefunden?«, fragte sie.

»Nichts, das aussieht wie eine Filmdose.«
»Hast du es schon im Gefrierschrank probiert?«
»Er hat ihn nicht in den Gefrierschrank gepackt.«
»Ich frage mich, was er damit gemacht hat. Oder ob derjenige, der ihn umgebracht hat, den Film gestohlen hat.« Tristán starrte stirnrunzelnd zu Boden.
»Was?«, fragte sie.
»Da ist ein Blutfleck auf dem Boden.«
Montserrat schluckte. Sie hatte sich bemüht, die Ruhe zu wahren, und sie hatte es auch geschafft, aber die Erwähnung von Blut rief sogleich die Erinnerung an Abels Gesicht wach. »Wir sollten gehen«, sagte sie.

Tristán begleitete Montserrat zu ihrem Wagen, der immer noch sicher dort geparkt war, wo sie ihn an dem Abend abgestellt hatte, an dem Abel sie angerufen hatte. Neben allem anderen hatte sie auch noch befürchtet, jemand könnte sich mit ihrem Auto davongemacht haben.

»Ruf mich an, wenn du zu Hause bist«, sagte Tristán und beugte sich zum Fenster herab.

»Du beschaffst doch Alma Monteros Kontaktdaten, ja?«, fragte sie, statt auf seine Bitte zu reagieren.

»Klar. Ich versuche es gleich morgen. Aber du rufst mich an, wenn du daheim bist.«

Montserrat wollte ihm nicht versprechen, dass sie das tun würde. Es klang, als müsste sich ein Kind vor seinen Eltern verantworten. Doch sie nickte.

Zurück in ihrer Wohnung, konnte sie sich nicht durchringen, zu Bett zu gehen. Stattdessen schlug sie Abels Adressbuch auf und ging die Seiten auf der Suche nach nützlichen Kontaktdaten durch. Aber Alma Montero, José López und Clarimonde Bauer waren nicht eingetragen. Sie schnappte sich das Telefonbuch und blätterte darin, fand aber auch hier weder Bauer noch Montero, und sie wollte nicht die halbe Stadt anrufen, um den richtigen López zu finden.

Sie legte den Kopf auf die Rückenlehne des Sofas und starrte zur Zimmerdecke hinauf. Noch immer ruhelos, landete sie schließlich in der Küche und kochte Wasser für eine Tasse Tee. Als sie mit der Tasse wieder im Wohnzimmer war, schlug sie Abels Fotoalbum auf und blätterte langsam darin. Schnappschüsse aus Abels Jugend zeigten ihn, wie er in die Kamera grinste. Und da waren viele Fotos von Clarimonde.

Sie entdeckte eine Aufnahme von Ewers, der sich vorbeugte und direkt in die Kamera starrte. Sie trat sich die Schuhe von den Füßen und nippte an ihrem Tee.

Es gab noch mehr Fotos von Ewers, und auf allen war sein geübter, stechender Blick erkennbar. In einer Reihe von Ganzkörperaufnahmen trug er einen locker gegürteten Trenchcoat mit hochgeschlagenem Kragen. Etwas an seinen Posen und der Art, wie die Fotos aufgenommen worden waren, erinnerte sie an Tristáns Fotos aus der Zeit, als er auf der Suche nach Modeljobs war. Fotos für ein Portfolio. Ihr kam etwas in den Sinn, was sie in Ewers' Buch gelesen hatte, und sie schlug es auf und suchte nach der richtigen Seite.

Silber ist natürlich ein wichtiges Element der Zauberei, und es dürfte kaum überraschen, dass Spiegel in dem Ruf stehen, okkulten Zwecken zu dienen, sind sie doch mit Silber beschichtet. Silbernitratfilm bietet folglich logischerweise dem Akolythen das perfekte Medium, um die Magie zu besiegeln. Magische Riten, aufgenommen mit Silbernitratfilm und vor einem Publikum vorgeführt, werden ihr Potenzial verzehnfachen. Ein Zauberer muss gesehen und gehört werden, um eine starke

Wirkung zu erzielen. Magie im Dunkeln, in der Abgeschiedenheit eines Raumes, reicht nicht aus. Hexerei lässt sich nicht zwischen Wänden verstecken.

Sie nahm Ewers' Foto aus dem Album und hielt es hoch. »Natürlich wolltest du gesehen und gehört werden«, sagte sie. »Ich glaube, du wolltest Schauspieler sein.«

Ihr wurde bewusst, wie albern sie sich anhörte, wie sie da saß und mit dem Foto eines Toten redete, umso mehr, da sie nur eine müßige Vermutung äußerte, aber die geübte Neigung von Ewers' Kopf deutete darauf hin, dass er viele Stunden vor einem Spiegel zugebracht hatte.

»Wie hast du es gemacht?«, fragte sie das Foto. »Wie hast du es geschafft, dass die Magie real wurde und nicht nur aus ein paar Worten auf Papier bestand?«

Sie legte das Foto weg und holte Ewers' Brief hervor. Es war still in der Wohnung, aber nicht so still wie in jener anderen Nacht. Dies war nur die übliche Stille, durchbrochen vom Summen des Kühlschranks in der Küche, vom Bellen eines Hundes ein Stockwerk unter ihr. Ein paar Blocks entfernt heulte eine Sirene. Sie nippte wieder an ihrem Tee.

Die Wärme des Getränks und der erfreuliche, tröstliche Anblick all ihrer Besitztümer hatten eine besänftigende Wirkung und sie ertappte sich beim Gähnen. Sie kritzelte auf einer Serviette – Ewers, Wilhelm, Magie, Zauber – und knüllte sie dann zusammen, sodass die Schrift verschmiert wurde.

Das Telefon klingelte und sie nahm ab.

»Du solltest mich anrufen, wenn du zu Hause bist«, sagte Tristán.

»Ich bin gerade vor fünf Minuten angekommen.«

»Du hast meine Wohnung vor über einer Stunde verlassen.«

»Ich habe mein Zeitgefühl verloren«, sagte sie, warf einen Blick auf die Uhr an der Wand und stellte ihre Tasse auf den Sofatisch. Mit der freien Hand rieb sie sich den Nacken.

»Was hast du gemacht?«

»Informationen gesucht«, sagte sie und blätterte in dem Buch auf ihrem Schoß zu dem Kapitel mit der Überschrift »Die Ziffer des Feuers«, passend illustriert mit dem Bild einer Flamme in einem Kreis.

»Hast du etwas Interessantes herausgefunden?«

»Bisher nicht. Ich muss mir dieses Buch noch einmal ansehen, eingehender dieses Mal. Beim letzten Mal habe ich eine Menge überblättert. Und den Brief sollte ich auch noch mal in Ruhe lesen. Und den Film im Magazin ... den muss ich zurückholen.«

»Sag nicht, du hast vor, ihn in deinen Gefrierschrank zu packen.«

»Nein, ich will mir die Szene, die wir vertont haben, noch einmal ansehen. Ich habe Kopien der Seiten, die wir für die Vertonung benutzt haben. Die sollte ich auch noch mal durchgehen«, sagte sie, schob das Buch zur Seite und trank einen weiteren Schluck Tee.

»Wozu?«

»›Gebt mir eure Hände, liebster Bruder, liebste Schwester, denn nun werden wir die Herren der Lüfte anrufen, die Prinzen in Gelb, auf dass sie unsere Riten bezeugen‹«, rezitierte sie sorgfältig und stellte die Tasse ab. »Ich bin ziemlich sicher, so lauteten die Worte.«

Die schwarz-weiße Felix-the-Cat-Uhr bewegte die Augen und den Schwanz in einem steten hypnotischen Rhythmus.

»Was hast du gesagt?«

»Das sind Ewers' Worte gewesen, die Szene, die wir vertont haben, weißt du noch? Und dann krönt er sich selbst zum König. ›Unsere Riten bezeugen‹. Ewers' Magie hängt davon ab, gesehen und gehört zu werden. Seine Zauber existieren gar nicht ohne Zuschauer.«

»Wenn im Wald ein Baum umfällt und niemand in der Nähe ist und es hören kann, macht er dann trotzdem ein Geräusch?«

»Genau. Er hat einen magischen Zirkel gebraucht, um sich beobachten zu lassen. Das war ein Teil seiner Magie.«

»Das hört sich verrückt an.«

»Nein, schau, als Valentino gestorben ist, was ist da passiert? Tausende von Leuten haben die Straßen in Manhattan gesäumt, um zuzusehen, wie sein Sarg vorbeizog. Frauen wurden hysterisch. Einige drohten sogar, sich umzubringen, als sie erfuhren, dass er gestorben war. Ein Aufstand brach aus, weil so viele Leute seinen Leichnam sehen wollten. Wir erinnern uns an Valentino, auch wenn wir andere Schauspieler vergessen haben, Schauspieler, die genauso berühmt waren wie er, vielleicht sogar berühmter.«

»Ich weiß nicht, worauf du hinauswillst.«

»Ewers' Plan war, sich umzubringen, erinnerst du dich? Er würde sterben und von seinem Zirkel wieder zum Leben erweckt werden. Ich wette, das wäre ein Riesenspektakel gewesen, eine Spitzenvorstellung. Und er hat erwartet, dass er wiederauferstehen würde. Nur ist es nicht so gekommen, weil er überfallen wurde. Ich frage mich, was aus seiner Leiche geworden ist. Ich glaube nicht, dass seine Geliebte ihm ein nettes Begräbnis bezahlt hat.«

»Du sagst also, dass Ewers, wenn er eine große Bestattung bekommen hätte, von den Toten zurückgekehrt wäre?«

»Na ja, nein. Der Film wurde nie vervollständigt, und Abel hat gesagt, das hätte zu einer Art Kurzschluss geführt. Aber er hat mit seiner Wiedergeburt gerechnet. Nach der Fertigstellung des Films und seinem Tod durch eigene Hand. Ich glaube, ich übersehe etwas ...«

»Momo ...«

»Als wir den Film eingesprochen haben, als wir diesen Teil des Kreises vervollständigt haben, hat sich dadurch etwas verändert. Als würde man neue Batterien in eine Fernbedienung einlegen.«

»Wir sind keine Zauberer. Wir können nichts ausgelöst haben.«

»Was, wenn das Teil eines Codes war, den er bereits geschrieben hatte, und wir nur noch auf einen Knopf drücken mussten? Oder ein Videorekorder, den du darauf programmierst, etwas Bestimmtes aufzunehmen? Alles, was du brauchst, ist jemand, der die Kassette einlegt«, sagte sie. »Ich weiß, das widerspricht Ewers' Vorstellung davon, dass Hierophanten ganz besondere Menschen mit einer edlen Abstammung sein müssen, aber vielleicht hatte er ja gar keine Ahnung, wovon er sprach. Und selbst wenn, hätte er es womöglich nicht zugegeben, weil er ein fürchterlicher Rassist war und besessen von all diesem Ariermist.«

Sie war ganz außer Atem, weil sie so nervös war und so begeistert von ihrem eigenen Gedankengang, aber wie Tristán sagte, neigte sie dazu, ins Plappern zu kommen. Ehe sie fortfahren konnte, ergriff er das Wort.

»Das hört sich beschissen gruselig an, und ich bin ganz allein in einer Wohnung voller Kerzen, also hör bitte auf.«

Sie konnte sich vorstellen, wie er sich mit zitternden Fingern eine Zigarette anzündete und Rauchkringel aus seinem Mund aufstiegen.

»Du warst doch derjenige, der vor gar nicht so langer Zeit einen Beweis dafür wollte, dass du dir Karina nicht eingebildet hast.«

»Ja, und ich wollte sie notfalls auch exorziert haben. Aber du schwafelst von schrägen und offen gesagt beängstigenden Theorien. Ich will die ganze Angelegenheit vergessen«, sagte er und in seiner Stimme lag eine gewisse Schärfe. Seine Augen mussten jetzt leuchten, seine Hände zu Fäusten geballt sein, wie so oft, wenn er wirklich aufgebracht war.

»Tristán ...«

»Momo, unser Freund ist *tot*.«

»Ich weiß. Ich habe seine Leiche gefunden«, sagte sie und ihr eigener Ton wurde härter in Reaktion auf seinen. »Und der Grund, warum ich dir das alles erzähle, ist, dass ich wissen will, was ihm zugestoßen ist, nicht, dass ich dir Angst einjagen will. Ich versuche zu verstehen. Willst du denn nicht verstehen?«

»Ich kann nicht sagen, ich würde wollen.«

Montserrat grunzte vernehmlich und zerrte am Telefonkabel. Sie legte sich auf das Sofa und stellte das Telefon auf ihrem Bauch ab.

»Momo? Bist du noch da?«

»Ja, ich bin hier«, sagte sie und presste den Hörer ans Ohr.

Tristán seufzte. »Pass auf, ich habe gesagt, dass ich dir helfen würde, Alma Montero zu finden, und das werde ich auch. Aber das heißt nicht, dass ich nach Mitternacht über Magie diskutieren will. So werde ich nie Schlaf finden.«

»Wäre dir sieben Uhr morgens angenehmer?«

»Haha, sehr witzig!«

»Tristán, ich glaube nicht, dass er überfallen wurde.«

»Hä?«

»Abel hat gesagt, was Ewers zugestoßen sei, wäre Pech gewesen. Er wäre getötet worden, ehe sein Projekt abgeschlossen war. Aber das hört sich für mich nach einem übermäßig großen Zufall an. Was, wenn jemand wollte, dass er stirbt, ehe der Zauber fertig war? Was, wenn dieselbe Person nun Abel umgebracht hat, weil sie fürchtet, dass Ewers von den Toten zurückkehren könnte?«

»Das wäre dann wer? Alma?«
»Vielleicht.«
»Die muss inzwischen im Rollstuhl sitzen.«
»Man kann auch im Rollstuhl Magie anwenden.«
»Ich lege auf.«
»Tristán ...«
»Ich schlafe«, sagte er. Die Schärfe war aus seiner Stimme gewichen und er klang auf eine schläfrige Art angenehm. Eigentlich hörte er sich ziemlich süß an, wenn er so redete; kein Wunder, dass er sich etliche Synchronaufträge hatte sichern können. Und es war auch kein Wunder, dass die Zuschauer der Seifenopern früher so begeistert reagiert hatten, wenn er seinen unglaubwürdigen Text zum Besten gegeben hatte. Süchtig von der ersten Szene an.
»Idiot!«
»Ich muss wirklich schlafen.«
»Geh ins Bett, ich komme schon klar«, sagte sie und zupfte an einem losen Faden ihres Pullovers.
Die Stille in der Leitung war samtweich, und sie stellte sich vor, wie er sich die Lippen leckte, so, wie er es oft tat, wenn er nervös war.
»Tut mir leid, dass du Abel ganz allein finden musstest. Ich hätte bei dir sein sollen. Bist du okay?«
Sie war müde und gestresst, und immer, wenn das der Fall war, spielte ihr Bein verrückt, aber alles in allem fand sie, dass sie sich recht gut schlug. Die Augen der Vampire und Monster beobachteten Montserrat von den Plakaten an den Wänden. Die auffällige Kunst wirkte beruhigend auf sie. Sie streckte eine Hand aus und schob sie dann unter ihren Kopf.
»Mir fehlt nichts. Nichts, was ein Aspirin nicht kurieren könnte«, sagte sie.
»Ich werde dich nicht noch mal allein lassen. Ich behalte

von jetzt an den Pager bei mir und ich beantworte jeden Telefonanruf.«

»Und du siehst vor dem Schlafengehen nach mir.«

»Das mache ich doch gerade. Halte mich auf dem Laufenden.«

»Ich weiß. Danke.«

Sie legte auf. Der Fernseher im Wohnzimmer verlockte sie, das Spätprogramm einzuschalten. Bestimmt lief auf Cinemax irgendein billiger Thriller, vielleicht erwischte sie auch noch die letzte halbe Stunde eines kolorierten, verfälschten Klassikers auf einem entsprechenden Sender. Kabelfernsehen hatte mehr zu bieten als das alte Gerät mit der Zimmerantenne in ihrer Kindheit. Aber der Tag war lang gewesen und sie fühlte sich ausgelaugt. Sie legte Album, Buch und Brief in ihr Arbeitszimmer und ging zu Bett.

15

Wenn Tristán etwas unbedingt wollte, dann bekam er es gewöhnlich auch. Das einzige Problem war, dass er leicht seinen Antrieb verlor. Entschlossenheit und Beständigkeit waren Montserrats Instrumente. Er hingegen verließ sich auf seinen Charme. Und Charme versprühte er großzügig während der nächsten paar Tage, ging sein Adressbuch durch, rief Freunde und Bekannte an und jeden, der ihm sonst noch einfiel, bis er sich endlich Alma Monteros Telefonnummer notieren konnte.

Er sprach mit der Nichte der alten Dame, die derzeit ihre Betreuerin war, und erzählte ihr, dass er und eine Freundin an einer Dokumentation über Abel Urueta arbeiteten und über seinen unvollendeten Film sprechen wollten. Zwar bat die Nichte darum, dass alle Fragen im Voraus übermittelt wurden, aber Alma Montero war bereit, unverzüglich mit ihnen zu sprechen.

Alma lebte in einem sechsstöckigen Wohngebäude in der Nähe des Parque México. Anders als viele andere alte Gebäude, die eingestürzt oder abbruchreif zurückgeblieben waren, hatte das Erdbeben von '85 diesem Haus wenig anhaben können, und so ragte es noch immer stolz und elegant auf. Die Art-déco-Elemente in der Fassade verliehen ihm die faszinierende Aura einer Grande Dame, die allmählich verwahrloste.

Im düsteren Foyer des Gebäudes gab es zwei Reihen Messingbriefkästen und einen uralten Fahrstuhl von der Größe eines Sargs, der knarrte, als er sich langsam in Bewegung setzte und sie nach oben brachte, und regelrecht klapperte, als sich die Tür öffnete und sie in den Korridor traten, der zu Alma Monteros Penthousewohnung führte.

Ein Dienstmädchen öffnete die Tür und führte sie ins Wohnzimmer. Das Mobiliar stammte wohl aus der Mitte des letzten Jahrhunderts, überall Teak- und Palisanderholz in einem tiefen Goldbraunton mit geschwungenen, stromlinienförmigen Konturen, nicht zu vergleichen mit Abels von Sammelleidenschaft geprägtem Wohnumfeld. Abels Zuhause war ein Schrein der Vergangenheit gewesen. Almas Wohnung bewies eine Vorliebe für eine Innenausstattung, wie sie vor Jahrzehnten einmal modern gewesen war, wies aber kein chaotisches Durcheinander aus Erinnerungsstücken aus. Es wirkte, als hätte sie jeglichen überflüssigen Firlefanz aussortiert und nur die Schätze eines langen Lebens aufbewahrt. Beispielsweise den grünen Tweedsessel, auf dem sich eine Frau fläzte, die geschickt ein Glas auf ihrem Knie balancierte.

Als sie eintraten, stand sie auf und schüttelte ihnen die Hände.

»Ich bin Marisa Montero«, sagte sie. »Almas Nichte.«

Sie war schlank und irgendwo in den Fünfzigern. Sie war stark geschminkt, trug das Haar kurz und hatte sich die Fingernägel rot lackiert. Jedes Detail an ihr wirkte gelackt und wohlüberlegt.

»Tristán. Und das ist meine Kollegin Montserrat.«

»Schön, Sie kennenzulernen. Möchten Sie Platz nehmen? Und was würden Sie gern trinken?«

»Wasser wäre nett«, sagte Tristán, der Marisas Cocktail zwar beäugte, sich aber zurückhielt. Er bemühte sich, seine

Nase sauber und seine Wohnung trocken zu halten. Diese ganze Magie-und-Zauber-Geschichte zerrte an seinen Nerven, und wenn er nervös wurde, tendierte er dazu, seinen Konsum an Drogen und Alkohol auf olympische Ebenen zu treiben. In diese Falle wollte er nicht noch einmal tappen.

Marisa reichte die Bitte um Wasser an das Dienstmädchen weiter, das mit gefalteten Händen hinter dem Sofa, auf dem sie nun saßen, gewartet hatte und die Gäste mit einem geübten Lächeln beobachtete.

»Sie sagten, Sie arbeiten an einer Dokumentation über Abel?«

»Ja. Es ist wirklich sehr freundlich von Ihrer Tante, dass sie mit uns über die Zeit sprechen will, in der sie mit ihm gearbeitet hat«, sagte Tristán und holte das Diktiergerät hervor, das Montserrat zu diesem Zweck beschafft hatte.

»Wir müssen Sie beide aufnehmen, ich hoffe, das stört Sie nicht«, sagte er und drückte auf den roten Knopf.

»Leider gibt meine Tante keine Interviews mehr. Sie hatte vor einigen Jahren einen Schlaganfall, seither kann sie nur langsam sprechen und ist ans Bett gefesselt. Sie hält sich über den Winter in unserem Haus in Acapulco auf. Die Stadt ist zu dieser Jahreszeit zu belastend für sie.«

Alma Montero war siebenundsiebzig Jahre alt. Darüber hatte er sich vor dem Treffen informiert. Das war ein reifes Alter, dennoch hatte er gehofft, sie wäre klar und mobil genug, um mit ihnen zu sprechen.

»Keine Sorge, ich habe die Fragen, die Sie ihr stellen wollen, weitergeleitet und mir ihre Antworten notiert. Außerdem kenne ich sie sehr gut. Ich bin überzeugt, Sie werden genug Material bekommen.«

Marisa streckte die Hand nach einem ledergebundenen Notizbuch und einem Stift auf einem niedrigen Tisch aus. Das mussten ihre Notizen sein. Gleich daneben befanden sich ein silbernes Zigarettenetui und ein passendes Feuerzeug. Auf dem Etui prangte eine fächerförmige Verzierung aus Lapislazuli und Emaille. Tristán legte sein Diktiergerät neben das Etui. Die Spulen der Minikassette drehten sich.

»Sie ähneln ihr ziemlich, bis auf die Nase«, stellte Montserrat fest.

»Das fasse ich als Kompliment auf. Sie war ein großer Star.«

»*Jenseits der gelben Tür* war der einzige Film, den sie je finanziert hat?«

Marisa nickte. »Und ein kompletter Fehlschlag. Dieses Projekt hätte sie beinahe um all ihr Geld gebracht. Darum musste die Produktion eingestellt werden.«

»Wegen Geldproblemen?«

»Deswegen und wegen einer Reihe von Schwierigkeiten im Zuge der Produktion.«

»Abel hat uns gegenüber gemeint, der Film sei verflucht gewesen«, sagte Montserrat und nippte vorsichtig an ihrem Wasser.

»Was für eine alberne Aussage.«

»Dann glauben Sie das nicht?«

»Meine Tante legt Tarot und hat sich ein Horoskop erstellen lassen. Ein Fluch ist erheblich dramatischer.«

»Aber sie hatte eine Beziehung mit Wilhelm Ewers, und der war ein Zauberer.«

Marisas manikürter Finger tippte träge auf ihr Glas. Sie beugte sich vor, stützte den linken Ellbogen auf das Knie und das Kinn auf den Handrücken. Das Glas hing nun in ihrer rechten Hand.

»Ich glaube, sie ist mit einem Mann namens Ewers ausgegangen, aber ich weiß nicht so recht, worüber Sie sprechen und warum das wichtig sein soll. Es gehört jedenfalls nicht zu den Fragen, die Sie mir übermittelt hatten.«

»Sie hat diesem Mann einen ganzen Film finanziert, und Sie wissen nichts von ihm? Vielleicht sind Sie nicht so gut über das Leben Ihrer Tante im Bilde, wie Sie dachten. Wir könnten natürlich nach Acapulco fahren, um sie nach Ewers zu fragen, aber ich glaube, Sie sind sehr wohl über ihn informiert«, bemerkte Montserrat. Eines musste Tristán ihr lassen: Sie sprach mit einer eisernen Gelassenheit, die wunderbar zu Marisas gebohnertem, ausdruckslosem Gesicht passte.

Die beiden Frauen starrten einander an wie Duellanten, die sich mit entsicherter Waffe über ein Feld hinweg beäugten.

»Wie ich sehe, hat Abel immer noch eine große Klappe«, sagte Marisa und brach damit das erbitterte Schweigen im Raum.

»Abel ist tot. Er wurde vor wenigen Tagen ermordet.«

»Das ist tragisch. Tut mir leid, das zu hören«, bekundete Marisa in einem angemessen höflichen, aber gefühlskalten Ton.

»Ihre Tante hatte Kontakt zu ihm, ehe er starb.«

»Sie haben seit Jahren nicht miteinander gesprochen.«

»Warum sollte Abel lügen? Er hat gesagt, sie hätten miteinander gesprochen. Sie war wütend auf ihn.«

»Worauf wollen Sie hinaus?«, fragte Marisa und nun schlug sich Ärger auf ihre Stimme nieder. Nicht, dass er es ihr verdenken könnte. Montserrat bellte wie ein Hund.

»Montserrat versucht nur, einige lose Enden zu verknüpfen. Durch Abels Tod stehen wir nun mit seitenweise Notizen und etlichen Fragen da, auf die wir ohne Hilfe keine Antworten finden können. Er hat uns von Ewers erzählt und gesagt, Ihre Tante wisse, dass er im Besitz einiger Gegenstände war, die ursprünglich ihm gehört hätten.«

Marisa stellte ihr Glas ab, griff zu dem silbernen Zigarettenetui, öffnete es und wählte eine Slimzigarette aus. Tristán nahm das Feuerzeug, entzündete es und hielt die Flamme an die Spitze der Damenzigarette. Sie schien die Geste zu schätzen und bedachte ihn mit einem interessierten Blick. Guter Bulle, böser Bulle. Die Rolle hatte er vor Ewigkeiten in einer Serie gespielt.

»Wir wünschen uns mehr Hintergrundmaterial«, fuhr Tristán fort, nun, da er ihre Aufmerksamkeit hatte. »Wir müssen wissen, ob wir auf dem rechten Weg sind oder in eine Sackgasse laufen.«

»Also gut. Ich werde mit Ihnen über Ewers reden. Aber das muss auf Hintergrundmaterial beschränkt bleiben, Sie verstehen? Sie dürfen mich nicht zitieren.«

»Natürlich nicht.«

»Meine Tante war, wie gesagt, eine begeisterte Anhängerin von Tarot, Astrologie, dem Ouijabrett und dergleichen mehr. Ewers ist sie auf irgendeiner Party begegnet. Er war ein aufstrebender Schauspieler und Teilzeitwahrsager. Er las den Leuten bei gesellschaftlichen Zusammenkünften Prominenter aus der Hand. Sie fand prompt Gefallen an ihm.«

»Er wollte schauspielern?«, hakte Montserrat nach.

»Unbedingt. Sie fand, er hatte etwas, und versuchte, ihm ein paar Kniffe beizubringen. Wie man posiert, wie man spricht. Er war da schon Schauspieler, aber kein sonderlich guter. Noch nicht«, erzählte Marisa und gestikulierte in Richtung eines schweren grünen Glasaschenbechers. Tristán reichte ihn ihr mit einem höflichen Nicken.

»Aber er hat es nie bis zum Film geschafft. Abgesehen von der kleinen Rolle bei *Jenseits der gelben Tür*. Da hatte er drei Szenen«, sagte Montserrat.

»Hat Abel Ihnen von dem Buch erzählt?«

»*Das Haus der endlosen Weisheit?* Er hat es uns zum Lesen gegeben.«

»Dann wissen Sie von Ewers' Magiesystem«, sagte Marisa. »Eine eklektische Mischung okkulter Lehren mit Abschweifungen in die Natur der Elemente und einer Theorie über die Bedeutung von Ton, Film und Schauspiel. Ich sagte, er wollte schauspielern, aber nicht, dass er ein Filmstar sein wollte. Das ›Spielen‹ schuf die Magie.«

Rauch stieg von Marisas geöffneten Lippen auf und vernebelte für eine Sekunde ihr Gesicht, ehe sie mit der Hand wedelte und den dünnen Schleier mit einem Lächeln vertrieb.

»Meine Tante hat für etliche … ich schätze, Sie würden es ›Probeaufnahmen‹ nennen, bezahlt, nur dass Ewers nicht die Rolle geprobt hat. Er hat versucht, die richtige Kombination aus Film, Licht, Ton, Bewegung und Stimme zu finden, die es ihm ermöglichen würde, Zauber zu wirken. Er dachte, dass Kulturen alter Zeiten ihre Magie durch Pyramiden verstärkten und sogar Zauber in die Steine einbetteten, die das Fundament für die Bauwerke bilden sollten. Er war der Ansicht, das Gleiche könne man auch mithilfe von Filmen erreichen. Es steht alles in dem Buch, wenn Sie es genau lesen. Natürlich sind das nur die Dinge, die meine Tante mir erzählt hat. Ich selbst habe nie eine Ausgabe des Buches gesehen. Sie hat sich seiner Besitztümer schon vor Ewigkeiten entledigt.«

»Sie hat ihm einen ganzen Film finanziert. Man sollte denken, sie hätte ein paar von seinen Sachen behalten wollen, wenn sie ihn so sehr geliebt hat. Warum hat sie die Filmrollen an sich gebracht, nur um sie zu vernichten?«, fragte Montserrat.

»Es hatte keinen Sinn, weiterzudrehen, nachdem er tot war.«

»Obwohl der Film so gut wie fertig war?«

»Er war nicht so gut wie fertig.«

»Abel war überzeugt, dass jeder, der mit dem Film zu tun hatte, vom Pech verfolgt wurde, weil er nicht fertiggestellt wurde. Als Ihre Tante ihn angerufen hat, wollte sie das Stück Film haben, das er aufbewahrt hatte. Sie hat zu ihm gesagt, er würde es bereuen, wenn er ihrer Forderung nicht nachkäme. Ich glaube, sie hat sich Sorgen gemacht wegen der Magie, die Ewers in diesen Film eingebettet hat wie bei den Pyramiden, die Sie erwähnt haben.«

Marisa hob ihr Glas auf Augenhöhe und musterte Montserrat stirnrunzelnd über den Rand hinweg.

»Das ist lächerlich.«

»Nicht, wenn Sie sein Buch lesen. Was ich getan habe. Warum hat Ihre Tante den Film zerstört?«

Marisa kniff die Augen zusammen und schürzte die Lippen.

»Er hat eine Sekte gegründet und Anhänger geworben. Zuerst hat sie es geliebt. Er hat seine magischen Tricks vorgeführt und sie schienen Ergebnisse zu zeitigen. Und sie hatte immer schon Freude an derartigen Spielchen. Sie hat an Magie geglaubt, an eine spezielle Macht, die das Universum beherrscht. Außerdem war er attraktiv. Anziehend.«

»Was ist passiert?«

»Er war nicht mehr ganz so anziehend.«

»Er hatte eine neue Freundin, lag es daran?«

Marisa drückte ihre Zigarette im Aschenbecher aus. Ihre manikürten Hände spielten nun mit dem fast leeren Glas.

»Er wollte Macht, das hat meine Tante gesagt. Nein, ich weiß nicht genau, was das bedeutet, aber ich weiß, dass seine Sektiererei und die Zauberei sie nervös gemacht haben. Ewers wurde leichtsinnig. Es ist eine Sache, einem Hahn den Kopf abzuschneiden, und eine ganz andere, eine

Leiche vom Friedhof zu stehlen. Er hat dauernd versucht, seine Magie zu perfektionieren. Als er gestorben ist, hat meine Tante seine Sachen zerstört, weil einige der Leute in der Sekte verrückt waren. Echte Fanatiker, die mit seinem Besitz Gott weiß was hätten anstellen können. Sie dachte, nachdem er gestorben war, sollte der Magie-Unsinn mit ihm sterben. Abel ist gestorben, richtig? Tja, dann sollten Sie mit Clarimonde Bauer und José López sprechen, denn die waren seine Lieblingsschüler und praktizieren bis heute Magie.«

»Das ist ein Witz, oder?«, fragte Tristán. »Soll das heißen, sie folgen immer noch seinen Lehren?«

»Clarimonde Bauer hat seine Werke jahrelang nachgedruckt und das Ganze erst ruhen lassen, als sie in finanzielle Schwierigkeiten geraten ist. José López läuft immer noch mit einem Flakon mit Friedhofserde unter dem Hemd herum und mit einem Hühnerfuß für seine Zaubersprüche. Und wenn Sie sich in der Stadt umsehen, dann werden Sie hier und da zwischen all den Graffiti Ewers' Runen finden.«

»Seine Runen«, sagte Montserrat. »Soll das heißen, seine Sekte ist immer noch aktiv?«

»Meine Tante verbringt ihre Zeit nicht nur wegen des Wetters in Acapulco. Vor ein paar Jahren, als sie den Schlaganfall erlitt, da hatte sie das Gefühl, es hätte etwas mit Ewers zu tun gehabt. Dass jemand oder eine Gruppe von Leuten basierend auf seinem Magiesystem Zauber wirkte. Sie hatte die Runen auf einem verlassenen Gebäude nicht weit von hier gesehen und wiedererkannt. Seither versucht sie, sich so gut sie kann von Mexico City fernzuhalten. In diesen Straßen gibt es immer noch Magie, die Magie, mit der Ewers damals hantiert hatte. Seine Gemeinde mag nicht mehr so groß sein wie zu seinen Lebzeiten und Clarimondes Geld reicht nicht mehr so weit wie früher. Aber es gibt immer noch wahre Gläubige, die sich an die gute alte Zeit erinnern.«

Tristán lief ein Schauder über den Rücken, als ihm ein leeres Grundstück in der Nähe seiner Wohnung in den Sinn kam, umgeben von einem hohen Holzzaun, der mit Plakaten von Konzerten, Boxkämpfen und sogar Pornofilmen gepflastert war. Manchmal wurden die Poster mit Graffiti beschmiert, ehe die nächste Welle Plakate die Schriften verdeckte. Er fragte sich, ob unter den vielen Lagen billigen Papiers und bunter Tinte Symbole einer alten Magie verborgen waren wie eingemauerte Leichen in Wänden.

»Hat Ihre Tante vielleicht die Kontaktdaten von Clarimonde und José?«, fragte Montserrat.

»Nein, die hat sie nicht. Clarimonde hat geheiratet, und ich glaube, sie hat noch ein weiteres Mal geheiratet, aber das muss lange her sein.«

»Und sie wurde Herausgeberin?«

»Das nehme ich an. Als Schauspielerin hätte sie es bestimmt nicht geschafft«, sagte Marisa verächtlich. »Nicht dass sie nicht versucht hätte, auch nach Ewers' Tod dabeizubleiben. José hat weitergeschrieben, aber ich bin sicher, er hat seit Ewigkeiten keinen Erfolg mehr verbuchen können.«

»Er war Autor? Woran hat er gearbeitet?«

Das schien Marisa zu verblüffen. »Woran ...? An *Jenseits der gelben Tür* natürlich. Er war Co-Autor. Abel und er waren befreundet, sie haben zusammengearbeitet.«

»José López ist Romeo Donderis?«, hakte Montserrat nach und klang nun selbst ziemlich verblüfft.

»Das wussten Sie nicht?«

Abel hatte ihnen nie erzählt, womit genau López seinen Lebensunterhalt verdiente, nur, dass er beim Film gearbeitet habe. Montserrat setzte eine nachdenkliche Miene auf.

»Abel sagte, Ihre Tante hätte ihm ein Mal Geld gegeben, als er es brauchte. Womöglich hat sie seine Kontaktdaten doch.«

»Nein, sicher nicht. Sie will nicht über diese Zeit reden. Zauber? Sekten? Verstehen Sie, warum ich das alles nur als Hintergrundinformation bereitstelle? Und warum Sie niemandem erzählen dürfen, dass ich diejenige war, die diese Dinge erwähnt hat?«, fragte Marisa. Ihre Stimme klang ruhig, aber ihre Augen zuckten von Montserrat zu Tristán.

»Wie auch immer, ich habe zu tun, und ich habe noch einen anderen Termin.«

»Das verstehen wir. Aber dürfen wir Ihnen noch eine weitere Frage stellen? Und könnten Sie diese Frage, falls nötig, an Ihre Tante weitergeben? Wir können Ihnen eine Telefonnummer geben, unter der Sie uns erreichen können.«

»Das wäre wirklich sehr nett«, fügte Tristán hinzu, und sein Ton deutete an, dass er *seine* Nummer notieren würde.

»Also schön.«

»Was wissen Sie über Ewers' Tod?«

»Nichts. Es hieß, er sei überfallen worden.«

»Das ist nicht nichts.«

»Aber fast«, erwiderte Marisa, blickte auf ihre Armbanduhr und klopfte mit einem perfekt manikürten Fingernagel auf das Glas, als wollte sie auf nicht sonderlich subtile Art darauf hinweisen, dass das Gespräch beendet war. »Sie werden verzeihen, aber ich muss los.«

»Kein Problem. Wir werfen Nägel hinter uns, wenn wir gehen«, sagte Montserrat.

Tristán wusste nicht, was das zu bedeuten hatte, aber Marisa rang die Hände. Sie lächelte, als sie sich erhob, doch dieses Lächeln wirkte ein wenig verunglückt, so, als würde sie sich zu sehr bemühen.

Sie schüttelten einander die Hände, und Tristán notierte tatsächlich seine Pagernummer auf einem Stück Papier, ehe er das Diktiergerät einsteckte. Anstandshalber bedachte er Marisa mit einem breiten Lächeln, das sie mit einer interessiert wirkenden Kopfbewegung beantwortete. Tristán hatte es immer noch drauf. Er nahm an, dass sie, hätte er sie allein befragt, mehr preisgegeben hätte. Wenn es um Guter-Bulle-böser-Bulle ging, steuerte Montserrat gern ein »Prügel das Geständnis aus dem Verdächtigen heraus« an. Das erwähnte er, als sie auf den Fahrstuhl warteten und den Zeiger der Messinganzeige beobachteten.

»Du willst sagen, du hättest die Antworten aus ihr herausgevögelt«, konterte Montserrat.

»Nein, aber ältere Damen lieben mich.«

»Ohne mich hättest du dich nur ablenken lassen und am Ende gekniffen. Du hättest es versaut.«

»Du hast ja eine tolle Meinung von mir.«

Die Fahrstuhltür öffnete sich und sie traten in die Kabine. Tristán drückte auf den Knopf für das Foyer und der Fahrstuhl begann mit seinem langsamen Abstieg.

»Wenn wir zum Eckladen gegangen sind, um Bonbons zu klauen, musste immer ich sie stehlen«, sagte Montserrat. »Du konntest das nie.«

Sie konnte nach so einem Diebstahl auch schneller laufen. Das Humpeln änderte daran nichts. Montserrat war Tristán immer zwei Schritte voraus.

»Klauen und Reden sind zwei verschiedene Dinge. Reden kann ich. Hey, was war das eigentlich gerade mit den Nägeln?«

»Ein Zauber. Ich habe keine Nägel, ich wollte nur sehen, wie sie reagiert.«

»Und?«

»Sie ist nervös.«

»Das bin ich auch. Was hast du jetzt vor?«

»Weitergraben. An dieser Marisa stimmt etwas nicht.«

»Inwiefern?«

»Ich weiß nicht. Etwas war … schräg«, sagte Montserrat. Sie verließen den Fahrstuhl und das Gebäude. Montserrat marschierte mit entschlossenen Schritten los, die Hände in den Taschen vergraben. Bei Tristán hatte das Gespräch mit Marisa ein Verlangen nach einer Zigarette und einem Drink ausgelöst, aber er würde weder noch bekommen, solange Montserrat bei ihm war. Sie würde ihm nur wieder einen Vortrag über Lungenkrebs halten. Er sollte wirklich die Finger vom Tabak lassen, das wusste er, aber eine neue Packung Dunhill hatte stets etwas Verführerisches.

»Diese Dame sagte, Ewers' alte Freunde würden immer noch ihre magischen Tricks aufführen. Sie könnten Abel ermordet haben«, sagte er, griff in seine Jackentasche und setzte seine Sonnenbrille auf.

»Mag sein. Aber sie hat auch sofort dichtgemacht, als ich sie nach Ewers' Tod gefragt habe. Und warum sollten Ewers' Anhänger ihn töten?«

»Warum sollte seine Freundin ihn töten?«

»Er hat Alma hintergangen.«

»Vielleicht hat er Clarimonde ja auch hintergangen.«

»Vielleicht. Besser, wir fragen sie selbst und José auch.«

»Wie willst du sie aufspüren?«

Die grüne Oase des Parque México mit seinen Steinbänken und den prächtigen Springbrunnen war verlockend nah, und er dachte, es wäre sicher angenehmer, die Parkwege hinunterzuschlendern, statt eine Straße entlangzugehen, die womöglich von gefährlicher Magie durchtränkt war. Wer konnte schließlich wissen, ob Ewers' Runen nicht an den Wänden einer Unterführung prangten? Aber Montserrat dirigierte ihn in die entgegengesetzte Richtung. Sie hatten den Weg zur Metrostation an der Patriotismo eingeschlagen.

»Abel sagte, Clarimonde hätte Ewers' Buch publiziert, und sie hat dafür gesorgt, dass es lange Zeit erhältlich war. Es könnte doch sein, dass es den Verlag, der es herausgebracht hat, immer noch gibt. Und was José López betrifft, denke ich, ich sollte vielleicht Nando Melgar einen Besuch abstatten.«

»Du hast mir erzählt, Nando wäre ein Widerling.«

»Ist er. Aber er hat vor ein paar Jahren versucht, mir ein Skript von einem von Abels Filmen zu verkaufen. Er sagte, es enthalte Notizen von Romeo Donderis an den Seitenrändern, und er hat angeboten, die Echtheit vom Autor persönlich bestätigen zu lassen. Ich werde morgen mit Nando reden.«

»Hör mal, morgen bin ich den ganzen Tag ausgebucht. Ich habe diesen Publicity-Termin wegen der neuen Rolle. Aber wenn du die Sache verschieben würdest, könnte ich mitgehen.«

»Ich werde nicht in Lebensgefahr geraten.«

»Also brauche ich *dich*, um die richtigen Fragen zu stellen, aber du brauchst *mich* nicht?«, fragte er, ohne auch nur zu versuchen, seinen Ärger zu verbergen.

»Ich brauche dich nicht, nein.«

Er legte die Stirn in Falten. Sie war seine Mitverschwörerin, seine beste und treueste Freundin, aber manchmal nervte sie ihn zu Tode.

Montserrat lachte laut und legte ihm eine Hand auf den Arm, als wollte sie ihn besänftigen. »Ich komme mit Nando klar. Wenn er versucht, mir in den Hintern zu kneifen, ramme ich ihm die Faust in die Eier. Er weiß, wie das bei mir läuft.«

»Was, wenn er ein Masochist ist und es genießt, wenn du ihm die Eier quetschst?«

»Du machst dir zu viele Sorgen.«

»Richtig, und nicht nur wegen Nando«, sagte Tristán und beäugte misstrauisch die Fußgängerampel. »Dieses Gerede über Runen hat mir Angst gemacht.«

»Du solltest dich nie vor Magie fürchten. Das hat Ewers in seinem Buch gesagt. Furcht gibt anderen Macht über dich und vernebelt deinen Geist. Das macht die Magie gefährlich. Was durchaus Sinn ergibt. Wenn du denkst, dass du verflucht wurdest, dann suchst du ständig nach Anzeichen für Gefahr.«

»Das hört sich für mich ziemlich logisch an.«

»Aber nicht so, wie er das gesehen hat. Du musstest furchtlos sein.«

»Warum befolgst du den Rat dieses Kerls?«, fragte er, verärgert über die Art, wie sie sprach. Es klang beinahe, als würde sie sich freuen.

»Ich versuche, hinter seine Logik zu kommen, hinter das Grundprinzip. Wie Abel gesagt hat, Ewers hat diese Ideen nicht aus dem Nichts entwickelt. Er hat Dinge vermischt und seinen Wünschen angepasst. So furchtbar innovativ war er gar nicht.«

»Was ist schon wirklich innovativ? Jede Seifenoper, in der ich mitgespielt habe, hat sich von den anderen vorwiegend durch einen neuen Namen unterschieden.«

»Ganz genau. Also ist Ewers, auch wenn er arg viel von sich gehalten hat, vielleicht einfach nur über ein paar gute Tipps gestolpert.«

An der Straßenecke blieb Tristán stehen und musterte Montserrat. Er nahm sogar die Sonnenbrille ab und blickte ihr tief in die Augen. »Sei vorsichtig! Ich meine es ernst, Momo«, sagte er mit leiser Stimme. »Dieser Mist ist gefährlich.«

Sie blinzelte nicht, reckte nur entschlossen das Kinn vor und antwortete auf ihre geübt dreiste Art: »In Abels Wohnung bin ich überrumpelt worden, aber das wird mir kein zweites Mal passieren.«

»Du bist furchtbar«, murrte er und meinte es auch so.

16

Es war kälter an diesem Morgen und Montserrats Bein schmerzte. Sie konnte nichts tun, als es zu reiben und die Heizdecke einzuschalten, also blieb sie im Bett, genoss die Wärme und ging ihre gesammelten Notizen durch. Das Treffen mit Nando war erst für zwei Uhr nachmittags geplant, damit blieb ihr genug Zeit, um einen Talisman zu ihrem Schutz anzufertigen. Ewers' Buch war auf den ersten Blick ziemlich unübersichtlich. Aber das war nur eine Täuschung, die entweder dazu diente, Dilettanten abzuschrecken oder den geheimnisvollen Nimbus des Buches zu steigern. Wie dem auch sein mochte, Montserrat hatte die Methode erkannt, die er verwendet hatte, um sein magisches Wissen zu erklären. Er teilte die Magie in ein System aus verschiedenen Ebenen und Elementen mit korrespondierenden Runen auf. Ihm zufolge konnten die Adepten nur einen winzigen Hauch seiner Magie begreifen, während die Hierophanten in der Lage waren, sie anzuwenden.

Wasser wurde mit dem Tod assoziiert – was Ewers untermauerte, indem er sowohl die Lethe als auch den Styx anführte – und folglich mit der Vergangenheit. Nekromantie, spirituelles Schreiben und Retrokognition wurden detailliert in dem Kapitel behandelt, das mit »Die Permutation des Wassers« überschrieben war.

»Das Flüstern der Erde« befasste sich mit dem Erdelement und folglich mit kostbaren Metallen und Mineralien. Außerdem brachte er die Erde mit Pflanzen und Pilzen in Verbindung. Es war daher nicht schwer, zu erraten, warum Ewers dieses Element mit Tränken und Arzneien verknüpfte – aber auch mit Flüchen, denn ein Element, das heilen konnte, das konnte ebenso gut töten. Ewers verflocht Visionen der Zukunft und die Gabe der Hellseherei mit der Erde und argumentierte, dass alle Spiegel und Kristalle, die zur Wahrsagerei benutzt werden konnten, schlussendlich aus den Tiefen der Erde stammten. Er erwähnte sogar John Dees Obsidianspiegel.

»Die Ziffer des Feuers« umfasste lange Absätze über Radiästhesie. Das war nicht überraschend, handelte es sich doch um Ewers' Spezialgebiet. Ewers assoziierte Feuer mit Leidenschaft, Transformation und Willenskraft – der Phönix, wiederauferstanden aus seiner Asche, war ein Motiv, das er häufig aufgriff, aber auch der Feuersalamander wurde mit liebevoll detaillierten Absätzen gewürdigt. In diesem Kapitel brachte er Telepathie, Illusionen und Abwehrzauber unter.

Kein Hierophant konnte die Luft allein beherrschen. Dieses Element war eine Art Joker, etwas, was die anderen Elemente veränderte und nicht allein angetroffen werden konnte. Nur ein Meistermagier wie Ewers selbst durfte hoffen, Feuer, Erde und Wasser zu beherrschen und Zugang zu dem schwer zu fassenden Äther – der »Luft« – zu bekommen.

Filme waren für Ewers von Interesse, weil sie alle vier Elemente, auf denen er sein Magiesystem aufgebaut hatte, zu vereinen schienen. Das Silbernitrat in den Filmen kam aus der Erde, der von Spule zu Spule laufende Film war für ihn wie ein Fluss aus Bildern, und die Kohlebogenlampen, die zur Vorführung von Filmen benötigt wurden, kamen nach seiner Vorstellung Fackeln nahe und standen folglich mit dem Feuer in Verbindung. All diese Elemente wurden vereint mithilfe des Tons, den er als das Luftelement bezeichnete. Luft war ein Verstärker, ganz so, wie die alten Audiosysteme wie Vitaphone den Ton verstärkt hatten.

Aber Filme lieferten auch ein großes Spektakel, und Ewers schien von der Idee, dass die Macht eines Zaubers verstärkt wurde, wenn viele Leute zusammenkamen, fasziniert gewesen zu sein. Filme waren das perfekte Amalgam für alle magischen Elemente, die Ewers sich zunutze machen wollte, aber Montserrat war nicht sicher, ob sein Interesse an ihnen schon vor seiner Begegnung mit Alma Montero erwacht war oder erst danach. Seinem Brief zufolge hatte er den Wert des Films erst bei einer Vorführung eines ihrer Spielfilme erkannt, aber Alma hatte deutlich gemacht, dass Ewers bereits ein Möchtegernschauspieler gewesen war, als sie ihn kennengelernt hatte.

Montserrat blätterte zum Kapitel »Ziffer des Feuers« und dort zu dem Abschnitt für apotropäische Magie. Da waren zwei Seiten voller Abwehrzauber, zu denen auch »Kerzen abbrennen« zur Vertreibung verderblicher Geister gehörte – sie nahm an, Abel hatte die Idee mit den weißen Kerzen aus dem Buch – und ein kleiner Zauber, der einen Stich in den Finger erforderte. Anschließend musste man mit dem Blut eine Rune auf ein weißes Taschentuch malen, es dreimal verknoten und schließlich vor dem ganzen Bündel ein Räucherstäbchen abbrennen.

Montserrats Schwester liebte Räucherstäbchen und hatte eine Packung in ihrer Wohnung deponiert. Sie hatte kein richtiges Räuchergefäß, also benutzte sie einfach eine Tasse. Was das Taschentuch betraf, so stach sie sich in den Finger, zeichnete aber nicht Ewers' Rune auf die Stoffserviette, sondern das Wort »Schild«, einerseits, weil sie Ewers' komplizierte Runen nicht mochte, aber auch, weil nach dem, was Ewers schrieb, Magie eine Übung im Glauben und dem Umgang mit dem eigenen Selbst war.

Sie glaubte nicht, dass es sonderlich wichtig war, ob man nun eine Rune oder ein Wort zeichnete. Der Prozess der Konzentration auf das Ritual war das, was möglicherweise Ergebnisse zeitigen konnte. Runen waren – auf einer persönlichen Ebene – bedeutend für Ewers. Doch ihr sagten sie nichts, also nahm sie ein Wort, das die Signifikanz besaß, die ihr vorschwebte.

Ob das allerdings funktionieren würde, war eine andere Frage. Und es war schließlich auch möglich, dass Tristán und sie schlicht gleichzeitig den Verstand verloren, aber für den Fall, dass tatsächlich irgendwelche mörderischen Zauberer in der Stadt lauerten, wollte Montserrat vorbereitet sein. Ihr Treffen mit Marisa hatte sie ein wenig erschüttert, auch wenn sie vor Tristán eine gleichgültige Miene zur Schau getragen hatte.

Als sie mit den Knoten im Taschentuch fertig war, schob sie ihren Stuhl zurück und betrachtete nachdenklich die Pinnwand, die nun übersät war mit Fotos von Ewers, Notizen und Zeichnungen. Ihr Arbeitszimmer wurde mehr und mehr zu einem Forschungslabor zur Analyse von *Das Haus der endlosen Weisheit*.

Sie konzentrierte sich auf ein Foto von Ewers inmitten blasser Damen und grinsender Herren in ihren feinen Anzügen, die samt und sonders ein Weinglas in der Hand hielten. Wie würden Tristán und sie in solch eine Runde passen? Gar nicht. Ende der 1930er hatten die Händler in Chihuahua, wo Tristáns Vater gelebt hatte, ehe er nach Tamaulipas gezogen war, Menschen aus Nahost beschuldigt, Krankheiten einzuschleppen und sich unfairer Geschäftspraktiken zu bedienen. Sie hatten sie als Türken bezeichnet, ganz egal, woher sie gekommen waren, und gefordert, die *aboneros* sollten aus dem Land gejagt werden, genau wie die Chinesen hinausgeworfen worden waren. Ende der 1950er, als Ewers seine Bewunderer um sich geschart hatte, erwärmte sich Mexiko für bestimmte libanesische Geschäftsleute, die ihren Reichtum als Eintrittskarte in die bessere Gesellschaft nutzten, was jedoch nicht hieß, dass auch ein armer Junge wie Tristán mit offenen Armen willkommen geheißen wurde. Und es bedeutete zudem, dass Montserrat mit ihrer dunklen Haut und der großen Nase auf diese Snobs keinen sonderlich guten Eindruck gemacht hätte.

Nichtsdestoweniger kam Ewers ihr wie ein opportunistisches, aalglattes Geschöpf vor. Ein Mann, der kein Problem darin sähe, so viel Geld oder Wissen wie nur möglich aus jenen herauszupressen, die er als unpassende Gesellschaft einstufte, ehe er sie schließlich ausrangierte. Vielleicht wurde ihnen gestattet, an einer Party teilzunehmen oder an zwei, ehe sie verstoßen wurden. Ewers war ein Vampir gewesen und das kleine Buch unter seinem Arm und die honigsüßen Worte dienten ihm als mesmerische Werkzeuge.

War es gefährlich, ihn zu studieren, wie Tristán gesagt hatte? Sie nahm an, sie könnte so tun, als wäre alles in Ordnung, und den Mann aus ihrem Kopf tilgen, aber dann blieben sie nur noch wehrloser zurück. Ignoranz war kein Schutz vor irgendetwas.

Montserrat übertrug die Anweisungen für den Zauber auf ein Stück Papier. Sie könnte sie Tristán am nächsten Morgen geben, falls er greifbar war. Oder sie rief ihn einfach am Abend an.

Das geknotete Tuch in der Tasche, nahm Montserrat die U-Bahn nach San Cosme. Der große Trick in Mexico City war, das richtige Transportmittel zu wählen. Manche Viertel waren nur über die U-Bahn erreichbar, andere problemlos anfahrbar. Montserrat zog es vor, auf ihren Wagen zu verzichten, wenn sie nach Santa María la Ribera wollte, obwohl die U-Bahn ihre eigenen Probleme mit sich brachte.

Der Wagen, in den sie stieg, war überfüllt, womit sie gerechnet hatte, aber der Typ, der sie mehr oder weniger gegen eine Stange rammte und den Ausflug beinahe schmerzhaft machte, erinnerte sie deutlich an die Vorzüge ihres Autos. Zwei Teenies lachten, während sie zusahen, wie sie auf unsicheren Beinen dastand und sich an einem Sitz festklammerte. Sie bedachte sie mit einem wütenden Blick und dachte an Ewers' Flüche. Male eine Rune auf den Rücken einer Spinne und zerquetsche sie in deiner linken Hand; *auf dass jene, die dir ein Leid tun, ebenso zerquetscht werden.*

Sie drehte den Kopf, betrachtete das Fenster des U-Bahn-Waggons. Die Spiegelbilder der Leute im Glas waren verschwommen, nichts als unscharfe Schemen, umgeben von anderen Schemen. Da war ein Mann, einen Kopf größer als sie, der hinter ihr stand und nach unten blickte. Sie konnte die unscharfe Reflexion seines Kopfes im Glas erkennen. Manchmal versuchten Perverse, eine Frau zu begrapschen oder ihr in den Ausschnitt zu gucken, und sie hielt für alle Fälle ihren Ellbogen bereit. Sollte er ihr zu nahe kommen, würde sie ihm den in die Rippen rammen. Ihr Bein schmerzte immer noch und sie schloss die Augen und riss sie wieder auf, als der Zug ihre Station erreichte.

Nando hatte seine Waren gewöhnlich auf dem El Chopo angeboten, Videofilme an *darketos*, Punks oder andere Alternative verkauft, bis Streitigkeiten mit dem Bürgerverein, der die Verkäufer überwachte, ihn zwangen, sich einen neuen Platz zu suchen, an dem er seine Ware verhökern konnte. Da er keinen Laden mieten wollte, hatte er sich dafür entschieden, die Produkte von seiner Wohnung aus zu veräußern.

Nando hatte Kassetten und Platten verkauft, die sein Cousin aus Tijuana in den USA erworben und ihm per Post geschickt hatte, aber als Betamax und später VHS auf den Markt gekommen waren, hatte er sich auf Filme spezialisiert. Später war er umgeschwenkt auf Memorabilien, die mehr Geld einbrachten.

Nando lebte an der Fresno, drei Blocks vom maurischen Pavillon entfernt, in einem hässlichen Gebäude, das einmal in der Farbe »Mexican Pink« gestrichen worden war und jetzt aussah, als wäre es komplett mit Schmutz verkrustet. Die Nachbarschaft hatte einst dem französischen Stil nachgeeifert, und das Art-Nouveau-Museum aus Glas und Eisen war Zeuge jener großen Erwartungen, die längst zerschlagen worden waren, während die Gegend immer grauer und ärmer wurde. Nandos Wohngebäude verfügte nicht über das alteuropäische Flair mancher anderer Häuser, die sich mit Mansardendächern und Schmiedeeisen schmückten. Stattdessen sah es aus wie ein Taschentuchspender aus Karton, in den viereckige Löcher für die Fenster geschnitten worden waren.

Sie stand vor dem Haus und brüllte seinen Namen, bis Nando im dritten Stock ein Fenster öffnete und einen Korb mit einem Schlüssel herabließ. Es gab keine Klingelanlage und keinen Fahrstuhl. Entweder, man rief von draußen, oder man hämmerte an die Tür, bis die Hausmeisterin zu öffnen geruhte, immer vorausgesetzt, sie war anwesend. Montserrat kletterte die Treppe hinauf und verfluchte das kalte Wetter und ihr schmerzendes Bein.

Nando empfing sie mit einem Wangenkuss und einem strahlenden Lächeln. Mit großem Gewese geleitete er sie in sein Wohnzimmer, das frei von Trödel war. Der Rest der Wohnung war vollgestopft mit aufgerollten Filmplakaten und sorgfältig etikettierten Kartons, in denen sich seine Handelsware befand, und mit all dem, was noch zum Herrschaftsbereich seiner Mutter gehörte.

»Willst du ein Bier?«, fragte er und bot ihr eine offene Flasche Sol an, die auf seinem Sofatisch stand.

An den Wänden hing eine Tapete mit Blumenmuster, ganz im Stil von Nandos Mutter, die auch die Miete bezahlte. Die alte Dame gestattete keine Renovierung. Immerhin erlaubte sie Nando, einen gewaltigen Fernseher und eine Stereoanlage in das Wohnzimmer zu stopfen, auch wenn das TV-Gerät zu dieser Jahreszeit halb hinter einem Plastikweihnachtsbaum mit blinkenden Lichtern und haufenweise Lametta verschwand.

»Ist noch ein bisschen zu früh für mich.«

»Keine Ahnung. Ich war bei einem Gig in Santa Fe bis vier Uhr morgens und bin gerade erst aufgewacht.«

Nando war nur zwei Jahre jünger als Montserrat, verhielt sich aber wie fünfzehn und sah aus wie fünfzig.

»Wo ist deine Mom?«

»Auf dem Markt. Wir sind hier ganz unter uns«, sagte er und zwinkerte ihr zu.

Über der Couch, auf die Nando sich hatte fallen lassen, blickte Santo Niño de Atocha aus einem Gemälde auf sie herab. Ihr Gastgeber klopfte auf den Platz neben sich. Montserrat zog sich stattdessen einen Sessel heran.

»Wie läuft der Job?«, fragte er.

»Das alte Lied. Diesen Monat ist ein bisschen wenig los. Ich will mir morgen meinen Bonus holen, und dann werde ich die ruhigen Wochen genießen, bis es wieder richtig losgeht.«

Eigentlich wollte sie vor allem, dass Mario das Magazin öffnete und ihr das Stück Film gab, das sie dort eingelagert hatte, aber der Bonus war eine gute Ausrede. Womöglich konnte sie Mario sogar ein ausreichend schlechtes Gewissen bereiten, damit er ihr für den Januar großzügig Schichten einräumte. Diese ganze Magiegeschichte brachte ihr Leben ziemlich durcheinander.

»Ich habe gehört, Mario würde die Stunden bei Antares zurückfahren und hätte dir eine ganze Menge gestrichen.«

»Wer hat dir von den Arbeitsstunden bei Antares erzählt?«

»Lalo Podesta war vor ein paar Tagen hier. Wir haben Karten gespielt. Er sagt, Samuel würde einen Freund ins Team holen, der dich ersetzen soll.«

»Woher weiß er, was Samuel tut?«

»Lalo liebt Tratsch.«

Wenn Lalo den Hals so weit aufriss, mochte etwas Wahres dran sein, aber sie wollte nicht gerade jetzt darüber nachdenken, also schüttelte sie den Kopf und musterte Nando finster. »Lalo sollte sich um seine eigenen Angelegenheiten kümmern und du auch. Wie auch immer, ich bin nicht hier, um über meine Arbeit zu reden.«

»Warum *bist* du hier? Du siehst gut aus, Montserrat. Ich mag, was du mit deinen Haaren gemacht hast.«

Das Einzige, was Montserrat mit ihren Haaren gemacht hatte, war, sie zu einem Pferdeschwanz zu binden, aber Nando war ein geiler Hund, der sie wie einen saftigen Hummer anstierte. Doch sie hatte schon genug Fieslinge abgewimmelt, um zu wissen, wie sie mit diesem umzugehen hatte.

»Vor einiger Zeit hattest du ein Drehbuch im Angebot. Es war von Romeo Donderis, und du hast gesagt, du könntest die Echtheit vom Autor selbst bestätigen lassen, weil es ziemlich kostspielig wäre.«

»Sicher, aber das ist eine Weile her. Es ist längst verkauft.«

»Ich bin nicht an dem Drehbuch interessiert. Ich möchte mehr über Donderis erfahren. Hast du seine Telefonnummer oder seine Privatadresse?«

»Willst du ihn aufsuchen? Hast du vor, meine Vermittlung bei derartigen Transaktionen zu umgehen? Das mache ich nicht mit. Wie soll ich dann noch meinen Lebensunterhalt verdienen?«, fragte Nando und verschüttete ein wenig von seinem Bier, als er die Flasche absetzte.

»Was? Nein, ich stelle nur Recherchen an.«

»So? Woran arbeitest du?«

An nichts. Der Plan für eine Dokumentation war gestorben. Vielleicht hatte Tristán recht, vielleicht sollten sie ihre Nachforschungen einstellen und so tun, als hätten sie nie von Ewers oder seinem Film gehört. Aber sie konnte nicht einfach wegsehen, sie musste herausfinden, wer Abel umgebracht hatte. Das wusste sie so sicher, wie sie wusste, wann im Geschehen auf der Leinwand eine Stichnote zu erwarten war. Sie wollte dieses Gefühl nicht als übernatürliche Wahrnehmung einordnen, aber vielleicht war da doch etwas dran. Abel hatte gesagt, wenn ein Zauber erst einmal begonnen wurde, musste er zu Ende gebracht werden.

Natürlich konnte auch eine ganz gewöhnliche Obsession dahinterstecken oder schlichte Langeweile. Als würde der ermüdende Nachhall ihres eintönigen Daseins sie dazu treiben, diesem Hauch von Aufregung nachzugehen. Sie fühlte sich so wach, war so neugierig wie seit Langem nicht mehr.

»Das geht dich nichts an.«

»Wenn du jemanden um Hilfe bittest, dann solltest du wenigstens höflich *tun*. Ich dachte, du würdest irgendetwas kaufen, aber du verschwendest nur meine Zeit«, sagte Nando und kratzte sich direkt über dem Gummibund seiner Jogginghose.

Montserrat zog ein paar Banknoten aus ihrer Brieftasche und knallte sie gleich neben der Bierflasche auf den Tisch. Sie konnte es sich wirklich nicht leisten, mit Geld um sich zu werfen, aber sie wollte auch keine ganze Stunde damit vergeuden, Nando zu beschwatzen. »Hier. Jetzt her mit den Kontaktdaten.«

Nando nahm die Scheine, stopfte sie in die Tasche seiner Jogginghose und zuckte mit den Schultern. »Da bin ich überfragt.«

»Du kennst sie nicht?«

»Ich habe keinen Schimmer«, sagte Nando, schüttelte den Kopf und trank noch einen Schluck Bier.

»Du Arschloch. Wie wolltest du dann die Echtheit bestätigen lassen?«

»Ich bin dem Typ begegnet, als ich auf El Chopo Ware verkauft habe. Er ist an meinem Stand stehen geblieben und ich habe ihm meine Kontaktinformationen gegeben. Ich habe ihm ein paar Sachen abgekauft, Aushangbilder, andere Drehbücher, so was eben. Aber er ist derjenige, der Kontakt zu mir aufnimmt.«

»Gib mir mein Geld zurück, du Mistkerl«, sagte sie, streckte die Hand aus und maß ihn mit einem bösen Blick.

»Du bist süß, wenn du stinkig bist. Wenn du Detektiv spielen willst, dann solltest du mich vielleicht verführen, um deine Antwort zu bekommen.«

»Rühr mich an und ich trete dir in die Eier«, konstatierte sie in nüchternem Ton.

Er verdrehte die Augen. »Schön. Wenn du ihn sprechen musst, könntest du es in dem Café probieren, in dem ich ihn normalerweise treffe. Es ist immer derselbe Ort. Das Maupassant. Die verkaufen Crêpes, ungefähr zwei Blocks entfernt von der Metrostation Chilpancingo. Ich glaube, er ist mit den Eigentümern befreundet. Worum geht es eigentlich bei deinen Nachforschungen? Autoren aus dem Goldenen Zeitalter?«

»So was in der Art. Schreibt er immer noch?«

»Nein, ich glaube, er ist Lektor. Er hat noch Andenken aus dieser Zeit und verkauft von Zeit zu Zeit etwas davon, um Geld für einen Urlaub zu beschaffen oder was weiß ich. Netter Bursche.«

»Wie sieht er aus?«

»Groß, graues Haar, Bart. Trägt einen Hut. Willst du dir meine neue Lieferung ...«

»Danke«, sagte Montserrat, stand hastig auf, schüttelte Nando die Hand und eilte zur Tür hinaus, ehe er auch nur versuchen konnte, ihr einen Wangenkuss zu geben. Widerlicher Typ.

»Zerquetsch eine Spinne in deiner linken Hand«, murmelte sie vor sich hin und wünschte sich, sie könnte diesen Kerl zerquetschen.

Das Maupassant war an der Minería und warb im Fenster sowohl mit echt französischen Crêpes als auch mit Enchiladas. Beides schien nicht gerade die Massen anzuziehen. Als Montserrat eintrat, war das Lokal verlassen. Auf kleinen weißen Tischen standen Vasen mit Plastikblumen und die Wände waren mit billigen Postern vom Eiffelturm und dem Arc de Triomphe dekoriert. Auf einer Weißwandtafel wurden die Wochenangebote beworben: *empanadas de atun a la vizcaína* und Nutella-Crêpes zum Nachtisch. Die Frau hinter der Registrierkasse starrte auf einen kleinen Schwarz-Weiß-Fernseher. Auf dem Tresen hatte sie ein Glas mit der Aufschrift »Trinkgelder und Spenden« aufgestellt. Es lagen nur ein paar Münzen drin.

»Entschuldigen Sie die Störung. Ich bin auf der Suche nach einem Herrn namens Romeo Donderis. Manchmal wird er auch José López genannt. Man sagte mir, er würde die Eigentümer kennen.«

»Der Eigentümer ist heute nicht hier.«

»Kann ich vielleicht meine Nummer hinterlassen? Dann könnte er sich bei mir melden.«

»Sie können sie dalassen, aber ich weiß nicht, wann er herkommt«, sagte die Frau achselzuckend.

Montserrat schrieb ihre Telefonnummer auf eine Serviette und gab sie der Frau. »Hey, kann ich mal in Ihre Gelben Seiten sehen?«

»Schätze schon. Kommen Sie hinter den Tresen.«

Montserrat tat wie geheißen. Die Gelben Seiten lagen neben einem ramponierten Garfield-Telefon, dessen Katzenaugen bereits völlig abgerieben waren. Montserrat schlug sie auf und suchte nach Ediciones B., aber der Verlag war nicht aufgeführt. Marisa hatte gesagt, dass Clarimonde Bauer in finanzielle Schwierigkeiten geraten sei, also war das Unternehmen vielleicht nicht mehr im Geschäft. Aber sie erinnerte sich an die Adresse, die im Buch abgedruckt war. Sie lag in der Innenstadt.

»Können Sie mir einen Geldschein wechseln?«

»Halten Sie den Laden für eine Bank?«

Montserrat zog eine Banknote hervor und stopfte sie in das Trinkgeldglas, eine zweite reichte sie der Frau, die zwar die Stirn runzelte, ihr aber die benötigten Münzen gab.

Montserrat dankte der Frau. Die Crêperie-Angestellte winkte nur ab und widmete sich wieder ihrem Fernseher.

An der Ecke gab es ein Münztelefon, dessen Plastikhaube mit primitiven Graffiti verunstaltet war. Sie warf eine Münze ein und wählte die Nummer von Tristáns Pager. Immerhin hatte er gesagt, er würde ihn nun immer bei sich haben und wollte über ihre Absichten informiert werden. Sie hinterließ ihm eine Nachricht mit der Adresse, die sie aufsuchen wollte, und deutete an, sie würde am Abend bei ihm zu Hause vorbeikommen. Mit der U-Bahn fuhr Montserrat zum Bellas Artes und kaufte an einem Zeitungsstand, wenige Schritte vom Ausgang der U-Bahn-Station entfernt, einen Stadtplan, warf einen Blick hinein und umrundete dann den Alameda, um den Händlern aus dem Weg zu gehen, die den Park zu dieser Jahreszeit bevölkerten und für bescheidene Summen Fotos von Kindern mit Santa Claus oder den Heiligen Drei Königen feilboten. Sie wich Fußgängern und Verkäufern aus, die Modeschmuck aus Plastik anpriesen, ignorierte die großen Weihnachtssterne, die an diversen Gebäuden hingen, und die Schilder, die für *romeritos con mole* warben, und folgte der Karte durch ein Netz aus kleinen Straßen, gesäumt von uralten grauen Häusern.

Das Gebäude, in dem sich Ediciones B befinden sollte, stammte aus der Zeit der Jahrhundertwende und hatte sehr hohe, schmale Fenster, die samt und sonders mit Brettern vernagelt waren. Über den Fenstern verlief ein Fries mit Blumenmuster und das Gesims war ebenfalls mit floralen Motiven verziert. Eine Holztür mit zwei Flügeln war mit einer großen Kette und einem Vorhängeschloss verrammelt worden. An der Wand neben der Tür hing ein Schild, das so über und über mit Graffiti beschmiert war, dass man es nicht mehr lesen konnte, aber es lag auf der Hand, dass dort einmal das Wort »Abbruchhaus« gestanden hatte, von dem jetzt nur noch der Anfangsbuchstabe erkennbar war.

Das Gebäude vor Ediciones B beherbergte einen Laden für Kinderspielzeug oder Kinderbekleidung. Auf dem zugehörigen Schild stand in bunten Lettern »Pingos«, aber die Stahlrollläden waren geschlossen. Es war ruhig in der Straße, in der sie weder von Straßenhändlern noch von neugierigen Nachbarn beobachtet wurde. Montserrat beschloss, ein Risiko einzugehen, nahm die beiden Büroklammern aus ihrer Handtasche, die sie benutzt hatte, um sich Zutritt zu Abels Wohnung zu verschaffen, und machte sich an dem Vorhängeschloss an die Arbeit.

Es war einfach, den Schließmechanismus zu knacken, und nachdem sie sich in beide Richtungen umgesehen hatte, um sich zu vergewissern, dass niemand sie sah, entfernte sie die Kette, stieß einen der Türflügel auf und huschte hinein.

Die Lobby war beeindruckend weiträumig. Am hinteren Ende gab es eine geschwungene schmiedeeiserne Treppe und dahinter einen langen Flur. Das Innere des Hauses lag halb im Schatten. Sie ging an der Treppe vorbei, folgte dem Korridor und gelangte zu einem Raum, der irgendwann ein Ballsaal gewesen sein musste. Jetzt war er nur eine ausgedehnte Räumlichkeit voller Staub und Dunkelheit, in der ein Kronleuchter unter dem Einfluss eines verirrten Lichtstrahls schimmerte, als sie den Kopf hineinstreckte. Darüber hinaus war der Raum leer.

Montserrat änderte die Richtung, ging zurück zur Treppe und stieg hinauf, eine Hand sicher auf dem Geländer. Finsternis wich Licht, als sie im Obergeschoss ankam; man hatte sich nicht die Mühe gemacht, auch die Fenster in diesem Stockwerk zu verbrettern, und obwohl es allmählich spät wurde, drang noch genug Licht herein, dass sie sich mühelos orientieren konnte. Sie betrat Büroräume mit einem oder zwei Schreibtischen oder einem Stuhl, der herumlag wie Frachtgut aus einem Schiffswrack, herausgepurzelt und zurückgelassen an einem einsamen Strand.

Ein paar Fensterscheiben auf dieser Etage waren zerbrochen. Über die Jahre war Regen eingedrungen, hatte die Bodendielen durchfeuchtet und Flecken an den Wänden hinterlassen. Tauben waren auch hereingekommen und hatten Nester in Aktenschränken gebaut. Vogeldreck lag auf den

Tischen. Ein paar der Tiere flogen erschrocken auf, als sie einen Raum betrat, aber andere blieben, wo sie waren, und beäugten sie von der Oberseite leerer Bücherregale aus.

Sie stolperte über eine Reihe von Blaupausen, verstaut in staubigen Schubladen, und öffnete mehrere in einer Ecke gestapelte Kisten. Aus einer zog sie eine Ausgabe von *Das Haus der endlosen Weisheit* hervor und starrte die vertraute erste Seite mit dem Vegvísir an.

Alma hatte recht. Clarimonde hatte weiterhin das Buch ihres Geliebten gedruckt.

In der zweiten und obersten Etage hielt sie kurz vor einem Toilettenraum ohne Tür inne – sie war herausgerissen worden, nur die Scharniere zeugten noch von ihrem Hinscheiden – und rieb sich das Bein. Das Tropfen eines Wasserhahns war zu hören und das Geräusch hallte von den weißen Fliesen wider.

Sie sah sich weiter um, öffnete mehr Türen und streckte den Kopf in verlassene Büroräume. In einem sah sie einen Kalender mit der Aufschrift »1985« und einen Aktenschrank aus Metall. Sie zog an einer Schublade und stieß auf verstaubte Rechnungen aus vergangenen Zeiten. Von dem Büro führte eine Verbindungstür zu einem weiteren, und als sie sie öffnete, fand sie sich in dem Zimmer wieder, in dem Clarimonde Bauer residiert haben musste. Zumindest hing ihr Foto hinter einem Schreibtisch an der Wand.

Montserrat trat näher, betrachtete das Gesicht des jungen Mädchens, das sie im Film gesehen hatte und das sich hier dem mittleren Alter genähert hatte. Sie zog eine Schublade auf und fand Visitenkarten mit der Adresse von Ediciones B. Zufällig stieß sie auch auf eine alte Einladung zu einer Party, die Clarimonde ausgerichtet hatte, gedruckt auf elfenbeinfarbenem Karton, versehen mit einer Anschrift in Las

Lomas. Sie steckte die Einladung ein und warf einen Blick in weitere Schubladen, doch die enthielten nur Schreibwaren und Umschläge. Montserrat verließ das Zimmer und kehrte auf den Korridor zurück.

Als sie an den Toiletten vorbeiging, herrschte vollkommene Stille.

Wie angewurzelt blieb Montserrat stehen. Das Geräusch des tropfenden Wassers, das vor ein paar Minuten noch so unverkennbar gewesen war, war nicht mehr da. Es war, als hätte jemand den Hahn zugedreht, oder das Geräusch wurde durch irgendetwas gedämpft.

Sie trat einen Schritt zurück und stand auf der Schwelle zu dem Toilettenraum. Licht strömte durch das Mattglasfenster herein und die Spiegel über den Waschbecken reflektierten Fliesen, abblätternden Putz und die einzelnen Kabinen. All die gewöhnlichen Dinge, die man erwarten sollte.

Aber in dem Spiegel, der dem Fenster am nächsten war, sah sie einen Schatten, dessen Form verdächtig dem eines Mannes ähnelte. Bloß ein Schatten, der den Eindruck einer Person in einem Trenchcoat vermittelte, im Profil. Es mochte eine optische Täuschung sein, irgendein Gegenstand auf der anderen Seite des Raumes. Nur dass der Schatten sich nun bewegte, ein silbriger Funke, der über das Glas huschte wie in einer kurzen Filmeinstellung.

Die Stille lastete auf ihren Sinnen und sie verzog das Gesicht.

Dies war eine Stille, die sie kannte, die Stille, die sie in Abels Wohnung erlebt und die ihre Trommelfelle zu zerreißen gedroht hatte. Nun jedoch schien sie Montserrat mit samtener Weichheit zu umfangen.

Montserrat griff in ihre Handtasche und umklammerte das Taschentuch, auf dem sie ihr Blut verteilt hatte. Ihre

Kehle war trocken und ihr Herz pochte heftig. Sie fürchtete sich davor, sich zu bewegen und den Korridor hinunterzugehen, denn sollte sie sich umdrehen, mochte sie *etwas* hinter sich sehen, aber vor ihr war der Toilettenraum mit den Spiegeln, die unmögliche Reflexionen bereithielten.

Du darfst keine Angst vor Magie haben. Das war es, was sie Tristán gesagt hatte. *Angst gibt anderen Macht über dich.* Aber ihre Hände zitterten.

»Lass mich in Ruhe«, befahl sie der Stille, formte die Worte mit ihren Lippen und konnte sie selbst kaum hören. Dann machte sie kehrt und eilte den Flur hinunter.

Sie erreichte die Treppe und nahm die Stufen hinunter, vorsichtig, aber flink, ohne zu rennen. Sie hatte das Gefühl, dass etwas ihr folgte, etwas, was sich mit stiller, fließender Leichtigkeit bewegte und auf den Stufen kein Echo erzeugte. Etwas, was sie nicht sehen, sondern nur fühlen konnte, auch wenn sie, als sie den Absatz im ersten Stock erreichte, aus dem Augenwinkel … etwas zu erkennen glaubte. Einen Mantel. Vielleicht das Ende eines lockeren Gürtels, das über den Boden schleifte.

Aber da war nichts und niemand.

»Lass mich in Ruhe«, wiederholte sie, das Taschentuch mit der linken Hand umklammernd. Sie hatte so fest zugepackt, dass sie fürchtete, sie könnte sich die Blutzufuhr zu den Fingern abschneiden.

Nun endlich konnte Montserrat die Tür sehen, und das Gefühl, dass jemand hinter ihr her war, wurde noch stärker, als sie die letzten Stufen nahm. Die Lobby, die vor ihr lag, war dunkel wie Onyx. Wie eine Gruft.

Sie zögerte, ihre Finger betasteten das kühle Schmiedeeisen des Geländers, und sie sann über die vor ihr liegende Finsternis nach, die stumm zu atmen und zu wogen schien. Auf sie wartete. Eine Falle aus Seide und Düsternis.

Nichtsdestoweniger war das der einzige Weg nach draußen. Die Stufen wieder hinaufzusteigen, hieße lediglich, in die geräuschlosen Höhen des Gebäudes zurückzuweichen, der Präsenz entgegen, die sie verfolgte wie ein geisterhafter Schatten.

Montserrat schluckte und schloss die Augen, zwang sich, einen weiteren Schritt zu tun.

Als sie ihren Fuß aufsetzte, glaubte sie, jemand wäre hinter ihr im Begriff, sich zu ihr zu beugen und ihr ins Ohr zu flüstern, fürchtete, seinen Atem in ihrem Nacken zu spüren.

Montserrat.

Aber nein. Das waren nur ihre völlig überreizten Nerven. Es war still im Gebäude. Selbst ihre Schritte waren lautlos. Sie atmete Staub und Feuchtigkeit, spürte Schweiß über ihre Stirn rinnen, hörte nichts.

Die Stille war wie Seidengewebe. Sie spielte mit ihr, wickelte sich fest um ihren Körper, nachdem sie einem leisen, gedämpften Laut gestattet hatte, ihre Ohren zu erreichen: dem Klimpern eines Anhängers, der sich in Kleiderfalten schmiegte. Vegvísir. Das den Weg Zeigende.

Jemand glitt näher an sie heran, schlich sich hinter ihr an und griff nach ihrer Hand. Steife Finger umschlossen ihre eigenen.

Sie stolperte und wäre beinahe gefallen, als sie im Erdgeschoss ankam, aber sie hielt sich am Geländer fest und knirschte mit den Zähnen, ehe sie die Augen aufschlug und schrie.

»Lass mich in Ruhe!«

Das Echo ihrer Stimme war wie ein Schlag, der durch das Gebäude hallte. Irgendwo flatterten Tauben mit den Flügeln, flogen auf und davon. Die Stille zog von dannen wie Rauch aus einem Schornstein. Und fort war sie.

Montserrat wirbelte herum. Hinter ihr auf der Treppe war niemand und der einzelne Korridor im Erdgeschoss war ebenfalls verlassen. In der Lobby war es dunkel, aber das war nur die normale Dunkelheit alter Gebäude und geschlossener Räume.

Sie riss die Vordertür auf und trat hinaus auf die Straße, wo sie einem panisch blickenden Tristán in die Arme lief. Sein Hemdkragen war blutbefleckt.

17

Tristán hatte gehofft, er könnte einfach aus Doroteas Wohnung verschwinden und sich in der Stadt mit Montserrat treffen, bei der genannten Adresse, wo sich die Büroräume von Ediciones B befinden sollten. Aber inzwischen bezweifelte er, dass das in nächster Zeit gelingen würde. Er hatte Dorotea schon zweimal gefragt, wie lange das noch dauern mochte, und keine echte Antwort erhalten. Stattdessen hatte Dorotea seine Wange umfasst und ihm Diätsprudel angeboten.

Im Grunde sollte er Dorotea dankbar dafür sein, dass sie einen so umfangreichen Fototermin organisiert hatte, komplett mit Maskenbildner, Friseur, Garderobe und allen möglichen Assistenten, die beständig kamen und gingen, statt einfach ein altes Foto aus den Akten zu nehmen. Aber er war ziemlich müde. All diese Aufmerksamkeit nach Jahren der Gleichgültigkeit und Zurückweisung war, als würde er sich mit Süßigkeiten vollstopfen. Er fühlte sich erdrückt und so nervös wie ein Junge, der noch nie vor einer Kamera gestanden hatte.

Es half auch nicht, dass er die Klamotten, die Dorotea für ihn ausgesucht hatte, verabscheute. Er hatte angenommen, man würde ihn in einem Anzug oder mit einem geschmackvollen Rollkragenpullover aufnehmen, aber Dorotea hatte Kostüme im Stil der Seifenoper gewählt, in der er eine der

Hauptrollen spielen sollte. Das diente als Anspielung auf *Der Graf von Monte Christo*, ein historisches Melodram, in dem die Damen anachronistische Kleider trugen, die zu viel Titten zeigten, und Tristán würde man in schmal geschnittene, dunkle Anzüge mit Halsbinde an der Kehle stecken. Seine Rolle verlangte nach einer langen Mähne, wie Fabio sie trug. Tristáns Haar war kurz geschnitten, was bedeutete, dass sie auch Perücken mitgebracht hatten.

Der Fotograf betrachtete ihn mit kritisch gelüpfter Augenbraue und erklärte, er wolle einen »Eduardo Palomo als Juan del Diablo«-Look und nicht, was zum Teufel es mit diesem Rattennest auf seinem Kopf auf sich haben mochte. Und weg war die Perücke, die man ihm verpasst hatte, und er bekam eine andere.

Tristán hatte nie in einem historischen Stück mitgespielt. Seine Seifenopern waren moderne Aschenputtel-Märchen, Geschichten von einfachen Mädchen vom Lande, die in die große Stadt zogen und die Aufmerksamkeit von Millionären errangen. Oder widerlich-süße Teenager-Ensembledramen. Er spielte unverbraucht wirkende Playboys und Erben riesiger Vermögen. Karina war das perfekte Gegenstück zu ihm gewesen. Sie hatte eine optimistische Ausstrahlung und ein keckes Lächeln gehabt, mit dem sie sich hervorragend für ansprechende Plakate geeignet hatte.

Er war nicht überzeugt, dass er für historischen Kram geeignet war. Manche Leute hatten Gesichter, die einfach zu modern waren. Jemanden wie Bibi Gaytán konnte man sich schlicht nicht als französische Kurtisane vorstellen.

»Ich dachte, du hättest gesagt, das wäre eine sichere Sache«, grollte Tristán.

»Sprudel, Darling?«, antwortete Dorotea.

»Ich würde gern eine Zigarette rauchen.«

»Der Fotograf mag Rauch nicht, Darling.«

»Und? *Ich* mag ihn.«

»Du solltest aufhören. Das verfärbt nur deine Zähne.«

»So wie Coca-Cola«, konterte er und schob die Getränkedose weg, mit der Doroteas Assistentin vor seinem Gesicht herumwedelte. Er wich seitlich aus und zog Dorotea am Arm mit sich. »Das hier fühlt sich an wie ein Casting.« Dorotea trank ihren Diätsprudel anmutig mit einem Strohhalm. »Du weißt sehr gut, dass ein Casting nicht in meiner Wohnung stattfinden würde.«

»Was dann?«

»Das habe ich dir gesagt. Der Regisseur will sicher sein. Wir müssen ihm beweisen, dass du immer noch vorzeigbar bist. Wie auch immer, wenn du nach diesen Fotos noch Probeaufnahmen machst, ist es beschlossene Sache. Und man hat mir gesagt, wir könnten die Fotos sogar für die Bekanntmachung in *De Telenovela* benutzen, wenn sie erst abgenommen wurden. Wann hattest du zum letzten Mal eine Doppelseite?«

»Ist Ewigkeiten her, aber noch habe ich die Rolle nicht, und ich musste noch nie solche Spielchen über mich ergehen lassen, um eine Rolle zu ergattern.«

»Als du das letzte Mal eine Rolle ergattert hast, bist du noch nicht stramm auf die vierzig zugegangen und hattest noch keine grauen Strähnen im Haar«, konterte Dorotea mit erschreckender Bestimmtheit. »Rauchen schadet auch deiner Haut, Tristán. Du könntest ein bisschen weniger Nikotin und ein bisschen mehr Bescheidenheit vertragen.«

Sein Kopf juckte dank der Perücke, die sie ihm aufgesetzt hatten. Tristán entschuldigte sich und ging ins Bad. Dort stand er einfach da, die Arme vor der Brust verschränkt, und betrachtete den schwarzen Duschvorhang mit den goldenen Sternen und die schwarzen Fliesen an den Wänden.

Tristán nahm die Perücke ab und beäugte sich im Spiegel,

der von Glühlampen gesäumt war wie der Schminkspiegel in der Garderobe einer Schauspielerin. Er achtete besonders auf sein linkes Auge. Das grelle, erbarmungslose Licht rund um den Spiegel schmeichelte ihm nicht.

Er fuhr mit einem Fingernagel über die Haut unter der Narbe, zog an ihr, glättete die kleinen Fältchen. Dann lächelte er sein Ebenbild an und zeigte ihm die Zähne. Zumindest die waren dank ständiger Zahnbehandlungen in guter Verfassung. Nicht verfärbt, ganz egal, was Dorotea gesagt hatte.

Seufzend strich Tristán seinen Binder glatt und dachte an seine ersten Rollen, an die Tage, in denen er es auf die Listen der begehrtesten Teenager-Idole geschafft hatte. Und er dachte an jene Zeit, in der Karina mit ihm zusammen für das Cover von *De Telenovela* posiert hatte. Er erinnerte sich sogar an die Schlagzeile: »Karina Junco und Tristán Abascal verraten, von wem sie ihren ersten Kuss bekamen.« Karinas erster Kuss stammte von ihrem Nachbarn, dem Sohn eines Industriellen, der oft die Gesellschaftsseiten schmückte. Tristán erdichtete eine Freundin aus der Oberstufe, obwohl er keine ernsthaften Beziehungen gehabt hatte. Dafür war er zu sehr auf seine Modelarbeit und den Schauspielunterricht fixiert gewesen. Den ersten Kuss hatte er im Zuge eines Jobs für eine *fotonovela* bekommen. Er war knallrot angelaufen. Es war peinlich gewesen. Also hatte er sich eine Geschichte über ein Mädchen und ein romantisches Stelldichein einfallen lassen.

So, wie die Zeitschriften sie darstellten, war seine Biografie ohnehin nicht mehr als eine Lüge. Nie wurden die Abaids erwähnt oder die Nachbarschaft, in der er aufgewachsen war. Die billigen Bilder der Fotoshootings wurden getilgt und durch Gerede über seine wundersame Entdeckung in einer Diskothek ersetzt, in der Tristán einem Talentsucher aufgefallen war.

Karinas Biografie war ebenfalls ein Schwindel. Sie wurde als das »brave Mädchen« gehandelt, eine von der Sorte, die vielleicht am Wochenende tanzen gingen, aber vor allem auf den Richtigen warteten; ein Mädchen, das sich nach Ehe und Mutterschaft sehnte. Aber Karina neigte zu epischen Wutanfällen, trank Männer unter den Tisch, die doppelt so groß waren wie sie, und hatte mehr Drogen in ihrer Handtasche als eine Apotheke im Regal. Das mochte er an ihr: Ihre Wildheit und ihre Unberechenbarkeit, das waren die Dinge, die ihn zuallererst an ihr angezogen hatten. Ihr Sinn für Humor, ihre Attraktivität und ihre Art, mit ihren Reizen zu spielen, vervollständigten das Bild. Nichts von all dem hatte es in die Sonderberichte zu ihrem Tod geschafft. Stattdessen hatte man sie behandelt wie eine vestalische Jungfrau.

Er nahm an, die Erfinder all dieser Kunstfiguren würden sich für ihn ein ebenso falsches Narrativ anlässlich seines triumphalen Comebacks zurechtlegen.

Tristán Abascal, der die letzten paar Jahre damit verbracht hat, die Welt zu bereisen, hat beschlossen, erneut als Schauspieler aktiv zu werden. ›Ich habe mich in den Vorruhestand zurückgezogen, weil ich den Ruhm als überwältigende Belastung empfunden habe und mich selbst finden musste. Aber Schauspielerei ist mein Leben‹, sagte er. Der attraktive Darsteller hatte sich nicht vollständig vom Showbusiness verabschiedet und die Zehen in die Welt der TV-Sychronisation getaucht.

Ja, er konnte die ganze Lobeshymne jetzt schon herunterleiern, obwohl sie natürlich noch geschrieben werden musste. Sie würden Karina erwähnen müssen, aber das würde erst im fünften Absatz passieren und mit einem inniglichen Sprüchlein über ihr Talent und ihren bedauerlichen Tod einhergehen, ohne dass irgendwelche schauerlichen Einzelheiten des Unfalls hervorgeholt würden. Seinen eigenen Drogenmissbrauch würde man schlicht unter den Tisch fallen lassen.

Tristán spritzte sich Wasser ins Gesicht und sah zu, wie es in den Abfluss strömte. Er drehte den Hahn ab und wandte sich zum Handtuchhalter um, als er ein Geräusch aus der Dusche hörte: das leise Klirren einer Vorhangstange.

Tristán hielt still und holte Luft. Er wollte abhauen, und wie er das wollte. Das Geräusch, so gewöhnlich, so normal es sich auch anhörte, machte ihn schaudern. Doch er stand da wie angewurzelt und sein Blick klebte an dem Plastikvorhang mit den goldenen Sternen. Er erinnerte ihn an einen Leichensack. Ja, man konnte sich gut die Umrisse eines Leichnams in einem Kunststoffsack vorstellen.

Der Vorhang wogte leicht auf. Pulsierte. Wie eine Ader oder etwas Lebendiges, als würde er atmen. Er hatte das Gefühl, sich auf ihn zuzubewegen, obwohl die Furcht ihn an Ort und Stelle festhielt, auch dann noch, als der Vorhang von einer Hand zur Seite gerissen wurde, sodass die Gardinenringe an der Stange klapperten.

Er fiel zu Boden, als hätte ein Insekt sich gehäutet.

Karina stand mit verrutschter Kleidung in der Dusche. Er hätte sie an dem goldenen Medaillon mit dem »K« an ihrem Hals erkennen können oder an ihrem Haar oder ganz einfach daran, dass Karina das einzige Gespenst war, das er je im Leben gesehen hatte. Stattdessen war es das leise Schluchzen, das ihn veranlasste, ihren Namen zu flüstern.

Sie stand dort mit gesenktem Kopf, und ihre Lippen bewegten sich, ohne Worte zu formen; sie war wie ein nach Luft schnappender Fisch auf dem Trockenen, und dann ertönte das schreckliche gurgelnde Geräusch, das sich in seinen Geist eingebrannt hatte, und Blut lief ihr über die Lippen und befleckte ihr Kinn.

Das Licht im Badezimmer war noch so hell wie wenige Sekunden zuvor, doch die Art des Lichts schien sich verändert zu haben. Es hätte ihn nicht verwundert, wäre der Raum plötzlich in schauerliche Rot- und Blautöne getaucht worden.

Er zitterte heftig. Auf der Suche nach Halt griff Tristán nach dem Waschbecken, fürchtete, er könnte das Bewusstsein verlieren.

Dann hob Karina den Kopf und sah ihn an. Ihre Augen waren entsetzlich dunkel. Nicht das dunkle Braun, an das er sich erinnerte, sondern das Schwarz einer sternenlosen Nacht. Schwarz wie eine Rabenschwinge. Die Augen sahen nicht ihn, sie fixierten etwas anderes, etwas, was weit weg war.

Er fürchtete sich vor der kleinsten Bewegung, glaubte, das winzigste Zucken könnte ihre Aufmerksamkeit wecken. Zugleich fühlte er sich sonderbar erschöpft und atemlos. In seinem Magen brodelte es. Doch während er wie erstarrt an Ort und Stelle verharrte, trat sie vor, näherte sich. Ihre Hände, die zu Fäusten geballt an ihren Seiten gehangen hatten, öffneten sich nun und ließen Glassplitter zu Boden rieseln. Sie knirschten, als sie darauf trat, schlitzten ihr die Fußsohlen auf, bis sie bluteten.

Endlich fand Tristán die Kraft, sich umzudrehen und wegzulaufen.

In seiner Panik knallte er mit dem Gesicht gegen die verschlossene Tür. Schmerz blendete ihn und er stieß einen heiseren Schrei aus. Er spürte, wie Blut seine Nase herablief und seine Lippen befleckte. Seine Augen tränten vor Schmerzen. Er schloss sie und schaffte es, die Klinke blind zu ertasten. Sofort riss er die Tür auf und stolperte hinaus in den Flur. Seine Hände glitten über gerahmte Bilder an der Wand, als er versuchte, ins Gleichgewicht zu kommen.

»Tristán«, sagte Dorotea.

Er schlug die Augen auf und begriff, dass sie nur wenige Schritte vor ihm stand, zusammen mit dem Fotografen. Beide starrten ihn an.

»Na-nasenbluten«, stammelte er. »Ich habe Nasenbluten.«
»Gehen wir wieder ins Bad.«
»Nein! Nicht ins Badezimmer.«
»Tristán! Wo sonst ...?«
»Ich sollte gehen«, sagte er. »Ich fühle mich beschissen.«
»Okay, schön, pass auf, zieh das Kostüm aus, ehe du es vollblutest«, sagte Dorotea, langte mit dem Arm ins Badezimmer und holte ein Handtuch hervor, das sie ihm reichte. Er drückte es an sein Gesicht. Sie schob ihn zu ihrem Schlafzimmer, wo er seine Kleidung gelassen hatte.

Tristán zog sich um, so schnell er konnte. Seine Hände zitterten immer noch, und es fiel ihm schwer, die Knöpfe seines Hemds zu schließen; in der Eile befleckte er den Kragen mit Blut. Er war gerade dabei, in seine Jacke zu schlüpfen, als Dorotea klopfte, die Tür öffnete und ihn mit ernster Miene anblickte.

»Du hast gesagt, du bist clean, Tristán.«
»Ich nehme nichts«, antwortete er und fuhr sich mit der Hand durch die Haare. Das Nasenbluten hatte endlich aufgehört, doch das Entsetzen blieb. Sein Magen war wie verknotet, und er wusste, dass Dorotea trotz seiner Beteuerungen glauben musste, dass er noch schlimmer drauf war als je zuvor. »Ich sollte gehen. Wir können an einem anderen Tag weitermachen.«

Dorotea antwortete nicht. Und falls sie doch etwas sagte, dann hörte er sie nicht über das Brausen in seinen Ohren. Sein Kopf begann zu schmerzen, seine Nase tat immer noch übel weh. Er setzte seine Sonnenbrille auf, rief ein Taxi und machte sich auf die Suche nach Montserrat.

18

Der Schock, den ihr der Anblick von Tristáns Gesicht versetzt hatte, wich Erleichterung. Tristán fing Montserrat auf und schlang die Arme um sie. »Lieber Gott, Momo«, sagte er. »Ich dachte nicht, dass ich dich finden würde.« Montserrat drückte ihn fest an sich und seufzte. Ihr Mund fühlte sich trocken an. »Was machst du hier?«, fragte sie.

»Du hast eine Nachricht hinterlassen.«

Hatte sie? Montserrat konnte sich kaum erinnern, was sie früher an diesem Tag getan hatte. Das Gebäude hatte sie mit zitternden Händen und rasendem Herzschlag zurückgelassen. Sie atmete tief durch und sah sich zu der Tür hinter sich um, als wollte sie sich vergewissern, dass nichts herausgekommen war. Dann packte sie seine Hand und zog ihn die Straße hinunter. »Komm, lass uns verschwinden. Ich habe dadrin etwas Seltsames gesehen.«

»Du auch? Tja, ich schätze, Trauma kommt paarweise besser.«

»Was soll das heißen?«

»Ich habe wieder Karina gesehen.«

Montserrat bog um eine Ecke, ohne zu wissen, in welche Richtung sie gingen. Trotz der Schmerzen in ihrem Bein bewegte sie sich schnell. »Was? In deiner Wohnung?«

»Nein, ich war bei einem Fotoshooting. Einem nun ruinierten Shooting. Ich hab's vermasselt.«

»Was hat sie getan?«

»Ich weiß nicht ... sie stand einfach da. Sie war tot, und sie stand da.«

Sie bedachte ihn mit einem Seitenblick. »Das Blut ...«

»Ist meins. Ich habe mir die Nase angeschlagen. Und dieses verdammte Shooting! Scheiße! Jetzt werden alle sagen, ich würde LSD und Crack und Kokain nehmen, alles auf einmal. Wart's nur ab. Und ich könnte es ihnen nicht mal vorwerfen, wenn sie das tun.«

»Sie werden dich nicht feuern, Tristán.«

Er kicherte. »Noch haben sie mich gar nicht verpflichtet. Genug ist genug, lass uns ein Taxi rufen, zum Mercado de Sonora fahren und eine *limpia* beauftragen ...«

»Du denkst, das funktioniert?«

Tristán stutzte und schob sich die teure Sonnenbrille höher auf den Nasenrücken. »Nein. Du hast recht. Wir verbrennen alles, was Ewers gehört hat, wir beschaffen uns eine *limpia*, und dann tun wir so, als hätten wir noch nie von dem Mann gehört.«

Sie blieb stehen und starrte ihn an. Verbrennen! Der Gedanke machte sie wütend, doch ehe sie einen Ton sagen konnte, sprach Tristán schon weiter und reckte in dem Versuch, ein vorbeifahrendes Taxi anzuhalten, die Hand. »Das ist die einzige Möglichkeit, um damit umzugehen, Momo. Wir vergessen den ganzen Mist und verbrennen das Zeug, und dann verbrennen wir auch noch die Asche.«

Sie zog an seinem Arm und schleifte Tristán mit über die Straße. »Machst du Witze? Ich werde nicht zulassen, dass du Ewers' Buch anrührst.«

»Warum zum Teufel? Wir kippen Benzin darüber und zünden es in einer Gasse an.«

»Das wird gar nichts ändern!«

»Woher willst du das wissen?«

»Weil ich es gelesen habe. Pass auf, ich habe einen Talisman gebastelt«, sagte sie, zog die Serviette hervor und zeigte sie ihm.

Tristán riss ihr das Taschentuch aus der Hand und musterte es. »Weißt du, genau das ist das Problem. Du steckst jetzt auch schon in diesem Abrakadabra-Käse drin.«

»Jemand musste es versuchen, um herauszufinden, ob es funktioniert.«

»Du weißt überhaupt nichts über Zauberei.«

Sein Ton gefiel ihr nicht. Er erinnerte sie an ihre Kollegen und ihren Boss bei Antares, die sie ständig unterschätzten.

»Doch, tue ich«, sagte sie. »Ewers hat es in seinem Buch beschrieben, und ich kann dir sagen, dass man einen Fluch nicht brechen kann, indem man so tut, als gäbe es ihn nicht.«

»Also sind wir verflucht?«

»Ewers erzählt viel über Zyklen, Kreisläufe, Dinge, die miteinander verbunden sind. Darum hat er Filme geliebt. Sie waren wie eine Endlosschleife für ihn. Magie, für immer eingefangen, für immer durch einen Projektor kreisend. Magie, mit Silber in Zeit und Raum fixiert.«

»Das war eine ganz einfache Frage: Sind wir verflucht?«

»Nicht wirklich. Ich glaube nicht.«

»Siehst du! Du weißt gar nichts!«, konstatierte Tristán, reckte theatralisch beide Arme in die Luft und ließ sie wieder fallen.

»Verdammte Scheiße, ich versuche, ehrlich zu dir zu sein. Ich weiß nicht genau, was da passiert, aber Clarimonde Bauer und José López könnten es wissen, und wir werden sie aufspüren. Ich habe keine Ahnung, wo er ist, aber ich habe ihre Adresse.«

»Klar doch, Montserrat. Lass uns ins Haus einer Hexe gehen und sie nach dem ehemaligen Anführer ihrer Sekte fragen. Weißt du was, das kannst du allein machen. Ich gehe solange zum Markt«, sagte Tristán und wich zwei Schritte zurück.

Montserrat konnte sich nicht länger beherrschen, also versuchte sie gar nicht erst, ihre Worte zurückzuhalten – sie fielen schnell und zornig. »Du verdammter Feigling! Ich wusste, ich kann nicht auf dich zählen. Du lässt mich immer im Stich!«

»Wovon redest du? Ich bin hier, oder nicht? Und das sogar, nachdem ich meine tote Freundin in der Dusche gesehen habe.«

Montserrat verschränkte die Arme vor der Brust und schüttelte mit verächtlicher Miene den Kopf.

»Was?«, fragte er verärgert.

»Du haust immer ab. Du findest jemanden, fängst mit einer neuen Liebschaft an, und schon bist du weg und vergisst einfach, dass ich existiere, und dann kommst du sechs Monate später, wenn es vorbei ist, angekrochen, weil du Aufmerksamkeit brauchst. Aber du bist nie da, wenn *ich dich* brauche!«

»Oh, okay, also streiten wir uns jetzt wieder über mein Liebesleben?«

»Du elender Mistkerl, du blöder ...«

»Ich bin der Schlaue hier. Du bist diejenige, die diesen ganzen paranormalen Mist untersuchen will! Hast du eigentlich geschlafen während all der Horrorfilme, die wir ausgeliehen haben?«

»Wir sind inzwischen längst ein Teil von Ewers' Magie. Man kann einen Zauber nicht ungeschehen machen, indem man so tut, als hätte es ihn nie gegeben. Furcht wird uns nicht weiterhelfen.«

»Furcht ist eine natürliche Reaktion auf den Anblick von Gespenstern.«

»Es ist völlig egal, ob das natürlich ist oder nicht. Furcht verleiht einem Magier Macht über seine Rivalen. Sie wird auf dich zurückgeworfen wie dein Abbild beim Blick in einen Spiegel.«

Tristán drückte ihr das Taschentuch in die Hände. »Du hast keine Ahnung, was ich durchgemacht habe. Ich habe Karina gesehen, und ihr lief Blut über den Körper. Bei dieser Episode von *Verliebt in eine Hexe* spiele ich nicht mit!«

Montserrat steckte das Taschentuch ein. »Du hast nicht gefragt, was ich in diesem Gebäude gesehen habe.«

»Was?«

»Da drüben. Du hast nicht gefragt, was ich gesehen habe. Es ist dir egal. Das hier ist die Tristán-Show, vierundzwanzig Stunden am Tag, sieben Tage die Woche.«

»Was hast du gesehen? Deinen deutschen Liebling?«

»Du bist ein Arschloch.«

»Ich frage, weil du seine Schriften und Ideen so wahnsinnig magst. Oh, schau hier, schau da, Ewers dies, Ewers das«, sagte er in einem Singsangton. »Vielleicht bist du ja verknallt in ihn. Wie ein Teenager! Gott weiß, dass du einen Hang zu so was hast.«

Schockiert klappte Montserrat den Mund auf. Tristán meinte ihre Zuneigung zu *ihm*. Von all den Schlägen unter die Gürtellinie, die er schon ausgeteilt hatte, war das der gemeinste. Sicher, als sie jung gewesen waren, war ihr nicht entgangen, dass sich die anderen Kinder deswegen über sie lustig gemacht hatten. Weil Montserrat wie ein Hündchen hinter Tristán hergelaufen war. Aber Tristán hatte nie ein Wort darüber verloren. Bis heute.

»Scheiß auf dich, Tristán«, sagte sie und zeigte ihm den hochgereckten Mittelfinger.

»Sehr erwachsen, Montserrat.«

Sie hob die andere Hand und präsentierte ihm nun zwei

Finger, ehe sie sich umdrehte und davonmarschierte. Tristán folgte ihr nicht. Sie hörte ihn schnauben und dann entfernten sich seine Schritte in die andere Richtung.

Ohne Umwege kehrte Montserrat in ihre Wohnung zurück. Ewers' Buch, sein Brief und ihre Notizen zu seiner Arbeit lagen auf dem Schreibtisch, wo sie sie zurückgelassen hatte. Wütend schlug sie das Buch auf und erwischte das Kapitel mit der Überschrift »Der Öffner des Weges« und dem Bild von dem großen Auge am Himmel.

»Ich lese dich nicht«, belehrte sie das Buch und ging ins Schlafzimmer, aber es war zu früh, um sich ins Bett zu legen. Sie kehrte zurück in ihr Arbeitszimmer und sah ihre Schallplatten und CD-Hüllen durch. Dann zog sie Videobänder aus dem Regalfach, in dem sie aufgereiht waren – *Die unheimliche Macht, Lifeforce – Die tödliche Bedrohung, Der kleine Horrorladen –*, und stellte sie wieder zurück. Wütend stapfte sie zu ihrem Schreibtisch.

»Verdammte Scheiße«, murmelte sie, beugte sich über das Buch, und ihre Hand glitt über die Seite.

Magie ist die Alchemie von Seele und Verlangen, die seltenste aller Fusionen. Man kann in der Erde graben und Hunderte von Kieselsteinen entdecken, aber Diamanten sind rar. Ebenso außergewöhnlich ist der Öffner des Weges, der Zauberer, der sich über alle anderen Zauberer erheben mag, dessen Willenskraft so machtvoll ist, dass er alle Aspekte der Magie zu beherrschen vermag. Man denke nur an Nietzsches Worte: »Verbrennen musst du dich wollen in deiner eignen Flamme: Wie wolltest du neu werden, wenn du nicht erst Asche geworden bist!« Die reinste Form der Zauberei erfordert das Opfer des Selbst. Transmutation: das ist der Schlüssel zu den höchsten Ebenen der Existenz.

Als Montserrat sich *Das Haus der endlosen Weisheit* das erste Mal angesehen hatte, da hatte sie nicht begriffen, was Ewers meinte, aber nun glaubte sie, dass er von Suizid schrieb, einem Suizid, der in eine Wiedergeburt münden sollte.

»Hat nicht ganz geklappt, was, Kumpel?«, murmelte sie. »Aber du musst eine Art Sicherheit eingebaut haben. Ich hätte das getan.«

Sie blätterte weiter, beäugte den Abschnitt, in dem Ewers über Flüche referierte. Sie dachte über Abels Idee nach, die besagte, sein Pech sei die Folge davon, dass sie den Film nicht vollendet hätten. Dass die Vertonung der dritten Szene nicht stattgefunden habe. Vielleicht war das der Fall gewesen. Vielleicht hatte Ewers einen Fluch in den Film eingebettet, etwas, was Vollendung verlangte oder, wenn es aktiviert wurde, ein Netz aus Pech weben würde. Theoretisch müsste dann aber ihre Vertonung den Kreislauf geschlossen und den Fluch aufgehoben haben. Aber was, wenn der Kreislauf nicht durch die Vertonung geschlossen wurde? Was, wenn es noch einen anderen Schritt gab?

Ewers' Buch lieferte ihr keine Informationen darüber, was getan werden musste. Clarimonde Bauer könnte es wissen. Oder José López. Sie waren eingeweiht in Ewers' Vorbereitungen für seine Wiederauferstehung, und vielleicht hatten sie auch begriffen, welche Form der Fluch annehmen würde, sollte sich jemand seinen Absichten in den Weg stellen, und wie man seinen Zauber wirklich vollenden konnte.

Gab es keinen anderen Weg, um Ewers' Fluch zu entgehen? War die Vollendung zwangsläufig die einzige Möglichkeit? Sie waren nun Teil von Ewers' magischen Mechanismen, unbeabsichtigt vielleicht, aber das änderte nichts an den Tatsachen. Was also sollte sie tun? Sie hatte nur Theorien, aber keine handfesten Antworten.

Am nächsten Morgen ging sie zu Antares. Candy schenkte ihr ein müdes Lächeln, als sie fragte, ob die Bonusschecks abholbereit seien.

»Du wirst mit Samuel sprechen müssen«, erklärte sie.

Montserrat runzelte die Stirn, aber die Empfangsdame griff schon zum Telefon und rief Samuel an, der prompt herbeieilte, um sie zu begrüßen. Der sterile Eingangsbereich mit all seinen Spiegeln warf sein Bild vielfach zurück.

»Montserrat, wie läuft es?«

»Gut läuft es, aber ich war auf der Suche nach Mario. Ich hatte angenommen, der Bonus wäre inzwischen bereit, und ich wollte einen Film abholen, den ich im Magazin gelassen hatte.«

»Mario ist nicht in der Stadt. Er ist vor zwei Tagen abgereist. Seine Mutter ist krank.«

»Und das sagst du mir nicht?«

»Ich habe angerufen, um dir zu sagen, dass du diesen Monat keine Schichten mehr hast, aber trotzdem zu der Party eingeladen bist und wir über deinen Bonus noch sprechen würden. Du hast nie zurückgerufen.«

Schnaubend starrte Montserrat Samuel an. »Okay. Hast du die Schlüssel zu Magazinraum zwei?«

»Nein. Du weißt, dass er die bei sich behält. Und bevor du fragst, die Schecks habe ich auch nicht.«

»Dieser hinterhältige Mistkerl! Ich wette, er versucht, sich davor zu drücken, uns pünktlich zu bezahlen. Oder hat er den Bonus gestrichen? Bekommen wir alle keinen Bonus?«

»Das glaube ich nicht.«

»Warum hat er dann nicht einfach die Schecks hinterlegt?«

Samuel zuckte mit den Schultern. Was kümmerte es ihn? Mario behandelte ihn inzwischen wie seine rechte Hand, also war er vermutlich auch ohne Verzögerung bezahlt worden. Montserrat hätte ihn nach Marios genauer Koordination ausgequetscht, hätte sie nicht gewusst, dass das ein nutzloses Unterfangen wäre. Sie hätte sich denken sollen, dass Mario zu so einem Trick greifen würde. Bestimmt hatte er sich in einem All-inclusive-Resort verkrochen. Im Januar käme er zurück, und dann würde er Montserrat anrufen, wenn er sie brauchte, und ihr das Geld mit vier Wochen Verspätung auszahlen. Das half ihm vermutlich dabei, seine Bücher auszugleichen.

»Komm zur Weihnachtsfeier«, sagte Samuel. »Das wird lustig.«

»Ich weiß nicht mal, wann die ist.«

»Am Siebzehnten. Schau, ich habe dich angerufen, um dir von der Party zu erzählen.«

»Schön, und ich habe die Scheißnachricht nicht erhalten«, blaffte sie. »Und ich bin nicht interessiert an deinem Geschenketausch. Ich will Schichten. Ich bin schon lange dabei. Warum werde ich ans Ende der Auftragsliste gesetzt? Und warum holst du einen Freund rein, der meine Schichten übernimmt?«

Damit schien Samuel nicht gerechnet zu haben, und der erschrockene Ausdruck in seinen Augen verriet ihr, dass die Gerüchte der Wahrheit entsprachen und sie keineswegs im Begriff war, Antares zu verlassen: Man hatte sie im Grunde bereits vor die Tür gesetzt. »Montserrat, lass uns einen Kaffee trinken. Ich möchte dir Schichten für Jan...«

»Du bist eine Schlange.«

Samuel legte die Stirn in Falten. »Hab ein frohes Fest«, sagte er und ging den Weg zurück, den er gekommen war. Montserrat knirschte mit den Zähnen und wünschte, sie wäre nicht hochgegangen, denn sie wusste, sie hatte sich jede Chance, noch vor Neujahr einen Scheck zu erhalten, versaut. Und das nächste Jahr auch.

Die Empfangsdame sah Montserrat an und schüttelte den Kopf. »Ich kann es dir nicht verdenken. Dieses Jahr hat Mario nicht mal Truthahn für alle bestellt. Was für ein Loser, was?«

»Allerdings«, sagte Montserrat. Der Truthahn war ihr egal, aber sie betrauerte das Fehlen des zusätzlichen Geldes. Das Jahr 1994 würde schon auf dem absteigenden Ast anfangen.

Als sie ging und sich dabei die Lederjacke mit einer Hand zuhielt, fragte sie sich, was Ewers wohl in so einer Lage getan hätte. Der Spinnenzauber hätte nicht gereicht, das war nur ein winziger Fluch, ein unbedeutender magischer Stupser. Er hätte etwas Größeres heraufbeschworen, etwas Komplizierteres. Zumindest seinen Ehrgeiz fand sie bewundernswert. Groß – er dachte in großen Dimensionen und wollte hoch hinaus.

Er hätte ihr geraten, alles niederzubrennen, Runen des Feuers zu zeichnen.

»Scheiß auf Antares«, flüsterte sie. »Scheiß auf die alle!«

Montserrat fuhr zurück in ihr Viertel, stellte den Wagen in der Garage ab und ging den einen Block zu ihrem Wohnhaus. Vor der Haustür, die Sonnenbrille zwischen den Fingern drehend, saß Tristán. Als sie vor ihm stehen blieb, stand er auf. Er hatte zwei Plastiktüten dabei und lächelte verlegen.

»Ich war auf dem Markt«, sagte er.

Montserrat legte die Stirn in Falten, hielt ihm aber die Haustür auf. Einmal drin, platzierte er die Tüte auf dem Tisch und fing an, seine Einkäufe auszupacken.

Montserrat musterte die Kerzen und Päckchen neugierig, las laut die Bezeichnungen auf den geschmacklosen knallbunten Etiketten. »Unheil entfernendes Pulver, schwarze Hühnerseife zur spirituellen Reinigung, reines Ritualöl.«

»Ich wusste nicht, was ich kaufen soll, also dachte ich mir, je mehr, desto besser, richtig?«

»Venus-Schönheitsseife«, fuhr sie fort und zeigte ihm das grob rechteckige Stück Seife in dem pinkfarbenen Einwickelpapier. Auf dem Etikett war eine nackte Frau abgebildet. »Das Ding haben sie mir umsonst dazugegeben.«

Sie lachte. »Na, sicher. Nicht dass du das brauchen würdest.«

»Na ja, Dorotea hat tatsächlich gesagt, ich würde allmählich alt werden.«

»Blödsinn. Du bist attraktiv und talentiert«, konstatierte sie, zog zwei rote Umschläge mit aufgedrucktem Kreuz hervor und fügte sie dem Stapel seiner Einkäufe hinzu.

»Ich sollte dich als meine neue Pressesprecherin anheuern«, sagte er und zwinkerte ihr zu.

Sie schnaubte, doch in dem Geräusch lag kein echter Ärger. Er spielte den Clown, aber damit konnte sie leben.

»Ich wollte dich gestern nicht aufregen. Es ist … dieser Kram ist gefährlich«, sagte er und zeigte auf Ewers' Buch, das auf dem Tisch lag. Sie hatte beim Frühstück darin gelesen. »Und du neigst dazu, dich in Dinge hineinzusteigern.«

»Ich habe mich ni…«

»Das ist nichts Schlechtes. Das ist der Grund, warum du so eine gute Tontechnikerin bist. Weil du methodisch und sorgfältig bist, weil du, wenn du auf Probleme stößt, nicht einfach die Arme in die Luft reißt und aufgibst. Ich habe selbst gesehen, wie du bis in die Nacht gearbeitet hast, nur um die perfekte Tonmischung hinzukriegen. Das ist toll. Aber ich sehe hier teilweise die gleiche Dynamik.«

»Halt mir keine Vorträge über Getriebensein«, sagte sie, zog einen Stuhl vor, nahm sich einen der roten Umschläge und schüttelte ihn, woraufhin der Inhalt hörbar rasselte. »Ich meine, gerade du!«

»Ja, ich. Wer sonst?«, konterte er, rückte sich ebenfalls einen Stuhl zurecht und setzte sich neben sie. »Weil es mir nicht egal ist, okay?«

Montserrat nickte. Sie ließ den Umschlag fallen, faltete die Hände im Schoß und senkte den Blick. Ihn sah sie nicht an.

»Ich habe Angst, Momo. Richtige Angst.«

»Ich weiß. Das bedeutet aber nicht, dass du so ein Arsch sein musst.«

»Es bedeutet auch nicht, dass du mir gegenüber ein Arsch sein musst, aber so ist das Leben.«

Tristán stieß ihren Schuh mit seinem an. So, wie sie es als Kinder getan hatten, grinsend, um einander ihre Gedanken zu übermitteln, wenn sie in der Küche seiner Mutter Missetaten planten. Er lächelte. Es war so ein warmes, freundliches Lächeln; als sie es zum ersten Mal gesehen hatte, war sie sogleich in ihn vernarrt gewesen. Eine Sekunde, mehr hatte es nicht gebraucht.

»Um welche Zeit besuchen wir Clarimonde Bauer?«, fragte er.

»Ich wollte nicht ... Du musst nicht mitgehen, Tristán.«

»Was soll ich sonst tun? Ist ja nicht so, als würde mein Telefonhörer vor lauter Anrufen von Produzenten von der Gabel springen.«

»Du hattest aber recht. Es könnte gefährlich sein.«

»Ach? Hast du in dem Buch noch etwas gefunden?«

»Na ja, nein. Eigentlich nicht.«

»Dann gehen wir ... ach, Mist«, sagte Tristán, als sein Pager losging. Er nahm ihn von seinem Gürtel ab und las die Nachricht. »Kann ich dein Telefon benutzen?«

»Klar.«

Sofort nahm er den Hörer ab und wählte. Montserrat verschwand in der Küche, um ein Glas Wasser zu holen und ihm etwas Privatsphäre zu lassen. Als sie zurückkam, stand er mit nachdenklicher Miene mitten im Wohnzimmer.

»Ging es um das Fotoshooting?«

»Nein. Das war Marisa Montero. Sie sagte, sie will sich heute Abend mit mir treffen. Sie macht sich Sorgen um ihre Tante. Ich habe mich mit ihr in einem Restaurant in der Nähe von ihr verabredet. Ein öffentlicher Ort schien mir die beste Idee zu sein. Ich traue ihr nicht. Womöglich zerhackt sie mich mit einer Machete wie Jason Voorhees' Mami, wenn niemand hinsieht. Hurenböcke wie ich werden immer mitten im Film umgebracht.«

»Woher willst du das denn wissen? Du hast bei *Freitag der 13.* durchgehend die Augen zugekniffen, du Feigling.«

»Ich hatte sie offen, als die Leute sich ausgezogen haben.«

»Lügner.«

»Was, hast du mich etwa beobachtet?«

»Nur, wenn du gezuckt hast.«

»Also ungefähr um die neunzig Prozent des Films«, sagte er, lachte aber dabei, und sie schüttelte lächelnd den Kopf.

»Du wirst einen Talisman brauchen. Ich zeige dir, wie man die macht.«

»Einen Talisman?«, fragte er verständnislos.

»Wir brauchen ein Taschentuch.«

»Was ist mit all dem Zeug, das ich gekauft habe? Hilft das nicht weiter?«

Sie musterte die Kerzen, Pülverchen und Seifen, die Tristán mitgebracht hatte. »Nein. Du kannst keine Magie für zwanzig Pesos kaufen und erwarten, dass sie funktioniert.«

»Hat Ewers das gesagt?«

Hatte er, und er hatte noch viel mehr gesagt. Sie fand einen gewissen Trost in den Seiten seines Buches. Die Vorstellung der Systematisierung gefiel ihr; eine geordnete Welt hatte ihren Reiz für sie. Seine Perspektive konnte sie verstehen – und sie hatte Methode, das war ihr nur zu Anfang entgangen. Tristán blühte auf im Chaos, aber Montserrat hatte gern alles unter Kontrolle. Sie konzentrierte sich am liebsten auf Details und betrachtete das Leben durch ein Makroobjektiv. Ewers teilte diese Neigung.

»So was in der Art. Magie ist die Materialisierung von Willenskraft«, erklärte sie. »Du musst sozusagen tief eintauchen. Der Talisman zu deinem Schutz ist leicht zu machen. Stich dir in den Finger und male eine Rune. Oder, na ja, ein Wort, schätze ich.«

»Was denn nun, Rune oder Wort?«, fragte er stirnrunzelnd.

»Ewers hat Runen benutzt, aber ich habe es mit Worten versucht. Ich glaube, du könntest auch ein Strichmännchen zeichnen und es würde vielleicht trotzdem funktionieren.«

»Ist das nicht so, als würde man bei einem Rezept die Zutaten ändern? Warum sollte das funktionieren?«

»Warum nicht? Passt du Rezepte nicht individuell an? Gibst ihnen deine eigene Note?«

»Natürlich, aber *du* kochst nicht. Und wenn du es tust, ist es abscheulich. Abgesehen von den Fleischbällchen«, sagte er und drehte eine der Seifen, die er gekauft hatte, in den Händen.

»Sei mal ernst, Tristán.«

»Ich bin ernst.«

»Die Runen hatten eine persönliche Bedeutung für Ewers. Aber uns bedeuten sie nichts. Sie waren sein geheimer Code.«

»Wie, was, wie damals in der vierten Klasse, als wir unsere eigene Sprache erfunden haben?«, fragte Tristán und kippelte auf seinem Stuhl zurück.

Montserrat starrte ihn an. »Was?«

»Sag nicht, du hast das vergessen. Wir haben unsere eigene Sprache erfunden, damit wir uns Nachrichten zukommen lassen konnten. Das lief prima, bis Fräulein Mireles uns dabei ertappt hat, wie wir uns Botschaften zugesteckt haben, und wir nachsitzen mussten. Wir haben einen Monat vor dem Büro des Rektors gesessen und in unser Heft geschrieben: ›Ich werde im Unterricht aufpassen.‹«

Natürlich. Solche Spiele hatten sie immer gespielt. Einmal hatten sie sich sogar Walkie-Talkies besorgt und versucht, bei Nacht miteinander zu reden.

»Erinnerst du dich noch an irgendwas von dem Alphabet, das wir uns ausgedacht haben?«

»Sicher, teilweise, schätze ich«, sagte Tristán und kratzte sich am Kopf. »Warum sollte uns das nützen?«

»Weil es unsere Sprache war, nur deine und meine. So wie Ewers' Runen *seine* Runen waren. Hier«, sagte sie, riss ein Blatt Papier von ihrem Notizblock und reichte ihm einen Stift. »Schreib was.«

»In Ordnung. Äh ... da.«

Montserrat betrachtete die Buchstaben, die er in blauer Tinte gekritzelt hatte. Es war ein primitives, albernes Alphabet. Ein Halbmond stand für das »t« und ein Quadrat mit einem X in der Mitte für »m«. Sie hatten es seit Ewigkeiten nicht mehr benutzt, aber sie konnte es immer noch lesen.

»Tristán und Montserrat«, sagte er und tippte auf das Blatt. »Und wir haben es abgekürzt ... hier. Du und ich, so etwa.«

Ihre Initialen. Sie hatten sie in der Schule in ihre Stühle geritzt und auf etliche Fetzen Papier gekritzelt und ihre Nachrichten damit unterzeichnet. Der Halbmond, ausgefüllt, und das Quadrat mit dem X. Eine Linie unter jedem Symbol diente als angedeuteter Schnörkel. Das war die erste Unterschrift, die sie je benutzt hatten. Der Code für *du und ich*.

»Okay, schreib das Wort ›Schutz‹«, sagte sie.

19

Der Treffpunkt, den Marisa Montero ausgewählt hatte, war ein spanisches Restaurant in der Nähe ihres Zuhauses. Montserrat parkte auf der anderen Straßenseite und blieb hinter dem Steuer sitzen, als wäre sie die Fahrerin eines Fluchtfahrzeugs. Tristán kam sich trotz seiner eleganten Kleidung eher wie Cantinflas vor als wie James Bond. Karinas Bild stand immer noch frisch vor seinem geistigen Auge. Er konnte es nicht abschütteln, und er hatte zwei Zigaretten geraucht, ehe sie geparkt hatten und er ausgestiegen war. Der Talisman, den er nach Montserrats Anweisungen angefertigt hatte, lag schwer in seiner Tasche.

Montserrat hatte recht. Er war nicht der richtige Mensch, um jemanden zu befragen. Aber sie waren beide zu dem Schluss gekommen, dass in diesem Fall sein Charisma wirkungsvoller sein dürfte als Montserrats Unverblümtheit. Außerdem hatte Marisa ihn angerufen und nichts davon gesagt, dass sie Montserrat bei dem Treffen hätte dabeihaben wollen.

Tristán strich seine Jacke glatt und betrat das Lokal. Das war die Art von Laden, der überteuerten *cabrito al horno* und importierten Wein verkaufte. Marisa hatte einen Tisch im hinteren Bereich gewählt. Die Lichtverhältnisse im Restaurant waren ihr nicht gewogen, aber vielleicht lag es auch nur an dem Make-up, das sie trug. Als sie einander erstmals begegnet waren, hatte er geschätzt, dass sie um die fünfzig wäre, aber nun kam er zu dem Schluss, dass sie stramm auf die sechzig zuging. Die Bluse, die sie gewählt hatte, war hellblau, die Schulterpolster in ihrer marineblauen Kostümjacke groß, so, wie Joan Crawford sie auf dem Höhepunkt ihrer Karriere getragen hatte. Oder die Jacke gehörte zu einem dieser Power Suits, die Frauen vor ein paar Jahren getragen hatten, als dieser Look wieder in Mode gekommen war.

Sie hatte bereits einen Martini vor sich stehen und rauchte eine Zigarette.

»Ich bin doch nicht zu spät dran, oder?«, fragte er und seine Stimme klang trotz seiner Nervosität vollkommen selbstsicher.

»Gar nicht. Sie kommen genau zur rechten Zeit. Ich mag Männer, die pünktlich sind.«

Marisa reckte den Arm hoch und winkte den Kellner mit einer lässigen Bewegung aus dem Handgelenk herbei. Tristán bestellte ein Mineralwasser. Er bemühte sich immer noch, Alkohol zu umschiffen.

»Sie rauchen doch, richtig?«, fragte sie, öffnete ihr silbernes Zigarettenetui und bot ihm eine Slim-Zigarette an.

»Ich versuche, meine Laster abzulegen.«

»Aber ich mag es, wenn ein Mann Laster hat.«

»Pünktlich, aber mit Lastern? Was für eine Kombination.«

Sie lächelte, und Tristán tat so, als ob. Dieser Teil war einfach. Er konnte mit verbundenen Augen und hinter dem Rücken gefesselten Händen flirten. In seiner Anfangszeit war das hilfreich gewesen. Er hatte die Aufmerksamkeit von Männern und Frauen gleichermaßen angezogen. Es war vielleicht nicht fair, aber er hatte seine ersten paar Jobs auf diese Weise ergattert. Er hatte sich durch manches Vorsprechen geflirtet oder geschlafen. Heute kam ihm das ein bisschen billig vor. Karina hatte das jedenfalls nie nötig gehabt. Sie war Qualitätsware, sie kam von oben. Der Vater ein Produzent, die Mutter ein ehemaliger Filmstar. Er hingegen war ein Niemand, der Glück gehabt hatte. Bis ihm das Glück ausgegangen war.

»Ich bin froh, dass Sie allein gekommen sind«, sagte Marisa. »Ihre Freundin ist ein bisschen ruppig.«

»Montserrat ist bei ihrer Arbeit sehr engagiert«, entgegnete er und spielte mit der Speisekarte. Das Sonderangebot des Monats war *badalao*, ein unverzichtbares Element der Festivitäten im Dezember. Er fühlte sich hungrig, war aber nicht geneigt, jetzt zu essen, nicht mit jemandem, den er nicht kannte. Er war plötzlich abergläubisch, fürchtete sich vor Leuten, die sein Essen vergiften oder verfluchen könnten. Das war auch der Grund, warum er keine ihrer Zigaretten hatte nehmen wollen. Wer konnte schon sagen, was da drinstecken mochte?

»Dokumentationen müssen enorm komplizierte Projekte sein. Wie lange arbeiten Sie schon an dieser?«

»Wir kannten Abel erst seit kurzer Zeit.«

»Eine Schande, dass er tot ist«, sagte Marisa, klang aber gleichgültig. Höflich, doch ohne jede Spur von Wärme. Ansager verfielen in so einen Ton, wenn sie die Nachrichten vorlasen. »Nun ja, ich möchte Ihnen danken, dass Sie sich so kurzfristig mit mir treffen. Ich habe heute mit meiner Tante gesprochen, und sie möchte wissen, ob Sie irgendetwas aus dem Besitz von Ewers haben. Ihre Freundin, sie erwähnte, dass sie *Das Haus der endlosen Weisheit* gelesen hat.«

»Abel hat Montserrat eine Ausgabe zum Lesen gegeben.«

»Hat sie sie noch?«

Tristán war ein respektabler Schauspieler und nun schlüpfte er in seine Rolle und bedachte Marisa mit einem

Achselzucken, das vollkommen unschuldig wirkte. »Das glaube ich nicht.«

»Vielleicht haben Sie noch etwas anderes, das einmal Ewers gehört hat. Gegenstände, die Sie für Ihre Nachforschungen benutzt haben. Ich würde sie Ihnen gern abkaufen.«

Montserrat zufolge hatte Alma Montero Abel angewiesen, ihr Ewers' Film und alles andere, was ihm gehört hatte, zu geben, ehe er ermordet worden war. Aber Marisa hatte bestritten, dass die beiden in jüngster Zeit Kontakt gehabt hatten.

»Warum sind Sie daran so interessiert?«

»Meine Tante ist daran interessiert. Sie will alle Gegenstände zerstören, die irgendetwas mit dem Film zu tun haben, an dem sie damals arbeiteten.«

»Tatsächlich?«

Marisa stützte einen Ellbogen auf den Tisch und beugte sich vor. »Gestern habe ich eine von Ewers' Runen in der Nähe meiner Wohnung gesehen. Meine Tante glaubt, seine Sekte ist aktiver und gefährlicher denn je.«

Er hätte vielleicht das Gesicht verzogen, aber in diesem Moment tauchte der Kellner auf und stellte ein Glas mit Mineralwasser vor Tristán ab. Dankbar für die kurze Unterbrechung senkte er den Blick, ehe er wieder zu Marisa aufsah.

»Das verstehe ich nicht.«

»Meine Tante hat den Verdacht, dass Abel irgendetwas getan hat. Er hat einen Zauber gewirkt. Und das hat Ewers' alte Gefolgsleute aufgescheucht.«

»Aber warum will sie seine Sachen zerstören?«

»Aus demselben Grund, aus dem sie vor all diesen Jahren den Film verbrannt hat: Ewers war ein gefährlicher Mann. Er ist es vielleicht noch.«

Dass Marisa im Präsens von ihm sprach, gefiel Tristán nicht. Er dachte an Montserrat, die allein im Auto saß, während Zauberer hinter dunklen Ecken lauerten. Kurz überlegte er, ob er aufstehen und sofort gehen sollte, aber er blieb still sitzen. Montserrat würde wollen, dass er so viel herausfand wie möglich.

»Wie ist Ewers gestorben?«, fragte er.

Das war eine Frage, mit der Marisa nicht gerechnet hatte. Sie lüpfte eine Braue und zog an ihrer Zigarette. Das silberne Etui lag auf dem Tisch neben ihrem Martiniglas. Etwas an der Frau war auf subtile Weise falsch, sie hatte etwas Düsteres an sich, das er nicht recht greifen konnte. Aber es beunruhigte ihn.

»Erstochen. Er wurde ausgeraubt«, sagte sie, griff nach ihrem Drink und knabberte an einer Olive.

»Ein bedeutender Zauberer, und er hatte keine Bodyguards? Keine Talismane, die ihn geschützt hätten?« In seiner Tasche war das Taschentuch, das er mit seinem Blut bemalt hatte. Er griff danach, während er sprach.

»Er wurde übermütig. Vielleicht war er auch abgelenkt. Er war krank, wissen Sie?«

»Ja, davon habe ich gehört. Deswegen wollte er den Zauber ja in erster Linie wirken. Obwohl er, um die nötigen Mittel zu bekommen, Ihrer Tante erzählt hat, er würde einen für sie schaffen.«

»Sie wissen eine Menge über Ewers, geben sich aber ahnungslos. Ich glaube, Sie tun nur so, als hätten Sie nichts aus seinem Besitz. Da war ein Film«, sagte Marisa, und dann schwieg sie, als erwartete sie von ihm, dass er die Stille ausfüllte.

»So?«

»Ja, den gab es.« Seine ausweichende Antwort schien sie nicht zu erfreuen. Sie war jetzt gar nicht angetan. Nicht mehr. »Abel hatte erneut gezaubert und dazu hat er Ewers' alte Sachen benutzt.«

»Woher wissen Sie das?«

»Meine Tante hat es herausgefunden.«

»Dann hat sie mit ihm gesprochen, bevor er gestorben ist. Sie sagten, die beiden hätten keinen Kontakt gehabt.«

»Es gibt Möglichkeiten, Dinge herauszufinden, ohne zum Telefonhörer zu greifen, junger Mann. Besonders, wenn man sich an ein paar Zauber erinnert.«

»Ihre Tante praktiziert immer noch Magie? Sie folgt Ewers' Lehren?«

Marisa schüttelte den Kopf und sah ihm direkt in die Augen, und in ihrem Blick lag ein stiller Zorn. »Machen Sie Witze? Sie hat Ewers verachtet.«

»Das haben Sie vorher nicht gesagt.«

»Ich dachte, das wäre selbstverständlich. Hören Sie, Herr Abascal, ich weiß nicht, warum Sie an Ewers oder dem Film interessiert sind, aber ich kann Ihnen sagen, das Einzige, was Sie davon haben werden, wenn Sie irgendetwas behalten, was diesem Mann gehört hat, ist Kummer. Die Rune, die ich gesehen habe, ist eine Warnung.«

»Warum sollte diese Sekte hinter Ihnen her sein?«

»Nicht hinter mir, hinter meiner Tante. Vielleicht wollten sie sie einschüchtern, sie wissen lassen, dass sie sich nicht in ihre Angelegenheiten einmischen soll. Meine Tante hält sie für unfassbar gefährlich, und die einzige Möglichkeit, sich in Sicherheit zu bringen, ist die Zerstörung dieser Gegenstände. Ich möchte, dass Sie zumindest in Betracht ziehen, sie mir zu verkaufen. Ich zahle einen guten Preis.«

»Warten Sie eine Sekunde, ich habe nicht gesagt, dass ich irgendetwas davon habe«, erwiderte Tristán, aber er wusste, dass sie ihm nicht glaubte.

Schweigen kehrte ein, eine Stille, die nicht zwingend feindselig war, aber auch nicht freundschaftlich. Das Blatt hatte sich gewendet. Sie würde Tristán nichts mehr liefern; trotzdem hatte er noch eine letzte Frage.

»Sie sagten, Ewers ist ein gefährlicher Mann. Wie meinen Sie das? Er ist doch schon seit Jahrzehnten tot.«

Nun lächelte Marisa. »Zauber können eine sehr lange Zeit Bestand haben. Ewers' Macht verweilt. Und vielleicht verweilt auch ein Teil von ihm selbst. Er hat immerhin versucht, den Tod zu betrügen. Wer sagt, dass ihm das nicht irgendwie gelungen ist? Geben Sie mir diesen Film, Herr Abascal. Ich glaube, Sie wissen, welchen ich meine. Wenn nicht, dann könnten Sie und Ihre Freundin sich in einer sehr gefährlichen Lage befinden.«

Tristán erhob sich und verabschiedete sich von der Frau. Sie winkte nur ab. Als er wieder zum Auto kam und die Tür öffnete, war er aufgekratzt und sah Montserrat besorgt an. Aber ihr ging es gut, sie hörte sich Heavy Metal an, ausgerechnet, und er seufzte erleichtert. Marisa hatte ihm einen Heidenschrecken eingejagt.

»Was hat sie gesagt?«, fragte Montserrat und reduzierte die Lautstärke des Luzbel-Songs, der gerade lief. Er mochte diese Art Musik nicht, aber in Gegenwart von Montserrat hatte er allmählich die Namen und Titel einiger ihrer bevorzugten Bands verinnerlicht.

Tristán zerrte an seiner Krawatte, setzte sich neben sie und starrte zur Windschutzscheibe hinaus. »Sie sagt, Ewers' Sekte geht es prima. Sie rät uns, alles loszuwerden, was ihm gehört hat, vor allem den Film.«

»Sie weiß von der Synchronisation.«

»Von der Synchronisation oder dem Silbernitratfilm. Oder von beidem.«

»Hmm.«

»Hmm, was?«

Montserrat drehte den Schlüssel und der Wagen rollte langsam die Straße entlang. Tristán kurbelte seine Seitenscheibe hinunter.

»Sie sagt, Ewers selbst wäre vielleicht gar nicht tot. Dass ein Teil von ihm noch da sein könnte.«

»Ich glaube, ich habe ihn gesehen, in diesem Haus in der Innenstadt.«

Tristán starrte Montserrat an. »Warum hast du das nicht schon früher gesagt?«

»Du hast dich über mich lustig gemacht, weißt du noch? Was du über meinen deutschen Freund und neuesten Schwarm erzählt hast?«

Tristán hätte sich am liebsten selbst eine reingehauen. Ja, von allem, was er hätte sagen können, von allen Sticheleien, hatte er ausgerechnet diese gewählt. Das war ein Tiefschlag. Auch wenn er es nicht gern zugab, war ihm bewusst, dass Montserrat früher mal einen Narren an ihm gefressen hatte. Eines Nachmittags hatte sie sogar versucht, diese Zuneigung in Worte zu fassen, woraufhin er sie prompt unterbrochen und sich ausweichend verhalten hatte, bis er ihr durch die Blume hatte begreiflich machen können, dass es in dieser Richtung für sie nicht weiterginge.

Das war etwa zu der Zeit gewesen, in der er seine Zahnspange losgeworden war und interessierte Blicke von hübscheren Mädchen in seiner Klasse aufgefangen hatte, und Tristán, begierig, alle Gelegenheiten zu nutzen, die ihm seine nachlassende Schüchternheit geboten hatte, war zu dem Schluss gekommen, dass Montserrats aufrichtige Zuneigung nicht so verlockend war wie Miniröcke und tiefe Ausschnitte.

Als sie erwachsen wurden, hatte sie keine weiteren Annäherungsversuche unternommen, und sie hatten die Episode begraben, aber vergessen hatte er sie nicht.

»Ach, verdammt! Ich habe es nicht so gemeint. Es tut mir leid«, versuchte er sich an einer Abbitte, die ihm keine Tirade eintragen würde.

Sie schien seine Worte gut aufzunehmen und zuckte mit den Schultern.

»Also hast du ihn gesehen?«, hakte er vorsichtig nach und fürchtete sich ein wenig vor der Antwort.

»Ich habe gar nichts gesehen. Nicht wirklich. Aber ich habe etwas gespürt. Ich glaube, das war er.«

Die Ampel an der nächsten Kreuzung zeigte Rot an. Zwei Teenager mit schmuddeligen Santa-Claus-Mützen gingen von Wagen zu Wagen und verkauften Kaugummi. Tristán holte ein paar Münzen hervor und gab sie den Kindern. Alles wurde amerikanisiert. Die Drei Könige wichen dem fetten Kerl in dem roten Anzug. Die Gebäude in der Innenstadt waren mit traditionellen *piñatas* geschmückt, aber auch mit leuchtenden Rentieren.

»Warum folgt er dir?«, fragte er, als die Ampel umsprang und der Wagen weiterrollte.

»Ich weiß es nicht. Warum siehst du Karina? Aber es passiert, und ich traue Marisa und ihrer Tante nicht. Sie spielen ihr eigenes Spielchen.«

»Ja, ich weiß«, sagte Tristán. »Das Problem ist, dass wir auch spielen, aber wir kennen die Spielregeln nicht.«

Montserrat antwortete nicht. Er sank tiefer in seinen Sitz und betrachtete die Straßen der Stadt. Übermorgen begannen die *posadas*. Die Winterferien waren eine Zeit der Freude und der Partys. Derweil wurden sie von toten Leuten heimgesucht.

Frohe Weihnachten 1993. Das würde ein höllisches Jahresende werden.

20

Tristán versuchte immer noch, das Debakel bei seinem Fotoshooting in Ordnung zu bringen, verbrachte den ganzen Tag am Telefon und sprach mit Dorotea und anderen Leuten. Das bedeutete, dass sie, statt das Problem sofort in Angriff zu nehmen, nicht vor Donnerstagabend zu Clarimonde Bauers Haus fahren konnten. Montserrat war das ganz recht, denn sie wollte sich noch mit Araceli treffen, ehe ihre Schwester sich auf den Weg nach Morelia begab.

Verfolgt von einer sonderbaren Präsenz und konfrontiert mit der möglichen Existenz einer Sekte, hatte Montserrat keine Zeit gefunden, um nach einem originellen Geschenk zu suchen, und am Ende nur hastig ein paar Schachteln mit Süßigkeiten in Papiertüten gestopft und mit Schleifen geschmückt. Sie reichte sie ihrer Schwester – eine für Araceli, eine für ihre Mutter –, und sie setzten sich zum Kaffee in ein Lokal, in dem es Churros und heiße Schokolade gab.

»Wie läuft es bei der Arbeit? Es scheint, als wärest du jeden Tag, an dem ich dich anrufe, beschäftigt.«

»Hier und da mal eine Schicht«, sagte Montserrat. Sie hatte nicht vor, Ewers und seine Magie zu erwähnen, also kam sie ohne Umschweife zu der Frage, die ihr unter den Nägeln brannte. »Was ist mit dir? Geht es dir gut?«

Sie hatte sich Sorgen gemacht, dass das wie auch immer geartete Glück, das der Zauber hervorgebracht hatte, nachdem sie den Film vertont hatten, verschwunden sein könnte. Abel war tot, Tristán war vermutlich seine Rolle los, und Montserrat hatte nicht einmal ihren Scheck erhalten. Das könnte auf eine vollständige Umkehrung des Glücks hindeuten.

»Mir geht es prächtig. Ich bin am Sonntag zur Basilika gegangen, um der Jungfrau von Guadalupe für ihre Hilfe zu danken«, sagte ihre Schwester.

»Es muss voll gewesen sein«, bemerkte Montserrat und dachte an die Prozessionen und die Leute, die Statuen der Jungfrau und Blumensträuße auf den Armen trugen.

Mit dem Tag der Jungfrau begannen die Festlichkeiten, die bis in die erste Januarwoche andauern würden. Ihre Mutter hatte der Jungfrauenverehrung einen Tag im Jahr gewidmet und an jedem 12. Dezember eine Kerze angezündet und gebetet. Aber andere gingen viel weiter. Montserrat erinnerte sich an die Menschen, die wie Ameisen in die Innenstadt gepilgert waren, um ihrem Abbild Ehre zu erweisen.

Es war ein Spektakel, ebenso wie die *pastorelas*, zu denen sich die Leute als Teufel und Engel verkleideten und das Krippenspiel aufführten. Sie fragte sich, was Ewers wohl darüber gedacht hatte angesichts seines Interesses am Schauspiel. Religion und Magie waren nicht identisch, aber vielleicht hatte Ewers Witterung von etwas aufgenommen, als er durch die Stadt gegangen war und derlei Formen der Unterhaltung erlebt hatte.

Mexiko war Synkretismus in Bewegung, und Montserrat vermutete, dass das auf eine verdrehte Art auch auf Ewers' Magiesystem zutraf. Natürlich hatte er es ganz nach seinen Wünschen geformt mit seinem Gerede über arische Überlegenheit und Abstammungslinien, aber wirklich innovativ war er nicht gewesen.

Es war schon wieder so weit. Sie wollte mit ihrer Schwester plaudern und Ewers vergessen, aber sie kehrte in Gedanken ständig zu ihm zurück. Tristán lag nicht so falsch, wenn er ihr Getriebenheit vorwarf.

»Hast du deinen Weihnachtsbaum schon geschmückt?«, fragte Araceli.

»Den habe ich ganz vergessen«, gestand Montserrat.

»Wow, du musst ja viel zu tun haben. Aber du hast dir sicher überlegt, wie du den Silvesterabend verbringst, oder? Du wirst doch nicht ganz allein bleiben?«

Sollte Montserrat auch nur andeuten, sie hätte vor, allein zu bleiben, würde Araceli die Stadt niemals ohne sie verlassen. Vehement schüttelte sie den Kopf. »Natürlich nicht. Ich denke, Tristán und ich werden uns was zu essen bestellen.«

»Ihr seid ein abenteuerlustiges Duo. Dann hat er also auch nichts vor.«

»Nein, wir bleiben unter uns.«

»Du solltest dafür sorgen, dass du wenigstens eine Spur Weihnachtsfreude bekommst. Stell den Baum auf. Geh zu einer Party.«

Als sie ihre heiße Schokolade getrunken hatten, fuhr Montserrat ihre Schwester zurück nach Hause. Araceli hatte zweifellos gemerkt, dass sie mit den Gedanken nicht bei der Sache war, aber Montserrat hoffte, sie würde es ihren imaginären Schichten zuschreiben.

Auf dem Heimweg hielt sie an dem Laden an, in dem sie die Bücher über Crowley und andere Okkultisten erworben hatte, und kaufte noch ein paar weitere Dinge. Sie hatte wirklich nicht genug Geld, um es für so ein Zeug rauszuwerfen, aber Tristán hatte recht: Sie spielten ein Spiel, dessen Regeln sie nicht kannten. Mehr Lesestoff mochte nutzlos sein. Andererseits empfand sie die wachsende Sammlung, die sich über ihren Schreibtisch ausbreitete, als beruhigend. Das war zwar nicht gerade die Weihnachtsfreude, die Araceli im Sinn hatte, aber es gab ihr etwas zu tun.

Ganz hinten in einem Kleiderschrank hatte Montserrat einen alten Plastikchristbaum verstaut. Nun zerrte sie ihn raus und schleppte ihn ins Wohnzimmer, zusammen mit einer Kiste gläsernen Baumschmucks. Sie wickelte die Lichterkette um den Baum. Er sah schäbig aus, dennoch stöpselte sie die Lichterkette ein und betrachtete ihr Werk.

Montserrat zog den Vorhang zur Seite und blickte hinüber zu dem Haus auf der gegenüberliegenden Straßenseite, in dem jemand eine Party feierte. Eine Etage tiefer erklang »Campana Sobre Campana«. Sie ging in ihr Arbeitszimmer, holte die Kopfhörer hervor, legte ein Band mit Huizars »Pecado Capital« ein, das sie vor zwei Jahren gegen ein paar raubkopierte Motörhead-Kassetten getauscht hatte, und hörte sich »Nota Roja« an.

Sie schlug eines der frisch erworbenen Bücher auf und fand eine Geschichte über eine Gruppe Amateurzauberer in Washington, die im Januar 1941 versucht hatten, einen Zauber gegen Hitler zu wirken. Die Story hatte es sogar in eine Ausgabe von *Life* geschafft. »Möge der Tod, der euch ereilt, auch ihn ereilen«, hatten sie gesagt, während sie Nadeln in eine Puppe gesteckt hatten, die Hitler nachempfunden war.

Wilhelm Ewers hatte ein Kapitel über Analogiezauber – auch wenn er es anders nannte – und ein anderes über Spiegelflüche verfasst, denen sie sich nun zuwandte. Sie fragte sich, was Ewers vorgehabt hatte. Ob er, wäre er nicht gestorben, immer noch durch Mexiko streifen würde. Oder ob er sein Glück anderenorts versucht hätte. Immerhin war er ein Opportunist. Und welche Art von Magie würde er seinen Anhängern wohl heute vorsetzen? Clarimonde Bauer hatte sein Buch unverändert nachgedruckt, aber er hätte es verändert. Er hätte für heutige Leser ansprechender formuliert.

Du bist etwas Besonderes, darum verdienst du dieses Wissen, hätte er gesagt. Oder vielleicht: *Du bist nichts Besonderes, aber ich kann dich zu etwas Besonderem machen.* Beides würde funktionieren; er hatte diese Methoden schon ausprobiert, abhängig davon, mit wem er es zu tun hatte. Ewers widersprach sich ungehemmt, wenn es seinen Zwecken entgegenkam; ein Kapitel im Buch negierte das vorangegangene. Doch seinen Worten haftete ein Rhythmus an, eine Musikalität. Der Vergleich war bizarr, doch in ihren Augen ergab er Sinn. Ewers brachte einen dazu, seinen Walzer zu tanzen. Nach den ersten Noten kannte man die Schritte und machte einfach weiter.

Die Tradition des Hitobashira im alten Japan beinhaltete die Selbstopferung eines Menschen zur Gewährleistung der Sicherheit eines Gebäudes. In China wurden Menschen den Geistern der Ahnen geopfert; heutzutage opfert man stattdessen Zeichnungen mit menschlichen Figuren. Aun, König von Schweden, opferte neun Söhne, um sein Leben zu verlängern. In Island finden wir den Begriff blót, *was* opfern *bedeutet, auch wenn die Bedeutung sich nach Einführung des Christentums geändert hat, sodass es seither für »Fluch« steht.*

Ihr Finger unterstrich das Wort »Fluch«, ehe sie weiterblätterte.

Um die Richtung des Fluchs zu ändern, spiegele ihn. Sollte der Zauberer einen Krankheitszauber wirken, reagiere mit einem Heilzauber, um ihn zu neutralisieren. Sollte der Fluch von bedeutenderem Ausmaß sein, könnte ein Opfer erforderlich werden. Je größer die Magie, desto höher der Preis.

Montserrat betrachtete die Pinnwand mit Ewers' Fotos und verschränkte die Arme vor der Brust. Sie versuchte, ihn sich zur Abwechslung nicht als grinsenden Burschen vorzustellen, der Taschenspielertricks auf einer mexikanischen High-Society-Party für Alma Montero und ihre Freunde vorführte, sondern in jüngeren Jahren. In jener Zeit, in der seine Eltern ausgelassene Zusammenkünfte organisiert hatten und er noch ein Kind mit lebhafter Vorstellungsgabe gewesen war. Und das erinnerte sie an Tristán und die Gelegenheiten, zu denen sie ihn in alte Bettlaken gewickelt und so getan hatte, als wäre er ein aus dem Grabe auferstandenes Gespenst.

Aber Wilhelm Ewers war nach dem Tod seines Bruders vernachlässigt worden. Er war allein in einem großen, abgelegenen Haus aufgewachsen, ohne Spielkameraden, mit denen er Spaß hätte haben können. *Meine Eltern überschütteten meinen älteren Bruder mit Lob und überließen mich den einsamen Nachmittagen in meinem Zimmer in der Erwartung meines frühen Dahinscheidens*, hatte er geschrieben.

Ein wütendes Kind, dem man erklärt hatte, es sei etwas Besonderes und der Rest der Welt unter seiner Würde. Sie nahm den Kopfhörer von den Ohren und ließ ihn um ihren Hals hängen.

Am folgenden Abend holte sie Tristán gegen sieben ab. Die Palmen, die die Straße nach Las Lomas säumten, erglühten im Schein der Weihnachtsbeleuchtung, aber davon abgesehen war in diesem Teil der Stadt von Festlichkeit wenig zu spüren. Säuberlich gestutzte Hecken verbargen kostspielige Häuser und schlichte Zufahrten schlängelten sich hinter hohe Mauern. Die Menschen in Las Lomas hatten richtige Gärten mit purpurnen Bougainvilleen und blassen Rosen, ganz anders als in Montserrats Dunstkreis, wo man sich mit Topfpflanzen begnügte.

Diese Gegend war »exklusiv«, was auch bedeutete, dass die Leute gut geschützt waren. Selbst wenn Clarimonde Bauer wirklich noch unter der Adresse zu finden war, die auf der Einladung stand, war es gut möglich, dass sie von Bodyguards verscheucht wurden. Sollte die Dame so richtig garstig sein, könnten sie sogar hinter Gittern landen, und Montserrat konnte gut auf ein weiteres Gespräch mit den Bullen verzichten. Aber ihnen blieb nichts anderes übrig, als die Würfel rollen zu lassen.

Sie bogen nach rechts in eine Nebenstraße ab. Bei einigen Häusern war es praktisch unmöglich, die Hausnummer zu erkennen, und mit den Straßennamen verhielt es sich kaum besser. Niemand machte sich die Mühe, ordentliche Schilder aufzustellen, denn wer hier lebte, wusste ohnehin, wohin er wollte.

»Ich glaube, da ist es«, sagte Tristán.

Montserrat stoppte den Wagen und starrte das Haus an, auf das Tristán gezeigt hatte. Eine weiße Mauer mit einem silbernen Metalltor umgab das Anwesen. Dahinter konnte man ein Gebäude mit roher grauer Betonfassade erkennen. In Las Lomas folgte man keinem einheitlichen Stil. Die Reichen entwarfen ihre Häuser, wie es ihnen gefiel, sodass Gebäude mit Stuckverzierungen im spanischen Stil neben solchen standen, die sich an der Epoche der Präsidentschaft Porfirio Diaz' in Mexiko orientierten. Auch der Brutalismus war vertreten, wie Bauers Heim bewies.

Montserrat läutete die Glocke. Ein Diener kam heraus und musterte sie durch die Gitterstäbe des Tors.

»Wir würden gern Clarimonde Bauer sprechen«, erklärte sie.

»Haben Sie einen Termin?«

»Nein. Aber bitte geben Sie ihr das und sagen Sie ihr, es geht um Wilhelm Ewers«, sagte Montserrat und zog einen der Papierbogen mit Ewers' Handschrift hervor.

Der Dienstbote sah nicht überzeugt aus, aber nach wenigen Minuten kam er zurück und öffnete das Tor für sie. Sie folgten ihm über den breiten Steinweg zur Vordertür des Hauses.

Das Innere von Clarimondes Haus war einfach und schlicht: helle Lichter, polierte Betonböden, rohe geweißte Wände. Es vermittelte den Eindruck einer uneinnehmbaren Festung. Die Einrichtung des Wohnzimmers bestand komplett aus Stahl und Glas, abgesehen von der weißen Couch, auf der Clarimonde saß, passend weiß gekleidet, als wäre diesem Haus alle Farbe entzogen worden.

Clarimonde Bauers Haar war hellblond und zu einem tiefen Knoten frisiert. Bluse und Hose waren aus Leinen und sie trug silberne Armreifen an beiden Armen und Ringe an beinahe jedem Finger. Eine Vase mit Blumen und eine Schale mit Obst standen auf einem Sofatisch. Bleistifte und Marker lagen auf einer Seite am Rand.

Sie hatte ein großes Skizzenheft und einen Kohlestift in der Hand und war mit der Zeichnung eines Stilllebens beschäftigt, als sie eintraten. Die erste Seite von Ewers' Brief lag neben ihr.

»Der Mensch braucht ein Hobby«, erklärte Clarimonde, immer noch auf ihre Zeichnung konzentriert. »Anderenfalls verkümmert der Geist.«

»Als Sie jung waren, war Ihr Hobby die Schauspielerei«, bemerkte Montserrat.

»Das ist lange her. Ich kenne Ihre Stimmen, aber nicht Ihre Namen. Sie sind Abels kleine Freunde.«

»Woher kennen Sie unsere Stimmen?«, fragte Tristán.

»Von der Vertonung, die Sie angefertigt haben.«

»Dann haben Sie den Film?«, fragte Montserrat.

Clarimonde trug eine rahmenlose Brille, und als sie aufblickte, schimmerten ihre Augen grün. »Natürlich.«
Inzwischen standen sie vor ihr, und Clarimonde winkte ihnen zu, sie sollten sich setzen, was sie taten, bemüht, auf dem unbequemen zweiten Sofa, das genauso aussah wie das, auf dem Clarimonde saß, ihr Gleichgewicht zu finden. Die Frau legte ihren Zeichenblock auf den Tisch.
»Haben Sie ihn aus Abels Wohnung geholt?«, fragte Montserrat.
»Sie stellen viele Fragen, haben sich aber noch gar nicht vorgestellt. Das ist ein bisschen unhöflich.«
»Wir sind Abels kleine Freunde«, sagte Tristán.
Die Frau lächelte, aber Montserrat war nicht überzeugt, dass sie den Scherz zu schätzen wusste. »Sie haben einen Brief mitgebracht.«
»Ja, und wir geben Ihnen auch die andere Hälfte, wenn Sie uns die Wahrheit sagen«, entgegnete Montserrat.
»Sie *sind* unhöflich«, konstatierte sie, aber ihr Lächeln war nun breiter, als amüsierte sie sich tatsächlich. »Sie haben die Antworten bereits, aber ich werde mitspielen. Was wollen Sie wissen?«
»Abel ist tot«, sagte Montserrat unverblümt.
»Zu schade.«
»Sie wussten es nicht?«
»Ich hatte es vermutet. Darum habe ich den Film. Er hat ihn mir gegeben.«
»Warum sollte er das tun?«
»Er hat ihn verkauft. Im Austausch gegen Schutz.«
»Vor wem?«
»Können Sie sich das nicht denken?«
»Alma.«
Clarimonde Bauer sah ihr direkt in die Augen. Sie nickte nicht, aber Montserrat wusste, dass sie richtiglag.

»Wie wollten Sie ihn schützen?«, fragte Montserrat.
»Raten Sie mal.«
»Magie.«
»Sehen Sie? Ich sagte doch, Sie haben die Antworten bereits.«
»Nicht alle. Sie sind eine Zauberin und haben versucht, Ewers' Kult aufrechtzuerhalten. Es hat nicht ganz so funktioniert wie geplant, richtig? Das Gebäude in der Stadt – es ist verlassen.«

Clarimonde musterte sie unter hochgezogenen Brauen und erstmals war eine Spur von Verärgerung in ihren Augen zu erkennen. In ihrer Jugend war sie schön gewesen, doch das Alter hatte ihre natürliche Schönheit zerfressen. Was übrig war, das war eine harte Schale. Sie erinnerte Montserrat ein wenig an Ewers' Aussehen. Eine Spur des Grolls hatte seine Lippen gezeichnet, als hätte man ihm etwas vorenthalten. Es war wie ein Hunger, tief in ihrer beider Magengrube.

»Das Gebäude wird verkauft. Es hat meinem Mann gehört. Aber das Blatt wendet sich im Leben dann und wann. 1987 war ein schlimmes Jahr für uns. Die Kurse an den Aktienmärkten stürzten ab. Unser Haus war im Zuge des Erdbebens von '85 beschädigt worden und ich konnte die notwendigen Reparaturen nicht bezahlen. Ich musste sparen. Und jetzt den Brief, bitte.«

Montserrat fragte sich, was die Frau unter »sparen« verstand. Sie hatte immer noch ein großes Haus in Las Lomas und Bedienstete dazu. Vielleicht hatte nicht der Aktienmarkt sie dazu getrieben, ihren Verlag zu schließen. Vielleicht hatte sie einfach keine Lust mehr gehabt, einen toten Mann zu vergöttern.

Montserrat griff in ihre Handtasche und zog ein Stück Reispapier hervor. In der Tasche lag auch ihr Talisman. Ihr fiel auf, dass Tristán eine Hand ständig in der Tasche hatte, zweifellos, um seinen eigenen Talisman festzuhalten.

Montserrat hielt den Brief hoch. »Wir haben noch ein paar Fragen.«

»Was könnten das wohl für Fragen sein? Sie *wissen*, was Sie getan haben.«

»Nein, nein, das wissen wir nicht«, widersprach Tristán und schüttelte den Kopf. »Wir versuchen, es herauszufinden.«

»Sie und Abel haben einen Zauber gewirkt und dadurch haben Sie die Uhr zurückgedreht und die Dinge wieder in Gang gesetzt. Und jetzt geben Sie mir den Brief, dann können wir uns vielleicht weiter unterhalten.«

Clarimondes Stimme war so ebenmäßig wie klangvoll, die Stimme einer Frau, die es gewohnt war, Forderungen zu stellen und Anweisungen zu erteilen. Für einen Moment war Montserrat in Versuchung, ihre Bitte abzuschlagen, aber sie glaubte nicht, dass das etwas ändern würde. Der Brief selbst beinhaltete keine spezielle Magie. So wenig wie Ewers' Buch. Das wusste sie instinktiv.

Montserrat schob den Brief über den Tisch. Clarimonde ergriff ihn vorsichtig und strich die Falten mit ihren beringten Fingern glatt. »Wo haben Sie den gefunden?«

»Er hatte ihn in einem Buch versteckt.«

»Kluger Junge. Er war wirklich klug.«

Tristán befeuchtete die Lippen und beugte sich vor. »Hören Sie, Sie sagen, wir hätten Dinge in Gang gesetzt. Wie stoppen wir sie wieder? Wie können wir zurückkehren zu dem, was vorher war? Denn Abel ist tot und um uns herum wird es immer unheimlicher.«

»Ich hätte Abel nicht getötet. Ich habe einen Handel mit ihm geschlossen. Das war Almas Werk.«

»Warum hätte sie ihn umbringen sollen?«

»Wilhelm wurde vor zweiunddreißig Jahren ermordet,

aber Alma fürchtet ihn immer noch. Was nun Ihre ›unheimlichen‹ Erfahrungen betrifft, so kann ich nicht genau sagen, was Sie gesehen haben, aber Wilhelm hat es geliebt, Fallen aufzustellen und Flüche wirken zu lassen. Wenn er seinen Willen nicht bekam, konnte es schon schwierig werden.«

»Als der Film nicht fertiggestellt wurde, hatten alle plötzlich eine Pechsträhne«, stellte Montserrat fest. »Und jetzt, nachdem wir ihn synchronisiert haben, scheint er auch nicht zufrieden zu sein.«

»Natürlich nicht. Der Zauber muss vervollständigt werden. Sehen Sie? Ich habe Ihnen ja gesagt, dass Sie die Antworten bereits haben.«

»Aber wir wissen immer noch nicht, wie wir alles wieder in den alten Zustand bringen können«, sagte Tristán. »Wie machen wir die Falle unschädlich?«

»Es gibt nur einen Weg: Sie müssen beenden, was Wilhelm angefangen hat. Vervollständigen Sie den Zauber. Den Nitratfilm müssen Sie ja haben.«

»Alma sagt, wir sollen alles verbrennen, was Wilhelm gehört hat.«

»Natürlich sagt sie so etwas. Dieses mörderische Miststück«, sagte Clarimonde langsam und so betont, dass jedes Wort wie ein Dolchstoß klang.

»Sie denken, Alma hat Abel getötet«, schlussfolgerte Montserrat.

»Beweisen könnte ich das nicht, aber es liegt auf der Hand.«

»Und Sie haben in all den Jahren nie daran gedacht, sie eigenhändig umzubringen?«

Clarimonde grinste süffisant. »Sagen wir, sie war tabu.«

»Was passiert, wenn wir zu Ende bringen, was Ewers angefangen hat? Wenn wir den Zauber vervollständigen?«, fragte Tristán.

Aber, ach, sogar noch bevor er die Frage stellte, wusste Montserrat es schon. Es war, wie Clarimonde gesagt hatte: Sie hatten die Antworten. Es stand auf den Seiten des Buches, das sie las, in Ewers' Brief, der nun auf Clarimondes Schoß lag. Sie waren um die zwangsläufige Antwort herumgeschlichen.

»Er kehrt zurück«, sagte Montserrat leise.

Clarimonde sah sie erfreut an, wie eine Lehrerin, die im Begriff war, einem geschätzten Schüler ein Goldsternchen zu geben. Sie griff zu ihrem Block und der Kohle, blätterte um und fing geschickt an, die Umrisse eines Apfels zu zeichnen.

»Trotz der Probleme von '87 habe ich immer noch gewisse Mittel, auch wenn dieses Gebäude nicht mehr benutzt wird. Das war ein reizender Ort; früher einmal haben wir uns dort getroffen. Die anderen sind noch in der Stadt verteilt, zumindest eine ganze Reihe von ihnen, und es gab ein paar neue Konvertiten. Wir treffen uns immer noch, um an Wilhelms Weisheit teilzuhaben. Die Gemeinde ist begierig darauf, ihn zu begrüßen.«

Montserrat sah den Blick, den Tristán ihr zuwarf. Er wollte nur noch aufspringen und zur Tür rennen. *Furcht ist nicht die Antwort. Furcht verleiht einem Zauberer Macht über dich.* Das wollte sie ihm sagen, aber da sie das nicht tun konnte, legte sie nur ihre Hand fest auf sein Knie. Tristán erstarrte an Ort und Stelle.

»Ihr müsst nicht zu uns stoßen. Das würde ich nie verlangen«, sagte Clarimonde.

Ihre Stimme klang sanft, aber ihre Miene war pures Eis. Etwas an ihnen reizte ihr Gemüt. Ihr Aussehen oder ihre Kleidung oder eine Kombination aus beidem. Sie nahm an, sie sahen aus wie ein paar Leute, die als Kinder in Pantaco in der Nähe der Bahnschienen gespielt hatten. Kinder aus geringfügig verwahrlosten Häusern. Ihre Eigenarten, die Nuancen ihres Daseins, waren unrein. Wilhelm hätte das nicht gefallen. Clarimonde Bauer, Abel Urueta, Alma Montero. Er hatte seine Jünger aus den oberen Rängen der mexikanischen Gesellschaft rekrutiert, den Rängen, die auch die hellste Haut hatten. Die am reinsten waren. Am geeignetsten für seine Zwecke.

»Ich weiß. Das war ein exklusiver Countryclub«, kommentierte Montserrat.

Clarimonde schien die Bemerkung kaltzulassen. »Man lässt nicht jeden in die Diskothek, nicht wahr? Die Samtkordel öffnet sich nicht für alle.«

»Die Kordel können Sie behalten.«

»Vorsichtig. Sie sind wieder unhöflich.«

Clarimonde fixierte sie mit gewölbten Brauen. »Ich will den Silbernitratfilm, und ich will Ihre Kooperation. Es gibt ein Ritual, das vollendet werden muss. Sie werden ein Teil davon sein. Danach können Sie das alberne Leben wieder aufnehmen, das Sie hatten, bevor Sie auch nur von uns gehört hatten. Das ist doch nicht zu viel verlangt, oder?«

»Ich schätze, das kommt darauf an. Vielleicht wollen wir ja nicht, dass tote Zauberer durch Mexico City spazieren und mit Fallen und Flüchen hantieren.«

»Was kümmert Sie das? Es wird sich nicht auf Sie auswirken.«

»Darüber müssen wir nachdenken«, sagte Montserrat und erhob sich. Tristán folgte ihrem Beispiel.

»Ich bin sehr freundlich gewesen. Sehr verständnisvoll. Aber jetzt werde ich ein kleines bisschen ungeduldig.«

Clarimonde maskierte ihren Zorn unzulänglich hinter einer Fassade kühler Gleichgültigkeit. Doch darunter glühte pure Wut. Offenbar hatte sie damit gerechnet, dass

Montserrat und Tristán ihrer Forderung unverzüglich zustimmten.

»Wir haben Ihnen den Brief gegeben. Er war so oder so für Sie bestimmt. Aber der Nitratfilm, über den müssen wir nachdenken«, sagte Montserrat.

»Überlegen Sie gut, was Sie tun. Sie wollen mich nicht zurückweisen«, verkündete Clarimonde, während ihre Finger wieder über ihren Skizzenblock flatterten; sie umklammerte das Stück Kohle und zog es mit einer harten Bewegung über das Papier.

»Wir sollten gehen«, sagte Tristán kläglich und packte Montserrats Ellbogen.

»Setzen Sie sich. Beide.«

Clarimonde zog eine weitere Linie über die Seite.

»Nein«, erwiderte Montserrat.

»Sie können mich nicht zurückweisen«, sagte Clarimonde und ihre Hand zog einen dritten Strich.

Montserrat konnte die groben Linien von einer von Ewers' Runen ausmachen. Clarimonde Bauer versuchte, einen Bann über sie zu werfen. Jede Linie, die sie zog, war ein Teil einer Zauberformel. Sofort davonzulaufen, wäre wohl das, was der Instinkt forderte, aber wenn Montserrat eines über Flüche wusste, dann, dass man nicht vor ihnen davonlaufen konnte. Und obgleich Furcht oder ein erstickter Schrei eine gänzlich verständliche Reaktion dargestellt hätte, knirschte sie nur mit den Zähnen.

Montserrat streckte die Hand aus, griff nach einem Kohlestück und fing an, mit harten Strichen ihr eigenes Symbol auf die Oberfläche des weißen Tisches zu zeichnen. Dabei starrte sie Clarimonde an. Der Zorn der Frau war beinahe greifbar und Montserrat wehrte ihn mit grimmiger Entschlossenheit und ihrer eigenen Rage ab. Schließlich hatte sie eine Menge Wut in sich. Jede Menge Zunder. Sollte er ruhig brennen.

»Ich weise Sie zurück«, sagte Montserrat und warf nach dem letzten Wort die Kohle weg.

Rauch stieg auf, und das Papier, auf dem Clarimonde gezeichnet hatte, färbte sich schwarz, kräuselte sich und verbrannte binnen Sekunden zu Asche.

Clarimonde starrte sie aus stark geweiteten Augen erstaunt an. »Ein Gegenzauber. Wer hat Ihnen den beigebracht?«

»Hab ich irgendwo gelesen«, murmelte Montserrat.

Clarimonde war erschüttert. Der Ausdruck in ihren Augen wirkte geradezu wüst. Sie hob eine Hand, als wollte sie Montserrat berühren, überlegte es sich aber offenbar anders. »Sie werden nie sicher sein, es sei denn, Sie geben mir diesen Film. Nur ich kann Sie schützen.«

»Ja, hat bei Abel ja auch so gut geklappt, nicht wahr? Komm.«

Montserrat griff nach Tristáns Hand und zog ihn Richtung Haustür. Sie bewegten sich schnell. Montserrat befürchtete, jemand könne die Tür verriegeln, aber sie kamen problemlos aus dem Haus und zu ihrem Wagen.

Sie fuhr los und schlug den Weg zu ihrer Wohnung ein. Ihr Herz pochte heftig und ihre Finger umfassten krampfhaft das Lenkrad. In ihren Ohren klingelte es leise. Sie griff nach dem Knopf und schaltete das Autoradio an, aber Tristán schaltete es gleich wieder aus.

»Was hast du da dadrin gemacht?«, fragte er. »Hast du das in diesem Buch gelesen?«

»Es ... Irgendwie. Ich meine ... ich habe keine Ahnung.«

»Du hast keine Ahnung?«

»Sie hat versucht, uns zu verfluchen. Sie hat Runen gezeichnet. Ich habe dem ein Ende gemacht. Die Magie gespiegelt. Ich weiß es nicht ... Ich fahre dich zu deiner Wohnung.« Sie verzog das Gesicht und presste eine Hand aufs Ohr.

»Ich habe nichts mehr zu trinken daheim, also lass uns zu dir fahren. Du siehst aus, als könntest du einen Drink vertragen.«

»Mach drei daraus.«

Sie hatte noch eine ungeöffnete Flasche Tequila. Kaum hatten sie die Wohnung betreten, schnappte sich Montserrat die ersten beiden Tassen, die sie auf dem Abtropfgestell sah, und füllte sie mit Schnaps. Es waren keine Tequilagläser, aber sie stellte sie einfach auf den Tisch.

»Das war scheiße!«

Tristán nippte an seinem Getränk. Montserrat kippte ihres so hastig hinunter, dass sie glaubte, es würde ihr ein Loch in die Kehle brennen. Sie trank nie viel. Ein Glas reichte ihr gewöhnlich. Tristán hätte den Tequila, den er im Mund hatte, beinahe wieder ausgespuckt, als er sah, dass sie sich nachschenkte und den zweiten Drink genauso schnell hinunterstürzte.

»Heilige Scheiße, mach mal langsam«, sagte er. »Bist du okay, Momo?«

Sie presste eine Hand an die Stirn. Sie fühlte sich warm an. Womöglich bekam sie Fieber. Aber das Klingeln wurde leiser.

»Ich fühle mich beschissen«, sagte sie und stellte die Tasse ab.

»Klar tust du das, Charlie McGee.«

»Komm mir heute Abend bloß nicht blöd, Tristán.«

»Ich sage ja nur, dass du ein Stück Papier in Brand gesteckt hast.«

»Einen Zauber gespiegelt«, murmelte sie.

»Das auch. Und du weißt nicht so genau, wie du das gemacht hast?«

Montserrat runzelte die Stirn. Es war schwer in Worte zu fassen. Ewers' Schriften wohnt ein Rhythmus inne, dachte sie. Drei Schläge pro Takt. Es fließt. Lern das Muster, dann kannst du ihn tanzen.

»Ich habe mir Ewers' Buch angesehen. Er erörtert darin die grundlegende Idee dieser Magie«, sagte sie endlich, schenkte sich mehr Tequila ein und trank ihn hastig.

»Du liest das immer noch«, stellte Tristán fest und verzog das Gesicht.

»Unter anderem. Es liegt in meinem Arbeitszimmer«, sagte sie und zeigte in die Richtung.

»Was hast du auf ihren Tisch gezeichnet? Ich habe es nicht gesehen.«

»Nur das Wort ›nein‹. So, wie wir es früher geschrieben haben.«

»Warum sollte das etwas bewirken?«

Montserrat klappte den Mund auf, um ihm Ewers' Gedanken zu magischen Aktionen und Reaktionen zu erläutern, seine schwülstige Mischung aus Wissen, das er hier und da aufgeschnappt hatte, zuzüglich ihrer eigenen Kritzeleien, die sich inzwischen vervielfacht hatten und viele Seiten ihres Notizbuchs füllten. Es war, als wollte man jemandem, der ein Rezept erwartete, Poesie erklären. Ewers' Buch folgte einem System, und das war wunderschön und manchmal überraschend arrangiert und beruhte nicht nur auf Logik, sondern auch auf Gefühl. Ganz ähnlich wie die Tonarbeit. Man konnte jemandem zeigen, wie man ein Tonband klebte, aber ein Gefühl dafür zu bekommen, war eine völlig andere Geschichte.

Montserrat legte den Kopf in den Nacken. »Ich bekomme Migräne, und ich muss dich nach Hause fahren.«

»Du wirst mich nicht nach Hause fahren, solange du aussiehst, als wärest du unter eine Dampfwalze geraten, und nach Tequila stinkst. Komm, stecken wir dich ins Bett.«

Montserrat protestierte, aber er zog sie am Arm hoch und sie gingen in ihr Schlafzimmer. Sie legte sich hin und sah ermattet zu, wie Tristán ihr die Schuhe auszog. Das hatte sie unzählige Male für ihn getan und nun waren die Rollen vertauscht.

Reizvoll fand sie das nicht.

Dann zog er die eigenen Schuhe aus und warf seine Jacke in die Ecke.

»Was?«, fragte er. »Ich werde nicht auf deiner blöden Couch schlafen. Die ist klumpig.«

»Du könntest in deine Wohnung gehen.«

»Und von einem Axtmörder umgebracht werden? In einem Film trennt man sich nicht.«

»Das ist kein verschissener Film«, sagte sie und rieb sich die Augen, aber Tristán kroch bereits auf der linken Seite in ihr Bett. Sie dachte daran, ihre Jeans aufzuknöpfen und ihr T-Shirt auszuziehen, da Tristán ja auch nie Probleme damit hatte, sich bis auf die Unterwäsche zu entkleiden, entschied sich aber nach einem matten Blick in seine Richtung dagegen.

Er lachte. »Ganz ruhig, ich werde nicht anfangen, mich an dir zu reiben.«

»Sagst du«, murmelte sie.

»Schön. Dann baue ich eben eine Mauer aus Kissen.«

Sie schloss die Augen. »Klar.«

Der Schlaf umfing sie schnell, was ungewöhnlich war. Sie war eine Nachteule und ergab sich der Schlaflosigkeit gewöhnlich wie einem feurigen Liebhaber. Aber jetzt fühlte sie sich völlig ausgelaugt, und obwohl das Klingeln nachgelassen hatte, blieb doch die Migräne, was die Schwärze des Schlafs wie eine willkommene Zuflucht erscheinen ließ. Es war drei Uhr morgens, als sie wieder erwachte. Die Zahlen auf der Uhr neben ihrem Bett glühten leuchtend rot.

Montserrat spürte Tristáns sanften Atem in ihrem Nacken. Er war ihr zu nahe. Vermutlich war er es gewohnt, sich komplett über sein Doppelbett auszubreiten, denn derzeit drängte er sie in Richtung Bettkante. Sie konnte fühlen, dass er sich an sie schmiegte.

Sie versuchte, ihn mit dem Ellbogen anzustupsen. Aber statt sich wegzudrehen, rückte er noch näher an sie heran und legte ihr einen Arm um die Taille.

Montserrat seufzte. Für ein paar Minuten dachte sie daran, ihn einfach gewähren zu lassen, aber ihre Haltung war unbequem, und sie wollte sich umdrehen, was sie nicht konnte, solange er sich mehr oder weniger über ihr ausbreitete.

»Du erdrückst mich!«, schimpfte sie und versuchte es erneut mit dem Ellbogen, aber ohne erkennbaren Erfolg.

Er lag einfach da, dicht neben ihr, eine Hand nun auf ihrem Bauch, als wollte er sie an Ort und Stelle festhalten, und sein Atem klang laut an ihrem Halsansatz. Sie überlegte gerade, ob sie ihm einen Tritt versetzen sollte, als er anfing zu flüstern.

»Folge mir in die Nacht«, sagte er.

Und vielleicht, wenn sie Tristáns Stimme nicht Hunderte von Malen gehört, seine Synchronisation nicht bei einem Dutzend Gelegenheiten aufgenommen hätte ... Vielleicht, wenn sie nicht zusammen aufgewachsen wären und sie ihn nicht etliche Rollen im Fernsehen von dem Moment an hätte spielen sehen, in dem er seine ersten Zeilen sprach ... Vielleicht hätten diese Worte sie dann nicht so erschreckt.

Aber diese schwache Stimme, in der ein Hauch von Spott lag, gehörte nicht Tristán.

Ruckartig setzte sie sich auf, schlug mit der Handfläche auf einen Knopf und schaltete die Nachttischlampe an. Auf der anderen Seite des Betts, von ihr abgewandt und hinter einem Zierkissen als Grenzlinie zwischen ihnen, schlief Tristán tief und fest.

21

»Rührei, richtig?«
»Du musst kein Frühstück machen.«
Montserrat stand vor dem Kühlschrank und musterte ihn misstrauisch. Sie hatte geduscht und trug einen weißen Bademantel, der ihr bis zu den Schienbeinen reichte. Das Haar hatte sie in ein Handtuch gewickelt und sie hatte blaue Pantoffeln an den Füßen wie eine alte Dame. Die Schuhe machten laut *Watsch-watsch*, wenn sie ging.

Sieh sich einer dieses Liebestöter-Outfit an, das hätte er an jedem anderen Morgen gesagt, und zwar laut und deutlich. Aber jetzt versuchte er nur, nett zu sein. Daher die Eier.

»Essen machen ist das Einzige, worin ich gut bin. Vielleicht hätte ich Koch werden sollen. Nein, nicht diesen Kaffee. Wir können zu mir gehen, wenn ich mit den Eiern fertig bin, und dort einen anständigen Kaffee trinken.«

Montserrat hielt ihr Kaffeeglas in der Hand und runzelte die Stirn. »Was ist falsch an meinem Kaffee?«

»Es ist Instantkaffee. Ich habe dir schon hundertmal gesagt, du sollst das Zeug in den Müll werfen.«

Seufzend lehnte sich Montserrat an die Arbeitsplatte. »Ich würde uns Orangensaft einschenken, sofern Eure Majestät keinen frisch gepressten wünscht.«

Tristán rührte mit dem Pfannenwender in den Eiern und sah Montserrat nicht an, als er, bemüht, ganz beiläufig zu klingen, fragte: »Willst du mir erzählen, was Ewers letzte Nacht zu dir gesagt hat?«

»Das ist nicht wichtig. Ich glaube, er wollte mich nur wissen lassen, dass er weiß, wer ich bin, dass er mir folgt.«

»Wenn er dir folgt, dann könnte er sich einfach in dein Badezimmer schleichen, wenn du unter der Dusche stehst. Ein sexuell abartiger Toter.«

Montserrat, wie sie in diesen Klamotten durch ihr Badezimmer spazierte, war sicher kein verführerischer Anblick. Aber es gab die verschiedensten Arten von Perversen. Und ohne die Omapantoffeln und das Badehandtuch ... wer weiß? Er war überzeugt, dass Montserrat in ihrer schlichtesten Aufmachung die beste Montserrat für ihn war. Wenn sie sich dann zufällig doch einmal herausputzte, dick Mascara auf ihre Wimpern auftrug und einen dunklen Lippenstift wählte, wirkte das befremdlich auf ihn.

Da war dieser Typ gewesen, mit dem sie sich vor Regina getroffen hatte, und sie hatte sich schick angezogen und ihre Wimpern häufiger in Form gebogen, weil der Kerl supergesellig war und sie zu diversen Partys und Veranstaltungen mitgenommen hatte. Tristán war eine Weile in Panik gewesen und hatte befürchtet, Montserrat könnte den aufgeblasenen Arsch heiraten. Er wollte nicht um ihre Aufmerksamkeit konkurrieren müssen. Glücklicherweise war der Typ weg und Regina war auch Vergangenheit.

Junge, was war er für ein schlechter Freund, dass er so dachte. Tristán war das durchaus klar, und er schüttelte den Kopf und nahm sich vor, im nächsten Jahr netter, großzügiger und freundlicher zu sein. Das sollte sein guter Vorsatz sein.

»Ewers hat gespielt. Er will mir Angst machen«, stellte Montserrat fest.

»Bei mir hätte er Erfolg gehabt.«

Montserrat antwortete nicht. Tristán strich die Eier glatt. Er hatte im Kühlschrank Maistortillas gefunden, hielt aber an seinen nordischen Gewohnheiten fest und wärmte nur eine für Montserrat auf, für sich jedoch nicht. Sie trugen ihre Teller und die Gläser mit Orangensaft zum Tisch.

Sie aßen schweigend. Die Stille strapazierte die Ohren. Tristán kämpfte zwar mit den Worten, doch schließlich sprach er sie aus. »Wir müssen uns für eine Seite entscheiden, weißt du?«

»Bitte?«, fragte Montserrat und sah ihn an.

»Alma Montero oder Clarimonde Bauer. Wir müssen einer von beiden den Film geben.«

»Nein«, sagte sie energisch.

»Warum nicht?«

»Weil sie beide etwas wollen.«

»Jeder will irgendetwas.«

»Du weißt, was ich meine.«

»Du hast haufenweise Notizen über ihn.«

»Bitte?«

»Ich war in deinem Arbeitszimmer, als du geduscht hast. Du hast Ewers' Buch und einen Haufen anderer Bücher über Magie und all diese kurzen Notizen, die sich über deinen ganzen Schreibtisch verteilen.«

Montserrat verzog das Gesicht, antwortete aber nicht. Ihr hermetisches Schweigen fing an, ihm auf die Nerven zu gehen. Er hätte es verstanden, hätte sie gebrüllt oder um sich geschlagen angesichts der Erkenntnis, dass Ewers in ihrem Schlafzimmer gewesen war, aber alles, was sie getan hatte, war, ihm auf die Schulter zu tippen, um ihn zu wecken und ihm zu erzählen, was passiert war. Dann war sie wieder eingeschlafen, während Tristán die Decke angestarrt hatte, voller Furcht, sollte er einen Fuß auf den Boden setzen, würde eine Hand unter dem Bett hervorkommen und sein Fußgelenk umklammern.

»Was hat er gesagt?«

»Um Gottes willen, das ist nicht wichtig«, murrte sie und knallte ihre Gabel auf den Tisch.

»Du musst nicht immer die Starke markieren, Momo.«

»Ich muss auch keinen Nervenzusammenbruch hinlegen. Ich werde ihm nicht geben, was er will. Er will mir Angst machen, ja? Das kriegt er nicht.«

Montserrat griff wieder zu ihrer Gabel und stocherte in ihrem Rührei herum. Ob sie es mochte oder nicht, Ewers und seine Magie hingen über allem und überschatteten ihren Morgen. Als Tristán das Geschirr in die Spüle stellte, war es kurz vor zehn Uhr. Er fuhr sich mit Montserrats Bürste durch das Haar, gurgelte mit einem Mundvoll Listerine, setzte die Sonnenbrille auf, und sie machten sich auf die Suche nach Montserrats Wagen.

Unterwegs spielte Montserrat ihre Heavy-Metal-Musik und vermied so geschickt jede weitere Konversation. Derweil nagte Tristán stirnrunzelnd an seiner Unterlippe und hätte sie zu gern ausgehorcht.

Sie hatte Ewers' Buch mitgenommen. Es lugte aus ihrer Handtasche hervor und Tristán beäugte es wie eine Giftschlange. Trotz Montserrats Protesten wollte er es Seite um Seite in Stücke reißen und die Fetzen wie Konfetti in die Luft werfen. Nicht nur, weil Hexerei unheimlich war, sondern auch, weil er allmählich anfing, eifersüchtig auf Ewers zu werden.

Eifersüchtig! Auf einen toten Hexer! Aber Montserrats Arbeitszimmer war voller Dinge, die den Namen »Wilhelm Ewers« förmlich hinausbrüllten. Sie hatte Fotos aus Abels Album genommen und an der Pinnwand festgeheftet, an der sie normalerweise alte Konzertkarten oder Kinokarten von Filmen aufbewahrte, die sie gemeinsam gesehen hatten. Tristán verfuhr ähnlich mit Karinas Fotos, vor allem, wenn der Jahrestag ihres Todes bevorstand. Er kannte diesen Impuls. Das war nicht gesund, und es war nicht gut, Post-its mit Kritzeleien zu füllen oder Seiten in Ewers' Buch zu kennzeichnen. Sie war nicht bloß ein bisschen an diesem Magiekram interessiert, sie war *zu* interessiert.

Sie könnte sogar gut darin sein.

Es machte ihn schaudern, diese ganze Geschichte mit den Runen, Bannen und Geistern. Montserrat malte Symbole auf Tische und brachte Dinge dazu, in Flammen aufzugehen, wie eine Figur aus einem Corman-Streifen.

Er tröstete sich mit dem Gedanken an eine Tasse guten Kaffees. Vielleicht würde Montserrat sich danach auch entspannen. Sie mochte keine Angst haben, aber sie war so angespannt wie eine Klaviersaite kurz vorm Zerreißen. Und er auch. Noch hatte er nicht geraucht. Sobald er wieder in seiner Wohnung wäre, würde er ein Fenster öffnen, sich hinauslehnen und eine Zigarette anzünden.

Der Himmel über ihnen war schmutziggrau, eine Aufmerksamkeit der kalten Jahreszeit. In wenigen Stunden würde die Stadt unpassierbar sein. Autos würden sämtliche Straßen verstopfen. Aber zu dieser Tageszeit, zudem an einem Tag, an dem die Menschen anfingen, in den Urlaub zu reisen, waren sie noch befahrbar. Sie ließen den Wagen auf dem Parkplatz ein paar Blocks von seinem Haus entfernt stehen.

Tristán spazierte in seine Wohnung, dachte an heißen Kaffee und ein frisches Hemd, erstarrte aber, als er sein Wohnzimmer betrat. Es war ein absolutes Chaos. Seine Zeitschriften verteilten sich über den Boden; das Sofa war mit einem Messer aufgeschlitzt, das Füllmaterial aus den Kissen gerupft worden. Das Telefon war mit solcher Gewalt auf den Boden geschlagen worden, dass das Plastikgehäuse zersprungen war. Sein Anrufbeantworter war zertrümmert worden, als hätte jemand mit einem Hammer darauf eingeschlagen.

»Was zum Henker ...«, flüsterte er.

»Die müssen hergekommen sein, um nach dem Film zu suchen«, sagte Montserrat, ging um die Couch herum und wich den Scherben einer zerbrochenen Tasse aus.

»Wer? Alma oder Clarimonde?«

»Such dir was aus.«

Langsam gingen sie durch die Wohnung in Richtung Schlafzimmer. Dort waren Schubladen geöffnet worden, seine Kleidung lag auf dem Boden, die Bettlaken waren in Streifen gerissen worden. Über das Bett hatte jemand mit groben Strichen ein vertraut aussehendes Symbol in leuchtendem Rot gemalt. Die Farbe sah immer noch frisch aus. Falls es Farbe war.

»Vegvísir«, sagte Montserrat.

»Scheiße«, entgegnete Tristán. Er hastete aus dem Raum und zurück ins Wohnzimmer. Ihm war, als hätte sich sein ganzer Körper verflüssigt, als hätte er keine Knochen mehr im Leib, und er musste sich an der Wand abstützen, um sich aufrecht zu halten.

Sie waren nicht sicher. Sie würden niemals sicher sein. Sie sollten die Stadt verlassen, jetzt, in diesem Augenblick.

Ein lautes Summen erklang und er tat einen Satz in die Luft vor Schreck. Für einen Moment erkannte er das Geräusch nicht. Dann begriff er, dass es die Klingel war. Es summte erneut. Er warf Montserrat einen argwöhnischen Blick zu und drückte langsam mit dem Zeigefinger auf den Knopf.

»Ja?«

»Hören Sie mir zu, sie sind hinter Ihnen her. Sie haben vielleicht zehn Minuten, bis sie hier sind, also müssen Sie schnell runterkommen«, sagte eine raue Männerstimme.

»Wer ist da?«

»José López.«

»Wer ist hinter uns her?«

»Kommen Sie runter. Schnell!«

Die Gegensprechanlage verstummte. Tristán sah sich zu Montserrat um. »Was sollen wir tun? Das könnte eine Falle sein.«

»Ja, könnte es. Aber wir haben diesen Mann gesucht«, sagte sie.

»Er könnte ein Betrüger sein.«

»Hier sind wir nicht sicher.«

»Das weiß ich! Wir rufen die Bullen.«

»Wie denn?«, fragte sie und musterte das kaputte Telefon.

»Die Nachbarn haben Telefone«, sagte er und erkannte zugleich, wie idiotisch sich das anhörte. Was genau sollten sie der Polizei sagen? Dass zwei verschiedene Zauberinnen hinter ihnen her waren? Dass sie bei Nacht von Geistern gejagt wurden und jemand magische Runen über sein Bett gezeichnet und versucht hatte, ihn mit einem Fluch zu belegen?

Ehe Tristán auch nur anfangen konnte, sich eine schlüssige Geschichte zurechtzulegen, schoss Montserrat schon zur Tür hinaus. Tristán brummte einen Fluch und folgte ihr. Sie wartete nicht einmal auf den Fahrstuhl, sondern nahm die Treppe. Als sie den Eingangsbereich erreicht hatten, sahen sie draußen einen Mann stehen. Er sah nicht aus wie ein mordlüsterner Zauberer; andererseits war Tristán bisher auch noch nie einem Zauberer begegnet.

José López stützte sich auf einen Gehstock. Sein Haar war grau meliert, der Bart beinahe komplett silbern. Er trug einen marineblauen Regenmantel, der an den Säumen ausgefranst und mit einer weißen Substanz befleckt war, bei der es sich um Vogelkot handeln könnte. Eine abgenutzte Kuriertasche aus Segeltuch hing über seiner Schulter. Er sah aus wie die Art Mann, die eine Papiertüte und eine Flasche mit sich herumtrug, halb Vagabund, halb Stammgast einer gewöhnlichen, schmuddeligen Spelunke.

»Montserrat und Tristán«, sagte López.

»Das sind wir«, antwortete er.

»Mein Wagen steht gleich dort drüben auf der anderen Straßenseite«, sagte der alte Mann und zeigte auf einen kümmerlich aussehenden Taurus, der dringend in die Lackiererei musste. »Gehen wir.«

»Hören Sie, Kumpel, wir kennen Sie nicht; vielleicht sollten wir einfach in das Café ...«

»Verdammt. Sie sind hier. Was immer Sie tun, bleiben Sie hinter mir und rennen Sie nicht weg. Wenn Sie auf sich gestellt sind, werden Sie sterben.«

Tristán blickte in die Richtung, in die López jetzt starrte, sah jedoch nur zwei Männer, die ihre Hunde spazieren führten. Sie trugen Anzug und Krawatte und wirkten ganz normal. Die Hunde waren Dobermänner mit Stachelhalsband. Das Einzige, was ihm etwas sonderbar vorkam, war, dass sie für einen Spaziergang mit Hund ausgesprochen gut gekleidet waren, als hätten sich zwei Bankangestellte eine Pause genommen, um ihre Haustiere abzuholen.

Doch noch während er die Hunde betrachtete, schienen sie sich zu verändern. Oder vielleicht konnte er auch nur die Nähte der Konstruktion besser erkennen, je länger er hinsah. Das waren keine Hunde. Ihr Fell war fließend schwarz, als wären sie mit einem Pinsel gemalt worden. Als sie die Köpfe hoben und die nadelspitzen Zähne bleckten, sah er, dass ihre Augen schmutzig gelb waren, eine Farbe wie von einer flackernden Kerze. Eine schwarze Flüssigkeit, die ihn an Teer erinnerte, troff aus den Winkeln ihrer hechelnden Mäuler.

»Ich kümmere mich darum«, sagte López. »Bleiben Sie dicht bei mir, aber mischen Sie sich nicht ein.«

Die Männer lösten die Leinen und die Hunde sprangen herbei, rannten auf die Stelle zu, an der sie standen, und ihre Kiefer schnappten in der Luft zu. Tristán hatte ein klares Bild seines Ablebens vor Augen und hob die Hände zu dem nutzlosen Versuch, den Angriff abzuwehren, aber López trat vor, schwang den Stock und traf erst den einen und dann den anderen Hund. Der Griff des Stocks war mit einem silbernen Vogelkopf verziert, und wo immer er die Körper der Hunde berührte, sickerte schwarze Tinte aus ihnen heraus, tropfte auf den Boden, schlug zischend Blasen und verdampfte, bis nur noch ein dünner Rauchfaden zurückblieb.

Die Hunde kamen mit gebleckten Zähnen erneut auf sie zu. Sie starrten sie mit ihren scheußlichen gelben, pupillenlosen Augen an und versuchten, José zu beißen, aber der schwang nur ein zweites und drittes Mal seinen Stock. Die Hunde tropften den Boden mit schwarzer Tinte voll und zogen sich zurück, sobald der silberne Griff ihre Haut berührte.

Die Männer in den Anzügen sagten kein einziges Wort. Sie beobachteten sie und ihre Hände hielten immer noch krampfhaft die zu einem komplizierten Knoten geschlungenen Leinen der Hunde fest. Ihre Lippen bewegten sich, aber Tristán hätte kein Wort hören können, selbst wenn er es gewollt hätte.

José wich zwei Schritte zurück und winkte Tristán und Montserrat zu, ebenfalls zurückzutreten. Er versuchte, sie abzuschirmen, während sie die Straße überquerten. Die

Hunde senkten die Köpfe, schnüffelten am Boden und knurrten, während die drei langsam zum Wagen gingen. Sie hatten den Taurus beinahe erreicht, als die Hunde enger zusammenrückten und scheinbar miteinander verschmolzen. Es war eine brachiale, chaotische Vereinigung von Gliedern, begleitet von den Geräuschen laut krachender Sehnen und klappernder Knochen, die aus den Hunden eine größere Kreatur mit einem Kopf und vier Augen machte, die sich zu kleinen Stecknadelköpfen zusammenzogen.

»Halten Sie das«, sagte José und rammte Tristán Kuriertasche und Stock an die Brust. Es gelang ihm, beide Gegenstände mit ungeschickten Händen zu ergreifen, während der alte Mann seinen Regenmantel auszog und Montserrat zuwarf.

Gelbe Klauen klackerten auf dem Asphalt, als das pulsierende Hundeding sich weiter veränderte.

»Wir sollten rennen«, flüsterte Tristán Montserrat zu.

»Er hat gesagt, wir sollen dicht bei ihm bleiben.«

»Ich weiß, was er gesagt hat. Ich weiß aber auch, was ich sehe. Das ist ein verdammter Zerberus.«

»Ein Zerberus hat drei Köpfe.«

»Natürlich! Das macht es ja so viel besser!«

Unter seinem Regenmantel trug José López ein ausgeleiertes Sweatshirt und eine passende Jogginghose. Er schob jeden Ärmel bis zum Ellbogen hoch und offenbarte eine Reihe komplizierter Tattoos, die aussahen wie Ewers' Runen. Sie bedeckten seine Unterarme vollständig.

»Tasche«, sagte López und Tristán reichte ihm die Kuriertasche. Der alte Knabe starrte das riesige Hundeding an, während seine Hände etwas in der Tasche suchten und schließlich eine Flasche herausnahmen, deren Inhalt er auf den Boden schüttete. Die zähe grünliche Flüssigkeit sah schleimig aus und stank. Tristán verzog angewidert das Gesicht.

»Stock«, sagte López, und Tristán reichte ihm auch den, während er sich eine Hand vor den Mund hielt, um nicht zu würgen.

López schnappte sich den Stock, tauchte die versilberte Spitze in die grüne Flüssigkeit und fing an, etwas damit zu zeichnen. Schwach ausgeprägte Symbole, die in das Holz graviert waren, glühten jetzt hellgrün, und Tristán glaubte für eine Sekunde, auch López' Tattoos wären von diesem grünen Licht durchdrungen, so, als schimmerte die Farbe unter der Tinte hervor. Dann faltete der Zauberer die Hände auf seinem Stock.

Aber genauer konnte Tristán den ganzen Vorgang nicht beobachten, denn binnen eines Lidschlags war der Hund kein Klumpen Tinte mehr, der sich zitternd am Boden wand. Das Hundeding richtete sich auf, neu entstanden, groß und schlank. Seine lange Schnauze öffnete sich, und plötzlich sah es nicht mehr wie ein Hund aus, sondern wie ein urzeitlicher Wolf.

Auf dem Gehweg wisperten die Männer im Anzug ihre Beschwörungsformeln.

Die Kreatur schüttelte den Kopf und stürmte vorwärts. Dabei bleckte sie unzählige glänzende Zähne und kreischte auf eine Art, die Tristán veranlasste, sich mit dem Rücken an das kalte Metall des Wagens zu werfen.

Von seiner Position aus konnte Tristán López' Gesicht nicht sehen und auch nicht hören, was er sagte; die Wortfetzen, die ihn erreichten, klangen wie sinnloses Gebrabbel, übertönt vom Kreischen des Hundes, der weiter voranstürmte, ehe er einen gewaltigen Satz machte, auf López prallte und ihn zu Boden warf.

Das Hundeding knurrte, fixierte Tristán, und Tristán

spürte, wie sich Montserrats Finger in seine Schulter bohrten und ihn festhielten, als sein erster Instinkt ihn zur Flucht treiben wollte.

Dann trat López das Ding, vielleicht rammte er es auch mit dem Ellbogen, und die Kreatur knurrte, klappte das Maul mit den zu vielen Zähnen auf, um sie dem Mann in die Kehle zu schlagen. Aber damit musste López gerechnet haben, denn er schob dem Hund den Stock in die offene Schnauze.

Plötzlich zerfiel sein Fleisch, als wäre der Stock aus Säure, nicht aus Holz, und zerfräße den Körper der Kreatur. Der Hundekopf verwandelte sich in einen Sprühregen aus schwarzer Flüssigkeit, die auf den Boden prasselte, auf Tristáns Schuhe und sogar auf den Wagen.

Der Rest des Hundes löste sich auf, wurde zu Rinnsalen der Schwärze, die rauchten und schließlich zerstoben.

López versuchte aufzustehen und Tristán half ihm auf die Beine. Der Mann stützte sich auf ihn, griff mit der linken Hand nach seinem Stock und hielt ihn hoch, als würde er ein Schwert schwingen. Die beiden Männer im Anzug starrten sie an, rührten sich aber nicht von der Stelle auf dem Bürgersteig, an der sie schon die ganze Zeit gestanden und teilnahmslos die Hundedinger beobachtet hatten. Ihre Münder waren geschlossen, die Lippen zu festen, wütenden Linien zusammengepresst.

»Die Autoschlüssel sind in meinem Regenmantel«, sagte López. »Es wäre mir lieb, wenn Sie fahren würden.«

Montserrat sperrte den Wagen auf und Tristán half López auf den Rücksitz und rutschte dann neben ihn. Die Männer im Anzug gingen nun gemächlich auf den Wagen zu. Die Leinen hatten sie um eine Hand gewickelt und ihre Münder wisperten ein Wort.

López kurbelte das Fenster herunter, griff in seine Kuriertasche und warf eine Handvoll Federn und Nägel hinaus. Die Männer im Anzug stolperten und starrten sie finster an. Als Montserrat Gas gab, warf López noch mehr Nägel zum Fenster hinaus. Dann hustete er und ließ sich schwer gegen die Rücklehne fallen, eine Hand auf seiner Kuriertasche.

»Wo fahren wir hin?«, fragte Montserrat.

»In die Nähe des Pemexturms in Anzures«, murmelte López. »Mein Haus ist abgesichert.«

An einer Scheibe war mit Saugnäpfen ein Plüsch-Garfield befestigt und drei Lufterfrischer in Tannenform hingen am Rückspiegel. Tristán starrte sie mit unangebrachter Verwunderung an, völlig verblüfft von dem Anblick dieses gewöhnlichen Plunders. Er konnte ein Lachen nicht unterdrücken, was ihm einen bösen Blick von Montserrat im Rückspiegel eintrug. Er griff nach den Zigaretten in seiner Jackentasche und drehte sich zu López um.

»Rauchen?«, fragte er.

22

José López wohnte tatsächlich ganz in der Nähe des Pemexturms in einer ruhigen Nebenstraße, gesäumt von Häusern aus den Vierzigern und Fünfzigern. Die zweiflügelige Tür, die in einen kleinen Vorhof führte, bestand aus grün lackiertem Metall. Von dort ging es zur Haustür, die ebenfalls aus Metall gefertigt war. An dieser Tür hatten die Elemente geknabbert und die Farbe abgenagt. López murmelte etwas vor sich hin und holte seinen Schlüsselring hervor, und sie gingen gemeinsam durch einen winzigen Vorraum ins Wohnzimmer, in dem ein Aquarium stand. Die Vorhänge waren fest zugezogen, sodass Montserrat erst aus direkter Nähe sehen konnte, was es enthielt: Blutegel.

»Für die Magie«, erklärte López, stellte seinen Stock in einen Schirmständer aus Keramik und legte seine Tasche auf einem Rattansofa ab, dicht neben einer schlafenden weißen Katze. Dies war nicht die geheimnisvolle Zuflucht eines Antiquars, und López sah auch nicht aus, wie man sich typischerweise einen verhutzelten Zauberer vorstellen mochte. Das Wohnzimmer erinnerte sie an ein schäbiges polynesisches Restaurant, in das Tristán sie einmal ausgeführt hatte.

»Wie setzen Sie die Egel ein?«, fragte Montserrat.

»Knochen für Banne kann man sich mühelos auf dem Mercado de Sonora beschaffen. Aber Blut ist eine andere

Geschichte, und für manche Zauber ist es notwendig. Wenn ich es brauche, benutze ich mein eigenes Blut mithilfe der Egel.«

»Sie lassen sich von den Blutegeln beißen?«, hakte Tristán nach und musterte angewidert das Aquarium.

»Selbstopferung. Aber es tut viel weniger weh, als sich in die Handfläche zu schneiden oder so ein Unsinn.«

Montserrat schlenderte zu einem Bücherregal und presste die Hand an einen Buchrücken mit goldenem Prägedruck, während López durch den Raum ging und die Vorhänge mit dem Bananenblattmuster zur Seite zog. Dann streifte er die Schuhe ab, setzte sich und rieb sich seufzend die Füße.

»Mein Blutdruck muss durch die Decke geschossen sein«, sagte der Mann, griff in seine Tasche und öffnete ein Medizinfläschchen. »Wenigstens hat Clarimonde Bauer Stil, schätze ich. Das mit den Hunden war ein netter Trick.«

»Dann war das Clarimonde?«, hakte Tristán nach.

»Zumindest waren es Clarimondes Leute. Können Sie mir die Getränkedose da drüben reichen?«

Tristán griff nach der Pepsi, die neben dem Aquarium stand, und reichte sie dem Mann, der sogleich eine Tablette einwarf und einen Schluck trank. »Sie waren auch in meiner Wohnung. Sie haben eine von Ewers' Runen an die Wand gemalt.«

»Das in Ihrer Wohnung wird wohl nicht Clarimonde gewesen sein«, sagte López und wischte sich den Mund mit dem Handrücken ab. »Jetzt muss ich etwas essen und dann werde ich ein Nickerchen machen.«

»Was? Warum?«, fragte Tristán.

»Weil ich dreiundsiebzig Jahre alt bin. Und ich bin nicht mehr der, der ich mal war«, sagte López und schlurfte in Richtung Korridor.

»Nein, ich meine, warum sind Sie so sicher, dass das nicht Clarimonde war.«

»Weil sie, wenn sie es gewesen wäre, dort auf uns gelauert hätte«, klärte Montserrat ihn auf. »Darum muss es sich bei der Person, die in deine Wohnung eingebrochen ist, um Alma handeln.«

»Gut! Sie versteht es. Grundlegende Deduktionsfähigkeiten sind also gegeben«, stellte López fest und verschwand in einer Küche, die kaum genug Platz bot, damit zwei Personen darin stehen konnten. Anstelle einer Tür gab es einen Perlenvorhang, was es, wie Montserrat annahm, leichter machen sollte, sich in der Wohnung zu bewegen.

López öffnete den Kühlschrank, holte eine Milchflasche heraus und schenkte sich ein Glas ein. Er nahm auch einen Käseriegel und schnitt ihn in Stücke.

»Oh, dann wollen also beide ein Stück von uns«, sagte Tristán. »Ist ja toll.«

»Ein Stück von dem Film wollen sie auch«, bemerkte López und zeigte auf Montserrats Handtasche und das Buch, das aus ihr hervorlugte. »Ich nehme an, das ist Abels Ausgabe von *Das Haus der endlosen Weisheit*?«

»Richtig«, sagte sie und legte eine Hand auf den Riemen der Tasche. »Woher wussten Sie, dass sie uns in Tristáns Wohnung finden konnten, und woher wussten Sie, dass die kommen würden?«

»Alma hat angerufen und wollte wissen, ob Sie mit mir gesprochen hätten. Da ist mir erst klar geworden, dass Abel tot ist.«

»Das wussten Sie gar nicht?«

»Mein Haus ist gut abgesichert. Ich bleibe für mich und lebe ein ruhiges Leben. Und ich ziehe es vor, möglichst wenig darüber zu wissen, was meine ehemaligen Freunde so treiben.«

»Aber Abel war kein *ehemaliger* Freund. Sie haben ihm eine Schachtel mit Federn und Nägeln geschickt.«

»Das habe ich. Weil er um einen Schutzzauber gebeten hat, ohne mir genau zu sagen, wofür er ihn wollte. Später hat er angerufen, um mir zu sagen, dass er sich an einem Zauber versucht hätte, und nicht an irgendeinem Zauber, sondern dass er Ewers' alten Nitratfilm benutzt und damit unerwartete Begleiterscheinungen hervorgerufen hätte. So habe ich von Ihrem kleinen Experiment erfahren. Ich habe ihm gesagt, er soll herkommen, dann könnten wir versuchen, die Sache wieder in Ordnung zu bringen, aber er ist nie aufgetaucht.«

»Was meinen Sie mit ›in Ordnung bringen‹?«

López schnappte sich zwei Scheiben Brot und fing an, sie mit Mayonnaise zu bestreichen. »Wir hätten den Zauber natürlich rückgängig machen müssen. Eine andere Möglichkeit gab es nicht. Nur hatte er Angst, das würde auch sein Glück aufheben. Er hat gesagt, er müsse darüber nachdenken, und dabei hat er es dann belassen.«

»Und Sie waren gar nicht neugierig in Bezug auf den Stand der Dinge, nachdem Alma Kontakt zu Ihnen aufgenommen hatte?«

»Ich war neugierig. Ich habe nur beschlossen, mich da rauszuhalten. Bis heute.«

»Warum haben Sie Ihre Meinung geändert?«, wollte Tristán wissen. Er stand am Türdurchgang, während sich Montserrat neben den Kühlschrank gezwängt hatte.

»Ich hatte eine Vorahnung.«

»Dann sind Sie wie Abel. Sie können in die Zukunft sehen. Wie in ›Das Flüstern der Erde‹«, sagte sie, griff nach Ewers' Buch in der Absicht, es aufzuschlagen, hielt aber inne.

»Ich verlasse mich nicht sklavisch auf Ewers' Runensystem und dessen elementare Einteilungen, wenn es um meine Magie geht.«

»Die Tätowierungen an Ihren Unterarmen ...«

»Schutzsymbole, aber keine Duplikate von Ewers' Runen«, sagte López, schob einen Ärmel hoch und zeigte ihnen seinen Arm. »Sie sind verändert, verfeinerte Entwürfe, die ich selbst angefertigt habe, wenn Sie so wollen.« Tatsächlich waren es keine Ebenbilder von Ewers' Runen. Montserrat erkannte bestimmte Bestandteile wieder, aber López hatte sie in seinem eigenen Stil zusammengestellt. Sie nahm an, das war ähnlich wie bei Fingerabdrücken: Es gab keine zwei identischen davon. López zog den Ärmel wieder herunter und kümmerte sich um sein Sandwich.

»Eine Vorahnung erklärt nicht, warum Sie uns das Leben gerettet haben.«

»Diese Hunde vor Ihrem Haus, die hatte ich noch nie gesehen. Ewers hat zwar von solchen Zaubern erzählt, aber umgesetzt haben wir so etwas nie. Wie auch immer, in den letzten paar Tagen habe ich gespürt, wie sich magische Fasern auf eine Art, die mir völlig neu war, um mich herum verwoben haben. Sie haben eine Art nukleare Explosion ausgelöst«, sagte López und biss in sein Sandwich.

Die weiße Katze nutzte diesen Moment, um in die Küche zu stolzieren und sich an Montserrats Bein zu reiben.

»Ewers ist 1961 gestorben und sein Zauber war ruiniert. Danach hatten die meisten Leute, die irgendwie mit dem Film in Verbindung standen, eine Menge Pech, das ist mir bewusst. Aber ich verstehe nicht, wie wir bei einer nuklearen Explosion landen konnten«, sagte sie.

»Ich bin da auch nicht ganz sicher, denn ich habe den Zauber nicht entworfen, das war Ewers. Mir waren nicht alle Komponenten bekannt; bestimmte Einzelheiten hat er für sich behalten. Aber Magie ist Energie. Die muss irgendwohin. Stellen Sie sich das, was '61 passiert ist, wie einen Kraftwerksunfall vor. Eine bestimmte Menge Strahlung ist ausgetreten, als Ewers starb. Sie hat sich auf uns ausgewirkt. Und dann stellen Sie sich vor, so ein schadhafter Reaktor wird einfach wieder hochgefahren. Dann landen Sie bei einer enormen Explosion und einem Kontrollraum voller strahlenverseuchter Menschen. Nur statt einen schrecklichen Tod zu erleiden, wird man zu Spider-Man.«

Das erinnerte Montserrat an Frequency-Shifted Keying, eine der einfachsten Methoden, um elektronische Instrumente zu synchronisieren. Einfach, ja, aber man konnte auch Mist bauen. Wenn man den FSK-Ton zu laut aufnahm, konnte er auf benachbarte Spuren übergehen. Das war es, was Ewers getan hatte. Seine Magie ging auf andere über und verzerrte anstelle von Tönen das Leben dieser Menschen.

López nippte an seiner Milch. »Was denn, lesen Sie etwa keine Comics? Peter Parker wurde von einer radioaktiven Spinne gebissen.«

»Das kommt mir eher wie *Die Fliege* vor«, wandte Tristán ein.

»Suchen Sie sich eben eine Metapher aus, Junge. Wie dem auch sei, das muss ein Ende haben, und zwar bevor Clarimonde und ihre Armee von Verrückten versuchen, Ewers wieder zum Leben zu erwecken. Oder Alma die Lage weiter zu ihrem Vorteil ausnutzt.«

»Aber sie will Ewers doch zerstören«, sagte Tristán.

»Seien Sie nicht albern, das will sie natürlich nicht. Alma ist die einzige Person, die von der ganzen Geschichte profitiert hat. All die Jahre hat sie die Magie, die Ewers mit diesen Nitrataufnahmen heraufbeschworen hat, dazu benutzt, sich jung zu halten.«

Montserrat schüttelte den Kopf. »So war das nicht. Der Zauber hätte ihr die Jugend zurückgeben sollen, aber Ewers hat sie hintergangen. Eigentlich war er nie für Alma gedacht.«

Der alte Mann setzte eine spöttische Miene auf und sah sie an wie eine Schülerin, die bei einem Test versagt hatte. »Sie hat ihre Jugend nicht zurückbekommen; sie ist seit dem Tag, an dem Ewers gestorben ist, nicht mehr gealtert.«

Montserrat erinnerte sich an die bemerkenswerte Ähnlichkeit zwischen Marisa und ihrer Tante. Ihre Nase war anders, ja, aber das mochte kosmetischer Natur sein. Alma war schließlich in Filmen aufgetreten. Sie kannte vermutlich alle möglichen Schminktricks, um ihr Erscheinungsbild zu verändern. Dazu noch ein neuer Haarschnitt, andere Kleidung, und sie wäre nicht mehr auf den ersten Blick als Alma erkennbar.

»Dann ist Marisa Montero tatsächlich Alma«, schlussfolgerte Montserrat.

López knabberte wieder an seinem Sandwich und wackelte mit dem Kopf.

»Ist das überhaupt möglich? Wie hätte sie das anstellen sollen?«, fragte Montserrat.

Die Katze rieb sich nun an Tristáns Beinen und er hob sie hoch und kraulte ihr den Kopf.

»Ewers hat einigen Leuten um ihn herum nicht genug Beachtung geschenkt«, sagte López. »Er hielt Alma nicht für fähig oder klug genug, aber sie ist ausgefuchst. Mir hat er natürlich auch nicht viel zugetraut, und ich wurde nicht zehnmal in den Rücken gestochen.«

»Sie waren derjenige, der Alma erzählt hat, dass er sie hintergeht. Warum?«

»Warum nicht?«

»War Ewers nicht Ihr Freund?«

López fegte ein paar Brotkrumen von seinem Hemd. »Ewers hatte keine Freunde. Nur Anhänger.«

Montserrat kam ein Gedanke und ihre Finger tanzten über

die Oberseite des Buches, das aus ihrer Tasche ragte.»Alma hat ihn nicht getötet. Sie *beide* waren es.«

López warf sein leeres Glas ins Spülbecken.

»Ich muss mich hinlegen«, grummelte er, drängelte sich grob an Montserrat vorbei und ging zurück ins Wohnzimmer. Der Perlenvorhang rasselte, als er ihn öffnete. Sie folgte ihm und bewegte sich dabei schnell; ihr Bein schmerzte wieder. Verdammte, verpestete, kalte Dezember. Die spielten ihrem Körper immer übel mit und der Stress war vermutlich auch nicht gerade hilfreich.

»Warum haben Sie es getan?«

»Ich bin müde. In meinem Alter fällt einem Zauberei nicht leicht.«

»Ich habe gefragt, warum.«

López wirbelte herum und starrte sie an.»Ich habe Ihnen heute das Leben gerettet.«

»Ich möchte den Grund erfahren.«

López setzte sich auf das Rattansofa. Der Kaffeetisch war auch aus Rattan, ebenso wie die beiden passenden Sessel mit dem Palmenmuster auf den Polstern. Montserrat setzte sich nicht, sondern lehnte sich lediglich an die Rückenlehne eines der Sessel und sah den alten Mann an.

»Der Grund ändert auch nichts.«

»Tun Sie mir den Gefallen«, sagte sie.

Er seufzte.»Alma war in ihrer Zeit eine tolle Schauspielerin, aber als Ewers des Weges kam, war ihre Karriere schon vorbei. Er hat an ihre Eitelkeit appelliert, aber was schadet das schon? Wir wollen alle von Zeit zu Zeit bewundert werden. Ewers hat alles Mögliche versprochen: Reichtum, Ruhm, Glück. Alma hat er ihre verlorene Schönheit und ihre Jugend versprochen. Der Zauber, an dem er gearbeitet hatte, sollte genau das bewirken. Aber er hat gelogen. Der Zauber war für ihn selbst gedacht. Er hat ihn mit seinen

Runen und seiner besonderen Alchemie der Laute und Bewegungen mit dem Film verwoben. Und dann, wenn der Film erst vorgeführt und von Hunderten von Leuten gesehen worden wäre, wollte er mit einem bestimmten Ritual Selbstmord begehen und als gesunder Mann wiedergeboren werden. Ich habe Alma von seinem wahren Plan erzählt, und sie war diejenige, die ihn erstochen hat.«

»Und dann, was hat sie dann getan?«

»Sie muss das Filmmaterial für eigene Rituale benutzt haben. Ich weiß es nicht und ich habe sie auch nicht gefragt. Magie löst sich nicht einfach auf, sie hängt in der Luft«, sagte López, hob eine Hand und folgte mit dem Finger einem Lichtstrahl, der einen Teil des Bodens erhellte. Winzige Staubpartikel schwebten im Sonnenschein.

»Wie Strahlung«, fuhr López fort. »Oder eine wiederkehrende Infektion, schätze ich.«

»Also hat Alma profitiert, aber alle anderen waren verflucht?«, fragte Tristán, der ebenfalls hinter einem Rattansessel stand wie ein Abklatsch von Montserrat. Vielleicht hatte er Angst, sich zu setzen. Die Katze hielt er immer noch auf den Armen, doch die fing nun an, sich ungeduldig zu winden.

»Nicht alle. So wie Strahlung bei einem Menschen Krebs auslösen und den daneben übergehen kann.«

»Sie haben uns nicht erzählt, warum Sie ihn tot sehen wollten«, sagte Montserrat.

»Weil ich wusste, wer er war.«

Die Katze versuchte, Tristán zu beißen. Endlich setzte er sie ab und sie rannte sogleich in eine dunkle Ecke des Raumes. Montserrat ließ sich in den Sessel sinken und legte ihre Handtasche in den Schoß.

»Als ich Ewers getroffen habe, war ich einundvierzig Jahre alt. Clarimonde und Abel waren noch beinahe Kinder, aber ich war da bereits auf dem Rückzug. Abel war noch keine dreißig. Ich hatte geschrieben, seit ich sechzehn war, aber ohne Erfolg. Ich hatte an unbedeutenden Projekten mitgearbeitet, hier und da ein paar Zeilen aufpoliert. Den größten Teil meines Einkommens habe ich als Korrektor erwirtschaftet, was ich heute noch tue, um meine Rechnungen zu bezahlen. José López, der Korrektor, und Romeo Donderis, der Autor. Ich dachte, das klingt besser.«

»Aber dann bekamen Sie den Auftrag, das Drehbuch zu *Jenseits der gelben Tür* zu schreiben, und Sie haben vorher und nachher auch an anderen Filmen gearbeitet«, warf Montserrat ein.

»Sicher. Ich hätte beinahe einen Film für Karloff geschrieben, als er gerade in Mexiko gedreht hat. Mieses Budget, mieser Lohn, das war mein Leben. Wegen dieses Auftrags ist Alma auf mich zugekommen. Sie hatte ebenso wie ich Interesse an Astrologie. Magische Praktiken, Okkultismus, das ganze Paket. Für ein paar Jahre hat mich das fasziniert. Sie hat mich in ihre Wohnung eingeladen, und da war Wilhelm. Er hat mir die Hand geschüttelt, wir haben über Runen- und Magietheorien diskutiert, und er kam zu dem Schluss, dass ich der Mann sei, den er als Co-Autor für das Drehbuch brauchte. Ich hätte Talent, das hat er gesagt.«

»Als Drehbuchautor oder als Magier?«, fragte Montserrat.

»Beides, seinen Worten zufolge. Am Anfang war alles in Ordnung. Die Arbeit war gut bezahlt, was nicht gerade überraschend war, denn Alma hat ein hübsches Sümmchen in die Produktion gesteckt und die Schecks unterzeichnet, ohne eine Miene zu verziehen. Das Team war angenehm, und mit Abel hatte ich schon vorher gearbeitet, also war das auch kein Problem. Er war ein gescheiter junger Regisseur, und Clarimonde, die sich während der Aufnahmen immer in seiner Nähe herumgetrieben hat, war ein entzückendes

Mädchen. Meine Gespräche mit Ewers waren erfrischend, seine Theorien zwar ziemlich wild, aber interessant, und unsere Diskussionen intelligent. Nur zwei Kleinigkeiten haben unsere Beziehung belastet. Die eine habe ich fast auf Anhieb erkannt; bei der anderen brauchte ich lange, um sie zu akzeptieren. Ewers hat die Menschen pyramidenartig geordnet. Leute wie er, brillant und arischer Herkunft, standen an der Spitze. Und dann kamen all die Köter der Welt. So hat er sie genannt, ›Köter‹. Die mexikanischen Mischlinge. Und danach all die anderen Rassen, die ihn schaudern machten; jede Ebene der Pyramide war sorgfältig nach Farben sortiert.«

»Er hat geglaubt, er würde von Atlantern abstammen«, bemerkte Montserrat. »Er hat gesagt, die Azteken und Inkas seien bedeutsam gewesen, aber …«

»Entartet«, sagte López. »Ja, so hat er das gesehen.«

»Es scheint mir keine gute Idee zu sein, die Leute um einen herum als ›Köter‹ zu bezeichnen«, stellte Tristán fest. »Ziemlich dreist, immerhin haben die mit ihm zusammengearbeitet. Hat ihm dafür niemand eine reingehauen?«

»Sind Sie Clarimonde noch nicht begegnet? Ist Ihnen ihr Nachname nicht aufgefallen? Ihr Vater ist 1938 aus München hergezogen. Carl Wilhelm Kahlo hat seinen Namen geändert und sich Guillermo genannt, um einheimischer zu klingen, aber Clarimondes Vater hat davon gar nichts gehalten. Abel Urueta würde einen Sonnenbrand bekommen, wenn er nur drei Minuten am Strand wäre. Alma: gleiche Geschichte. Die mexikanischen Eliten sind stolz auf ihre europäischen Wurzeln. Wissen Sie, von wem die Idee stammt, Atlanter hätten Tiwanaku gegründet?«

»Edmund Kiss«, sagte Montserrat. »Er hat Abenteuerromane geschrieben und war Amateurarchäologe. Sein Name ist bei meinen Nachforschungen aufgetaucht.«

»Nein, es war Belisario Díaz, ein Bolivianer. Warum das niemand weiß? Weil die Vorstellung von indigener Intelligenz und Macht einfach undenkbar war. Man hat uns alle gelehrt, dem Hauch von Dunkel, von indigenem Blut und Schwarzsein mit Verachtung zu begegnen. Wir reden davon, die ›Rasse zu verbessern‹, was nichts anderes heißt, als dass wir mehr europäisches Blut in unseren Adern fließen lassen sollen. Was Wilhelm gesagt hat, war seinerzeit keineswegs empörend. Bedauerlicherweise ist es das nicht einmal heute.«

»Okay, vielleicht hat er Gefallen an Clarimondes ›reinen‹ deutschen Genen und so gefunden. Aber Sie sehen nicht deutsch aus«, sagte Montserrat.

»Nein, das tue ich nicht. Ewers hat zu mir gesagt, ich würde vielleicht von aztekischen Hoheiten abstammen. Damit wollte er wohl mir und sich selbst gefallen. Reiner Schwachsinn.«

»Und? Was ist weiter passiert?«

»Passiert ist, dass ich gut in Magie war. Ich hatte es schon früher probiert, das war ein Hobby, und als ich mit Ewers arbeitete, wurde schnell deutlich, dass ich Talent dazu hatte. Abel und Clarimonde hat er vielleicht lieber gemocht als mich, aber ich war zweimal so gut wie die beiden. Eine Weile habe ich also einfach Freude an meinem Job gehabt, an den Kontakten, die ich dadurch herstellen konnte, und an Ewers' Lob. Ich habe hingenommen, dass er … Schwächen hatte. Es hat mir nichts ausgemacht. Da nicht mehr.«

López' Mundwinkel sackten zu einem hässlichen Ausdruck herab und er schüttelte den Kopf. »Wir waren dabei, den Film fertigzustellen, als ich die zweite Wahrheit über Wilhelm Ewers endlich akzeptierte: Er kannte keine Grenzen.«

Die Katze schlenderte zu dem Rattansofa und sprang mit einem ärgerlichen Blick in Tristáns Richtung hinauf. López streichelte das Tier geistesabwesend.

»Der Zauber zu dem Film beinhaltete komplizierte Komponenten. Da waren sechs Runen, die im Vorspann und dann auch noch im Nachspann erscheinen mussten. Da waren das Silbernitrat und die Synchronisation, die in der Nachbearbeitung stattfinden sollte. Ewers hat auch Blut erwähnt, um die Runen zu festigen wie mit einer Art Bindemittel. Wir haben während der Dreharbeit alle zwei Wochen ein Huhn getötet, eines für jede Rune. Und dann war da noch die letzte Rune, die auf der Leinwand aufblitzen sollte. Ich war derjenige, der die Hühner für die anderen Zeremonien besorgt hatte, die wir abhielten, also habe ich Ewers gefragt, ob ich zum Markt gehen und Hühner holen soll. Er hat mir gesagt, das sei nicht nötig: Für die letzte Rune würden wir Menschenblut benutzen.«

»Wie Sie es mit Ihren Blutegeln tun?«, hakte Tristán nach.

»Nein. Er hat gesagt, es gäbe viele Obdachlose in der Stadt, und niemand würde jemanden vermissen, der irgendwo an der Straßenecke haust. Ich dachte, er würde vielleicht nur scherzen. Ewers hat immer übertrieben und gelogen, wenn es seinen Zwecken diente. Aber da hat er mir direkt in die Augen gesehen und gesagt: ›Du wusstest, dass es so weit kommen würde.‹« López atmete ein Mal tief durch. »Er hatte recht, ich wusste es.«

Tristán, der bis zu diesem Moment gestanden hatte, setzte sich und klammerte sich an den Armlehnen des Sessels fest. »Er wollte jemanden ermorden?«

»Ich glaube, er hatte schon früher getötet, und er würde es auch wieder tun.«

»Das hat er, in Europa«, sagte Montserrat und dachte an Ewers' toten Komplizen, dem er Dokumente und eine neue Identität gestohlen hatte. »Es stand in seinem Brief. Er glaubte, das hätte ihm Macht verliehen.«

Davor war es Ewers' Vater gewesen, den er zum Sterben

zurückgelassen hatte. Ewers hatte in seinem Brief keine weiteren Toten erwähnt, aber das hieß nicht, dass er nicht noch mehr Leute umgebracht hatte. Er hielt sich für besser als alle anderen, für einen Übermenschen, umgeben von Untermenschen. Über all die Zeit hinweg hatte sie in seinem Blick etwas Kaltes, Kalkulierendes gesehen: Nur *ich* zähle, das war es, was Ewers' Fotos über ihn preisgaben.

»Einen Mord hast du nicht erwähnt«, sagte Tristán zu ihr. »Du trägst sein Buch in deiner Tasche herum, du heftest seine Fotos an die Wand ...«

»Ich muss das verstehen«, fiel Montserrat ihm verärgert ins Wort.

»Was? Dass er ein mörderischer, böser kleiner Mann war, der den Holocaust geil fand?«

Nein, die Magie. Sie wollte verstehen, wie die Einzelteile von Ewers' Magie ineinandergriffen; so sehr, wie sie hätte wissen wollen, wie man Daten von einem Sequenzer zum anderen schickte oder wie man eine FSK-Synchronisation aufzeichnete.

Unbehagliche Stille trat ein. Tristán saß da und grollte, während López einfach müde aussah.

»Wie konnten Sie sicher sein, dass Alma ihn töten würde?«, fragte Montserrat, statt Tristán zu antworten.

»Wir haben es geplant. Die ganze Sache«, berichtete López. »Er war zu diesem Zeitpunkt krank und erschöpft und hat sich bei verschiedenen Dingen auf mich verlassen. Und so schwierig war das nicht. Alma war diejenige, die zustach. Nachdem es passiert war, hätte sie den Film zerstören sollen, aber das hat sie nicht getan. Ich wusste nicht gleich, was geschehen war, aber ein paar Jahre später habe ich gehört, ihre Nichte würde sich um ihre Angelegenheiten kümmern. Eine Nichte, von der ich noch nie zuvor gehört hatte. Und als ich Marisa sah, da erkannte ich die Wahrheit.«

»Hat sie Sie bezahlt, damit Sie den Mund halten?«

»Nein. Ich glaube, sie fürchtet mich ein wenig, weil ich die ganze Geschichte darüber kenne, was mit Ewers passiert ist. Gut, Clarimonde, ich bin überzeugt, sie konnte sich denken, was geschehen war, aber ich habe meine Schutzbanne, und Alma muss sogar noch bessere haben. Immerhin hat sie ein großes Maß von Ewers' Macht erlangt. Darum ist sie wohl auch so interessiert an Ihnen.«

»Gott, ihr zwei macht mir Kopfschmerzen«, klagte Tristán. »Wir haben doch gar nichts mit all dem zu tun. Können Sie uns nicht da rauslassen?«

»Aber Sie haben etwas damit zu tun, Spider-Man. Sie haben eine zweite und größere Explosion ausgelöst, wissen Sie das denn nicht? Das muss sich auch auf Sie auswirken. Vorher hat nur Alma die Strahlung abgezapft, aber nun haben Sie ein Ventil geöffnet und wir baden alle drin. Clarimonde und Abel haben Ewers geholfen, seine Magie auf Film zu bannen. Alma und ich haben den Dreckskerl getötet, und Sie zwei haben ihm ermöglicht, aufzuwachen und uns von Neuem zu piesacken. Sie haben sich selbst zu einem Teil der Geschichte gemacht, Kamerad.«

»Scheiße auch, das ist genau das, was ich jetzt noch brauche. Irgendeine gute, alte, thermonukleare schwarze Magie«, grummelte Tristán, drehte leicht den Kopf und senkte den Blick, als wäre er höchst interessiert daran, die Armlehne des Sessels zu begutachten.

Es war, als spleiße man ein neues Stück Film auf eine Spule, das dann sauber durch einen Projektor lief. Am Beginn dieser Geschichte hatten Ewers und seine Freunde gestanden, aber nun hatten sich auch Tristán und sie einen Weg in das Geschehen gebahnt. Ihre Stimmen waren dazu benutzt worden, den Film zu synchronisieren. Diese Darbietung konnte nicht einfach ausgelöscht werden. Sie fragte sich, wie es den anderen Beteiligten an dem Film ergangen war, denen, die vor ihnen gekommen waren.

»Sie haben Abel nie die Wahrheit über Alma gesagt?«, wollte Montserrat wissen. »Dass sie Ewers' Film für ihre eigenen Zwecke benutzt hat?«

López lachte und schüttelte den Kopf. »Nein. Ich habe den Fehler begangen, ihm zu erzählen, dass Clarimonde in Ewers verliebt war und ihn hinterging. Und angedeutet, dass ich auch Alma davon erzählt hätte. Er war wütend. Hat gesagt, ich hätte seinen Film ruiniert. Er sagte, das wäre der Grund, warum Alma die Produktion stillgelegt hatte. Können Sie sich das vorstellen? Wir haben jahrelang kein Wort gewechselt. Vor einer Weile haben wir wieder Kontakt aufgenommen. Er war ein sehr einsamer Mensch.«

Montserrat dachte daran, wie Abel Urueta sie in seine Wohnung eingeladen hatte, ihnen seinen Plunder gezeigt und sie gefragt hatte, ob sie ihn hierhin oder dorthin begleiten würden. Ja, sie nahm an, er war einsam gewesen. Einsam und verzweifelt genug, um nach der Vergangenheit zu greifen und sich an einem letzten Zauber zu versuchen, einem letzten Griff nach Ruhm und Größe. Das einzige Problem war, dass er ihnen nie erzählt hatte, in was er sie hineinzuziehen gedachte.

»Sie haben uns noch nicht verraten, warum Sie uns gerettet haben«, sagte Montserrat zu López.

»Dieser Zauber wurde nie beendet. Ich habe die Absicht, das jetzt nachzuholen«, meinte López mit Nachdruck.

»Tja, geendet hat er wirklich nicht. Ewers' Tod hat etwas mit dem Film gemacht, nicht wahr?«, sinnierte Montserrat.

»Sie dachten, wenn Sie ihn töten, sind Sie den Mann los, aber stattdessen haben Sie dafür gesorgt, dass er sich festgesetzt hat. Sie haben gesagt, seine Magie war nie so machtvoll, als er noch am Leben war, aber *jetzt* … Ich meine, das ist Blutmagie. Das ist es, was Sie getan haben. Er hat sich nicht selbst umgebracht, aber Sie haben dennoch ein Opfer dargebracht.«

»So hatten wir das nicht geplant«, sagte López. »Aber ja, und nun haben Sie beide es noch schlimmer gemacht. Wir müssen ihn endgültig loswerden.«

»Dann wissen Sie, was zu tun ist?«, fragte Tristán voller Hoffnung. »Das war fürchterlich. Ich habe meine tote Freundin gesehen.«

»So?«, hakte López nach. »Nekromantie? Dafür hatte ich noch nie etwas übrig. Das macht die Leute nur nervös.«

»Und wie es das tut. Andererseits verfolgt Ewers Montserrat, was, wie ich annehme, schlimmer ist.«

López beugte sich vor, faltete die Hände und sah ihr in die Augen. »Talente zu fördern, hat er geliebt. Vielleicht glaubt er, er hat seine nächste eifrige Schülerin gefunden.«

»Mit formeller Schulbildung konnte ich noch nie viel anfangen«, sagte sie und bemühte sich um einen lässigen Ton, obwohl López' Worte ihr zu schaffen machten.

»Wie exorzieren wir ihn?«, fragte Tristán und zog gespannt die Brauen hoch.

»Es gibt eine Möglichkeit. Zumindest *denke* ich, dass es eine gibt.« López stand auf und verzog das Gesicht. »Ich muss ein Nickerchen machen. Der Doktor sagt, das ist gut für meinen Blutdruck.«

»Ja, aber ...«

»Sie sollten sich auch ein wenig hinlegen. Sie beide sehen aus, als hätten Sie nicht geschlafen.«

Montserrat hatte in der Tat nicht geschlafen. Sie hatte sich, die Augen fest geschlossen, die ganze Nacht von einer Seite des Bettes zur anderen gerollt, ohne Schlaf zu finden. Sie hatte sich nichts anmerken lassen und getan, als ginge es ihr bestens. Sie wollte nicht, dass Tristán in Panik geriet, aber sie fürchtete auch, *jemand anderes* könnte sie beobachten, *jemand* könnte hoffen, sie vor Furcht zittern zu sehen.

»Folgen Sie mir«, murmelte López und schlurfte aus dem Wohnzimmer hinaus. Sie gingen hinterher, eine Treppe hinauf und weiter, bis er auf eine Tür zeigte. »Das ist das Gästezimmer. Es gibt Schutzbanne in diesem Haus, also sind Sie da sicher. Und jetzt lassen Sie mich schlafen. Wir können später reden.«

Kaum waren sie in dem Zimmer, ließ Tristán sich auf das Bett mit der braunen Strickdecke fallen, was die Sprungfedern in der Matratze mit einem Quietschen quittierten. Außer dem Bett gab es noch einen Schreibtisch, auf dem Sepiabilder von einem Mann und einer Frau und eine Messinglampe mit grünem Lampenschirm standen. Montserrat zog sich einen Stuhl heran, nahm das Buch aus der Tasche und legte es auf den Schreibtisch.

»Was hast du vor?«, fragte Tristán.

»Die Hunde, die er erwähnt hat … Ewers spricht nicht direkt von Hunden, aber er hat einen Abschnitt über die Manifestation tierisch…«

»Du willst sein Buch lesen?«

»Was soll ich deiner Meinung nach tun?«

»Es nicht lesen. Schlafen. Er hat recht, wir sind müde.«

»Du hast Angst.«

»Aber ich habe auch recht.«

Seufzend setzte sich Montserrat auf das Bett. Tristán gestikulierte, bis sie näher an ihn heranrutschte, und legte ihr dann den Arm um die Schultern.

»Das ist ein altes Damenzimmer«, stellte Tristán fest. »Hat bestimmt mal López' Mutter gehört.«

»Vielleicht. Oder einer Schwester oder einer Ehefrau.«

»Nein, seiner Mutter. Alles hier drin ist ziemlich alt.«

Das hölzerne Kopfbrett in ihrem Nacken bestand aus Mahagoni und war üppig mit Blumen dekoriert. Das Gästezimmer wirkte ganz anders als der Rest des Hauses und war von einer anderen Person eingerichtet worden. López' Rattanmöbel und die Tapete mit dem fahlgrünen Bambusdruck im Wohnzimmer hatten etwas von dem Tiki-Fimmel der frühen Sechziger an sich. Aber Tristán hatte recht: Dieser Raum stammte aus einer früheren Ära und die Zierdeckchen auf dem Nachttisch erinnerten Montserrat an ihre Großmutter.

»Vielleicht war er Surfer, als er noch jung war«, mutmaßte sie.

»Oder er hat Ukulele gespielt.«

»Und Gesichter in Ananas geschnitzt.«

Tristán kicherte, wurde aber schnell nachdenklich. »Denkst du, wir können ihm vertrauen?«

»Er hat nicht versucht, uns umzubringen.«

Tristán zog eine Grimasse. »Das ist eine niedrige Messlatte.«

»Wir könnten einfach gehen, während er sein Nickerchen macht, wenn du ihm nicht abnimmst, dass er ehrlich zu uns ist.«

»Alma hat auch gesagt, sie wollte den Film zerstören.«

»Aber sie hat sich selbst in Magie konserviert, also hat sie gelogen.«

»Bist du sicher, dass sie sich für ihre Nichte ausgegeben hat? Das könnte doch auch einfach eine Familienähnlichkeit sein.«

»Etwas hat mit ihr nicht gestimmt. Hast du das nicht gespürt?«

»Als ich sie das zweite Mal getroffen habe, hat sie älter ausgesehen. Ich dachte, das liegt am Licht oder an dem Make-up, das sie aufgelegt hatte, aber vielleicht altert sie auch erst jetzt. Das könnte eine der unbeabsichtigten Folgen sein, die López erwähnt hat. Aber vielleicht schnappe ich auch nur über.«

»Nein, du könntest recht haben.«

»Mag sein«, murmelte Tristán. »Aber ich glaube, Alma ist eine Sackgasse. Und außerdem könnten da draußen auch die Hunde sein. Ich würde diese Kreaturen lieber nicht wiedersehen.«

Montserrat betrachtete das Fenster mit den Spitzenvorhängen und fragte sich, ob das tatsächlich der Fall war. Waren López' Schutzbanne so gut, wie er behauptete? Sie war nicht ganz sicher, was er mit dem Ausdruck meinte. Schützende Zauber, die irgendwie mit dem Gebäude verbunden waren? Er hatte sich Symbole auf die Arme tätowiert, vielleicht hatte er sie auch unter den Tapeten in die Wände geritzt oder unter dem Belag in den Boden. Bei dem Gedanken an verborgene Magie legte sie die Stirn in Falten.

»Was?«, fragte Tristán prompt.

»Gespenstisch«, brummte sie, nicht bereit, näher darauf einzugehen.

Die schlaflose Nacht und die bizarre Begegnung mit Bauers Lakaien hatten sie ausgelaugt, und die Kissen waren weich. Ohne ein weiteres Wort rollte sie sich zusammen und schloss die Augen. Tristán musste wohl auch genug haben, denn wenige Minuten später schnarchte er. Montserrat nahm an, López würde es leicht haben, sein Ziel zu erreichen, sollte er beabsichtigen, in das Zimmer zu kommen, um sie zu ermorden.

23

Karina hatte oft gesagt, Tristán schlafe wie ein Seestern, alle Glieder ausgestreckt, bemüht, das ganze Bett einzunehmen. Neben ihm zu schlafen, war schwer, zumal er sich auch noch ständig hin und her warf. Aber allzu unruhig konnte er nicht gewesen sein, denn als er erwachte, lag Montserrat neben ihm und schlief weiter tief und fest.

Es wurde dunkel, und es war Freitag. Die *posadas* hatten begonnen. Sie sollten draußen sein, Tamales essen, eine Party besuchen. Sie sollten eine Silvesterfeier planen, nur sie beide, Sekt, Luftschlangen und dazu einen schaurigen Mitternachtsfilm. *Jessy – Die Treppe in den Tod*, vielleicht, oder *Gremlins*, um ein bisschen leichtere Kost zu haben. Stattdessen saßen sie in diesem sonderbaren Haus fest und der Raum füllte sich mit Schatten.

Er nahm an, das Beste wäre, Montserrat zu wecken und sich auf die Suche nach ihrem Gastgeber zu machen, aber eine Weile lag er nur still da und wickelte sich träge eine Haarsträhne von Montserrat um die Finger.

Haar, das irgendwie nicht zu einer Frau gehören konnte. Es war eher wie ein Pelz. Nie gefärbt, planlos geschnitten, nahezu immer zu einem praktischen Pferdeschwanz zurückgekämmt, nun aber offen. Auf seine eigene Art war es wunderbar, dieses Haar. Montserrat selbst auch mit ihrem T-Shirt, das zu oft gewaschen worden war, den

Augenbrauen, die zu dick waren, der Nase, die viel zu breit war, als dass irgendeine Zeitschrift je einen Schnappschuss von ihr hätte machen wollen, dem griesgrämigen Mund, der lieber Spitzen als Küsse verteilte. Eher eine wankelmütige, hexenhafte Circe als eine sittsame, wohlerzogene Penelope.

Manchmal, Momo, bist du schön, wenn es nur du und ich in der Abenddämmerung sind, dachte er.

»Was machst du da?«, fragte Montserrat, blinzelte und musterte ihn, während er seine Hand in ihrem Haar hatte.

»Ich begutachte deine gespaltenen Spitzen«, entgegnete er peinlich berührt und spürte, wie sich seine Wangen erwärmten, als er versuchte, mit einem lockeren Spruch darüber hinwegzugehen. »Du benutzt keine Pflegespülung für dein Haar.«

»Ich rasiere mir auch nicht die Achselhaare. Willst du *Cosmopolitan* alarmieren, damit sie mich einsperren?«, konterte sie, setzte sich auf und schüttelte den Kopf, als wollte sie eine Verspannung in ihrem Nacken lösen.

»Die würden dich für Verbrechen gegen die Mode und die Körperpflege exekutieren.«

»Ich weiß.«

Ein Klopfen an der Tür brachte auch Tristán dazu, sich aufzusetzen.

»Ich habe Abendessen gemacht, ihr zwei«, sagte López. »Kommt und esst was.«

Das Abendessen bestand aus einer wässrigen Hühnersuppe, bei deren Verzehr Tristán sich nach der Linsensuppe mit Mangold sehnte, die seine Mutter zuzubereiten pflegte. Und nach der Behaglichkeit seiner eigenen Wohnung. Er sollte, dachte er, öfter kochen. Damit hatte er aufgehört, weil er es unsinnig gefunden hatte, ein Festmahl für eine Person zu machen, und es gab viele Tage, an denen er einfach nur im Pyjama bleiben und stundenlang durch die Kanäle zappen wollte.

»Wir müssen Ewers' Zauber aufwickeln, so, als wollten wir einen Knoten binden, und den Faden abschneiden«, sagte López, als er ein *bolillo* aus einer Papiertüte fischte und sie dann in ihre Richtung schob. »Um das zu tun, müssen wir, so vermute ich, so viel wie möglich von Ewers' ursprünglicher Magie replizieren. Er hat sechs Runen benutzt, die im Abspann zu sehen sein sollten, also schreiben wir diese sechs Runen in der von ihm vorgesehenen Reihenfolge auf, und zwar mithilfe von meinen Blutegeln und ein wenig Blut.«

»Wessen Blut?«, fragte Tristán.

»Ihres, ihrs, meins. Wer sich halt freiwillig anbietet. Wie auch immer, wir zeichnen die Runen auf die Dose des Silbernitratfilms. Den haben Sie doch noch, richtig?«

»Der ist eingelagert«, sagte Montserrat.

»Nachdem wir die nötigen Worte gesprochen und die Runen gezeichnet haben, können wir den Film zerstören.«

»So einfach ist das?«, fragte Tristán. »Wir zeichnen ein paar Runen und die Sache ist erledigt?«

Er schenkte sich ein Glas Wasser aus einem Plastikkrug ein. In der Mitte des Tisches, an dem sie saßen, stand ein Figürchen von einer hawaiianischen Tänzerin, und als Tristán es unbeabsichtigt berührte, bewegte die Figur ruckartig die Hüften.

»Das ist ein Zauber«, sagte López, zupfte ein Stück von seinem *bolillo* ab und runzelte die Stirn. »So etwas kostet Kraft und Mühe. Magie nährt sich aus Willenskraft, Stärke und Leben. Außerdem dürfen Sie nicht vergessen, dass das, was ich sage, nur Theorie ist. Ich vermute, der einzige Weg, um Ewers' Magie aufzulösen, besteht darin, den Abspann zu zeigen, so wie er es am Ende des Films getan hätte.«

»Aber Runen zeichnen ist nicht dasselbe wie ein Abspann.«

»Magie ist symbolisch«, sagte López. »Im Grunde sagen wir dem Film, dass wir den Abspann zeigen, dass der Film vorbei ist.«

»Wir *sagen* es dem Film?«

»Ja, wir sprechen zu der Filmdose. Wir sagen: ›Du bist Ewers, und deine Geschichte ist zu Ende.‹«

»Analogiezauber«, erklärte Montserrat. »Diese Art Magie taucht an vielen Stellen in Ewers' Buch auf. Man stellt eine Verbindung zwischen zwei Objekten her. Wenn das eine Objekt manipuliert wird, reagiert das andere. Wenn Ewers' Magie in den Filmspulen erhalten geblieben ist, die er aufgenommen hat, dann wurde auch er darin konserviert und kann zerstört werden.«

»Wir haben nur eine Spule«, wandte Tristán ein. »Wird er nicht immer noch da sein, wenn wir nicht alle verbliebenen Spulen vernichten?«

»Darum sprechen wir zu dem Film und erklären ihm, dass die Geschichte nun beendet wird«, sagte López. »Wenn ich recht habe, wird er dann aufhören zu sein. Und alle Spulen in Almas Besitz werden ihre magische Aufladung verlieren.«

Dem, was er sagte, haftete eine gewisse Logik an, dennoch hörte es sich sonderbar an. Tristán verzichtete auf eine Antwort, aß sein Brot und dachte über die Idee nach.

»Dennoch gibt es natürlich Dinge, um die wir uns zuerst kümmern müssen«, sagte López.

»Welche?«

»Ich weiß nicht, welche Runen Ewers in den Abspann einfügen wollte. Diese Details hat er mir verheimlicht. Abel hätte es gewusst, aber der ist ja tot.«

»Und was dann? Versuch und Irrtum?«

»Unmöglich. Wir müssen mit Abel sprechen. Ihre tote Freundin haben Sie zwei Mal gesehen, richtig?«

»Ja«, antwortete Tristán stirnrunzelnd. »Sie wollen doch nicht sagen ...«

»Sie scheinen eine gewisse Affinität zur Nekromantie zu haben. Diese Gabe werden wir brauchen.«

Tristán lachte. López schmatzte vernehmlich und starrte ihn an. »Nein«, sagte Tristán. »Ich weiß rein gar nichts über Nekromantie. Ich versuche, Geistern *aus dem Weg zu gehen.*«

»Wir halten die Séance gemeinsam ab. Wir werden im selben Raum sein wie Sie.«

»Ich bin kein Zauberer.«

»Es ist nicht so, als hätten wir besonders viele Kandidaten für diesen Posten.«

»Machen Sie es doch. Oder Montserrat«, sagte Tristán. »Sie hat Ewers gesehen, also sieht sie auch Geister, und sie könnte das besser, als ich es je hinkriegen würde, weil sie tatsächlich begreift, was hier vor sich geht.«

»Ewers ist kein Geist. Ewers ist weder tot noch lebendig.«

Er dachte, López würde scherzen. Zumindest hoffte er es. Aber nun starrte der Mann ihn an und Montserrat ebenfalls. Er fühlte sich regelrecht in die Enge getrieben.

»Mir egal, ob er ein Vampir ist, warum zum Teufel soll ich derjenige sein, der mit einem Geist spricht? Wenn wir die richtigen Runen nicht kennen, müssen wir eben raten. Versuch und Irrtum, genau wie ich gesagt habe.«

»Es gibt Dutzende von Runen in Ewers' Buch. Sie müssen Abel beschwören«, sagte der alte Mann unbeirrt, ganz so, als würde er ihn bitten, in den Eckladen zu gehen und ihm ein Bier zu kaufen.

»Ich wüsste ja nicht einmal, wie ich das anstellen soll. Ich habe keine Ahnung, wie man Geister beschwört.«

»Sie haben Ihre Freundin beschworen.«

Tristán schlug mit beiden Händen auf den Tisch. Die hawaiianische Tänzerin erbebte. »Habe ich nicht.«

»Es ist Ihnen nicht bewusst, aber Sie haben«, widersprach López. »Und nun können Sie ein sturer Feigling sein und den Rest Ihres Lebens in meinem Gästezimmer verbringen, oder Sie können mir vielleicht helfen, Ewers' Magie unschädlich zu machen.«

López tupfte sich sorgfältig die Lippen mit einer Serviette ab, fischte ein Stück von einem Maiskolben von seinem Teller und fing an, die Körner abzunagen. Tristán schob seinen Stuhl zurück, stand auf und maß den Mann mit einem finsteren Blick.

»Ich beschwöre gar nichts«, sagte er und wünschte sich insgeheim, er könnte den alten Knacker einfach erwürgen, sollte er noch einen Ton über Geister von sich geben. Aber der verknöcherte Mistkerl tat völlig unbeeindruckt.

»Sie haben vermutlich etwas in Ihrem Besitz, das ihr gehört hat. Das ist nützlich, wenn man Geister beschwört. Irgendetwas Persönliches oder etwas, was für die Verstorbenen wichtig war, ist hilfreich, um eine Verbindung herzustellen. Ein Bild geht auch. Dann denken Sie an sie, rufen sie her und bitten sie, mit Ihnen zu sprechen.«

Tristán fiel Karinas Foto in seiner Brieftasche ein, beinahe vergessen und doch stets in seinem Geist gegenwärtig. Der kleine Schnappschuss mit dem Knick an der Ecke. Er schluckte.

»Wäre er irgendwie in Gefahr?«, fragte Montserrat.

»Geister sind nicht gefährlich«, erwiderte López. »Sie sind Schatten, immaterielle Schatten.«

»Ewers hat Montserrat durch ein Gebäude gejagt«, sagte Tristán. »Ich glaube nicht, dass sie sich da sicher gefühlt hat.«

»Ich sagte doch, er ist kein Geist. Er ist gefangen zwischen Leben und Tod. Außerdem werden wir ihn nicht bitten, sich zu uns zu gesellen.«

»Warum nicht? Ich bin ein toller Nekromantiker. Lasst uns meine Freundin rufen, Abel, Ewers, und hey, vielleicht hat Napoleon ja auch gerade Zeit, dann können wir eine Runde Poker zusammen spielen. Okay?«

»Ihr Sarkasmus hilft uns nicht weiter. Ewers hat einen robusten Zauber gewirkt, und als Sie diesen Film synchronisiert haben, da haben Sie eine Macht freigesetzt, die mit nichts vergleichbar ist, was mir bisher begegnet ist«, sagte López. »Tatsache ist nun mal, dass Sie derzeit imstande sind, Geister zu sehen und mit ihnen zu sprechen – und dass wir diese Gabe brauchen.«

»Oder wir tun einfach gar nichts«, gab Tristán halsstarrig zurück.

»Ich sagte ja schon, das ist eine Macht, die mit nichts vergleichbar ist, was ich je erlebt habe.«

»Was haben Sie denn erlebt? Gibt es viele Zauberer in dieser Stadt? Tragen die alle dreckige Regenmäntel? Ich glaube nicht, dass ich die Anweisungen eines Typen befolgen sollte, der nicht einmal weiß, wie man seine Wäsche wäscht.«

»Das war der Regenmantel meines Vaters«, sagte López. »Den trage ich, weil er mich schützt; er ist verzaubert, genau wie meine Tattoos. Und ja, es gibt Zauberer in dieser Stadt. Magie erfordert viele Elemente, damit sie funktioniert, und die meisten Leute verfügen nicht über alle auf einmal. Im Wesentlichen hat Ewers alle Komponenten einer Bombe zusammengestellt, und statt sie zu entschärfen, haben Sie sie wieder zum Ticken gebracht.«

»Vielleicht ist er zu mächtig, um ihn zu besiegen. Vielleicht ist er eine Art Supermensch. Haben Sie daran mal gedacht?«

Montserrat schnaubte verächtlich. »Ewers war kein Atlanter, er war ein Kind, das zu einem gewieften Dieb herangewachsen ist. Wenn Ewers ein Talent hatte, dann, dass er klauen konnte wie eine Elster. In seinem Brief schrieb er, er hätte von jedem einzelnen Menschen gelernt, den er je getroffen hatte, und ihm notfalls sein Wissen gestohlen. Er war schlau und erfinderisch. Und er war zielstrebig. Aber das macht ihn nicht unfehlbar.«

»Es bedeutet aber auch nicht, dass wir uns noch tiefer in diesen Mist verwickeln lassen sollten«, entgegnete Tristán. »Ihr wollt von mir, dass ich mit den Toten spreche, als würde ich irgendwo anrufen und mit der Vermittlung plaudern.«

»Sie sprechen bereits mit den Toten«, sagte López. »Vielleicht würden Sie ja das Gespräch mit Ihrer toten Freundin gern beenden, statt sie jeden Tag wieder anzuwählen. Alles, worum ich Sie bitte, ist, dass Sie die Ihnen zur Verfügung stehende Macht nutzen und mir und Ihrer Freundin helfen. Eine Bombe, klar? Sie haben eine Bombe aktiviert.«

»Tja, alter Mann, ich habe diese Bombe aber nicht gemacht. Vor über dreißig Jahren haben Sie und Ihre Freunde beschlossen, einen verfluchten Film mit einem irren Nazi-Drehbuchschreiberling zu drehen, und jetzt wollen Sie von *mir*, dass ich diesen Fehler ausbügele. Raten Sie mal: Ich habe die Nase voll. Die Antwort ist Nein.«

Statt ihm zu antworten, spuckte López ein Maiskorn in die Handfläche und nagte weiter an dem Kolben. Tristán schüttelte den Kopf, verließ das Wohnzimmer und ging die Treppe hinauf, zurück ins Gästezimmer. Dort marschierte er auf und ab, wartete darauf, dass Montserrat zu ihm käme, aber das tat sie nicht. Auf dem Nachttisch stand eine Schale mit Minzbonbons und anderen Süßigkeiten, wie man sie nur im Haus einer alten Dame finden konnte. Er schüttete die Bonbons aus, zündete sich eine Zigarette an und benutzte die Schale als Aschenbecher.

Irgendwann stand dann Montserrat auf der Schwelle und musterte ihn mit vor der Brust verschränkten Armen.

»Er will uns helfen«, sagte sie. »Aber wir müssen ihm auch helfen.«

»So? Was tut er denn? Was tust du? Ich bin derjenige, der aufgefordert wird, mit Geistern herumzuspielen, nicht ihr.«

»Er wird die Runen mit seinem eigenen Blut zeichnen. Und ich werde den Film verbrennen. Wir müssen zusammenarbeiten.«

»Verlang das nicht von mir. Was, wenn ich sie anstelle von Abel heraufbeschwöre? Was dann?«, fragte er, ließ die Zigarette in die Schale fallen und stellte sie dorthin zurück, wo er sie gefunden hatte, auf den Nachttisch mit dem Spitzendeckchen.

Montserrat antwortete nicht, aber er konnte an der Neigung ihrer Mundwinkel sehen, dass sie allmählich ungeduldig und ärgerlich wurde. Er dachte daran, sich weiter zur Wehr zu setzen, andere Lösungen zu fordern, aber dann griff er in seine Tasche, nahm das Portemonnaie heraus und zog vorsichtig Karinas Foto hervor. Er hielt es hoch, um es Montserrat anzubieten.

Sie trat ein und nahm ihm den Schnappschuss aus der Hand. Er senkte den Kopf.

»Du kennst nicht die ganze Geschichte. Wir hatten Streit in der Nacht der Party. Es fing mit einer kleinen Meinungsverschiedenheit an, ist eskaliert und außer Kontrolle geraten. Sie hat gesagt, ich würde sie nicht lieben und wäre nur wegen der Publicity und ihrer gesellschaftlichen Beziehungen mit ihr zusammen. Dann hat sie angefangen zu trinken und ich habe sie ignoriert. Ich habe mit anderen Leuten geflirtet, ich habe gelacht, ich habe getanzt. Als sie gesagt hat, sie würde nach Hause fahren, wusste ich, dass sie voll war, aber ich habe gar nicht versucht, ihr die Schlüssel abzunehmen. Ich bin einfach eingestiegen und habe mit den Schultern gezuckt. Ich wollte ihr eine Lektion erteilen. Ich dachte, dass sie vielleicht beim Einparken einen anderen Wagen anfahren oder sich auf die teuren Polster übergeben würde. Und ich war selbst angesäuselt und sauer. Ich habe die Augen geschlossen, während sie gefahren ist. Ich hab sie weinen hören, aber ich war zu müde und zu wütend, also habe ich die Augen zugelassen und so getan, als würde ich versuchen zu schlafen.«

Montserrats Miene verriet rein gar nichts. Ihm wäre es lieber gewesen, sie hätte irgendeine Regung erkennen lassen, ein Nicken oder irgendwas. Er hatte Montserrat immer erzählt, er sei in jener Nacht sturzbesoffen gewesen und hätte auf dem Beifahrersitz gesessen. Aber er hatte nichts von der Party gesagt und keine Andeutungen über den Streit gemacht. Die Zeitungen hatten gemutmaßt, dass es Ärger im Paradies gegeben hätte, aber er hatte es kein einziges Mal eingeräumt. Aus den indirekten Verweisen, die über die Jahre aufgetaucht waren, hatte sich nie eine vollständige Story herauskristallisiert.

»Ich habe nicht gesehen, wo sie reingefahren ist. Ich habe lediglich gehört, wie die Bremsen quietschten, und dann war überall Glas, und ich habe einen so heftigen Schlag abbekommen, dass mir die Luft weggeblieben ist. Danach hat alles nur noch wehgetan. Ich habe die Augen aufgemacht und Blut gesehen. Es war überall, auf ihrem Gesicht, auf meinem ... Ich habe das Bewusstsein verloren.«

Nun flackerte etwas in Montserrats Augen auf. Weder Missbilligung noch Verständnis. Es war nur, dass sie diesen Teil schon gehört hatte oder zumindest genug darüber wusste, um den Abschnitt der Geschichte wiederzuerkennen:

der scheußliche Geschmack des Blutes in seinem Mund, sein verletztes Auge, das Chaos mit Krankenwagen und Schwestern. Aber er wollte in eine andere Richtung; statt von der Operation oder der Genesung zu sprechen, legte er eine kurze Pause ein.

»Das Komische ist«, meinte er dann, »ich wollte, dass sie mich verlässt. Auf der Party hat sie gesagt, ich würde sie nicht lieben und nur hinhalten. Sie hatte recht. Ich mochte sie, aber ich habe sie nicht geliebt, und zu dem Zeitpunkt habe ich sie auch nicht mehr besonders gemocht. Ich wollte, dass sie loszieht und sich einen anderen sucht, damit ich nicht derjenige sein musste, der die Sache beendet. Ich hasse das. Es ist immer unschön, und ich wusste, mit Karina würde es schlimmer werden; sie hatte einen Hang zum Drama, was ich genossen und gleichzeitig verabscheut habe. Ich dachte mir, wir verbringen einen scheußlichen Abend und dann lässt sie mich fallen.«

Er stand auf und betrachtete das Foto in Montserrats Hand.

»Sieh dir dieses Bild an, sieh dir das Mädchen an. Da ist sie vierundzwanzig. Nur ein herumstolperndes Kind, das dumme Entscheidungen trifft, aber trotzdem ein Kind ist. Sie hätte es verdient gehabt, alt zu werden, erwachsen zu werden. Ein ganzes Leben zu leben.«

»Du hast sie nicht getötet.«

»Nein«, schnaubte Tristán verächtlich. »Ich habe den Motor nicht gestartet, ich habe nicht am Lenkrad gedreht und den Wagen irgendwo reingefahren, aber ich habe sie gekannt. Ich wusste, wie zerbrechlich sie ist; ich wusste, dass ich sie beruhigen musste oder zumindest jemanden bitten, eine Weile auf sie aufzupassen. Ich wusste, dass sie verletzt war.«

Er berührte seine Braue, strich mit den Fingern um den Augenwinkel und verzog das Gesicht, als er die Narbe und das Titangewebe darunter ertastete, das sein Auge an seinem Platz hielt.

»Als ich aufgewacht bin, weißt du, was ich da als Erstes gefragt habe? Nicht, ob es Karina gut geht, nicht, ob sonst irgendwem etwas passiert ist ... Ich habe gefragt, ob mein Gesicht noch in Ordnung ist«, fuhr er fort. »Ich habe nie ihr Grab besucht. Ich dachte immer, es wäre albern, Leute zu verbuddeln. Sie hätte eingeäschert werden sollen. Sie wollte, dass ihre Asche in der Nähe des Meeres verstreut wird. Aber ihr Vater wollte nichts davon hören. Genauso, wie er nicht hören wollte, dass sie sich in dieser Nacht umbringen wollte.«

»Sich und dich.«

»Ja. Ich habe sie dafür gehasst, gleich nach dem Unfall, als sie mir gesagt haben ... das Auge, du weißt schon. Die anderen Verletzungen, die Operationen ... ich dachte, sie hätte wenigstens den Anstand haben können, Tabletten zu schlucken oder sich im Badezimmer die Pulsadern aufzuschlitzen wie ein normaler Mensch. Man sollte einfach nicht das Libretto aus *Madame Butterfly* in einem fahrenden Wagen aufführen.«

Er stieß ein brüchiges, falsches Lachen hervor, als er Montserrat das Foto wieder aus der Hand nahm. »Du hast recht, Momo, ich bin ein selbstsüchtiger Mistkerl. Ich habe jeden, den ich je gekannt habe, enttäuscht. Und ich laufe immer davon.«

»López sagt, die Lebenden halten die Geister fest. Du hast ein Spukhaus aus deinem eigenen Fleisch und Blut gemacht.«

»Wie poetisch«, grummelte er und setzte sich wieder.

»Es ist wahr. Es gibt keinen Exorzismus, der bei dir je funktioniert hätte. Aber jetzt könntest du etwas für uns alle tun.«

»Mit Abel will ich genauso wenig sprechen wie mit Karina.«

»Du musst«, beharrte sie und trat näher, bis sie direkt vor ihm stand. »López sagt, du musst derjenige sein. Er hat irgendwo ein Bild von Abel, das wir für die Beschwörung nutzen können. Er wird dir erklären, was du zu sagen und zu tun hast. Aber das Wichtigste ist, dass du bereit dazu sein musst. Du kannst nicht dazu gezwungen werden.«

Sie setzte sich auf das Bett. Er drehte sich, sodass er sie ansehen konnte. Montserrat hob eine Hand und ihre Fingerspitzen folgten der Narbe, die er zuvor betastet hatte. Dann sank ihre Hand tiefer, zu seiner Brust und der Stelle, an der sich die anderen Narben unter seinem Hemd verbargen. Sie hatte ihn im Krankenhaus viele Male gesehen, hatte ihm in den schlimmen Monaten der Genesung geholfen, sich zu waschen und zu baden. Sie hatte all die Narben im Kopf behalten wie eine Straßenkarte.

Dennoch schnappte er milde überrascht nach Luft.

»So ungefähr habe ich mir die Geschichte vorgestellt, Tristán, weil ich dich kenne.«

»Dann hast du also erkannt, dass ich ein Idiot bin.«

»Das wusste ich schon, als du zum ersten Mal zugestimmt hast, in das Getreidesilo zu springen. Wer tut so etwas, nur weil ein Freund es will?«

Tristán lächelte und dachte daran, wie sich das Getreide an seinem Körper angefühlt hatte, wie es ihn beinahe gekitzelt hatte, und an Montserrats fröhliches Gelächter, als sie sich abgeplagt hatten, um wieder hinauszuklettern.

»Ich glaube nicht, dass du mich im Stich lassen würdest, oder doch?«, fragte sie ihn mit einem feierlichen Ernst, der ihn innerlich zusammenzucken ließ.

»Du schummelst, Momo«, sagte er. »Das ist ein billiger und schmutziger Trick.«

Er senkte den Blick, musterte Montserrats Hand, die immer noch fest auf seiner Brust lag. Langsam wich sie zurück, als fürchtete sie, er könnte davonrennen.

»Wenn López recht hat ... wenn ich sie rufe ... wenn ich Karina sage, dass es mir leidtut, meinst du, ich würde sie dann nicht mehr sehen?«

»Vielleicht. López sagt, du willst sie bei dir haben.«

»Ich habe zehn Jahre lang an sie gedacht. Das ist eine Angewohnheit. Gott, Momo, es ist, als würde ich in Treibsand versinken. Ich will kein Gerede mehr über Zauberer und Magie und Runen hören.«

»Dann lass es uns hinter uns bringen! Wir haben einen Fehler begangen, als wir den Film synchronisiert haben; wir haben mitgeholfen, Ewers aufzuwecken, und wir können nicht einfach so tun, als hätten wir nichts damit zu tun. Wir müssen es zu Ende bringen«, sagte sie mit genau der Überzeugung, die er von ihr erwartet und zugleich gefürchtet hatte.

»Aber was, wenn wir das nicht tun?«, beharrte Tristán. »Was, wenn wir die Dinge einfach ruhen lassen?«

»Du hast López gehört: Wir haben eine nukleare Explosion ausgelöst. Wir müssen die Sache bereinigen.«

»Was ist das Schlimmste, was der Kerl tun könnte? Vielleicht, ich weiß nicht, vielleicht wacht er auf und will nur einen Film sehen oder die Elefanten im Chapultepec. Er wird doch niemandem schaden.«

»Er wird mehr wollen, als sich nur die Elefanten anzusehen.«

»Das weißt du nicht.«

»Ich denke, das weiß ich schon. Er wird wütend sein. Er wird hungrig sein. Und er wird die ganze Welt zugrunde richten wollen.«

»Wie kannst du da so sicher sein?«

Weil sie den Kerl kennt, dachte er, und sie schien froh, dass er dergleichen nicht aussprach, sondern nur eine vage Geste machte, aber es war die Wahrheit. Sie hatte genug Zeit damit verbracht, sein Buch zu studieren, dass sie eine ziemlich gute Vorstellung davon hatte, wer der Mann war. Tristán gefiel das gar nicht, es machte ihn nervös.

»Also gut. Nein, ich glaube nicht, dass er und seine Anhänger Frieden und Harmonie auf Erden wollen. Und ich weiß, dass ich Karina nicht länger mit mir herumschleppen kann. Ich weiß, es ist Zeit, sie gehen zu lassen, aber es ist schwer.«

Tristán schlug beide Hände vors Gesicht und spürte die von Montserrat auf seiner Schulter. Er schob sie weg, so sanft er nur konnte, und dann ging er zur Tür hinaus und in ein kleines Badezimmer. Bei den letzten Malen, zu denen er Karina gesehen hatte, war er immer in der Nähe von Wasser gewesen. Er wusste nicht, ob Wasser nötig war, aber er dachte, es könnte helfen. Außerdem wollte er dabei allein sein. Mit Montserrat an seiner Seite brachte er das nicht fertig.

Mit zwei Fingern hielt er Karinas Foto hoch und musterte aufmerksam jede Einzelheit auf dem Schnappschuss.

»Ich hätte Blumen zu deinem Grab bringen müssen. Du hast rosa Rosen geliebt«, sagte er. »Es tut mir leid.«

Er versuchte, sich Karina so in Erinnerung zu rufen, wie sie bei der Aufnahme gewesen war, energiegeladen, voller Möglichkeiten, statt so, wie er sie das letzte Mal im Badezimmer gesehen hatte: blutend, mit offenen Wunden an Gesicht und Körper. Er hatte Karina nicht so geliebt, wie sie es gebraucht hätte, aber er vermisste sie und er verspürte echten Kummer beim Gedanken an ihren Tod.

Es blieb kühl und still im Badezimmer. Ihm fiel keine Veränderung auf. Er wusste nicht recht, wie man einen Zauber formulieren sollte, wenn man nichts hatte außer Bedürftigkeit und Einsamkeit. Er malte ein »K« auf den Spiegel an der Wand, schloss fest die Augen und flüsterte ihren Namen. So blieb er eine lange Zeit stehen, bis sein Kopf pulsierte und er das Wispern leiser Schritte auf dem Fliesenboden vernahm.

Er drehte den Kopf, und da war sie, stand direkt neben ihm. Karina mit ihren traurigen Augen. Sie hustete kein Blut, kein Glas fiel aus den Falten ihrer Kleidung. Sie stand einfach nur neben ihm und er hob eine Hand zu einem stummen Abschied.

Dann nahm er sein Feuerzeug und hielt die Flamme an eine Ecke des Fotos. Tristán ließ das Foto in das Waschbecken fallen, wo es sich schwelend aufrollte. Eine Fahne bitteren Rauchs stieg in die Luft auf. Er starrte die kleinen schwarzen Fetzen an, die zurückgeblieben waren, öffnete den Wasserhahn und wartete, bis die Asche vollständig durch den Abfluss gespült worden war. Als er schließlich aufblickte, war sie fort.

24

Sie beschlossen, Abels Geist am kommenden Abend zu beschwören und am Morgen danach zu Antares zu gehen, um den Film zu holen. Montserrat sagte, an einem Sonntag würde dort niemand arbeiten, besonders nicht am Wochenende vor Weihnachten. Einen Schlüssel für die Eingangstür zum Gebäude hatte Montserrat zwar, aber mit dem Schloss an der Tür zum Archiv würde sie tüfteln müssen. Was sie vorhatten, war im Grunde ein Einbruch. Glücklicherweise war das Sicherheitssystem von Antares Montserrat zufolge aufgrund von Budgetkürzungen außer Funktion. Sie würden keinen Alarm auslösen.

López warnte sie, die Beschwörung würde sie ermüden, weshalb er nicht beide magischen Akte an einem Tag machen wollte. Tristán gefiel das auch besser, denn es bedeutete, dass der Zauber, den sie anwenden würden, wie auch immer er aussähe, am Sonntag bei Tageslicht durchgeführt werden würde, gleich nach ihrer Rückkehr von Antares. Bei helllichtem Tag mit Magie zu arbeiten, schien ihm erheblich sicherer zu sein, als dergleichen mitten in der Nacht zu tun. Die Séance jedoch würde am Samstagabend stattfinden.

»Ich bin kein Aufziehmännchen«, sagte López. »Ich werde keine Séance durchführen, ehe ich nicht ein ordentliches Frühstück bekomme und sorgfältige Vorbereitungen getroffen habe. Also? Ziehen Sie sich selbst einen Stuhl heran.«

Ein »ordentliches« Frühstück bestand aus Eiern mit Speck und vielleicht sogar einem Glas Orangensaft. López hatte in seiner Küche nur ein paar Beutel billigen grünen Tee, aber sonst nichts, was sich als passendes Getränk hätte eignen können.

»Kein Kaffee?«, fragte Tristán.

»Ich wollte einkaufen, aber dann sind Sie beide mir dazwischengekommen«, erklärte López. »Sie können ja losgehen und sich einen Latte in einem verdammten Sanborns bestellen, aber wenn Sie unterwegs umgebracht werden, geben Sie nicht mir die Schuld.«

»Vergessen Sie, dass ich gefragt habe«, murrte Tristán.

Ganz bestimmt würde er nicht zu einem Sanborns gehen, nur wegen einer lausigen Tasse Kaffee, die ihn womöglich das Leben kosten könnte. Stattdessen warf sich Tristán auf López' Sofa, nippte an einem fürchterlichen Tee und versuchte, sich mit dem uralten Fernseher abzulenken. Offenbar hatte López noch nie von Kabel-TV gehört, also blieb ihm nur ein Film mit Tongolele, während Montserrat die Bücher in den Regalen begutachtete und mit López über Spuk, Banne und Talismane sprach.

Am Nachmittag trieb Biergeruch von der einige Blocks entfernten Modelo-Brauerei die Straße herunter. Wenn er ein Taxi nähme, wäre er in weniger als zwanzig Minuten zurück in seiner Wohnung. Aber Tristán blickte nur zum Fenster hinaus in den Vorhof mit den Metalltüren.

»Gibt es einen bestimmten Grund für das tropische Dekor?«, fragte Tristán, als López ihm sagte, er brauche Hilfe bei ein paar Kisten, und sie einen Raum betraten, dessen Tapete ein Bananenblattmuster zierte.

»Je vom Winchester-Haus in Kalifornien gehört?«

»Es kam in einer Folge von *Ripley's Believe It or Not*.«

»Die Legende besagt, dass Sarah Winchester Treppen

entworfen hat, die nirgendwohin führen, und dazu ein Gewirr von Gängen, nur um Geister in die Irre zu leiten.«

»Und das tun Sie auch?«

»Nein. Ich mag tropische Dinge. Aber es klingt besser, wenn ich Ihnen erzähle, das würde einem höheren Zweck dienen«, entgegnete der alte Mann trocken.

Tristán lachte. Er trug die Kisten ins Esszimmer und stellte sie auf den runden Tisch. López öffnete eine und fing an, in Zeitungspapier gewickelte rote Kerzenhalter auszupacken. »Für vornehmes Dinieren habe ich nicht viel übrig, aber wir brauchen Kerzenschein.«

»Warum? Ich habe Karina gestern Abend gesehen und hatte keine Kerze dabei.«

»Sie haben sich verabschiedet?«

»Ja«, sagte Tristán und knüllte das Zeitungspapier in den Händen zusammen.

»Es klingt, als wäre es an der Zeit gewesen«, stellte López fest und schüttelte den Kopf. »Sie hatten eine lang andauernde Beziehung zu Ihrer Freundin. Abel zu erreichen, wird schwerer sein, und Sie werden jede Hilfe brauchen, die Sie kriegen können. Dunkelheit wird vorteilhaft sein, und dies sind keine gewöhnlichen Kerzen. Sie wurden gesegnet. Aber statt Geister zu vertreiben, wie es weiße Kerzen tun würden, ziehen diese sie an und schützen zugleich Sie selbst. Manchmal kann man auch andere Dinge verwenden, um die Aufmerksamkeit der Toten zu wecken. Verdorbenes Fleisch und Knochen können zum gewünschten Ergebnis führen, aber ich glaube, für Sie dürften rote Kerzen reichen.«

»Gut. Ich hätte ungern im Müll nach einem vergammelten Burger-Patty gesucht.«

»Wir brauchen ein Bild von Abel.« López öffnete den Deckel einer Ablagebox und ging die Aktenmappen durch. »Ich habe einen Haufen Dinge aus meiner Filmkarriere aufbewahrt. Ich hatte sie nie für wertvoll gehalten, bis Abel und ich vor ein paar Jahren wieder in Kontakt kamen und er mir erzählte, Memorabilien würden gutes Geld einbringen. Ah, da haben wir es ja«, sagte López, holte ein Foto hervor und legte es auf den Tisch.

Es war ein Schnappschuss von Abel Urueta, so, wie er während der Produktion von *Jenseits der gelben Tür* ausgesehen hatte. Das Foto rief Tristán wieder ins Bewusstsein, dass Abel wirklich tot war und er den Versuch würde unternehmen müssen, mit seinem Geist zu sprechen.

»Und Sie denken, das wird funktionieren?«, fragte Tristán.

»Ja, wenn Sie sich Mühe geben. Das wird nicht so laufen wie bei den zufälligen Begegnungen mit Ihrer Freundin. Es ist eine Sache, einen Geist zu sehen, und eine andere, seine Worte zu hören.«

»Vielleicht will Abel gar nicht mit mir reden.«

»Locken Sie ihn. Ich werde Ihnen erklären, wie, aber das Wichtigste ist, dass Sie es *wollen* müssen.«

Am Nachmittag gab es ein frühes Abendessen, bestehend aus Sandwiches mit einer einzelnen Scheibe Mortadella, und danach forderte Abel sie auf, sich ins Wohnzimmer zu setzen, damit er ihnen Symbole auf die Hände malen konnte. Die dunkle Tinte, die er dazu benutzte, weckte Tristáns Argwohn.

»Was ist das?«, fragte er, verstört angesichts des Gestanks. Die Tinte verströmte einen unangenehmen beißenden Geruch, und er fragte sich, ob López womöglich ein paar Blutegel aus dem Aquarium aufgeweicht und dann in einer *molcajete* zerstoßen hatte. Dem Kerl traute er das durchaus zu.

»Verschiedene Dinge, die zusammengemischt wurden«, sagte López und strich sorgfältig mit der Spitze eines dünnen

Pinsels über Montserrats Handgelenk. »Die Symbole sollen Sie schützen. Nur für den Fall.«

»Für welchen Fall? Sie haben doch gesagt, Geister wären nicht gefährlich.«

»Das ist nur eine zusätzliche Schutzmaßnahme.«

»Und das?«, fragte Tristán und zeigte auf eine große Packung Tafelsalz, die auf dem Tisch stand.

»›Mit lauterem Schwefel durchräuchert erst das Haus, dann sprenget mit grünendem Zweige bekränztes reines Wasser, mit Salze gemischt, nach der Weise der Sühnung‹«, zitierte López. »Theokrit.«

»Was?«

»Salz. Man muss es verteilen, dann kann man damit viele schädliche Kreaturen abwehren.«

»Und was bewirkt Pfeffer? Kann man damit Dämonen heraufbeschwören?«

»Sie müssen diese Sache ernst nehmen.«

»Natürlich. Werde ich. Wann geht es überhaupt los? Es wird allmählich spät.«

»Nach Einbruch der Dunkelheit«, sagte López.

Tristán warf einen Blick auf seine Armbanduhr. »Dann kann ich ja noch ein Nickerchen machen, ehe wir mit der Hexerei loslegen.«

López bedachte Tristán mit einem entnervten Blick und schüttelte den Kopf, während seine Finger geschickt den Pinsel führten. Tristán ging schnurstracks zurück in sein Zimmer und ließ sich auf das Bett fallen. Später kam Montserrat zu ihm, die Hände mit Runen überzogen.

»Du musst dir die Hände bemalen lassen«, sagte sie.

»Jaja, mache ich gleich.«

»Warum musst du so nervig sein?«

Tristán lag auf dem Bett, eine Hand hinter dem Kopf. Er stützte sich auf die Ellbogen und setzte sich auf, während er

Montserrat betrachtete, die mit vor der Brust verschränkten Armen vor ihm stand und ihn mit starrem Blick fixierte.

»Ich werde nicht kneifen, Momo. Du bekommst deine Séance. Aber das bedeutet nicht, dass ich den ganzen Tag damit zubringen will, dem Magiegeflüster dieses alten Mannes zuzuhören.«

»Du nimmst das alles nicht ernst.«

»Und du nimmst es zu ernst.«

»Was soll das heißen?«

»Du genießt das richtig. Magie und Zauberer und Wilhelm Ewers. Die Art, wie du mit all dem umgehst«, sagte er und zeigte auf das Buch, das sie aufgeschlagen auf dem Schreibtisch hatte liegen lassen. »Oder mit den Dingen, die er geschrieben oder gedacht hat ... Was hat er zu dir gesagt? In der Nacht, in der du aufgewacht bist, was hat er da gesagt?«

Montserrat setzte sich neben seinen Füßen auf das Bett und schüttelte den Kopf. »Du bist ein stures Arschloch. Schön. Er hat mir gesagt, ich solle ihm in die Nacht folgen.«

»Was soll das bedeuten?«

Sie runzelte die Stirn. »Das ist ein Satz aus seinem Buch. Er versucht, mir Angst zu machen, das ist alles. Aber das habe ich dir schon gesagt.«

»Nein, es ist mehr als das«, beharrte Tristán. »Je mehr du dich in diese Dinge versenkst, in seine Bücher, seine Magie, desto mehr versinkst du auch in ihm. Dir ist das gar nicht bewusst, aber manchmal hörst du dich an, als würdest du den Kerl *bewundern*. Er war schlau, erfinderisch und zielstrebig, nicht wahr?«

»Das ist nicht, was ich ...«, begann Montserrat und die Falten auf ihrer Stirn gruben sich tiefer ein. Tristán fiel ihr ins Wort.

»Du hast mir gesagt, ich würde meine tote Freundin beschwören, aber hast du auch mal daran gedacht, dass der Grund, warum du Ewers siehst, vielleicht der ist, dass du ihn herbeirufst?«

»Er konnte gut mit Worten umgehen, okay? Und er war imstande, die Komponenten eines Zaubers ausfindig zu machen, und nichts von beidem bedeutet ...«

»Willst du eine Zauberin werden, so wie der alte Willie? Magie statt Abmischung? Gib es zu.«

Sie stand auf. »Lass dir die Runen auf die Hände malen.«

Tristán war in Versuchung, zu kneifen, aber am Ende unterzog er sich der Prozedur und hörte geduldig zu, als López erklärte, was er zu tun hatte, um einen Geist zu beschwören.

Um zehn Uhr abends hatte López den Tisch mit einem weißen Tischtuch abgedeckt und die hawaiianische Tänzerin auf ein Büfett verbannt. An ihrem Platz stand nun die Salzpackung. López platzierte zwei Kerzen auf dem Tisch und schlug ein Streichholz an. Zwischen den Kerzen stand ein Glas mit Wasser.

»Wasser ist ein guter Leiter und die Kerzen sollten Ihnen wie die Salzpackung Schutz bieten und zugleich eine einladende Atmosphäre für den Geist schaffen. Jetzt kennen Sie die Anweisungen«, sagte López und reichte Tristán einen großen Notizblock und einen Stift. »Müssen wir die Worte noch einmal durchgehen?«

»Ich bin Schauspieler. Ich kann mir Texte merken«, entgegnete Tristán. Er wollte es hinter sich bringen, ehe er ein weiteres Mal darüber nachdenken und am Ende noch den Rückzug antreten konnte.

»Sie bitten ihn einfach, zu uns zu kommen, und dann notieren Sie, was er Ihnen erzählt.«

»In den Filmen halten sich die Leute immer an den Händen, wissen Sie?«

»Und vermutlich haben sie auch ein Ouijabrett, hergestellt von *Juguetes Mi Alegria*. Würden Sie sich bitte einfach setzen?«

Tristán murmelte etwas Unflätiges, fügte sich aber. López schaltete das Licht aus und ließ sich auf dem Stuhl rechts neben ihm nieder. Montserrat hatte bereits zu seiner Linken Platz genommen.

Mit nur zwei Kerzen war es ziemlich dunkel im Raum. Tristán umfasste das Glas mit beiden Händen und bat das Wasser, ihn zu segnen und zu beschützen, ehe er sich auf seine Reise einschiffte. Er legte Notizblock und Stift auf den Tisch und platzierte locker die Hände daneben. Dann rezitierte er die Worte, die López ihn hatte auswendig lernen lassen, was ihm nicht schwerfiel.

López reichte ihm das Foto von Abel und Tristán hielt es hoch. In dem schwachen Licht waren seine Züge schwer auszumachen, aber er bemühte sich nach Kräften, das Foto zu fixieren und seinem Atem zu lauschen. Die Minuten zogen sich hin. Schließlich fing sogar seine Hand, in der er das Foto hielt, zu schmerzen an.

»Konzentrieren!«, sagte López.

»Ich konzentriere mich«, entgegnete Tristán und wechselte die Hand.

»Wiederholen Sie die Anrufung noch einmal. Von Anfang an.«

Tristán sprach die Worte. Nichts geschah. Nach vielen weiteren Minuten schob López seinen Stuhl zurück. »Vielleicht könnten wir etwas anderes versuchen. Ich habe Weihrauch im Büfett«, sagte er und ging zu einem klobigen Schemen, bei dem es sich um das in der Dunkelheit verborgene Büfett handeln musste.

Tristán legte seufzend das Foto neben den Notizblock. Es war kalt in dieser Nacht. Tristán war es bisher gar nicht aufgefallen, aber plötzlich brach die abendliche Kälte über ihn herein und ließ ihn schaudern. Seine Hände strichen ruhelos über den Stift, während López vor sich hin grummelte, eine Schublade öffnete und in Dingen herumwühlte, die klimperten wie Besteck.

»Wo ist es? Warum, du dummer ...«

López murmelte weiter und Tristán schauderte erneut und schloss die Finger um den Stift. Ihm war übel und er presste eine Hand auf den Bauch und machte die Augen zu.

»Tristán?«, sagte Montserrat.

Er blinzelte einige Male. Die Übelkeit ließ nach, aber da war ein scharfer Schmerz an seinem Hinterkopf, als triebe jemand eine Nadel hinein. Seine Hand zuckte. Er schrieb ein Wort und musterte dann die Buchstaben, klammerte sich mit der freien Hand an der Tischkante fest.

»Momo«, sagte er, blickte hastig auf und starrte sie an. Sie starrte verwirrt zurück.

»Was?«

»Das ist nicht meine Handschrift.«

Montserrat betrachtete den Block, auf den er in sauberen, akkuraten Zügen *Abel* geschrieben hatte. Die Buchstaben gingen in Schreibschrift ineinander über, doch der Stil war ganz anders als der von Tristán. López betrachtete das Papier, setzte sich und nickte.

»Bleiben Sie dran«, sagte López.

»Wie? Sie sagten, er würde zu mir sprechen, aber das ist kein Sprechen. Ich höre nichts.«

»Es ist in Ordnung. Versuchen Sie es einfach.«

»Okay, klar ... äh ... Abel, sind Sie das?«

Er schrieb das Wort *Ja*. López nickte und bedeutete ihm mit einer Geste, fortzufahren. López hatte recht behalten: Dies war anders als seine Begegnungen mit Karina. Der scharfe, stechende Schmerz in seinem Schädel war neu. Tristán befeuchtete seine Lippen.

»Es tut mir leid, was Ihnen zugestoßen ist. Wir versuchen, Ewers' Zauber ein Ende zu machen, aber wir brauchen Ihre Hilfe. Da hat es Runen gegeben, die er im Abspann zeigen wollte, erinnern Sie sich daran?«

Ja.

»Ich brauche die Runen und die Reihenfolge, in der sie gezeigt werden sollten. Können Sie mir helfen?«

Ich werde es versuchen.

»Dann los!«, sagte Tristán, weil er nicht wusste, was er sonst sagen sollte.

Seine Hand bewegte sich wie aus eigenem Antrieb über die Seite. Er zeichnete ein Dreieck und zwei Linien, fügte dann kleinere Striche an den Seiten hinzu.

»Die erste Rune. Das ist die erste Rune«, sagte Tristán.

»Luft«, bemerkte Montserrat.

Erde und *Wasser* kamen als Nächste. Dann war da eine Rune, die López als *Leben* identifizierte. *Der Öffner* war die fünfte. Weder Montserrat noch López mussten ihm helfen, die letzte Rune zu deuten: Er erkannte den *Vegvísir*. Komischerweise war das Symbol für Feuer nicht aufgetaucht. Nachdem die Runenfolge mit einem Element begonnen hatte, war er davon ausgegangen, dass es auch dazugehören würde. Er hatte das Gefühl, dass irgendetwas nicht stimmte, konnte aber nicht genau sagen, was. Seine Finger zitterten.

»Gibt es da noch etwas?«

Ja.

Seine Finger zitterten noch mehr. Zwar konnte Abel nicht zu ihm sprechen, aber Tristán spürte, dass sich etwas verändert hatte. Eine Wolke der Beklommenheit legte sich um sein Hirn.

Ja.
»Was?«, fragte er. Das Gefühl, Abel würde versuchen, ihn vor etwas zu warnen, war so intensiv, es schien beinahe greifbar zu sein.
Seine Hand zuckte wieder über das Papier.
Du hast Angst, Tristán.
Die Worte erblühten vor seinen Augen; der Stift fuhr harsch über die Seite. Diese Buchstaben ... diese Handschrift ... sie war anders als die Schrift wenige Augenblicke zuvor. Dies waren kompakte Buchstaben, die sich regelrecht aneinanderdrängten, winzige Buchstaben.
An jedem Tag deines Lebens hast du Angst, Tristán.
»Das ist Ewers' Handschrift«, sagte Montserrat.
Tristán sah zu, wie seine Hand auf dem Blatt nach unten sauste und es mit einem rabiaten Federstrich beinahe aufschlitzte. Er schluckte.
»Ja, das ist Ewers«, sagte López. »Du ausgekochter Mistkerl, was willst du?«
Fürchtet mich.
Die Kerzen flackerten und Tristán verspürte eine Woge grausamer Kälte. Es war, als drängte sie sich an ihn, und er versuchte, den Notizblock zuzuklappen, wollte seine Hand wegnehmen, doch stattdessen umfassten seine Finger den Stift mit eisernem Griff, während es in seinem Magen brodelte.
Folge mir in die Nacht, Mont...
Tristán schlug den Block mit der freien Hand vom Tisch, doch da grub sich der Stift in das weiße Tischtuch, befleckte es und schrieb die restlichen Buchstaben.
...serrat.
»Machen Sie, dass das aufhört«, verlangte Tristán von López.
»Du elender Dreckskerl«, sagte López, griff nach der

Salzpackung und schüttete eine großzügige Menge auf den Tisch. »Geh. Du bist nicht willkommen. Meine Banne wehren dich ab.«

Tristán beugte sich über den Tisch. Etwas hatte ihn geschubst, ihn mit großer Kraft hinabgedrückt, und für einen Moment fürchtete er, es würde ihm die Wirbelsäule zerschmettern. Die Kerzen flackerten erneut, erloschen, und sie wurden in Schatten getaucht. Er spürte Montserrats Hand, die seinen Unterarm umklammerte, während sein Stuhl knarrte und zu beben schien. Sein Mund war voller Galle und er biss die Zähne zusammen.

»Meine Banne wehren dich ab«, sagte López erneut. Tristán konnte hören und fühlen, dass Salz im Raum verteilt wurde, blind in alle Richtungen geworfen wurde.

Er ließ den Stift fallen und steckte eine Hand in seine Jackentasche. Seine Finger fanden das Feuerzeug, das eine kleine Flamme hervorbrachte.

»Zünden Sie die Kerzen wieder an«, befahl López. Eine seiner Hände steckte in der Salzpackung.

Tristán gehorchte, wollte die Flamme an den Docht halten, aber da rutschte das Tischtuch voran, geschmeidig wie eine Schlange, und warf bei der Bewegung beide Kerzen und das Glas um. Es traf López mit solch einer Wucht, dass der alte Mann zurückgeschleudert wurde. Die Packung, die er gehalten hatte, fiel zu Boden.

Tristán stand auf und sah hilflos zu, wie sich das Tischtuch um López wickelte und ihn schnell und mühelos nach hinten zog oder schob, bis er mit einem hallenden Krachen mit dem Büfett kollidierte.

»José!«, rief er.

Der Mann stöhnte zur Antwort und Tristán trat vor, aber Montserrat riss ihn zurück.

»Sieh hin«, sagte sie.

Die Kälte hatte sich verstärkt. Tristáns Atem stieg vor seinem Gesicht auf wie eine Rauchwolke und seine Zähne klapperten fast. Um sie herum knarrten die Möbel, vibrierten, als wären Tisch und Stühle im Begriff, zu zersplittern, und dann endeten die Laute. Es war still im Raum. Für einen Moment glaubte er, es wäre vorbei und das Wesen fort, aber Montserrat rührte keinen Muskel.

Mit weiter nichts als einem Feuerzeug, um den Raum zu erhellen, war es schwer, irgendetwas zu erkennen, doch sie hob langsam den Arm und zeigte auf einen Schatten, der ganz in der Nähe von López stand. Der Schatten hatte vage die Form eines Mannes, größer als López, größer auch als Tristán. Aber die Gestalt hatte keine Züge, keine Eigenschaften; sie war eine Lücke im Raum, die den Blick anzog, obwohl da *nichts* war.

»Hol das Salz«, flüsterte Montserrat ihm zu, und zu dem Schatten sagte sie lauter: »Unsere Banne wehren dich ab.«

Tristán bückte sich und hob die Packung auf. Das Feuerzeug in seiner Hand erzitterte mit den Bewegungen seines Körpers und der Schatten schien zu flattern, beinahe, als würde er in rascher Folge verschwinden und wieder auftauchen. Das Tischtuch wogte ein wenig, gebläht von unsichtbarem Wind. Seine Ohren schmerzten, als säße er in einem Flugzeug beim Landeanflug. Montserrats Stimme klang plötzlich gedämpft, und der Schatten stand still da, aber er *atmete*. Er konnte es hören, so schwach wie das Säuseln eines Insektenflügels.

»Unsere Banne wehren dich ab«, wiederholte Montserrat und trat vor. »Tristán, sag es.«

»Ich ... unsere Banne wehren dich ab.«

»Unsere Banne wehren dich ab«, sagte sie, tat einen weiteren Schritt und hob die offene Hand.

Die Atemgeräusche beschleunigten sich. Tristán war nicht

einmal sicher, ob er sie wirklich noch hören konnte, aber der Schatten kräuselte sich, als ringe er um Luft, und seine Brust hob und senkte sich. Silbern, dann finster, ein scharfes, kurzes Aufblinken, ein Blitzer.

»Unsere Banne wehren dich ab«, murmelte er. Die Worte waren so gedämpft, er bezweifelte, dass irgendjemand hätte verstehen können, was er gesagt hatte.

»Gleichzeitig mit mir«, drängte Montserrat.

»Es funktioniert nicht.«

Montserrat presste die Hände an die Ohren, zog eine Grimasse und schloss die Augen, und Tristán spürte, wie die Dunkelheit wie eine Woge auf sie hereinstürzte, angefüllt mit Aggressionen, mit einem Verlangen und einer Geschwindigkeit, die ihn zurückstolpern ließen. Das Ding im Raum hatte ihn fast zu Boden geworfen, so wie es López fortgeschleudert hatte, aber er blieb auf den Beinen.

»Tristán«, sagte Montserrat. Ihre Hand umklammerte seinen Arm, hielt ihn fest, während die Dunkelheit sich gegen sie drängte. Ein Stuhl rutschte herum, flog taumelnd auf Tristán zu, versetzte ihm einen Stoß und wollte ihn zu Boden werfen, ein weiteres Mal, und Tristán hätte vielleicht geschrien, war aber zu überrascht. Eine Kerze flog jetzt durch die Luft, dann noch eine. Beide prallten an die Wand. Geschirr klapperte im Büfett, Tassen und Gläser stießen zusammen und zersplitterten. Er wich zurück, wollte zu der Tür zum Esszimmer, aber Montserrats Hand lag immer noch auf seinem Arm und hielt ihn fest.

»Hör nicht auf!«

Der Tisch glitt über den Boden, und Montserrat zog Tristán zurück, schob ihn aus dem Weg, während er immer noch das Feuerzeug hielt. Er ließ das Salz fallen und es verteilte sich vor ihren Füßen. Salzkörner knirschten unter ihren Schuhsohlen, als sie zurückzuckten und gegen eine Wand stolperten.

Tristán ächzte und Montserrat legte ihm die Hand auf die Schulter. »Sag es mit mir.«

Dunkelheit wallte auf, und die kleine Flamme, die immer noch über Tristáns zitternder Hand brannte, erlosch mit einem letzten Flackern. Blind, verloren in der Finsternis, geriet er in Panik, als er versuchte, das Feuerzeug wieder anzuzünden. Aber Montserrats Hand glitt an seinem Arm herab und sie verschränkte ihre Finger mit seinen.

»Nicht aufhören, Tristán. Auf drei, in Ordnung?«

»Ja ... ja«, sagte er.

»Eins, zwei, drei.«

»Unsere Banne wehren dich ab!«, brüllten sie.

Etwas schoss an die Wand. Vielleicht war es der Stuhl oder sogar der Tisch. Der Lärm war laut wie ein Kanonenschuss. Zugleich erzitterten die Wände. Tristán zog Montserrat fest an sich, hielt sie mit den Armen umklammert.

Es wurde still im Raum. Die Woge der Finsternis war gebrochen und zog sich zurück.

»Er ist weg«, flüsterte sie. »Vorerst.«

25

Gemeinsam hoben sie López hoch und schleppten ihn aus dem Raum. Der Mann stöhnte und jammerte bei jedem Schritt. Er war nicht schlimm verletzt, aber da waren Quetschungen an seinem Hals, als wäre das Tischtuch, in das er gewickelt worden war, straff zugezogen worden. López' Haut war kalt und feucht von Schweiß, und Montserrat holte Decken und häufte sie auf ihm auf, bis er mit heiserer Stimme zu sprechen begann.

»Er hätte gar nicht imstande sein dürfen, sich in mein Haus zu schleichen. Er ist mächtiger, als ich angenommen hatte.«

»Beruhigen Sie sich, alter Mann, sonst bekommen Sie noch einen Herzinfarkt«, sagte Tristán und griff zu einem Krug und einem Glas, die auf einem Tisch neben mehreren Heiligenbildern und -statuen standen. »Hier, trinken Sie was.«

López nickte und nahm einen tiefen Zug, ehe er Tristán das Glas zurückgab.

»Dieser grässliche, gierige Mistkerl«, schimpfte López und versuchte, sich aufzusetzen. Montserrat schob ihm ein weiteres Kissen in den Rücken. »Sie müssen den Film holen. Heute Nacht. Wir können nicht länger warten.«

»Sie sagten, es wäre zu schwierig, sich in einer einzigen Nacht an zwei Zauberern zu versuchen«, wandte Tristán ein.

»Ja, es wäre zu viel für mich. Aber ich bin ein alter Mann und Sie nicht.«

»Jetzt sollen wir Ewers ganz allein exorzieren?«

»Sie kennen den Plan und ich werde da sein und Sie anleiten. Wir dürfen nicht länger warten. Ewers wird stärker. Ich glaube, er zehrt von Ihnen.«

»Ewers ist tot«, sagte Tristán. »Er ist ein Geist. Wie kann er von irgendwas zehren?«

»Er ist kein Geist! Er ist gefangen zwischen Leben und Tod und manifestiert sich in unserer physischen Realität.«

»Okay, aber Sie haben uns immer noch nicht erklärt, wie er von irgendwas zehren kann und warum das wichtig ist.«

»Weil er mächtiger wird«, sagte Montserrat mit nachdenklicher Miene. »Als ich ihn das erste Mal gesehen habe, war er nur ein vager Abglanz, und jetzt kann er Dinge im Raum herumwerfen. Als er ermordet wurde, lud Ewers den Film mit Energie auf, das war ein Blutopfer. Es verlieh ihm große Macht. Und dann noch all das Pech, das jeden verfolgt hat, der an dem Projekt mitgearbeitet hat, all die Toten und die schlimmen Dinge, die geschehen sind. Sie haben sich im Lauf der Jahre angehäuft. Und jetzt ist es nicht mehr nur ein Film in einem Gefrierschrank, es ist etwas *Lebendiges*. Je mehr Magie wir einsetzen und je mehr er mit uns interagiert, desto stärker wird er. Ja, er zehrt von uns, aber wir zehren auch von ihm. Darum gibt es plötzlich magische Hunde, darum fliegen Möbelstücke umher. Es ist, wie Abel gesagt hat: Druck, der sich in einem Topf aufbaut. Jahrzehnte voller Tod, Bösartigkeit und Magie.«

»Wie viel mächtiger kann Ewers werden?«, fragte Tristán besorgt.

Mächtig genug, dass er womöglich wirklich imstande sein könnte, ins Leben zurückzukehren, dachte Montserrat. Oh, sie war nicht überzeugt, dass sein Ritual schon 1961 funktioniert hätte, aber sie glaubte, dass es *jetzt* funktionieren könnte. Alma Montero hatte sich an Ewers' Zauber bedient, an seiner alten Magie, und sie für ihre eigenen Zwecke benutzt, aber sie hatte sie nicht vollständig erschöpft und sie war auch in dem Nitratfilm latent erhalten geblieben. Sie bestand fort, und dass Montserrat und Tristán mit dieser Magie herumgespielt hatten, hatte es schlimmer gemacht. Inzwischen war Montserrat überzeugt, sollten Clarimonde und ihre Verbündeten den Nitratfilm in die Finger bekommen, so wären sie ebenfalls in der Lage, Ewers gesund und munter zurückzuholen.

Sie waren zwei Schritte davon entfernt, Ewers in Fleisch und Blut zu begegnen. Was zweifellos katastrophal für Montero und López wäre. Und Montserrat war nicht sicher, ob es für sie und Tristán besser laufen würde. Sie gehörten nicht zu seinem Kult und Ewers war kein Freund von ihnen. Durchaus denkbar, dass er, wenn er erst ins Leben zurückgekehrt wäre, als Erstes sie beide töten würde.

»Er ist besorgt, anderenfalls wäre er nicht gekommen«, sagte López. »Er wollte uns aufhalten. Er weiß, dass er in Gefahr ist. Wir werden die Runenfolge nutzen, die Abel uns vorgegeben hat …«

»Mit Abel war irgendwas nicht in Ordnung«, unterbrach ihn Tristán. »Gegen Ende, bevor Ewers dazwischengegangen ist, da hat er versucht, mir etwas zu sagen, konnte aber nicht.«

»Sie müssen diesen Film holen«, sagte López und zeigte auf einen Kleiderschrank auf der anderen Seite des Raums. »Dadrin sind gesegnete Nägel. Nehmen Sie meinen Wagen, verteilen Sie die Nägel hinter sich, wenn Sie einsteigen … die Banne, die ich geschaffen habe, sie wurden nicht einfach weggespült … das sollte reichen. Ich werde keinen zweiten Angriff überleben. Sie müssen gehen. Sofort.«

Montserrat öffnete die Schranktür und fing an, eine Schublade nach der anderen zu öffnen. Bald fand sie eine Plastiktüte voller Kupfernägel und drehte sich zu Tristán um, der sie beiseitezog.

»Wenn wir da rausgehen, sind wir völlig ungeschützt«, sagte er mit leiser Stimme. »Und sollten wir den Mann überhaupt einfach so allein lassen? Was, wenn Ewers zurückkommt?«

»Er wird zurückkommen, auf die eine oder die andere Art«, entgegnete Montserrat.

»Das kannst du nicht wissen.«

»Er wird nicht aufgeben. Wir aber auch nicht.«

Montserrat eilte zurück in das Zimmer, in dem sie geschlafen hatten, schlüpfte in ihre Jacke und hängte sich die Tasche über die Schulter. Die Schlüssel zum Wagen lagen auf einem Regal am Hauseingang unter einer Postkarte aus Hawaii, die an die Wand geheftet worden war.

Tristán legte eine Hand an die Tür und versperrte ihr den Weg hinaus. »Hast du auch mal daran gedacht, dass Ewers uns vielleicht dazu bringen will, dieses Haus zu verlassen?«

»Was meinst du?«

»Es könnte eine Falle sein. Abel hat versucht, mich vor irgendetwas zu warnen.«

»Wovor?«

»Ich weiß es nicht.«

Montserrat rieb sich die Stirn. Sie war müde und ihr ganzer Körper schmerzte. López konnte noch so viel darüber erzählen, wie viel jünger und stärker sie doch wären, aber diese Zauberei war wie ein Schlag in die Magengrube. Das hatte sie schon gespürt, als sie Clarimondes Zauber gespiegelt hatte, und jetzt war es dreimal so schlimm. Doch es war nun einmal nicht zu umgehen, und auch, wenn Tristán nichts davon hören wollte, wusste sie, dass die Zeit drängte.

Montserrat schnappte sich den Schlüsselring und starrte Tristán entschlossen an. »Wir müssen ihn vernichten.« Sie öffnete die Tür und ging zu dem Tor zur Straße. Trotz seiner Einwände folgte Tristán ihr. Auf dem Weg zum Wagen verteilte sie Nägel. Weitere warf sie bei Ampelstopps aus dem Fenster. Kein Fahrzeug schien ihrem zu folgen, und die Straße, an der Antares lag, lag verlassen da, als sie parkten.

Sie verstreute noch mehr Nägel und griff rasch in ihre Handtasche, um die Schlüssel herauszusuchen und die Tür zu öffnen. Die Lobby war ein einziges Chaos. Überall lagen Luftschlangen, Plastikteller und Becher herum. In einer Ecke sah sie einen Stapel Pizzakartons. Die firmeninterne Weihnachtsfeier musste am Freitag stattgefunden haben und bis Montag würde niemand sauber machen. Die Feier hatte sie völlig vergessen.

»Komm«, sagte sie zu Tristán und lief mit ihm den langen Gang mit den Spiegeln und den unzähligen Türen entlang, die zu Büros und Schneideräumen führten. Die Lagerräume waren bei Nacht verschlossen, und als Montserrat damit beschäftigt war, das Schloss aufzubrechen, dankte sie Gott für die Feiertage. So bestand zumindest keine Gefahr, dass sie erwischt würden.

Sie knipste das Licht an und sie betraten einen großen Raum mit Regalen voller leerer Kassetten für die Duplikate, die die Firma anfertigte. Hinter einem großen Kistenstapel befand sich eine Tür mit einem Aufkleber, auf dem »Archiv 1« stand.

»Hier werden die Master aufbewahrt«, erklärte sie Tristán. Außerdem verwahrten sie dort einige ältere Ausrüstungsteile, die wegzuwerfen niemand übers Herz brachte, darunter eine Moviola, die angeblich von Carlos Savage benutzt worden war. Am anderen Ende des Raumes befand sich eine weitere Tür mit Aufkleber. Auf diesem stand »Archiv 2«. Es war eher eine glorifizierte Besenkammer als ein Raum. Im Inneren befand sich ein feuerfester Stahlschrank, in dem sie Ewers' Filmspule verstaut hatte. Montserrat knackte das Schloss zu dem kleinen Archiv, öffnete den Schrank und steckte hastig die Filmdose in ihre Handtasche. Ewers' Buch hatte sie immer noch dabei, was, wie sie fand, sonderbar passend war.

Sie schloss den Schrank und sie eilten auf demselben Weg zurück, den sie gekommen waren. Als sie den langen Gang zum Eingangsbereich erreichten, stutzte sie.

Eine alte Frau stand am anderen Ende des Korridors, eingewickelt in einen dunkelblauen Mantel, das weiße Haar aus dem Gesicht gekämmt und sorgfältig festgesteckt. Zuerst erkannte Montserrat sie nicht, aber dann half ihr etwas an der Haltung der Frau, die richtigen Schlüsse zu ziehen.

»Alma«, sagte Montserrat. Sie war innerhalb weniger Tage um zehn Jahre gealtert.

»Ich will diesen Film«, sagte die Frau. Ihre Stimme klang belegt, aber ihr Blick war ebenso scharf wie wissend.

»Wir werden ihn vernichten. Was eigentlich Sie hätten tun sollen.«

»Dieser Film ist Macht. Ewers' Magie hat mein hohes Alter über Jahrzehnte hinweg in Schach gehalten.«

»Das scheint nicht mehr zu funktionieren.«

»Nein«, räumte Alma ein und kam langsam auf sie zu. »Sie und Abel haben etwas getan. Sie haben alles aus dem Gleichgewicht gebracht. Es hat mich viel gekostet, Sie zu finden und herzukommen. All meine Machtreserven, jeden Fitzel meiner Magie ... aber das ist es wert.«

Ehe Montserrat antworten konnte, gab es einen lauten Knall, die Glühbirnen über ihren Köpfen erloschen nach einem kurzen Flackern und tiefe Dunkelheit senkte sich über den Gang. Dann ertönte ein Zischen, beinahe menschlich, und Tristán stöhnte auf und drängte sich an Montserrat.

»Scheiße, das brennt«, fluchte er. Sie drehte sich um und sah, was er meinte. Ein schwaches Lichtband hatte sich von einer Seite des Gangs zur anderen gespannt. Es funkelte wie ein unter Strom stehender Draht, nur dass es da keinen Draht gab. Es war, als würde die Elektrizität aus den Steckdosen an der Wand abgezapft und wie ein Seil quer durch den Flur gezogen. Tristán war damit in Berührung gekommen und hatte einen elektrischen Schlag erlitten, wenngleich der Schmerz nicht allzu schlimm gewesen sein konnte, vielleicht nicht unähnlich dem eines Kindes, das mit einer Steckdose und einer Gabel spielte.

»Wahrscheinlich können wir drüberspringen«, schlug Montserrat vor, aber schon jetzt waren andere Lichtbänder dabei, sich zu verweben. Es war wie ein Spinnennetz, das sich rasch selbst knüpfte und immer heller leuchtete.

Sie entfernten sich davon, gingen auf die Stelle zu, an der Alma im Dunkeln stehen und auf sie warten musste. Ihnen blieb auch kaum eine andere Wahl. Die Türen zu beiden Seiten des Korridors führten zu Arbeitsräumen, Büros und Schnittplätzen: Sackgassen, allesamt. Es gab keinen alternativen Fluchtweg, den sie hätten nehmen können. Während sie weitergingen, breiteten sich die leuchtenden Ranken vor Energie summend über Wand und Decke aus. Es war, als lauschte man einem lauten Generator.

Tristán umklammerte Montserrats Hand. Sie bewegten sich langsam vorwärts, wichen den verirrten Lichtsträngen aus, die vor ihnen auftauchten, für einen Moment den Boden beleuchteten und dann wieder verschwanden. Die Ranken an den Wänden breiteten sich weiter aus wie ein monströses glühendes Netz aus Efeutrieben. Sie schlängelten sich um die hohen, dekorativen Glasplatten und die Türen herum, schienen davon abgesehen aber imstande zu sein, über jede Oberfläche zu kriechen.

»Ich möchte Sie nicht töten«, erklang Almas Stimme aus der Dunkelheit. »Das werde ich auch nicht tun, wenn Sie mir den Film geben.«

Montserrat hielt ihre Tasche fest und schüttelte den Kopf. »Sie werden ihn nur dazu benutzen, noch mehr Zauber zu wirken und seine Existenz aufrechtzuerhalten. Er wird nicht aufhören zu sein.«

»Er hat eine sehr lange Zeit geschlafen und er kann auch wieder schlafen.«

»Was, wenn ihn noch einmal jemand weckt?«

»Darum kümmere ich mich dann genau so, wie ich mich jetzt um Sie kümmere. Ich werde Ihnen nichts tun, das verspreche ich. Aber Sie müssen mir den Film geben.«

Die Lüge lag auf der Hand. »Sie haben Abel getötet«, gab sie zurück.

»Weil er nicht tun wollte, was ich verlangt habe. Sie wären gut beraten, sich mit mir zu einigen, statt es bei Clarimonde zu versuchen, und ich bezweifle, dass José Ihnen helfen kann. Wenn ich Sie aufspüren konnte, bedeutet das, dass seine Macht schwindet.«

»Genau wie Ihre.«

Diese Worte hatten Alma offenbar verärgert, denn plötzlich spannte sich ein Lichtseil so kraftvoll und schnell vor ihnen, dass auch Montserrat einen Schlag erlitt. Es war, als würde man die Zunge an eine Neun-Volt-Batterie halten, um die Ladung zu kosten. Montserrat blieb unverletzt, aber das Ding hatte sie im Grunde auch gar nicht wirklich berührt. Das Lichtseil hing einige Zentimeter vor ihr und trotzdem konnte sie die Energie spüren. Sollte sie damit in Kontakt kommen, so könnte es ihr ernsten Schaden zufügen.

Immer mehr Lichtseile breiteten sich vor ihnen aus und schufen ein weiteres Spinnennetz. Tristán zog Montserrat weg und sie traten den Rückzug an. Montserrat legte eine Hand auf einen Türrahmen, nahm sie aber mit einem lauten Aufschrei sofort wieder weg, als sich das Metall in ihr Fleisch zu sengen schien: Er stand unter Strom.

Sie fiel auf die Knie, und Tristán bückte sich, um ihr zu helfen. »Momo«, sagte er und drängte sie aufzustehen.

Der Gang, der Augenblicke zuvor noch in tiefer Finsternis gelegen hatte, erstrahlte nun in hellem Licht. Vor ihnen, nahe dem elektrischen Netz, konnten sie Alma erkennen, die sie anstarrte. Und sich in Bewegung setzte. Das Netz schien ihr Platz zu machen. Es glitt vor ihr davon. Hinter ihnen lauerten weitere Lichtranken. Bald würden sie eingezwängt sein und zwischen diesen Gitterwerken aus elektrischem Strom knusprig geröstet werden.

Die Strapazen, die diese Magie mit sich brachte, schienen ihren Tribut von Alma zu fordern: Ihre Hände zitterten und ihr Blick wirkte wirr. Aber sie verfügte immer noch über Reserven an Macht und Kraft, denen Montserrat und Tristán nichts entgegenzusetzen hatten.

»Den Film«, forderte Alma.

Montserrat schluckte. Aus dem Augenwinkel erhaschte sie eine flattrige Bewegung, ein Aufflackern von Licht. Sie drehte den Kopf ein winziges Stück weit und bemerkte, dass einer der raumhohen Spiegel, die den Korridor schmückten, einen kleinen Riss hatte, und als sie genauer hinsah, konnte sie eine Form ausmachen – grob, kaum mehr als ein Schemen –, und für eine Sekunde folgte ein schlanker Finger dem Riss im Glas.

Sie hielt inne und blickte erneut hin, starrte den Spiegel

an und sah sich selbst und Tristán und die blendenden Lichtbögen über ihren Köpfen. Sonst nichts. Bis auf ... Da, für einen winzigen Moment, wie ein Bildfolgefehler in einem Film, tauchte Wilhelm Ewers in seinem beigefarbenen Trenchcoat auf, die Hände an das Glas gepresst, und starrte sie mit einem Gesichtsausdruck an, der beinahe amüsiert wirkte.

Stoßen, sagte er. Wortlos. Sie wusste ganz einfach, was er wollte, als seine Augen schmaler wurden und er in Almas Richtung schaute.

Der Teppich im Korridor wies zunehmend angesengte Stellen auf, da, wo die Elektrizität an seinen Rändern leckte; die Fasern färbten sich schwarz und verströmten einen widerlichen Gestank. Sollten sie nicht an einem elektrischen Schlag sterben, dann würden sie vermutlich an giftigen Dämpfen zugrunde gehen.

»Hier!«, rief Montserrat und hielt die Filmdose hoch. »Sie können ihn haben.«

Alma kam näher, schritt geradewegs durch das elektrische Netz, das ihnen den Weg verstellte. Sie glitt hindurch wie ein Messer, die Arme weit ausgestreckt, und brachte die Fäden zum Singen.

»Tristán, hilf mir, zu stoßen«, flüsterte Montserrat.

»Was stoßen?«, fragte er und blickte besorgt zu den Deckenlampen hinauf, die flackernd an- und ausgingen und Funken versprühten.

»Das Glas.«

»Wie?«

Der Spiegel wies nun etliche Sprünge auf, und Montserrat war sich nicht ganz sicher, was sie tun sollten, also konnte sie es auch Tristán nicht erklären. Nur ihr Instinkt sagte ihr, dass sie selbst zu zweit kein Gegner für Alma wären und Ewers der Sache ebenfalls nicht gewachsen wäre.

Aber zu dritt ... *ein Dreieck*, wie Ewers in der Filmszene gefordert hatte. Er hatte drei Zauberer gewollt.

Wahrscheinlich war es eine miese Idee, sich für irgendetwas mit ihm zusammenzutun, aber ihnen waren die Alternativen ausgegangen, und Montserrat wusste, dass Ewers Alma hasste. Sie hatte es gerade erst gesehen, in seinen zusammengekniffenen Augen, einen beißenden, seit Langem schwärenden Zorn. Alma hatte sich viele Jahre an Ewers' Magie gütlich getan, und nun beabsichtigte er, ihr diese Vermessenheit zurückzuzahlen.

»Lass es zerbrechen«, wies sie Tristán an.

»Wie soll ich das machen?«, fragte er prompt. Seine Stimme klang beinahe wie ein Zischen. Derweil waren sie so weit zurückgewichen, wie es nur möglich war; sie konnten nicht mehr weiter. Alma war durch das Netz aus Licht geglitten und stand nun kaum ein paar Schritte entfernt vor ihnen; das Haar wogte nur so um ihren Kopf.

»Sag ihm, es soll brechen«, schlug Montserrat vor.

»Was für eine Scheiße ... Okay, brich. Brich, verdammt«, sagte er und umklammerte Montserrat, während sie tonlos vor sich hin murmelte.

Alma streckte gebieterisch die Hand aus, und Montserrat spürte, wie eine Lichtranke sengend an die Rückseite ihrer Beine schlug wie eine Peitsche, sodass sie voranstolperte. Ihre Finger packten die Filmdose mit festem Griff.

»*Brich*«, sagte sie.

Der Sprung im Spiegel, der bereits größer geworden war, öffnete sich weiter, und da war ein hartes, scharfes Geräusch, das Alma veranlasste, den Kopf zu drehen. Sie sah den Spiegel und hob die Hände, als wollte sie den Zauber abwehren. Aber es war schon zu spät. Im Nu war der Spiegel ganz zerbrochen; statt seine Scherben auf dem Boden zu verteilen, schien er förmlich zu explodieren; Splitter schossen in Almas Richtung und bohrten sich mit entsetzlicher Wucht in ihren Körper.

Die Frau schrie. Beide, Tristán und Montserrat, fielen zu Boden, als hätte eine machtvolle Windböe sie umgeworfen und von den herumfliegenden Glasbruchstücken fortgeschleudert. Die Ranken aus Elektrizität um sie herum glühten grellweiß auf, sprühten Funken und lösten sich einfach in nichts auf.

Der Korridor stank nach verbranntem Plastik und Holz, die Wände waren überzogen mit dunklen Spuren und der Teppich war an einigen Stellen vollständig versengt. Mehrere Glühbirnen waren durchgebrannt, sodass der Flur ein Flickwerk aus Schatten bildete.

Montserrat hustete. Tristán lehnte sich ächzend an eine Wand, biss die Zähne zusammen und half ihr auf die Beine. Gemeinsam schlurften sie zu der Stelle, an der Alma am Boden lag. Ein Glassplitter hatte ihr mit klinischer Treffsicherheit die Kehle aufgeschlitzt und Blut strömte in großer Menge aus der Wunde. Auch aus ihrem Mund floss Blut, und ihre Augen starrten zu ihnen empor, als sie eine Hand ausstreckte, als wollte sie immer noch nach dem Film greifen, den Montserrat bei sich hatte. Dann sackte ihr Arm herab.

Sie war tot.

Eine Transformation befiel ihren Körper, die Haut löste sich auf, als wäre sie nur aufgemalt gewesen, dann verwandelten sich die Muskeln in Gelatine, Knochen ragten aus dem schmelzenden Fleisch hervor, es war, als vollzöge sich der natürliche Verwesungsprozess binnen eines Lidschlags. Eine Sekunde weiter und Alma war nicht mehr als ein Häufchen Staub, und selbst das schien sich weiter zu zersetzen, bis nur noch ein schwacher Umriss eines Körpers auf dem schmutzigen Teppich zu sehen war.

Montserrats Atem ging schnell und in ihrem Kopf tobte ein hämmernder Schmerz. Tristán sah noch schlimmer aus als sie. Sie fürchtete, er würde sich übergeben, doch sosehr er zitterte, er packte ihre Hand und sie stolperten gemeinsam durch den chaotischen Eingangsbereich nach draußen. Die Nachtluft in ihrem Gesicht fühlte sich gut an, und Montserrat nahm an, sie würde nur ein paar Minuten brauchen, dann könnte sie versuchen, sich ans Steuer zu setzen und zurückzufahren. Aber da traten aus den Schatten die Männer mit ihren Hunden hervor, und obwohl Montserrat geschwächt eine Hand mit einer verschmierten Rune hochhielt, wusste sie doch, sie konnten nichts tun, als stillzustehen, während die Hunde sie umkreisten. Schwarze Galle troff aus ihren offenen Mäulern.

26

Einmal, als sie sich mit Tristán in einen Nachtclub gewagt hatte, hatte man Montserrat einen gepanschten Drink vorgesetzt. Das war nicht ungewöhnlich. Viele Bars betrogen ihre Kundschaft und schenkten minderwertige Ware aus, um ihren Profit zu vergrößern. Ihr war es nur dieses eine Mal passiert, glücklicherweise, denn das war eine der schlimmsten Erfahrungen ihres Lebens gewesen. Bis zu diesem Moment.

Als die Männer mit den Hunden sie auf die Rückbank des Wagens schubsten, hatte Montserrat das Gefühl, sie würde ohnmächtig werden. Ihr Kopf pulsierte. Als sie an dem Haus in der Innenstadt ankamen, das einmal die Büros von Clarimondes Verlag beherbergt hatte, sie zum Aussteigen gezwungen wurde und zu der soliden Tür hineinstolperte, fühlte sie noch etwas anderes. Es war wie ein Schock, als hätte man ihr einen flüssigen Strom puren Goldes in die Adern injiziert.

Als sie in den alten Ballsaal ging, nahm sie nicht den Nebel des Rausches wahr, sondern eine mentale Klarheit, die alles strahlender erscheinen ließ.

Der Raum, der bei ihrem ersten Besuch verlassen und dunkel gewesen war, wurde nun von gewaltigen Kandelabern erleuchtet, deren Glasteile funkelten. Mehr als drei Dutzend Menschen hatten sich an einem Ende des Ballsaals zusammengefunden. Ihre Erscheinung wirkte formell, aber nicht extravagant – Anzüge, Krawatten und hübsche Kleider, die Art von Kleidung, die man zu einer Cocktailparty tragen würde. Die Leute waren gemischten Alters. Einige ältere Gäste mit weißem oder grauem Haar standen flüsternd neben Yuppies mit jugendlich-frischen Gesichtern. Montserrat fragte sich, woher diese jüngeren Rekruten wohl stammen mochten. Waren sie die Kinder der älteren? Hatten sie von Ewers und seinen Wundertaten vor dem Zubettgehen gehört? Oder waren Clarimondes Ausgaben von *Das Haus der endlosen Weisheit* etwa auf das Interesse einer neuen Nischengruppe gestoßen?

Der Raum war immer noch überwiegend kahl, obgleich in der Mitte zwei tragbare Projektoren aufgebaut worden waren und eine ebenfalls tragbare Leinwand an der Wand hing. Vermutlich hatten sie vor, den Nitratfilm, den Montserrat in ihrer Handtasche hatte, vorzuführen, auch wenn das niemand ohne feuerfeste, gut belüftete Kabine tun sollte. Andererseits nahm Montserrat nicht an, dass dies der passende Zeitpunkt war, um eine kurze Sicherheitsdemonstration durchzuführen oder sich zu erkundigen, ob es in dem Haus ein funktionstüchtiges Sprinklersystem gab.

Neben jedem Projektor stand eine große Porzellanschüssel. Eine war mit Wasser gefüllt, die andere leer. Außerdem befand sich links von der mit Wasser gefüllten Schüssel ein niedriger, mit gelbem Tuch abgedeckter Tisch.

Sie zählte zwei Türen, eine auf jeder Seite des Ballsaals und keine erreichbar, solange die Männer mit den Hunden an ihrer Seite waren. Montserrat und Tristán wurden in den hinteren Bereich des Saals eskortiert, womit jeder Fluchtweg zusätzlich durch die Vielzahl der Gäste versperrt war. Nach ein paar Minuten tauchte Clarimonde Bauer auf, gefolgt von zwei Frauen. Clarimondes Aufzug war extravaganter als der ihrer Begleiterinnen. Sie hatte ihre Leinenbluse und den Rock gegen ein fließendes Kleid in einem dunklen Senfton getauscht. An ihrem Hals hing ein silberner Anhänger von der Form von Ewers' Vegvísir und sie trug silberne Armreife an beiden Handgelenken. Vor den Projektoren blieb sie stehen und streckte in theatralischer Pose die Arme aus. Leute klatschten. Als der Applaus verstummte, ergriff sie das Wort.

»Meine Brüder und Schwestern, wir haben uns heute Abend hier versammelt, um unseren großen Meister wieder in unserer Gemeinde willkommen zu heißen.«

»Wir folgen ihm in die Nacht«, intonierten die Kultisten.

Ewers hatte dieses Drehbuch schon vor langer Zeit geschrieben; der Aufbau, die Teilnehmer, die Requisiten, all das ähnelte dem, was in der Szene zu sehen war, die sie synchronisiert hatten. Filmmagie, dachte Montserrat. Ewers hatte Filme geliebt und wollte, dass alles wie in einem Film ablief; er wollte den Nervenkitzel eines Spektakels. Er würde ihnen eine Show liefern, so viel stand fest. Hinter sich konnte sie das leise, aufgeregte Flüstern der Menge hören. Es kam ihr vor wie eine unsichtbare Welle, die an ihren Füßen leckte. Sie würde immer höher und höher werden, ehe sie brach. Aber dies war nur der Anfang, so viel war ihr klar.

Zwei Männer traten ein. Sie schleppten jemanden mit. Die Arme des Mannes waren hinter seinem Rücken gefesselt, sein Gesicht mit einem Tuch bedeckt, sodass sie seine Züge nicht erkennen konnte, aber sie sah, wie sich seine Brust hob und senkte.

Sie dachte, er wäre vielleicht bewusstlos, aber nein. Obwohl er sich widerstandslos hatte hereinbringen lassen, versuchte er nun doch, sich zur Wehr zu setzen. Sein ganzer Körper bebte. Aber es hatte keinen Zweck. Brutal wurde er zu Boden gestoßen. Sie hielten ihn fest und zwangen ihn, neben der Porzellanschüssel niederzuknien, und er senkte wimmernd den Kopf.

»Was haben die vor?«, fragte Tristán leise.

Sie wusste es natürlich. Sie erinnerte sich, was José über die Runen erzählt hatte, über die geopferten Hühner und den logischen nächsten Schritt: das Blut eines Menschen.

»Guck jetzt nicht hin«, sagte sie, ganz wie sie es zu tun pflegte, wenn sie gemeinsam ins Kino gingen und sie Tristán vor bestimmten Szenen warnen wollte. *Guck jetzt nicht hin*, wie damals, als sie klein gewesen waren und Tristán ihre Hand gepackt hatte, nur dass dies kein Film war und sie selbst nicht wegsehen konnte.

Langsam, beinahe sanft, zog Clarimonde einen Dolch aus den Falten ihres Kleids und schlitzte dem Mann mit geschickter Hand die Kehle auf. Beim Anblick des hervorspritzenden Bluts taumelte Montserrat an Tristáns Brust und klammerte sich an seinem Hemd fest.

Ihre Finger fühlten sich unnatürlich warm an, beinahe glühend heiß, und sie hatte einen säuerlichen Geschmack im Mund.

Das Blut tropfte in die Schüssel und färbte sie karmesinrot. Clarimonde Bauer winkte ihren Assistenten zu, signalisierte ihnen, sie sollten näher kommen. Tristán und Montserrat wurden nach vorn gestoßen. Sie bewegte sich mechanisch, setzte mit pochendem Herzen einen Fuß vor den anderen, bis Clarimonde hinter die Projektoren trat und sie mit einem angedeuteten Lächeln begrüßte.

Die Frau streckte die Hände aus und einer der Männer überreichte ihr die Filmdose und das Buch, das Montserrat in ihrer Tasche getragen hatte. Clarimonde betrachtete die Gegenstände ehrfurchtsvoll.

»Ich freue mich so, dass Sie kommen konnten«, sagte

Clarimonde und gab Film und Buch einem ihrer Männer. »Wilhelm hat mir genaue Anweisungen dafür erteilt, wie wir weiter vorgehen sollen.«

Nun, da sie den Projektoren näher waren, konnte Montserrat das Blut riechen, das in die Schüssel tropfte, und da war noch ein anderer, ekelhafter, penetranter, beinahe widerlich süßer Geruch. Das Aroma faulenden Fleisches.

»Ihr drei müsst anwesend sein, um den Zauber zu wirken«, sagte Clarimonde. »Alle sechs Runen müssen mit frischem Blut gezeichnet werden, während der Nitratfilm läuft. Die synchronisierte Kopie, die Sie angefertigt haben, wird zur selben Zeit abgespielt werden und Bilder mit Ton mischen. Es gibt ein paar Worte zu sagen: Wir werden sie sprechen. Dann werden wir Wilhelm von den Toten zurückholen.«

Clarimonde winkte einer der Frauen zu, die mit ihr den Saal betreten hatten, woraufhin diese zu dem niedrigen Tisch mit dem gelben Tuch trat. Sie zog das Tuch weg und gab den Blick frei auf den Leichnam von Abel Urueta. Das war der Ursprung des Gestanks im Raum.

»Das … Mein Gott, Sie müssen alle verrückt sein«, sagte Tristán und schüttelte den Kopf. Dann drehte er sich um und musterte Ewers' Gemeinde. »Ihr alle! Ein Haufen Irrer!«

Während Tristán sprach, neigte Montserrat den Kopf zur Seite und betrachtete einen der Spiegel, die den Ballsaal schmückten. Sie erkannte eine verschwommene Reflexion, eine rasche, kaum wahrnehmbare Bewegung, bei deren Anblick sie schlucken musste. Ewers. Hinter dem Glas. Beobachtend, lauschend. Ihre Hände zitterten und sie verschränkte rasch die Finger.

»Ich sagte, alle drei«, erwiderte Clarimonde, deren angedeutetes Lächeln nun zu einem breiten Grinsen geworden war. »Ein Leichnam ist besser als ein Gegenstand, der einem

Toten gehört hat. Es sollte Ihnen keine Probleme bereiten, Abel zu beschwören.«

»Was?«, fragte Tristán. »Nichts werde ich tun.«

»Doch, Sie werden. Sie haben beide Ihre Rolle zu spielen. Im Gegenzug hat Wilhelm versprochen, sich großzügig zu zeigen«, sagte sie und sah erst Tristán und dann Montserrat an.

Clarimonde erwartete von ihnen, ihr Einverständnis mit einem raschen Nicken zu bekunden. Oder vielleicht, sich angstvoll zu ducken. Montserrat löste ihre Hände voneinander und starrte den Spiegel an.

»Und alles, was wir zu tun haben, ist, einen Geist zu beschwören, ein paar Runen zu zeichnen und einen Satz vorzutragen«, sagte Montserrat. »Tja, raten Sie mal. Wir sind nicht dumm. Wir holen Ihren Freund ins Leben zurück, und Sie werden uns die Kehle aufschneiden, wie Sie es mit diesem Mann gemacht haben. Vielleicht sollten wir einfach nur hier sitzen, den Mund geschlossen und die Hände in den Taschen halten.«

»Was haben Sie vor?«, fragte Clarimonde. Ihre Stimme glich einer eisigen Warnung.

»Nichts. Das ist es, was wir vorhaben. Solange die Bedingungen für diesen Vertrag nicht festgelegt wurden, werden wir gar nichts tun. Hörst du mich, toter Junge?«, fragte sie spöttisch.

Hinter ihnen knurrten die Hunde, und Montserrat war sicher, Clarimonde wollte sie ohrfeigen, vielleicht sogar mit diesem Messer auf sie einstechen, an dem immer noch frisches Blut klebte, aber die Frau starrte Montserrat nur an. Wie sie erwartet hatte, waren ihr die Hände gebunden.

»Er wünscht, Sie zu sprechen. Persönlich«, sagte Clarimonde. Ein harter Schimmer war in ihre Augen getreten. Sie riss Montserrat voran, stieß sie in den Lichtstrahl eines der Projektoren. Es war so hell, sie musste die Augen mit der Hand abschirmen, während sie vollends von flammendem Weiß eingehüllt wurde.

Der Boden unter ihren Füßen bestand aus schwarzem Onyx. Das Licht, das sie geblendet hatte, war fort, ersetzt von einer düsteren Glut und finsteren Schatten. Nebel umfing sie; er schien zu beben und zu schimmern, und silbrige Blitze bohrten sich durch die Dunkelheit. Wilhelm Ewers trat hocherhobenen Kopfes aus dem Dunkel. Er sah nicht so aus wie das flüchtige Bild, das sie in Spiegeln und anderen reflektierenden Oberflächen erspäht hatte, sondern wirkte wie eine solide, greifbare Präsenz. Sein flachsblondes Haar war zu einem Seitenscheitel frisiert, glänzend und glatt, und sein Lächeln war noch glatter. Er sah seinem Bild in dem Fotoalbum sehr ähnlich. Nur die Augen stimmten nicht. Wilhelm Ewers' Augen waren hellblau gewesen, nun jedoch zeigten sie sich in einem eigentümlichen Silbergrau, fast, als wären sie von demselben Nebel eingefärbt, der ihn umgab.

»Ich freue mich, Sie kennenzulernen, Montserrat«, sagte er. Zuvor hatte seine Stimme wie ein papiernes Flüstern geklungen, nun jedoch hörte sie sich souverän und stark an.

»Ich dachte, wir wären einander schon begegnet. Sie waren in Abels Wohnung und dann haben Sie mich die Treppe hinuntergejagt«, entgegnete sie.

»Ich war neugierig. Ich wollte Sie mir genau ansehen.«

»Sie haben bei der Séance versucht, uns umzubringen.«

»Nicht *Sie*, meine Liebe. Ich habe versucht, José zu töten. Hatten Sie Angst?«

»Nein. Obwohl Sie schon eine ganze Weile versuchen, mich zu ängstigen.«

»Hat es funktioniert?«

»Angst gibt anderen Macht über dich«, sagte sie.

»Ich weiß. Sie sind ein dickköpfiges kleines Ding, habe ich recht? Gefällt mir, obwohl Sie in diesem Moment zu dickköpfig sind. Wollen Sie mein Angebot nicht annehmen? Es ist wirklich großzügig, das kann ich Ihnen versichern.«

»Wo sind wir?«, fragte sie, in der Hoffnung, ein bisschen Zeit schinden zu können, nicht gewillt, ihm eine Antwort zu erteilen. Sie hatte ihm gesagt, dass sie keine Angst hätte, aber sie war auch nicht dumm und wusste, sie war in Gefahr. Es musste eine Möglichkeit geben, wie sie und Tristán unbeschadet aus dieser Lage entkommen konnten, und zumindest im Augenblick versuchte Ewers nicht, ihnen etwas anzutun. Der Trick war, ihre Haltung zu wahren, ein ruhiges und kühles Gebaren zur Schau zu stellen. Sie hegte den Verdacht, dass er jeden Hauch von Unsicherheit gegen sie verwenden würde.

»Theoretisch befinden Sie sich immer noch im selben Raum, auch wenn ein Teil von Ihnen nun bei mir ist, in diesem begrenzten Raum zwischen den Räumen«, sagte Ewers und fing an, sie zu umkreisen.

»Dann ist das der Ort, an dem Sie leben, wenn Sie nicht gerade versuchen, mich die Treppe hinunterzuwerfen?«

»Oder Sie davor zu retten, von elektrischem Strom geröstet zu werden.«

»Das haben Sie nur getan, um sich zu rächen.«

Er hob die Schultern zur Andeutung eines Achselzuckens. »Und zu meinem Amüsement. Sie haben mich geweckt, und hier bin ich und werde nach Jahrzehnten des Schlummers mit jeder Minute stärker. Da können Sie mir kaum vorwerfen, dass ich mir ein bisschen Spaß gegönnt habe. Übrigens danke, dass Sie mitgespielt haben. Ich genieße den Geschmack Ihrer Stärke und sogar die nervöse Beklemmung des jungen Tristán, auch wenn er nicht so schmackhaft ist wie Sie. Zu ... dürr«, erklärte er. »Hat Ihnen übrigens Ihr erster Mord gefallen?«

»Ich habe niemanden ermordet.«

»Doch, das haben Sie. Allein hätte ich das nicht tun können. Fühlen Sie das?«, fragte er, strich ihr lässig mit der Hand über die Schulter und ließ dann einen Finger über ihre Kehle gleiten. »Das ist Tod.«

Sie glaubte, es spüren zu können, nur für eine Sekunde, als der Finger sich auf ihre Haut drückte. Ein scharfer Sog, die Quelle der Benommenheit, deretwegen sie am Eingang des Gebäudes beinahe gefallen wäre, und dann die warme Woge auf ihrer Hand, als das Blut in die Schüssel plätscherte. In seinem Brief hatte Ewers geschrieben, er hätte die Macht als Folge des Todes seines Vaters gespürt; seine Magie sei danach voll erblüht. Waren auch Tristán und Montserrat jetzt stärker? Im Wagen hatte sie sich schwach gefühlt. Beinahe trunken. Trunken von Almas Tod, vielleicht.

»Montserrat, lassen Sie uns über uns sprechen. Ich bin bereit, Ihre finanziellen Nöte zu lindern und Ihnen andere Kleinigkeiten zu gewähren, die Sie begehren, einschließlich Tristán, der die Liebe Ihres Lebens ist, habe ich recht?«

»Ich kann auch allein eine Gehaltserhöhung rausschlagen und mich verabreden, Arschloch«, sagte sie, nicht imstande, einen ruhigen Ton beizubehalten angesichts des Spotts, der in seiner Stimme lag.

Sein amüsiertes Gelächter hallte um sie herum. »Sie versuchen, Zorn als Schild zu nutzen. Um keine Angst zu zeigen, sind Sie zornig und frech. Das ist ein billiger Trick.«

»Er stammt aus Ihrem Buch«, konterte sie.

»Ich weiß. Darum gefällt er mir auch.«

Ein Ausdruck selbstgefälliger Freude stand in seinen Augen. *Du kennst mich, du hast mich gesehen*, sagten diese Augen.

»Versuchen wir es auf einem anderen Weg. Wie wäre es mit Macht, Montserrat? Der Macht, die Sie begehren, seit Sie ein kleines Mädchen waren, damals, als man Sie verspottet und geschubst und Ihnen Schimpfwörter nachgerufen hat. Die Macht, die Ihnen gefehlt hat, als diese Männer Sie verhöhnt und Ihre Leistungen ignoriert haben, Ihre Brillanz. Die Macht, dafür zu sorgen, dass die Welt Sie sieht.«

»Sie reden darüber, was *Sie* wollen, nicht darüber, was ich will«, sagte sie, obwohl ihre Gedanken sogleich zu den alten Sticheleien gesprungen waren, zu den Spottnamen, die sie allzu gut kannte. *Holzbein, wo ist dein Piratenschiff?*, hatten die Kinder in der Schule sie gefragt, und ihre Wangen brannten vor Scham bei der Erinnerung an diese Demütigung.

Die Röte fiel ihm auf und er wirkte amüsiert: »Ich glaube, wir sind uns sehr ähnlich. Sie würden gern all die Geheimnisse kennen, die sich zwischen den Seiten modriger Bücher verbergen, all die Möglichkeiten, Magie mit Runen zu verknüpfen, und die Bedeutung von Worten, die Sie nie zuvor gehört haben. Sie wollen wissen, das wollten Sie immer. Ich habe in Ihr Herz geschaut, als Sie geschlafen haben, und Ihre Träume erkannt.«

Sie fragte sich, ob er die Gedanken anderer Menschen ausspionieren konnte, während sie schliefen, oder ob er sein Wissen erlangt hatte, indem er im Schatten gelauert und ihre Gespräche mit Tristán belauscht hatte. Aber er hatte nicht unrecht, und sollte sie es abstreiten, so würde er die Lüge erkennen.

»Ihnen ist nicht zu trauen«, sagte sie stattdessen.

»Und Sie haben Potenzial«, entgegnete er.

Stumm starrte sie ihn an und fragte sich, wie viel Wissen er wohl im Laufe der Jahre verschlungen hatte, wie er das gemacht hatte.

Potenzial wofür?, überlegte sie, und ihr gefiel nicht, dass sie automatisch den Kopf in seine Richtung geneigt hatte, unfähig, ihre instinktive Neugier zu zügeln. Ihr gefiel auch nicht, dass sie sich anstrengen musste, um ihre Worte hinunterzuschlucken, aber Fragen zu stellen, wäre ein Fehler, ein Abstecher auf einen gefährlichen Pfad.

Er bedachte sie mit einem nachsichtigen Blick, ganz so, als störte ihn ihr Schweigen nicht, als könnte er erraten, was sie dachte: Die Neigung ihres Kopfes gab alles preis. Und sie dachte daran, wie schön es wäre, zu lernen, wie man eine rote Rune in den Rücken einer Spinne ätzen und seine Feinde zerquetschen konnte wie den Körper des Insekts.

»Sie sind etwas Besonderes«, sagte er, und Montserrat hätte beinahe vor Erleichterung geseufzt, weil diese Worte vollends falsch waren; sie erinnerten sie an ihre Unterhaltung mit José.

»Aha. Vielleicht bin ich ja eine aztekische Prinzessin«, konterte sie scharfzüngig. Ihre Hände zuckten, aber er hatte es selbst gesagt: Zorn war ihr Schild. Und sie hielt sich daran fest. »Sie sagen den Leuten, was sie hören wollen. Sie versuchen, mir den gleichen Mist anzudrehen, den sie José und Alma verkauft haben. Wie konnten die eigentlich einen so allmächtigen Zauberer wie Sie, der alle Geheimnisse des Universums kennt, hinters Licht führen?«

Das gefiel ihm offenbar nicht. Sein Lächeln, kalt und perfekt, verblasste unter dem Einfluss der Verärgerung. Er wurde ihrer müde. Oder einfach nur müde. Wie lange konnte er hier in dieser Zwischenwelt verweilen? Nicht allzu lang, dachte sie. Nicht mehr lange, und er würde sie aus dieser Welt hinauswerfen, was allerdings auch nicht so toll wäre. Dann wäre sie wieder in diesem Raum bei Clarimonde und ihren Kultisten.

»Vielleicht ist das der Grund, warum ich so großmütig bin. Ich lerne aus meinen Fehlern«, sagte Ewers.

»Sie wollen mich also ein bisschen besser entlohnen, als Sie die entlohnt haben, damit ich mich nicht gegen Sie wende.«

»José war begabt, aber er ist alt, Alma und Abel sind tot, damit bleibt nur noch Clarimonde. Es seien drei.«

»›Der Sohn, der über den Westen herrschen wird. Die Mutter, die Hure und Göttin zugleich ist, ist die Herrin des Südens. Und der König im Osten ist der mächtige Vater‹«, zitierte sie, was sie in dem Buch gelesen hatte. »Andererseits dachte ich, diese Position hätten Sie für Clarimonde reserviert. Die Liebe Ihres Lebens, nicht wahr?«, fragte sie spöttisch.

»Bei der Magie dreht sich alles um Symbole«, sagte Ewers. »Dinge, die ausgesprochen werden und eine zweite Bedeutung haben. Magie ist rituell. Sie und Tristán passen perfekt in dieses Schauspiel, als würden Sie eine Maske aufsetzen. Folge mir in die Nacht.«

Poesie, Rhythmus, Musikalität. Er wusste sich auszudrücken, dafür hatte er eine Gabe, und sie hatte ein feines Gehör.

»Diese Phrase haben Sie schon früher gebraucht. Was soll das heißen?«, fragte sie und schmeckte etwas aus seinen Worten heraus. Tatendrang und Symmetrie, ein berauschender Duft der Magie, der jeder Silbe anhaftete.

»Du weißt, was das heißt«, sagte er in vertraulichem Ton. »Auch Worte sind rituell, Gesten sind Magie. Versprich, mir zu gehorchen, sei eine Dienerin eines großen Herrn, und ich werde dir enorme Macht gewähren.«

Er hatte aufgehört herumzugehen und stand nun regungslos da. Beobachtete sie aufmerksam. Taxierte sie. »Hier, nimm meine Hand«, sagte er und hob fast lässig die besagte Hand. Nicht, damit sie sie schüttelte, nein. Vielleicht, damit sie den Kopf senkte und seine Fingerspitzen küsste. Es war eine pathetische, beinahe lächerliche und theatralische Geste; er hatte wirklich eine pompöse Haltung. Hollywood, dachte sie. Ein Spektakel. Aber ein Spektakel mit Sinn und Zweck.

Das war es, was er in seinem Buch geschrieben hatte – und in seinem Brief.

Sie kam zu der beunruhigenden Erkenntnis, dass sich der Nebel um sie herum verdichtete, dass die endlose Weite, durch die sie sich bewegten, immer enger wurde. Als sie in das Getreide gesprungen war, hatte sie ein ähnliches Gefühl gehabt, einen Moment der Panik, wenn es schien, als würde das Getreide sie verschlingen und sie könnte sich nie mehr daraus befreien.

»Ihnen ist nicht zu trauen«, sagte sie, statt auf seine erhabene Geste zu reagieren. »Sie lügen und betrügen. Wenn wir es zulassen, werden Sie von uns zehren.«

»Es ist nur natürlich, dass die Starken von den Schwachen zehren. Ich bin dazu bestimmt, über dich zu herrschen. Der Öffner des Weges ...«

»Ist ein Konzept, das Sie erfunden haben«, fiel sie ihm ins Wort. »Oder eine Geschichte, die Sie irgendwo gehört und verzerrt wiedergegeben haben. Daran ist rein gar nichts natürlich.«

Montserrat bewegte sich einen, dann zwei Schritte von ihm weg; sah zu, wie sich seine Mundwinkel zu einem sarkastischen Lächeln aufwärts bewegten.

»Vielleicht werde ich dein lahmes Bein heilen. Du bewegst dich wie ein verwundeter Vogel, so plump«, sagte er und musterte ihre Füße.

Plötzlich verspürte sie den Wunsch, ihn zu schlagen. Er erinnerte sie an die Rabauken aus der Nachbarschaft ihrer Kindheit, an die Jungs, die sie wegen ihres Krückstocks verspottet hatten. Statt einzuknicken, wollte sie sich behaupten, statt sich zu verbeugen, wollte sie die Zähne fletschen.

»Sie müssen ein sehr unglücklicher Junge gewesen sein, Wilhelm Ewers«, sagte sie. »Mager, kränklich, kein Vergleich zu Ihrem großen Bruder. Ihre Eltern haben ihn bevorzugt.

Ihre Mutter hat sich das Leben genommen, nachdem ihr Lieblingskind starb. Vielleicht dachte sie ja, Sie hätten der Junge sein sollen, der hätte sterben müssen. Und Ihr Vater war immer distanziert. Sie konnten ihn nicht beeindrucken, egal, was Sie getan haben und wie sehr Sie es versucht haben, als Sie all diese Bücher gelesen, all dieses Wissen angehäuft haben.«

»Du hast eine lebhafte Fantasie«, sagte Ewers herablassend und seine Hand formte eine Faust an seiner Seite. »Und ein Talent, Lügengeschichten zu erdichten.«

»Ich habe Ihren Brief gelesen. Und Sie haben behauptet, wir seien uns sehr ähnlich.«

Sie glaubte richtigzuliegen. Irgendwo zwischen den Zeilen in seinem Buch und seinem Brief und dem bleiernen Blick auf den Fotografien hatte Montserrat eine vertraute Geschichte erkannt. Sie hatte sie angelockt. Um das zu erkennen, musste sie nicht erst in die Träume von irgendjemandem schauen.

»Du bist tapfer, weil ich so überaus freundlich bin. Doch zweifle nie, dass ich dir immer noch wehtun kann. An diesem und jedem anderen Ort. Dir und deinem kleinen Freund. Ihr werdet nie frei von mir sein; und ihr werdet nie sicher sein.«

»Sie brauchen uns, das ist alles, worum es hier geht«, konterte sie.

»Nein, es geht darum, eine Lösung für dein Dilemma zu finden, um deinen Versuch, eine Lücke in meiner Rüstung zu finden, eine Schwäche, die sich ausnutzen ließe. Du denkst, das könnte ich nicht erkennen? Dein kleiner Geist überschlägt sich, aber so amüsant das auch ist, du musst wissen, dass du mich unmöglich besiegen kannst.«

Für eine Sekunde fühlte sie sich aus dem Gleichgewicht gebracht, als würde sich der Boden unter ihr bewegen. Und vielleicht tat er das auch. Der Nebel war wie ein wogender Teppich aus reiner Schwärze, das Licht wurde schwächer, und seine Augen blitzten hell in silbriger Glut.

Da war so viel Macht an diesem Ort, so viel Macht in ihm, und wie Ewers gesagt hatte: Er wurde nur immer stärker. Ihr war klar, warum ihm so sehr daran gelegen war, dass sie sich bereit erklärte, ihm zu gehorchen. Es hatte mit dem zu tun, was José ihnen erzählt hatte und was sie zuvor schon in Worte gefasst hatte. Er zehrte von ihnen. Seine Macht, vermengt mit Silbernitrat, brodelte aus eigener Kraft, wurde aber zudem verstärkt durch die hingebungsvolle Anbetung seitens seiner Anhänger, die Verehrung, die ihm Clarimonde und die anderen entgegenbrachten. Unwissentlich unterstützt von Tristán und Montserrat, so wie im Studio, als sie das Glas zerbrochen hatten. Gemeinsam konnten sie mehr tun. Und dies ... Ewers war nicht einmal *lebendig*. Was konnte er erst erreichen, wenn er wiederauferstanden wäre, welche Magie würde er wirken, welchen Schrecken heraufbeschwören? Sie zweifelte nicht an der Glaubwürdigkeit seiner Drohungen.

Der Versuch, ihm zu trotzen, war dumm. Alles, was sie tat, war, seinen Zorn anzufachen. Das war eine sinnlose Strategie. Wie hatte José ihn angegriffen? Wie hatte Alma ihn getötet?

»Wenn du so weitermachst, werde ich Clarimonde bitten, deinem Tristán jeden einzelnen Finger von der Hand zu schneiden und ihn dir zu fressen zu geben. Danach darfst du mir dann erklären, wie sehr ich dich brauche«, sagte er.

Die Welt um sie herum war zu einer schwarzen Tafel geworden, komprimiert, sodass sie in einem kleinen Hof aus Licht blieben. Eine Irisblende, die sich schloss, um das Ende einer Szene anzukündigen.

»Auf die eine oder andere Art, Montserrat«, sagte er, »wirst du dein Haupt vor mir verneigen.«

Wie? Wie sollte sie ihn loswerden? Da erinnerte sie sich: José und Alma hatten zusammengearbeitet. Ihre Augen weiteten sich. Neugierig, eine Frage auf der Zunge, sah er sie an.

Montserrat stolperte voran und streckte eine Hand aus, ergriff Ewers' Arm, ehe er sie dazu auffordern konnte.

»Ich folge Ihnen in die Nacht«, sagte sie.

Die Antwort schien ihm zuzusagen. »Ich wusste, das würdest du.«

27

Ehe Tristán Einwände erheben konnte, hatte Clarimonde Montserrat schon vor einen der Projektoren gezerrt. Tristán versuchte, ihnen zu folgen, aber kaum hatte er zwei Schritte getan, baute sich ein Mann vor ihm auf und verstellte ihm den Weg, während sein abscheulich aussehender Hund drohend die Zähne fletschte. Tristán fügte sich und starrte Montserrat nur an. Sie regte sich nicht, stand nur da und blickte im hellen Lichtschein des Projektors auf ihre Füße. Ihre Miene wirkte benebelt, die Lider waren halb geschlossen.

»Sie ist nicht in Gefahr«, sagte Clarimonde zu ihm. »Alles wird gut werden, solange Sie sich seinen Wünschen fügen.«

»Sie sollten uns gehen lassen. Sie können ohne mich mit Abel reden, Sie können Ewers ohne unsere Hilfe zurückholen. Wir werden niemandem von Ihnen erzählen. Wir sind keine Gefahr für Sie. Bitte!«

»Wilhelm braucht Sie«, sagte Clarimonde nur.

Die Minuten zogen sich dahin. Endlich trat Montserrat zurück, schüttelte den Kopf und fixierte Tristán. Sie stolperte benommen, als wäre sie im Begriff, zu stürzen.

»Momo«, sagte er. Dieses Mal war er trotz des knurrenden Hundes mit einem Satz an ihrer Seite und legte die Arme um sie. »Momo, bist du okay?«

»Mir geht es gut.« Ihre Lippen suchten sein Ohr. »Tristán, du musst Abel rufen.«

»Wir ziehen das durch?«

»Ruf ihn und sag ihm, er muss uns helfen. Um Ewers aufzuhalten, werden wir alle drei gebraucht. Ich werde anfangen, die Runen zu zeichnen, aber dann lege ich eine Pause ein und sorge für Ablenkung. Du und Abel müsst sie fertig zeichnen und dem Zauber befehlen, zu enden. Wir drei haben Ewers geweckt, wir drei können ihn auch wieder wegschaffen.«

»Ich weiß nicht, wie ich das anstellen soll. Ich bin kein Zauberer.«

»Abel weiß es.«

»Haben Sie mit Wilhelm gesprochen?«, fragte Clarimonde, als sie zu ihnen kam. Hinter ihr sah Tristán Leute, die mit dem Projektor beschäftigt waren und ihn für die große Vorführung vorbereiteten.

»Wir haben die Konditionen festgelegt«, sagte Montserrat. »Tristán wird Abel rufen, ich zeichne die Runen.«

»Gut. Dann sollten wir anfangen.«

Die Kronleuchter über ihren Köpfen leuchteten schwächer und erloschen dann gänzlich. Die Projektoren mitten im Saal lieferten nun das einzige Licht.

Tristán sah Montserrat hilflos an und nickte. Er ging zu der Schüssel mit Wasser und dem niedrigen Tisch, auf dem Abels Leiche lag. Ja, schön, er konnte das tun. Er hatte es schon ein Mal getan. Nicht mit einem Toten neben sich, aber er nahm an, dass das auch nicht so anders wäre. Vielleicht würde es sogar leichter werden.

Tristán tauchte die Hand ins Wasser. Er war nicht sicher, ob das wirklich nötig war, aber als er Karina gerufen hatte, da hatte er die Hände unter den Wasserhahn gehalten. Er zog die Hand wieder heraus und leckte sich die Lippen, versuchte, sich an die Worte zu erinnern, die zu sprechen López ihn aufgefordert hatte, bemühte sich, die Elemente der Séance zu reproduzieren, während die Projektoren summten. Er fragte sich, wie viel es Clarimonde wohl gekostet haben mochte, diese Versammlung samt Filmvorführern und einer aufwendigen Ausrüstung zu organisieren, zu der auch Lautsprecher zählten, die den Ton durch den ganzen Raum schmettern sollten.

Dann fiel sein Blick auf Abels Leichnam und er würgte. Er hatte sich immer unwohl gefühlt, wenn er einen Geist beschworen hatte, aber dieses Mal wurde die Übelkeit noch verstärkt durch die Gegenwart der Leiche. Er versuchte, Abel nicht anzusehen, und legte eine Hand um den Unterarm des Mannes, schloss die Augen und flüsterte die Worte, die er von José López gelernt hatte. Schon spürte er den scharfen Schmerz, als würde sich eine Nadel in seinen Kopf bohren, und er schauderte.

Das Licht aus einem der Projektoren schien stärker zu werden, sogar die Farbe änderte sich. Für einen Moment leuchtete es so gelb wie welke Ringelblumen.

»Bist du zu uns gekommen, alter Freund?«, fragte Clarimonde Tristán. »Bist du das, Abel?«

Er ließ Abels Hand los, seine Finger zuckten nervös. »Ich bin es«, sagte er. Die Worte und die Stimme schienen ihm fremd, auch wenn er es war, der da sprach. Gemurmel erklang in der Menge.

»Legt den Film ein«, sagte Clarimonde aufgeregt. »Er ist gekommen.«

Tristán wusste nicht, ob das stimmte oder nicht. Es hatte sich weiter nichts im Ballsaal geändert, außer dass er nun sengende Kopfschmerzen hatte. Er hörte Leute flüstern. Jemand reichte Montserrat einen langen Stab mit einer silbernen Spitze. Für die Runen, nahm er an.

Bildstriche tauchten auf der Leinwand auf, und ehe Tristán nach einer Erklärung fragen konnte, ehe er um einen Augenblick Pause bitten konnte, um sich zu setzen und die Augen zu schließen, erschienen Seite an Seite die Zwillingsbilder, die sich ein wenig überlappten.

Rechts lief Ewers' Spule. Die prächtige Silbernitrataufnahme leuchtete und schimmerte sogar auf dieser einfachen tragbaren Leinwand. Montserrats Duplikat flimmerte auf der linken Seite. Nicht halb so schön, konnte es doch die Tiefe der Schatten und die Kraft des Lichts nicht in gleicher Weise wiedergeben, aber diese Version hatte Ton. Diese Aufnahme sprach.

Auf der Leinwand öffneten eine junge Clarimonde und Abel die Münder, aber es waren die Stimmen von Montserrat und dem älteren Abel, die den Text lasen. Die Synchronisierung ließ das alles lebendig werden.

»Ich grüße dich zu dieser heiligsten aller Stunden.«

»Ich grüße dich, während der Mond sein Gesicht zum Himmel erhebt.«

Die Gemeinde wiederholte die Worte. Beinahe konnte er die stürmische Verehrung von Ewers' Anhängern spüren, ihre Bewunderung war wie ein Kuss, der die Leinwand streifte. Ihre Stimmen hallten von der hohen Decke zurück, riefen Echos hervor, während die Leute im Film in der kontrastreichen Schönheit der monochromen Palette schimmerten. Schwarz und weiß, weiß und schwarz. Die Bilder machten ihn schwindelig.

Er drehte sich um und blickte Montserrat an, die den Stab mit der Silberspitze in die Schüssel mit Blut tauchte. Dann schaute er wieder auf die Leinwand, gerade rechtzeitig, um eine Gestalt mit Kapuze hinter einem Vorhang vortreten zu sehen. Als Ewers seinen Umhang ablegte und sein Gesicht zeigte, lieh ihm Tristán im Duplikat seine Stimme.

Er beobachtete, wie er selbst Ewers Leben schenkte, diesen Lippen ermöglichte, Laute hervorzubringen, und jedes Wort verbreitete eine unsichtbare und doch spürbare Macht.

Film, Bewegung, Sprechgesang.

Licht, Bewegung, Sound.

Ihm war ein wenig schummerig, als hätte er einige Gläser Tequila getrunken.

Das Bild flackerte. Eine kurze Sekunde, ein Lidschlag, dann stieg eine Rauchsäule vor der Leinwand auf.

Sie wuchs erstaunlich schnell an, und obwohl der Rauch schwarz war, sah Tristán in seinen Fasern Silber aufblitzen. Er wusste nicht, wie Rauch Fasern haben konnte, aber diese Erscheinung schien aus Ruß, Nebel und Sehnen geschaffen zu sein. Sie vermittelte den Eindruck solider Muskeln und flüchtigen Dampfs zugleich, erinnerte an die Konturen eines menschlichen Körpers.

Auf der Leinwand glitzerte Ewers' silberner Anhänger.

»Gebt mir eure Hände, liebster Bruder, liebste Schwester, denn nun werden wir die Herren der Lüfte anrufen, die Prinzen in Gelb, auf dass sie unsere Riten bezeugen.«

Hinter Tristán beteten die Kultisten die Worte nach. Clarimonde schien sie geradezu hinauszuschreien, während sie ehrerbietig die Leinwand angaffte. Montserrat hatte ihren Stab wieder eingetaucht. Nun hob sie den Kopf, hielt inne, und ihre Augen suchten ihn.

Tristán nickte.

Montserrat vollführte eine rasche Bewegung mit dem Stab, zeichnete eine Rune. Eine Sekunde später leuchtete in der Ecke des Saals ein einzelner Funke auf. Gleich darauf züngelten Flammen empor und begannen, an der Leinwand zu nagen.

Drei Dinge geschahen zugleich. Die Menge, die glücklich geplappert hatte, reckte die Hände in die Luft, begehrte auf und zeigte mit lautem Geschrei auf die sich ausbreitenden Flammen. Die Rauchsäule, die sich vor der Leinwand aufgebaut hatte, wurde dünner. Clarimonde schrie und winkte den Männern mit den Hunden. Die rauschten zu Montserrat, die Hände fest um die Leinen der Hunde geschlossen, und sie wich hastig zurück, den Stab immer noch in der Hand. José López hatte sich den Hunden einfach so entgegengestellt, aber sie war nicht er. Tristán dachte daran, ihr zu folgen, sogar daran, eine der Kreaturen mit bloßen Händen zu packen und auf sie einzuschlagen, aber der Schmerz in seinem Kopf wurde schlimmer. Er fiel auf die Knie und umklammerte seinen Schädel, bohrte die Finger in die Haut an seinem Hinterkopf.

Er hörte einen Laut, ein hochtönendes Heulen oder ein Rauschen, ein Geräusch, das keine Worte umfasste, obwohl er schwaches Murmeln vernahm. Er kniff die Augen zu.

Runen.

»Abel«, flüsterte er. »Sind Sie das?«

Ja.

Zitternd erhob sich Tristán, eine Hand immer noch an den Hinterkopf gepresst. Er näherte sich der Stelle, an der Montserrat gestanden hatte. Da waren sechs Runen auf dem Boden, die Runen, die Tristán während der Séance gezeichnet hatte, nur dass die letzte eine Feuerrune war, nicht Ewers' Vegvísir. Der fehlte und musste gezeichnet werden, wenn die Abfolge korrekt sein sollte. Er bückte sich, wischte die Feuerrune mit dem Fuß weg und starrte den Boden an.

»Ich weiß nicht mehr, wie ich sie zeichnen muss«, sagte er zu Abel. »Und ich habe nichts, um sie zu zeichnen. Hey, sind Sie noch da?«

Abel antwortete nicht. Scheiße. Aber über sein Schweigen konnte er sich später noch Sorgen machen. Tristán drehte sich um und suchte nach einem Werkzeug, nach irgendetwas, was er nutzen konnte, während auf der Leinwand Wilhelm Ewers lächelte.

Montserrats Herz schlug schnell. Mit einer Hand zeichnete sie sorgfältig eine Rune, während sie die andere an ihre Kehle presste; ihre Finger ruhten auf der Stelle, an der Ewers sie berührt hatte. Er hatte recht, sie konnte es spüren, genau da – Macht, fest zusammengebündelt, vom Tod befleckt. Oder vielleicht auch verstärkt. Macht lag in dem Blut, das sie auf den Boden schmierte. Sie schien aus der silbernen Spitze hinauf zu dem Holzgriff zu wandern und ihre Hände zu kitzeln.

Im Wagen hatte sie sich krank gefühlt, hätte beinahe das Bewusstsein verloren, aber nun war sie hellwach. Die Begegnung mit Ewers hatte ihre Sinne geschärft. So, dachte sie, hat er sich gefühlt, wenn er seine Zauber gewirkt und seine komplizierten Beschwörungen vollführt hat.

Luft, Erde, Wasser, Leben, der Öffner. Ihre Bewegungen waren elegant. Beide Filme liefen in gleichmäßigem, synchronem Zusammenspiel; die Dialoge hallten durch den Raum. Sie achtete kaum darauf oder auf die Kultisten, die unisono die Worte skandierten. Ihre Aufmerksamkeit galt den Runen.

Dann hielt sie inne, atmete langsam. Tristáns Stimme erklang. Sie trug Ewers' Zeilen vor. Sie sah ihn auf der Leinwand mit seinen leuchtenden, verräterischen Augen, und sie drehte den Kopf und suchte Tristán.

Er starrte sie an, und sie seufzte erleichtert auf, als sie das vertraute Gesicht sah, die ungleichen Augen, eines schmaler und einen Hauch höher als das andere, und die Narbe von dem Unfall, die sie im Dunkeln nicht erkennen konnte, von der sie aber wusste, dass sie da war.

Der Anblick seines Gesichts, der Klang seiner Stimme, das alles holte sie ruckartig in die Realität und den Ballsaal zurück, in die Nacht, die angefüllt war von dem Duft der Magie. Sie zeichnete die sechste Rune, beschwor jedoch Feuer, wünschte es herbei, befahl es herbei, forderte Flammen und Hitze auf, sich zu manifestieren.

Und sie taten es. Feuer fraß sich durch die Leinwand wie ein Riss durch einen Spiegel, folgte einer krakeligen Linie aus Gold- und Rottönen. Es lag Macht im Tod, im Blut, wie Ewers gesagt hatte. Macht, die verweilte und umgeformt werden konnte, dirigiert, und sie nahm dieses Gefühl der Macht und schleuderte es auf die Leinwand.

Mit beiden Händen umklammerte sie den Stab, rechnete mit Vergeltung, und binnen Sekunden erfolgte der Angriff auf sie. Zwei Männer traten vor, die Hände um Leinen geschlungen, stürmten sie mit ihren Hunden auf sie zu.

Als ein Hund sie ansprang, schlug sie mit aller Kraft zu. Die Spitze des Stabs bohrte sich in die Haut des Hundes, als bestünde sie aus Teer, und das Tier drehte den Kopf und schnappte wütend nach dem Stab. Der andere Hund stürzte sich auf Montserrats Bein, schlug seine Fangzähne in ihren schmalen, verkümmerten Knöchel.

Der Schmerz war enorm; die Zähne waren spitz, auch wenn der Hund kein echtes Tier war, sondern eine schauerliche Mischung aus Magie und Illusionen. Ihre Augen wurden feucht und sie öffnete den Mund, aber dann dachte sie an Clarimondes Wohnzimmer. Zurückweisen, dachte sie. Nicht weglaufen.

In Clarimondes Haus hatte sie Kohle gehabt, mit der sie zeichnen konnte, hier hatte sie nichts.

Nein, das stimmte nicht ganz.

Ein Hund war dabei, den Holzstab zu zerfetzen. Er kaute darauf herum, und sie trat den anderen Hund weg, auch wenn die Bewegung sie aus dem Gleichgewicht brachte. Doch als sie zu Boden stürzte, hatte sie immer noch eine Hand frei und ihre Finger sausten durch die Luft und zeichneten eine Rune.

Feuer, dachte sie erneut, genau wie sie es schon wenige Sekunden zuvor getan und die Leinwand in Brand gesteckt hatte.

Beinahe augenblicklich gingen die beiden Hundeführer in Flammen auf und wirbelten unter Schock um die eigene Achse. Die Hunde lösten sich auf, während die Männer sich schreiend über den Boden rollten. Montserrat stöhnte. Sie setzte sich auf, nur um zu sehen, wie Clarimonde mit dem Messer in der Hand auf sie zukam.

Montserrat schaffte es, noch eine Rune zu zeichnen, aber Clarimonde grinste nur grimmig und wehrte die Rune mit einer knappen Bewegung ab. Montserrats Finger brannten, als hätte sie sie in eine Kerzenflamme gehalten, statt von Ferne auf Clarimonde einzuwirken.

»Scheiße«, fluchte sie. Mühsam stemmte sie sich hoch und stützte sich auf den Stab. Magie verschlang haufenweise Energie, peitschte in einer Sekunde durch den Körper, nur um ihn völlig auszulaugen. Sie konnte die Macht, die sie wirkte, bloß für einen Moment spüren, ehe sie sich zurückzog. Die Stärkung, die Blut und Tod ihr verliehen hatten, war erschöpft. Darunter verbarg sich immer noch eine Kraft, auf die sie zugreifen konnte, die Macht, die sie beide, sie und Tristán, die ganze Zeit benutzt hatten: die ansteckende Energie aus Ewers' Zauber. Die Energie von Ewers selbst, obwohl auch diese zu wabern schien, beinahe als kralle sich Ewers wütend an ihr fest. Vielleicht, weil er diese Reserve brauchte, um sich im Raum zu manifestieren – oder weil er sie davon abhalten wollte, seine Pläne zu ruinieren.

Montserrat war geschwächt. Sie konnte nur den Stab ergreifen wie einen Baseballschläger und damit nach der herannahenden Clarimonde schlagen. Ihn nach links schwingen, dann nach rechts in dem Bemühen, sie nicht näher an sich heranzulassen. Clarimonde lachte und reckte geschmeidig eine Hand vor, hielt sie an ihr Kinn und öffnete den Mund, als wollte sie Zigarettenrauch in Montserrats Richtung blasen. Ein starker Wind erfasste sie. Er brachte den Kronleuchter über ihnen zum Klimpern und blies die schwelenden Flammen, die an der Leinwand nagten, so mühelos aus wie Geburtstagskerzen.

Montserrat rammte den Stab kraftvoll auf den Boden, um nicht wieder den Halt zu verlieren, aber der Wind wurde stärker, peitschte ihr das Haar ins Gesicht. Sie reckte eine Hand hoch und versuchte, den Zauber mit einer zufällig ausgewählten Rune zu brechen.

»Ende«, murmelte sie.

Der Wind blies weiter und der Kronleuchter erbebte ächzend. Plötzlich stand Clarimonde vor Montserrat. Ihr silbernes Messer funkelte gefährlich, leuchtete beinahe aus sich selbst heraus. Sie wich zurück, wartete auf den Angriff, doch ehe Metall sich in Fleisch graben konnte, wurde Clarimonde weggestoßen. Tristán schubste sie und die Frau landete auf den Knien. Das Messer fiel ihr aus den Händen und rutschte Tristán vor die Füße. Er hob es auf und hielt es hoch, ein schwacher Schutz vor der Magie der Frau.

»Momo!«, schrie er, während der Wind noch immer um sie herumpeitschte.

»Die Runen!«, antwortete sie ebenso laut.

Die Enden der Filme verursachten ein flatterndes Geräusch und plötzlich wurde die Leinwand von weißem Licht geflutet. Clarimonde stemmte sich wieder auf die Beine. Sie warf ihnen einen giftigen Blick zu und schloss eine Hand zur Faust. Der Kronleuchter erbebte, seine Kette riss und er flog auf Montserrat und Tristán zu.

»Ende!«, befahl Montserrat und wies die Magie ohne Rune zurück, gerüstet allein mit Instinkt und Wut.

Der Kronleuchter explodierte. Metall und Glas prallten gegen Decke und Wände, regneten überall um sie herum zu Boden. Die Kultisten fingen an zu schreien und rannten, verängstigt von dem Spektakel, zu den Türen.

Die Detonation hatte Clarimonde zu Boden geworfen. Sie lag mit dem Gesicht nach unten, von einem Teil des Kronleuchters festgeheftet wie ein Schmetterling. Montserrat hatte eine Hand zur Faust geballt. Zitternd hielt sie den Teil des Kronleuchters an Ort und Stelle fest. Clarimonde zappelte stöhnend am Boden und versuchte, das Bruchstück wegzuschieben, während Montserrat es immer wieder runterdrückte.

Tristán starrte sie verdattert an. »Die Runen«, sagte sie außer Atem und presste den Stab an seine Brust. Er ergriff ihn ungeschickt mit einer Hand, während die andere immer noch Clarimondes Messer umklammerte. »Kümmer dich um die Runen.«

»Richtig«, sagte er.

Montserrat atmete noch einmal tief durch und presste eine Hand an ihre Kehle. Sie beugte den Kopf herab, versuchte, ihren Geist zu leeren, der aus nichts anderem als einem Wirrwarr schwarzer Fasern bestand. Clarimonde schrie, kratzte sogar am Boden, und obwohl sie verletzt war, war sie stärker als Montserrat.

»Bleib«, sagte Montserrat und drückte sie herab.

Die Lichtstrahlen der Projektoren trafen immer noch auf die Wand, ein Auge, das ewig offen und blind blieb, doch nun huschte ein Schatten daran vorbei, als wäre die Linse getrübt, und in den Kristallstücken auf dem Boden erkannte Montserrat ein vertrautes Spiegelbild.

Eine Hand schloss sich um ihren Hals.

Die Schüssel mit dem Blut war in dem Tumult umgekippt, die Runen rot übermalt worden. Tristán stöhnte vernehmlich. Nun musste er alle sechs Runen neu zeichnen.

»Verdammte Scheiße!«, flüsterte er. »Abel, wir ziehen das zusammen durch, Kumpel«, sagte er dann und umklammerte den Stab. Das stechende Gefühl in seinem Hinterkopf schien sich seine Wirbelsäule hinab auszubreiten, als hätte sich die Nadel in einen Muskel gebohrt.

Dein Blut, ertönte die gedämpfte Antwort.

»Was?«, fragte Tristán aufgebracht.

Dein Blut. Opfer.

José López und seine Blutegel kamen ihm in den Sinn.

»Mist«, fluchte er.

Er würde sein eigenes Blut benutzen. Sechs Runen. Das konnte ja nicht so viel Blut erfordern, oder? Er ließ den Stab fallen, hielt die Hand hoch und schnitt sich mit dem Messer die Handfläche auf. Der Schmerz ließ ihn die Augen zukneifen, aber gleich darauf kniete er sich zu Boden und fing an, mit dem Messer auf dem Boden zu kritzeln.

»Abel«, sagte er, »die erste.«

Er erhielt keine Antwort. Das statische Rauschen in seinem Schädel war zurückgekehrt. Er fühlte sich müde, geschwächt, und sein Magen war völlig verkrampft.

»Abel, Sie müssen meine Hand führen. Bitte.«

Gott, wie er sich fürchtete. Er hatte Angst, war nervös und konnte kaum denken, ganz abgesehen davon, dass er mit einem Geist sprach. Er wusste nicht recht, wie er damit umgehen sollte, und er war überzeugt, er würde sich jeden Moment in die Hose machen.

Doch von Abel kam kein Laut, nicht das kleinste Flüstern. Nichts. Er hob den Kopf und erkannte, dass Clarimonde noch am Boden war, aber Montserrat entfernte sich rückwärts, als würde sie vor etwas zurückweichen. Er glaubte, eine Gestalt zu sehen, schummrig, wie ein Dunst, viel schwächer als die Rauchsäule, die sich zuvor manifestiert hatte, aber sie schien direkt vor ihr dichter zu werden, sich zu verfestigen.

Ewers war im Saal.

»Ich befehle dir, mir die Runen zu zeigen«, sagte Tristán entschlossen, trotz seiner angespannten Nerven, trotz seiner Furcht, denn es gab keine Zeit zu verlieren und Montserrat brauchte ihn.

Er rammte das Messer auf den Boden und seine Hand schrieb hastig, war besessen, bewegt nicht von ihm, sondern von Abel. Luft, Erde, Wasser, Leben, der Öffner. Er sprach jede Rune laut, rieb seine Hand an die Klinge und beschmierte sie mit mehr Blut, und weiter ging es. Eine nach der anderen. Vegvísir. Die letzte Rune. Er zeichnete sie und wollte sich übergeben.

Tristán blickte auf, sah sich erneut zu Montserrat um. Die vagen Umrisse des Rauchs, die er vor ihr wahrgenommen hatte, hatten sich in eine reale, solide Gestalt verwandelt. Zumindest war es so gewesen, für einen Moment, denn nun schien sie zu flackern, zu verschwimmen wie ein unscharfes Bild. Aber die graue Gestalt hatte Montserrat an eine Wand getrieben.

»Ah … das ist das Ende des Films«, sagte Tristán und blickte hinab auf die Runen. »Es ist das Ende des Films, hau ab, Ewers. Hör auf zu sein.«

Nichts. Das Gebilde verharrte immer noch vor Montserrat und der ganze Raum schien unter dem Einfluss einer finsteren, schrecklichen Macht zu brodeln.

»Scheiße! Das funktioniert nicht, Abel!«
Deine Rune.
»Ich habe die Runen gezeichnet! Ich habe sie gezeichnet!«, schrie Tristán und zeigte auf den Boden.
Abel sagte nichts mehr. Da war noch ein verstümmelter Laut, dann kehrte Stille ein, und Tristán stand definitiv kurz davor, sich zu übergeben. Mehr noch, das Bewusstsein zu verlieren. Höchstens drei Sekunden, und er wäre weg. Er fühlte sich vollkommen ausgelaugt.
Hilflos hob er den Kopf und starrte in Montserrats Richtung.
»Momo!«, rief er, und es war nicht fair, denn er wusste nicht, was er tun sollte, verstand nicht, was es mit den Runen auf sich hatte. Sie war diejenige, die so etwas wusste. Willenskraft, und du machst sie dir zu eigen, und er konnte ohne Montserrat rein gar nichts tun.
»Zeichne unsere Runen!«, schrie sie.
Verwirrt starrte er sie an, und dann wusste er es. Er erinnerte sich. Entschlossen, konzentriert, fing er an, die erste Linie zu ziehen.

Macht. Das war es, was Montserrat fühlte, als sich eisige, starke Finger um ihren Hals schlangen. Zuerst sah sie Ewers gar nicht, dann war er Rauch, dann war er Asche, doch seine Hand spannte sich immer noch um ihren Hals und übte Druck aus, zwang sie Schritt für Schritt zum Rückzug. Sein Griff war nicht so fest, dass sie nicht atmen konnte, trotzdem tat es weh, und sie konnte die fürchterliche Kraft spüren, die ihm innewohnte.
»Ich habe dich gewarnt. Auf die eine oder andere Art«, sagte er. Er war Silber und schwarzblauer Rauch zugleich, er war Asche, umgeformt zu Sehnen.
Er war real. Aber das sollte er nicht sein. Er sollte nicht.

Sie hatten die Zauber nicht abgeschlossen. Dennoch flimmerte er vor ihren geweiteten Augen ins Dasein. Sie trat einen weiteren Schritt zurück.

»Wie?«, fragte sie.

»Du hast mir eine Stimme gegeben. Du hast meine Runen gezeichnet. Du hast dich sogar dem Publikum angeschlossen und mir zugesehen«, sagte er und seine Lippen kräuselten sich hämisch, Asche und Rauch waren irgendwie imstande, zu lächeln. »Du hast mich real gemacht.«

Sie schüttelte den Kopf.

»Sag es jetzt, sag, dass ich lebe, und du wirst mir in die Nacht folgen.«

»Du kannst nicht ...«

»Nein, *du* kannst nicht. Das sind meine Runen, es ist meine Magie, meine Macht. Gib auf. Sag es.«

»Du erstickst ...«

Sie versuchte, ihn wegzustoßen, aber sein Griff um ihre Kehle wurde nur noch bösartiger. Sie kniff die Augen zu. Er löste seinen Griff, ließ stattdessen die Hände über ihre Schultern gleiten und hielt sie so fest.

»Besser?«, fragte er beinahe unschuldig. Sie hustete, schlug die Augen auf und stellte schockiert fest, dass er tatsächlich lebendig war.

Nein, nicht ganz. Für einen Moment sah er aus, als wäre er aus Fleisch und Blut, seine Nasenflügel bebten, und dann flimmerte er. Seine Umrisse waren in der einen Sekunde verschwommen und scharf in der nächsten. Er war immer noch ein Halbding, das zwischen den Welten existierte. Oh, aber er war realer, als sie ihn je zuvor erlebt hatte.

Fast konnte sie die Macht des Zauberers schmecken, die Umrisse der Magie tasten, die ihn zusammenhielt. Sie fürchtete, wenn sie etwas von seiner Macht einatmen würde, etwas von Ewers, so würde es sich in ihrer Lunge festkrallen wie Tabakrauch.

»Ich bin schon hier«, sagte er und drückte einen Finger an ihre Kehle. »Lass mich leben.«

Sie war müde, und er hatte recht. Es war, wie José López erklärt hatte. Alles, was sie und Tristán getan hatten, lief im Grunde darauf hinaus, dass sie eine Explosion ausgelöst hatten, und sie waren einem radioaktiven Element ausgesetzt worden, einem Gift, eben wegen dieser Explosion. Die Magie, die sie gewirkt hatte, war nicht ihre, sondern *seine*. Teile von Ewers, seine Runen und Zauber, strömten um sie herum. Er war berauschend, dieser Quell der Macht, und er machte sie schwindelig.

»Lass mich leben. Sag es. Sag, ich lebe.«

»Worte sind rituell, Gesten sind Magie«, murmelte sie benommen.

»Ja.«

Ihr Puls trommelte wie verrückt. Sie hatten genau das getan, was er sowieso gewollt hatte. Die Runen gezeichnet, sein Spiel gespielt. Sie hatte sich nicht der Furcht ergeben und sich doch seinem Willen gefügt. Auf die eine oder andere Art, genau, wie er es versprochen hatte. Sie tanzten zu seiner Weise, folgten den Schritten, die er vorgezeichnet hatte ...

»Momo!«

»Vervollständige mein Ritual.«

Ein Gedanke bohrte sich in ihr Bewusstsein. *Seine* Runen, *sein* Ritual. Er hatte Wissensfragmente gestohlen, sie von hier und da geholt, umgearbeitet, neu gemischt. Er hatte eine Leinwand bemalt, aber er hatte die Farben nicht erfunden. Selbst jetzt, selbst dieser Zauber, den sie vervollständigten, folgte nicht mehr dem ursprünglichen Ritual. Das war nicht die Art, wie er es geplant hatte.

Nein, die Magie dieses Moments gehörte ihnen ebenso sehr wie ihm. Sie hatten sie geformt. Er wollte die Welt in seiner Faust zerquetschen und zur seinen erklären, aber dazu durfte es nicht kommen.

Im Saal war es sehr dunkel, nicht einmal die Projektoren schienen noch richtig zu funktionieren. Das Licht, das sie verströmten, war nicht mehr gleißend, sondern dämmrigtrüb. Doch auch wenn er halb im Schatten verborgen war, sah sie an Ewers' Schulter vorbei zu Tristán.

»Zeichne unsere Runen!«, wies sie Tristán an.

»Vervollständige mich, denn ohne mich ist da nichts«, sagte Ewers. Er wirkte beinahe amüsiert, als er auf sie hinabblickte, und sie starrte zurück, wohl wissend, was er meinte. Macht, Autorität, Magie, all das, bereit zum Zugreifen, wenn sie nur wollte. Keine Brosamen mehr vom Boden klauben, kein Katzbuckeln mehr, kein Sehnen nach Größe.

Sie war in Versuchung, die Worte nachzuplappern, die er von ihr erbeten hatte, den Schlüssel umzudrehen und ihn freizusetzen. Sie gaffte ihn an, fürchtete sich zum ersten Mal nicht vor ihm, sondern vor sich selbst und dem selbstsüchtigen, begehrlichen Zipfel ihres Herzens, der einfach mitspielen und den versprochenen Preis einheimsen wollte.

Poesie, Symmetrie in einer Welt, die aus Chaos und Schmutz bestand.

»Ich habe die Runen gezeichnet!«, schrie Tristán. »Fort mit dir!«

»Wie er kreischt. Er ist ein Schwächling«, sagte Ewers. »Du willst nicht schwach sein, oder?«

Sie sah ihn an, dachte an die Bahngleise zurück, an das Getreide und die Straßen ihrer Kindheit und den Tag, an dem sie Tristán kennengelernt hatte, an dem sie sich auf ihren Stock gestützt und den kleinen Jungen mit den großen, dunklen Augen betrachtet hatte.

»Ich war nie schwach«, flüsterte sie. »Und Tristán auch nicht.«

Träge drehte Ewers den Kopf in Tristáns Richtung, aber sie streckte eine Hand aus und hielt sein Kinn fest, zwang ihn, ihr in die Augen zu sehen.

»Aber *du* bist schwach. Ja. Du bist tot, Wilhelm Ewers. Tot und begraben und nichts als Asche«, sagte sie unvermittelt und leidenschaftlich zugleich, jedes Wort ein Gedanke, geformt von Willen und Gefühl.

Sie erinnerte sich genau, mit wem sie sprach. Einem Dieb, der anderen Hexern überall auf dem Kontinent ihre Geheimnisse gestohlen hatte, einem Lügner, der anderen erzählte, was sie hören wollten, einem Schwindler, der seine Geliebten hinterging, und einem Mörder. Einem gefräßigen Räuber. Als sie nun mit den Zähnen knirschte, hatte sie keine Angst vor ihm, und als sie ihn ansah, begehrte sie keines seiner Geheimnisse. Sie wünschte nur, er wäre weg.

»Das ist das Ende der Vorstellung«, sagte sie. »Dein Film ist vorbei. Und mit dir ist es auch vorbei. Wir wollen es so, also ist es so.«

Die Projektoren brachen in Flammen aus, dass es nur so knallte und zischte. Dieses zweite Feuer würde nicht einfach so gelöscht werden. Ewers' Augen, die silbern leuchteten, spiegelten nur Verachtung wider. Doch dann begann seine Haut sich grau zu verfärben und abzublättern, und Ewers sah sie fassungslos an.

Er öffnete den Mund zu einem Schrei, vielleicht auch, um sich an einer Beschwörung zu versuchen, einem Gegenschlag, aber sein Gesicht löste sich auf, als hätte jemand die glühende Spitze einer Zigarette an ein Stück Film gehalten und ihn versengt. Sein Kinn sackte herab, brach und fiel zischend zu Boden, ein Stück Zunder, das rasch verzehrt wurde. Sie stieß ihn weg, und sein ganzer Körper sah verdreht aus, in die Länge gezogen, wechselte die Farben, färbte sich violett und gelb und blau; hitzig-rote Blasen wüteten auf seiner Brust und seinen Händen. Er bückte sich, und seine Haut schäumte, sein Körper schrumpfte, war bald nicht länger ein Körper, sondern nur mehr ein Fleck auf dem Boden.

Clarimonde, die immer noch unter dem Kronleuchter festhing, schrie, streckte eine Hand in Ewers' Richtung aus, während der ätzende Geruch von Nitrat den Saal erfüllte und das Feuer auf den Wänden erblühte und zur Decke emporkroch. Die Kultisten, die bisher nicht geflohen waren, rannten jetzt schreiend davon, rempelten sich gegenseitig an und hasteten zu den Ausgängen, begierig, dem Hexenkessel zu entkommen, in den sich der Saal verwandelt hatte.

Sie rannte zu Tristán, der auf den Knien kauerte, den Kopf gesenkt, einen Arm um den Leib geschlungen. Auf dem Boden sah sie die beiden Symbole, die Tristán neben Ewers' Runen gezeichnet hatte, Symbole, die den Zauber negierten, ihn umkehrten, ihn zu ihrem machten: die Signaturen ihrer Kindheit, zwei kleine Figuren, die Montserrat und Tristán in den geheimen Botschaften repräsentierten, die sie ausgetauscht hatten.

»Alles in Ordnung?«, fragte sie und zog ihn hoch. Ihr Bein schmerzte furchtbar und sie verzog das Gesicht, als Tristán sich auf sie stützte.

»Nein, ich werde drei Tage am Stück kotzen«, versprach er.

»Schaffen wir dich erst mal hier raus.«

Tristán nickte und schüttelte den Kopf. Er nahm ihre Hand und sie eilten hinter dem Pulk panischer Kultisten her. Das Feuer breitete sich widernatürlich schnell aus; der Ballsaal war nun in schwarzen Rauch gehüllt, und als sie den Vorraum erreichten, stellten sie fest, dass sogar der schon verräuchert war. Jemand stieß Montserrat zur Seite und sie stolperte, verlor Tristáns Hand und war plötzlich ganz allein in den Schatten des Gebäudes.

Erschrocken und verwirrt, wie sie war, donnerte das Herz in ihrer Brust und sie konnte nichts sehen. Die Welt war dunkel geworden. Es war, als hätte jemand eine Klappe geschlossen und jegliches Licht ausgesperrt. Woran es auch lag, es war nicht natürlich. Dies waren die Überreste von Ewers' Magie, die versuchten, sie festzuhalten, oder vielleicht waren es die von Clarimondes Zaubern, die sie von der Welt abschnitten und in eine endlose schwarze Nacht katapultierten.

Der Rauch kratzte in seiner Kehle, aber Tristán erkannte vage die Umrisse der Tür vor sich und hastete weiter, stolperte hinaus auf die Straße. Er atmete tief durch und sah sich mit tränenden Augen um.

Momo. Sie war nicht hinter ihm. Eine Sekunde zuvor war sie noch da gewesen und nun war sie verschwunden.

In Panik starrte er die Tür zu dem Gebäude an, stellte sich vor, dass sie im Inneren in der Falle saß, und versuchte, sich im Dunkeln einen Weg nach draußen zu bahnen. Er sollte zurückgehen und sie holen, aber er hatte keine Taschenlampe, und aus dem Haus strömte schwarzer Rauch.

Er könnte die Straße hinunterlaufen und Alarm schlagen, ein Münztelefon suchen und die Polizei rufen. Aber das würde zu lange dauern, und Momo war dort drinnen, ganz allein.

Er stand regungslos da, eine Hand am Türrahmen, und starrte in die Dunkelheit, versuchte, wenigstens ihre Silhouette auszumachen.

»Momo!«, schrie er. »Momo!«

Keine Antwort. Die Dunkelheit war warm und zäh wie

Teer. Wieder wurde ihm übel, ganz so, als müsste er sich dieses Mal wirklich übergeben, und außerdem war er nie besonders mutig gewesen. Momo war es, die ihm bei blutrünstigen Szenen im Kino die Augen zuhielt; Momo war es, die seine Hand fest gepackt hatte, als sie zusammen in das Getreide gesprungen waren. Momo war es, die vergaß, sich zu fürchten, und er derjenige, der alles fürchtete.

Jedes Atom in seinem Körper schrie ihn an, er solle vor dem Feuer fliehen. Und für eine Sekunde dachte er darüber nach. Und über eine Welt ohne Montserrat, eine eisige, sterile Welt.

Magie ist Willenskraft, das hatte Momo gesagt. Er wusste nicht, was das bedeutete, aber er wusste, er brauchte Momo so sehr, wie die Flammen im Innern des Hauses Sauerstoff brauchten, um zu brennen.

Er tat einen verzweifelten Atemzug.

Dann tauchte er ein in die Finsternis des Gebäudes, in die Rauchwolken, und streckte die Hand aus.

»Momo, ich bin hier!«, schrie er.

Selbst wenn die Dunkelheit nie enden, wenn sie ihn vollständig verschlingen würde, er würde immer noch zu ihr laufen.

Das Gebäude kochte Montserrat bei lebendigem Leib. Schweiß lief ihr über die Stirn und sie war von totaler Dunkelheit umgeben. Keine Antwort erreichte sie, keine Magie; welche Macht sie auch gehabt haben mochte, sie sickerte nun einfach aus ihrem Körper.

Montserrat war allein. Tristán war fort. Sie wusste es. Ihre Hand lag auf der Wand, und Rauch wirbelte um ihre Füße, und die Welt bestand aus Finsternis. So musste Ewers sich gefühlt haben, als er gestorben und in der Vergessenheit gefangen war; ein Teil seiner selbst, gebunden an die Bilder eines Films, versiegelt in einer Filmdose. Dieses Nichts prickelte auf ihrer Haut und war erstickender als der Rauch. Ihre Knochen waren bleiern und Tränen rannen über ihre Wangen. Sie stieß gegen eine Tür, strich mit der Hand über den bröckelnden Putz an einer Wand.

Sie verspürte eine verzweifelt kämpfende Macht.

Bleib!, sagte diese Macht, wortlos, unsichtbar, dieses Etwas, das sich an sie klammerte, sie eng umschloss und ins Stolpern brachte. Ihre Blicke, ihre Stimmen, ihr Wille, all das hatte einst Ewers belebt, und der sehnte sich verzweifelt nach diesem Funken des Lebens, den sie ihm gewährt hatten. Mit seinen keuchenden letzten Atemzügen zerrte er an ihr, bettelte sie an, ihn zu retten, ihm zu folgen, ihm Leben zu schenken … noch ein Mal … nur dieses eine Mal.

Montserrat war müde, und in der Finsternis des Gebäudes, ohne irgendetwas, das ihr Halt hätte geben können, überlegte sie, ob sie diesem klagenden Ruf vielleicht Folge leisten sollte.

Alles war dunkel, nichts rührte sich.

Dann hörte sie ein paar stolpernde Schritte und blinzelte in die Finsternis.

»Momo, wo bist du?«

»Tristán!«, rief sie. »Ich weiß nicht, wo ich hingehen muss!«

»Komm zu mir!«

Aber wo war er? Seine Stimme kam von nirgendwoher und zugleich von überallher. Sie hustete, presste einen Arm an die Lippen und ging, ohne zu denken, auf ihn zu, obwohl er einfach überall sein könnte.

»Tristán!«

Sie spürte seine Finger an ihrem Arm, fühlte, wie er an ihr zog.

»Ich bin bei dir!«

Sie wusste nicht recht, wohin sie gingen. In der Vergangenheit war Montserrat diejenige gewesen, die ihn geführt hatte, die ihn dazu gebracht hatte, in den Getreidesilos in die Tiefe zu springen. Aber nun war sie an der Reihe, ihm zu folgen, sich mitziehen zu lassen, schnell.

Ihre Finger waren fest mit seinen verschränkt, als sie davonrannten.

Sie folgte *ihm* in die Nacht, nicht Ewers, sondern Tristán. Sie schüttelte den abscheulichen Sog verderbter Magie ab und hastete mit ihm mit.

Die Dunkelheit zerriss wie eine Membran. Atemlos tauchten sie ein in das überraschende Kribbeln der kühlen Luft auf einer gewöhnlichen Straße mit Laternenpfählen und trüber Beleuchtung und Geschäften, die angesichts der späten Stunde verrammelt waren. Aus der Ferne konnten sie eine Sirene und Hundegebell hören. Montserrat zuckte beim Gehen vor Schmerzen und Tristán legte den Arm um sie und hielt sie aufrecht. Sie gingen nirgendwohin, ziellos und doch sicheren Schrittes.

ZU

SCHWÄRZE

VERBLASST

28

Behandeln Sie mich nicht wie einen Invaliden. Ich kann mir selbst was holen, wenn ich das will«, sagte José, schlug Tristáns Hand weg und nippte mit argwöhnischem Blick an seinem Sprudel. Dann lehnte sich der alte Mann auf dem Sofa zurück und streichelte wieder die Katze, die neben ihm schlief.

»Sind Sie sicher, dass es Ihnen gut geht, José?«, fragte Montserrat.

»Mir geht es bestens. Ihr zwei seht schlimmer aus als ich.«

Montserrat nahm an, dass er recht hatte, obwohl es gar nicht so schlimm war. Ihr Knöchel tat weh und war bandagiert. Tristáns Hand war mit Mull verbunden und sie hatten beide diverse Schnittwunden und blaue Flecke. Das schien ein geringer Tribut zu sein, bedachte man, was geschehen war. Achtundvierzig Stunden. Ewers war seit achtundvierzig Stunden weg.

»Jetzt geben Sie mir das.«

»Oh, ja, bitte schön«, sagte Tristán und reichte José das Fotoalbum.

Der Nitratfilm war auch weg, zu Asche verbrannt, genau wie Ewers' Buch. Montserrat hatte außerdem alle Fotos von Ewers verbrannt, kaum dass sie nach Hause gekommen war. Nicht, weil sie noch irgendeine Macht beherbergen könnten, sondern ganz einfach, weil sie sich nicht an ihn erinnern wollte. Aber es gab noch andere Fotos in dem Album, Fotos von Abel, die José vielleicht behalten wollte.

José blätterte die Seiten um, seine Hände berührten den Rand eines Fotos, und er lächelte.

»Danke«, sagte er und schlug das Album zu. »Also, ich möchte nicht unhöflich sein, aber ich bin müde, und dies ist die längste Nacht des Jahres, ein gefährlicher Abend. Es ist das Beste, wenn wir früh zu Bett gehen.«

»Aber Ewers und die Kultisten sind Vergangenheit«, sagte Tristán stirnrunzelnd. »Richtig? Sie haben doch selbst gesagt, dass seine Magie verschwunden ist und sie uns nichts mehr anhaben können.«

»Natürlich. Von denen haben Sie nichts zu befürchten. Sie spüren es doch, nicht wahr? Die Abwesenheit der Magie?«

Montserrat wusste nicht so recht, wie es Tristán erging, aber sie fühlte es. Sie hatte sich an Ewers' Macht gewöhnt, an seine Zauber und Runen. Ihr war gar nicht bewusst gewesen, wie sehr sie sich in sein Netz verstrickt hatte, bis er plötzlich verschwunden war. Der Verlust der Magie, der Macht, tat mehr weh als die Kratzer, die ihr Körper davongetragen hatten.

»Okay, was ist dann das Problem?«, fragte Tristán.

»Problem? Nichts, vielleicht. Aber manchmal, wenn man mit Magie in Berührung gekommen ist, dann zieht man die Aufmerksamkeit anderer Dinge auf sich, die in den Schatten lauern. Monster, Geister und den Bösen Blick. Ich habe mich nicht ohne Grund tätowiert«, sagte José und zeigte ihnen sein Handgelenk mit dem Kreis aus Tinte.

»Sollten wir uns auch tätowieren zum Schutz vor Monstern und Geistern?«, wollte Tristán wissen und zog eine Braue hoch.

»Klar. Von Kopf bis Fuß.« Als Tristán ihn gequält anblickte, schlug sich José lachend auf das Bein. »Jetzt sehen Sie sich nur an. Gott, ich glaube, Sie sind gerade violett angelaufen.«

Sie erhoben sich und schüttelten einander die Hände. José schlurfte bis zur Tür hinter ihnen her. Dort hielt er inne und musterte Montserrat neugierig, als sie ihren Mantel vom Haken nahm.

»Ich muss zugeben, ich war nicht sicher, ob Sie ihn wirklich vernichten würden«, sagte er.

»Das war der Plan, oder nicht?«, entgegnete Montserrat und spielte mit dem Kragen ihres Mantels.

»Ja. Aber Alma hat es nicht getan. Sie hat ein Stück seiner Magie gestohlen und versteckt, um es für sich zu nutzen.«

»Und zweiunddreißig Jahre später ist er zurückgekommen. Der Versuch, ihn zu bändigen und mit seinen Spielzeugen herumzuspielen, wäre dumm gewesen«, sagte Montserrat und neigte den Kopf zur Seite, als ihr Josés Gesichtsausdruck auffiel. »Dachten Sie, ich könnte das tun?«

»Der Gedanke ging mir durch den Kopf. Ich war in Versuchung. Ich dachte, Ihnen könnte es ebenso ergehen.«

»Ewers hat nichts Reelles angeboten.«

Die Katze hatte sich nicht von der Couch gerührt und sah sie nur aus einem offenen Auge an, ehe sie weiterschlief. Als sie das Haus verließen, war es dunkel. Montserrat vergrub die Hände in ihren Manteltaschen. Sie waren hergekommen, um José seinen Wagen zurückzubringen, ihm das Album zu geben und sich zu vergewissern, dass es ihm gut ging, und nun, da sie all diese Pflichten erfüllt hatten, gingen sie in einvernehmlichem Schweigen die Straße hinunter.

Sie dachte an die Magie, an die Zauber, die sie selbst gewirkt hatte und die mit einem Mal verschwunden waren. Sie sagte sich, es sei in Ordnung und sie würde sie nicht vermissen und niemals wieder nach solch einer Macht streben. Wo zuvor Wunder gewesen waren, stellten die Straßen um sie herum mit all den Fahrzeugen und Häusern und kleinen Eckläden nun einen Ozean des Alltäglichen für sie dar. Der Mantel, den sie trug, reichte bis zu ihren Fußgelenken, und sie wickelte ihn fest um ihren Körper.

»Du warst in Versuchung, nicht wahr?«, fragte Tristán, als sie um eine Ecke gingen und einen Schnapsladen passierten, dessen Fenster mit Lichterketten geschmückt waren.

»Für eine Millisekunde«, sagte sie.

»Du wärest eine machtvolle Zauberin geworden«, sinnierte er. »Du warst sehr tapfer.«

»Du warst auch tapfer. Du bist meinetwegen zurückgekommen.«

»Das war Eigennutz. Ich kann ohne dich nicht leben«, erwiderte er.

Montserrat blickte zu ihm auf. Die Schwere, die sie in seinem Ton wahrnahm, überraschte sie und raubte ihr die Sprache. Sie schob die Hände noch tiefer in die Taschen und zappelte mit den Fingern.

»Was denkst du über das, was José gesagt hat? Über Dinge, die in den Schatten lauern?«, fragte er.

»Willst du dir ein Tattoo holen?«

»Ich bin nicht sicher. Aber du weißt schon, längste Nacht des Jahres und alles, vielleicht sollten wir einfach vorsichtig sein.«

»Klar.«

»Wir sollten nach Hause gehen.«

»Okay.«

»In deine Wohnung. Es wäre klüger, wenn ich heute Nacht bei dir bleibe.«

Nachdem sie aus dem brennenden Gebäude gestürzt waren, waren sie zu ihr gegangen und hatten lange geschlafen.

Viele Stunden später hatte Tristán sich auf den Weg nach Hause gemacht, war aber wieder zurückgekommen. Er hatte behauptet, obwohl er die riesige Rune aus seinem Schlafzimmer entfernt, aufgeräumt und geputzt hätte, würde er seine Wohnung nicht mehr mögen und sich dort unwohl fühlen, was er mit zu vielen schlimmen Erlebnissen in Verbindung brachte. Sie hatten sich chinesisches Essen bestellt, und beim Chop Suey hatte Tristán davon gesprochen, dass er sich eine neue Wohnung suchen wollte. Vielleicht etwas Größeres. Sie hatte ihn reden lassen und sich gedacht, wenn es erst Morgen wäre, hätte er es sich bestimmt wieder anders überlegt.

»Du bist gestern auch bei mir geblieben.«

»Sicher. Aufgrund der Tatsache, dass wir Sonntagabend beinahe ermordet worden wären und ich wegen meines Kopfes drei Aspirin genommen habe. Ich musste mich hinlegen.«

»Schön. Also gehen wir in meine Wohnung und bestellen das Erste, was uns einfällt«, sagte Montserrat. »Ich habe eh keine Lust, zum Essen auszugehen.«

»Vielleicht sollte ich bis Weihnachten bei dir bleiben. Es hat ja keinen Sinn, ständig zu pendeln, wenn wir doch sowieso zusammen essen wollen.«

»Okay.«

»Noch besser, wir machen Silvester daraus.« Er schüttelte den Kopf. »Nein, doch nicht, lieber den Dreikönigstag.«

»Warum vergisst du die Suche nach einer neuen Wohnung nicht einfach und ziehst auf meine Couch?«, fragte Montserrat bissig.

»Warum eigentlich nicht?«

Sie blieb stehen und sah ihn an. Tristán zuckte breit grinsend mit den Schultern. In dieser Nacht hatte er auf die alberne Sonnenbrille verzichtet, also konnte sie seine dunklen, ungleichen Augen perfekt sehen.

»Du bist verrückt«, sagte sie und ging schnell weiter, nur dass sie wegen ihres kranken Beins und der Tatsache, dass es immer noch wehtat, anstelle der würdevollen Flucht, die ihr vorgeschwebt hatte, lediglich ein linkisches Schlurfen zustande brachte. Ihr kam in den Sinn, wie Ewers gesagt hatte, er könnte ihr Bein heilen, und die Erinnerung an seine Stichelei machte sie wütend. Aber nun war er fort, Ewers mit all seinen hypnotisierenden Tricks und Zaubern, mit all der Macht, die einmal in ihre Adern eingedrungen war. Vielleicht war es falsch gewesen, dass sie all dem den Rücken zugekehrt hatten. Falls da tatsächlich Gefahren in den Schatten lauerten, wie José López gesagt hatte, dann wäre es vielleicht besser gewesen, ein gewisses Maß an Magie zu behalten, so wie Alma es vor all diesen Jahren getan hatte. Aber damit hätten sie die gleiche alte Geschichte wiederholt, und sie wünschte sich ein anderes Ende.

»Momo, wo gehst du hin? Momo!«

»Weg!«, brüllte sie.

»Lass uns darüber reden«, sagte Tristán und holte sie mit wenigen raschen Schritten ein.

»Das ist nicht der passende Zeitpunkt, um darüber zu reden«, erwiderte sie in ungewöhnlich scharfem Ton.

»Wann wäre denn ein guter Zeitpunkt? Sollen wir warten, bis ein anderer Zauberer versucht, von den Toten aufzuerstehen? Dieses Mal vielleicht ein französischer?«

»Du bist ein Narr«, sagte sie nur.

Tristáns Grinsen war wie aus dem Gesicht gewischt. Sie starrten einander mit ernster Miene an. »Warum?«, fragte sie.

»Du würdest Miete sparen. Wir sollten uns anderen Leuten vermutlich sowieso nicht zumuten.« Als sie nicht lachte, seufzte er. »Na ja, ich weiß nicht … vielleicht …«

Er hatte sich am Morgen, als er sie beim Frühstück über den Tisch hinweg angesehen hatte, ein Dutzend guter Gründe notiert, aber leider nur in Gedanken, und jetzt entzogen sie sich ihm. Er war so nervös wie ein Kind, das zum ersten Mal nach einem Vorsprechen erneut aufgerufen wurde, und er wollte seine Botschaft nicht vermasseln, konnte sich aber an keine einzelne Zeile in dem Drehbuch erinnern, das er für sich selbst entworfen hatte.

»Du hattest eine Nahtoderfahrung und dein Gehirn ist gebraten«, entgegnete Montserrat nur.

»Momo, so ist das nicht!«

»Oh, ich hasse dich«, flüsterte sie und ging weiter. Ihr langer Mantel peitschte an ihm vorbei, ihre schweren Stiefel zertraten eine herumliegende Getränkedose, und dann drehte sie sich wütend zu ihm um. »Hättest du das nicht vor zwanzig oder wenigstens vor fünf Jahren fragen können? Als wir noch jung waren?«

»Was ist das Problem dabei, ein bisschen älter zu sein? Auf die vierzig zuzugehen, ist kein Todesurteil«, sagte er.

»Es ist alt genug, um in seinen Gewohnheiten gefestigt zu sein und es besser zu wissen. Als wir Kinder waren, da hätte ich vielleicht mitgespielt, vielleicht wäre ich ...«

»In das Getreide gesprungen und hätte auf den Schienen gespielt? Dumme Entscheidungen getroffen, die etwas mit mir zu tun haben?«, fragte er.

Es hätte vielleicht Spaß gemacht, hätten sie es damals miteinander versucht, als sie noch halbe Kinder waren. Das hätte sie vermutlich vor der einen oder anderen Dosis Herzweh bewahrt. Aber er war der Ansicht, ein Schauspieler wurde mit seinen Auftritten nur besser, und vielleicht galt für Zuneigung das Gleiche. Sie wurde verfeinert, nicht gefunden. Montserrat ergriff das Wort, ehe er ihr seine Überlegungen darlegen konnte.

»Knochen heilen viel leichter, wenn man achtzehn ist. Ist man erst in unserem Alter, muss man vorsichtiger sein«, sagte sie mit angespannter Stimme und dachte daran, was für eine lausige Bilanz sie beide vorzuweisen hatten, wenn es um das Herz ging. »Wir sind keine Kinder, die Vater-Mutter-Kind spielen.«

Er schnaubte verärgert, verletzt durch ihre Zurückweisung. Er war nicht davon ausgegangen, dass sie einfach dahinschmelzen würde, aber das fühlte sich an wie eine militärische Belagerung; er würde mit Klauen und Zähnen um sie kämpfen müssen. Das trieb ihn jedoch nur noch mehr an und machte ihm klar, dass er sich voll und ganz würde einsetzen müssen und die Dinge nicht bloß halb erledigen konnte.

»Dann nenn mich unreif, denn für mich klingt das absolut vernünftig«, sagte er und breitete die Arme aus. »Das ist ein zwanzigjähriges Vorspiel, Momo. Willst du noch ein paar Jahrzehnte länger warten, bis ich mein eigenes Essen nicht mehr kauen kann? Denn ich werde dich auch dann noch lieben und dich mit pürierten Pflaumen füttern, aber es wäre schade, wenn wir erst mit neunundachtzig anfangen zusammenzuleben und beim ersten Sex an einem Herzanfall sterben.«

»Das ist die scheußlichste Liebeserklärung, die ich je gehört habe«, sagte sie rundheraus, und dann konnte sie nicht mehr anders und lachte. Tristán lachte ebenfalls, und nun kam er sich dumm vor, aber er nahm an, das war in Ordnung. Es war okay, dumm zu sein, wenn es um Montserrat ging.

»Das ist sie, was?«, sagte er.

Sie nahmen sich in die Arme. Sie drückte ihn so fest, fester als je zuvor, und er hielt die Arme um sie geschlungen und vertrieb all die Schatten.

»Was soll ich sagen? Ich rezitiere Dialoge, ich kann sie aber nicht schreiben«, flüsterte er in einem weichen Ton an ihrem Ohr.

»Du alberne Tomate«, platzte sie heraus, ohne überhaupt zu wissen, was sie sagte. Es war, als vergäße sie die Bedeutung der Worte ebenso wie ihre Aussprache.

»Eine alberne Tomate!«

Sie fühlte, dass er lächelte, aber sie hatte das Gesicht an seiner Brust vergraben und er strich ihr mit einer Hand über das Haar. Sie konnte es nicht über sich bringen, ihn anzusehen.

»Du kannst meinen Wagen nicht fahren. Das werde ich nicht zulassen. Ich werde deine Wäsche nicht waschen und deine Knöpfe nicht annähen, und wenn du dein Zeug nicht aufräumst, werfe ich dich raus«, sagte sie hastig.

»Ich werde kochen. Glaub mir, wir werden länger leben«, sagte er, strich mit den Fingern über ihre Wange und hob dann ihr Kinn an.

»Du bist ein Arschloch«, konstatierte sie.

»Küsst du mich jetzt, oder was?«, fragte er mit heiserer Stimme und wurde mit einem kurzen Zittern ihrer Wimpern belohnt. »Wenigstens bin ich nicht der Einzige hier, der nervös ist«, sagte er und genoss ihre erschrockene Miene, als sie zu ihm aufblickte.

Sie hätte ihn am liebsten geohrfeigt. »Wahrscheinlich küsst du so wie im Film und ich werde vor Verlegenheit sterben.«

»Ach, verdammt, ich küsse gut, ja. Das ist ein Pluspunkt. Also, wer ist jetzt die alberne Tomate?«, fragte er, wich einen Schritt zurück und lüpfte eine Braue. »Sollen wir heute Abend ein bisschen in deinem Wagen fummeln?«

Nun schlug sie ihn tatsächlich, auf den Arm und nicht allzu hart, nur ausreichend, um sicherzustellen, dass er nicht zu übermütig wurde.

Auf der anderen Straßenseite schob ein Tamaleshändler seinen Wagen und lockte mit schrillen Pfiffen Kunden herbei. Ein Junge mit einem großen Gettoblaster ging die Straße hinunter und schmetterte laute Töne in die Nacht. »Don't Fear the Reaper« oder zumindest eine Coverversion hallte aus dem Radio.

»Komm, das Abendessen geht auf mich«, sagte Tristán, zeigte auf den Händler und tastete in seiner Jackentasche nach seinem Portemonnaie.

Das ist, so dachten sie, das wahre Leben. Keine fabelhafte Mixtur aus Zaubern, Bannen und berauschender Macht, sondern die einfache, gewöhnliche Ansammlung von Anblicken und Klängen, die dennoch ein Wunder waren, denn sie sahen und hörten sie gemeinsam. Sie verschränkte die Finger mit seinen und sie liefen rasch über die Straße, lachten und sagten dem Mann, er solle eine Sekunde auf sie warten.

Anmerkungen der Autorin

Im Jahr 2010 veröffentlichte ich eine Story namens »Flash Frame« in einer sehr kleinen Anthologie mit dem Titel *Chtulhurotica*. Die Geschichte wurde 2011 erneut gedruckt in *The Book of Chtulhu* und verschaffte mir ein gewisses Maß an Anerkennung im Lovecraft-Zirkel. Sie handelt von einem pornografischen Film, der in einem alten Kino gezeigt wird, ein verstörendes Publikum anzieht und schaurige Auswirkungen auf den Erzähler hat, einen Journalisten, der auf der Suche nach einem Knüller ist. Das war die Saat, aus der *Silberne Geister* geboren wurde. Kultisten, alte Filme und ein Feuer tauchen in der Kurzgeschichte und dann erneut im Roman auf, wenn auch auf ganz unterschiedliche Weise.

Die Farbe Gelb spielte eine Rolle in »Flash Frame« und wurde zu so etwas wie einem Leitmotiv meiner belletristischen Arbeit. Sie erscheint in den Kurzgeschichten »The Yellow Door« und »Sleep Walker«, taucht dann wieder bei den Pilzen in *Der mexikanische Fluch* auf und in der Novelle *The Return of the Sorceress*. Immer und wieder ist es diese Farbe. Warum? Da wäre natürlich *Der König in Gelb*, dieses heiß geliebte Beispiel für Weird Fiction von Robert W. Chambers. Gelb ist auch verknüpft mit romantischer Dekadenz dank *The Yellow Book*, einer britischen Literaturzeitschrift aus dem 19. Jahrhundert. »The Yellow Wallpaper«

beschreibt detailliert den Abstieg einer Frau in den Wahnsinn. Gautier erzählte von Sprache, durchzogen »von grünlichem Schimmel«, aber meine Farbe ist Gelb.

Bei den Nazis gab es tatsächlich ein bizarres Sammelsurium okkulter Interessen. Von Ley-Linien bis hin zur Astrologie, von Theorien über eine hohle Erde bis zu tibetanischen Expeditionen haben sie sich eine Mythologie aufgebaut, die ihre rassistischen Vorstellungen stützte. Goebbels glaubte, das Kino sei eines der wirkungsvollsten Propagandainstrumente überhaupt, und versuchte, die Filmindustrie zu konsolidieren und zu kontrollieren.

Es gibt eine Redewendung, mit der ich in Mexiko groß geworden bin: »mejorar la raza«, übersetzt »die Rasse verbessern«, was bedeutet, man soll weißer heiraten, europäischer aussehende Menschen, daher wäre Wilhelm Friedrich Ewers, hätte es ihn denn gegeben, im Mexico City der 1950er vielleicht nicht unwillkommen gewesen.

Ewers ist eine Mischung aus vielen Okkultisten, auch wenn der Funke der Inspiration zu dieser Figur von Arnold Krumm-Heller kam, der tatsächlich nach Mexiko gegangen war. Ewers' Nachname stammt von Hanns Heinz Ewers, einem Schriftsteller und frühen Drehbuchautor, Briefpartner von Aleister Crowley und Unterstützer der Nazis. Er könnte außerdem ein Geheimagent gewesen sein, der bis nach Mexiko reiste, um den Revolutionär Pancho Villa zu überreden, die Vereinigten Staaten anzugreifen. Ewers fiel bei den Nazis wegen seiner Homosexualität in Ungnade. Sein Vermögen wurde beschlagnahmt, seine Bücher 1934 verboten. Er starb 1943. Seine berühmteste Story, »Die Spinne«, erzählt von einem Mann, der sich in eine geheimnisvolle Frau namens Clarimonde verliebt, die auf der anderen Straßenseite wohnt.

Viele Informationen über Filme sind wahr, auch wenn Abel Urueta erfunden ist. Er hat seinen Namen von dem mexikanischen Filmregisseur Chano Urueta, der für Aberdutzende von Filmen verantwortlich zeichnete, darunter viele Horrorstreifen (*El Monstruo Resucitado, La Bruja*). Den Vornamen verdankt er dem Schauspieler Abel Salazar, der Alberto de Morcerf in einer Adaption von *Der Graf von Monte Christo* gespielt hat.

Nitratfilme, auch bekannt als Zelluloid- oder Nitrofilme, sind leicht entflammbar, und es stimmt auch, dass, wenngleich man in den Vereinigten Staaten bereits in den 1950ern auf eine sicherere Alternative umschwenkte, einige Länder das Material noch lange verwendeten, weil es billig beschafft werden konnte. Das franquistische Spanien kaufte große Mengen Nitratfilm zu einem vergünstigten Preis.

In den USA verdankt die Kunst des Geräuschemachens, die *foley art,* ihren Namen Jack Foley, aber in Mexiko war das eine andere Geschichte. Die *efetos de sala* wurden nach einem anderen Mann benannt: dem Tontechniker Gonzalo Gavira. Daher die Phrasen *hacer un Gavira* oder *montar un gavirazo.*

Es gibt etliche verschollene Filme, die mir durch den Kopf gingen, als ich diesen Roman geschrieben habe. Einer ist *London After Midnight* (dt. *Um Mitternacht*): Die letzte bekannte Kopie des Films wurde bei einem Tresorbrand bei MGM im Jahr 1967 zerstört (wobei einige Quellen auch das Jahr 1965 angeben). Ein anderer ist Carlos Enrique Taboadas *Jirón de Niebla*, der angeblich im Zuge einer komplizierten politischen Intrige gestohlen wurde. Wie es so schön heißt, in der Realität ist die Wahrheit seltsamer als die Dichtung.

Danksagung

Herzlichen Dank an Barton Hewett, Jeremy Lutter, Carlos Morales und Gabriela Rodriguez für ihre Informationen und ihre Unterstützung bei den Themen Film und Synchronisation. Danke auch an meine Lektorin Tricia Narwani und meinen Agenten Eddie Schneider.

Wenn dieses Buch einen Soundtrack hätte, würde er vermutlich aus Filmmusik zu verschiedenen Carpenter-Filmen bestehen, vermengt mit Produktionen des Italians Do It Better Collective, Stücken der kanadischen Band July Talk, der düsteren mexikanischen Punkband La Sangre de Alicia, Kate Bushs *Hounds of Love*-Album, Death Cab for Cuties »I Will Possess Your Heart« und dem Soundtrack von *Das Phantom im Paradies*, denn all das habe ich im Wechsel gehört, während ich *Silberne Geister* geschrieben habe.

Ein entlegenes Herrenhaus in den mexikanischen Bergen, eine mutige junge Frau und ein dunkles Geheimnis ...

416 Seiten, ISBN 978-3-8090-2747-8

Mexiko, 1950: Ein verstörender Brief führt die junge Noemí in ein entlegenes Herrenhaus in den mexikanischen Bergen: Dort lebt ihre frisch vermählte Cousine Catalina, die behauptet, ihr Mann würde sie vergiften. Sofort tauscht Noemí die Cocktailpartys der Hauptstadt ein gegen den Nebel des gespenstischen Hochlands. High Place ist der Sitz der englischen Familie Doyle, in die Catalina überstürzt eingeheiratet hat. Doch das Ansehen der Doyles ist längst verblasst und ihr Herrenhaus zu einem dunklen Ort geworden. Aber als Noemí herausfindet, was dort vor sich geht, ist es zu spät: Sie ist längst in einem Netz aus Gewalt und Wahnsinn gefangen ...

Lesen Sie mehr unter: **www.blanvalet.de**